미친 자의 칼 아래서

엮은이

한기형(韓基亨, HAN Kee-hyung) 성균관대학교 동아시아학술원 교수. 저서로 『식민지 검열－제도・텍스트・실천』(공편, 2011), 『염상섭 문장 전집』(전3권, 공편, 2014), 『저수하의 시간, 염상섭을 읽다』(공편, 2014), 『검열의 제국－문화의 통제와 재생산』(공편, 1914 / 1916, 한일공동간행) 등이 있다.

미친 자의 칼 아래서 식민지 검열 관련 신문기사 자료 2

초판인쇄 2017년 6월 5일 **초판발행** 2017년 6월 15일
엮은이 한기형 **펴낸이** 박성모 **펴낸곳** 소명출판
출판등록 제13-522호 **주소** 서울시 서초구 서초중앙로6길 15, 1층
전화 02-585-7840 **팩스** 02-585-7848 **전자우편** somyungbooks@daum.net **홈페이지** www.somyong.co.kr

값 48,000원
ISBN 979-11-5905-176-0 94810
ISBN 979-11-5905-174-6 (세트)

이 저서는 2007년 정부(교육부)의 재원으로 한국연구재단의 지원을 받아 수행된 연구임(NRF-2007-361-AL0014)

東亞日報

鐵甕城가튼警戒網裡
各處에서朝鮮○○萬歲高唱
過激한活版文書를多數히撒布
群衆과警察混亂으로負傷者多數
爆發의第一聲은學生堵列中

觀水橋附近

敦化門附近

黃金町附近

東大門附近

騎馬隊東衝西突
群衆은自相踐踏
撤市된街路에殺氣衝天
極度로混亂中負傷者百餘名

軍隊示威行列

號外發行禁止

各校教員召喚

到處萬歲

十餘名刑事隊

佛教代表의「啓明星」
新事件新檄文續出

大同團宣言
關係者三名

檢事出動取調

騷然한各地

各署連絡으로八方에서檢擧
鍾路署에百五十
東門署에五十名
本町署에十餘名

檄文은二種

檄文繼續配達

驛頭에서또逮捕

再昨夜에도二十名
各校學生繼續檢擧

❶

6·10만세운동을 알리는 신문기사(『동아일보』, 1926.6.11). 숨 막히는 긴장감이 느껴진다.

愛讀列位에게謹告함

雜誌나新聞界의通例라고할것을보건댄發行停止갓흔것을當하얏다가解除가되던지하면거긔對하야무슨말이던지합듸다그러나나는이일노써그리쓸씩한일갓히생각하지아니하오罪잇서罰당하고限되야풀님이當然한일이아니오릿가여긔對하야무슨짠말이잇겟소다만이에關한官文書를謄載하야歷史ㅅ거리나만드오。

警機高發第二六五號

少年發行人 崔昌善

明治四十三年八月廿五日發行少年第三年第八卷ハ治安ヲ妨害スルモノト認ムルニ付韓國光武十一年法律第五號新聞紙法第二十一條ニ依リ該雜誌ノ發賣頒布ヲ禁止シ之ヲ押收シ其發行ヲ停止ス

明治四十三年八月二十六日

統監府警務總長 明石元二郎 印

高圖秘發第二六五號ノ二

少年發行人 崔昌善

明治四十三年八月二十六日附命令シタル少年發行停止ナ解ク

明治四十三年十二月七日

朝鮮總督府警務總長 明石元二郎 印

이것이곳우리가여러분으로더브러여러달캅캅한「턴넬」을지나게한動機요兼事實이외다。甚히簡單하오나注意하야보아주시오。

。

우리는그동안에本誌第三年八卷에廣告한計劃을別노實施하기爲하야한雜誌의發行을請願하얏스나左記한文面에잇슴과갓히如意치못하얏소。

指令第一八號

京城南部上犂洞三十二統四戶 崔南善

明治四十三年九月十三日付請願ニ係ル歷史地理硏究ノ發行ヲ許可セス

明治四十三年九月二十九日

統監府警務總長 明石九二郎 印

二十三年

少年第三年第九卷目次

❷

'발행정지'와 그 해제 상황을 알리려 『소년』에 게재된 검열문서(『소년』 3년 9권, 1910.12).
식민지 초기에나 가능했던 일이다.

'창간호' 내용의 '삭제'를 알리는 현대평론사의 안내문(『현대평론』 1호, 1927.11).
그 자리에 '어떤' 것이 있었음을 말하려는 의도였을 것이다.
오른쪽 페이지의 '이하 삭제' 표시가 왼쪽과 대비되어 이채롭다.

者諸氏는놀내지말지어다! 이金氏는 朝鮮女性界에가장新進先驅者로 名聲이藉々할뿐더러 數年前에 全朝鮮新進女子을 代表하야 中國北京에열닌萬國女子基督敎靑年會에 出席까지한一流女傑이다。

十二 (以下削除)

——丙寅十二月望日曉燈下에서——

가지 예머잇는니야기를하다가 익살스러운李君은『엇더한主義下에서 女子를敎育식히느냐』고물엇다 同校學監이라는金某女史는 조곰도서슴지안코 勿論 良妻賢母主義下에서 敎育식힌다고 對答하기때문에 李君도勿論失笑的態度를取할뿐더러 나는적지안캐不快함을늣기게되엿다。 그래서 良妻賢母主義란엇더한것이냐고물은즉 金學監은 一層더快活한語調로『良』字와『賢』字가오즉조흔글字냐고 그글字의뜻대로 대단히조흔主義라고說明하면서『勿論市內엇던女학교에서든지 이主義를標榜안는學校는업겟지마는 實際로우리學校처럼 徹底하게이主義를信奉하는學校는업습니다」하며 一種의푸라、우드、(自負)를늣기는것가치 意氣揚揚하게뵈엿다。 그래서참ㅅ다못하야 初面에失禮인줄을알면서도 從來의良妻賢母主義的敎育이란 如斯如斯한것이다고 그槪念을若干說明한後 그래도 이主義를徹底히信奉하겟느냐고물은즉 金氏는조곰열굴을붉히면서『事實上우리女子는 그良字와賢字에얽박속아넘고 그것이대단히조흔主義로만알앗지요』하면서 以後로는 反良妻賢母主義를研究하여야하겟고 말하기때문해 主客一同이抱腹大笑한일이잇다。 그러나 謂

創刊號가當局의게블온하다고
削除를當하얏음으로發行이遲
延된것을謝過합니다

나는조선역사를연구하엿습니다

米國 푸렌、에이、돌푸

本稿全文一七〇頁부터七一頁까지削除

4

同盟休學에對한나의意見

金 允 經

【以下八〇으로八五까지削除】

—(80)—

제목만 살아남은 '신문지법' 간행 잡지의 기사들. 남겨진 빈 공백이 무엇인가 특별한 느낌을 전해준다.
『개벽』 55호(1925.1, 오른쪽 사진) / 『현대평론』 7호(1927.8, 왼쪽 사진)

죽어진 詩集

金炳昊

訃告
詩集「機關車」君七月四日藥石無效死去故玆以訃告
七月八日

이것은 동무金昌述君이나의게보내준葉書이다。
우리詩壇에서 가장健實한步調로邁進하고있는昌述君이 뜻을같이하야 그亦邁進하고있는金大駿君과둘이서 詩集「機關車」를만든다는消息을들은시는 벌서한三個月前인듯하다。原稿를提出하기는月餘가되엿다고 兩君으로부터片紙올때마다 잘通過되여나오기를 고욕하게期待리는것을 [illegible]하야왓든것이다。그것은다음의그들이나의게준私信의몇구절에서 엿볼수가있다。

그「機關車」는 昌述兄이編輯을맛처提出한모양인데 엇더케잘通過되여나올수있을가요。―海嗣―

그러고 海嗣와共著詩集「機關車」를不日間原稿提出을해볼作定인데 파스가問題입니다。―昌述―

「機關車」는提出햇는데 無事히 파스하기만기대립니다。六分의希望은있오나 알수없는건 그것입니다。―昌述―

詩集「機關車」는 一個月이훨신넘어도消息이없읍니다。―昌述―

이보다도 훨에前에 昌述君은 處女詩集原稿「熱光」을提出하엿다가 송도미처押收當한일이잇섯는지라 詩集「機關車」를提出하여노코도올서通過에對한 疑心을거듭하엿는듯십다。그러나 그가合法的으로通過되도록 編輯하지안흔것도事實이요。무슨實驗하는格으로그것의파스를期待되든것도안인것이다。그것은 또그의最近의나에게준 私信中의몇구절을보면 알것이다。前略

大潮에보면 나의詩「파도치는淀川」이그만 生못보는게조롬엇나이다。略而―

검열로 시집 『기관차』의 간행이 불가능해지자 김창술은 죽은 시들의 ‘부고’를 친구 김병호에게 보냈다(김병호, 「죽어진 시집」, 『조선지광』 92호, 1930.8).

6

東方의 愛人 (三)

沈熏 作
安碩柱 畵

[illegible]

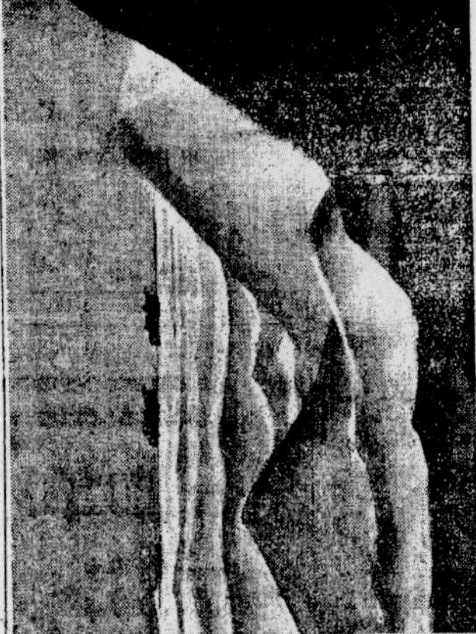

[illegible]

東方의 愛人 (三)

沈熏 作
安碩柱 畵

[illegible]

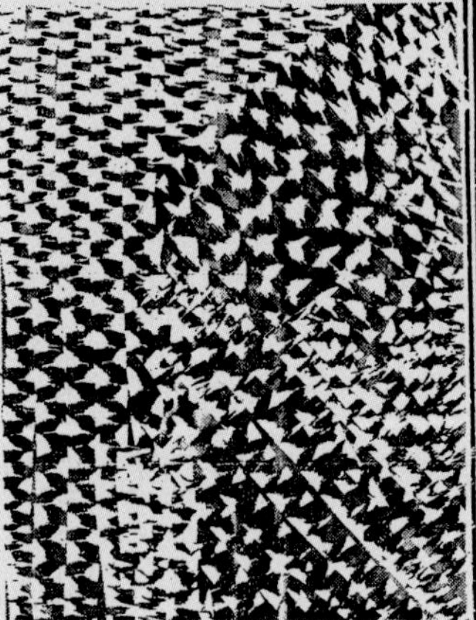

[illegible]

심훈의 장편소설 『동방의 애인』 연재 중단 부분(『동아일보』 1930.12.9~10, 2회).
마지막 연재에서 삽화가 검열로 삭제되어 있다. 사라질 소설에 대한 불길한 상징처럼 느껴진다.

미친 자의 칼 아래서

2

식민지 검열 관련 신문기사 자료

Under the Crazed Man's Sword:
A Collection of Korean Newspaper Articles Related
to Japanese Colonial Censorship

한기형 엮음

일러두기

- 이 자료집은 1919년부터 1945년까지의 신문기사 가운데 검열관련 내용을 선별하여 정리한 것이다.

- 원문의 내용에 충실하되 띄어쓰기, 문장부호 등은 현행 맞춤법에 맞게 수정하였다.
- 문장, 단어, 한자 표현의 명백한 오류는 바로 잡았고 표기 일부도 현재에 맞게 바꾸었다.
- 설명이 필요한 어휘, 한문표현, 사건, 인물 등에는 각주를 붙였다.
- 지나치게 긴 기사제목과 본문 내용과 중첩되는 부제목은 생략하였다.
- 서양어 고유명사(인명, 지명 등)는 원문대로 표기하되 확인된 오류에 한해 수정했다.
- 판독이 어려운 글자는 □로 표시하였다.
- 원문의 검열 흔적과 복자는 그대로 반영하였다.
- 조간과 석간이 구분되어 있는 경우 면수 앞에 '조', '석'으로 표기하였다.
- 수록기사 가운데 검열과 무관한 내용은 삭제하고 '〈략〉'으로 표시하였다.
- 매체 간 중복기사의 경우 정보량이 많은 것을 제시하고 나머지는 각주로 처리하였다.

- 반복적으로 등장하는 '발매반포금지', '압수' 등의 검열 관련 표현은 포함시키지 않았다.
  (예) 『조선일보』 1927.7.12. 1면 "昨日附 夕刊 押收, 削除 後 號外 發行"
- 신문, 잡지, 단행본 제목은 『 』로 구별하였다. 소제목, 기사, 강연, 토론, 그림, 노래, 연극 및 영화제목은 「 」를 사용하였다. 기사의 발신처는 【 】로 통일하였다.
- 도량형이나 화폐단위의 한자 음차표기는 모두 현행 방식으로 바꾸었다.
  (예) 米突→미터, 呎→피트, 留→루블, 馬克→마르크, 噸→톤, 吋→인치
- 통계표의 한자는 아라비아숫자로 바꾸었다.
- 수록기사 수량과 비율(총수 2,117건, 각주 처리된 유사기사 148건 별도)
  『동아일보』 1,056(49.9%), 『조선일보』 608(28.7%), 『매일신보』 297(14.0%), 『중외일보』 101(4.8%), 『시대일보』 26(1.2%), 『조선중앙일보』 22(1.0%), 『만선일보』 7(0.3%)

서문

이 책을 통해 제국 일본의 검열행위에 관한 당대의 기록을 담았다. 원래의 계획은 1905년 전후부터 일제 패망까지의 검열기사를 모으는 것이었으나, 이번에는 일단 1919년부터 1945년까지를 정리하고 그 이전 시기 자료는 추후 보완하는 방식을 취하기로 했다. 책의 편제가 불완전하게 된 것은 무엇보다 편자의 게으름 탓이다. 식민지 검열 관련기사가 1920년 이후 대량 생산된 탓에 오래 동안 그 시기에 집중하면서 예상치 않게 많은 시간이 흘러버렸다. 초기 검열 기사도 어느 정도 수습된 상태이지만 책으로 내놓기에는 무엇인가 충분하지 않다고 느꼈다. 보다 정밀한 조사와 교열이 필요하며 후일 빈 곳이 채워져 이 자료집의 구성이 완정해질 수 있게 되기를 희망한다.

식민지 검열과의 조우는 근대문학 연구자로서 피할 수 없는 일이었다. 1932년 심훈은 그가 써온 시들을 모아 『심훈시가집』이라는 소박한 이름을 붙이고 식민당국에 출판의 허가를 요청했다. 하지만 그에게 돌아온 원고는 온통 붉은 줄로 그어진 처참한 검열의 잔해뿐이었다. 결국 그 시집은 간행되지 못했다. 검열로 사산된 심훈 시의 유해는 그의 가족들에 의해 어렵사리 보관되다가 2000년 영인 출판되어 '식민지란 무엇이었는가'를 물질의 형태로 우리에게 증언했다. 이와 비슷한 숱한 사례가 있었을 것이나 대부분 인멸되고 지금까지 남아있는 것은 극히 희소하다. 나는 식민지의 물질성을 감각적으로 체험하는 것이 무엇보다 중요하다고 생각한다. 식민지가 역사기록 속에 유폐되거나 그 공과를 둘러싼 이념 논쟁으로 휘발되어서는 안 된다. 식민지의 경험이 반복되는 현재의 문제로 끊임없이 재현되고 있기 때문이다. 검열의 문제는 더욱 그러하다.

식민지의 문학은, 나아가 피식민자의 모든 표현은 가혹한 차별을 본질로 하는 제국정치의 산물이었다. '내지'와 '외지'는 모두 제국의 판도였지만 그 두 공간은 전혀 다른 이질적인 질서가 구현되어 있었다. 무엇보다 '내지'와 '외지'는 적용되는 법률이 서로 달랐다. '내지인'들은 '사후검열'을 받았다. 그것은 표현의 욕망이 가시화될 수 있는 권리를 뜻했다. 설사 법적 처벌을 받을지라도 일본인들의 사유와 의도는 '인쇄'라는 형식을 통해 세상 속에 남겨졌다. 인쇄된 것은 그 자체로 비가역적인 것이다. 종이를 통해 유포된 생각들을 완전히 멸살하는 것은 매우 어려운 일이기 때문이다. '내지인'들은 파시즘 체제 속에서도 정신의 공유를 위한 최소한도의 시스템을 보장받고 있었던 것이다.

그러나 식민지인은 그러한 권리를 부여받지 못했다. 그들은 자신의 상상과 사유를 '인쇄'할 수 있는 결정권을 갖고 있지 않았다. 식민지 조선 안에서 합법적으로 자기의 생각을 문자화하려는 이들은 먼저 검열관의 허락을 받아야 했다. 허가받지 못한 말들은 세상 속에 나갈 수 없었다. 이를 통해 식민지는 표면적으로 외설적인 문화도, 정치적인 과격함도 존재하지 않는 무미건조한 세계가 되어 버렸다. 나는 그것을 '강요된 절제'라고 부르고 싶다.[1] 따라서 식민지의 문학은 존재하는 것과 존재하지 않는 것의 혼재로 구성된다. 그러한 텍스트의 이중성을 상상하는 것이야말로 한국의 근대문학 연구자들이 견지해야할 특별한 태도가 아닐까. 사라져버린, 어쩌면 태어나지 못한 문학의 존재를 탐색하는 것이 나의 책임이라는 강박관념이 언젠가부터 마음 한 구석을 차지하고 있었던 것 같다.

2002년 전후부터 '식민지 검열'에 관한 본격적인 공부를 시작했다. 동료 박헌호 교수와 긴 토론을 하면서 검열연구의 중요성을 확신한 것이 무엇보다 중요한 계기

1 『동아일보』, 『조선일보』, 『중외일보』, 『조선중앙일보』, 『개벽』, 『신생활』, 『조선지광』 등 극히 소수의 신문과 잡지만이 인쇄 후 검열, 곧 신문지법에 의한 '사후검열'의 대상이 되어 '정치'와 '시사'를 다룰 수 있는 권한을 허락받았다. 이 자료집에 수록된 신문기사들은 그러한 작은 허용공간에서 겨우 생존한 것들이다. 하지만 '사후검열'이라는 예외적 권리가 식민권력이 치명적 공격을 가하는 핵심 빌미가 되었다는 점이 중요하다. 이들 매체들에 가해진 숱한 '삭제', '압수', '발매금지'는 굳이 그 횟수를 기록할 필요가 없을 정도로 빈번했다. 『동아일보』, 『조선일보』는 여러 차례에 걸쳐 장기간 '발행정지' 처분을 받았고 『신생활』과 『개벽』은 결국 '발행금지' 즉 강제폐간 처분을 받았다. 이것은 식민권력이 '표현의 자유' 문제에 대해 가지고 있던 예민한 긴장감을 잘 드러낸다.

였다. 그러나 '식민지 검열'이라는 회로로 한국문학의 역사성을 새롭게 해명하려는 시도는 생각처럼 쉽지 않았다. 자료와 선행연구 모두 부족했다. 그 때문에 자료를 만들면서 연구를 추진하는, 두 개의 작업을 동시에 진행하지 않을 수 없었다. 이 책은 그러한 상황의 산물이다. 식민지 문학을 설명하기 위해 긴 우회로를 만드는 과정에서 얻어진 뜻밖의 수확인 셈이다. 분석대상의 확보를 위해 박교수와 내가 주목한 것은 당대 신문의 검열 관련 기사, 『조선출판경찰월보』 등 조선총독부 경무국 도서과가 생산한 여러 종류의 관헌문서였다. 서로 다른 성질의 사료를 맞추어보는 과정에서 식민지 검열의 상이 그려질 것이라는 기대가 있었고 어느 정도의 성과도 얻었을 수 있었다.

그런 와중에 정근식, 한만수, 최경희, 박헌호, 한기형 다섯 사람이 만나 '검열연구회'가 결성되었다. 그 경위에 대해서는 최근 간행된 한만수 교수의 저서 『허용된 불온』(소명출판, 2015) '저자 후기'를 참고하기 바란다. '검열연구회'는 『식민지 검열 - 제도・텍스트・실천』(소명출판, 2011) 한 권의 책을 남겼지만, 한국학계에 무엇인가 절실한 질문을 던졌다. 문학연구자들이 '검열'이라는 과제를 통해 '문학'과 '역사'를 새로운 방식으로 연결한 것이야말로 이 연구회의 값진 경험이다. 동료로서의 이해와 우의가 깊어진 점도 물론 잊을 수 없는 일이다. 최근 한국과 일본에서 함께 간행된 『검열의 제국 - 문화의 통제와 재생산』(푸른역사, 2016 / 新曜社, 2014)도 '검열연구회'의 열기가 낳은 산물이다. 향후에도 표현과 권력의 문제를 둘러싼 깊이 있는 논의들이 계속 이어지기를 기대하지만, 그것이 무엇보다 나 자신의 과업이라는 점을 항상 잊지 않고 있다.

정교한 검색이 이루어지지 못해 다소 불완전한 상태이기는 하나, 이 책에 수록한 식민지 검열관련 신문기사 자료의 범위는 매우 광범위하다. 개별적인 표현의 자유를 억압한 무수한 사례 뿐 아니라 예술창작과 지식문화 전반에 대한 차별적 통제, 반일운동과 관련된 불법문서들, 일본 출판산업의 조선지배를 직간접적으로 지원하는 검열정책, 국경과 해안을 통해 밀반입되는 각종 불온서적 등 검열의 맥락은 식민지사회 전체 속에 신경망처럼 연결되어 있었다. 3・1운동 참여자들에게 적용된 주요 혐의가 출판법 위반이었다는 것은 탈식민의 과제가 일차적으로 표현의 자유와 직결되어 있었다는 것을 극명하게 보여준다. 최근에 문제가 된 '블랙리스트' 또한 식민지기에 개발된 검열기법의 하나였다. 식민지 경찰은 각 도별로 '불온작가'의 명부를 작성하고 지속적으로 감시하였다. 조선인은 출판산업이란 근대 지식의 생산, 유통의 장에서 원천적으로 배제되었는데, 그것은 식민지 대중을 일본 지식문화의 하부로 예속하려는 거시정책의 산물이었다. 이러한 사례들에서 드러나는 것처럼, 식민지 검열은 전방위적이며 다차원적으로 시행되었다. 아울러 그 자료 성격의 복잡성은 '검열'이 식민지 통치의 안정을 위해 필수적인 지배시스템의 일부라는 것을 증명한다.

기사들을 따라가다 보면 검열상황이 식민정책의 변화과정과 밀접하게 연관되어 있었다는 점도 드러난다. 문화정치 초기 대규모 필화사건은 식민지 공론장의 허용을 둘러싸고 조선총독부가 겪었던 긴장과 혼란의 산물이었다. 대중매체의 확산과 강력한 검열의 동시추진이란 모순된 정책이 이루어진 것은 이 때문이다. 중일전쟁 이후 총력전기에 접어들면서 선전이 검열을 대신하는 현상이 일반화되었다. 전쟁동원을 위한 선전의 일상화로 대중매체와 대중문화의 역할은 극히 협소해졌고 그 정점에서 조선어 신문이 폐간되었는데, 그것은 위태롭게 유지되던 식민지 공론장의 붕괴를 의미했다. '대일본제국'의 환상이 초래한 극단적 비이성이 식민지 지배의 효율성을 지탱하던 '검열'이라는 기우뚱한 균형조차 깨트린 것이다. 1920년대를 거치며 정교화된 검열정책은 한 때 식민지배의 완성을 향해 나아가는 듯 보였지만, 결국 일본의 자멸과 함께 파탄의 종결을 맞이한 것이다.

하지만 식민지 검열의 종언이 '검열'이라는 지배방식의 역사적 소멸로 이어지지 못한 점도 우리는 기억해야 한다. 불행하게도 식민지 검열의 영향력은 최근까지도 완전히 사라지지 않았다. 예컨대 '불온'과 같은 초법적 국가권력의 용어들이 아주 최근까지도 우리사회에서 공공연하게 사용되었다. 죄형법정주의를 부정하며 사법적 판결 전에 어떤 죄의 확정을 암시하는 국가권력의 두려운 선동 또한 오랫동안 계속되었다. 이것이 식민지 검열에 관한 연구를 현재와의 관계 속에서 지속하도록 만드는 현실적인 압력이다. 수년에 걸쳐 우리가 고통스럽게 대면했던 그 거대한 비정상은 이 나라가 구축한 현대의 사회제도가 얼마나 허약한 토대 위에 세워져 있는지를 증명했다.

이 자료는 많은 이들의 수고를 통해 모아졌다. 성균관대학교 대학원 동아시아학과 수업에 참여했거나 이런 저런 인연으로 검열연구 프로젝트와 결합한 여러 분들이 있다. 먼저 초기의 어려움을 극복하는데 큰 힘이 된 박지영 선생, 이경돈 선생께 깊은 감사의 인사를 드린다. 동아시아학술원에서 검열연구를 함께 진행한 이혜령 선생에게서도 적지 않은 조력과 학문적 영감을 받았다. 책이 마무리 되는 순간까지 힘을 보태준 유석환, 손성준 두 박사의 노고를 어찌해야할지! 이용범, 김민승 씨를 포함하여 도움을 준 많은 학생들께 고마움의 인사를 전한다. 동아시아학술원의 연구비 지원이 없었다면 이러한 시도 자체가 불가능했다는 점도 기록해 둔다. 편집을 맡아 고생한 소명출판 담당자 분께 이 자리를 통해 사의를 표한다.

끝으로 책의 제목 '미친 자의 칼 아래서'의 연원을 간단하게 설명하겠다. 이 표현은 1924년 6월 7일 열린 '언론집회압박탄핵대회'의 의미를 알리려는 『동아일보』 사설 「항거와 효과」(1924.6.10) 속에 등장한다. 오늘의 시대 정황과 관련하여 그 내용이 의미심장하다.

"언론, 집회에 대한 압박은 곧 사상에 대한 압박이요, 사상에 대한 압박은 사회 발전에 대한 압박이며 인류 향상에 대한 압박이다. 위험은 저기 있는 것이 아니라 여기 있으니 미친 자의 손에 칼을 들림이 이 어찌 위험이 아니랴? 미친 자의 칼 아래서 항거가 어렵다 말라. 흐르는 피가 마침내 그 날을 꺾을 것이다."

2017년 5월

한기형

차례

1928~1945

미친 자의 칼 아래서

2

1928 ~ 1945

1066 「京城서 通過된 것을 地方警察이 押收」

『중외일보』, 1928.01.04, 2면

『현대평론(現代評論)』 철원지사(鐵原支社)에서는 지사를 설치하는 동시에 그 잡지사를 선전키 위하여 『현대평론』의 취지를 간단히 설명한 '삐라' 이천 매를 인쇄에 붙였던바 지난 삼십일에 돌연히 철원경찰서에서 지사 관계자를 소환하여 입회케 한 후 인쇄소로부터 인쇄물을 지사원에게 인도하는 형식을 취하고 나서 불온하다는 이유로 배포를 금지한다 하므로 지사원 중에서 불온하다는 점을 지적하면 삭제하고 배부할 것을 말하였으나 무리하게 선전삐라 인쇄물에도 상당한 수속을 하라는 전례에 없는 압박을 가하였다는데 그 취지라는 것은 이미 현대평론사로부터 일반사회에 공공연히 통하여 아무 일없는 것임에도 불구하고 그와 같이 압수하였으므로 일반은 몰상식한 지방경찰이라고 비난이 많다더라. 【철원】

1067 「言論 權威의 伸張을 目標로 諸多 重大事項 決議」

『중외일보』, 1928.01.10, 4면

第一日

第四回 咸南記者大會는 咸南記者團聯盟의 主催와 高原記者團 後援 下에서 着着 準備 中이던바 去 二十六日부터 兩日 間 高原邑內 天道教堂에서 開會되었는데 定刻 前에 該 大會를 傍聽하려는 四五百 聽衆은 勿論 出席 大會員이 五十餘 名에 達하여 大盛況 裡에서 準備委員 咸端熙 氏의 簡單한 開會辭가 있은 後 會員資格 審査委員 康基德, 元点俊, 張基郁, 裵烈, 李在默 五氏를 選定하여 審査케 하여 報告가 있었고 이어 經過報告를 進行하는 中 前 會錄 朗讀 與否를 長時間 激論하다가 結局 前 會錄을 먼저 朗讀하기로 되어 準備委員 徐炳河 氏가 朗讀하고 따라서 同 徐炳河 氏의 經過報告와 準備 狀況을 報告 後 臨時執行部를 選擧한 結果 張基郁, 康基德, 朴文秉, 元貞

俊, 徐炳河 五氏가 被選되어 會議를 進行하였는데 當日 到着된 祝電 祝文이 數十 通에 達하였고 討議 事項과 決議文은 如左하였다더라.

第一部

一. 言論 權威에 關한 件.

言論은 民衆政治 及 그 運動의 基礎的 條件이다. 그러므로 우리는 言論의 步武를 一致하여 反動勢力을 掃蕩할 前衛的 武器로써 그 使命 及 權威를 伸張하기 爲하여 鬪爭하기로 함.

一. 言論 壓迫에 關한 件.

朝鮮에 있어서의 言論 壓迫은 人類社會를 通하여 그 類例를 보기 어렵다. 그러므로 우리는 그 惡法案에 對하여 積極的 抗爭을 期할 것.

[2]

(가) 現 出版法 及 新聞紙法의 撤廢.

(나) 報道 及 論評에 對한 刑法 第 二百三十條의 適用을 撤廢.

(다) 集會 及 結社의 自由 獲得에 關한 件.

一. 報道 記事에 關한 件.

第二部

一. 本社 對 支分局에 關한 件.

一. 支分局 記者 採用에 關한 件.

一. 新聞, 雜誌 强制 販賣에 關한 件.

特權階級의 機關紙로 行하는 新聞, 雜誌 等을 民衆에게 强制 販賣함은 惡辣한 行

---

2 원문에 5행 판을 깎아낸 흔적있음.

動이니 우리는 輿論을 喚起하여 써 此에 徹底的 防止를 期함.

一. 全朝鮮記者大會 促成의 件.

第三部

一. 朝鮮 教育制度에 關한 件.

朝鮮 教育의 現實은 가장 不合理한 狀態에 있다. 그러므로 우리는 그를 朝鮮人 本位의 徹底的 改正을 取함.

一. 鄕校 財産에 關한 件.

一. 郡農會 及 産業組合에 關한 件.

一. 火田民 整理에 關한 件.

第二日

咸南記者大會는 二十六日부터 開會되어 同日 午後 五時頃에 休會하고 二十七日 午前 十一時부터 繼續 開會하고 討議 中 臨席 警官으로부터 第四部 議案은 全部를 討議 禁止한다고 하므로 査察員 八 人을 增選하여 質問키로 하였는데 姜英均, 金允海, 裵烈, 南相完, 廉奎鏞 外 三 人이 被選되어 禁止理由 質問을 하게 되었는데 全部 討議 禁止라던 警官은 第四部 議案 中 十 個 條만 上司의 命令이 있으므로 禁止한다고 하므로 大會員은 警察의 無理한 禁止를 彈劾하는 激論으로 場內는 極度로 緊張되었다가 點心 時間이 되어 休會하였다가 禁止된 十一 個 條 議案을 除外하고 無事히 討議 決議한 後 臨時議長 徐炳河 氏 發論으로 咸南記者大會 萬歲 三唱으로 閉會하였는데 第二日의 決議 事項은 如左하다더라.

第四部

一. 朝鮮産業株式會社에 關한 件. 그 正體를 調査 暴露하는 同時에 對策 講究會에는 激勵文을 發送하는 同時에 當該 會社에 警告할 것.

一. 長津 及 新興 水電에 關한 件.(禁止)

一, 咸南 窒素工場에 關한 件.(禁止)

一. 在滿同胞 驅逐 事件에 關한 件.(禁止)

一. 東拓 問題에 關한 件.(禁止)

一. 共產黨 暗黑 公判에 關한 件.(禁止)

一. 拷問 警官에 關한 件.(禁止)

一. 文川 私刑 事件에 關한 件.(禁止)

一. 各地 同盟休學에 關한 件.(就中 七行 省略)

가. 敎育制度 調査 發表

나. 全國學父兄會 組織 促成

다. 學生運動의 促進

一. 各地 警察 橫暴에 關한 件.(禁止)

一. ○○日報社 人物 投票 及 調査에 關한 件.

一. 水利組合 强制 設置의 件.(禁止)

一. 永興 '에메린'事件에 關한 件.(禁止)

一. 農業 補習學校에 關한 件.

一. 漁業組合에 關한 件.(略)

一. 渡日 勞働者 防止의 件.

一. 日本 移民에 關한 件.(禁止)

一. 地方 特殊事情 報告 及 討議.(略)

義損金 遝至

十六, 七 兩日 間 高原에서 開催된 第四回 咸南記者大會에 同情하는 意味로 義損한 人士 氏名은 如左하더라.

金容秀, 金斗秀, 趙中熙, 尹明傑, 高原釀酒所 各 五十 圓, 金亨瓚 二十 圓, 金思範 十 圓, 李重煥 十 圓.

招待宴 盛況

第四回 咸南記者大會에 出席한 會員 諸氏를 高原 精米所主 金兢秀 氏가 招待하여 晩餐會를 開催하였으며 十七日에도 晝饌을 提供하였다더라. 【高原】

1068 「黃州 月刊『生의 聲』雜誌 創刊號 押收」

『조선일보』, 1928.01.14, 4면

黃海道 黃州서 發行하는 月刊雜誌『生의 聲』創刊號를 編輯하여 當局에 提出하였던바 지난 十二月 二十日付로 原稿 全部를 押收當하고 第二號 編輯에 奔忙 中이라더라. 【黃州】

1069 「'칼', '로사'의 殉節 紀念 禁止」

『중외일보』, 1928.01.15, 2면

일천구백십구년 일월 십오일에 독일(獨逸) 군국주의자의 손에 참살을 당한 유명한 '칼 리부그네흐투'와 '로사 룩셈부르크' 두 청년 운동자의 기념은 해마다 국제적(國際的)으로 성대히 거행되는 바이며 조선에 있어서도 해마다 이날을 기념하여 온 바인데 오는 십오일이 '칼', '로사' 순절 기념일이므로 시내 낙원동에 있는 신흥청년동맹(新興靑年同盟)에서는 이날을 기념하기 위하여 동 회 집행위원회를 열고 현 단계(現 階段)에 있어서의 청년운동(靑年運動)의 표어(標語)를 발표하는 동시에 그 기념에 대한 여러 가지 사항을 토의하려 하였던바 경찰당국의 금지로 부득이 중지되고 말았다는데 그 기념 표어는 다음과 갔다더라.

紀念 標語

一. 言論, 集會, 結社의 자유를 獲得하자!

(一項 削除)

一. 封建思想 及 靑少年에 對한 差別 待遇를 撤廢하자!

一. 未組織 勞農 靑年大衆을 組織 促成하자!

一. 朝鮮 靑年은 朝鮮靑年同盟 旗빨 아래로.

一. 滿 二十七 歲로 年齡 制限을 統一하자!

一. 全鮮的으로 單一 靑年同盟組織을 完成하자!

一. 全民族的 單一 黨을 促成하자!

一. 在滿同胞를 全民族的으로 擁護하자!

一. ××××及 ×××國主義와 ×××××하자!

십사일 정오 시내 견지동(堅持洞) 서울청년회에서는 집행위원회를 열고 '칼', '로자' 양씨의 제일을 기념하기 위하여 결의코자 하였던바 경찰당국에서 금지하므로 토의를 중지하고 아래와 같은 사항만을 결의하였다더라.

一. 公式的 飜譯理論 及 新幹會 分裂理論에 關하여 青總에 建議하였던 것의 內容을 發表하기 爲하여 聲明書 作成委員으로 尹亨植, 李駿鎬 兩氏를 選定.

一. 會員整理 常務에 一任.

一. 常務委員 改選의 件.

朱珍, 趙一濤 兩氏의 辭任을 受理하고 秋秉桓, 朴濟榮 兩氏 補選.

1070 「檢閱制度 反對 週間」

『동아일보』, 1928.01.16, 1면

新聞, 雜誌, 文藝, 映畵, 演劇, 美術 等의 各 團體로 組織된 檢閱制度改正期成同盟에서는 休會 畢後의 議會를 앞두고 現行의 不當한 檢閱制度의 改正을 期하여 特히 上程되려 하는 出版法案을 牽制하여 大衆의 絶叫하는 그대로 議會에 請願하는 同時에 十八日부터 二十四日까지를 檢閱制度 反對 週間으로 하여 大大的 運動을 行할 터이며 十六日은 大草 議會에 赴하여 請願을 할 터이더라. 【東京電】

1071 「十三日에 突然 鄭東允 氏 檢束 가택까지 수색」

『조선일보』, 1928.01.16, 2면

지난 십삼일 오후 세시경에 동업『동아일보』영광지국장 정동윤(同業『東亞日報』靈光支局長 鄭東允) 씨를 당지 경찰서로부터 돌연 검속하고 엄중 취조 중이라는데 해 사건의 내용에 있어서는 극히 비밀에 부침으로 상세히는 알 수 없으나 아마도 금번 영광여성동맹(靈光女性同盟)의 주최인 재만동포 동정 음악무도회(在滿同胞 同情 音樂舞蹈會)의 기사 내용에 있어서 경관의 행동이 너무나 횡포하다는 것에서 관련된 것인지 또는 당지 모 의원(醫院) 사건에 관련된 것인지 일반의 억측이 매우 분분한 모양이며 그 이튿날 오전 십 시경에는 고등(高等), 사법(司法) 양 계원 총출동으로 동씨의 가택을 엄밀히 수색하였으나 아무 물적 증거는 얻지 못하고 거저 돌아갔다더라.
【영광】

1072 「無産青年의 不穩한 標語」

『매일신보』, 1928.01.18, 2면

大正 十五年 九月 平壤勞動青年會와 및 平壤洋服職工이 同盟하여 秘密結社를 組織하고 現在의 私有財產制度를 否認하라는 標語를 作成하여 主義 主張을 一般에 發露코자하던 平壤府內 里門里 洋服職工 朴哲(二八), 同 櫻町 金鐘聲(二八), 同 倉田里 徐元俊(二一), 同 里門里 金嘉鎭(二四) 等 四 人에 對한 治安維持法 違反事件의 第一回 公判은 지난 十四日 午後 一時부터 平壤 地方法院 刑事 第一號 法廷에서 齋藤 裁判長, 下村 檢事, 關與門田, 韓相炳 兩 陪席 判事 立會 下에 辯護士 一 人도 없이 開廷되었었는데 實로 平壤에서는 처음으로 보는 事件이므로 一般의 興味를 느끼어 傍聽席은 開廷 審問하기도 前에 立錐의 餘地도 없이 大滿員을 이룬 가운데 裁判長이 事實을 審問함에 對하여 前記 朴哲은 私有財產制度 否認이라는 것은 事實이 없는 말이라고

이를 否認하고 無産者 階級, 勞動者 階級의 解放과 및 幸福을 圖謨할 目的으로 非妥協的 '맑스'主義, 社會主義로써 社會改造運動을 하기 爲하여 平壤勞動靑年會 標語를 作成하여 그것을 一般에 發表코자 하던 것은 事實이라고 共述하고 前記 金, 徐, 金三人도 朴哲과 같은 主義를 供述한 後 事實 審問을 마치자 檢事의 論告가 있었는데 檢事는 被告가 私有財産制度를 否認하였다는 것을 否認하나 被告가 供述한 맑스主義, 社會主義의 趣旨, 또는 標語를 作成하여 一般에 發表코자 하던 것을 보아도 私有財産을 否認한 것이 判明된다 하며 各 治安維持法 違反 第一條에 依하여 左記와 같이 求刑하였는데 判決 言渡는 오는 二十一日이라더라.

懲役 一 年 朴哲. 【平壤】

1073 「月曆 박다가 檢束」

『동아일보』, 1928.01.22, 5면

천도교청년당 단천부 상무위원 이성규(天道敎靑年黨 端川部 常務委員 李成奎) 씨는 지나간 연말에 등사판(謄寫版)으로 새해 월력(月曆)을 만들어서 당지 교인들에게 한 장씩 배부하다가 당지 경찰서에 압수를 당하였던바 그것이 신문지법 위반(新聞紙法 違反)이라 하여 지난 십팔일에 전기 이성규 씨를 당지 경찰서에서 검속하고 엄중한 취조를 하는 중이며 동 대표위원 설운룡(同 代表委員 薛雲龍) 씨도 십구일에 불러다가 증인으로 심문하였다더라. 【단천】

1074 「『節制生活』 押收」

『동아일보』, 1928.01.27, 4면

平壤 水玉里 節制生活社 發刊인 禁酒斷煙 雜誌 『節制生活』 創刊號는 當局의 忌諱

에 抵觸된 바 있어서 卄三日 發賣禁止의 處分을 當하였는바 同社에서는 臨時號를 發刊코자 準備 中이라더라. 【평양】

1075 「文書 押收 問題 惡化」

『중외일보』, 1928.01.31, 1면

民政黨은 卄九日 午後 二時부터 風紀肅正委員會를 開하고 委員長 橫山 氏 以下 十餘 名이 出席하여 政府의 '팸플릿' 押收問題에 對하여 大要 左와 如한 決議를 하고 內相에 嚴談하기로 決定하고 散會.

"政府의 第五十四 議會 解散은 憲政의 常道를 破壞함이 甚할 뿐 아니라 近來 密偵을 放하여 舊式 陰險한 警察 手段을 弄하고 吾黨의 公文書를 差押하여 言論의 途를 阻閉하였다. 此는 革命 斷行 中의 露國 過激政府의 彈壓策과 같은 行動으로 實로 暴戾의 極이라 할 것이다. 그 形勢의 미치는바 人心을 惡化하여 마침내 激發하게 되면 그 禍는 實로 不測할 것이다. 吾黨은 天下에 檄하여 現 內閣의 手段을 排함." 【東京二十日電】

政友會 秦安 幹事長 談

"民政黨은 各地에 監視人을 出키로 되었는데 이는 一種의 選擧運動이라고 觀測되므로 選擧違反 嫌疑에 對하여는 容赦 없이 告發할 터이다. 民政黨이 '포스터' 沒收問題, '포스터'는 新聞 一 頁만한 것으로 其 內容은 이미 第五十二 議會에서 論議한 結果 全然 無根之事로 決定된 것이요, 例의 機密費 及 三百萬 圓 問題의 再起로 吾黨을 □傷하여 離間, 中傷코자 하는 苦策이라겠고 當局이 取締上 이를 沒收한 것은 全혀 不得已한 일로 信한다." 云云. 【東京二十日電】

1076 「팸플릿 押收 問題로 民政黨 大憤慨」

『동아일보』, 1928.02.01, 1면

去二十八日 夜 警視聽에서 「民政黨의 三百萬 圓 問題 機密費 事件의 原因」이라 題한 小冊子 二十萬 部를 押收한 것은 言論 壓迫이라 하여 極度로 昂憤한 民政黨에서는 二十九日 委員會의 決議에 基하여 三十日 午前 十時 小泉, 高木, 藏蘭, 橫山 氏를 委員으로 하여 鈴木 內相을 訪問 强 談判을 하였더라. 【東京電】

1077 「『朝鮮日報』 筆禍 起訴 신문지법 위반」

『동아일보』, 1928.02.01, 2면

동업 『조선일보(朝鮮日報)』의 지난 이십일일부 사설(社說)이 문제가 되어 행정처분(行政處分)으로 그 사설이 압수를 당한 후 며칠을 지나서 사법권(司法權)의 활동을 보게 되어 『조선일보』 주필 겸 발행인 안재홍(安在鴻), 동 편집인 백관수(白寬洙) 양인을 소환 취조한 후 즉시 서대문형무소(西大門 刑務所)에 수감하였다 함은 기보한 바거니와 이 사건은 그동안 경성지방법원 중야 차석검사(中野 次席檢事)가 취조를 진행 중이던바 지난 삼십일에 이르러 경성지방법원 형사부(刑事部)에 기소를 하였다는데 기소된 죄명은 신문지법 위반(新聞紙法 違反)이라더라.

1078 「出版法 違反? 四名만은 送局」

『동아일보』, 1928.02.02, 2면

지난달 십일에 돌연히 강원도 이천경찰서(伊川警察署)에서 고등계 주임 도(都) 경부보 인솔 하에 육 명의 정사복 경관이 자동차를 몰아 용포면 무릉리(龍浦面 武陵里)로 가서 본보 이천지국 기자(本報 伊川支局 記者) 이은송(李殷松) 외 아홉 명을 검거한 후 엄밀한 취조를 비밀리에 계속한다 함은 이미 보도한 바거니와 문제는 점점 확대하여 고등계 형사가 충청남도 공주(忠南 公州)까지 가서 모처에 숨어있는 윤용화(尹龍化)를 호송하는 동시에 이천군 학봉면 성호리(伊川郡 鶴鳳面 星湖里) 선봉소년회위원(先鋒少年會委員) 이영하(李寧夏)를 인치하고 전후 이십 일간 철야 조사를 진행하던 바 전기 검거된 열 명 중 용포면 무릉리(龍浦面 武陵里) 윤은복(尹銀福), 윤재병(尹再炳), 안수길(安守吉), 이응수(李應洙), 황중순(黃仲順), 황중민(黃仲敏), 안수옥(安守玉), 최수덕(崔守德)의 여덟 명은 석방(釋放)이 되고 증인(證人)으로 북경 『익세보』 조선지사원(北京 『益世報』 朝鮮支社員)의 귀향 중인 용포면 무등리 김순조(金淳照)와 동업 『중외일보』 지국장(『中外日報』 支局長) 김형구(金瀅九) 씨 외 수 명을 소환하여 증인 심문까지 하고 전기 관련된 농민자치회원(農民自治會員) 문장현(文章絃)과 선봉소년회의 이영하와 농민자치원 윤룡화, 본보 지국기자 이은송의 네 명은 일건서류와 함께 경성지방법원 철원지청 검사국(鐵原支廳 檢事局)으로 지난 삼십일 수 명의 경관이 자동차로 압송하였다는데 내용은 아직도 알 수 없으나 신문지법 위반(新聞紙法 違反)과 그 외 몇 가지에 관계된 듯하다는바 금후 진전을 일반은 주목 중이라더라. 【이천】

1079 「『無窮花』 押收」 『조선일보』, 1928.02.03, 5면[3]

조선의 무산 소년과 농촌 소년을 상대로 하여 많은 힘과 노력을 하여오는 『무궁화』는 일월 이십육일부로 이월호 원고 전부가 압수되었으므로 지금 또다시 재편집을 하는 중이라는데 오는 이월 오일쯤에는 발간되리라더라.

3 「『무궁화』 押收」, 『매일신보』, 1928.02.03, 3면.

1080 「蔡그리고리는 出版法 違反」

『동아일보』, 1928.02.08, 2면

신의주에서 서대문형무소로 넘어온 공산대학 정치과 교수(共産大學 政治科 敎授) 채(蔡) '그리고리'에 대하여는 경성지방법원 검사국 중야 차석검사(中野 次席檢事)가 담임, 취조 중이라는데 조선 안에 공산주의(共産主義)를 선전코자 하였다는 치안유지법 위반사건은 근거가 별로 명확치 못한 모양이요, 그가 북경(北京)에 있을 때 모모 잡지를 발행한 일이 있다하여 신문지법 위반(新聞紙法 違反)으로 취조를 할 모양이더라.

1081 「萬人 注視 中 開會되려던 新幹 定期大會 突然 禁止」

『중외일보』, 1928.02.08, 2면

조선민족운동의 최고 단일(最高 單一) 단체인 신간회(新幹會)는 현재 백십여 지회를 망라하여 수십만 회원을 가지고 있는데 기보와 같이 오는 십오일에 경성에서 제일회 전국대회(第一回 全國大會)를 개최하려고 그동안 대회 준비위원회에서 모든 준비에 분망 중이던바 돌연히 개회일을 목전에 둔 칠일 오전 열한시 이십분에 삼종로서장(森 鍾路署長)이 신간회 총무간사 신석우(申錫雨) 씨에게 대하여 별항 이유에 의하여 동 대회를 금지한다고 발포하였더라.

"新幹會는 昨春에 組織된 團體로서 이에 對하여는 同會가 참으로 朝鮮人의 健全한 自覺을 促하고 穩健 合法으로 行動함이 明白하면 구태여 干涉이나 取締를 加할 必要를 認定치 않으나 組織 以來 觀察한즉 同會는 寧히 比較的 空漠한 綱領 三 項 外에는 組織의 目的, 實施事項 等이 那邊에 在한지 具體的 發表를 見치 못할 뿐이라. 더욱이 各地에 組織된 支會 中에는 恒常 着實을 保持치 못하고 特히 激越한 言動에 出하는 事實이 續續 發生하여 如此 目的不明으로서는 此等 不穩當한 支會를 有한 本

會의 大會 開催를 容認함은 特히 事端을 惹起하고 社會秩序를 害할 念慮가 있다고 認定한다. 그러므로 治安維持上에 開會 禁止하는 것이다."

신간회 본부(新幹會 本部)에서는 칠월 정오(正午)부터 대회 금지에 대하여 긴급 총무간사회를 개최하고 아래의 사항을 토의 중이라더라.

討議 事項

一. 大會 禁止에 對한 件

一. 緊急 幹事會 召集의 件

一. 其他 事項

신간회대회를 금지한 이유에 대하여 경찰부 좌백 고등과장(左伯 高等課長)은 답변하되 "신간회의 일반지회 상태를 보면 대개가 온건 착실한 합법적 운동(合法的 運動)을 하고 있지는 아니할 뿐더러 치안을 방해하는 언동을 감행하고 있으니 이러한 지회가 모여 대회를 연다면 반드시 치안을 방해하는 행동을 취하게 될 것이올시다. 신간회가 확실히 그 행동을 표명한 선언이 있다면 그 선언에 준하여 신간회를 볼 수 있을 것이나 아직 신간회는 행동을 표명한 선언도 발표하지 아니하였으니 어찌 위험시 하지 않겠습니까?"

대회를 금지당한 신간회 본부의 간부 모 씨는 말하되 "우리 신간회 정기대회는 정식으로 계출한 일도 없는 터이지만 예정된 것이라고 하여서 미리 금지한 것인가 봅니다. 다시 기도조차 못하고 준비도 충분치 못하여 우리 본부 간부 측에서 연기설까지 있었습니다마는 전 조선적 일이라고 그렇게 용이히 처리할 수 없어서 예정대로 준비 진행 중이었는데 究竟이 이렇게 되었습니다. 대회가 금지된 만큼 어찌 우리 회의 발전에 아주 영향이 없겠습니까? 많은 전 조선 본부 간부급 회원 활동이 일층 분발하여 정정당당하게 활동하면 그만이겠지요. 또는 금지는 금월 십오일에 개회할 대회뿐이라니까 혹 시기가 문제가 아닌가 생각합니다. 그렇다면 나중에 임시대회라도 열겠습니다."

1082 「本報 筆禍事件 來 卄四日에 開廷」

『조선일보』, 1928.02.11, 2면

본보(本報)의 필화사건(筆禍事件)으로 발행인 안재홍(發行人 安在鴻) 씨와 편집인 백관수(編輯人 白寬洙) 씨 다 기소되어 수감 후 보석되었다 함은 기보한 바거니와 이 사건의 공판은 오는 이십사일 경성지방재판소의 말광 재판장(末廣 裁判長)과 중야 검사(中野 檢事) 입회하에 개정될 터인데 이 필화사건의 변호를 담당한 변호사 제씨는 다음과 같더라.

崔鎭, 許憲, 金炳魯, 李升雨, 韓國鍾, 金用茂, 李仁, 權承烈, 金泰榮, 趙憲植, 姜世馨, 岡野博一.

1083 「新幹 統營支會 創立大會 突然 禁止」

『중외일보』, 1928.02.11, 4면

우리 民族運動의 最高 單一한 新幹會가 設立된 後 아직 一個年이란 數에 及치 못한 今日에 全鮮 各地에 벌써 百餘 支會가 設立되었으나 慶南의 三大 都會地인 統營에서 아직 支會 設立을 보지 못함은 統營 人士는 勿論이요, 外地에까지 매우 遺憾으로 생각하던 靑年 有志는 同 支會를 設立코자 其間 數月을 두고 活動 中 去月 二十五日 大和町 馬山旅館 內에서 設立準備委員會를 組織하고 去 二月 八日로 大會 時日을 定하고 諸般 準備에 極力 活動 中이라 함은 旣報한 바거니와 모든 設備가 完成됨에 따라 大會 期日을 앞둔 六七 兩日 間 自動車로서 宣傳 '삐라' 數千 枚를 市內 各處에 散布하자 一般 市民의 人氣는 자못 緊張하여 마치 어린 兒孩가 作亂을 苦待하듯이 大會 期日만 기다렸었다. 바람길 같은 光陰은 어느덧 期日을 만나게 되자 期日 前인 七日 밤까지 何等의 말이 없던 當局에서는 八日 아침에 當하여 準備委員 金載學 君을 呼出하여 上府의 命令으로 創立大會 集會는 絶對로 禁止한다는 宣告가 있게 되자 그를 들은 準備委員會에서는 緊急히 對備策을 講究하고 다시 卓相鋒, 金載學 兩

君은 警察署長을 訪問하고 여러 가지 交涉을 하였으나 그도 結局 水泡로 돌아가고 말았었다. 그러나 禁止의 宣告를 듣지 못한 一般 市民은 漸漸 모이게 되어 어느덧 大會場 正門 앞에는 사람의 바다를 이루게 되자 當局에서는 正私服 警官 數 名을 派遣하여 一般 群衆을 解散시키기에 努力함과 同時 臨時 建設하였던 大會場 正門까지 至急히 없애버리라 하였다. 그러나 大會에 出席코자 固城 及 他處로서 多數한 同志가 來臨하였으며 數十 通의 祝電은 連續 不絶하였으나 當局의 無理 禁止로 不得已 解散하고 말았다더라. 【統營】

新幹會 統營支會 創立大會를 開催코자 하였으나 當局의 集會禁止 命令으로 同 大會를 開催하지 못하였다 함은 別項 報道한 바와 같거니와 同 大會 餘興으로 新舊 音樂 及 演劇會도 當日 開催치 못하고 翌日인 九일로 延期함과 同時, 主催도 變更하여 統營 樂隊部에서 主催하기로 하였다더라. 【統營】

1084 「海美勞組의 마크를 押收」

『동아일보』, 1928.02.11, 4면

瑞山郡 舊 海美邑 內 海美勞働組合에서는 마크를 製作 使用하던바 去 六日 海美駐在所에서 同 組合 常務委員을 召喚하여 警務局 指令을 指示하고 마크를 押收하였다더라. 【瑞山】

1085 「無産黨의 言論 壓迫에 各 團體가 奮起」

『동아일보』, 1928.02.12, 1면

政府는 無産黨의 言論文書運動에 對하여 多少라도 社會運動으로 認定되는 便이 있으면 容恕 없이 拘束, 中止, 押收 等의 手段을 取하고 있으므로 文藝, 映畵, 雜誌, 出版, 美術 等 各 團體의 組織하는 檢閱制度改正同盟에서는 代表者 五 名이 八日 午後

內務省을 訪問하고 土屋 圖書課長에 會見하여 鈴木 內相에게 右에 對한 抗議書를 手交하였더라.

1086 「延白記者團 緊急 總會」 『조선일보』, 1928.02.12, 4면

延白記者團 執行委員會 代表 崔建 氏가 지난 四日에 突然 延白署에 檢擧되었다 함은 既報한 바거니와 이제 그 內容을 듣건대 客年 十二月 三十日附 本報 第二千六百二十八號와 當時 同業『中外日報』에 記載되었던 「理由없이 新幹支會 搜索하는 延白警察」이란 題目 下에 記事가 相違되었다고 取消하라 하였으나 그에 應치 않으므로 誣告罪란 罪名 下에 그같이 拘禁하였다는데 그에 對策을 講究키 爲하여 延白記者團에서는 지난 六日 正午 十二時부터 記者團 事務所에서 李孝承 氏 司會 下 緊急會를 開催하고 代表 二人을 選定하여 當 署와 妥協하기로 決議하였다는데 被選된 代表는 如左하다더라.

代表 朴用興, 李義泓. 【延白】

1087 「朝鮮 各 社會團體의 集會禁止를 解除하라」 『중외일보』, 1928.02.17, 2면

지난 육일 경도 신간회 지회 회관에서 재경도 각 조선인 단체 대표회의를 열고 조선삼총해금경도지방동맹(朝鮮三總解禁京都地方同盟)을 조직하여 칠일부터 십이일까지를 삼총해금 제일회 선전주간으로 결정하여

七日 – 삐라, 포스터 製作.

八, 九日 – 포스터, 삐라 撒布 及 各 團體 講座班 開催.

十日 – 在京都 朝鮮青年大會.

十一日－在京都 朝鮮勞働者大會.

十二日－全京都朝鮮人大會.

이러한 프로그램으로 착착 진행되어 십이일 밤에 당지 전중정 수평사 청년회관(田中町 水平社 青年會館)에서 전경도조선인대회를 개최한 후 현하 조선의 여러 가지 문제를 토의한 후 이에 대한 수 항의 슬로건을 발표하고 당 대회를 압박한 당지 경찰부와 내무대신에게 엄중 항의하기로 하였더라.

재대판 조선청년동맹(在大阪 朝鮮青年同盟)에서는 지난 팔일 오후 일곱시에 대판시 서성구 북개정 삼정목(大阪市 西成區 北開町 三丁目) 사백칠십오번지 조선노동조합 서성지부(朝鮮勞働組合 西成支部) 안에서 동맹 본부 김우섭(金友燮) 씨의 사회로 개회하여 의장 이병두(議長 李丙斗) 씨가 당선된 후 여러 가지 중요한 사항을 토의하고 동일 열한시경에 폐회하였는데 의결 사항(決議 事項)은 다음과 같더라.

一. 三總解禁에 關한 件.

三總解禁運動을 積極的으로 展開하기 爲하여 三總解禁關西同盟을 組織하기로 本部에 建議할 것.

議長 李丙斗, 書記 李東晨, 會計委員 全文鉉 外 數 名. 【京都】

1088 「中止와 禁止 中에 紀念만은 擧行」

『중외일보』, 1928.02.18, 2면

지난 십오일은 신간회(新幹會) 창립 일주년이므로 군산지회(群山支會)에서는 이날을 의미 있게 기념하고자 지난 십오일 밤 일곱시에 부내 개복동 유아원(府內 開福洞 幼兒園)에서 기념식과 기념 강연을 열기로 하였는데 군산경찰은 신경이 극도로 과민되어 별별 간섭을 다 하더니 강연할 원고(原稿)를 일일이 검열하기 전에는 허가할 수 없다고 고압을 하여 오던 중 당일에 동회에서는 일반에게 선전하고자 '선전삐라'를 악대(樂隊)로 산포하려 할 즈음에 또 무리한 경찰은 허가를 얻으라 하므로 준비위원 측에서는 수속을 하였더니 여러 가지 조건을 붙여 금지하였고 당야 칠시 정각이 되기도 전에 회장은 입추의 여지가 없이 운집한 가운데 지회장 김현창(金顯彰) 씨의 사회로 장엄한 주악리(奏樂裡)에서 기념식을 열었는데 기념사와 내빈 축사와 답사는 원고를 제출하라 하여 이를 안 하기로 하였는데 군산경찰은 장내장외를 엄중히 경계하는 중에서 일반은 흥분된 가운데 주악으로 폐식한 후 계속하여 강연을 하는데 전날 원고검열에 있어서 연사 일곱 사람 중 전부 금지를 당하고 이태로(李泰魯) 군의 「조선운동과 일구이팔년(朝鮮運動과 一九二八年)」이라는 제목으로 열변을 토하는 중 수 차의 주의가 있었고 사회자로부터 일반에게 광고하는 것까지도 원고가 없으니 말하지 말라고 하므로 그 폭압을 후일에 묻기로 하고 동야 팔시 반에 산회하였다더라. 【군산】

1089 「『勞働運動』 押收」

『동아일보』, 1928.02.22, 2면[4]

시내 수송동 사사번지 노동운동사(市內 壽松洞 四四 勞働運動社)에서 발행하는 월간 잡지 『노동운동(勞働運動)』 이월호는 압수되었으므로 다시 임시호를 준비하는 중이라는바 임시호가 발행되기까지는 다소 시일이 걸리리라더라.

4 「『勞動運動』 押收」, 『조선일보』, 1928.02.22, 2면.

1090 「淳昌警察의 青年同盟 高壓! 검열을 자원한 인쇄물을 出版法 違反으로 檢擧 取調」

『조선일보』, 1928.02.22, 2면

전북 순창경찰서(全北 淳昌警察署)에서는 지난 십륙일에 당지 청년동맹 중요 간부 신진우(申鎭宇) 외 오 인과 모 보 기자 손각(某 報 記者 孫角) 씨 등을 돌연(突然)히 검거, 취조(檢擧, 取調) 중이라는데 이제 그 내용을 탐문하건대 모 보에 이미 보도하였던 당지 산림조합으로부터 시행 중이던 '지게'세에 대하여 당지 청년동맹으로부터 그것을 철폐하기에 전력 중이던바 그 실행 방침으로 선전 '삐라'를 일반 민중에게 산포할 차로 '삐라'를 박아서 만일을 위하여 당지 경찰당국에 검열(檢閱)을 시켰는바 동 서장(同 署長)으로부터 선전문의 불온한 점을 삭제하라 하는 동시에 금번 여러 가지 문제로 인연하여 동 조합당국에서는 철폐 중에 있으니 그 결과를 보아서 그러든지 저러든지 할지라도 그 결과를 보지도 아니하고 이렇게까지는 할 것이 없지 않느냐는 말에 그것을 중지하고 말았다는데 뜻밖에 그같이 일시에 인쇄물을 압수하는 동시에 출판법 위반으로 검속한 것이라는바 이와 같이 소란이 일어날까 한 염려로 일부러 검열을 시킨 성의라든지 다만 인쇄(印刷) 부탁만을 받아 준 모 보 기자 손각 씨들을 검거하였다는 것이 지방경찰로서 너무나 가혹하다 하여 일반의 여론이 자자하다 하며 지방 유지는 사 인 석방에 진력 중이라더라. 【순창】

1091 「本報 安, 白 兩氏 筆禍事件 公判」

『조선일보』, 1928.02.24, 2면

그동안 신문지법 위반(新聞紙法 違反)으로 기소된 본보 발행인 안재홍(發行人 安在鴻), 편집인 백관수(編輯人 白寬洙) 양씨에 대한 본보 필화사건 공판(本報 筆禍事件 公判)은 금 이십사일에 경성지방법원 제삼호 법정(京城地方法院 第三號 法廷)에서 말광 재판장(末廣 裁判長) 단독 심리와 중야 검사(中野 檢事)의 입회로 개정될 터이다.

1092 「本報 筆禍事件 調書 不備로 延期」 『조선일보』, 1928.02.25, 2면

본보 필화사건(本報 筆禍事件)의 안재홍(安在鴻), 백관수(白寬洙) 양씨에 대한 공판은 작 이십사일 오전 열한시 사십분에 경성지방법원 제사호(第四號)[5] 법정(法廷)에서 말광 재판장(末廣 裁判長)의 단독 심리로 중야 검사(中野 檢事)와 및 최진(崔鎭), 이승우(李升雨), 권승렬(權承烈), 김병로(金炳魯), 허헌(許憲), 한국종(韓國鍾), 이인(李仁), 김용무(金用茂) 등 십여 명 관계 변호사의 입회하에 개정되었는바 위선 전례와 같이 양씨의 주소, 성명 등을 물은 후 백관수 씨부터 사실심리를 시작하여 열두시 반경에 양씨의 심리를 모두 마친 후 변호사의 증인 신청(證人 申請)이 있었으나 각하되어 검사의 논고에 들어가려 할 때에 안재홍 씨의 지난 대정 구년 제령 위반(制令 違反)으로 복역하다가 십오 개월 십이일의 형기를 앞두고 가출옥(假出獄)된 것이 검사의 전과 조서(前科 調書)에 누락되었다 하여 이것을 다시 조회하기로 하고 재판은 연기하는 동시에 다음 기일은 추후 통지하기로 하고 오후 한시경에 폐정되었더라.

1093 「『中外日報』 筆禍」 『동아일보』, 1928.02.28, 2면

이십칠일 오전 열한시경부터 경성지방법원 검사국에서는 돌연히 중야 검사(中野 檢事)와 송전 검사(松前 檢事)가 시내 화동(花洞)에 있는 동업 중외일보사(中外日報社)로 자동차를 몰아 달려가서 동 사 편집국을 세밀히 수색한 후 다시 시내 내자동(內資洞) 이백오 번지에 있는 동 사 주간 이상협(主幹 李相協) 씨 집과 관철동(貫鐵洞) 백륙 번지에 있는 동 사 기자 이정섭(李晶燮) 씨의 가택을 수색한 후 이상협 씨를 소환하여 구내 유치장에 유치를 시키고 취조 중이라는데 사건의 내용은 지난 십팔일

5 「本報 安, 白 兩氏 筆禍事件 公判」, 『조선일보』, 1928.02.24, 2면에는 '第三號'로 되어 있음.

부터 동 이십삼일까지에 발행된「조선에서 조선으로」란 제하의 이정섭 씨 기행문(紀行文)이 문제가 되어 그와 같이 활동을 하는 것이라더라.

1094 **「不穩文 携帶者 各地에 徘徊」** 『매일신보』, 1928.02.28, 2면

近日 黃海道를 爲始하여 江原道 等地에는 間島 龍井村에 居住하는 金永俊(四○) 外 數 名이 某 校徒라 自稱하며 所謂 '假政府 朝鮮政治局 財政府'라고 印刷 捺印까지 한 不穩文書를 가지고 橫行하며 富豪들을 威脅하고 金錢을 强請하는 事實이 있어 目下 警察當局에서는 各地와 聯絡하여 犯人을 嚴深 中이라더라.

1095 **「警察의 無理 干涉으로 平壤 雄辯會 中止」** 『동아일보』, 1928.03.03, 2면

본보 평양지국 주최로 오는 오일에 개최할 예정이던 평양중등졸업생 웅변대회는 만반 준비가 완성된 작 이일에 이르러 돌연 중지하기로 결정하였는바 그 이유는 근래 언론 집회 취체에 신경을 과민케 한 평양경찰서로서 그 웅변대회 출연 연사의 원고 전부의 검열을 요구하므로 평양에서는 종래에 그 예가 없는 언론의 구속이라 하여 본보 지국에서 누차 교섭을 거듭함에도 불구하고 도(道)의 방침이라고 고집하므로 이러한 구속의 예를 남김은 언론기관의 입장으로 도저히 굴종할 수 없다 하여 단연히 중지하기로 한 것인데 평양경찰서 좌등(佐藤) 서장은 본보 지국의 항의에 대하여 다음과 같이 말하는바 이것은 평양의 경찰 정책이 일층 고압적으로 변하는 전례가 된다 하여 일반은 매우 주목한다더라. "언론의 원고검열은 법률상 없는 것이나 보안법에 의한 집회 취체의 방식으로 검열을 기피하는 언론은

불온하다 인정하고 집회를 허락할 수 없소. 도(道)의 방침으로 언론 취체를 결정한 것이니까 도저히 변경할 수 없소."【평양】

1096 「『現代婦人』 原稿 押收」

『동아일보』, 1928.03.03, 5면

현대부인사에서는 『현대부인』이란 부녀잡지를 발행하여 원고를 수집하여 검열 중이더니 내용이 불온하다 하여 불허가가 되었으므로 동 사에서는 사월 중에 호외를 발행하려고 준비 중이라 하며 사무소는 인사동 일백구십칠번지로 옮겼다더라.【仁寺洞 一九七】

1097 「『中外報』 筆禍」

『동아일보』, 1928.03.04, 2면

지난 이십칠일 경성지방법원 검사국에서는 동업 중외일보사(中外日報社)에 대하여 동 지 일면에 연재된 「조선에서 조선으로」라는 필자 이정섭(李晶燮)의 기행문을 문제로 돌연 중야(中野), 송전(松前) 양 검사가 출동하여 『중외일보』 편집국을 일일이 수색하고 주간 이상협(李相協) 씨와 전기 이정섭 씨의 가택수색을 행한 후 양씨를 취조하였다 함은 기보한 바거니와 동 검사국에서는 전기 양씨를 소환하였다가 즉시 석방하고 불구속 심리를 하여오던 중 지난 이일 이상협 씨는 신문지법 위반(新聞紙法 違反)으로, 이정섭 씨는 보안법 위반(保安法 違反)으로 각각 기소되었다더라.

1098 「不穩하다고 劇團까지 解散」

『조선일보』, 1928.03.07, 5면

강원도 울진(江原道 蔚珍)에서 조직된 동민극단(東民劇團)은 경북 일대를 순회하고 북선으로 갈 예정으로 지난 이십사일에 경북 안동에 도착하여 흥행 중 제이일 되는 날 「인생의 정로(人生의 正路)」라는 예제로 다소 민중의 호감을 샀었는데 단원 중 김봉배(金鳳培), 이광찬(李光燦) 양군이 무대에서 과격한 언어를 사용하였다 하여 당지 경찰서에서는 전기 양군을 호출하여 무수히 경계한 후 즉시 해산 명령을 하였으므로 단원 일동은 진정서까지 제출하였으나 당국에서는 듣지 않으므로 마침내 십여 명 되는 단원은 여관에서 쫓겨나 도로에서 남녀가 떼를 지어 방황하며 밥을 먹지 못하므로 단장 김극산(團長 金極山)(三八)의 부부는 시내에 사는 김선화(金仙花)라는 기생에게 동정금 오 원을 얻어서 단원에게는 이렇다는 말도 없이 도주한 일까지 있었다더라. 【안동】

1099 「軍 司令官 視察 時 不穩文書를 發見」

『매일신보』, 1928.03.09, 2면

大邱府內 某 中等學校에서는 얼마 전 金谷 朝鮮軍 司令官이 大邱에 와서 同校를 視察하던 中에 뜻밖으로 同校 物理學 敎室에서 某種의 不穩文書가 冊床 틈에 끼어있는 것이 發見되어 一大 騷動이 일어났었다 한다. 目下 警察當局에서는 秘密히 調査를 進行하는 中에있는데 그 文句에 依하여 今年 同校 卒業生 中 어떤 學生의 所爲이었는 듯이 推測하고 學校當局에서도 內査에 着手하여 그 筆跡으로써 申 某라는 今年 卒業生의 所爲로 嫌疑하고 그 學生이 內地 某 專門學校에 入學을 志願한 것도 取消한 후 방금 取調하는 中이다. 이 事實이 어느덧 昨 八日 同校 卒業式 때에 一般 生徒들이 알게 되어 敎育界에 一大 不祥事를 일으켰는데 前記 嫌疑者 申 某는 一切를 否認한다고. 【大邱府電】

1100 「朝鮮文 新聞 押收 一年 間 百四十 件」 『동아일보』, 1928.03.10, 2면[6]

조선에서 발행되는 신문, 잡지로 작년 중에 발매금지, 차압 등의 처분을 당한 건수가 조선문 백사십 건, 일본문 육십오 건, 외국문 삼 건, 합계 이백팔 건으로 재작년의 백팔십이 건에 비교하여 이십육 건의 증가인데 이는 작년에는 경제공황과 조선공산당사건 등의 큰 사건이 속출한 관계로 치안방해에 저촉되어 압수처분이 많았던 까닭이라고 한다. 이 밖에 단행본(單行本) 같은 출판물로 행정처분을 받은 것은 일본문 삼 건, 조선문 육 건, 외국문 칠 건 합계 십륙 건인데 단행본의 행정처분이 신문, 잡지에 비교하여 적은 까닭은 조선문은 원고검열을 받아야 하는 까닭이라 한다. 조선 외지로부터 수입된 신문, 잡지와 출판물은 해마다 증가하여 재작년에는 이십오만 부이던 것이 작년에는 이십육만 부로 증가하였느니 만큼 행정처분을 받은 건수가 일본 것이 삼백오십일 건, 외국발행이 십오 건, 합계 삼백륙십륙 건인바 수입이 조선내 발행 신문, 잡지보다 많은 것은 조선내의 언론기관 단속이 매우 심하다는 표증이라고 할 수 있다더라.

1101 「講演 原稿 提出」 『동아일보』, 1928.03.10, 4면

平北 寧邊青年聯盟 主催로 關西 懸賞 雄辯大會를 來 十五日에 開催한다는데 當地 警察當局에서는 辯士의 原稿를 提出하라는 命令이 有한바 參加 諸氏는 右 期日 內로 左記 場所에 講演의 原稿를 提出하기를 바란다더라. 【寧邊】

一. 場所 『中外日報』 寧邊支局.

6 「年年히 增加하는 出版物 押收處分」, 『조선일보』, 1928.03.10, 2면.

1102 「三一運動 紀念 檄文 多數 押收」

『동아일보』, 1928.03.11, 2면

금년의 삼월 일일은 무사히 지나갔지만 삼월 일일을 기하여 전조선 각처에서 산포하려던 모종의 불온문서는 미리 조회하였던 경무국의 의뢰로 전조선 각지 우편국소에서 압수하였는데 삼월 일일을 기회로 한 해의 격문 다수가 압수되어 있다더라.

1103 「各地 郵便局에서 多數 宣傳文 押收」

『중외일보』, 1928.03.11, 2면

지난 삼월 일일을 기하여 모모 해외 ○○단체에서 미리부터 사람을 파견하여 조선내에서 모종의 운동을 일으키려고 한다는 정보가 경무당국에 빗발치듯 답지하였으므로 이날까지의 경찰의 경계도 비상하여 그대로 아무 일도 없이 지나갔으나 이날이 지난 지 얼마 후에 전조선 각 지방 경찰서에서 경무당국에 보고한 바에 의하면 경성(京城)은 물론이요, 각 도청 소재지(道廳 所在地)와 기타 중요한 지방의 우편국(郵便局)에서 당일에 발견한 격문(檄文)이 무려 십여 종으로 관내 각 학교(學校), 관공서(官公署), 사회단체(社會團體) 등에 보내는 것이었는데 격문의 내용은 대개 이날을 ○○하라는 것이었으며 기타 모종 운동을 지시한 표어(標語) 등이 열거되었었는데 전기한 바와 같이 미리부터 경계를 한 관계로 전부 우편국에서 압수하여 이 격문이 세상에 터지지 아니하였다 하며 발신처는 북경(北京), 동만(東滿) 등으로 그 중에는 신의주 안동현(新義州 安東縣) 등의 소인을 마친 것도 있었다는바 십여 종 되는 격문 중에 두어 가지 격문은 조선내에서 저작한 것이었다 하여 경무당국은 각 지방 경찰부에 내명하여 조선내에서 저작한 격문에 대하여 내사하기를 명하였다더라.

대구(大邱)경찰서 고등계에는 요사이에 돌연히 공기가 긴장하여지며 형사패들은 주야를 불문하고 대활동 중이라는데 그 내용은 자세히 알 수 없으나 듣는 바에 의하면 얼마 전부터 대구에는 어떠한 불온문서(不穩文書)가 들어왔음을 탐지한 후에 극비밀리에 단서를 찾기 위하여 암중 비약하던 중 대구공립고등보통학교 이화학실(大邱公立高等普通學校 理化學室)에서 극히 불온한 문구를 기재한 것을 발각하자 혐의자로 금년 졸업생 申 某를 취조 중에 있으나 신 모는 절대로 부인함과 일본으로부터 온 ○○기념 선전지(○○紀念 宣傳紙)가 대구에 퍼지자 범인 수사(犯人 搜査)에 골몰하던 중에 지난 팔일에 대구청년동맹 추성해(大邱青年同盟 秋星海) 군과 대구소년동맹 박정식(大邱少年同盟 朴貞植), 손기채(孫基採), 홍순명(洪淳明) 삼 군을 동행하여다가 방금 취조 중이라는데 곡중(谷重) 고등계 주임은 이 사실을 절대로 부인한다는바 사건의 진전이 어느 방면으로 진전될는지 일반 사회에서는 주목 중이라더라. 【대구】

1104 「祝辭는 原稿가 없으니 禁止」

『중외일보』, 1928.03.11, 4면

群山洋服技工組合은 지난 五日에 創立 集會를 開한다 함은 既報한 바거니와 豫定과 같이 當日 午後 九時에 府內 開福洞 幼兒園에서 趙容寬 氏의 司會로 群山洋服技工組合 創立 集會를 開하고 同氏의 開會辭가 있었으며 臨時執行部 選擧 順에 入하여는 口頭 公薦으로 議長 趙容寬, 書記 崔判玉 兩氏가 被選된 後 各 地方 友誼團體에서 온 祝電 祝文은 臨席 警官의 無理한 檢閱 削除가 많았으나 그대로 朗讀하고 繼續하여 友誼團體에서 온 來賓으로 祝辭가 있은 즈음에 臨席 警官은 祝辭는 原稿가 없으니 禁止한다는 暴壓이 있으므로 議長이 前例가 없는 無理가 아니냐고 質問하였으나 畢竟 □□ 萬能의 令으로 不得已 禁止를 當하고 規約 通過를 마치고 任員 選擧에는 口頭 公薦으로 執行委員 李福鎔, 尹泰炳, 高光煥, 申悳均, 姜鴻益 氏에게 一任 選擧한 바 委員長 康庚浩, 委員 尹泰炳, 姜鴻益, 金秦基, 申悳均, 李福鎔, 高光煥, 尹文喜, 李達

西, 深奎承, 李福永 氏이었고 豫算 編成은 委員會에 一任한 左記 事項을 討議하고 同夜 二十時에 閉會하였다더라.

一. 會館에 關한 件. 當分間 織造勞組 會館으로.

一. 群山勞組, 全北勞組, 朝鮮勞組에 加盟의 件.

一. 織工試驗制 實施의 件. (保留)

別項과 같이 創立總會를 閉會한 後 卽席에서 委員會를 開議하고 左와 如한 決定이 있었다더라.

庶務部＝李福鎔, 高光煥.

財政部＝姜鴻益, 深奎承.

調査部＝李達西, 金秦基.

教養部＝尹文喜, 李福永.

爭議部＝尹泰炳, 申悳均. 【郡山】

1105 「『朝鮮農民』 押收」

『동아일보』, 1928.03.13, 2면

시내 경운동(慶雲洞)에 있는 『조선농민(朝鮮農民)』 이월호는 당국의 기휘에 저촉된바 되어 압수 되었다더라.

1106 「盈德에서 文星團 公演 中 興行 中止와 退境을 命令」

『조선일보』, 1928.03.13, 4면

눈물과 한숨이 많은 이 社會 쓸쓸한 벌판에 藝術의 꽃동산을 建設하려는 現代劇

文星團 一行은 今番 盈德에 到着하여 當地 南石洞 玄鶴守 庭園에서 지난 四日부터 大公演 中 初夜부터 雲集한 人氣는 자못 沸騰한 가운데 李月波, 白雲鶴 이외 諸君의 熱情 있는 出演은 一般 觀衆에게 많은 느낌을 주던 中 六日 夜에 上演하던 「康明花實記」에 對하여서도 注意 中止 中 僅僅히 마쳤으나 其 翌日부터는 許可를 하지 않고 盈德 管內에서 退去하라고 命令하였다는데 一行은 英陽 方面으로 向하였다더라. 【盈德】

1107 **「『朝鮮週報』 押收」** 『동아일보』, 1928.03.18, 7면

『조선주보(朝鮮週報)』 창간호는 십칠일부로 발행되어 발송 중이던바 창간 벽두임에도 불구하고 발매금지를 당하여 거의 반수나 압수되었으므로 동 사에서는 즉시 삭제 후 발행코자 하였으나 이미 시일이 없으므로 제이호를 방금 인쇄 중인데 다음 토요일이 정기 발행일이므로 그날에는 어김없이 제이호가 발행되리라더라.

1108 **「新聞紙法 改正 草案」** 『매일신보』, 1928.03.19, 1면[7]

出版法, 新聞紙法 改正에 關한 警保委員會, 特別委員會는 十七日 午後 一時부터 內務大臣 官邸에서 開會하고 最後의 改正 要綱을 審議하였는바 委員으로부터

一. 保證金 制度 廢止.

一. 正誤文 揭載 場所, 字數, 請求 期間의 制限.

一. 新聞社가 自發的으로 正誤한 境遇의 正誤文 揭載 義務 免除.

7 「出版法 新聞紙法」, 『동아일보』, 1928.03.19, 1면; 「新聞紙法 改正 草案 總會에 附議」, 『중외일보』, 1928.03.19, 1면.

一. 皇室에 關한 罪를 除한 外 發行禁止 制度는 原則으로 廢止.

一. 刑罰은 刑事犯, 行政犯에 分하여 前者는 犯意가 없는 者는 刑罰치 않고 後者는 犯意의 有無에 不拘하고 處罰함.

一. 體刑을 廢하고 財産刑으로 하여 新聞社 自體에 支拂케 함.

一. 發賣禁止의 救濟制度로 出版法院과 出版審査會와 같은 特設機關을 設置하고 異議를 申立함.

等의 意見이 있었는데 右에 基하여 答申 原案을 作成하고 總督에 附議하기로 되었더라. 【東京電】

1109 「日本의 新聞紙法 改正案」

『중외일보』, 1928.03.20, 1면

再昨 十七日부터 內務大臣 官邸에서 出版法, 新聞紙法에 關한 警保委員會를 開會하고 最後의 改正 要綱으로 新聞紙의 答申 原案을 作製하였는바 個中에 特히 吾人의 主意에 要하는 것은 (一) 皇室에 關한 罪를 除한 外에 發行禁止 制度는 原則으로서 廢止할 일. (二) 刑罰은 刑事犯, 行政犯으로 分하여 前者는 犯意가 없으면 罰치 않고 後者는 犯意의 有無에 不關하고 罰할 事. (三) 體刑을 廢하고 財産刑으로 하며 新聞社 自體에서 支佛할 事. (四) 發賣禁止의 救濟機關을 設置하여 異議를 提出케 할 事 等은 本紙에 旣報함과 같다.

元來부터 日本 帝國 統治 下에서 皇室에 關하여 犯罪한다 함은 日本 國體에 關한 罪狀이므로 憲法上 國體에 關한 條文이 嚴然하게 서 있는 限度 內에서는 發行을 禁止하며 그 罪를 罰할 것이라 할지나 不然한 境遇에는 原則으로 發行禁止 制度는 廢

止함이 當然하다 하노니 그 理由는 一國의 言論政策은 禁止主義로만 成功하는 것이 아니요, 도리어 言論의 範圍를 擴張할 수 있는 데까지 擴張함으로써 好果를 得함이 言論取締의 秘訣이다. 몇 個의 例를 들어 말하면 大戰爭 中 戰局이 英國에 不利하게 되매 非戰論을 主唱하는 一團이 公園에서 公然하게 演說하는 것을 政府가 保護한 일이 있었다. 그것이 議會에 問題가 되어 "이와 같은 非愛國者를 무슨 理由로 取締 안 하는가?" 하는 議員의 質問에 政府는 "吾人은 只今 白耳義[8]의 自由를 爲하여 싸우는 것이 아닌가? 自由民의 自由를 保護하지 않고 어찌 自由를 爲한 戰爭이었을 것인가?" 하여 演壇의 唱和를 받은 일이 있으며 更히 英國 共產黨도 大戰爭 中 倫敦에서 過激한 演說會를 열었을 때에 이것도 議會의 問題가 되매 時의 首相 '로이드 죠지' 氏는 "彼等에게 白晝 公然의 言論을 許하면 一人의 警官으로 取締가 되나 그 自由를 奪하면 數百 人의 警官으로도 彼等이 地下室에서 行하고 있는 업을 取締 못할 것이다"는 意味의 對答을 하였다. 朝鮮 當局者도 이와 같은 態度로써 新聞上 言論을 取締하기를 바란다. 勿論 當局者로 말하라면 朝鮮 統治의 方法과 朝鮮 民度가 英國과 差異함으로써 言論의 範圍를 同一 水平線에 두기 難하다 할 것이나 그러나 總督府가 朝鮮의 文化를 向上시킨다는 것과 朝鮮의 言論取締를 甚하게 한다는 두 事實 間에는 矛盾이 介在함을 알아야 한다. 何故오 하면 文化가 向上하면 向上할수록 民衆의 智力이 增大하여 言論의 內容이 充實하고 範圍가 擴大함을 要求하는 것이 明白한 事實이다. 이제 이 傾向을 抑制하면서 地方으로 文化를 向上시킨다면 이것이 矛盾이 아니고 무엇일까?

次에는 刑罰에 關한 條文을 論하고자 한다. 刑事犯의 犯意가 明白할 때에 此를 罰함은 容恕할 것이다. 그러나 犯意의 有無를 무엇으로 判斷할까? 新聞紙上의 犯意는 文句의 文章에 드러나는 것인가? 元來 文句라 함은 主觀的으로 觀察하기와 客觀的으로 觀察하기가 莫大한 差異가 發生하는 것이다. 主觀的으로 보면 中學校에서 佛蘭西革命史를 가르침도 略히 革命的 理想을 鼓吹하는 것이라고 看做하기 絶大 不可

8 白耳義: 벨기에.

能한 것은 아닐 것이다. 그러나 事實에 있어서는 다만 佛國의 過去 政治的 事實을 事實로써 學徒에게 가르치는 것이라고 客觀的으로 보면 何等 犯意가 없을 것이다. 그러므로 吾人에게 依하면 犯意의 有無는 文句 가운데 明白한 글字로 "남이 이리 하니 우리도 이리 하여야 한다"는 必要論을 말하거나 또는 "너희도 이리 하여라"하는 命令的, 機械的 語句는 犯意가 있다고 볼 것이나 不然한 境遇에 事實을 事實대로만 記錄함에는 犯意가 없다는 것으로써 犯意 有無를 判斷하는 基準이라 한다. 그리하여 刑을 加하게 된다면 體刑은 廢止하고 科金으로 하는 것이 可하다 하노니 何故오 하면 新聞記者도 職業인 以上 누구나 體刑 받을 記事는 當初부터 揭載하기를 忌하는 것이다. 다만 新聞記者가 神이 아닌 사람인만큼 每日 쓰는 글 가운데는 不注意로 或은 疲勞에 끌려 法에 違反되는 事實을 記載하게 됨이 그 主要 原因인즉 司法者가 이에 對하여 體刑을 求한다 함은 너무나 苛酷한 感이 있다. 그러므로 財產刑으로 하여 新聞社 自體로 하여금 支拂케 한다는 것이 可할 듯하다. 要컨대 內務省의 今回 新聞紙法 改正案은 時代 要求에 適當한 措處이어서 吾人은 그 實現이 速하기를 바라며 그 改正案이 朝鮮에도 實施되기를 希望하고 있다.

1110 「筆者는 體刑 半年, 발행 편집인은 금고 사 개월」

『동아일보』, 1928.03.24, 2면

동업 『중외일보』(同業 『中外日報』)의 필화사건(筆禍事件)은 작 이십삼일 오후 한시경부터 경성지방법원 제사호 법정에서 율산 재판장(栗山 裁判長) 심리, 중야 검사(中野 檢事) 입회하에 개정되었었는데 변호사석에는 金炳魯, 金泰榮, 許憲, 金用茂, 李升雨, 姜世馨 등 제씨가 열석하고 있었다. 『중외일보』 주간 이상협(主幹 李相協) 씨와 논설반 기자 이정섭(李晶燮) 씨에 대하여 재판장의 사실심리가 끝나자 중야 검사로부터 이상협 씨에게 대하여 편집인으로 금고(禁錮) 이 개월, 발행인으로 역시 이 개월, 도합 금고 사 개월과 이정섭 씨에 대하여 징역 육 개월의 구형이 있었는데 여러 변호사들은 양씨의 무죄를 열렬히 주장하였었더라.

1111 「北京『益世新』押收」

『조선일보』, 1928.03.24, 2면[9]

北京에서 발행하여 경성에 그 지사를 두고 많은 활동을 하는 『익세보(益世報)』는 지난 십구일, 이십일 양일치가 모두 기휘에 저촉되어 압수되었다더라.

1112 「『青年河東』創刊號 押收」

『조선일보』, 1928.03.25, 5면

하동청년동맹(河東青年同盟)에서는 오래 전부터 벽신문(壁新聞)을 발행하여 동 맹원의 교양에 많은 소득을 얻게 하였으므로 요즈음에는 벽신문 『뭇소리』를 『청년하동(青年河東)』으로 고치고 김계영(金桂榮) 씨를 주필로 하여 기관잡지를 간행코자 준비를 마치고 창간호를 발행하였던바 압수를 당하였으므로 그 동맹에서는 다시 제이호를 준비 중이라더라. 【하동】

9 「『益世報』 押收」, 『동아일보』, 1928.03.29, 2면.

1113 「練習 演說 엿듣고 兩 少年 檢擧 送局」 『동아일보』, 1928.03.27, 2면

안주소년동맹원 김영엽(安州少年同盟員 金榮燁)(十六)과 최명훈(崔明薰)(十八) 두 소년은 연설 연습을 하다가 엿듣던 김 형사(金 刑事)에게 검속되어 십여 일 동안을 취조를 받는 중이라는바 소년들의 가택까지 수색하고 불원간 검사국으로 넘길 터이라더라. 【안주】

1114 「議案이 不穩타고 開會도 前에 禁止」 『중외일보』, 1928.03.27, 4면

黃海道靑年聯盟 第二回 定期 大會를 三月 二十四日 上午 十一時에 載寧邑內에서 開催하게 되어 各 地方 靑年團體 代表 四十餘 名이 出席하였는데 載寧署에서 開會 前에 大會準備委員 任利準, 金讚淳 兩氏를 呼出하여 議案을 提出하라고 하므로 起草議案을 提出한즉 同署 高等係 主任 尾池 君은 三總集會 解禁이 어떻게 하는 것이며 派閥 淸算이 무엇인지 알 수 없다 하며 沒常識하기가 짝이 없으므로 仔細히 說明한즉 덮어놓고 議案이 不穩하다는 口實로 無理하게 大會를 禁止하므로 交涉委員 鄭在昇, 金喆, 鄭寅喆 三 氏가 同署에 가서 明確한 理論으로 따져 交涉한 結果 우리가 已往 禁止하였으니까 다른 期會를 乘하여 大會를 開催하라고 하므로 不得已 돌아오고 그 뒤로 禁止에 對한 質問委員으로 金炳日, 金讚淳 兩氏가 同署 中村 署長을 訪問하고 禁止의 理由를 肉迫한즉 議案이 大體로 不理할 뿐더러 우리가 한 번 禁止한 集會를 다시 許可할 수는 없다는 明答이 있으므로 大會는 不得已 中止되었는데 大會의 議案은 如左하다더라.

議案

一. 三總集會 解禁運動의 件.(禁止)

一. (禁止)

一. 在滿同胞擁護同盟 後援의 件.

一. 日本 勞働, 農民黨 支持의 件.

一. 對中非干涉同盟 支持의 件.

一. 朝, 臺, 日 無產階級 協同의 件.

一. 派閥主義 撲滅의 件.

一. 單一黨同盟 促成의 件.

(綱領 省略)

政策

一. 朝鮮民族의 利益을 代表할 수 있는 全民族的 單一黨 結成의 促進.

二. 全朝鮮 靑年男女의 言論, 出版, 集會 及 結社의 自由.

三. ■■■■■■■■■■■■■■■■■■■■■■■

四. (省略)

五. 全朝鮮 男女兒童의 義務敎育制度 確立, 公立普通學校의 授業料 免除 及 學用品 無償支給.

六. 各種 學校의 一切 敎授用語에 朝鮮語 使用制 確立, 朝鮮人 敎師 專用制 確立.

七. 靑年男女의 人身賣買 禁止.

八. 當 十八 歲 以下의 少年男女의 强制 嫁娶 廢止 及 當 十八 歲 以上의 靑年男女의 自由結婚, 自由離婚權 獲得.

九. 靑少年, 女性, 白丁, 勞力軍에 對한 差別待遇의 事實上 廢止.

十. 當 十八 歲 以下의 靑年男女 罪囚를 特殊 敎化시킬 特殊敎化監 設立.

十一. 當 十四 歲 未滿의 幼年勞動禁止, 當 十八 歲 以上의 靑年男女의 六時間 勞動制 實施.

十二. 朝鮮 靑年男女 勞動者의 最低賃銀法 制定.

十三. 二十 歲 未滿 男女 勞動者 夜業, 殘業 及 有害, 危險 作業의 禁止.

十四. 無產幼年兒童의 無料 施療所 設立.

十五. 靑年男女 勞動者의 渡日 及 住滿 自由 獲得.

十六. 體育機關의 公設 及 그것에 對한 靑年의 管理權 確立.

十七. 公設圖書館, 公會堂 設立 及 그의 無料 開放.

十八. 封建的 惡習, 形式的 虛禮 等의 徹底的 打破.

十九. 一切 拜神思想 根絶, 迷信打破, 一切 奴隷思想 撲滅.

二十. 派閥主義 撲滅.

二十一. (省略)

二十二. 小作料 最高率 制定.

1115 「壁新聞 突然 禁止」 『동아일보』, 1928.03.29, 5면

황해도 백천아동관(白川兒童館)에서는 창립 이래로 벽신문(壁新聞)을 발행하여 왔는데 지난 십구일에 돌연히 연백경찰에서는 동 벽신문 제오호가 불온하다 하여 편집인 이희명(編輯人 李熙明)(十九) 군을 검거하여다가 이십 일간 구류 처분을 하였다더라.

1116 「出版法 等 改正의 答申案을 決定」 『동아일보』, 1928.03.30, 1면

二十八日 警保委員會는 出版法 및 新聞紙法 改正에 關한 答申案을 左와 如히 決定하였는데 一一히 總會에 附하여 正式으로 決定할 터이다.

答申案

第一. 出版法制 統一의 是非와 立法 方針

一. 新聞紙法, 出版法은 內容의 整理 統一을 圖할 것을 認하나 形式上 一法律로 할 것이냐, 別個의 法律로 할 것이냐에 對하여 可否 相半.

第二. 出版物의 槪念의 整理

一. 新聞紙와 其他 出版物은 法律上 區別할 것.

二. 新聞紙는 日刊 且 時事를 揭載하는 것에 限함.

三. 定期刊行物 中 時事를 揭載하는 것을 雜誌라 함.

四. 新聞紙 登錄制度를 認함.

第三. 出版保護

一. 新聞紙의 名稱 專用權을 認함.

二. 新聞紙는 郵便, 電信, 鐵道, 其他 必要한 保護를 함.

三. 外國 電報는 相當한 其間 揭載禁止權을 認함.

四. 新聞記者의 職務 執行에 對한 保護를 認함.

五. 新聞協會의 設立을 公認함.

第四. 出版 揭載事項의 制限

一. 揭載事項 制限은 列記的, 包括的 함께 意見 相半이나 假使 列記的으로하면 左와 如할 것이다.

(一) 皇室의 尊嚴 冒瀆.

(二) 朝憲紊亂, 社會攪亂 其他 安寧秩序의 妨害.

(三) 軍事外交의 機密에 對하여 主務大臣의 禁止한 事項.

(四) 犯罪煽動 又는 曲庇 等.

(五) 亂倫, 猥褻, 殘忍, 其他 風俗을 紊亂케 하는 事項.

(六) 名譽毁損 事項.

(七) 公判 開廷 前의 刑事事件의 書類內容 公開 禁止, 公判의 辯論.

二. 檢事의 揭載禁止權은 存廢의 意見 相半함.

三. 判決文 中 風俗壞亂, 安寧秩序 紊亂 事項이 있을 時 公表를 制限할 수 있느냐 없느냐는 議 一致치 않음.

第五. 保證金制度의 存廢

全廢할 것.

第六. 行政處分의 改正

一. 發賣 頒布 禁止는 存置하고 監督키 위하여 出版法院 又는 出版審查會를 特設할 것.

二. 違法處分에 對한 國家의 損害賠償에 就하여는 速히 立法할 것을 希望함.

第七. 正誤制度의 改善

一. 正誤文 記載 場所. 新聞은 同一 場所, 雜誌는 冒頭에 誠意로서 取消한 時 거듭하여 正誤의 義務가 無함.

二. 字數는 原文의 字數 以內. 題目, 本文 함께 原文과 同大일 것.

三. 正誤 請求 期間. 新聞 三月, 雜誌 六月.

第八. 責任者 및 罰則

一. 刑事犯, 行政犯으로 區別함.

二. 刑事犯 罰則은 刑法에 讓함.

三. 行政犯은 體刑을 廢止, 財產刑만으로 함.

四. 行政犯 公訴 時效는 六月에 統一할 것. 【海州】

1117 「長淵 進明學院 同情 巡劇 禁止」

『조선일보』, 1928.03.31, 4면

黃海道 長淵硏樂會에서는 長淵 進明學院이 經費 困難으로 폐쇄되었다는 悲報를 듣고 去 十五日부터 二日間 長淵 公會堂에서 長淵 七 議會, 『中外』, 『東亞』, 『朝鮮』 三 支局 及 長淵 男女青年會, 長淵婦人會 後援으로 進明學院 同情 演劇을 開催하여 當日 一般 有志 諸氏의 同情金이 있었는바 同 硏樂會에서는 金額만으로는 備定할 수 없다 하고 殷栗郡 內 各面을 巡廻키로 諸般을 準備한 後 殷栗 區內는 長淵警察署 官

內이므로 同署에 許可願을 提出하였던바 進明學院은 아직 許可가 없으매 學院으로 認定할 수 없다는 不當한 理由로 無理하게도 禁止하므로 不得已 中止하였다더라. 【長淵】

1118 「集會禁止의 理由 농민총동맹은 모를 것」 『매일신보』, 1928.04.01, 2면

府內 農民總同盟에서는 三十日에 委員 懇談會를 開催하려다가 鐘路署에서 集會禁止를 當하여 目的을 遂치 못하였다는데 鐘路署에서 禁止命令을 내린 理由를 들은즉 本是 勞農總同盟이라는 團體에 대하여 一般 集會를 絶對로 禁止하고 오직 委員懇談會의 集會만 許可를 하여 오던 바 昨年 겨울에 同 委員會에서 書面大會를 하고 農民總同盟이라는 團體를 組織하였는데 警察當局에서는 集會禁止를 한 勞農總同盟에서 農民總同盟이라는 것을 組織하였으니 爲先 農民總同盟이라는 그 自體부터 團體로 認定치 않는 以上에 農民總同盟의 委員會라는 것을 認定하여 集會를 許할 수 없다는 理由이라더라.

1119 「激勵文 押收」 『조선일보』, 1928.04.02, 2면

지난 이십칠일 시내 운니동 이십삼번지 조선형평사 총본부 중앙집행위원회(朝鮮衡平社 總本部 中央執行委員會)에서 결의된바 '고려혁명당(高麗革命黨)'사건 관계 변호사에게 격려문을 발송하기로 하고 총본부 상무위원에게 일임하였는데 종로서에서는 격려문 전체가 불온하다는 구실로 전문을 압수하였다더라.

1120 「『아이生活』發行 遲延」

『조선일보』, 1928.04.02, 2면

소년소녀월간잡지(少年少女月刊雜誌)『아이생활』사월호는 지난 삼십일에 발행할 예정이던바 기사 중 삭제처분(削除處分)을 당한 부분이 있어서 그것을 삭제하느라고 수 일간 발행이 지연되리라더라.

1121 「『中外報』筆禍事件」

『조선일보』, 1928.04.05, 2면

동업『중외일보』필화사건(『中外日報』筆禍事件)의 판결은 그동안 연기되었다가 작 사일 오후 정시 반경에 경성지방법원 단독 제삼호 법정에서 율산(栗山) 재판장으로부터 중야(中野) 검사가 구형한 대로 동 사 주간 이상협(李相協) 씨에게 대하여서는 신문지법 위반(新聞紙法 違反)으로 금고(禁錮) 사 개월에, 이정섭(李晶燮) 씨에게 대하여서는 보안법 위반(保安法 違反)으로 징역 육 개월에 처한다고 언도하였다는데 양씨는 이 판결에 대하여 즉시 공소(控訴)의 수속을 취하리라더라.

1122 「『어린이』誌 續刊 奬學金 提供」

『조선일보』, 1928.04.08, 2면

소년잡지『어린이』는 지난번에 신년호의 압수를 당한 후에 오랫동안 속간치 못하다가 일전에 창간 오주년 기념호(創刊 五週年 記念號)로 발행하게 되었는데 특히 이번에는 내용을 풍부히 하였을 뿐 아니라 장학자금(奬學資金)을 현상으로 제공하여 학생이면 일 년간 월사금을 제공하고 학생이 아니면 강의록(講義錄) 일 년분을 제공하리라더라.

1123 「『한벗』發行 遲延」

『조선일보』, 1928.04.09, 2면

금월 초순에 발간하려고 목하 출원 중이던『한벗』은 전문 삭제(削除)된 것이 반수 이상에 달하므로 금월 이십일경에나 발행될 터이라더라.

1124 「筆禍로 拘留 中 巡査가 毒打」

『조선일보』, 1928.04.11, 4면

旣報한바 筆禍事件으로 拘留 二十九日의 言渡를 받고 卽時 正式 裁判을 請求하였으나 檢事의 釋放 通知가 無한 關係上 當分間 拘留 中에 있는 本報 甕津支局 記者 崔衡植 君을 看守 巡査가 無理히 毆打한 事件이 있었는데 이제 그 內容을 紹介하면 前記 崔君이 言渡를 받고 拘留를 當한 그 翌朝인 今月 三日 午前 八時頃 看守 巡査로부터 崔君에게 똥통 掃除를 하라 하므로 그 處置가 純全히 報讐의 策인줄 짐작하고 拒絶한즉 突然 옆에 있던 巡査 廣瀨 某는 달려들어 함부로 때려 頭部에 十餘 日 間 治療를 要할 傷處를 내어 現場에는 鮮血이 淋漓함을 보고는 廣瀨 某도 겁이 나든지 여러 가지로 사정하며 피 묻은 衣服을 洗濯하자 하며 담배를 주는 등 그 醜態는 참으로 目不忍見이었다더라. 【甕津】

1125 「出版物法 改正 要項」

『동아일보』, 1928.04.13, 1면

內務省의 警保委員會 總會는 十一日 午後 一時부터 內相 官邸에 開會, 曩者 特別委員會에서 決定한 出版物法 改正 要項을 協議 決定한 후 散會하였더라. 【東京電】

1126 「京城青盟 發起大會」

『조선일보』, 1928.04.14, 2면

경성청년동맹(京城青年同盟)이 발기 준비 중에 있다 함은 이미 보도한 바거니와 그 발기대회를 오는 십오일에 개최하려고 하였으나 발기선언(發起宣言)이 검열 관계와 제반 부득이한 사정으로 아래와 같이 연기하였다더라.

時日 來 卄九日(日曜日) 午後 七時

場所 慶雲洞 天道敎記念館

1127 「『한빛』 原稿 押收」

『동아일보』, 1928.04.14, 2면

간동 팔십팔번지 대종교 남일도 본사(大倧敎 南一道 本司)에서 발간하는 『한빛』 삼월호는 원고가 대부분 압수되었으므로 동 사에서는 삼, 사월 병합호를 발행코자 방금 준비 중이라더라.

1128 「『朝鮮週報』 押收」

『동아일보』, 1928.04.15, 2면

매주 토요일이면 정기 발행하던 『조선주보(朝鮮週報)』 제오호는 지난 토요일에 발행하였던바 발매금지를 당하여 시일이 촉박하므로 부득이 제이호는 다음 정기 발행일로 연기하여 발행하리라더라.

1129 「本報 筆禍事件 續行, 公判 期日 십육일로 결정」

『조선일보』, 1928.04.15, 2면

본보 필화사건(本報 筆禍事件) 안재홍(安在鴻), 백관수(白寬洙) 양씨에 대한 신문지법 위반(新聞紙法 違反)의 제이회 공판은 오랫동안 연기되어 내려오던바 금번에 명 십육일 오전 열시에 경성지방법원에서 말광(末廣) 판사 주심과 중야(中野) 검사 간여로 계속 개정키로 되었더라.

1130 「『별나라』 合月號 發行」

『조선일보』, 1928.04.15, 2면

경성 영락정(永樂町) 별나라사에서 발행하는 소년소녀잡지(少年少女雜誌) 『별나라』는 사월호(四月號)를 졸업 기념호(卒業 紀念號)로 꾸미고 오월호를 '어린이달' 기념호로 꾸미려 하여 이미 오월호까지도 원고를 수집하였건만 사월호 검열이 사주일 이상이나 걸려 나왔고 또한 그중에서 삭제도 많아서 부득이 동인회(同人會)를 열고 의론한 결과 사, 오월 합월호(四, 五月 合月號)로 두 기념을 아울러 가지고 나오게 되었다더라.

1131 「『朝鮮週報』 押收」

『조선일보』, 1928.04.16, 2면

『조선주보(朝鮮週報)』 제오호는 지난 토요일에 발행하였던바 기사의 대부분이 발매금지를 당하였다더라.

1132 「注目을 받는 新聞과 雜誌」

『동아일보』, 1928.04.17, 1면

十三日 閣議에서는 言論 文章에 對한 取締 方針에 對하여 幾多의 議論이 있었으나 結局 閣僚 一致의 意見으로서 如左한 趣意에 依하여 此際 新聞, 雜誌 其他에 對하여 嚴重한 取締를 加하기로 決定하고 鈴木 內相은 右 閣議 散會 後 私事로이 山岡 警保局長을 官邸에 招致하여 此의 實行을 命함에 至하였다는데 그 內容인즉,

一. 過激思想을 防遏함에는 다만 表面的 事相에 依하여 對處할 것이 아니라 그 根源에 溯하여 根本的 處置를 行함이 可한데 其 中에도 出版物의 取締는 此際 百步를 進하여 嚴重한 取締를 行할 事.

二. 從來 內務省은 此 方面에 對하여 너무 緩漫한 傾向이 있었는 故로 當然히 發賣禁止를 當하여야 할 種類가 社會에 流布되어있는 事實이 不尠한 事.

三. 故로 今番의 不祥事件에 鑑하여 적어도 國體를 變革하여 社會의 根本을 覆後하려 함과 如한 것에 對하여는 勿論이며 此에 接近한 所說을 揭한 것에 對하여는 何等의 顧慮할 바 없이 此를 取締할지며 特히 無産黨의 宣傳機關인 諸種의 新聞, 雜誌에 對하여는 가장 周到한 査閱을 行할 事.

四. 又 一次 發賣禁止 命令을 受한 者로서 數回 此를 重複하여 다시 反省의 色이 無한 者는 不得已 司法處分에 依하여 發行禁止의 極刑에 處하여 斷乎한 態度에 出할 事.

五. 其他 적어도 思想問題, 社會問題를 論하여 國民思想을 混亂시키며 或은 '맑스' 主義를 奉하여 思想의 動搖를 圖하려 함과 如한 種類의 言論 文章은 徹底的으로 取締할 事.

그리하여 同日의 閣議에서 가장 危險視할 만한 新聞, 雜誌로서는 『無産者新聞』, 『勞働農民新聞』, 『맑스新聞』 及 『前衛』, 『解放』, 『赤旗』, 『政治批判』, 『勞農』, 『푸로藝術』 等을 擧示하였으며 此等의 新聞, 雜誌에 對하여는 極力 取締에 注意하여야 한다는 意見이 있었으며 又 最近 非常히 急進的 態度를 取하고 있는 雜誌 『改造』와 如한 것도 크게 注視된다더라.

1133 「『朝鮮日報』 筆禍 禁錮 四月 求刑」 『동아일보』, 1928.04.17, 2면

동업 『조선일보(朝鮮日報)』 필화사건의 발행인 안재홍(安在鴻), 편집인 백관수(白寬洙) 양씨의 신문지법 위반(新聞紙法 違反)에 대한 공판은 십륙일 말광(末廣) 재판장의 담임으로 경성지방법원 형사 제일호 법정에 열리어 입회 중야(中野) 검사로부터 피고 양인에 대하여 각각 금고(禁錮) 사 개월의 구형 논고가 있었는데 열석하였던 최진(崔鎭), 이승렬(李承烈) 씨 등 변호사의 열렬한 변론이 시작하여 이승렬 씨는 재판장으로부터 주의를 받았으며 판결 언도는 아직 미정이라더라.

1134 「『大衆新聞』 押收」 『동아일보』, 1928.04.19, 4면

去 十六日 黃海道 安岳警察署 高等係에서는 日本 東京에서 發行하는 『大衆新聞』 四月 一日 發行 第十二號가 安岳支局을 거쳐 諸 讀者에게 配達된 것을 全部 押收하였다더라. 【安岳】

1135 「不穩文書 貼付 嫌疑者를 검거」 『매일신보』, 1928.04.25, 2면

지난 二十日 光州警察署에서는 얼마 전부터 搜査 中이던 不穩文書의 貼付와 및 撒布에 關한 嫌疑者 十四 名을 檢擧하였는데 本 事件은 지난 十日 內地에 있는 共産黨事件의 記事가 解禁되던 當日 松汀里와 光州의 要所에 不穩宣傳 삐라 數 枚를 貼付하고 또 道 警察部와 本府 警務局으로 郵送한 事件인데 道 警察部에서는 事件이 發生된 以來 各 警察署를 督勵하여 犯人을 搜査 中이더니 二十二日 湖南 沿線 視察의 總督 一行이 光州에 一宿하게 되었으므로 크게 努力한 結果 松汀里普通學校로부터 證據

品으로 赤色'잉크'를 使用한 謄寫版도 發見하고 犯人의 端緒도 얻게 되어 一擧에 十四 名을 檢擧한 것이라더라.

1136 「本報 甕津支局 筆禍事件 無罪」

『조선일보』, 1928.04.26, 4면

지난 三月 十一日附 本紙 各地 瑣信欄에 「甕津警察署長의 虛無한 付託」이라 題한 記事로 因하여 本報 甕津支局 記者 崔衡植 君은 虛僞의 事實을 揭載하였다는 罪名(警察犯 處罰規則 第一條 二十一項)으로 當地 警察署에서 二十九 日間의 拘留를 言渡를 받고 卽時 正式 裁判을 請求하였다 함은 旣報한 바거니와 正式 裁判을 지난 十九日 午後 一時 海州地方法院 民事 法廷에 開하고 趙判事 主審과 坂野 檢事의 立會로 審問을 始作하여 먼저 證人 三島三七(甕津 公立校長)에게 審問한바 大體로 是認하고 被告 崔衡植 君으로부터 若干의 意見 陳述이 있은 後 卽時 檢事로부터 警察의 處分대로 二十九日의 求刑이 있었으나 判事로부터 無罪의 言渡를 하였다더라. 【甕津】

1137 「體刑과 罰金 言渡」

『조선일보』, 1928.04.29, 2면

「보석 지연(保釋 遲延)의 희생(犧牲)」이라는 사설(社說)로서 문제가 된 본보 필화사건(本報 筆禍事件)의 판결은 예정과 같이 작 이십팔일 오전 열한시경에 경성지방법원 제삼호 법정에서 말광(末廣) 재판장으로부터 언도되었는데 그 결과는 본보 발행 책임자인 안재홍(安在鴻) 씨에 대하여서는 검사 구형대로 금고(禁錮) 사 개월의 체형(體刑)을 언도하고 편집 책임자인 백관수(白寬洙) 씨에게는 벌금(罰金) 백 원에 처하였다는데 공소하기로 결정하였더라.

1138 「四十萬 圓 經費로 思想 專門 檢事 配置」

『동아일보』, 1928.05.04, 2면

동경에 갔던 천리 경무국장(淺利 警務局長)은 이왕(李王), 동비(同妃) 양 전하를 수행하여 일일 밤에 귀임하였는데 당면의 문제에 대하여 다음과 같이 말하였다더라. "공산당사건 이래 내무성(內務省)에서는 사상취체에 대하여 만전의 방책을 다하고자 하여 그 경비 이백만 원을 추가 예산(追加 豫算)에 편입하였는데 조선에서도 약 사십만 원 가량 예산에 계상하였다. 그중에 오만 원은 사상관계의 전문 검사(檢事) 배치비로 쓸 것이요, 나머지 삼십오만 원은 고등경찰 충실비로 쓸 것이다. 그리고 어대례(御大禮) 경비는 제이호 예산으로 추가를 요구할 것이며 만주 있는 조선 사람 문제에 대하여서는 동경서 각 관계 방면과 절충한 결과 그 근본 방침이 완전히 결정되었으나 아직 언명할 수는 없는 것이다."

1139 「『勞働運動』 又 押收」

『조선일보』, 1928.05.05, 2면[10]

월간잡지 『노동운동(勞働運動)』의 창간 일주년 기념호(創刊 一週年 記念號)는 삼일에 이르러 내용이 불온하다 하여 검열당국으로부터 압수하였으므로 동 사에서는 즉시 임시호를 발행코자 준비 중이라더라.

10 「『勞働運動』 押收」, 『동아일보』, 1928.05.07, 3면.

1140 「『勞働運動』押收 支分社 會議 延期」 『동아일보』, 1928.05.08, 5면

시내 수송동(壽松洞)에 있는 월간잡지 『노동운동(勞働運動)』 사월호(創刊 一週年 記念號)는 당국에 기휘된 바 있다 하여 압수를 당하고 오월호를 준비 중이며 오월 십오일에 개최하려던 동 사 지분사(支分社) 책임자 대회도 부득이한 사정에 의하여 연기하였다더라.

1141 「『自力』創刊 押收」 『조선일보』, 1928.05.08, 2면

학술잡지(學術雜誌) 『자력(自力)』의 창간호(創刊號)는 당국의 기휘에 저촉되어 압수되고 이어서 계속 출원하였던바 지난 이십팔일에 또다시 불허가(不許可)의 처분을 받았다는데 동 사는 부산(釜山)으로부터 시내 계동(桂洞) 일백삼번지로 이전하였다더라.

1142 「同業『朝鮮日報』突然히 停刊 命令」 『동아일보』, 1928.05.10, 2면

동업 『조선일보(朝鮮日報)』는 작 구일 총독부로부터 작일부 동보 사설(社說)이 안녕질서(安寧秩序)를 방해하였다는 이유로 신문지법 제이십일조에 의하여 돌연히 그 발행(發行)을 무기정지한다는 지령이 있었다는데 이에 대하여 동 사 사장 신석우(申錫雨) 씨는 말하되 "창졸간에 당한 일이니까 무엇이라고 말할 수 없습니다. 속히 해금되기를 기다릴 뿐이지오" 하더라.

1143 「『新人間』 押收」

『매일신보』, 1928.05.10, 5면

市內 新人間社에서 發行하는 天道敎會의 機關誌인 『新人間』 五月號는 孫義菴 先生의 還元六週年紀念追慕號로 編輯되었던바 그 內容이 不穩하다 하여 當局에서는 그 原稿 全部를 押收하였다더라.

1144 「『大衆新聞』 또 押收」

『동아일보』, 1928.05.11, 4면

黃海道 安岳郡 邑內에서 莊麒俊 氏가 支局을 經營하는 東京서 發刊되는 『大衆新聞』 二十 部가 去 六日 午前 十時 半에 安岳郵便所에 到着되자 安岳警察署에서는 바로 押收한 後 去 八日에 莊麒俊 氏를 同署로 呼出하여 黃海道 警察部로부터 新聞을 押收하라는 通知가 있어 直接 押收하였다고 말하였다더라. 【安岳】

1145 「『朝鮮日報』 發行停止 理由」

『매일신보』, 1928.05.11, 2면

『朝鮮日報』는 旣報와 같이 本月 八日附 社說에 「濟南事件의 壁上觀」이라 題하여 今回의 山東 出兵에 對하여 空然히 日本의 野望을 遂하려는 行動임과 같은 記事를 揭한 故로 當局의 忌諱에 抵觸된다 되어 드디어 無期 發行停止를 命케 되었는데 이에 對하여 淺利 警務局長은 말하되 "『朝鮮日報』는 大正 十四年 九月에 「勞農 露國과 朝鮮의 政治的 關係」라는 題下에 不穩한 言辭를 弄하여 發行停止 處分에 附하였었는데 그 後 同社에서는 同社의 社會主義 色彩가 濃厚한 記者는 全部 解職하여 將來를 誓하였으므로 同年 十月에 停止를 解除하였으나 그러나 其 後 同社의 內部는 漸次 穩健의

態度를 缺하게 되어 同社員 中에는 '第一次 及 第二次 共産黨事件'에 連坐하여 司法處分을 受한 者 多數를 生하고 또 曩者 大會를 禁止한 新幹會 幹部 中에는 同社의 幹部記者가 多數 此에 加入하여 特히 同 大會 禁止의 重要 理由가 된 不穩 言動이 있은 地方支會의 中心 人物 中에도 同社 支局員 多數가 有하다. 如斯히 同社의 內部에는 不穩言動을 弄하던 分子가 不少한 結果 畢竟 그 新聞紙의 記事 論調가 不穩 過激에 涉케 되어 大正 十五年 中에 五十三 回, 昭和 二年 中에 五十五 回의 差押處分과 十數 回 呼出 戒告를 受하고 本年에 入하여도 五月 八日까지에 十九 回 差押處分과 數 回 戒告를 受하는 不美한 일을 敢行하고 또 그 食言的 態度를 改치 아니하였다. 特히 昨年 五月 中에는 各 朝鮮文 新聞 主腦者를 一齊히 招致하여 從來의 不穩記事를 一一 指摘하여 將來 如斯한 筆致를 改치 아니하고 依然히 統治의 大方針에 逆行함과 같은 記事를 揭載한 境遇에는 新聞 自體의 存立을 否認할 旨를 言明하여 改筆을 證明케 하며 爾來 一週年間의 其 態度를 注視하여 昨年 七月에는 「帝王의 凋落」이라 題하고 十月 二十一日에는 「勞農 露西亞 革命 紀念」이라 題하여 暗히 革命을 禮讚하여 赤化를 宣揚 宣傳함과 같은 記事를 揭載하였고 十一月에는 다시 「十週年의 露國」이란 題下에 同一한 革命을 祝福하는 記事를 揭載한 것이다. 그러므로 當局에서는 그때마다 新聞紙의 發賣 頒布를 禁止하고 또 差押處分을 行하는 同時에 責任者에 對하여는 嚴重히 戒告한 바 있었으나 本年 一月에는 「保釋 遲延의 犧牲」이라 題하여 共産黨事件 關係者에게 同情을 披瀝한 故로 差押處分에 附하는 同時에 發行者는 畢竟 司法處分에 附케 된 것이다. 事가 此에 至하여서는 會社로서 當然히 反省, 謹愼하여 그 筆致를 改할 것임에도 不拘하고 四月에 入하여는 「月南 先生 追悼의 辭」라 題하여 民族主義 及 社會主義에 亘한 不穩한 言辭를 弄하여 差押處分을 受하고 다시 五月 八日에는 「濟南事件의 壁上觀」이라 題하여 我國 今回의 出兵에 對하여 帝國의 公報를 疑懼不信함과 같을 뿐 아니라 外國의 例를 引하여 空然히 我國의 野望을 遂키 爲하여 行動한 것 같은 言論을 하여 暗히 南方派의 不滿을 同情하여 全혀 南方 一帶의 排日 氣分으로써 如何키 不能하다고 言하기에 至하여 非國民的 態度를 表明하였다. 由來 『朝鮮日報』는 支那 南方革命運動, 其他 弱小民族의 獨立解放運動 等에 對하여는 同情的 態度

를 持하여 恒常 革命軍, 獨立軍의 成功을 祝福하는 記事 論調를 揭載하여 帝國 其他 諸 强國의 取하는 態度에는 非難, 攻擊的 惡筆을 弄하기 一再에 不止하니 最近의 事例로는 支那 南方 革命軍의 北伐에 對하여는 禮讚的 筆法으로써 그 戰捷을 逐一步 報道 論議하고 또 印度의 動亂 '드란스요두다니아'의 獨立 等의 報道를 聞하자 或은 民族 解放 又는 獨立 等의 文字를 渴仰 贊嘆한 社說을 揭하고 또 在滿 鮮人 問題에 關하여는 支那 官民의 逼迫 問題와 같은 것도 動輒[11]則 日本의 滿蒙政策의 犧牲됨과 같이 誣하는 報道를 誇大히 取扱하여 暗暗裡에 朝鮮人으로하여 帝國에 對하여 怨恨을 抱케 함과 같은 態度를 持케 하는 中이다. 또 今回에 濟南事件과 같은 神人이 共怒할 南軍의 慘虐無道의 行動에 對하여는 一言半句의 攻擊을 加치 아니할 뿐 아니라 도리어 南軍의 日本에 對한 抗議 及 各地에 排日運動의 勃發과 같은 種類의 記事만은 大書하여 報道하는 反面에 在支 日本人의 被害 記事는 最少히 取扱하는 實況이다. 그래서 如斯한 態度, 如斯 記事를 査察하여 아울러서 八日의 社說에 이르러서 이를 觀察할 時는 分明히 或□ 意味에 있어서 南方革命에 友誼的 同情을 持치 아니하는지를 看取할 것이다. 그래서 今回의 出兵은 今者 南京事件과 같은 悲慘事의 發生을 防止하고 我 居留民의 生命, 財産의 保護를 目的한 것으로써 歐米 諸 外國의 新聞에도 殘忍無道한 南軍의 蠻行에 對하여는 筆을 한결같이 하여 이를 非議하여 日本의 出兵을 當然타 하여 若 日本으로서 出兵치 아니하였으면 各國人도 或은 다 같이 慘虐한 災禍를 蒙하였을지도 알지 못한다는 意味의 報道記事를 揭載하는데 唯 朝鮮總督府 治下에 있는 『朝鮮日報』는 如上한 諸 態度로써 思를 南軍에 寄하여 日本의 態度에 嫌厭함과 같이 論하여 國民으로 하여금 出兵의 眞意를 疑心케 하여 國威를 中外에 毁코자 하는 非國民的의 執筆은 分明히 帝國 施政에 背馳한 것이라고 認하여 斷然히 그 發行을 停止하고 最後의 反省을 促코자 하는 것이다.

11 동첩(動輒) : 걸핏하면.

1146 「警察 取調 中 一部分은 釋放」

『동아일보』, 1928.05.13, 5면

전북 임실경찰서(任實警察署)에서 지난 칠일부터 전북 각지에 흩어져 있는 전북 기자단(全北記者團) 중요 간부 배헌(裵憲), 손각(孫角) 등 십일 인을 구인하여 치안유지법 위반(治安維持法 違反) 혐의로 취조를 한다 함은 기보한 바와 같거니와 전북 각지에 돌연히 검거의 회오리 바람이 일어나자 그 검거자가 모두 신문기자이며 치안유지법 위반의 혐의로 피의자들의 가택을 샅샅이 수색하는 바람에 일반은 자못 이 사건을 중대시하고 경찰도 밤을 새워가며 취조를 계속하던 중 지난 십일에는 전북 기자단 집행위원 오동균(全北記者團 執行委員 吳東均)과 김엽춘(金葉春)이 방면되고 십일일에는 손각(孫角), 조판오(趙判五)가 방면되었다는바 이제 그 내용을 듣건대 지난달 이십팔일에 전기 임실에서 제사회 전북기자정기대회(第四回 全北記者定期大會)를 개최하고 제반 사항을 토의함에 당하여 토의할 사건마다 낱낱이 경찰에 말하여 경찰은 혹 불온하다 할 만한 것은 모조리 금지를 한 후 토의를 하게 하였음에도 불구하고 당회에서 임실경찰서 평방(平方) 보안계 주임과 이(李) 사법계 주임 이하 정사복 다수 경관의 경계리에 경찰도 잘 아는 바와 같이 규약(規約)만 개정 통과하고 선언강령(宣言綱領) 중 강령의 일부분이 너무 길므로 그것을 짧게 수정하려다가 그대로 둔 것이라는데 그 수정하려고 개수하여 본 강령을 통과함이나 아닌가 하고 전북 경찰부에서는 뜻밖에 동 대회의 개최지가 임실인 관계로 임실서에 지시하여 그와 같이 검거의 회오리바람이 일어나게 됨인 듯하다더라.

1147 「出版法 違反? 양씨 다시 취조」

『동아일보』, 1928.05.13, 5면

지난 십일부터 작년 오월에 정읍(井邑)에서 개최한 제삼회 전북기자정기대회(第三回 全北記者定期大會)에서 그 회록(會錄)을 편집한 조판오(趙判五) 씨와 그 회록을 등사하여 당회에 참가하였던 회원에게 배부한 배헌(裵憲) 씨를 취조하기 시작하였다는데 혹 신문지법 위반(新聞紙法 違反) 혐의로 그같이 일 년이나 묵은 것을 이제에 이르러서야 취조하는지 알 수 없으나 동 단에서는 해마다 정기대회에는 그 회록을 등사하여 회원들에게 배부하여 온 일이 있었으나 별로 아무 문제가 없었는데 이제 새삼스럽게 그것을 취조하는 것은 또 무슨 일이나 없지 아니할까 하여 동 단 간부들은 자못 불안 중에 있다더라.

1148 「議案이 不穩타고 槿友 全國大會 禁止」 『중외일보』, 1928.05.13, 2면

조선여성운동의 중심 기관이 되어 조선의 여성을 조정하고 있던 경성 공평동(公平洞)에 본부를 둔 근우회(槿友會)에서는 작년 봄에 발회식을 거행하고 이래 각 방면으로 많은 활동을 한 결과 전 선에 이십사 개소의 지부가 설치되었고 이천여 명의 회원을 가지게 되어 바야흐로 조선여성의 해방운동을 촉진하고 있어 이에 창립 일주년을 당하여 오는 이십육일과 칠일 양일간에 이십사 개소에 이백여 명의 대표위원을 경성에 소집하여 전국대회를 열고자 본부에서는 각지 지부와 연락을 취하여 간부들이 주야 준비에 분망 중이던바 십일일 오후 소관 종로경찰서에서는 돌연 동 대회에 대하여 근우회 전국대회는 금지한다는 통지가 왔었는데 통첩을 받은 동 간부들은 십이일에 다시 위원 정종명(鄭鍾鳴), 허정숙(許貞淑) 양씨를 선정하여 경찰에 간곡한 교섭을 하였으나 종시 듣지 않아 부득이 대회는 열지 못하게 되었는데 모임은 실로 전국적 여성운동자대회로 조선에서 처음으로 될 모임이었더라.

어제 별항과 같이 근우회 전국대회가 금지를 당한 이유를 들으면 근우회에서는 십일일에 결의안 기타를 작성하여가지고 종로서에 대회 개최의 출원을 하였던바 동 결의안 중에 불온한 점이 있어 치안을 방해할 염려가 있다 하여 금지를 명한 것이라더라.

대회 소집을 금지당한 전기 근우회 본부를 찾으매 금지라는 글발을 받고 사오 명의 준비위원들은 황홀하여 어쩔 줄을 모르고 실색하고 있으며 일방으로는 대회 금지를 당한 뒤 사무로 위선 각지 지부에 대회가 금지 당하였다는 기별을 하노라고 혹은 전보 혹은 편지를 쓰기에 분망 중이었는데 정종명(鄭鐘鳴) 씨는 말하되 "금지라고 하니 부득이 금지하는 수밖에 우리들에게 별 재간 있습니까? 이유는 결의안이 불온하다고 합니다. 그래서 결의안을 고치겠다고 하였으나 벌써 고친다 하여도 모이는 인물이 또한 불온하다고 하니 어찌합니까? 다만 각지의 회원에게 금지되었다는 이유나 통지하고 가히 조선여성을 위하여 배전의 힘을 쓰라고 서로 격려하는 수밖에 없겠습니다"고 하며 적이 침묵한 낯으로 말하더라.

1149 「『어린이』 押收」 『중외일보』, 1928.05.13, 2면[12]

개벽사(開闢社) 발행의 『어린이』 오월호는 '어린이날 기념호'로 하고자 원고와 부록인 '어린이 선물' 등을 당국에 출원하였더니 그 전문이 불온하다하여 불허가가 되고 원고 전부를 압수당했으므로 동 사에서는 그 다음호를 곧 준비 중이라 하나 상당한 시일이 걸리리라더라.

1150 「新聞, 雜誌 더욱 嚴閱, 在外 朝鮮人 査察」 『동아일보』, 1928.05.15, 2면

총독부 금년도 추가 예산으로 중의원(衆議院)을 통과한 사상 취체비 사십일만 원

12 「『어린이』 押收」, 『동아일보』, 1928.05.13, 5면.

중 삼십오만 원은 경무국에 사용하고 나머지 육만 원은 법무국에서 사용하여 사상 전문의 검사를 증원한다 함은 기보한 바거니와 경무국에서 증원할 내용은 도서과에 사무관 한 명과 통역생 두 명과 속 한 명을 증가하여 신문, 잡지 등 출판물의 검열을 더욱 엄중히 할 터이며 각 도 경찰부의 경부 고등과장을 전부 경시로 하기 때문에 경시 여덟 명을 증원하고 경부 여덟 명, 경부보 이십육 명, 순사 육십오 명, 기타 네 명을 증원하고 보안과에 사무관 한 명, 속 고원 촉탁 약간 명을 증원할 터이며 만주에 파견할 사무관 두 명과 통역생 세 명, 고원 다섯 명을 증원하여 외국에서 거주하는 조선인의 사상 경향을 감시하며 직접 사회적 생활을 취체하리라는데 이 증원 계획은 제일 선착수로 경기도 경찰부로부터 실시하게 되어 고등경찰에 경험이 있는 경관을 작일까지에 네 명을 증원하였으며 장차 점차 증원하여 고등 사찰(高等 查察)에만 십여 명을 배치하기로 되어 내근까지 십팔 명에 달할 모양이라더라.

1151 「『朝鮮商業彙報』 押收」

『동아일보』, 1928.05.19, 3면

『朝鮮商業彙報』 五月號는 檢閱 中 忌諱에 抵觸되어 原稿는 押收를 當하고 臨時號를 準備 中이더라.

1152 「『新詩壇』 創刊號 禁止」

『동아일보』, 1928.05.19, 4면

晋州 新詩壇社에서는 創刊號를 發行코자 原稿를 募集하여 總督府에 出版 許可願을 提出하였던바 去 五月 七日付로 創刊號 發行禁止를 當하고 方在 臨時號 發行 準備 中에 있으며 米洲 아이오와洲 이 大學 金太線 氏의 周旋으로 米洲 新詩 클럽과 連絡

하여 外地에까지 大發展을 期하던 中에 『新詩壇』은 今般 創刊號가 突然이 禁止當함에 따라서 많은 支障이 있다더라. 【晋州】

1153 「慶南道靑聯 委員 八人 檢擧」

『동아일보』, 1928.05.19, 5면

지난 사월 이십구일 진주청년동맹회관에서 열린 조선청년총동맹 경남도연맹 정기대회는 무사히 마쳤는데 지난 사일에 경남도 경찰부 북촌 경부(北村 警部)가 돌연히 진주에 출장하자 지난 오일 오전 여섯시부터 진주경찰서의 후원을 받아 대활동을 개시하여 연맹 사무소와 진주청년동맹회관을 수색하는 동시에 『조선일보』 진주지국과 도 연맹위원 최돈(崔敦), 강수영(姜壽永), 김기태(金基泰) 등의 가택을 수색하는 일편으로 전기 세 명을 검속하고 양산 전혁(梁山 全爀), 김해 배상현(金海 裵尙鉉) 두 명도 검속한 후 하동 김계영, 김태순(河東 金桂榮, 金兌淳), 고성 천두상, 전갑봉(固城 千斗上, 田甲奉) 등 네 명을 수배 검속하여 극비밀리에 취조하였는데 그 내용은 들으면 도 연맹대회 때 의안(議案)을 등사하여 임석경관에게 검열을 맡아서 금지된 부분은 삭제 배부하였는데 이것을 경남도 경찰부에서 불온타 하여 즉시 진주경찰서에서 명령하여 신문지법 위반(新聞紙法 違反)으로 십일일 동안이나 진주경찰서에 유치하였다가 지난 십오일에야 진주재판소 검사국으로 송치하였는데 동 검사국에서도 역시 류원 검사(柳原 檢事)가 심리한 후 즉시 진주형무소에 수감시켰다더라. 【진주】

1154 「青年同盟 創立 中에 當局에서 禁止命令」

『매일신보』, 1928.05.22, 2면

大正 十三年頃에 全鮮 各地에서 靑年會니 靑年同盟이니 하는 思想團體가 無數히 組織될 때 府內에서만 七十餘 個 靑年團體가 組織되어 있었으나 其後 靑年總同盟이 全國的으로 集會 禁止命令을 當하고 其 뒤를 이어 朝鮮共產黨이 一次, 二次로 檢擧되어 思想運動의 首謀者들은 거의 獄中 生活을 하게 되었으므로 그와 같이 많이 組織된 靑年團體도 따라서 有耶無耶에 돌아가고 그런대로 府內에서 아직 名目만이라도 가지고 있는 것은 十七, 八 個의 靑年團體가 남아 있을 뿐이었는데 요사이에 이르러 그 十七, 八 個 靑年團體의 幹部들은 在來의 原始的 靑年團體는 모두 解散을 하고 새로이 京城靑年同盟이라는 큰 團體를 組織하기로 協定되어 二十日 밤 九時頃부터 新興, 中央女子, 서울無產, 서울靑年, 衡平靑年, 京城無產, 協友, 京城洋靴職工, 서울印刷職工, 仁旺, 第四, 中央勞働, 阿峴, 京城, 革友, 和一, 敦化의 十七 個 靑年團體의 全員 約 三百 名과 其他 傍聽者 四百餘 名이 府內 天道敎紀念館에 모여서 京城靑年同盟 創立大會를 開催하고 밤새로 二時까지 議事를 進行하고 廿一日 밤에 또 續行하려 하던바 廿一日 아침에 鐘路署에서 同會 創立委員 中 朴鳳然, 魯龜善 二名을 불러다가 創立코자 하는 京城靑年同盟의 規約의 內容이 不穩하여 治安을 妨害할 念慮가 있다 하여 禁止命令을 내리었는데 이번에 그들이 組織하려 한 靑年同盟을 是認하는 各 細胞 靑年團體에서 部分的으로 그와 같은 큰 團體를 組織하고 다시 全鮮的으로 靑年總同盟을 組織하려던 것인데 이번 京城에서 劈頭에 大會 禁止를 當하였으므로 그 影響이 全鮮에 미치리라더라.

1155 「八 個月 禁錮 求刑」

『동아일보』, 1928.05.23, 2면

동업 『조선일보(朝鮮日報)』 발행인 안재홍(安在鴻) 씨의 필화사건의 공소 공판은 이십일일 경성복심법원 고목(高木) 재판장의 담임으로 열리어 입회 하촌(河村) 검사로부터 금고(禁錮) 팔 개월의 구형이 있었다는데 동 사건에 대한 일심 판결은 말광(末廣) 재판장으로부터 금고 사 개월의 판결이 있어서 피고 안재홍 씨가 그를 불복하고 공소를 하는 동시에 동 사건의 담임 중야(中野) 검사는 일심 판결이 경하다 하여 부대 공소를 하였던 것으로 오는 이십오일 동 사건의 공소 판결은 자못 주목된다더라.

1156 「精神이 不穩하니 會合 不得不 禁止」

『중외일보』, 1928.05.24, 4면

慶北道 居昌府內에 事務所를 두고 九萬의 聞慶 民衆을 爲하여 不絶한 鬪爭과 猛烈한 活動을 하여오는 聞慶青年同盟에서는 多端한 時局과 複雜한 運動戰線을 批判 淸算하기 爲하여 第五回 執行委員會를 去 二十日에 開催하려고 當務委員인 申長瓊 君이 集會書를 同面 駐在所에 提出하였는바 議案이 時局에 對한 重大 問題인 만큼 不穩하다는 口實 下에 禁止를 한다 하므로 會議하였던 委員 諸氏는 警察의 無理한 禁止에 大憤慨하여 一時는 空氣가 險惡하였었으나 交涉委員을 選出하여 再交涉한 後 對策을 講究하자는 朴賀福 君의 動議에 一致되어 交涉員을 擧選한 結果 申瀚, 李見求 兩君이 被選되었으므로 兩君은 卽時 駐在所에 가서 禁止 理由를 質問하는 同時 所謂 不穩하다는 議案만을 削除하면 고만이지 全 委員會를 禁止함은 暴壓이 아니냐고 質疑하였더니 當務者는 비록 不穩 條項을 削除한다 하더라도 會合의 精神이 不穩하였으므로 今番 委員會는 禁止한다 하므로 兩君은 沒常識한 地方警察에 屹하여도 無益할 줄 알고 退去하여 交涉 顚末을 報告하매 激憤한 委員 諸氏는 警察의 抑壓을 痛嘆하면서 議案 全部를 常務委員會에 一任한 後 閉會하였다더라. 【居昌】

1157 「『中外報』 筆禍 體刑을 求刑」

『동아일보』, 1928.05.26, 2면

동업『중외일보(中外日報)』 편집 겸 발행인(編輯 兼 發行人) 이상협(李相協)과 논설반 기자 이정섭(李晶燮)에 대한 필화사건의 공소 공판은 이십오일 경성복심법원 고목(高木) 재판장의 주심, 하촌(河村) 검사 입회하에 결심 공판이 열렸다. 입회 하촌 검사는 피고 두 사람에 대하여 일심 판결대로 전기 이상협은 편집 겸 발행인의 책임상 신문지법 위반(新聞紙法 違反)으로 금고(禁錮) 각 이월 모두 사월, 전기 이정섭은 보안법 위반(保安法 違反)으로 징역 육 개월에 각각 구형이 있었다는데 열석한 변호사 허헌(許憲), 이인(李仁), 이승우(李升雨), 이기찬(李基燦), 한국종(韓國鍾) 씨 등은 입회 검사의 논고에 대하여 각각 열변을 토하였다는바 판결 언도는 유월 일일이라더라.

1158 「慶南道青盟員 七 名 結局 被訴」

『동아일보』, 1928.05.28, 2면

조선청년총동맹 경남도연맹 집행위원 팔 명을 지난 오일에 진주(晋州)경찰서에서 돌연 검속하여 십오일에 진주 검사국으로 송치하여 류원(柳原) 검사가 취조한다 함은 기보한 바거니와 이에 류원 검사는 취조를 그동안 마치어 결국 출판법 위반과 치안유지법 위반으로 지난 이십오일에 하동 김계영(河東 金桂榮), 양산 전혁(梁山 全爀), 김해 배상현(金海 裵尙鉉), 고성 천두상(固城 千斗上), 전갑봉(田甲奉), 진주 최돈(晋州 崔敦), 강수영(姜壽永) 등 칠 명은 기소되어 불원간에 공판이 열릴 모양이며 진주 김기태(晋州 金基泰)만 석방되었다더라. 【진주】

1159 「保釋 突然 取消 安 主筆 收監」

『동아일보』, 1928.05.30, 2면

동업『조선일보(朝鮮日報)』의 발행인 안재홍(發行人 安在鴻) 씨는 동보 필화사건의 책임자로 지난 이십오일에 경성복심법원에서 고목(高木) 재판장으로부터 하촌(河村) 검사의 간여 하에 일심보다 사 개월이 더하여 금고(禁錮) 팔 월의 판결 언도를 받았다 함은 기보한 바거니와 씨는 그동안 보석 중에 있어서 사건만 심리되던 중 이십팔일 동 사건의 담임 하촌 검사는 피고가 달아날 염려가 있다 하여 동일에 돌연 보석을 취하하는 동시에 서대문서에 촉탁하여 씨는 동일 오후 다섯시경에 서대문 형무소(西大門刑務所)에 수감이 되었다는데 씨는 아직 공소를 포기치 아니하였으므로 상고를 하게 될는지 또는 그대로 복역을 하게 될는지 아직 미상하다더라.

1160 「不穩한 文字 等을 左右 팔에 黥入」

『매일신보』, 1928.06.01, 2면

지난 三十一日 午前 十一時경에 府內 西大門署 高等係에서는 두 名의 少年을 引致하고 秘密裡에 取調를 進行하는 中인데 事件의 內容은 秘密에 부치나 仄聞한 바에 依하면 前記 두 名의 少年은 府內 杏村洞 一七八, 印刷職工 金守德(一九)과 그의 實弟 金某(一八)의 兄弟로 그들은 三, 四日 前에 左右 팔에 極히 不穩한 文字 等을 깊이 새기어가지고 不穩한 作亂을 하고자 하는 事實이 發覺되어 逮捕된 것이라더라.

1161 「『中外日報』 筆禍事件 一審대로 體刑 判決」

『동아일보』, 1928.06.07, 2면

동업『중외일보(中外日報)』의 발행인 겸 편집인(發行人 兼 編輯人)의 책임자인 이상협(李相協) 씨에 대한 신문지법 위반(新聞紙法 違反)과 동보의 논설반(論說班) 기자 이정섭(李晶燮) 씨에 대한 보안법 위반(保安法 違反) 사건의 공소 판결은 육일 경성복심법원 호전(戶田) 재판장으로부터 하촌(河村) 검사 관여 하에 일심 판결대로 피고 이상협은 신문지법 위반으로 발행인 편집인의 책임자로 각 금고 이 월 모두 사 개월에, 피고 이정섭은 보안법 위반으로 징역 유월에 각각 판결 언도가 있었다는데 그 이유는 누보한 바와 같이 피고 이정섭은 금년 이월 십팔일부 동보 제사백륙십일호부터 동월 이십일일부 사백륙십사호까지 계속하여 피고 이정섭의 서명으로 게재한 「세계일주(世界一周)」 기행문 중에 사회의 질서를 문란케 한 것이 있었고 정치에 관한 불온한 언론이 있어서 치안을 방해하였다는 것으로 그는 피고 이상협에게도 발행인 편집인의 책임이 있다는 것이라더라.

1162 「赤書輸入 防止 政府의 新計劃」

『동아일보』, 1928.06.18, 1면

政府는 思想傳播의 源泉인 洋書類 特히 赤化冊子의 輸入을 防壓할 方針으로 來年度부터 橫濱, 神戶, 長崎, 門司, 函館 等 各 稅關에 書籍, 新聞 檢閱係를 增員할 計劃인데 又 此 赤冊子 輸入量은 今年은 七百六十四冊으로 昨年의 二倍이더라. 【東京電】

1163 「某 雜誌社 襲擊 七名을 檢擧」

『동아일보』, 1928.06.20, 2면

십구일 오전 여덟시경에 부내 종로서 고등계에서는 돌연히 형사대를 부내 모 방면에 출동케 하여 모 잡지사를 중심으로 가택수색을 엄밀히 하는 한편으로 중요 간부 김 모(金 某), 이 모(李 某) 등의 일곱 명을 검거하여 동 서에 인치하고 취조를 엄중히 하는 중이라는데 사건 내용은 절대 비밀에 부치나 동 서 고등계는 의연히 긴장하여 이미 가택수색을 한 동 잡지사에 형사 수 명을 지키게 하여 엄중한 경계를 하는 한편으로 취조에 따라 동 고등계 형사대는 계속 활동 중이므로 사건은 어느 정도까지 확대될는지도 모른다더라.

1164 「『勞働運動』 押收」 『동아일보』, 1928.06.23, 2면

시내 수송동(壽松洞) 사십사 번지 노동운동사(勞働運動社)에서 발행하는 『노동운동』 오, 유월호(五, 六月號)는 당국의 기휘된 바 있다 하여 압수되었다더라.

1165 「言論自由 完全 賦與」 『동아일보』, 1928.07.03, 1면

衛戍總司令部는 奉天軍 當時부터의 極端의 新聞 檢閱을 廢止하고 一日부터 完全히 言論의 自由를 주기로 하였더라. 【北京二日發】

1166 「討論을 禁止 연사 등은 검속」 『동아일보』, 1928.07.04, 2면

신간회 경서지회(新幹會 京西支會)에서 주최한 빈궁문제 토론회(貧窮問題 討論會)는 예정과 같이 지난 이일 오후 여덟시 반부터 마포청년회관(麻浦青年會館)에서 대 성황리에 개최되어 사회편 연사 박순균(朴舜均) 군을 비롯하여 사회조직의 불합리한 점을 들어 빈궁의 원인이 사회에 있다는 것을 이야기할 때에 임석경관은 시시로 주의를 연발하였으나 본론 연사의 토론만은 무사히 마친 후 속론에 들어가 정재우(鄭在優), 노항렬(盧恒烈) 양군의 언론이 사유재산제도와 사회조직의 결함을 이야기할 때에 주의를 연발하던 임석경관은 마침내 양군의 토론을 중지하는 동시에 해산을 명한 후 전기 양군과 최점득(崔點得) 군을 용산서에 검속하였다더라. 【고양】

1167 「盟休한 學生들에게 東京서 不穩文書」 『매일신보』, 1928.07.05, 2면

六月 下旬 突然히 發生된 全州 農學校 盟休事件은 漸漸 形勢가 險惡 不穩하게되어 別項과 같이 一日에 드디어 司直의 손에 小數의 檢束者를 내게 되었는데 三日 아침에 이르러 全州高等普通學校 教師에게 六月 十六日附 東京 小石川局의 消印이 있는 神川 神保町 同 文書院으로부터 發送한 高普校 四年生 級長에게 보내는 親展書를 當時 擔任 教師가 異常히 알고 開封한바 자못 極烈한 文句를 羅列하여 現在의 施政 方針을 咀呪하고 全鮮 中等學校의 盟休를 斷行하라는 教示的 不穩文書로 그대로 同教師의 손에 保管 中인데 農學校에 盟休 소동이 勃發하고 또 그 文書가 當局에 提出되었으므로 全鮮 各地에 頻發 彌滿되는 學校 盟休는 畢景 背後에 此等의 策動이 있는 것이 아닌가 注目되어 當局에서는 極度로 注意하는 中이다. 【裡里特電】

全州公立農業學校 生徒 盟休事件에 對하여는 이미 屢報한 바와 같거니와 그 후 採聞한 바에 依하건대 學生들 態度가 漸次 强猛하여지므로 지난 一日 全州署에서는 그 首謀 全富大 外 六 名을 檢束하고 目下 嚴重取調 中이라더라. 【全州】

1168 「玩具店에 所藏한 太極旗 多數 押收」

『중외일보』, 1928.07.10, 2면

시내 종로서 고등계(鐘路署 高等係)에서는 수일 전에 시내 본정 삼정목(本町 三丁目) 사십삼번지 지내원태랑(池內元太郎) 완구상점에서 다수의 태극기를 압수하는 동시에 목하 엄중한 취조를 하는 중인데 전기 태극기는 금년 오월 하순경에 어떠한 사람이 와서 만국기를 그려달라고 하면서 한국기도 그려달라 하기에 그려준 후 남은 것이라고 말하나 매우 수상한 점이 있어 취조를 하는 중이라더라.

1169 「最近 十九 年間 朝鮮出版物 趨移」

『동아일보』, 1928.07.17, 2면

경무국 도서과에서 조사한 합방 이후 십구 년간의 조선의 출판물 추세는 병합 전의 한국정부 시대에는 출판물이라고는 『대한매일신보』를 비롯하여 일간신문 전부를 합하여 약 일만 부의 발행부수를 가지었을 뿐이고 신문 외의 출판물이라고는 서양 각국의 영웅을 찬미하는 전기(傳記)와 소약민족의 강국으로부터 받는 압박의 참상을 소개하여 민족의 분발을 짐작하는 비분강개한 서적이 유행하였을 뿐이더니, 합방 이후 총독부에서는 이러한 모든 출판물을 금지하여 조선문 출판물이라고는 오직 관보(官報)인 『매일신보(每日申報)』와 옛날 중국의 사기를 번작한 소위 구소설 약간이 남아있을 뿐이므로 진정한 의미의 출판물이라고 『매일신보』 하나밖에 없었으나, 그 후 죽내녹지조(竹內錄之助)가 발행하는 『반도신문(半島新聞)』이 발행되어 총독정치를 공격한 까닭으로 여러 번 정간을 당하다가 대정 구년에 폐간되고 봉천(奉天)에서 발행되는 『만주일보(滿洲日報)』가 수입되어 상당한 세력을 가지었으므로 『매일신보』와 독점적 무대라고는 할 수 없었으나 각기 수천 부를 발행하여 당시의 유치한 언론계에서는 경시치 못할 세력을 가지고 있었다고 한다. 그리하여 대정 팔년의 삼일운동이 일어난 뒤 신임한 재등(齋藤) 총독의 문화정치 표방으로 언론 압박 정책이 얼마간 완화되어 『조선일보』, 『시사신문』, 『동아일보』 등이 발행되고 그 후 몇 해 뒤에 『시대일보』(몇 해 후 자진), 『중외일보』 등이 발행되어 현재 발행부수가 십오만 부 이상에 달하며 독자도 십년 전에는 기분 독자이던 것이 점점 견실한 독자로 바뀌어가며 일간신문 외의 신문지법에 의한 출판물은

	週刊	月刊	計
京城	1	6	7
大邱			
平壤	1		1

이 숫자와 같이 불과 여덟 종류에 대구에서 발행되는 일간 하나와 경성의 네 신문을 합하여 불과 열셋에 지나지 못하므로 조선에서 발간하는 일본문의 신문지 삼십 종과 통신 아홉에 비교하면 비교가 되지 않을 만치 영성하다.

이상은 대개 신문지를 중심으로 한 추세이거니와 신문지가 아닌 일반 출판물은 신문지의 발전과 같이 자연히 증가하여 최근 총 건수가 팔백구십일 건에 달하는데 그중에 많은 종류가 전통적으로 내려오다시피 하는 신구소설과 조선에만 독특한 때 놓친 양반 행세에 필요한 족보와 문첩 같은 출판이 언제나 매한가지로 수위를 차지하고 있으나 새로운 경향으로는 『고무공업』, 『의약보(醫藥報)』, 『상업보(商業報)』 같은 것이 새로이 발생되는 것과 어린이의 잡지가 『어린이』, 『별나라』, 『무궁화』 등 육, 칠 종이 발행되는 것인데 발행부수는 몇 만 부 몇 천 부라 선전하지만 실상은 그렇게 부수는 많지 못하며 조선출판계에 어울리지 않을 만치 박히는 것은 구소설 중의 『춘향전』, 『조웅전(趙雄傳)』, 『류충렬전(劉忠烈傳)』, 『심청전』, 『사씨남정기(謝氏南征記)』, 『삼국지』, 『수호지(水湖誌)』, 『옥루몽(玉樓夢)』, 『구운몽(九雲夢)』 같은 것으로 그중에는 한 판에 칠, 팔만 부가 인쇄되는 것도 있다고 한다. 그러나 시대의 추이는 어쩔 수 없어 재작년에는 삼백일 건이나 발행된 것이 작년에는 삼십일 건 밖에 되지 않았고 그 대신 걸음이 느리나마 신소설이 발전하여 재작년에는 팔십오 건이던 것이 작년에는 사 건이 늘어 팔십구 건에 달하였다고 하다.

조선인에 대한 출판법은 외국인이나 일본인에 대한 것보다 불편하고 까다로워 조선인 출판물이 속도로 발달하지 못하는 한 원인이라고 할 수 있다. 이러한 관계로 자연히 발행인의 명의를 일본인이나 서양인으로 대신하는 수도 가끔 있으므로 서양인의 발행이 상당히 많다. 이제 각 민족별로 보면

朝鮮人 名義

月刊雜誌는 五十 種이나 되나 繼續的으로 出版되는 것은 十五 種 內外에 不過타. 重要한 者는 『別乾坤』, 『勞働運動』, 『新人間』, 『朝鮮農民』, 『佛敎』, 『自活』, 『文友』, 『思潮大光』, 『活婦人』, 『婦人』, 『한글』, 樂譜 類 十種, 『現代商人』, 『商業의報』, 『商界』, 『타임쓰』, 『어린이』, 『별나라』, 『朝鮮少年』, 『무궁화』, 『少年朝鮮』, 『學窓』.

西洋人 名義

西洋人의 發行은 大槪가 朝鮮 敎理에 關한 것이나 最近에는 學術, 農業에도 置重한다. 『靑年』, 『活泉』, 『神의世界』, 『神學指南』, 『時兆』, 『眞生』 等 十種인데 일본인의 발행도 상당히 많으나 대개 식산흥업 등에 관계된 것이라 한다.

작년 발행의 조선물 출판물 총수 팔백구십일 건에 검열에서 불허가된 것이 십사 건이 있는데 그중에 육 건은 사상관계로 기휘에 저촉되고 사 건은 풍기문란으로 금지되었는데 사상문제를 기록한 서적은 전부 삼십이 건이 있어 해마다 늘어가는 경향이라더라.

1170 「少年會報 『활살』 發行禁止」

『중외일보』, 1928.07.22, 4면

密陽少年會에서 一般 少年의 敎養을 主로 한 同會 會報를 敎養部에서 發行한다 함은 旣報한 바거니와 同 會에서는 萬般의 準備를 다하여 놓고 出版許可만 나기를 一刻如三秋로 苦待하며 一方으로 一般 社會의 많은 期待를 받고 있던바 今月 二十日 編輯兼 發行人 李鍵熙 氏를 密陽警察署에서 呼出하여 理由도 없이 總督府 圖書課의 命令

이라 하여 發行을 禁止한다 하므로 하는 수 없이 눈물을 머금고 第二號(秋季號)를 準備하는 中이라는데 地方 동무의 많은 原稿를 보내주기를 切望한다더라.【密陽】

1171 「『節制生活』 押收」 『동아일보』, 1928.07.24, 4면

平壤에서 唯一한 禁酒 斷煙 宣傳誌『節制生活』은 創刊號 原稿가 押收되고 難産 中 難産으로 겨우 二號, 三號가 發行되었는데 今番 四號를 發行코자 原稿檢閱을 받던 中 內容이 不穩타 하여 又復 原稿가 押收되었다더라.【平壤】

1172 「時代劇研究會의 上演禁止」 『중외일보』, 1928.08.05, 3면[13]

조선 시대극연구회(朝鮮 時代劇研究會)에서는 제일회 공연의 준비로 갑오동학란(甲午東學亂)의 선구자 전봉준(全琫準) 씨의 사실을 가지고 지은 「叛逆者의 最後」와 조선의 개혁 독립을 계획하고 동분서주하던 개혁당(改革黨) 수뇌 김옥균(金玉均) 씨의 일생을 그린 「大舞臺의 崩壞」의 두 가지 사극(史劇)과 그리고 유산계급과 무산계급의 심절한 대조(對照)를 보이는 사회극 「兩極端」 등 세 가지 각본을 가지고 당국에 교섭 중이었는데 마침내『叛逆者의 最後』와 「大舞臺의 崩壞」의 두 각본은 상연금지를 당하였으므로 동 회에서는 부득이 다른 것으로 준비하게 되었다는데 따라서 동 회 지방순회는 예정보다 삼사 일간 늦으리라더라.

13 「時代劇 脚本 押收」, 『동아일보』, 1928.08.05, 3면.

1173 「咸興少年 雄辯 無條件 禁止!」 『중외일보』, 1928.08.09, 4면

咸興青年同盟 少年部 主催로 오는 十一日에 開催하려고 同部 幹部는 諸般 準備에 奔忙 中 지난 七日에 集會屆를 提出하엿던바 高等係 主任은 無條件 禁止하므로 再次 青年同盟委員을 派送하여 交涉한 結果 集會屆와 筋書[14]를 添付 提出하라 하므로 廣告貼付願까지 提出하여 許可를 얻었던바 突然히 再次 禁止를 命하므로 青年同盟委員이 禁止 理由를 質問한즉 禁止 理由는 없다고 하면서 無條件 禁止를 하므로 無理한 暴壓에는 社會團體는 勿論 一般 市民의 非難이 적지 않다더라. 【咸興】

1174 「陣容 充實된 警察局 保安課」 『중외일보』, 1928.08.09, 2면

조선의 사상경찰망 완성은 이미 다 되었는데 이 기관의 총 지배를 맡은 경무국 보안과(警務局 保安課)의 진용은 근일 중에 사무과의 증원과 기타 과원의 임명으로 일층 충실하게 될 터인데 금후 어대전을 앞두고 보안과의 기밀 계획은 동경 정부의 지시 방침에 따라서 완전히 실행될 것이요, 한편으로 경찰관 강습소에 대하여는 전문으로 사상경관을 양성하기로 하였더라.

1175 「學術講演은 禁止, 音樂會 開催만 許可」 『중외일보』, 1928.08.18, 4면

湖南線 金堤에 있는 在□ 金堤學友會에서는 지난 五日에 定期總會를 開催하고 諸

14 筋書き(すじがき) : (소설 · 극 · 사건 등의) 대강의 줄거리, 경개, 미리 꾸며 놓은 계획.

般事項을 決議하였다 함은 旣報한 바와 같거니와 其後 今般 夏期事案으로 決議된 單 한 가지의 學術大講演會를 開催하기 爲하여 準備의 全般을 完了하고 左記와 如한 演士의 演題와 原稿를 添付하여 當地 警察署에 屆出하였던바 同 講演會의 前日 十三日 午後에야 同署 高等係는 準備委員을 召喚하여 今般 講演會는 '禁止'한다고 하므로 同委員들은 그 禁止의 理由를 質問하였던바 該主任은 "이것은 道 警察部의 旣定方針으로 治安維持상 좀 재미없음이라"는 模糊한 回答을 하므로 同 委員들은 여러 가지로 再交涉하였으나 何等의 効果를 얻지 못하고 돌아와서 緊急히 相議한 結果 同 講演會는 하는 수없이 抹殺 當하고 말았으나 今般 會合만은 그대로 散會할 수가 없어 夏期 音樂大會를 開催하기로 하였더라. 【金堤】

1176 「光陽青盟事件 執行猶豫 判決」

『동아일보』, 1928.08.19, 5면

광양 태화청년회(光陽 太華青年會)에서는 당지 청년동맹 창립대회를 개최코자 준비 중 동 위원 김태수(金泰洙) 외 두 사람이 지난 칠월 오일에 돌연히 검거되어 대회의 주의 강령이 불온하다 하여 취조를 받던 중 신문지법 위반(新聞紙法 違反)으로 순천검사국(順天檢事局)에 송치되었던바 그동안 모든 조사를 마치고 지난 십삼일 공판이 개정되어 당일 오전 열시부터 순천지청 제일호 법정에서 궁기 검사(宮崎 檢事) 입회하에 삼전 판사(森田 判事)의 심리가 있었는데 검사는 김태수에 금고 십 개월, 그외 각각 육 개월의 구형이 있은 후 담임 변호사의 변론이 있은 후 언도는 십오일로 정하고 폐정하였으며 십오일 언도에 각 육 개월 금고를 언도하여 삼 년간 집행유예로 석방되었더라. 【광양】

1177 「映畵業者 合同 檢料 減下運動」 『동아일보』, 1928.08.23, 2면[15]

活寫組合 第一次 事業

가을 흥행 절기를 앞두고 경성 시내에 있는 영화업자들이 중심이 되어 전 조선 당업자를 대동단결하여 '활동사진업자조합'이라는 것이 조직되었다는데 그들의 목적은 제일로 반도영화계를 견실히 하는 동시에 그 발달 향상을 꾀하며 일변 영화 발전에 대한 장애를 일치 협력하여 제거하며 또는 친목, 호상부조 등을 목적한 것이라는데 동 회 발회와 동시에 제일차 사업으로 우금껏 그들의 발전에 가장 장애가 되어 있고 그들 손실의 큰 원인이 되어 있다고 하는 검열료(檢閱料) 감하운동을 일으켰다는바 본래 조선의 영화검열이란 각 지방 관청에서 무료로 해 오던 것을 대정 십오년 칠월 오일부 총독부령으로 영화검열규칙이라는 것이 생기자 검열을 총독부에서 행하는 동시에 그 수수료로 삼 미터에 오 전씩의 요금을 출원자에게 징수하게 되는 것인데 이는 그 영화가 기위 일본 내무성에서 삼 미터 오 전씩의 요금을 내고 그 검열을 받은 것으로 조선에 오면 재검열이 되는 것이며 더욱이 일본으로 말하면 상설관이 천여 개나 되고 조선의 상설관은 겨우 이십여 개소에 지나지 못하는 터이므로 내무성에서 받는 그 요금과 같은 오 전씩을 징수한다는 것은 불합리하기 짝이 없는 일이며 역시 총독부 정치 하에 있는 대만(臺灣) 같은 데도 삼 미터에 이 전씩이라는 요금을 받는 터인데 오직 조선만이 그와 같이 태과한 요금을 받는다는 것은 도리에 어그러지며 이 때문에 상설관으로 보아 수지가 맞지 않아 손실을 거듭하는 동시에 관람료도 비싸게 되어 영화 발달에 타격이 있는 것이라더라.

柳志承 氏 談

"이번 이 운동이 두 번이나 실패를 하고 세 번째이며 더욱이 둘째 번 운동 당시에 총독부의 대답이 고려를 하겠다고 하였는데 그 고려가 지금까지 약 일 년 반 이상

---

15 「檢閱料金 減下運動 開始」, 『중외일보』, 1928.08.23, 2면.

이나 되는 장시일이나 걸리었고 사실에 있어서 도서관에서 기위 각지에 검열원을 파송하여 실제 조사도 많이 했다고 하는 터이니까 지금의 검열료는 사실 비싼 것을 당국에서도 잘 알게 되었을 것입니다. 그 실현이 어느 날이 될지 모를 일이므로 하루가 액색하게[16] 여기는 우리라 촉진도 해야겠고 해서 이번 운동을 일으킨 것입니다. 본래 검열료란 세금이 아니요, 검열 수수료이니까 감하 실시하는데 그대도록 시일이 걸리지도 않으리라고 믿는 터입니다."

1178 「活寫 檢料 引下, 一 米[17]에 三 錢式」 『동아일보』, 1928.09.16, 2면

활동사진 '필름' 검열료 삼 미터에 대한 오전은 일본과 대만에 비교하여 너무 비쌀뿐더러 이와 같이 비싼 것은 간접으로 일반 관중에게 영향이 미쳐 사회문화 향상에 적지 않은 장애가 된다 하여 활동사진 영업자들이 결속하여 검열료를 일 미터 삼 전씩에 감하하여 달라는 운동을 하던 중 총독부에서도 이번에 각 방면으로 조사하던 중 대체로 감하하여도 무방하다고 의견이 일치된 모양 같아서 혹은 내월 중에 실시가 되리라더라.

1179 「『별나라』 原稿 押收」 『동아일보』, 1928.09.20, 4면

소년잡지 『별나라』 시월호는 불허가가 되었으므로 임시호를 준비 중이라는데 내월 오일경에야 발행될 예정이라더라.

16 액색하다 : 운수가 막히어 생활이나 행색 따위가 군색하다.
17 미(米) : 미돌(米突), 미터를 뜻함.

1180 「本報 續刊에 臨하여」

『조선일보』, 1928.09.21, 1면

一

지나간 五月 九日에 發行停止를 當한 우리 『朝鮮日報』가 긴 여름을 다 지나고 이제야 겨울 續刊하게 되니 實로 停刊日로부터 一百三十三日만이다. 一百三十三日은 新聞停刊이 稀怪한 일이 아닌 朝鮮에 있어서 아직까지의 最高 記錄이니 이 一百三十三日이 『조선일보(朝鮮日報)』의 當局者인 우리에게는 苦痛의 一百三十三日이었고 忿懣의 一百三十三日이었다. 이 동안 우리는 몇 번이나 朝鮮의 新聞 使命의 現在를 慨嘆하였으며 몇 번이나 朝鮮의 新聞 事業의 將來를 의심하였던가! 지금 우리는 極度로 疲勞하여 續刊하게 되는 것을 시원케도 여기지 못하고 반갑게도 생각지 아니한다. 그러나 우리 目前에 數萬의 讀者가 있어 우리 日報의 續刊을 渴望하고 讀者 背後에 千萬의 民衆이 있어 우리 日報의 續刊을 期待하거니 우리가 어찌 스스로 鞭策을 더하지 아니하랴! 우리는 讀者와 및 民衆을 생각하고 남은 勇氣를 奮發하지 아니치 못할 따름이다.

二

대개 停刊은 新聞의 厄이다. 厄은 避하는 것이 得策이니 新聞으론 언제든지 停刊을 避하려할 것이다. 或 厄을 當할 處地가 있음을 돌보지 못할 만한 特別한 事情이 있다면 모르되 그러한 事情이 없는 바에야 不意의 厄도 苟且히 避하려 하려니 어찌 짐짓 事端을 만들어 厄을 부를 것이랴? 이것은 人情을 너무 생각하여 틀리지 아니할 일이니 이번 一百三十三日의 停刊이 우리 日報의 짐짓 부른 바가 아님은 다시 말할 것이 없는 일이다. 그러면 어찌하여 厄을 當하게 되었던가? 지금 우리가 當局의 檢閱이 苛酷하다 또는 當局의 壓迫이 無理하다 攻擊한다면 이것이 足히 隱蔽될 수 있을 것이다. 그러나 우리는 생각한다. 원래 우리 日報로 活動을 繼續케 함에는 現在 우리 日報의 所與條件이 艱險하리만큼 우리의 注意가 凡事에 對하여 綿密하여야 할 것을 다시금 느끼는 바이다. 우리의 스스로 생각하는 바를 이와 같이 公開함은 곧 우리의 讀者와 및 民衆을 小毫라도 欺瞞치 아니하려 함이다.

三

『조선일보(朝鮮日報)』의 所與條件이 어떻게 艱險한가? 이 問題에서 우리는 말을 일으키어 多少 將來 豫定에까지 미치려고 한다. 『조선일보(朝鮮日報)』는 當局의 機關 新聞이냐 朝鮮 民衆의 新聞이냐 물을 것 없이 朝鮮 民衆의 新聞이다. 그러나 當局 許可制度 下에서 發行하는 朝鮮 民衆의 新聞이다. 朝鮮 民衆의 新聞이면 朝鮮人의 心臟과 朝鮮 民衆의 表現物이 되어야 할 것인데 우리는 恒常 우리의 自由 範圍, 아니 當局의 忌諱 程度를 忖度하여 表現하건마는 그 忖度에 或 差謬가 있을 때엔 當局의 威壓이 곧 新聞 위에 내린다. 적으면 發賣禁止로 크면 發行停止로. 그러므로 우리는 心理上으로 '줄 타는 者'의 艱險을 나날이 經驗하게 되는 것이다. 그러하다고 萬一 붓을 굽히어 當局의 意思에 迎合하기를 일삼으면 그 新聞은 當局으로부터 物質的 補助를 받지 아니하는 當局의 機關 新聞이 될 것이니 아무리 厚顔無恥하다 하여도 이러한 新聞을 가지고 民衆의 表現 機關이라 自稱하지 못할 것이다. 그러므로 民衆의 新聞 當事者 側에서 이것을 願치 아니할 것은 勿論이거니와 當局 側으로 보더라도 여기까지는 바라지 아니할 것이다. 우리는 이 앞으로 注意의 注意를 더하여 우리 日報로 活動을 繼續케 하되 論評은 嚴正히 하여 偏見的 感情에 흐르지 않도록 하며 報道는 忠實히 하여 因襲的 選擇에 얽매이지 않도록 할 것이니 設使 一時 우리의 붓이 펴이지 못하여 民衆의 期望을 滿足케 하지 못하더라도 우리 日報는 마침내 朝鮮人의 心臟과 朝鮮 民衆의 生活 表現物이 되어야 할 것이다. 이번 續刊하는 機會에 이것만은 우리가 우리 讀者와 및 民衆에 對하여 다시 새로 말하여 두지 아니치 못한다.

1181 「本報 發行停止 理由」

『조선일보』, 1928.09.21, 7면

『조선일보』가 무기 발행정지를 당하자 만천하 독자로부터 동정과 위문이 답지하여 이에 대한 이유를 묻는 이도 많았었고 그 내용을 몰라 애쓰시는 분도 있었으나 수십만 독자에게 많은 죄를 지은 본사 동인은 스스로 돌아보아 독자에게 깊은 사과는 있었을지언정 어찌 구구히 처지를 변명하고 이유를 알려드릴 수 있으리오. 이제 달수로 다섯 달, 날수로 일백삼십삼 일만에 해금이 되어 여러 독자와 서로 대하게 되매 과거의 사과를 먼저 하여야 할는지 반가운 인사를 먼저 하여야 할는지 모르겠습니다. 이제 모든 사과와 인사를 생략하고 다만 당시 경무국장의 말로 발표한 발행정지 이유를 기재함에 그치노라.

警務局長 談[18]

"『朝鮮日報』는 大正 十四年 九月 「勞農 露國과 朝鮮의 政治的 關係」라는 題下에 不穩한 社說을 揭載하고서 發行停止 處分을 受하였었는데 同社에서는 當時 赤化 記者 全部를 免職하고 將來를 盟誓하였으므로 嚴重 戒告한 後 十月에 停止를 解除하였었다. 然이나 其後 同社 內部는 漸次 穩健의 態度를 缺함에 至하여 同社員 中에는 第一次 共産黨 及 第二次 共産黨事件에 連坐하여 司法處分을 受한 者 多數를 生함에 至하였고 또 近者에 大會를 禁止한 新幹會 幹部 中에는 同社의 幹部 記者가 多數히 此에 加入하였고 特히 同 大會禁止의 重要 理由가 된 不穩言動 있은 地方 支會의 中心人物 中에는 同社 支局員 多數가 있다. 如斯히 하여 同社 內部에 不穩言動을 弄하는 分子의 存在함이 不少한 結果는 自然히 그 新聞紙의 記事 論調로하여금 不穩 過激에 亘하게 하여 大正 十五年 中 五十三 回, 昭和 二年 中 五十五 回의 差押處分과 및 十數回의 呼出 戒告를 受하고 本年에 入하여서도 五月 八日까지에 十九 回의 差押處分과 및 數回의 戒告를 受하는 不當을 敢히 하고 그리고서도 오히려 그 食言的 態度를 改하지 아니하고 特히 昨年 五月 中에는 各 諺文 新聞社 主腦者를 一齊히 招致하여 從來의 不穩記事를 指摘하여 將來 如斯한 筆致를 不改하고 依然히 統治의 大方針에 逆行함과 같은 記事를 揭載한 境遇에는 新聞 自體의 存立을 否認할 旨를 嚴命하여 改筆을 瞭明케 하고 爾來 一個年 間 그 態度를 注視하매 依然 從來의 態度를 持하고 昨

18 이 내용은 앞에 실려있지만, 조선일보사에서 이 내용을 다시 게재한 의미를 부각시키기 위해 생략하지 않고 그대로 두었다.

年 七月에는 「帝王의 凋落」이라 題한 不穩에 亘하는 言辭를 弄하고 十月 二十一日에는 「勞農 露西亞의 革命 記念」이라 題하고 暗然히 革命을 禮讚하고 赤化를 慫慂 宣傳함과 如한 記事를 揭載하고 十一月에는 更히 「十週年의 露國」이란 題下에 또한 革命을 祝福 禮讚함과 如한 記事를 揭載하였던 것이다. 當局에서는 그럴 때마다 新聞紙의 發賣 頒布를 禁止하고 並하여 差押處分을 하는 同時에 責任者에 對하여는 嚴重히 戒告한 바 있었는데 本年 一月에는 「保釋 遲延의 犧牲」이라 題하고 共産黨事件 關係者에게 同情을 披瀝한 까닭에 差押處分에 附하는 同時에 發行 責任者는 마침내 司法處分에 附함에 至하였다.

일이 이에 이르러서는 同社로서는 謙然 反省 謹愼하여 그 筆致를 改함이 可한 것임에 不拘하고 四月에 入하여서는 「月南 先生 追悼의 辭」라 題하고 民族主義 及 社會主義에 亘한 不穩言辭를 草하여 差押處分을 受하고 五月 八日에는 「濟南事件의 壁上觀」이라 題하고 我國 今回의 出兵에 對하여 帝國의 公報를 疑懼 不信함과 如할 뿐 아니라 外國의 例를 引하여 空然히 我國이 野望을 擧키 爲하여 行動한 것과 如히 論하고 暗然히 南方派의 不滿에 同情하여 南方 一帶의 排日 氣分을 如何키 不能타 言함에 至하여 完全히 非國民的 態度를 表明함에 至하였다. 由來 『朝鮮日報』는 支那南方 革命運動 其他 弱小民族의 獨立 解放 反抗運動 等에 對하여는 同情的 態度를 持하고 恒常 革命軍, 獨立軍의 成功을 祝福하는 記事 論調를 揭載하여 帝國, 其他 諸 强國의 取하여온 態度에 對하여는 非難, 攻擊的 惡筆을 弄한 事 一再에 不止하고 最近의 事例로서도 支那 南方 革命軍의 北伐에 對하여는 不絶히 禮讚的 筆致를 가지고 그 戰捷을 逐一 報道 論議하고 또 印度의 動亂 '트란스쪼다니야'의 獨立 等을 듣자 或은 民族解放 또는 獨立 等의 文字를 渴仰 讚歎한 社說을 揭하고 또 在滿 朝鮮人 問題에 關하여서는 支那 官民의 壓迫問題와 如함도 걸핏하면 日本의 滿蒙政策의 犧牲이라고 誣言함과 如한 報道를 誇大히 取扱하여 暗暗裡에 朝鮮人으로하여금 帝國에 對하여 怨恨을 품게 하는 態度를 持하고 있는 것이다.

더욱 今回의 濟南事件과 如히 神人이 共히 許치 않는 南軍의 殘忍無道한 行動에 對하여서는 一言半句의 攻擊을 加하지 아니할 뿐 아니라 도리어 南軍의 日本에 對한

抗議 及 各地 排日運動의 勃發 等과 如한 種類의 記事뿐만은 大書하여 報道하는 反面 在支 日本人의 被害 記事는 此를 最少로 取扱하고 있는 實況이다. 이와 같은 態度와 八日의 社說에 思를 致하여 此를 觀察할 時는 分明히 어떤 意味의 南方 革命軍에게 友誼的 同情을 持하지 아니함인가를 看取함을 得한다. 돌이켜 생각건대 今回의 出兵은 □日의 南京事件과 如한 悲慘事의 發生을 防止하고 居留民의 生命財產의 保護를 目的으로 한 것으로 歐米 諸 外國의 新聞에서까지 殘忍 極惡한 南軍의 蠻行에 對하여서는 붓대를 갖추어 이를 非議하고 日本의 出兵을 當然타 하여 萬若 日本으로서 出兵치 아니하였더라면 各國 人도 或은 함께 慘逆한 災禍를 蒙하였을런지도 알 수 없었으리라는 意味의 報道記事를 揭載하였는데 唯獨 朝鮮總督府 治下에 있는 『朝鮮日報』는 如上의 態度를 持하여 뜻을 南軍에게 寄하면서 日本의 態度에 嫌厭하는 바 있는 것 같이 論하여 國民으로 하여금 出兵의 眞意를 誤解케 하고 國威를 中外에 毁損케 하려는 非國民的 執筆은 明히 帝國의 施設에 背馳하는 者이라 認定하고 斷然 그 發行을 停止하고 最後의 反省을 促하려는 것이다." 云云.

1182 「『朝鮮農民』 發賣禁止」

『동아일보』, 1928.09.25, 3면

시내 경운동(市內 慶雲洞)에 있는 조선농민사(朝鮮農民社)에서 발행하는 월간잡지 『조선농민(朝鮮農民)』 구월호(九月號)는 지난 이십일일 오후 다섯시에 발행 도중(發行 途中)에 돌연 당국으로부터 그 전부를 압수하였다는데 동 사에서는 임시호(臨時號)를 내려고 준비 중이라더라.

1183 「大邱警察署 重大 青年 逮捕」

『조선일보』, 1928.09.26, 2면

작 이십오일 새벽에 경북 경찰부 고등과(警察部 高等課)에서는 다수한 형사를 대구(大邱) 시내 각 방면에 출동시키어 대활동을 개시한 결과 시내 모처에서 인천 모 기독교병원(仁川 某 基督教病院)에 있다는 한해연(韓海然)이란 청년을 검거하는 동시에 다수한 문서를 압수한 뒤 방금 엄중 취조 중인바 내용을 절대 비밀에 부치나 경찰의 공기로 보아 극히 중대 범인인 듯하다 하며 더욱 수 명의 연루자가 있는 듯하다 하여 계속 활동 중이라더라.

1184 「'크로포트킨'의 著書 飜譯 頒布한」

『조선일보』, 1928.09.29, 5면

지난 구월 십오일에 함양에서 사 청년(四 青年)이 함양경찰서에 검속되었다 함은 기보한 바이거니와 이제 그 사실 진상을 듣건대 '크로포트킨' 원저(原著) 『청년에게 소(訴)함』이라는 책을 창원공립보통학교(昌原公立普通學校)에 근무(勤務)하던 훈도 조병기(訓導 趙秉基)(二二)가 조선문으로 번역, 등사하여 금년 삼월 합천군 초계공립보통학교(陜川郡 草溪公立普通學校)로 전근(轉勤)할 때에 각 졸업생에게 배부(配付)하고 잔부(殘部) 칠팔 건은 함양으로 가져와서 각 동지(各 同志)에게 반포(頒布)하고 한 부는 함양읍내 상동주점 안경임(咸陽邑內 上洞酒店 安敬任)의 집에서 유실(遺失)하였는데 어떤 날 밤에 노준영(盧俊泳) 씨가 술 먹으러 갔다가 그 책을 얻어 가져갔다는데 그 후 삽십여 일 만에 경찰에게 발견되어 제일차로 압수(押收)되고 연하여 마천면 박임규(馬川面 朴任圭), 서정귀(徐廷貴), 수동면 손경오(水東面 孫暻五)의 집에서 발견, 압수(發見, 押收)하고 반포 받은 임봉규(林奉圭)(二七), 하종기(河鍾騏)(二四) 양씨와 전기 조병기(趙秉基) 씨는 지난 이십사일 오전 열시에 거창 검사국(居昌 檢事局)으로 압송되고 운봉(雲峰)에서 구인(拘引)당한 조경우(曹景祐) 씨는 무사히 방면(放免)되었다더라. 【함양】

1185 「制令 第七號, 保安法 廢止」

『동아일보』, 1928.09.29, 2면

기보한 바와 같이 오는 시월 팔일 시내에서 열릴 전조선변호사대회(全朝鮮辯護士大會)를 앞두고 이십칠일 경성조선인변호사회에서는 동 오후 여섯시부터 시내 수송동(壽松洞) 조선인 변호사 회장 이승우(李升雨) 씨 집에서 동 위원회를 열고 대회에 제출할 여러 가지의 의안(議案)을 토의 결정하였는데 그 내용은

一. 현재 조선 각지의 재판소의 직원(職員)을 증원하여 줄 것.

一. 조선에도 행정재판소(行政裁判所)를 설치하여 줄 것.

一. 조선에도 친족 상속법(親族 相續法)을 제정하여 줄 것(종래는 관습에 의한 것).

一. 조선에도 일본과 같이 배심법(陪審法)을 실시할 것.

一. 대정 팔년 제령 제칠호 위반(大正 八年 制令 第七號 違反) 급 보안법 위반(保安法 違反) 지폐취체령(紙幣取締令) 등의 폐지와 신문지법(新聞紙法) 급 출판법 위반(出版法 違反)을 속히 개정하여 줄 일.

一. 삼 인 이상 합의 재판(合議 裁判)에는 반드시 조선인 판사 한 명 이상을 두게 할 것.

등으로 이를 내월 팔일 열릴 대회에 제출하여 당국에 요망하리라더라.

1186 「第三國際와 聯絡한 東京 朝鮮人 大檢擧」

『조선일보』, 1928.10.01, 2면

동경부하 대삼서(東京府下 大森署)에서는 지난 이십팔일에 돌연히 수십 명의 경관대가 대삼정(大森町) 일천삼번지 김재익(金宰益)(二六) 방에 이르러 김재익 외 열세 명과 여자 두 명을 인치하는 동시에 가택수색을 하여 수백 매의 불온'포스터'를 압수한 후 목하 엄중 취조 중이라는바 사건의 내용은 대련(大連)과 상해(上海)에 있는 '제삼 인터내셔널!' 지부와 연락을 취하여 금추 어대전(御大典)을 기회로 어떤 불온 행동을 계획하려다가 전기와 같이 발각, 체포된 것이라더라. 【동경전보】

1187 「私信 檢閱 警戒 漸 露骨化」

『중외일보』, 1928.10.02, 2면

어대전(御大典)이 임박함을 따라 경찰의 경계는 더욱 엄중하여지는 모양인데 시내 각 관계당국과 연락을 취하여가지고 최근 해외로부터 조선 내지에 들어오는 사신(私信) 등을 엄중 감시하는 동시에 좀 수상스러운 문구나 또는 평상시부터 감시하는 주의자에게 오는 통신은 일일이 개봉하여 본 후 전하는 일까지 있어 통신상 불안을 느끼게 되는 터이며 심지어 서울에서 지방으로 보내는 사신에도 일일이 감시를 붙이는 터인바 한 실례를 들어 보면 시내 제일고등보통학교의 퇴학 학생인 한공삼(韓公三)이란 학생이 자기 고향인 밀양(密陽)에 있는 형에게 자기는 서울관립학교에서 공부를 하기 싫고 해외로 가겠다는 의미의 서신을 부친 것을 어떻게 이것이 밀양경찰서원의 손에 들어가게 되어 동 서에서는 이와 같은 사실을 종로서로 통고하여 전기 학생이 수일 전에 종로서에 호출되어 엄중한 훈계를 받은 일까지 있었다더라.

1188 「運動會의 『時報』를 押收」

『동아일보』, 1928.10.04, 4면

水源 三一男女學校와 水源 鍾路幼稚園의 三校에서는 聯合으로 秋期 大運動會를 去月 二十九日 上午 九時부터 三一學校 運動場에서 男女 學生 六百餘 名의 莊嚴한 入場式으로 開幕하고 八十餘 種目의 順序를 進行하던 中 同會의 興을 더욱 돕고자 大會의 모든 되는 것을 時報로 報道하던 『時報』는 第六號에 이르러 「少年 勇士들에게」라는 記事가 警官의 눈을 거슬리게 되어 發行停止의 處分을 當하는 同時에 編輯局長 以下 記者 四人이 卽席에서 檢束을 當하였고 運動會는 끝까지 五六千 名의 觀客의 歡呼聲裡에 無事 閉會되었다는바 前記 檢束을 當한 記者 中 孔錫政 氏와 郭炳俊 兩氏는 하룻밤 留置場 身勢를 끼치고 三十日 아침에야 나왔다더라. 【水源】

1189 「國民政府의 教科書를 仁川 稅關서 押收」 『조선일보』, 1928.10.08, 3면

근일 중국 국민정부로부터 인천 시내 지나정에 있는 화교학교(華僑學校)로 보낸 교과서가 일전에 도착되었는데 세관 감시과에서는 그 교과서의 내용이 삼민주의를 고조한다 하여 내어 주지 않으므로 인천에 있는 중국 영사관에서는 세관에 엄중히 항의하였다더라. 【인천특신】

1190 「『朝鮮詩壇』 創刊號 押收」 『동아일보』, 1928.10.09, 2면

서대문정(西大門町) 이정목 일백륙십륙번지의 이 조선시단사(朝鮮詩壇社) 발행 시가잡지 『조선시단』 창간호는 성아(星兒)[19] 씨의 무산시(無產詩)가 당국의 기휘에 저촉되어 원고 전부를 압수당하였으므로 동 사에서는 임시호 준비에 분망 중이라더라.

1191 「全朝鮮辯護士大會 經過」 『동아일보』, 1928.10.10, 2면

팔일 오전 아홉시 오십분부터 시내 장곡천정(長谷川町) 공회당 안에서 개최된 전조선변호사대회(全朝鮮辯護士大會)는 작보한 바와 같이 동 오후 한시부터 계속하여 각지 변호사회로부터 제출한 의안(議案)에 대하여 각지 대표 변호사로부터 각 항에 미치어 제안 설명과 찬성 이유에 대한 열렬한 연설이 있은 후 제출된 의안 이십사항 중에 수정(修正) 일 항, 보류(保留) 이 항을 제한 이십일 항에 대하여는 만장일치

---

19 임화(林和)의 필명.

로 가결하고 수정, 가결된 이십삼 항에 대한 실행 방법은 실행위원으로서 각지 변호사회로부터 대표를 선거하여 정부에 청원 또는 진정케 하여 그 실행을 꾀하도록 하기로 하고 명년 동 대회는 평양(平壤)에서 개최하기로 하고 동 네시 오십분경에 폐회하였다. 가결된 결의 사항 중에 경성, 평양(京城, 平壤) 조선인변호사회로부터 제출한 '대정 팔년 제령 제칠호(大正 八年 制令 第七號)와 보안법(保安法) 급 집회취체령(集會取締令)을 폐지할 것'은 특히 노진설(盧鎭卨), 오숭은(吳崇殷) 양씨의 제안 이유의 설명이 있었고 또한 이창휘(李昌輝) 씨의 조리 있는 폐지론과 특히 김병로(金炳魯) 씨의 피 끓는 악법 반대(惡法 反對)의 열렬한 반대 통론이 있었다. 그 요령은 전기 삼법이 순전히 사상을 압박하는 악법인 동시에 그 법을 그대로 둔다면 조선인으로서는 살 수가 없을 뿐 아니라 전 세계에 수치가 된다는 것이었더라.

1192 「共産黨員 歸來의 廣告 貼紙도 押收」 『중외일보』, 1928.10.10, 2면

마산(馬山) 출신의 조선공산당원으로 금번에 만기 출옥한 이봉수(李鳳洙), 김기호(金琪浩), 강종록(姜宗祿), 김용찬(金容燦), 윤윤삼(尹允三) 등 오씨(전기 윤윤삼은 경성에 체재)는 지난 팔일 오전 십시 이십육분 착 열차로 고향에 오게 되었는데 오랫동안 그리워하던 가족과 수천 명의 친우 등은 미리 역에 나가 기다리는 한편 이 소문을 들은 당국에서는 행여나 무슨 일이 있을까 하여 헌병대에서는 기마병과 경찰서에서는 십수 명의 정사복 경관이 날카로운 눈으로 경계하는 등 말굽소리 칼자루소리 요란하여 일층 군중의 진용에 불쾌한 느낌을 주었는바 일행은 무사히 도착하여 각기 집으로 돌아갔으며 마산청년동맹에서 이튿날 아침 일찍부터 공산당에 연좌이었던 동지가 온다는 광고를 써 붙였던 것을 경찰은 말하되 "마산에 공산당이란 문구는 마산을 소란케 함이며 광고법에 위반된다" 하여 압수하여 가며 환영회도 시기가 시기인 고로 금지한다 하므로 어쩔 수 없이 환영회까지 중지하고 말았다더라. 【마산】

1193 「『法律戰線』押收」

『동아일보』, 1928.10.13, 2면

『법률전선(法律戰線)』 팔월호와 구월호는 당국의 기휘에 저촉되어 압수를 당하고 시월호는 낙원동(樂園洞) 칠십오번지 동 지사(支社)에 도착이 되었다는데 보기를 원하는 사람은 그 지사로 청구하는 것이 좋겠다더라.

1194 「各 團體 關係 人物의 私信을 一一 檢閱」

『동아일보』, 1928.10.13, 5면

경북 선산 경찰은 각 사회단체(各 社會 團體)에는 사소한 집회까지도 일체 금지하고 각 단체와 관계 중요 인물에게 오는 우편물(郵便物)은 사신(私信)까지도 일일이 검열(檢閱)하여 중요 인물의 행동을 엄밀히 감시하는 동시 매일 정거장에 급행차가 통과할 때는 총출동하여 물샐 틈 없이 경계를 한다는데 서신을 일일이 검열하는 관계로 외지(外地)에서 오는 서신이 많이 유실되어 불평이 불소하다더라. 【선산】

1195 「『朝鮮學生』押收」

『동아일보』, 1928.10.17, 2면

조선학생대회 편집부에서는 회지 『조선학생(朝鮮學生)』 창간호 편집을 마치어 당국의 검열을 받던바 지난 이일부로 원고 압수의 통지를 받고 방금 제이호 편집을 준비 중이라더라.

1196 「移動警察의 活動과 嚴酷한 通信 取締」 『조선일보』, 1928.10.17, 2면

오는 십일월에 거행되는 어대전을 앞두고 전조선 각 경찰은 이동경찰(移動警察), 기타의 일찍이 지금까지 보지 못하던 주밀한 방법으로 만일을 염려하여 엄중한 경계를 한다 함은 연일 지상에 보도 되는 바와 같거니와 그와 같이 요시찰인(要視察人)의 미행과 및 용의자(容疑者)의 감시를 물 부어 샐 틈 없이하는 경찰당국에서는 다른 한편으로 내외 각지로 발송되고 또 내외 각지에서 답지되는 각종 전보(電報)와 및 통신 등의 검열을 엄중히 하기 위하여 각지 우편국에 산재한 우편검열 경관을 독려하여 조금만 불온한 내용이 기록된 서신은 물론이요, 심지어 신문 전보까지라도 중대 시사 문제에 관한 것이면 함부로 압수하는 실로 어마어마한 상태를 연출하여 세밀히 조사하는 그만큼 따라서 압수되는 우편물도 평소의 약 배 가량은 늘었다는 바 그와 같이 가혹한 통신의 취체는 적어도 어대전까지는 계속되리라더라.

1197 「國民政府 小學 教科書 排日文字 隨處 羅列」 『조선일보』, 1928.10.20, 2면

지난달 삼십일 인천에 입항한 이통환(利通丸)에서 삼민주의 교과서(三民主義 教科書)를 인천세관에서 발견 압수하였다함은 기보하였거니와 그간 중국영사관에서는 인천세관에 대하여 엄중 항의(嚴重 抗議)를 하고 있다는데 삼민주의 교과서는 국민정부(國民政府)에서 편집한 것으로 표면은 온건(穩健)한 문구가 나열되었으나 내용은 자못 불온한 문구가 있고 더욱 배일(排日)의 문구가 도처에 있으므로 경무국에서는 엄중히 내용을 검열한 결과 단연코 배부를 금지할 것을 십팔일부로 각도(各道)에 통첩을 발송하였으며 인천세관에서도 똑같은 의사(意思)로 당연 통관(通關)을 불허(不許)할 듯하다더라.

1198 「三民主義 教科書 斷乎 配付를 禁止」

『중외일보』, 1928.10.21, 4면

去 三十日 仁川 入港의 利通號으로 中國 三民主義 教科書를 仁川稅關에서 發見해 差押한 一 件에 就하여 中國領事館은 仁川稅關에 對하여 嚴重 抗議를 하였다 함은 既報와 如하거니와 右 三民主義 教科書라는 것은 國民政府의 編纂에 依한 것이 아니요, 表面은 至極 穩健한 듯하나 內容에 있어는 甚히 不穩한 字句를 羅列하여 特히 '○○國은 排斥하라' 하는 字句가 있으므로 警務局에서도 嚴重히 內容을 檢閱한 結果 斷乎히 配付를 禁止하는 旨로 十八日附 各道에 通牒을 發하였고 尙且 仁川稅關에서도 右 同義의 意向으로 當然 通關을 不許할 方針인 듯하더라.

1199 「『勞働運動』 續刊」

『조선일보』, 1928.10.21, 5면

그동안 간부의 경찰 피체포 기타 여러 가지 사정으로 정간(停刊) 중에 있던 잡지 『노동운동(勞働運動)』은 금번에 다시 속간하기로 되어 노동운동사에서는 방금 속간 준비에 분망하다는데 이미 해사 편집국의 김정수(金正洙) 씨는 속간에 관한 용무를 띠고 이십일 아침에 남조선 지방에 출장하였다더라.

1200 「慶南青聯 控訴 公判」

『조선일보』, 1928.10.22, 3면

경남도청년연맹과 하동청년동맹(慶南道青年聯盟 及 河東青年同盟) 김태순(金兌淳)을 출판법, 보안법(出版法 及 保安法) 위반으로 마산(馬山)에서 징역 십 개월의 판결을 받고 공소하여 지난 십팔일 오전 열한시에 대구 복심법원에서 장곡부(長谷部) 재판장의 심리와 옥명(玉名) 검사의 입회로 복심 공판이 개정되어 사실심리 후에 변호사 조주영(趙柱泳) 씨는 무죄를 주장하였고 검사는 징역 일 년 육 개월을 구형하였는데 판결은 오는 이십오일이라더라. 【대구】

1201 「『益世報』 連日 押收」 『동아일보』, 1928.10.23, 2면

조선에 지사를 둔 유일한 중국신문 『익세보(益世報)』는 요사이 날마다 압수를 당하게 되어 동 지사에서는 매우 곤란을 느낀다더라.

1202 「御大典과 取締 方針」 『조선일보』, 1928.10.26, 2면

어대전(御大典)도 얼마 남지 않았으므로 각처에서는 봉축의 의미로 여러 가지 놀이를 하게 되었는바 경무국(警務局)에서는 이에 대한 취체 방침을 이십오일 부로 각 도지사에게 전달하였다는데 놀이하는 데는 야비한 것이나 불경(不敬)한 것은 물론 금지할 터인바 각 도지사에게 전달한 금지령은 아래와 같다더라.

一. 假裝을 하는 事, 但 時代 行列과 如한 것을 除함.

二. 놀이로서 通行人 及 求景人에게 惡戱 又는 粗暴의 言動을 하는 事.

三. 武器, 凶器, 其他 危險한 物件을 使用하거나 又는 携帶하는 것.

四. 濫히 他人의 家宅에 幣를 끼치거나 또는 營業을 妨害하는 것.

1203 「出版界를 通하여 본 智的 努力」

『중외일보』, 1928.10.31, 1면

一民族의 智的 努力은 그 社會의 出版物에 反映됨은 贅語를 不要이다. 멀리 西洋社會의 出版界를 通하여 그네들의 智的 努力이 얼마나 偉大함을 말할 必要도 없이 얼른 日本의 新聞紙를 視하여 보건대 書籍, 雜誌의 廣告가 全 廣告量에 比하여 적어도 半分 以上을 占하고 있다는 事實은 如實히 日本人의 智的 努力이 그 얼마나 많다 함을 證明함이다. 勿論 日本이 西洋文化를 輸入한 지가 不過 六十 年이므로 아직 世界的으로 자랑할 만한 '오리지널리티'를 가진 智的 産物은 적다 할지라도 그네들이 日本 自體의 硏究와 西洋文化를 速히 模倣하며 또는 速히 飜譯하여 남의 것을 自己의 것으로 만드는 智的 努力이란 非常한 것이다. 日本人은 다만 西洋에서 오는 新書籍, 新發明을 迅速히 飜譯하여 남과 같이 竝進하기를 마지아니할 뿐만 아니라 彼等은 또한 西洋의 古典式 書籍까지라도 飜譯하여 西洋文化의 根源을 探究하기를 마지아니하는 그 智的 努力에 對하여 우리는 感嘆하지 않을 수 없다.

轉하여 朝鮮人의 智的 努力은 어떠한가? 아무리 우리가 彼治者이요, 經濟力이 微弱하다고는 할망정 그래도 新文化를 받아온 지가 三, 四十 年이나 되었으니 어떠한 '오리지널리티'가 있는 智的 産物이 없었다면 容或無怪거니와 적어도 西洋文化를 模倣하며 飜譯하는 智的 努力의 成績은 相當히 있지 않아서는 안 될 것이다. 이제 없는 朝鮮文 新聞紙를 通하여 보건대 萬一 거기에 무슨 書冊 廣告가 있다면 그는 簡牘이나 小說이나 創刊號로 終을 告하는 雜誌의 廣告가 있을 뿐이니 이로써 우리 民族의 智的 努力이 얼마나 微弱하다 함을 足히 알 수 있다. 이제 新聞에 寄稿로 오는 論文이라든가 또는 原稿料를 支拂하는 論文이라고 揭載되는 바를 보아도 藝術, 科學, 經濟의 각 方面으로 足히 世人의 耳目을 끌 만한 論文이 없음은 執筆者나 讀者가 한 가지로 肯認할 것이어서 寂寞한 出版界는 쌀쌀한 秋冷과 아울러 더구나 씁쓸한 感이 있다.

雜誌로 보아도 廣告는 創刊號가 最終號 되고 마는 터인바 그것이나마 內容이 充實하냐 하면 首肯하기 어렵다. 朝鮮文의 某某 雜誌라 하는 것을 펼쳐 보면 執筆者

가운데에는 新聞記者를 職業으로하는 者가 많음을 發見한다. 이것을 病的 現象이 아니라 할 것인가? 純全한 趣味雜誌 以外의 雜誌라면 그는 當然히 學者와 敎授와 專門家 等의 知識 發表機關이 되지 아니하면 안 될 것이거늘 朝鮮에 限하여 이 地位가 顚倒되었다면 朝鮮에 이른바 學者라 專門家라 敎授들은 무엇을 하고 있는지 그네들의 智的 努力이 너무나 보잘 것 없음에 一般 民衆은 失望하지 않을 수 없다. 그렇다고 吾人은 朝鮮人의 智的 努力이 全然 없다는 것은 아니다. 數量으로 보아 最近 몇 해 間의 産物만 하여도 어지간히 많다. 그러나 言論機關으로나 書籍으로 나타난 智的 産物의 大部分은 □製□造이어서 '筆者 或 著者가 智識을 排出할 수 있는 데까지 排出하였구나' 하는 印象을 讀者에게 줄 만한 論文이나 記事가 드문 것이 매우 遺憾이다. 이것이 朝鮮文 新聞業이나 雜誌業이 不振하는 諸 原因을 이루었다.

勿論 朝鮮人의 智的 努力이 極히 貧弱하게 出版物에 表現되어있음은 出版物에 對한 檢閱이 너무 甚酷한 것과 生活 困難이라는 두 가지 影響을 받는 까닭이라고 말함에 一理 없는 것은 아니어서 吾人도 同感이다. 그러나 檢閱 때문에 智的 努力의 制限을 받는다 함은 主로 政治經濟의 思想的 方面이요, 自然科學에 이르러서는 어디까지 自由가 있지 아니한가? 그러함에도 不拘하고 西洋人의 自然科學에 對한 新發明과 新理論을 紹介 或 飜譯하는 것도 別로 없고 獨力으로 硏究한 成績 發表도 없음은 檢閱이 탈이 아니라 智的 努力이 不足함이 탈이 되지 아니치 못하겠다. 또 政治經濟일지라도 思想問題 以外의 純學究的 理論이면 아무리 檢閱이 甚한 天地일망정 이것이 패스 못할 理는 없을 것 아닌가? 次에 生活 困難이 問題이나 生活에 餘裕가 있는 者로서 智的 努力이 不足한 것은 웬 까닭인가 反問하고 싶다. 朝鮮에서 海外 留學이나 했다는 者의 大部分은 生活에 餘裕있는 者이로되 아직 그다지 큰 智的 産物을 내었다는 말을 듣지 못하였다. 人間의 智的 努力은 어느 程度쯤 物質 條件을 超越할 수 있는 것이니 貧人으로 大天才된 例는 歷史上에 너무나 많다. 朝鮮 出版界가 언제나 智的 産物로 燦爛할 것인지 이 時期에 이르러야 무슨 曙光이 보일까 한다.

1204 「『中外報』筆禍 上告의 判決」

『동아일보』, 1928.11.02, 2면

동업『중외일보(中外日報)』필화사건(筆禍事件)은 경성복심법원에서 주간 이상협(李相協) 씨에게 금고 사 개월, 기자 이정섭(李晶燮) 씨에게 징역 육 개월의 판결 언도를 하였던바 양씨는 이에 불복하고 고등법원에 상고한 결과 작 일일에 고등법원 소천(小川) 재판장으로부터 다음과 같은 판결 언도를 하였다더라.

李相協 氏 罰金 三百 圓, 李晶燮氏 懲役 六 個月에 執行猶豫 二 個年.

1205 「求禮 青年 事件 執行猶豫 言渡」

『동아일보』, 1928.11.04, 5면

전남 구례(全南 求禮) 청년 문균(文均)(二十), 선태섭(宣太燮)(二十五)에 대한 출판법 위반 급 보안법 위반에 대한 공판은 지난 이십구일 오전 열한시에 광주지방법원 순천지청(光州地方法院 順天支廳) 제삼호 법정에서 삼전 판사(森田 判事) 주심, 궁기(宮崎) 검사의 입회로 개정되었는데 방청석에는 구례서 온 피고의 동지와 친족이 다수 참석하였고 순천 각 단체들 기타가 쇄도하여 입추의 여지가 없이 들어선 중에 삼전 판사로부터 피고 등의 주소, 성명, 직업 등을 묻고 사실심리에 들어가 순서로 심문한 후 입회한 궁기 검사로부터 피고 이 인에게 각각 징역 일 년씩을 구형한 후 멀리 목포(木浦)서 온 김명진(金明鎭) 변호사의 변론이 끝나자 언도는 삼십일일에 하기로 하였던바 삼십일일 오후 두시경에 피고 두 사람에게 각각 사 년간 집행유예로 언도하였는데 검사는 즉시 공소를 하였으므로 불일간 대구(大邱)로 넘어갈 터이라더라.【순천】

1206 「巡劇 興行禁止」

『조선일보』, 1928.11.04, 6면

慶北 安東警察에서는 御大典 前을 警戒한다는 理由로 一般 集會를 禁止한다 함은 旣報한 바이거니와 去 二十九日 全朝鮮을 巡廻하는 亞星劇團이 當地에 到達하여 興行하려 하였으나 警察이 하룻밤 以上은 絶對로 興行을 許可할 수 없다 함으로 不得已 他地로 向하였다더라. 【安東】

1207 「日本 無産文藝誌『戰旗』 發賣禁止」

『조선일보』, 1928.11.08, 3면

全日本無産者藝術家同盟 機關紙 月刊 文藝雜誌『戰旗』 十一月號는 發賣 卽日로 頒布禁止를 當하였다고.

1208 「『運動時報』 謄寫를 出版法 違反으로」

『조선일보』, 1928.11.08, 5면

울진 사립제동학교 추계운동회(蔚珍 私立濟東學校 秋季運動會)가 있던 날 동교 사무실에서 당지 청년 몇 사람이 『운동시보』를 발행코자 등사하는 중에 당지 경찰서에 근무하는 형사 순사 박상교(朴相敎)가 이를 보고 즉시 중지시키는 동시에 몇 장의 등사한 것을 가지고 가서 그 이튿날 경찰서의 특무 형사 이 인과 정복 순사 일 인이 출동하여 등사기와 원지를 압수하고 당일에 참석하였던 청년 칠 인을 호출하여 취조한 후 오 명은 당일 석방하고 두 명은 인치하였었는데 수일 전에 그들은 강릉지방법원 지청(江陵地方法院 支廳)으로 압송되었다 하며 이유는 출판법 위반이라더라. 【울진】

1209 「學生에게서 나온 不穩文 押收」

『조선일보』, 1928.11.09, 2면

전기 검거된 학생의 서류를 압수한 결과 그 속에는 사회과학(社會科學)에 대한 격문(檄文)이 다수하였다더라.

1210 「各 學校 團體用 謄寫版 押收」

『중외일보』, 1928.11.12, 2면

원산경찰서에서는 시기가 시기이라 하여 오래 전부터 경계망을 늘리고 요시찰(要視察)인이라면 전부를 검속하고서 만일을 염려하여 밤을 새어 간다함은 이미 본보에 누보된 바이였거니와 더욱이 지난 구일에 이르러는 원산 지방에 있어 각 공립학교만을 제외하고 나머지 각 사립학교에와 각 단체에 있는 등사판(謄寫版)까지 전부를 압수하였다는바 모 학교에서는 근일에 시험(試驗) 시기가 되어 '등사판'을 매일 사용케 되는데도 불구하고 압수를 하므로 학교당국에서도 일대 불편을 느끼는 동시에 각 사립학교 당국에서와 일반은 사립학교에서 사용하는 등사판만을 압수함은 너무나 무리하다고 비난을 한다더라. **【원산】**

1211 「『法律戰線』 押收」

『동아일보』, 1928.11.13, 2면

자유법조계(自由法曹界)의 변호사 포시진치(布施辰治) 씨의 주간인 잡지 『법률전선(法律戰線)』 십일월호는 지난 구일 동 지사에 도착하였으나 소관 종로서로부터 동 지사 송운(宋雲) 씨를 소환하는 동시에 동 지사에 도착된 잡지를 전부 압수하였다더라.

1212 「安在鴻은 一般 減刑, 一月 二十六日에 出監」 『조선일보』, 1928.11.13, 2면

필화사건으로 지난 칠월 중순에 시내 서대문형무소(西大門 刑務所)에 수감(收監)된 후 고등법원(高等法院)에 상고(上告)가 기각되고 칠월 이십칠일부터 복역(服役)하게 된 안재홍(安在鴻)은 금번 은사로 일반 감형(一般 減刑)에 들게 되어 금고 팔 개월(禁錮 八個月)에서 그 사분의 일 즉 이 개월을 감하여 명년 일월 이십육일 아침 여섯 시에는 출감하게 될 터이라는바 특사와 특별 감형령(特別 減刑令)에 들는지는 아직 의문이라더라.

1213 「박달俱樂部 解散」 『동아일보』, 1928.11.14, 4면

寧越 박달俱樂部는 本年 四月에 創立하고 呱呱의 聲으로 事業을 盛히 計劃하여 오던바 박달俱樂部 會報 創刊號가 出版法에 違反되어 全部 押收되고 박달俱樂部도 解散하지 아니치 못할 事情이 있어서 結局 슬픔의 解散을 하였다더라. 【寧越】

1214 「朱士鳳 送局」 『동아일보』, 1928.11.24, 2면

지난 십일에 돌연히 박천경찰서에서는 신간회 박천 지회장 주사봉(朱士鳳)을 검거하고 이래 취조 중이라 함은 본보에 누차 보도한 바와 같거니와 그간 계속 취조한 결과 보안법 위반과 출판법 위반으로 지난 이십일일에 신의주지방법원 정주 검사국으로 송치하였다더라. 【박천】

1215 「『順天時報』 沒收」 『동아일보』, 1928.11.29, 1면

北平 反日會는 『順天時報』를 日貨로 看做하고 各地 付送 同紙를 郵便局에서 差押하고 自動車로 天津에 付送한 것을 沒收하였더라. 【北平卄七日發】

1216 「高普生 檢擧, 私信도 檢閱」 『동아일보』, 1928.11.29, 5면

치안유지법 위반(治安維持法 違反)이란 죄명으로 얼마 전 동래고등보통학교(東萊高普) 오학년 김동득(金東得), 동 사학년 조순규(趙諄奎) 등 다섯 명을 체포, 송국하고 사건은 다르나 역시 동일한 죄명으로 양정욱(梁正彧)이란 학생을 송국한 동래서에서는 지난 이십육일 또다시 당지 소년동맹 집행위원장(少年同盟 執行委員長) 김 모(金某)(十九) 외 어 모(魚 某), 최 모(崔 某), 유 모(兪 某) 등 다섯 명을 동 서로 인치하고 방금 취조를 진행 중이라는데 사건의 내용 일체를 말하지 않으므로 자세히 알 수 없으나 탐문한 바에 의하면 전기 양정욱의 치유법 위반 사건에 관련된 것인 듯하다 하며 이외에도 당지 윤병수(尹炳洙)(二○)의 불경사건(不敬事件) 등이 있어 근일의 동래서는 극도로 긴장되어 어대전 당시의 경계를 그대로 계속하여 날마다 고등형사를 우편소에 보내어 각 사회단체의 중요 간부에게와 주로 동래고등보통학교(東萊高普) 생도들에게 오고 가는 서신을 일일이 검사하여 주의인물들의 서신은 의례히 한 번씩 경찰서를 거쳐서 본인에게 배달되게 하는 등 동래 일대의 공기는 자못 험악하다더라. 【동래】

1217 「不潔한 原稿는 今後론 不許可」

『동아일보』, 1928.12.01, 2면

출판법에 의한 총독부 도서과의 원고검열은 너무 시기가 오래 걸려 여러 가지 비난이 높은데, 이와 같이 원고검열이 늦게 되는 원인 중에는 제출된 원고의 글씨를 너무 흐리고 험하게 쓰기 때문에 검열하기가 어려운 원인이 있다 하여 도서과에서는 이후부터 원고가 험하든지 정하지 않게 쓴 것은 일체로 받지 않기로 방침을 결정하였다더라.

1218 「同業『中外報』의 停刊」

『동아일보』, 1928.12.08, 1면

一

同業『中外日報』는 지난 六日附로 遂히 停刊의 處分을 當하였다 한다. 春間에 정간된 同業『朝鮮日報』의 解停이 幾朔을 不過하여 또다시『中外報』의 停刊을 보게 된 것은 實로 朝鮮의 言論界를 爲하여 痛惜을 不禁하는 바이다. 오늘날에 있어서 言論의 自由를 云謂하는 것은 寧히 陳腐한 套語라 할 것이다. 그러나 民意의 暢達과 文化의 發展이 言論機關의 發達 如何에 있다 할 것 같으면 爲政 當局者로서도 特히 寬容한 政策을 取치 아니하면 아니 될 것이다. 押收와 警告의 處分으로도 能히 省察의 材料를 作할 수가 있음을 不拘하고 停刊의 嚴罰을 加하는 것은 너무나 過酷한 處置라 아니할 수 없다.

二

더욱이 同報의 境遇로 말하면 創刊 以來 千辛萬苦를 거듭하여 至今에야 僅히 株式組織의 經營을 完了하여 同社의 基礎가 安定되려 하는 此際에 있어서 突然히 停刊의 悲運에 陷하게 된 것은 더욱이 同情을 不禁하는 바이다. 近年에 들어서 當局者의 言論에 對한 政策이 더욱 峻烈하여 가는 것은 實로 不可思議의 現象이라 아니할 수가 없다. 現下의 朝鮮社會의 現象으로 말하면 思想의 激化와 結社의 秘密運動이 層生疊出한 此際에 있어서 차라리 表面機關인 言論機關에 至하여는 寬容한 方針을 取하는 것이 當局者의 政策上으로 보아서도 適合치 아니할까? 덮어놓고 嚴罰主義로 一貫하는 것은 그야말로 恐怖政治의 實現에 不過할 것이다.

三

以上의 見地에 있어서 吾人은 當局者의 熟考 反省을 促하는 同時에 同業『中外日報』의 解停이 最近한 將來에 있기를 바라는 바이다.

1219 「『中外日報』의 停刊」

『조선일보』, 1928.12.08, 1면

一

朝鮮에 있어서 言論機關이 어떠한 使命을 가졌으며 또 어떠한 活動을 繼續하여 왔었는가? 言論自由가 極度로 制限되어 있는 現下 朝鮮社會에서 言論機關을 運營하여 간다는 것이 마치 漆夜에 斷岸을 달음질하는 것이나 다름이 없이 왔다마는 이러한 艱險한 條件 앞에서도 大衆의 生活을 爲하여 ■■■■■■■■■■■■■■■■■■■■■■■■■■■■■■■■■■■ 奮鬪하는 것이 몇 個는 못되나마 新聞機關이 아니고 무엇이며 나날이 일어나는 산 事實을 붙잡아 大衆의 目前에 展開시키어 社會의 歸趨를 밝히 하면서 大衆의 自覺을 促成시킴도 또한 많은 制限이 있으나마 新聞機關을 빼어놓지 못하리라. 저 『漢城旬報』로 비롯하여 四十六年을 지난 오늘에 이르도록 朝鮮에 있어서 新聞機關의 가진 特殊한 使命이라든지 또 그의 勇戰 苦鬪한 자취를 돌아보아 스스로 宏壯한 느낌이 솟치어 나온다.

二

思想은 進步하고 制度는 이에 따라 改善하는 것이 마땅하다. 하지마는 朝鮮에는 光武 年代에 制定한 出版法과 新聞紙法이 오늘날까지 남아 있어 朝鮮에만 限하여 適

用한다. 그러면 朝鮮社會는 그동안에 아무런 進展이 없이 固定한 光武年代의 그 社會이냐? ■■■■■■■■■■■■■■■■■■■■ 思想取締가 一段 峻嚴하여 集會에 對한 干涉, 言論에 對한 壓迫이 前日보다도 더 苛酷함■■■■■■■■■■■■■■■■■■
■■■
■■■
■■■■■■■ 筆禍事件이 뒤를 따라 일어난다. 그中에도 停刊事件이 今年에 들어 벌써 두 번에 이르렀다. 筆禍나 停刊이나 그는 거기에 相當한 理由가 있으리라마는 다만 表面에 나타나는 件數의 많음을 볼지라도 社會의 耳目을 놀래게 한다. 再昨日 突發한 同業『中外日報』의 無期停刊 事件을 봄에 이르러서는 같은 쓰라린 經驗을 맛 본 우리로서 느낌을 더욱 깊이 하는 바이다.

三

當局의 忌諱에 抵觸되는 때에 言論機關에 對하여는 그날 그날의 押收處分이 있다. 押收處分으로써 制止치 못할 境遇에는 또 發行停止에까지 이르게 된다. 朝鮮의 環境이 特殊타 하여 그러함인지 押收處分이 頻繁함에 이르러서도 스스로 注意되지 않는 것이 아니다마는 그 以上의 發行停止 處分이 많지 못한 朝鮮 言論機關에서 一年에 再次에 達한다는 것은 實로 놀라지 아니할 수 없다. 朝鮮의 環境은 果然 特殊하다. 押收處分으로써 足하지 못할 만치 特殊하다. 여기서 우리는 先進國의 例를 드는 것이 어리석을 만치 特殊하다. 理由없는 公事가 없다. 어떠한 計劃이던지 理由없이 아니하는 것이 오늘의 일인 것이다.

四

여기서 우리는 무엇을 깨닫고 어떠한 길을 걸어갈 것이냐? ■■■■■■■■■■■
■■■
■■■
■■■
■■■
■■■

■■■■■■■ 이것이야말로 朝鮮 言論機關의 特殊한 使命임을 깨달아 서로의 結束을 굳게 하면서 共同한 步調를 取할 길밖에는 없는 것이다. 新聞의 産業化 아니 商品化로 因하여 結束을 解弛케 하는 것은 오직 自滅을 催促할 뿐이다.

1220 「『法律戰線』 發賣禁止」

『동아일보』, 1928.12.11, 2면[20]

자유법조단 포시진치(布施辰治) 씨 주간인 『법률전선(法律戰線)』 십이월호는 시내 낙원동 칠십오 번지 조선지사에 도착하기 전에 금월 초에 돌연히 종로서로부터 동 지사 사원 송운(宋雲) 씨에게 조선내 발매금지를 명령하였다더라.

1221 「新聞紙法 其他 諸 法規 改正」

『조선일보』, 1928.12.11, 1면

民政黨의 政策 細目 協定委員會는 八日 午後 本部에서 開會 後 國民의 權利 自由 擁護, 認可 許可 制度를 議題로서 意見을 交換하고 研究한바 그 結果 左의 三 項을 政策 中에 揭하기로 決定하였더라.

一. 國民의 權利와 自由를 擁護하기 爲하여 新聞紙法, 出版法, 行政執行法, 治安警察法에 對하여 改正을 行함.

一. 國民 自由의 伸張 及 行政 事務의 簡拔을 期하고 許可, 認可의 範圍를 縮少하기 爲하여 法令의 改正을 할 事.

一. 恩給制度에 對하여 根本的 改正을 加할 事. 【東京電】

20 「『法律戰線』 發賣禁止」, 『동아일보』, 1928.12.11, 2면.

1222 「『달빛』 雜誌 原稿 募集」

『조선일보』, 1928.12.13, 4면

陜川少年同盟 機關誌인 『달빛』 雜誌 第四號는 押收를 當하고 第五號를 發刊할 準備로 各 地方 少年少女의 作品을 左와 如히 바란다더라.

一. 童話, 童謠, 作文, 其他

發送處 陜川少年同盟會館內 달빛社로. 【陜川】

1223 「大成校에 關한 聲明書 押收」

『조선일보』, 1928.12.15, 5면

儒林大成學友會에서는 人身攻擊을 만재하여 상당한 사회적 지위를 가지고 있는 사람의 명예를 훼손하는 일방 頭道溝 市民, 연길 수신향까지 들어 성토, 매장한다고 하므로 지난 십이월 팔일에 本報 間島支局長 徐允平(二五), 本報 記者 民立大成 教員, 明青同盟 常務委員으로 있는 金惟一(二四), 民立大成 教務主任 李貞烈, 桓省會 常務委員, 東滿勞働同盟 常務委員으로 있는 南大寬, 民立大成 教員 金永均, 頭青年同盟 執行委員長 守信鄉 代表로 있는 元鳳熙 등 제씨의 聯合 聲明書를 용정 시내에 수천 매를 配布하였는데 그 내용은 大成學校의 沿革, 大成學校 紛糾의 原因, 妥協의 害毒, 非妥協의 利益, 反動的 儒林大成學友會에 答함, 反動分子를 埋葬함 등으로 구분하여 있었던바 間島 日本總領事 刑事隊는 본보 간도지국을 위시하여 용정 시내 각처를 수색한 결과 전기 聲明書 수천 매를 압수하고 본보 간도지국 배달을 붙잡아다가 여러 가지로 말한 후 다시 부를 터이니 그때 꼭 영사관으로 오라고 하여 돌려보냈다더라.

1224 「學生 共產黨 關係 被疑者 二 名 送局」

『동아일보』, 1928.12.18, 2면

시내 각 중등학교 생도를 망라한 학생 공산당(學生 共產黨) 사건의 피의자 중에서 도주하였던 다음의 두 명은 얼마 전에 경기도 이천군 장호원(長湖院)에서 체포되어 이래 소관 서대문서 고등계에서 일건서류와 함께 경성지방법원 검사국(檢事局)으로 넘기었으며 이상의 두 명을 취조하던 끝에 단서를 얻어 시내 종로(鐘路) 사정목 일백일 번지 홍기문(洪起文)(二六)도 인치, 취조 중이던바 홍기문은 조선 안에서 발포 금지를 당한 모종 주의 서적 다수를 비밀히 수입한 사실이 발각되어 출판법 위반으로 동일에 같이 검사국으로 넘기었다더라.

利川郡 淸溪面 長湖院里 三四. 現住 驪州郡 占東面 德坪里 八五 權五敬(二○).

慶北 聞慶郡 籠岩面 三松里 五○九. 現住 京城 三淸洞 三三 一名 忠鉉 閔康昌(二○).

1225 「京城 中心 出版 每月 六七百 件」

『조선일보』, 1928.12.21, 2면[21]

조선에서 발행하는 출판물은 연년이 그 수효가 격증하여 오는데 매월 육칠백 건이 정규의 수속을 경유하여 출판이 되는바 그 과반수는 잡지류로서 그중 일 할 가량은 기사의 일부분을 삭제하고 허가되는 것이며 또 이 밖에 일 할 내외는 전연히 출판금지를 당하고 있는 것이다. 그런데 출판물의 육 할 강(强)은 조선문판(朝鮮文版)으로 문예서적이 제일 많고 특히 연말경이 되면 농한기(農閑期)가 되는 까닭으로 구식 소설의 출판이 비상히 많은바 그 소설의 내용은 중국을 제재로 한 무용전(武勇傳)과 충효절부의 미담에서 나온 것이며 또는 연애상사전 같은 것이 많아서 잘 팔리는 것은 수만 권이 날듯이 팔려 버린다 하며 그중에는 어떠한 사상을 풍자적

21 「朝鮮 出版界 現況 每月 四百餘 件 差押」, 『동아일보』, 1928.12,21, 2면.

으로 표현한 것도 있어서 예를 들면 임진왜란의 기사 같은 것을 여실하게 묘사하여 어떤 자극을 주는 것도 있는데 그러한 것은 처음부터 불허가가 되며 또는 해외로부터 들어오는 출판물도 있어서 그중에는 사상을 고취하는 비밀출판물도 사오백 권씩 보게 되며 또는 상해 방면에서 비밀히 들어오다가 몰수된 것도 삼사백 건이 된다하더라.

1226 「仁川青盟 삐라를 警察이 押收」

『조선일보』, 1928.12.23, 5면

인천청년동맹(仁川青年同盟) 주최와 본사 인천지국(本社 仁川支局) 후원으로 지난 이십일부터 이십일일 양일간을 두고 당지 애관(愛館)에서 조선영화대회(朝鮮映畫大會)를 개최한다함은 이미 보도한 바이거니와 미리부터 성황을 예기하였던 동 대회는 불행히도 의외의 타격을 받아 도리어 다대한 손해를 받게 되었다 한다. 그는 동 청년동맹은 치안유지법이 개정된 후부터 경찰당국의 구속이 더욱 심하여 오랫동안 집회할 자유도 없이 정신적 고통을 받아 왔을 뿐 아니라 물질의 고통도 또한 적지 아니하여 제법 회관 하나를 유지하지 못하고 간판을 짊어지고 거리에서 방황하는 중 요사이 와서 시내 용강정(龍岡町) 일본 사람의 셋집을 빌어 회관을 정한 후 약간의 금전을 수입하여 다만 집세 몇 달치라도 지불할 도리가 있을까 하고 전기 영화대회를 개최하기로 결정되어 경찰당국의 양해를 얻은 일방으로 조선 영화계에 해설 잘하기로 이름 높은 경성 조선극장 변사 김영환(金永煥) 씨를 초빙하여 조선 사람의 손으로 만든 가정비극 「장화홍련전」과 그 외 「심청전」을 상영하기로 되어 미리부터 인쇄한 만여 매의 '삐라'에는 다만 얼마의 경비라도 보태임이 있을까 하고 시내 각 유지의 상점 광고를 취급하여 삐라의 한 편에다가 인쇄하였던 것인데 영화대회를 개최하려 하던 처음 날에 돌연히 인천경찰서 보안계로부터 신문사나 잡지사가 아닌 이상에 광고를 취급하지 못한다는 이유로 삐라를 전부 압수하는 한

편으로 이미 영수한 광고 대금을 반환하라고 간섭을 하기 때문에 비상한 타격을 받은 것이라더라. 【인천】

1227 「『女性』 原稿 押收」 『동아일보』, 1928.12.24, 2면

조선에 순여성 잡지가 하나도 없음을 유감으로 생각하여 조선주보사에서 지난 달부터 월간으로 『여성(女性)』을 발간코자 준비하던바 신년호 원고가 내용이 불온하다는 이유로 당국에서 원고 전부를 압수하였으므로 방금 임시호를 준비 중이라더라.

1228 「『青年朝鮮』 筆禍」 『조선일보』, 1928.12.25, 2면[22]

일본에 있는 조선청년동맹(在日本 青年同盟)에서 발행하는 기관지 『청년조선(青年朝鮮)』에 관한 필화사건(筆禍事件)으로 그 편집 겸 발행인 대리 송재홍(宋在洪) 씨는 지난 팔월 말일에 검거되어 이래 구류 중이다가 병이 발생하여 보석하고 방금 제대병원에서 치료 중이라는데 그는 벌금 백 원의 판결 언도를 받았다더라.

22 「『青年朝鮮』 筆禍」, 『동아일보』, 1928.12.22, 2면.

1229 「元山勞働聯合會의 年賀狀을 押收」

『조선일보』, 1928.12.30, 5면

원산노동연합회(元山勞働聯合會)에서 새해를 의의 깊게 맞이할 취지하에 각 세포단체(各 細胞團體)에 연하장(年賀狀)을 발송코자 준비 중이던바 지난 이십칠일에 이르러 원산경찰서에서 연하장 문구(文句)의 내용이 불온하다는 이유로 연하장 이백매를 압수하였다더라. 【원산】

1230 「『基督申報』 押收」

『동아일보』, 1929.01.04, 2면

『기독신보(基督申報)』 십이월 이십육일 발행 제륙백팔십일호는 당국의 기휘된 바 있어 압수되었다더라.

1231 「哈市 共産黨 機關紙 閉鎖」

『동아일보』, 1929.01.08, 1면

哈爾賓의 露西亞 共産黨 機關紙 『몰와』는 英國 皇帝 陛下에 對하여 '○○'의 文字를 쓴 記事를 揭載하였으므로, 哈爾賓英國 領事 '쫀스' 씨는 中國官廳에 嚴重 抗議를 하였다. 그 結果 同社는 또다시 閉鎖되었는바 復活은 困難하다 觀測되더라. 【哈爾賓五日發】

1232 「晋州 科學硏究會 解散을 命令」 『동아일보』, 1929.01.11, 2면

지난 육일 오후 여덟시경에 진주 각 사회운동자(晋州 各 社會運動者) 신년 간담회 석상에서 강두석(姜斗錫), 김상우(金尙宇) 두 사람이 검거되었다 함은 기보한 바이거니와 그 후 경찰서에서는 사회과학연구회(社會科學硏究會) 간부 신태민(申泰珉), 하진(河振) 등을 비롯하여 일반 회원들의 가택을 일일이 수색하고 연구하던 서적의 다수와 문부를 압수하여 갔다는데 진주서 황정(荒井) 서장은 동 회 간부 여섯 명을 소환 취조한 후 진주 사회과학연구회는 그 내용 정신에 결사의 성질이 있은즉 해산하라고 명령을 하였다는바 간부 일동은 즉시 이 말을 회원 전부에게 전달하였다 하며 검속된 두 사람은 석방되었다더라.

1233 「『活泉』誌 押收」 『동아일보』, 1929.01.11, 3면

平壤 崇實中學生會에서 發行하는 校友雜誌『活泉』一九二八年號는 當局의 忌諱에 抵觸되어 二十八日에 八百餘 冊 全部를 押收當하였더라. 【平壤】

1234 「『中外報』 筆禍 兩 氏를 起訴」 『동아일보』, 1929.01.14, 2면

동업『중외일보(中外日報)』의 필화사건은 마침내 사법 형사문제까지 되어 동 보 편집 겸 발행인(編輯 兼 發行人)인 이상협(李相協), 동 편집국장 민태원(閔泰瑗) 양씨를 경성지방법원 원교(元橋) 검사가 저간 불구속 취조를 하던 중 십이일 동 검사는 신문지법 위반(新聞紙法 違反)과 보안법 위반(保安法 違反)으로 기소하였는데 사건이 공판에 회부되었다더라.

1235 「『中外日報』의 筆禍 公判 延期」 『조선일보』, 1929.01.18, 2면

동업『中外日報』는 정간 당시의 논설(論說)로 기소까지 되어 작 십칠일 오전에 경성지방법원(京城地方法院) 형사부 공판정에서 소야(小野) 판사의 단독 심리로 제일회 공판을 개정하리라 함은 이미 보도한 바와 같거니와 동 사건의 공판은 기일이 급박한 관계로 관선 변호사 김병로(金炳魯), 이인(李仁), 이승우(李升雨), 수야정가(水野正家), 김용무(金用茂) 등 제씨의 연서 신청으로 기일을 오는 이십사일로 정하였다더라.

1236 「不穩文書를 發覺!」 『매일신보』, 1929.01.19, 2면

市內 西大門警察署 高等係 刑事 數名이 十六日 아침에 市外 新當里 二三三 商業通信社 給仕 金仁成(二九)의 집에 이르러 家宅搜索을 한 後에 前記 金仁成을 本署로 引致하여 午後 여덟 時까지 長時間의 取調를 하고 돌려보내었다는데 그 內容은 絶對秘密에 부침으로 仔細히는 알 수 없으나 探聞한 바에 依하면 얼마 전에 市內 平洞 사는 金基錫이란 사람의 名義로 朝鮮總督에게 보내는 某種의 不穩郵便物이 發見되었는데 그 筆跡이 金仁成의 筆跡과 같다 하여 그를 引致, 取調한 것이라 하며 同署에서는 繼續하여 暗暗裡에 犯人을 嚴探 中이라더라.

1237 「筆禍事件의 安在鴻 廿六日 朝에 出獄」 『조선일보』, 1929.01.21, 2면

일찍이 본보 필화사건(本報 筆禍事件)으로 금고 팔 개월(禁錮 八 個月)의 판결을 받고 고등법원(高等法院)에 상고(上告)하였다가 기각(棄却)을 당하고 작년 칠월 이십육

일에 서대문형무소(西大門刑務所)에 수감(收監)된 안재홍(安在鴻)은 작년 십일월에 일반 감형(一般 減刑)으로 그 형기(刑期) 사분의 일인 이 개월의 감형을 받아 오늘 이십오일이 그 형이 만기(滿期)로 되는 날 그 익일인 이십육일 오전 일곱시에는 출옥(出獄)되리라더라.

1238 「出版法 違反으로 五人 畢竟 起訴」

『동아일보』, 1929.1.25, 5면

전남 장성 신간지회(全南 長城 新幹支會) 사건으로 동 회 부회장 송종근(宋鍾根)은 광주검사국으로 송치되어 취조를 받고 김시중(金時中), 김홍빈(金洪彬), 김옥(金鈺), 고형주(高亨柱)는 불구속으로 취조를 받아온다는 사실은 누보한 바와 같거니와 지금에 들으면 전기 다섯 사람은 안녕질서(安寧秩序)를 방해하는 문구를 나열한 원고를 작성하고 또는 협력하여 백이십여 부의 보고 서류를 허가도 받지 않고 등사 인쇄하였다는 이유로 필경 기소되었다는데 공판은 지난 이십일이었던바 연기되어 오는 삼십일에 광주 지방법원에서 공판이 열린다 하며 무보수로 자진 변호할 변호사 제씨의 씨명은 여좌하다더라.

金炳魯, 許憲, 宋和植, 徐光禹, 金明鎭, 李儀衍. 【장성】

1239 「『中外日報』 筆禍」

『동아일보』, 1929.01.26, 7면

동업 『중외일보(中外日報)』 필화사건의 주간 이상협(李相協), 편집국장 민태원(閔泰瑗) 씨에 대한 신문지법 위반(新聞紙法 違反) 급 보안법 위반(保安法 違反)의 공판은 작보한 바와 같거니와, 동 사건의 판결 언도는 오는 이십구일로 결정되었다더라.

1240 「百餘 親知 歡迎裡에 安在鴻 氏 出獄」 『조선일보』, 1929.01.27, 2면

본보 주필로 필화사건(筆禍事件)에 기소되어 작년 칠월 이십육일에 서대문형무소에 수감 복역 중이던 안재홍(安在鴻) 씨는 이십오일이 그 형기(刑期)가 만기되어 이십육일 오전 여덟시에 출옥하게 되었는바 당일은 이른 아침부터 형무소 문 앞에 씨를 맞으려 모인 근 백 명의 다수 환영으로 출감하였다더라.

1241 「『中外報』 判決」 『동아일보』, 1929.02.01, 2면

동업 『중외일보』 필화사건의 판결 언도는 삼십일일 오후 두시 반에 경성지방법원에서 송전(松前) 검사의 입회하에 소야(小野) 재판장으로부터 발행인 이상협(李相協) 씨에게는 벌금 이백 원(구형도 이백 원), 필자 민태원(閔泰瑗) 씨에게는 징역 이 개월(구형 사 개월)의 언도가 있었더라.

1242 「『法律戰線』 二月號 押收」 『동아일보』, 1929.02.05, 2면

자유법조단 포시(布施) 씨 주간인 『법률전선(法律戰線)』 이월호는 동 잡지가 도착하기 전에 이월 이일에 종로서원이 조선지사장 송운(朝鮮支社長 宋雲) 씨에게 미리 발매금지 명령을 하였다더라.

1243 「「벤허」의 上映禁止」

『동아일보』, 1929.02.15, 3면

조선에서 봉절되어 많은 환영을 받던 '유나트'사 제공 '메트로'의 근작 명화 『벤허』는 중국에서도 상영하게 되었다. 중국은 혁명 초의 모든 사상이 극단으로 신기한 것을 좋아하고 옛날의 묵은 사상은 철저히 배척하는바 미국 영화 중에 최대 작품이란 평판이 있는 이 「벤허」가 광동에서 상영금지를 당하였다는데 그 이유는 금지케 한 국민당(國民黨)의 견해에 의하면 「벤허」는 기독교 국민의 선전영화요, 그 목적이 모처럼 혁명을 완성한 금일에 중국 국민의 이성(理性)을 속이고 미신의 와중으로 백성을 몰아넣으려 하는 것이다. 다시 말하면 중국에 대한 서구 제국주의 문화적 침략이라고도 볼 수 있으므로 이것은 신흥 중국의 국민 교육의 적임으로 어디까지든지 배척하여야 된다는 것이더라.

1244 「理由도 말 않고 勞働夜學을 禁止」

『중외일보』, 1929.02.16, 3면

咸南 端川 利中面 善山, 沓洞 兩個里에서는 先輩들의 努力으로 距今 四 個月 前부터 勞働夜學을 設置하고 文盲 兒童의 前路를 爲하여 誠心으로 敎授를 하여 오던바 去 十二日에 突然히 當地 駐在所에서 責任者 尹亨仁, 沈在亨 外 여러 사람들을 呼出하여다가 禁止를 命令하므로 그 理由를 알고자 하였으나 冷情하게도 理由를 알 必要가 없다고 拒絶하며 어서 돌아가라고 督促하므로 하는 수 없이 돌아왔다는데 이에 男女 兒童들은 배울 길이 없음을 생각하여 痛歎의 눈물을 뿌리며 흩어졌다 하며 이제 그 禁止의 內容을 알아보건대 夜學堂도 集會를 取締하는 關係로 責任者들과 行政 當局에 書堂 屆出을 하라고 말하였는데 于今까지 아무 手續이 없음을 條件으로 禁止한 것이라더라. 【端川】

1245 「『高麗釀造』二月號」

『조선일보』, 1929.02.18, 3면

시내 고려양조협회(市內 高麗釀造協會)에서 발행하는 월간잡지 『고려양조(高麗釀造)』 잡지 이월호(第三券 第二月號)는 특대호로 편집하여 그동안 총독부 경무국에 제출하였던바 불행히 지난 십삼일부로 당국의 기휘에 저촉되는 기사가 있다 하여 불허가 처분이 있었다는데 이를 당한 협회에서는 시일 관계로 부득이 이삼월 합병호(合倂號)를 발행하게 되리라는데 삼월 중순경에 나오리라더라.

1246 「榮州青盟 素人劇을 禁止」

『중외일보』, 1929.02.20, 3면

慶北 榮州青年同盟 榮州支部에서는 新春에 들어와서 처음으로 素人劇을 興行하려다가 去 十六日에 當地 警察의 禁止로 不得已 興行치 못하였다는데 그 理由를 質問한즉 左와 如한 答辯으로 말하더라.

"글쎄올시다. 演劇이라는 것을 地方青年들이 興行한다면 이것이 잘하지도 못할뿐더러 돈만 받게 되니 해서 무엇합니까? 青年들이 그른 것을 해서는 못 씁니다. 그럼으로 하지 말라는 것입니다"라고 云云. 【榮州】

1247 「亞星劇團 興行 中 禁止」

『조선일보』, 1929.02.23, 4면

去 十五日에 全鮮을 巡廻 興行하는 亞星劇團이 當地에서 「아리랑」이란 藝題로 興行 中 不穩하다고 中止를 시키는 同時에 一般 觀客에게는 解散치 않으면 全部 檢束하겠다고 號令을 하며 出演俳優 羅龍基 氏를 檢束하는 等 奇怪한 活劇을 演出하였다는

데 一般 觀客은 默默히 解散하고 檢束 當한 羅 氏는 翌日에 釋放되고 興行許可를 取消하여 三十 名 一行은 將次 갈 바를 모르고 서로 얼굴만 바라보고 있다더라. 【濟州】

1248 「元山 檢事 出動」

『조선일보』, 1929.02.25, 2면

재작 이십삼일 오후 네시 반경에 원산검사국 검사는 또다시 노동연합회 경영의 노동병원(勞働病院)에 출동하여 병원에서 소비조합에 저금하는 예금통장 한 개를 압수하여 가는 동시에 병원의 일기장 제일호로부터 제륙호까지 모두 여섯 책을 가져갔다더라.

1249 「三月 一日 關係 檄文 押收」

『중외일보』, 1929.02.25, 2면

시내 종로서 고등계(鍾路署 高等係)에서는 이십사일 오전에 돌연 공기가 긴장된 가운데 갑자기 활동을 개시하여 시내 광화문우편국(光化門郵便局)에서 해외로부터 다수한 격문이 도달한 것을 압수하는 동시에 혹시 이와 같은 격문이 시내 각 사상단체에 배부된 것이나 없나 하여 엄중 감시를 하는 터인데 전기 도달된 격문은 전부 삼월 일일에 관한 것이라더라.

1250 「日本 無産階級 雜誌 朝鮮서 發賣禁止」 『조선일보』, 1929.02.26, 2면

삼월 일일도 앞으로 멀지 아니하여 위로는 총독부 경무국으로부터 아래로는 각 경찰서 순사, 파출소 순사까지 눈을 홉뜨고 비상한 경계를 하는 까닭으로 벌써부터 일반 공기는 긴장하여지는데 지난 이십 삼일부로 일본에서 발행하는 무산계급의 전투 잡지로서 조선에 가장 많이 수입되는 『무산자신문』을 비롯하여 『노농(勞農)』, 『무산자(無産者)』, 『노동신문(勞働新聞)』 등이 계속하여 경무국으로부터 조선 내의 발매 반포금지 처분을 당하였는데 이상의 잡지는 모두 ××××에 대하여 ××× 논문을 많이 게재 고조하였으며 또 이월달에 발행한 부수가 전달에 비하여 몇 배가 된다 하며 이번에 압수처분을 당한 부수도 수천 부에 달한다 하는바 경무국장의 명령으로써 총독부 각 국과(局課)와 지방 경찰부에까지 전기 압수한 서적의 민간 잠입을 금지하라 하였다더라.

1251 「大邱 某 重大事件 三 年만에 眞犯 逮捕」 『조선일보』, 1929.02.28, 2면

요사이에 각지의 경찰이 쉴 새 없이 활동하다 함은 연일 보도하는 바이거니와 경상북도 경찰부 고등과와 대구경찰서 고등계에서는 며칠 전부터 모처의 정보를 받아 가지고 팔방으로 형사대를 출동시켜 대수색한 결과 성주(星州)로부터 청년 두 명을 검거하는 동시 모종의 놀라운 행동을 실현코자 해외로부터 가지고 들어온 적색격문(赤色檄文)을 다수 압수한 모양인데 듣는 바에 의하면 그들은 삼사 년 전까지 대구에서 사회운동에 열중하다가 약 사 년 전에 어디로인지 행위가 불명되어 경찰 당국에서는 그들의 간 곳을 몰라 고심하던 청년들로 금번에 검거하여본즉 그들은 그동안 해외 모 방면에 나아가 활약하다가 금번에 전기와 같이 중대한 밀명(密命)을 띄고 수삼 인의 동지가 잠입한 것이 확실하다는바 그는 지난 소화 이년 시월 십팔일에 대구에서 발행한 모 중대사건의 중심인물인 것이 역시 판명되어 방금 그 사건의 진범으로 엄중한 취조를 하는 중이라는데 사건이 발생한 지 삼 년이 되도록 진범인을 잡지 못하여 실마리가 풀리지 않던 수수께끼의 중대사건도 이제야 풀리리라 하며 경찰은 계속 활동을 한다더라. 【대구】

1252 「盟休擁護 事件」

『조선일보』, 1929.02.28, 2면

학생 맹휴(學生 盟休)를 조종하려던 학생맹휴옹호동맹(學生盟休擁護同盟) 사건의 피고 이종률(李鍾律), 이수섭(李守燮), 김정수(金正洙) 등 삼인에 대한 보안법 급 신문지법 위반(保安法 及 新聞紙法 違反) 사건의 제일회 공판은 작일 경성지방법원 제사호 법정에서 개정(開廷)하려다가 동 법원 형사부 판사실의 형편으로 지난 십륙일 돌연 연기하였다함은 이미 보도한 바와 같거니와 동 사건의 차기(次期) 공판 기일은 오는 삼월 십삼일 오전 열시에 개정하기로 되었다 하며 변호사는 김병로(金炳魯), 한국종(韓國鍾) 등 제씨가 자진 변론하기로 되었다더라.

1253 「北滿서 發行한 某 新聞 鐘路署에서 押收」

『조선일보』, 1929.03.04, 2면

시내 종로경찰서(鐘路署) 고등계에서는 재작 이일 밤 돌연 긴장한 공기를 띄우고 형사 수 명이 시내 모 우편국(市內 某 郵便局)에 도착된 불온문건(不穩文件)을 다수 압수하여 본서(本署)로 넘기었다는데 그는 북만 지방(北滿 地方)에 근거를 둔 조선 사람의 단체에서 경영하는 모 신문사(某 新聞社)에서 발행한 인쇄물인 듯하다더라.

1254 「農民聯合會館을 順天署에서 搜索」 『조선일보』, 1929.03.04, 3면

전남 순천서(全南 順天署)에서는 삼월 일일을 앞두고 지난 이십이일부터 무슨 중대사건이나 발생한 것 같이 각 사회단체의 집회를 일체 금지하는 동시에 요소마다 순사를 배치하고 엄중 경계를 하여오던 중 삼월 일일에 이르러는 동 서 고등계 주임 이하 정사복(正私服) 다수 경관이 시내 행정에 있는 농민연합회관(農民聯合會館)을 수색하였으나 아무 것도 없었고 마침 배달부가 가져온 동경(東京)로부터 이창수(李昌洙) 씨에게로 오는 사신(私信)이 있었는데 이 사신과 『무산자신문』 호외(『無產者新聞』 號外)를 압수하여 갔다더라. 【순천】

1255 「結婚式場에 檢擧의 旋風」 『동아일보』, 1929.03.06, 5면

함남 단천(咸南 端川)에서는 지난 삼일에 당지 대성(大成)리에 사는 김웅렬(金雄烈)(二四)과 동면 동현(東峴)리에 있는 이단심(李丹心)(十八) 양과의 사이에 동일 오후 두시에 당지 천도교당 내에서 결혼식을 거행하고 동 네시경에 광제학당(廣濟學堂) 내에서 피로연을 개최하고 신랑 신부의 동무들이 모여들어 재미있게 놀다가 끝에 여흥으로 노래를 부르며 놀던 중 홍원(洪原)군 오기섭(吳淇燮)(二八) 씨가 부른 창가가 불온하였다 하여 미리부터 경계하고 있던 경관이 그를 잡아갈 때에 만류하던 청년 김유근(金有根)(二四) 씨의 입에서는 불온한 말이 나왔다고 그도 잡아갔고 또 홍재완(洪在完)(三四)이란 청년은 술이 취하여 아무에게나 폭언을 하며 언쟁을 하였다 하여 잡아갔으므로 혼례식 피로연은 일장 수라장이 되었다더라. 【단천】

1256 「全鮮 思想團體에 不穩文書를 密送」

『매일신보』, 1929.03.08, 2면

朝鮮共産黨 滿洲總局 北滿 責任秘書 朴有德(二四)은 지난달 卄八日에 市內 黃金町을 徘徊하다가 本町署 高等係 朴 刑事에게 檢擧되어 以來 取調를 받던 同 事件은 六日 午後 四時에 同署 高等係에서 發表가 있었다.

同 事件의 主人公 朴有德은 江原道 春川郡 新北面 馬山里 朴根成의 長男으로 大正 十三年에 中國 吉林省 樺甸縣 四甸兒에 건너가 以來 不穩한 思想을 가지고 各地로 流浪하며 恒常 某種 運動을 企圖하던 터이었다. 그는 露領 等地를 經過하여 滿洲에 돌아온 大正 十三年에는 聯合靑年 團體를 만든 후 다시 露領으로 들어가 數 個月 間 묵다가 歸滿하여 朝鮮 안과 連絡을 取하여 가질 朝鮮共産黨 滿洲總局을 組織하여 가지고 同局의 祕書 役의 重任을 지고 活動하던 人物이다.

그는 某種의 使命을 띠고 昨年 九月頃에 入鮮하여 京城에서 某 陰謀를 劃策하려 하였으나 이때는 마침 御大典 警戒가 嚴重한 까닭에 危險을 感하고 京城을 떠나 朝鮮 안 各地를 流浪하다가 同年 陰 十二月 末에 三月 一日에 不穩한 運動을 하려고 原籍地인 江原道 華川郡 觀東面 大山里에 潛伏하여 同里의 普通學校 敎員 朴泳來를 訪問하고 同志 數 名을 얻어 協議한 結果 三月 一日에 全鮮 各地 思想團體에 不穩文書를 發送하려고 準備에 着手하였다. 警察에게 探知되어 同志 七 名은 檢擧되고 朴有德만은 巧妙히 警戒網을 벗어나 徒步로 春川을 지나 上京하여 市內 各處에서 徘徊하다가 지난달 二十八日에 本町 署員의 손에 逮捕된 것이었다.

1257 「少年 行列이 現在 元山엔 危險」

『중외일보』, 1929.03.08, 2면

원산서에서는 상해 한인청년동맹지부(上海 韓人靑年同盟支部)로부터 원산노동쟁의단에 보낸 격려문을 지난 삼일에 압수하였으며 지난달 이십팔일부터 당지 영화

상설 원산관(元山舘)에서 상영 중인 나운규(羅雲奎) 주연인 「잘 있거라」를 돌연히 이일에 이르러 상영 금지를 하였는데 이유는 동 영화 장면에 '어린아이'의 행렬이 있어 원산에서 그러한 영화를 상영시키는 것은 때가 때라 위험한 것이라고 그같이 상영을 금지하였더라.

1258 「言論, 集會의 自由와 禁止 一貫의 警察」 『동아일보』, 1929.03.13, 1면

一

三月 一日을 前後로 하여 各 地方의 一切의 集會의 禁止가 報道되더니 昨日에는 또 突然이 準備 中에 있는 新幹會 全國大會를 禁止하였다고 한다. 新幹會는 昨年에도 그 大會를 警察에게 禁止 當한 일이 있어 今番 第二次의 禁壓을 經驗하는 바이거니와 이뿐만 아니라 이미 勞働, 靑年, 農民의 三總 同盟에 대하여 集會禁止를 命하여 있으며 其他 地方과 中央을 不問하고 思想的 色彩를 가진 集會에 對하여는 거의 例外 없이 禁止로 一貫하는 狀態인 것은 이제 새삼스러이 呶呶할 必要도 없다. 이리하여 民衆의 言論, 集會의 自由를 抑塞케 하며 甚至於는 御用機關인 道 評議會 같은 데서까지라도 人民의 意思의 發表를 無視하는 實例를 보게 되었으니 이와 같은 當局者의 態度는 아무리 特殊事情 下에 있다는 朝鮮에 있어서라도 苛酷에 지나치다는 評을 不免할 것이며 따라서는 政治上 重大한 誤謬를 犯하고 있다고 할 것이다.

二

當局者가 朝鮮人의 言論, 集會를 制限 禁止하는 理由, 特히 集會禁止의 唯一의 根據는 所謂 保安法에 依한 것이거니와 保安法 그 自體가 三十 年 前 當時의 事情에 依하여 發布된 法令으로서 今日에 이르러는 實로 時代錯誤的인 惡法이라 하여 前者 朝鮮辯護士大會에서 撤廢를 要求하자는 決議까지 보게 된 것이 아닌가? 當局者가 言必稱 朝鮮의 進步를 宣傳하고 平溫無事를 誇張하는 反面에 있어서 時代에 뒤떨어

진 特殊的 惡法令을 그대로 存置한다 하면 그들의 所稱하는 進步는 무엇을 가리킴인가? 더욱이나 法令의 適用에 對하여 列擧主義가 아니요, 認定主義인 說法에 있어서 가장 苛酷한 適用을 敢行하는 것은 當局者가 朝鮮人의 言論, 集會의 自由를 秋毫도 尊重할 誠意가 없다는 것을 證하는 바다. 頻煩한 言論, 集會의 取締 及 禁壓에 對하여 法令上의 根據가 있다 하는 것은 아무런 解明도 되지 못하는 것이요, 또 그들의 目的하는 바의 所謂 '安寧秩序의 維持'로부터 볼 때에도 首肯할 만한 方針이 못되는 것이 아닌가?

三

다시 一步를 退하여 論한다 하더라도 當局者는 思想과 行動을 極刑으로 罰하는 法令과 司法機關의 制裁를 가졌고 또는 言論, 集會를 中止 또는 解散케 하는 武器와 이를 爲하여 配備한 警察力을 가지고 있다. 이러한 法令 또는 警察의 權力 그것에 對하여서도 日本에 있어서는 그 不適當함을 指摘하여 猛烈한 反對運動까지 있는 바이니 그것만으로라도 官權이 넘치게 增大하였다는 것은 이미 不誣한 事實인데다가 그러한 二重 三重의 絶對權力을 가진데도 오히려 不足하여 朝鮮人의 活動을 完全히 制限하려는 行政 政策에 出하는 것은 實로 反動的 傾向이라고 할 것이다. 이러한 實例를 볼 때마다 吾人은 法律이 堂堂히 許하는 言論, 集會의 自由가 朝鮮에 있어서 最小限度로 制限되어 있다는 것을 痛切히 느낀다. 이러한 政策의 미치는 影響은 더욱 朝鮮으로 하여금 沈鬱과 煩悶으로 들어가게 할 것은 自然의 勢가 아닌가? 吾人은 機會있는 대로 이 傾向을 指摘하여 온 바거니와 이제 한 번 더 그 猛省을 促하는 바다.

1259 「出動한 西門署員 銘旌을 突然 押收」

『중외일보』, 1929.03.15, 2면

옥사한 차금봉(車今奉) 의 동지장(同志葬)은 음울한 하늘의 구름이 끼인 십사일 오전 열두시경에 사백여 동지의 참가로 시외 아현 시립광장(阿峴 市立廣場)에서 거행되려 할 즈음 돌연 소관 서대문서 고등계(西大門署 高等係)원이 출동하여 "조선 노동운동의 선구자 차금봉지구"라 쓴 명정을 문구가 불온하다는 이유로 압수하는 동시에 요령까지 흔들지 못하게 하였으며 더욱이 각 신문사 배달들이 상여를 매고 묘지를 향하여 출발하려고 할 지음 또다시 동 서에서는 배달부들이 상여를 매는 것은 재미없다고 하여 해산을 시키었으며 다시 동 서에서는 동지장의 위원장 서정희(徐廷禧) 씨를 어떠한 이유인지 현장에서 검속을 하는 동시에 이어서 이석(李奭), 김상진(金尙鎭) 씨 외 한 명을 더 검속하였다더라.

1260 「出版勞働組合 第二回 大會」

『중외일보』, 1929.03.19, 2면

시내 서대문정에 있는 경성출판노동조합(京城出版勞働組合)에서는 예정과 같이 십칠일 오후 팔시에 제이회 정기대회를 시내 경운동 천도교기념관에서 개최하였는데 정각 전부터 운집하는 회원은 무려 사백여 명에 달하였으며 방청석에도 입추의 여지가 없이 대만원을 이루어 집회에 주리었던 경성은 신춘 벽두에 신기록을 돌파하였었다. 그와 같이 대성황을 이룬 반면에는 개회 전부터 경찰의 간섭이 더욱 심하여 써 붙인 슬로건과 허가된 행동강령을 압수하는 등 긴장한 가운데 정각이 되자 동 조합 위원장 박한경(朴漢卿) 씨 사회로 개회를 선언하고 김원식(金元植) 씨가 개회사를 시작하여 두어 마디에 지나지 못하여 임석경관으로부터 중지를 당하고 이어 임시 집행부로 의장 박한경(朴漢卿), 서기 이상구(李相求), 김대균(金大均), 사찰 등을 선거한 후 순서에 따라 지방과 경성에서 오는 각 우의단체 축문 사십여 통과 축전을 낭독한바 압수가 십삼 통이었으며 신간회 경성지회(新幹會 京城支會) 이시완(李時琓) 씨를 비롯하여 근우(槿友)회 정종명(鄭鍾鳴) 씨, 형평사(衡平社) 이동환(李東煥) 씨, 혁우청년동맹(革友靑年同盟) 신상헌(申尙憲) 씨, 양복기공조합(洋服技工組合) 김진상(金鎭祥) 씨 등의 열렬한 축사가 있었는바 당일의 순서는 여좌하더라.

一. 規約 通過.(八 條 削除)

一. 今後 方針.

一. 討議 事項.

(가) 教養問題에 關한 件.(說明 中止)

(나) 機關紙 發刊에 關한 件.

(다) 共濟部에 關한 件.(說明 中 注意 連呼)

(마)[23] 婦人部 確立에 關한 件.

(바) 會館 建築 期成會에 關한 件.

一. 其他 事項.

團體 協約權 獲得을 討議 中 中止.

1261 「閔泰瑗 氏 筆禍 體刑 三月 求刑」 『동아일보』, 1929.03.21, 2면

동업 『중외일보(中外日報)』 전 편집국장 민태원(閔泰瑗) 씨에 대한 신문지법 위반(新聞紙法 違反) 사건의 공소 공판은 기보한 바와 같이 이십일 경성복심법원에서 이등(伊藤) 재판장 주심 아래 도부(渡部) 검사 입회, 김용무(金用茂) 변호사의 열석으로 개정되었다. 먼저 이등 재판장으로부터 장시간 피고에 대한 사실심리를 마치고 입회 도부 검사로부터 일심 판결대로 피고에 대하여 징역 삼 개월의 구형 논고가 있었는데 사건 담임 김용무 변호사는 조리 정연한 논법으로 장시간의 변론이 있었는바 사건 판결 언도는 오는 이십칠일로 결정되었다.

23 원문에 (라)항이 없음.

1262 「展覽會에 出品한 禁酒 宣傳旗 押收」 『동아일보』, 1929.03.21, 7면

신천(信川)경찰서에서는 금번 신천에서 개최한 황해 주일학교대회(黃海 主日學校大會) 아동 학예품 전람회에 출품한 재령 금산(載寧 錦山)교회 유년부 이근(李槿)이라는 어린 학생이 연필로 단순히 조선 지도와 사람 하나를 그린 것을 압수하고 또 대회 금주단연 선전부에 신천 이상신(李尙信) 씨의 기증한 금주단연 축하기(旗)를 압수하고 시말서까지 받았다는데 그는 깃발에 그린 그림이 불온타고 압수한 것이라더라. 【신천】

1263 「『中外報』 筆禍 三 個月 求刑」 『조선일보』, 1929.03.21, 2면

작년 십이월 육일에 발행한 동업 『중외일보(中外日報)』의 논설(論說)이 문제되어 정간 처분을 당하는 동시에 필자 민태원(閔泰瑗) 씨에 대하여는 신문지법 위반(新聞紙法 違反)이라는 죄명으로 경성지방법원에서 체형 삼 개월의 판결을 받고 경성복심법원에 공소하였다 함은 이미 보도한 바와 같거니와 동 사건에 대한 복심공판은 작일 오전 동 법원 형사법정에서 이등(伊藤) 재판장의 심리와 산하(山下), 호전(戶田) 양 배석 판사, 도부(渡部), 김용무(金用茂) 변호사의 열석으로 개정하고 입회한 도부 검사는 일심 판결과 같은 징역 삼 개월의 구형이 있었는바 언도는 오는 이십칠일이라더라.

1264 「『法律戰線』 筆禍」

『조선일보』, 1929.03.25, 2면

시내 종로서 고등계에서는 수일 전에 시내 낙원동(樂園洞)에 있는 일본 법률전선사(法律戰線社) 조선 지사원으로 있는 김영배(金泳培) 씨를 검거하여다가 취조한 후 유치를 시키었다는데 검거 이유는 지난번에 대회를 개최하려던 경성 혁우청년회에 대하여 내용이 과격한 祝文을 발송하였다는 것이라 하며 종로서 고등계에서는 이십일 내에는 석방하겠다고 말하더라.

1265 「『天道敎會月報』 押收」

『조선일보』, 1929.03.28, 2면[24]

『천도교회월보(天道敎會月報)』 제이백십구호는 당국의 기휘에 저촉되어 지난 이십육일에 발매금지를 당하였는데 동 사에서는 임시호를 준비 중이라더라.

1266 「閔泰瑗 氏 判決」

『동아일보』, 1929.03.29, 2면

동업 『중외일보(中外日報)』 전 편집국장 민태원(閔泰瑗) 씨에 대한 신문지법 위반(新聞紙法 違反) 사건의 공소 공판은 지난 이십칠일 경성복심법원에서 징역 삼 개월에 삼 년간 집행유예의 판결 언도가 있었더라.

24 「『天道敎會月報』 押收」, 『동아일보』, 1929.03.29, 5면.

1267 「忠清南北道 記者大會 開催」

『동아일보』, 1929.03.29, 4면[25]

"言論의 自由를 獲得하자! 當面의 問題를 打開하자"는 '슬로건'으로 一九二五年 創立 邇來 不斷한 活動을 하여오던 湖西記者團에서는 每年 忠淸南北道 記者大會를 開催하게 되어 去 卄三, 四 兩日間 忠州에서 同 大會를 開한다 함은 旣報하였거니와 會場 關係로 豫定보다 하루 늦게 卄四日 午前 十時에 數百 群衆의 傍聽과 警官 臨席下에 盧緖鎬 君의 鄭重한 開會로 幕을 열어 三十八 人의 會員 點名이 있은 후 前 會錄 朗讀을 마치고 議長 盧緖鎬, 副議長 金星園, 書記長 安喆洙, 書記 鄭國來, 孟義燮 君을 臨時執行部로 選擧하고 分科委員 盧明愚, 安喆洙, 柳庚得, 金星園, 洪瓚燮 諸君까지 選擧한 후 各地에서 온 祝電과 二十餘 通의 祝文을 朗讀한 후 『東亞』 本社의 徐椿 氏와 文藝運動社 徐千淳 氏의 祝辭를 마치고 午前 十一時 五十分에 休會하였다가 午後 二時에 續會하는 同時 分科委員會에서 提案 審査를 마친 후 湖西記者團의 執行委員이던 堤川 故 金正浩 君의 追悼會를 開하고 安喆洙 君으로부터 金正浩 君의 略歷 報告와 金星園 君 追悼辭가 있은 後 三 分間 默想으로 式을 마치고 左記와 如한 議案을 一瀉千里로 全部 可決하고 米院事件의 報告와 其他 報告 等이 있은 後 午後 三時 半에 無事 閉會하였다더라.

討議案

一. 現行 朝鮮新聞紙法 改廢의 件. 朝鮮 總督에게 陳情書를 送致하기로 함.

一. 各道 駐在 特派 記者 要求의 件. 各 本社에 通告文을 發送하기로 함.

一. 支分局長 及 記者 人選의 件.

一. 迷信打破의 件. 民衆을 迷惑하는 幽靈 宗教들의 內情을 調査하기로 하고 于先 鷄龍山 新都內 近處부터 着手하기로 함.

一. 安城事件에 關한 件. 安城 記者團에게 또다시 激勵文을, 郡廳員에게는 警告文을 發하기로 함.

25 「忠州에서 開催된 記者大會日 盛況」, 『조선일보』, 1929.03.30, 4면.

前記 大會를 마친 後 繼續하여 湖西記者團의 第四回 定期總會를 開會하고 會員 相結의 起立 點名과 事業 報告가 有하였으며 執行委員을 選擧할 銓衡委員 五 名을 選定하여 左記와 如히 投票 公選하고 討議에 入하여 規約 修正의 件, 組織 變更 問題는 結局 委員會에 一任하여 二十六日에 通過키로 하고 組織 問題에 關한 件은 地方分權制를 確立하여 北部, 東部, 南部에 于先 聯盟 組織을 促成하기로 全部 可決되었으며 豫算案은 臨時 處辨하기로 一致 保留한 후 明倫青年會員 反動 行爲에 對한 緊急動議가 있어서 會場 交涉 顚末에 對한 報告를 具然達, 鄭逸 兩君으로부터 있은 다음 對策講究委員을 選擧하여 徹底한 調査와 强硬한 質問을 하게 하고 그 後 方針은 執行委員會로 一任하게 하고 午後 六時로 無事 閉會하였더라.

執行委員

盧緖鎬, 柳庚得, 徐相庚, 具然達, 姜泰元, 裴相仁, 金東煥, 鄭鎭, 鄭亨澤, 盧明愚, 安喆洙, 崔英俊.

執行委員會

同日 午後 八時 錦町 金星旅館에서 執行委員會를 開하고 盧緖鎬 君 司會로써 左記와 如히 部署 決定과 討議가 있은 후 同 十時에 無事 閉會하였더라.

部署 決定(印常務)

庶務－崔英俊, 徐相庚, 金東煥, 盧明愚.

社會－姜泰元, 鄭鎭, 裴相仁.

調査－具然達, 盧緖鎬, 安喆洙, 勸庚得, 鄭亨澤.

討議 事項

一. 大會 決議 事項 實行의 件.

二. 迷信 打破의 件. 鷄龍山 調査 發表는 다음 委員會로 保留함.

三. 忠北 旱害 調査에 關한 件. 具然達, 柳庚得 兩君을 一 週日 以內에 特派하여 調査케 하고 崔英俊, 盧緖鎬, 徐相庚, 姜泰元, 金東煥 外 二人으로 實行委員을 選定하여 救濟事業을 하기로 함.

四. 米院 某 報 分局長의 逢辱에 關한 件. 調査委員 金東煥 君을 特派키로 함.

五. 明倫青年會 反動 行爲에 關한 件. 그 責任을 郡 當局에 質問할 일.

六. 永同 鶴山面長의 不正 事實 調査. 盧明愚, 金東煥 兩君을 二十六日에 特派 調査키로 함.

七. 其他

去 二十六日 午前 十一時 忠淸南北道 記者大會員 一同은 自動車 七 臺에 分乘하고 龍蛇之亂의 戰蹟이 남아 있다는 申砬 將軍의 背水陣 터를 視察하고자 漢江의 上流인 達川江 忠州를 距하기 二十餘 町의 彈琴臺 其他 附近을 視察한 후 一同의 園遊와 記念撮影을 마치고 午後 二時 半에 다시 忠州로 歸還하였다더라.

前記와 如히 大會 及 總會를 無事히 마친 후 同日 午後 九時부터 新聞 講演會를 本町 鳴興樓에서 開한바 定刻 前부터 雲集한 聽衆은 無慮 四, 五百 名으로 場 內外에 人山人海를 이룬 중 盧緖鎬 君 司會로 經濟學士 徐椿 氏가 登壇하여 「新聞 發達史」라는 演題下에 深奧한 研究와 簡明한 論法으로 滔滔 數千 言은 如雷한 拍手裡에 마치니 때는 正히 午後 十時 十五分인데 忠州 未曾有의 盛況으로 閉會하였더라. 【湖西記者團】

1268 「會葬者는 解散 銘旌 押收」

『중외일보』, 1929.03.29, 2면

간도공산당 사건의 관계자이던 김소연(金素然)의 장의는 이십팔일 오전 십일시 남대문 외(南大門 外) '세브란스' 병원에서 발인하였는데 발인 장소에는 일찍부터 그들의 동지들이 백여 명이 모였고 또한 수 개 단체에서 명정(銘旌)도 들고 나왔던바 소관 경찰서에서는 다수의 경관이 출동하여 명정을 전부 압수하는 동시에 모인 사람들에게 전부 해산을 명하여 부득이 해산하게 되고 그의 가족 다섯 명과 외 두 명만이 장의에 참가하도록 하였다더라.

1269 「全北 出張 刑事隊 證據物 押收 歸來」

『중외일보』, 1929.04.06, 2면

경기도 경찰부 고등과에서 전북(全北)에 출장하여 동 도 각 군에서 이십여 명의 공산주의자를 검거, 압송하여 취조하는 일변, 사대의 일부는 동 도에서 남아있어 활동을 한다 함은 작보에 보도한 바이거니와 오일 아침 차로 남아있던 형사대는 금번 사건의 진전을 좌우할 주요한 물적 증거를 압수하여 왔는데 그 증거는 대부분 전기 비밀결사의 당원들 사이에 교환된 밀서라는데 금번 사건을 취조함에 따라 전기 비밀결사 사건과 전연 별 사건인 작년 연말에 극비밀리에 경향에 분포된 모 격문사건(檄文事件)도 해혹이 될 듯하다 하여 목하 전변 주임(田邊 主任) 이하 계원 일동은 오일부터 관계자 취조에 전력을 다하였다.

1270 「押收・禁止・解散, 咸興青盟의 大會」

『중외일보』, 1929.04.06, 3면

일천수백 명의 무산청년 대중을 포용한 함흥청년동맹에서는 그동안 회관이 불타버렸으므로 그 운동상 다대한 손실을 보고 있던 중 지난 사월삼일 오전 영시에 동명극장에서 제이회 정기대회(第二回 定期大會)를 열었다. 그동안 파란곡절을 돌파하니 만큼 재래로 회집하는 대의원(代議員)들은 씩씩한 얼굴로 모여들었다. 정각 전부터 구름 같이 모여드는 방청 군중은 입추의 여지도 없이 장내에 가득 찼다. 전 군중의 가슴을 울렁하게 하는 장엄한 주악이 있자 박수성리에 방치규(方致規) 씨의 의미심장한 개회사로 막을 열었다. 회가 열리자 처음부터 회중은 흥분하였는데 임석한 경관의 금지로 써 붙인 표어(標語)를 떼어 버리었고 사업보고(事業報告)와 경과보고(經過報告)를 금지하였을 뿐 외라 각 지부의 사업 보고까지도 금지하고 말았고 더욱 당연히 있어야 할 축사(祝辭)마저 금지하는 동시에 토의사항(討議事項)에 들어가서도 삼총 해금(三總 解禁) 문제에 대하여는 토의도 하지 못한다는 경관의 제지로 회중은 여러 가지로 경관에게 질문하자 장내는 극도로 흥분되어 수라장이 되었는데 임석경관은 마침내 대회 해산명령을 내리었다.

1271 「女子의 會合이니 男子 傍聽을 禁止」

『중외일보』, 1929.04.07, 3면

慶北 榮州에서는 去 四月 二日에 槿友會 榮州支會 設立大會를 開催한다 함은 旣報한 바거니와 豫定과 같이 當日 午後 一時에 新幹支會 大講堂에서 準備 側 金環熙 孃의 開會 宣言을 비롯하여 意味深長한 開會辭가 있은 後 會員 五十九 人의 點名으로 大會가 열리었다. 正私服 警官 五六 人의 出席에 數百餘 員의 各 郡 來賓이 모였으나 警察은 "女子의 會合이니 男子의 傍聽은 絶代 禁止"라는 理由로 遂히 男子 數百 人을 모조리 退場시키고 甚至於 各 言論界 記者까지 退場하라는 無理한 要求 條件이 있었다가 抗議의 結果로서 記者만은 入場되어 順序를 進行하매 本部 出張員 丁七星 氏의 趣旨 說明이 있었으며 臨時執行部로 議長 丁七星, 書記 林癸順, 司察 金潤錫, 朴月仙 諸氏가 被選 執行한 後 金環熙 孃의 經過報告와 張貴鉉 孃의 綱領規則 通過를 마치고 任員 選擧에 銓衡委員 權讚慈, 金環熙, 張貴鉉 三 孃이 當選되어 左의 任員을 選擧하였으며 祝文 百餘 通과 祝電 三 通 中 榮靑 平恩支部 及 伊山支部의 二 通은 朗讀禁止와 尙州少年同盟의 祝文은 押收를 當하고 來賓 祝辭는 傍聽禁止로서 來賓 入場이 無하였고 豫算案은 新任 幹部에 一任하고 討議 事項은 準備 側으로부터 作成한 議案을 原案대로 通過한 後 會館 問題로 長時間 滋味스러운 理論이 展開되다가 事務室만은 □□市에 두기로 한 後 槿友會 榮州支會 萬歲 三唱으로 閉會하였더라.

執行委員＝金環熙, 權讚慈, 張貴鉉, 金潤錫, 田奎祚, 林癸順, 朴月仙, 朴老味, 權笑賢. 候補＝金奎南. 代議員＝金環熙, 權讚慈. 候補＝張貴鉉. 檢查委員＝曺明淑, 宋英淑, 申英淑. 候補＝趙貞子.

討議 事項

一. 教養 問題에 關한 件.

二. 婦人 教育에 關한 件.

三. 講座 練習에 關한 件.

四. 兒童 保護에 關한 件.

五. 社會 問題에 關한 件.

(一) 人身賣買 廢止에 關한 件.

(二) 迷信 打破에 關한 件.

(三) 早婚 廢止에 關한 件.

(四) 男女差別 撤廢에 關한 件.

(五) 區域班 組織에 關한 件. 【榮州】

1272 「許可했던 雄辯會를 開會 當日에 禁止」 『중외일보』, 1929.04.10, 3면

咸興青年同盟 少年部에서는 少年小女 第四回 雄辯大會를 개최하고자 오래 前부터 그 準備에 奔忙턴 中 許可가 되어 豫定대로 지난 七日 早朝부터 各 支部에서는 어린 男女 演士들이 五六十 里의 먼 길을 突破하여 定刻 前부터 會場에 모였을 때 突然히 當局으로부터 苛酷 無道하게 禁止를 宣言하였다. 主催者 側과 演士들은 勿論이요 구름 같이 모여들었던 聽衆들까지도 얼굴에 말 없는 怨憤의 빛을 띤 채 헤어졌다는데 豫定하였던 演士와 演題는 如左하였더라. 【咸興】

演題	演士
少年과 社會	□□駿
우리의 陣營을 굳게 하자	韓國心
우리의 活路	劉鳳周
少年少女로 본 農村女性	潢佳□
우리의 當面任務	裵□珍

힘있는 사람이 되어라	金基鎔
지킴은 살았다	韓炳洙
少年다운 少年이 되자	韓海□
中學을 못가는 少年에게	盧義圭
朝鮮을 사랑하라	申基弘

1273 「南原青盟 定總 禁止 押收로 終幕」

『중외일보』, 1929.04.15, 3면

南原青年同盟 第二回 定期大會는 豫定과 같이 四月 十日 午前 十二時부터 南原 天道教堂 內에서 委員長 金英春 氏의 司會下에 梁判權 君의 意味深刻한 開會辭를 비롯하여 點名 代議員 資格 審查가 있었고 臨時 執行部 選擧에에 들어가 議長 金英春, 書記 文炳權, 查察 梁琪鳳 氏가 被選 着席 後에 議事를 進行할 때 臨席 警官으로부터 傍聽을 絶對 禁止한다 하므로 代議員 側으로부터 禁止 理由를 質問하였으나 無條件 禁止라 하므로 不得已 傍聽客은 退場한 後에 各地 友誼團體로부터 온 祝電 祝文 朗讀(任實青盟, 少盟으로부터 온 祝文 二通 押收)이 끝난 後 經過 報告며 前 會錄 朗讀이 있었고 運動情勢 報告는 미리 禁止를 當함을 비롯하여 臨席 警官의 干涉이 너무도 甚하므로 一時는 場內 空氣가 險惡 緊張味를 呈하여 旋風이 一過 後에 順序에 依하여 左와 如한 新任委員을 改選하고 討議事項이 끝난 後에 萬歲 三唱으로 大盛況裡에 閉會하였다더라.

討議 事項

一. 農民運動의 件.

一. 勞働運動의 件.

一. 少年運動의의 件.

一. 衡平運動의 件.

一. 自體 教養의 件.

一. 財政問題의 件.

一.『別乾坤』排擊의 件.

一. 月例會 開催의 件.

一. 勞農民 敎養의 件.

一. 地方 巡廻 講演의 件.

一. 本會 發展에 關한 件.

一. 其他.(禁止)

新任委員=委員長 金英春 候補 梁判權. 庶務財政部 梁判權 金龍洙. 政治文化部 崔六得 鄭雲台. 組織連絡部 崔炳憲 朴祥洙. 調査硏究部 姜基周 李漢成. 敎養部 朴道環 李炫春. 體育部 金宗華 朴天幸. 少年部 梁堪跋 朴判鎭. 檢査委員長 李鳳來 委員 邢光旭 李相琪. 代議員 鄭雲台 梁判權 崔六得 朴判鎭 姜基周 梁琪鳳. 候補 李蓮成 損成經 金龍洙. 【南原】

1274 「『運動時報』 禁止」

『동아일보』, 1929.04.21, 4면

晋州 新幹會 支會와 晋州靑年同盟의 合同 主催로 市民 陸上競技大會를 今 廿一日 午前 九時부터 靑年同盟 運動場에서 開催하려고 萬般 準備가 整濟되었으며 그 中에는『運動時報』를 發行하여 滋味스러운 記事로 當日 運動會의 興味를 一層 助長시키려고 하던 것을 去 十八日 午前 十時頃에 晋州警察署에서 靑年同盟 委員長 姜壽永 君을 召喚하여다가『運動時報』를 내게 되는 때에는 自然 不穩當한 文句를 쓰기 쉬워 保安을 妨害할 念慮가 있다는 理由로『運動時報』發行을 禁止시켰다더라. 【晋州】

1275 「旱害 救濟 講演 突然 禁止」

『중외일보』, 1929.04.27, 2면

대구(大邱)에 있는 신간회 대구지회(新幹會 大邱支會)와 근우회(槿友會) 대구지회와 대구청년동맹(大邱青年同盟)과 대구소년동맹(大邱少年同盟)의 네 단체가 연합하여 회원이 총출동하여서 한재 구제 강연(旱災 救濟 講演)과 일주일간 금주단연(禁酒斷煙)동맹과 연합구제회조직촉성(聯合救濟會組織促成)에 대하여 제반 준비를 하여 오던 중 지난 이십사일에 대구서에서는 돌연히 전기 세 가지에 대하여 금지명령을 내리었다는바 한재로 죽어가는 오만의 생명을 위하여 구제책을 강구함을 금지함은 너무나 고압적(高壓的)이라고 일반사회의 여론이 비등한 모양이라더라. 【대구】

1276 「『글벗』 原稿 押收」

『동아일보』, 1929.05.03, 3면

시내 숭사동(崇四洞)에 있는 글벗소년사 출판부에서 어린이날 기념호로 발행하려던 『글벗』은 검열 중 원고가 압수되어 임시호를 발행키로 되었더라.

1277 「水原 프로藝術 規約 押收」

『조선일보』, 1929.05.10, 5면

지난 칠일에 수원경찰서에서는 조선푸로레타리아예술동맹 수원지부(水原支部)의 규약을 압수하는 동시에 동 지부 집행위원 박승극(朴勝極) 군을 소환하여 동 서 고등계 주임과 장시간 문답이 있었다는바 그 자세한 내용을 들어 보면 출판허가가 없이 규약을 등사하였다 하여 그같이 압수한 것이라 하며 경무국에 출판허가원을 제출하여 허가를 얻기 전에는 규약을 절대로 내주지 못하겠다 하므로 하는 수 없이 그대로 돌아왔다는 바 회 규약조차 출판허가를 얻어야 한다는 말에 일반은 경찰의 무리를 분개한다더라.

1278 「東京에서 發行하는『무산자』發賣禁止」

『조선일보』, 1929.05.21, 3면

東京에 있는 우리 兄弟들의 손으로 刊行되는 雜誌『무산자』五月號는 當局의 忌諱에 觸한 바 있어 發賣禁止를 當하였다는데 六月號는 五月 末日 以內에 發行한다더라.

1279 「咸北道 聯盟 事件 又復 家宅을 搜索」

『조선일보』, 1929.05.26, 2면

작년 유월 이후 함북 연맹 간부(咸北 聯盟 幹部) 삼십여 명이 모 중대사건으로 검거되어 이래 청진지방법원(清津 地方法院)에서 예심, 취조 중에 있다는 것은 수차 보도한 바이거니와 전기 함북적으로 관련되고 관계 인물이 다수하니 만큼 일 년이 다 된 금일에 와서도 아직 예심 종결이 막연할 뿐 외라 사건은 더욱 확대되는 모양인데 지난 십팔일에도 동 법원 예심판사가 서기를 대동하고 돌연히 경성(鏡城)에 출장하여 재감 중인 맹두은(孟斗恩)과 경청지부 위원장 김일헌(鏡青支部 委員長 金日憲)씨의 가택을 엄밀히 수색하여 이삼의 사상서류를 몰수하여 가지고 즉일 주을(朱乙) 방면으로 떠나갔다더라. 【경성】

1280 「利原 少年 送局」

『동아일보』, 1929.05.27, 2면

이원소년동맹 간부(利原 少年同盟 幹部) 신혁(辛赫)은 지난 오일 어린이날에 보고할 조선 소년운동 정세보고를 인쇄한 것이 불온하다 하여 출판법(出版法) 위반으로 이원서에서 취조를 마치고 지난 이십일일 북청 검사국에서 일건서류와 함께 넘어갔다더라. 【이원】

1281 「不穩 講師 今後 嚴重 取締」

『중외일보』, 1929.05.29, 3면

慶南道에서는 管內에 있는 無産兒童의 敎育을 爲하여 設立된 約 七十 個所의 學術講習會에 對하여 敎鞭을 잡고 있는 講師 中에 不穩思想을 鼓吹하고 又는 無産兒童의 敎育이란 美名을 憑藉하여 普校의 名譽를 毁損하는 弊가 種種 있다는 理由로써 요즈음 內務部長으로부터 警察 官憲과 相議하여 此等 取締를 嚴重히 하라는 通牒을 各府郡, 郡守에게 發하였고 同時에 警察部長으로도 各 署長에게 取締 通牒을 發한 일이 있다. 所謂 取締란 그 方針은 今後 講習會에 對하여 認可 不認可를 不問하고 不穩思想을 有한 講師에 對하여는 設立者에게 解職시키기를 勸誘하고 萬一 此에 不應할 時는 知事로부터 閉鎖를 命令할 方針이라더라. 【釜山】

1282 「中國 官憲이 押收한 國際共産 代表와 莫斯科 本部와의 往復 文書」

『중외일보』, 1929.06.02, 1면

曩者에 中國 官憲이 露西亞領事館에서 押收한 國際共産黨 代表와 莫斯科 本部와

의 往復 文書의 大要는 左와 如하더라.

往翰 一九二九年 一月 十六日

一. 馮玉祥은 南北統一을 하고자 露西亞에 援助를 求코자 하고 ○○은 張宗昌, 吳佩孚를 援助함에 對하여 露西亞가 積極的으로 馮玉祥을 援助함에 依하여 吾人의 立場은 打開되겠다.

二. 右 目的을 達코자 武器 軍資金의 開進을 要하는데 共和政策은 目下의 情勢로는 奉天, 南京, 其他 地方에 限함.

復翰 一九二九年 一月 十八日

一. 共和政策 退行에 當하여 利用할 中國 各 團體의 嚴密한 調査를 要하는데 武器는 充分하냐? 中國의 有力한 反共産 運動者 二十一에 對하여 詳細 報告하라.

往翰 一九二九年 一月 十九日

一. 積極的 行動을 하자면 中國에 歸化함을 要함. 奉天의 費用은 十二萬 루블을 要하겠다. 東三省의 計劃은 圓滿히 進陟되나 更히 中國人 六百 名을 派遣함을 要함. 運動 如何에 依하여는 張學良은 가까운 將來에 蔣介石과 絶緣하겠다.

復翰 一九二九年 一月 二十三日

一. 中國 各地의 共和政策 退行으로 本部는 中央委員會의 協贊을 얻어 追加 軍資金 三十五萬 루블을 支出하겠다. 【哈爾賓三十一日電】

1283 「押收 文書 中에서 日本人 關係者 發覺」 『중외일보』, 1929.06.07, 1면

中國 側의 公表에 依하면 露西亞領事館에서 押收한 文書 中에서 日本人 中□□, □□□와 露西亞 側의 武器 販賣 契約書가 發見되어 日本 領事館 □□은 今番의 露西亞共産黨事件에 日本人의 關係者가 있다 하여 大活動을 開始하였더라. 【哈爾賓五日電】

1284 「各 新聞 又復 押收」

『조선일보』, 1929.06.15, 2면

동경 민정당 강기숙정위원회 결의 내용(民政黨 綱紀肅正委員會 決議 內容)은 당국의 기휘에 저촉되어 몰수되었는데 그에 따라 그 사실을 기사로 취급한 일본 내의 십사일부 모든 신문은 모두 압수되었다더라.

1285 「朝鮮文 新聞을 驛에서 一一 檢査」

『동아일보』, 1929.06.18, 4면

광주경찰서(光州警察署)에서는 연일 긴장한 가운데 구수회의를 거듭하는 동시에 맹렬히 활동하는 중이라는데 그 내용은 발표치 아니하므로 알 수 없으나 지난 십오일 오전 십시 광주역(光州驛)에 도착하는 조선말 신문을 일일이 헤쳐 보며 무엇인지 찾았다고 함을 보면 어디서인지 불온문서(?)가 들어온다는 정보를 받은 듯하다더라. 【광주】

1286 「露字 新聞 發行停止」

『동아일보』, 1929.06.21, 1면

日本 赤系 露字 新聞『노스치지스니』紙는 中國 官憲의 忌諱에 觸하여 發行停止로 되었다. 이로써 北滿에서의 '쏘베트'系 新聞은 根底로 顚覆된 셈이더라. 【哈市十九日發】

1287 「入露하려던 青年 一名을 檢擧」

『조선일보』, 1929.06.26, 5면

신의주경찰서(新義州署)에서는 지난 십구일 오전 열시 사십륙분 신의주 착 열차로부터 어떤 청년 한 명을 인치하고 방금 치안유지법 위반 혐의로 엄중한 취조를 계속한다는데 그 청년은 함북 종성군 용계면 종산리(咸北 鍾城郡 龍溪面 鍾山里) 출생 김승권(金承權)(二四)이란 사람으로 경성에서 보성전문학교(普成專門校)에 다니다가 금번 모종의 목적으로 국경을 넘어가려 하다가 도중에서 검거되었다 하며 행리 속에서 자기가 평소 연구한 노농 로서아에 관한 서류와 기타 다수한 불온문서를 가지고 있었다더라. 【신의주】

1288 「任實警察 緊張하여 頻頻한 家宅搜索」

『조선일보』, 1929.06.27, 5면

전북 임실경찰서(任實署)에서는 지난 십오일부터 돌연히 활동을 개시하여 중앙청년동맹 교양부장(中央青年同盟 教養部長)으로 있는 지경숙(池景淑)(二三) 여사가 정양 차로 임실에 온 것을 알고 검거, 취조 중인바 십칠일부터는 전북 경찰부원과 함께 각 사상단체 문부 십여 부(文簿 十餘 部)를 압수한 후 각 단체 회원 가택을 수색하여 서적과 편지 등을 많이 압수할 뿐 아니라 청년동맹원 문명국(文明國)(二三)을 검거하여 엄중한 취조를 하고 있으며 회원 다수를 취조한 후 돌려보냈다는데 지경숙, 문명국 양씨는 아직까지 엄중한 취조를 하고 있다더라. 【임실】

1289 「青年 一名을 檢擧 後 到處에서 家宅搜索」 『조선일보』, 1929.06.28, 5면

고창경찰서(高敞署)에서는 지난 십륙일 오후에 당지 읍내 김수명(金守明) 씨 집에서 박량근(朴亮根)이란 청년 한 명을 검속한 후 긴장하여 가지고 그 이튿날은 송래현(宋來顯) 씨 집을 비롯하여 십여 회의 가택을 수색당하여 당지 고보 학생 윤욱하(尹昱夏) 집에서 사상창가책과 학생운동을 일으키자는 서신 등을 발견하였었다. 그리하여 전기 박량근의 짐짝을 일일이 수색한 결과 손문(孫文) 씨의 사진과 모 조합(組合)을 조직할 서류 등이 발견되었는데 인물이 인물이고 때가 때이므로 경찰에서는 바싹 신경이 과민하여지면서 모 조합이라는 것이 비밀결사 내용이나 아닌가 하여 열흘 동안을 두고 취조를 하는 중 그의 부인도 임실경찰서(任實署)에 검속되었다는데 사건의 귀결을 일반은 주목한다더라.

1290 「穩城 各 社會團體 幹部 家宅搜索」 『조선일보』, 1929.07.02, 4면

去月 二十七日 下午 六時에 穩城警察이 穩城 一帶를 물샐 틈 없이 警戒하고 青年同盟을 爲始하여 槿友會 支部, 少年同盟 主要 幹部의 家宅을 嚴密히 搜索하는 等 必要한 文書는 모두 押收하였다는데 傳說에 依하면 淸津警察署로부터 拘引狀이 來到하여 執行委員長 全昌根 君을 當日 午前 八時 自働車로 淸津에 護送되었다는데 자세한 內幕은 알 수 없다더라. 【穩城】

1291 「永同事件 益 擴大, 茂朱서 又 一名 檢擧」 『조선일보』, 1929.07.06, 2면

모 사건에 관련하였다는 혐의로 충북 영동(永同)으로부터 최판홍 씨를 경기도 경찰부에서 검거 호송하여다가 방금 취조 중이라 함은 작보한바 동 사건은 더욱 확대되는 모양으로 영동서에서는 또 전북 무주서(茂朱署)에 의뢰하여 마침 그곳에 체재 중인 영동 사회운동가 김태수 씨를 검거하여다가 작 오일 밤차로 경기도 경찰부에 호송하였으며 그와 동시에 동 군 영등면(永登面) 배천리에 있는 김태수 씨의 친형되는 김극수 씨 집을 수색하여 편지 기타를 압수하여 갔다는데 사건이 어떻게 전개될는지 매우 주목된다더라.

더욱 동 사건이 이와 같이 자꾸 확대되어 가는 중 작 오일 아침에는 경기도 경찰부의 임 경부(林 警部) 외 수 명이 자동차로 서대문형무소에 이르러 기결수 모모 등에 대하여 장시간 심문하고 돌아왔으며 또 얼마 전에 동 부에 검거된 박천(朴泉)도 제○차 ○○당에 관계가 있는 듯하다 하여 그와 같이 검거 취조함이라 전하더라.
【영동전】

1292 「八 名에 退學 處分, 雜誌 等 購讀 嚴禁」 『동아일보』, 1929.07.08, 2면

신의주 고등보통학교 생도 검거사건 제 이회 송국자 중 이병현(李秉賢)(一八)등 일곱 명이 예심에 회부되고 나머지 이십오 명은 불기소로 출옥하였다 함은 작보와 같거니와 이에 따라 질정치 못하고 있던 학교당국의 태도도 질정하게 되어 사일 오후 여섯시경에 검사국을 방문하였던 금정(今井) 교장은 즉시 학교에 돌아가 교원회를 열고 밀의한 결과 예심에 회부된 생도 李秉賢(一八), 張起河(一八), 白南極(一八), 吉文義(一九), 白晋樞(一七), 金振元(一八), 李昌植(一六) 등에게는 퇴학처분(退學處分)을 내리고 불기소로 석방된 생도에게 있어서는 다시 한 번 조사를 결정한 후 오일

에 이르러 검사국에 출두하여 본도(本島) 검사에게 장시간의 훈시를 받고 등교한 이십오 명에게 담임 교원으로 하여금 이번 경찰서와 검사국에서 받은 심문을 각기 기록하게 하는 동시에 그 사상 여하, 금후 '개전' 여하에 대하여 하루 종일 조사를 행하였는바 그 결과에 따라 다시 직원회를 열고 처분의 경중(輕重)을 결정한 후 학부형과 생도를 육일에 불러가지고 금정 교장으로부터 처분을 내리기로 하였는바 이에 대하여 금정(今井) 교장은 방문한 기자에게 아래와 같이 말한다. "예심에 회부된 자에게 퇴학처분은 물론이나 불기소로 나오는 생도 역시 학교로서 처분을 아니할 수는 없는 관계상 신중히 고려를 하는 중입니다. 오늘 그들을 따로따로 조사 중이나 아직 나는 조사 결과를 듣지 못하였고 직원회의 결의로써 처분을 결정하여 내일 언도하기로 하였습니다. 전번에 처분을 내린 생도는 개전(改悛)의 빛이 보이는 대로 처분을 해제하여 등교시킬 방침이며 이번의 처분은 아직 결정전이므로 더 말씀하기 곤란합니다마는 내일은 아실 수 있습니다. 검사와 절충한 바도 있거니와 이런 사변이 아직 조선 교육계에 있지 않았던 만큼 그 처분에 있어서 너무 가혹하지도 않으려니와 너무 가볍지도 않게 그야말로 적절한 처분을 나리기에 고심(苦心)하는 중입니다." 운운하며 아직 조선에 있어 보지 아니한 대검거를 치르고 난 신의주고보 당국은 금후의 사상선도(思想善導)에 일종 방침을 세운 결과인지 기숙사에 있는 생도에게 있어서 금후로는 일체 교과서 이외의 신문, 잡지, 기타 서적의 구독을 절대 금지하였으며 이번 사건의 원인(遠因)이 다른 서적을 읽음으로써 사상이 악화(惡化)하였다는 의사를 갖는 듯하더라. 【신의주】

1293 「清津署 事件 五 名은 送局」

『동아일보』, 1929.07.09, 2면

지난 유월 이십육일 함북도연맹 의사록(議事錄)사건으로 청진경찰서에 구금되었던 도연맹 집행위원 윤성우(尹星宇), 청맹원 김현갑(金玄甲) 양군은 칠월 육일 오후 세시에 무사 석방되어 각각 자택으로 가고 남은 도연맹 집행위원장 나동욱(羅東旭), 김약천(金若泉), 전창근(全昌根), 한일(韓鎰), 김창원(金昌元) 등 여러 사람은 동 세시에 출판법 위반죄로 청진 검사국으로 넘어갔다더라. 【청진】

1294 「場所 檢證 決定」 『동아일보』, 1929.07.13, 5면

신간회 철산지회(新幹會 鐵山支會) 사건 박봉수(朴鳳樹)(二六)등 아홉 명의 치안유지법 위반(治安維持法 違反), 출판법 위반(出版法 違反)의 제이회 공판을 십일에 개정한다 함은 기보하였거니와 예정대로 십일 오후 두시 반에 본다(本多) 재판장 주심, 문(文), 일삼(一杉) 양 배석과 신등 검사정(新藤 檢事正) 입회, 탁창하(卓昌河), 최창조(崔昌朝), 이희적(李熙廸) 삼 변호사 열석으로 개정한 다음 결심(結審)하고 변호사 측으로부터 기록에 나타난 바에 의하면 철산지회 발회식(發會式)을 산 밑에서 하였다 하여 얼핏 생각에 비밀결사를 조직하는 듯한 느낌이었으나 사실은 약수(藥水)터로서 사람의 내왕이 빈번할 뿐더러 여름이라 시원한 장소를 택한 것뿐이어서 전기 장소를 검증하기로 결정하였더라. 【신의주】

1295 「프로劇場 公演 中止」 『조선일보』, 1929.07.26, 3면[26]

이미 본보에 누차 보도한 바이지만 조선푸로레타리아예술동맹(藝術同盟) 동경지부(東京支部) 푸로극장이 전조선순회공연(全朝鮮巡廻公演) 차로 내경하여 각본(脚本)을 검열당국에 제출하였던바 「荷車」, 「炭坑夫」, 「어머니를 救하자」 삼 희곡 중

26 「脚本 不許可로 푸로劇 中止」, 『동아일보』, 1929.07.26, 3면.

「어머니를 救하자」, 「炭坑夫」가 불허가 되었으므로 나머지 각본 한 개로는 도저히 공연키 어려워 부득이 중지하였더라.

1296 「在日 朝鮮青盟의 大阪 幹部를 檢擧」

『조선일보』, 1929.07.28, 5면

지난 유월 이십육일에 금궁서(今宮署)에서는 재일본 조선청년동맹 대판지부(在日本 朝鮮青年同盟 大阪支部)를 돌연히 습격한 사실이 있은 후 동 지부 책임자인 박일(朴一) 군을 비롯하여 상임위원 수 인을 찾던 중 금월 이십일에 서정천구 해로강정(西淀川區 海老江町)에 있는 해로강반(海老江班)을 복도서(福島署)에서 습격하여 가택을 수색하여 반문부(班文簿)와 여러 가지 서류 등을 압수하여 가는 동시에 수색에 노력 중이던 지부의 상임위원 맹남철(孟南哲), 해로강반장(海老江班長)인 송생구(宋生九) 등 두 사람을 검속하고 병고현 신호경찰서(兵庫縣 神戶警察署)에서는 모 처(某處)에서 또 성병기(成炳璣), 천북군(泉北郡)에 있는 방준근(方俊根) 외의 수 명을 복전서(福田署)에서 검속하여 갔으므로 동 지부에서는 아연 긴장하여 대책을 강구하는 중이라는바 그 이유는 전번에 거행한 ○○○○○○ 반대 격문사건(反對 檄文事件)인 듯하다더라. 【대판】

1297 「上演한 演劇이 有無産 對立이라고 演劇 中에 中止, 解散」

『조선일보』, 1929.07.31, 5면

경성백우회 순회연극단 일행(京城 白友會 巡廻演劇團 一行)은 함북 청진 공락관(咸北 清津 共樂館)에서 칠월 이십삼일부터 개연 중 이십칠일 밤 「야앵(夜鶯)」이란 예제(藝

題)로 상연하는데 유무산의 양 계급이 대립하게 되는 장면에서 배우의 언행이 불온하다 하여 임석경관으로부터 주의 중지를 연호하다가 결국 해산을 명하고 따라서 인솔자 이만태(李萬台) 씨를 검속하고 목하 엄중 취조 중이라더라. 【청진】

1298 「『無産者』 七月號 押收」

『동아일보』, 1929.08.01, 2면

동경에서 발행하는 우리글 잡지 『무산자(無産者)』 칠월호는 칠월 이십팔일부로 발매금지를 당하였다더라.

1299 「言論彈壓演說會 開催」

『동아일보』, 1929.08.04, 2면

지난 칠월 이십팔일 갑산 화전민가 충화방축사건(甲山火田民家 衝火放逐事件)의 진상(眞相) 보고 연설회(演說會)를 열려고 했으나 소관 종로서로부터 모호한 이유로 금지를 하게 되매 이렇게까지 언론을 탄압하는 것은 참으로 무리한 일이라 하여 신간회 본부(新幹會 本部)에서는 금 사일 오후 여덟시 천도교기념관(天道教紀念館)에서 언론탄압 비판 연설회(言論彈壓 批判 演說會)를 연다는데 연사는 아래와 같다더라.

金炳魯, 黃尙奎, 安喆洙, 李周淵.

1300 「言論壓迫 糾彈 大演說會」

『중외일보』, 1929.08.04, 2면

갑산 황룡곡(甲山 黃龍谷) 화전민 부락에 영림서원(營林署員)과 당지 경찰서원이 충화한 결과 목하 천여 화전민은 박전척지의 참담한 생활을 하여오던 터이나 이곳이 궁벽할 뿐 아니라 아무 통신기관이 없어 정확한 진상을 알 수 없어 얼마 전 신간회(新幹會) 본부에서는 김병로(金炳魯) 씨를 현장에 특파하여 진상을 조사케 한 바 있었는데 조사한 결과 과연 그 참상이 사람의 눈으로 볼 수 없어 돌아온 즉시로 본부 간부회를 열고 이 진상의 보고 연설회를 열기로 결의 하였으나 경찰당국으로부터 이것을 금지한 바 있어 이 알아야 할 사실이 전연 파묻히게 돼 있으므로 당국의 저지가 부당하다고 동 본부에서 사일 오후 여섯시에 시내 천도교기념관에서 언론압박 규탄 대연설회(言論壓迫 糾彈 大演說會)를 개최할 터인데 연사는 다음과 같다.

金炳魯, 黃尙奎, 安喆洙, 李周淵.

1301 「言論壓迫 糾彈 演說會 又 禁止」

『동아일보』, 1929.08.05, 2면

신간회 본부(新幹會 本部) 주최로 사일에 열려던 언론압박 규탄 대연설회(言論壓迫 糾彈 大演說會)는 종로서로부터 또다시 금지를 명령했으므로 신간회에서는 즉시 총독부 당국에 대하여 항의를 제출하리라더라.

1302 「極端으로 制限된 言論, 集會」

『동아일보』, 1929.08.06, 1면

一

言論, 集會, 結社의 自由는 이 現代의 國家가 許容한 市民의 一特權이다. 누구나

이 自由로운 權利를 侵犯할 수도 없는 것이려니와 또 이 自由로운 權利를 侵害받을 何等의 理由도 없다. 萬一 이것을 侵害하는 者가 있다 하면 그것은 國家의 反動者이요, 이것을 侵犯當한 者 있다 하면 그는 市民으로서의 權利를 喪失한 無能力者이다. 古代 及 中世 民權思想의 薄弱한 時代에는 모르거니와 現代 自由思想의 發達한 今日에는 이러한 人權侵害의 惡制度는 到底히 있을 수 없는 일이다. 이 있을 수 없는 惡制度가 尙今껏 남아있다면 그는 그 國民의 一大 恥辱인 同時에 爲政者의 無能力을 말한 것이다.

二

그런데 如何하냐? 朝鮮에는 이 있을 수 없는 惡制度가 依然히 남아있고 도리어 그 反動的 趨勢가 나날이 加하여 간다. 勞總, 農總, 靑總의 集會禁止 그대로의 放置는 말할 것도 없거니와 地方 靑年會 講習所, 學生 硏究會 等等이 있다 하는 온갖 團體는 모두 解散 或은 封鎖를 하고 무슨 講演會 무슨 演說會 같은 것은 中止와 禁止로 解散되지 않는가? 現在 最近 甲山 火田民 衝火事件에 對하여서 보더라도 調査班 出發을 制限하고 記事揭載를 制限하고 報告 演說會를 禁止하지 않았는가? 오직 그뿐이랴? 이 言論壓迫에 對하여 糾彈코자 일어선 壓迫反對 演說會도 이것을 禁止하지 않았는가? 朝鮮에는 마치 言論, 集會, 結社의 自由가 許容된 것이 아니라 原則的으로 이 權利가 禁止된 感이 있다. 무슨 理由로 이 가져야 할 自由로운 權利를 갖지 못하고 當局은 이에 彈壓에 彈壓을 加하고 있는가?

三

當初 保安法이란 이름 아래 政治的 集會를 禁止한 것은 倂合 當時의 混亂을 豫想하고 暫時的으로 制定된 것이다. 그것을 爾後 二十年을 經한 今日 朝鮮에 이 法令을 그대로 實施하고 同年頃의 制定된 出版法이 그대로 實施된다 하는 것은 自稱 文化程度의 低級한 社會에는 自由를 尊重치 않는다는 論理에도 矛盾하여 있다. 보라! 뉘라서 二十年 前의 朝鮮과 今日의 朝鮮을 同一視하는 時代錯誤的 爲政家가 또 어디 있으랴? 그들이 言必稱 時代의 進達을 말하고 文明의 惠澤이 朝鮮에 及함을 論하는 것을 보면 廿年 前에 制定된 惡法令은 벌써 廢止되어야 할 事勢이며 또 廢止하여야

될 것이다. 그럼에도 不拘하고 强辯으로 그 存在를 擁護하려 하는 것은 그 理論 自體로도 矛盾의 極이라 할 것이다. 하물며 이 法令條文에 記載된 以上의 苛酷한 取締를 警察이 實際에 實行하는 것은 얼마나 壓迫의 程度가 甚한 것을 알 수 있다. 言論, 集會, 結社는 原則으로서 自由로워야 한다. 萬一 이 原則을 無視하고 强壓으로서 一貫한다 하면 그 弊害는 미치는 바 多大할 것이니 爲政者된 者는 모름지기 크게 反省하는 바 있어야 할 것이다.

1303 「平壤警察署長 名義로 記事 揭載禁止 命令」 『동아일보』, 1929.08.07, 2면

지난 팔월 일일부터 평양(平壤)경찰서에서는 돌연 활동을 개시하여 십여 명의 좌경 인물을 검거함에 당하여 평안남도 경찰서장은 평남 경찰부장의 명령의 복사(複寫)라고 그 검거사건에 관한 일체 기사 게재금지 명령을 본보 평양지국장에게 발하였다. 그런데 이와 같은 게재금지 명령은 조선 총독의 권한에 달린 것으로 일개 지방 경찰부장 혹은 경찰서장이 자의로 게재를 금지할 권한을 가지지 못한 것은 법령의 조례에 뚜렷이 나타나 있음에도 불구하고 오직 법에 의하여만 움직일 수 있는 경찰관이 법에 어그러진 행동을, 더욱 언론기관인 신문사에 대하여 외람히 발함과 같음은 실로 언어도단의 위법적 행위로 지방경찰의 무법한 행동이 얼마나 많을까 함은 이번 본사 평양지국에 대한 일례로 보아도 그 일단을 엿볼 수 있는데 이번 사건의 내용은 다음과 같다.

지난 삼일부 본보 사회면 첫머리 「평양 후계 공산당 조직사건」이라는 기사가 이미 발표되었음은 독자의 기억대로 아직도 새로우려니와 평양경찰서에서 일일부터 검거에 착수하자 혹은 연루범인 수사에 관계가 되는 까닭인지는 모르되 이일부의 날짜로 별항 복사한 명령서와 같은 그 사건의 게재금지 명령을 평양경찰서장의 명의로 '동아일보사 발행인 김성업(金性業)'이라고 하여 평양지국으로 발송하였다.

김성업 씨로 말하면 자못 평양지국장 뿐이요, 법규상 발행인은 딴 사람임에도 불구하고 발행인의 명의를 남용하고 또한 금지명령은 신문지법에 의지하여 조선문 신문에 한하는 조선 총독이 아니면 발할 수 없는 것을 더욱 경찰서장이 경찰부장의 명령이라고 그런 금지를 발해 버렸으니 이것은 비록 일보를 양하여 관계당국자의 무식으로 인한 소위라 인정하고 생각하더라도 그 용감한 무식에 대하여는 놀라지 않을 수가 없다. 요새 지방경찰이 총독부에서 검열한 신문지를 임의로 차압하는 것 같은 것이 빈번한 것도 무식으로 인한 과실이라 하면 그 뿐일지도 모르되 무식으로 말미암은 과실의 결과는 이와 같은 중대한 사태를 빚어낸다.

이번 일에 대하여 천리(淺利) 경무국장의 감상을 들으면 다음과 같다. "나는 이런 일이 있었다는 것은 처음 듣는 일이오. 이것은 지방 경찰관의 법규에 대한 지식이 없음으로 말미암아 일어난 것인 듯하다. 좌우간 어떻게 그런 일을 저질러 놓았는가를 조사하여 볼 터이지만 지방 경관의 개조(改造)가 필요하다" 하며 도서과 야세계(野世溪) 사무관을 불러 조사를 명령하였다.

별항 사실에 대하여 원전 평남지사(原田 平南知事)는 말하되 "그것은 경찰부장이 한 일이니 책임 있는 말은 그곳에서 들어주시오. 경찰부장이 한 일이라고 대외 관계에 내가 책임을 안 질 수는 없지마는 경우에 따라서는 나의 직권을 각 부장에게 맡기어 행사(行使)케 하는 일도 없지 않으니 내가 그 명령서(命令書)를 보기 전에는 무어라 언명(言明)하기가 어렵소이다. 여하간 귀사(貴社)에 대하여 미안하게 생각한다" 하며 어디까지 책임을 회피하며 확실한 대답을 피한다.

좌등 평양서장(佐藤 平壤署長)은 말하되 "실상 부하들이 그 전화를 받았는데 아마 분주한 중에 잘못 듣고 그 모양으로 일이 된 모양이외다. 귀사에 대하여 미안하기 짝이 없는 일이니 금후에 특별히 주의하겠소이다" 하더라.

1304 「田中 大將 寫眞 넣은 矯激한 排日書籍」 『조선일보』, 1929.08.15, 1면

最近 奉天 城內에서는 排日書籍이 續續 發賣되고 있는데 某 事件에 關한 主謀者 田中義一이라 쓰고 田中 前 首相의 寫眞을 넣은 猛烈한 排日書籍이 日本 領事館 警察의 손에 들어왔으므로 總領事館에서는 近近 奉天 當局에 對하여 此等의 取締를 要求할 터이더라.【奉天三十日發】

1305 「青山在外學友 素人劇會 禁止」 『조선일보』, 1929.08.18, 4면

忠北 青山在外學友會에서는 地方을 展開시키고 또는 若干의 寄附를 받아서 學友會 機關紙 發刊에 使用하려는 目的으로 今番 夏休를 利用하여 素人劇을 開催하려고 去番 學友會 任員會를 青年會館에서 열고 會員間의 決議는 多數로 可決이 되어 炎天임에도 不拘하고 여러 方面으로 活動하여 着着 進行 中이던바 駐在所로부터 旱災가 甚한즉 公安을 妨害할 念慮가 있다는 理由로 禁止를 함으로 勇敢하게 準備하던 會員들은 落望하는 同時 無理한 禁止를 非難한다더라.【青山】

1306 「上海 中 官廳 日文 新聞 壓迫」 『동아일보』, 1929.08.23, 1면

上海 郵便局은 警備司令의 命令이라 稱하고 日文 新聞『上海日日』을 約 二 週間 無通告대로 抑留하고 發送치 않는바 日文 新聞에 對한 此種 壓迫은 當地에서는 最初의 事件으로 重光 總領事는 當局者에 對하여 嚴重 抗議하고 卽時 發送하기를 要求하였더라.【上海二十一日發】

1307 「水原 프로劇 延期」

『조선일보』, 1929.08.23, 4면

조선푸로레타리아예술동맹 수원지부(藝術同盟 水原支部)에서는 오는 이십사일에 푸로극을 공연하려고 이래 준비 중에 있었으나 각본(脚本) 검열이 늦어서 부득이 연기하게 되었다는바 그 일자는 다음에 발표하리라더라. 【수원】

1308 「楊州에서 同情劇 禁止」

『조선일보』, 1929.08.24, 4면

楊州 議政府幼稚園을 위하여 一般 學父兄 及 有志 諸氏의 發起로 基督青年會員과 園兒 一同을 網羅한 歌劇 及 素人劇 大會를 오는 二十四日부터 兩日 間 當地 公會堂에서 開催할 豫定이라 함은 旣報한 바와 같거니와 그 後 準備委員 諸氏는 諸般 設備에 紛忙하던바 警察의 不許로 不得已 中止하게 되었다는데 그 理由는 時期가 時期요 더욱이 該 幼稚園은 創設된 以來 이때까지 正式 屆出도 없었을 뿐더러 認可 手續을 마친 뒤가 아니면 그의 存在를 否認하는 同時에 그를 憑藉한 今般 大會는 許할 수 없다는 것이라는바 主催 側에서는 別般 對策을 講究 中이라더라. 【楊州】

1309 「巡廻劇 禁止」

『조선일보』, 1929.08.24, 4면

咸北 穩城青年同盟에서는 會館 新築基金을 募集하기 爲하여 藝術 方面에 趣味와 技能을 가진 盟員 十餘 名으로 巡廻劇團을 組織하여 士仙洞 英新校堂에서 練習하여 오던바 지난 十五日에 突然히 士仙駐在所長은 아무 理由 없이 署長의 命令이라 하여 劇 練習을 禁止함으로 不得已 中止하고 各 方面으로 解禁에 努力하였으나 마침

내 禁止를 當하고 말았다더라. 【穩城】

1310 「國際青年'데이' 紀念 討議는 禁止」 『중외일보』, 1929.08.29, 2면

시내 공평동에 있는 중앙청년동맹(中央青年同盟)에서는 지난 이십칠일 오후 삼시에 중앙위원회를 동 회관 내에서 개최하고 오는 구월 일일(제일 일요)이 국제청년(國際青年)데이이므로 기념에 대한 것을 토의코자 하였으나 당국으로부터 검사를 당하고 아래와 같은 사항을 토의 결정한 후 오후 네시경에 폐회하였다더라. <하략>

1311 「青年 二 名 또 檢擧」 『동아일보』, 1929.09.02, 4면

경남 삼천포(慶南 三千浦)에서는 삼천포청년총동맹 제이회 간급위원회를 서면으로 열려다가 출판법 위반죄로 동 간부 칠 명이 검거되었다 함은 기보한 바이거니와 거월 이십팔일에 또다시 동 청년 간부 최흥석(崔興錫)과 그 외에 강몽우(姜夢禹)란 청년을 검거하여 즉시 사천경찰서로 압송하였다더라. 【삼천포】

1312 「仁川青盟 紀念寫眞 押收」 『조선일보』, 1929.09.05, 4면

지난 一日은 國際無産青年 '데이'이므로 仁川青年同盟에서는 當日 五十餘 名의 會員이 同盟 本部에 會合하여 記念 撮影을 하였던바 그것을 안 仁川 高等係 曾根 主任은 撮

影한 東亞寫眞館에 가서 寫眞 六枚를 押收하는 한편으로 委員長 李昌和 氏 외 五名의 幹部를 高等係로 召喚하여 不法集會라는 理由로 注意를 與하였다더라. 【仁川】

1313 「新幹會 會合은 禁止 一貫」

『중외일보』, 1929.09.06, 2면

시내 종로 이정목에 있는 신간회 본부(新幹會 本部)에서는 지난달 이십팔일 그 회 제십일회 중앙상무집행위원회의 결의로 금월 칠일 하오 일시에 제이회 중앙집행위원회를 열기로 하고 이미 소집통지를 발한 외 제반 준비를 정돈하고 있던바 지난 삼일 소관 종로서로부터 박람회가 임박하였는데 신간회의 태도로 보아 치안을 방해할 염려가 있으므로 도저히 허가할 수 없다고 금지하였으므로 동 회에서는 재작 사일 중앙상무집행위원 이주연(李周淵) 씨를 종로서에 보내어 해금을 교섭하였으나 경찰부의 의사이니 도저히 변할 수 없다고 하였다는데 금년 유월 그 회 대표위원회 이래 집회가 금지된 기록은 다음과 같다더라.

一. 七月 四日 第一回 中央執行委員會 禁止.

一. 七月 二十九日 甲山 火田民事件 眞相報告 演說會 禁止.

一. 八月 四日 言論 壓迫 糾糾 大演說會 禁止.

一. 九月 七日 第二回 中央執行委員會 禁止.

신간회 본부에서는 별항과 같이 제이회 중앙집행위원회가 금지된 데 대하여 이렇게 치안을 방해할 염려가 있다는 막연한 구실로 집회를 함부로 금지하는 것은 도저히 묵과할 수 없는 일이라 하여 오는 중앙상무 집행위원회에서는 어떠한 대책을 강구하리라더라.

1314 「集會禁止와 新幹會 對策」

『중외일보』, 1929.09.07, 2면

근래 집회금지에 대한 당국의 태도는 점차 가혹하여 간다 하여 일반의 여론이 비등한 중 근자에 신간회 본부(新幹會 本部)에 대한 집회금지도 역시 그러하여 중앙 집행위원회도 누차 금지되어 동 회에서는 금후 철저한 방침을 강구 중이라 함은 작보와 같거니와 신간회 본부로서는 그 후 회무 처리 또는 운동 진행이 거의 종절될 형편이라 하여 금번은 최후의 대책을 세워가지고 어느 정도까지의 철저한 해결을 보도록 하리라는데 이에 대하여 신간회 본부 중앙집행위원 김병로(金炳魯) 씨는 아래와 같이 말하더라. "제이회의 중앙집행위원회도 금지를 당하였는데 이유는 치안을 방해하였다는 것이나 신간회로서는 표현 단체로써 탄생 이래 치안을 방해한 사실이 없었다고 생각합니다. 경찰은 한갓 구실 삼아 어디까지든지 우리를 속박하여서 자유스럽게 하는 것을 거부하는 것밖에 없는 것으로 생각합니다. 집회를 못하니 말할 수도 없음은 우리의 현상이겠지마는 이 같은 상태를 장구히 계속한다면 우리는 사선(死線)에 방황하는 결과에 이르고 말게 될 것이니 여기에 있어서 몰이해 당국의 반성을 요구코자 합니다."

1315 「會員募集도 '不穩' 理由로 禁止」

『중외일보』, 1929.09.07. 3면

去 八月 二十四日 新幹會 咸興支會에서는 新任 執行委員會를 開催하고 여러 가지 事件을 討議하였다 함은 旣報한 바거니와 當日에 決議한 敎育部 主催의 學術講演은 지난 九月 一日 咸興署 高等係 主任 梁益賢 氏에게 禁止를 當하였고 又 同會에서 決議한 宣傳 及 新入會員募集 데이조차 지난 二日에 亦是 前記 梁 主任이 禁止하였으므로 무슨 理由인지 몰라 鄭奎會, 嚴仁基, 方致規, 張之相의 四 氏를 代表로 보내어 禁止 理由를 물었던바 主任 梁益賢 氏는 여러 가지로 要領不得의 理由로 말하므로

代表들은 時間 關係上 여러 가지 말할 것 없이 本 會員募集이 法에 抵觸이 된다든지 不然이면 不穩하다든지가 何如間 具體的으로 對答하여 달라 함에도 不拘하고 亦是 模糊한 理由로서 對答하므로 代表들은 하도 沓沓하여 그러면 모든 것은 法令에 依하여 하는 것이라 한즉 會員 募集을 禁止하라는 法律 條目이 있느냐고 물은즉 있다 하므로 其 法律 條目을 좀 보여 달라 한즉 그런 具體的 條目은 없다 하므로 代表들은 法에 없는 것을 왜 自由로 法을 適用하느냐고 한즉 梁 主任은 具體的 條目은 없으나 그에 適用될 만한 法은 얼마든지 있다 하므로 그런데 왜 보이지 아니하느냐고 한즉 보일 必要는 없다 하면서 알겠거든 당신네들이 法律을 硏究하라는 등 侮辱的 言辭를 하므로 雙方이 理論化 되어 約 二 時間이나 理論을 展開하였었는데 結局 理論이 막힌 主任 梁益賢 氏는 最後에 不穩하니까 禁止한다고 明言하였으므로 勢不得已 禁止되고 말았는데 一般은 梁 主任의 無理 沒常識함을 非難한다더라. 【咸興】

1316 「『勞働運動』 續刊號 押收」 『조선일보』, 1929.09.11, 5면

오랫동안 여러 가지 사정으로 휴간(休刊) 중에 있던 『노동운동(勞働運動)』은 금번에 새로이 속간(續刊)키로 되어 제십사호(第十四號) 원고를 수집하여 검열당국에 제출하였던바 내용 기사 중 당국에 저촉되는 바가 있어 마침내 불허가 압수(不許可 押收)가 되고 말았으므로 동 사에서는 임시호를 발행하리라더라.

1317 「晋州署員이 本報 號外를 押收」 『중외일보』, 1929.09.11, 3면

지난 팔일부 본보에 구백륙십사호가 기사 중 당국의 기휘에 촉한 바 있어 전부

압수를 당하고 그 호외(號外)가 진주역(晋州驛)에 동일 오후 한시 오십오분에 도착하자 진주경찰서 천전리파출소(晋州警察署 川前理派出所) 근무의 촌전 모(村田 某)란 일본 순사가 돌연 달려와 본보 호외임에도 불구하고 차압을 하므로 배달인들은 그 신문이 호외라고 누차 말을 하였으나 그는 빼앗아 가는 동시 동업『조선일보』팔일치 부록(본지는 도중에서 전부 차압되다)까지도 빼앗아 갔다는 기별을 들은 진주기자단(晋州記者團)에서는 즉시 두 사람의 위원이 그 파출소를 찾아가 질문을 하는 동시 그 신문이 호외임과 또는 부록임을 말한즉 그는 본서의 명령이라고 완강히 주장을 하고 신문을 내어 주지 않다가 오후 네시 반경에야 겨우 내어 주므로 두 시간 반이나 늦어서 겨우 배달을 하게 되었는데 이에 대하여 진주서 호천 고등계 주임(戶川 高等係 主任)은 찾아간 기자에게 "실로 미안합니다. 그 촌전(村田) 순사는 신문 차압 같은 것의 내용을 아직 잘 모르는 사람이외다. 어찌하였든 이 다음부터는 단단히 주의하겠습니다"고 하더라. 【진주】

1318 「在滿同胞事件과 言論壓迫 問題 等」 『중외일보』, 1929.09.12, 2면[27]

시내 신간회 본부(新幹會 本部)에서는 금월 오일부터 그 회 제십이회 중앙상무집행위원회를 개최한 후 칠일과 구일에 전후 삼차의 속회를 개하고 다음 같은 중요한 사항을 결의하고 구일 하오 칠시에 폐회하였다는데 결의사항은 다음과 같다더라.

決議 事項

一. 第二回 中央執行委員會 禁止 對策에 關한 件

ㄱ. 全國的으로 集會禁止 狀況을 調査 發表할 일

ㄴ. 全國的으로 言論 壓迫 狀況을 調査 發表할 일

ㄷ. 言論, 集會의 强壓에 對하여 當局者에게 嚴重 抗議할 일

27 「言論集會 彈壓을 當局에 嚴重 抗議」, 『동아일보』, 1929.09.12, 2면.

一. 趙東憲 氏의 中央執行委員 辭任을 受理하고 候補 趙炳玉 氏를 補選하기로

一. 朴熙道 氏의 出版部長 辭任을 受理하기로

一. 李灌鎔 氏의 中央常務執行委員 辭任을 受理하고 趙炳玉 氏를 補選하기로

一. 光州, 木浦, 咸平, 求禮 四 支會에 關한 件. 第十五日 中央常務 執行委員會에서 判決 處分을 行하되 中央調査委員會의 決議文을 送致하여 十五日 正午까지 前記 四個 支會로 口頭 或은 書面으로 判明케 하기로

一. 規約 第七十四條, 七十五條 解釋에 關한 件. 支會 全體의 이름으로 會員 個人이 規律을 犯할 時에는 中央執行委員會에 個人을 分別 處罰할 權利가 있음

一. 在滿同胞 被害事件에 關한 件. 調査部로 詳細 調査케 한 後 對策을 講究하기로, 特派員 派遣은 委員長 及 書記長에게 一任 銓衡 急派케 하기로

1319 「當局이 檢閱한 新聞을 地方警官이 任意로 押收」

『조선일보』, 1929.09.13, 5면

충남 홍성경찰서(忠南 洪城警察署)에서는 지난 팔일부 본보 제삼천백십이호(本報第三千百十二號)를 경성 본사에서 광천 분국(廣川 分局)으로 보내는 도중 홍성역(洪城驛) 오전 아홉시 오십칠분 발 열차 속에서 당역 취체로 왔던 일본인 순사 석정평길(石井平吉)이가 경성 경무당국이 압수치 아니한 신문을 몰상식하게도 압수라는 명칭으로 홍성서까지 가지고 갔다가 무엇이라고 트집 잡을 것이 없어서 그중에도 미안하던 모양인지 동일 열두시경에 홍성을 떠나 군산 방면으로 가는 자동차 운전수 편으로 광천주재소로 보내어 오후 한시경에야 겨우 본보 분국 배달인에게 인도하였으므로 분국 사무에 막대한 지장이 있었음은 물론이오 일반 독자들은 몰상식한 경관의 권리 남용으로 인하여 박해를 당하고 불평이 자못 높은데 그 사실을 조사하러 간 기자와의 문답은 다음과 같다.

문, "압수당할 만한 조건이 없는 신문을 함부로 압수하여 일반에게 피해를 끼치는 것을 온당한 일이라고 할 수 있습니까?"

답, "대단히 미안합니다. 역 취체 순사가 시간이 바빠서 미처 챙기지 못한 결과로 일반 독자에게 많은 미안을 끼치게 되어서 대단히 안 되었습니다."

문, "그 순사의 성명을 가르쳐 주시오. 그리고 이후에는 그런 몰상식한 행동으로 일반에게 피해가 없도록 주의시켜 주십시오."

답, "그 순사는 석정평길(石井平吉)이란 순사입니다. 주의시키겠습니다." 【홍성】

1320 「上海 各 團體서 發送한 不穩文」

『조선일보』, 1929.09.18, 호외.

조선박람회(朝鮮博覽會)를 기회로 하여 해외에 있는 각 ○○단체에서는 계속하여 밀사를 파견하고 혹은 불온문서를 발송하여 조선에 있는 각 사상단체와 연락하고 각종의 계획을 수행코자 한다 함은 이미 각처에서 도달한 정보로써 보도되었거니와 그 정보가 과연 어느 정도까지 확실성이 있는지 또는 그 계획이 과연 그대로 실행될는지는 자못 의문되는 바이라는데 하여간 경찰당국에서는 미리부터 그러한 불온 계획을 방지하고자 극력 노력 중임에도 불구하고 연하여 해외로부터는 연일 정보가 도달하여 방금 더욱 경계를 엄중히 한다는바 지난 구월 칠일과 구월 구일에는 상해(上海)에 있는 의열단(義烈團)과 고려혁명당 총본부(高麗革命黨 總本部)에서 다수한 불온문서를 조선내 각처 요소에 발송하여 모종의 계획을 선동하였으나 그 문서는 체신국(遞信局)에서 압수되는 동시에 그 문서의 수신인 등은 경성을 비롯하여 각지에서 엄중히 취조하고 혹은 경계한다는데 일부에는 그 문서가 각처에 배달된 것도 있는 듯하다더라. 【모처정보】

1321 「日本 新聞紙 數十 種 押收」 『동아일보』, 1929.09.21, 2면

발행소를 조선 안에 두지 아니한 일본문 신문의 압수가 근일에 격증하여 작 이십일에 십칠 종, 십구일에 이십이 종이 압수되었다는바 그 이유인즉 모 의혹사건의 내용인 것 같다더라

1322 「地方警察의 無理한 新聞 不法 差押 頻頻」 『조선일보』, 1929.09.23, 3면

지난 십팔일 오전 열한시 이십분경 경성 본사로부터 본보 함남 홍원지국(咸南 洪原支局)에 송달되는 본지 십팔일부 제삼천백이십이호(第三千百二十二號)가 경함선 청진행 백삼호 급행차로 전진역(前津驛)에 도착되자말자 당역 취체로 나왔던 당지 경찰서원(當地 警察署員) 조뢰웅행(早瀨雄幸)이가 본보 전부를 차 중에서 압수한 후 그 지국 배달부에게 배달을 정지시키는 동시에 동 경찰서까지 가지고 갔다가 본지 사면(本紙 四面)만은 아무 이유 설명도 없이 돌려보내고 부록 이 면(附錄 二 面)은 그냥 압수하였으므로 겨우 사 면만을 평시 배달보다 약 두 시간이나 연체하여 배달한 사실이 있는바 당일 신문은 경무당국의 검열(檢閱)로 압수 삭제를 당하고 다시 호외로 발행한 것인데 지방경찰이 그와 같이 그 호외를 또다시 압수 금류(禁留)시켜 시각을 다투는 신문 배달을 이유 없이 천연시킴은 중대 문제이라 일반 독자의 불평이 자못 높으므로 사실 급보를 접한 본보 홍원지국장(本報 洪原支局長)은 즉시 동 경찰서 근등 서장(近藤 署長)을 만나려 하였으나 출장 중이었으므로 만나지 못하고 동 서 고등주임(高等主任)을 만나 다음과 같은 질문과 항의가 있었는바 책임상 만족한 답변은 할 수 없다 하므로 동 서장이 귀환하는 대로 철저히 항의할 터이라더라.

問, "금일 부의 본보가 당국의 기휘에 저촉되는 점이 있어 압수 처분을 당하고 그 부분을 삭제하고 호외로 발행하였는데 어떠한 이유로 지방경찰인 당신네들 손

에 또다시 그와 같이 압수하는가?"

答, "그것은 잘 아시다시피 우리는 상부의 지령으로 본일 부 귀보를 당역 취체 순사에게 엄중 감시케 하였던바 그 순사로서는 판별키 어려운 의심되는 점이 있었으므로 그와 같이 잠시 가지고 와서 서장에게 어떤 판정을 얻고자 그렇게 되었지요."

問, "그러면 상부의 지시로 그런 중대한 취체의 임에 당한 순사가 그만한 것을 판정할 능력이 없어서 아무 사고가 없는 신문을 함부로 금류시키며 의심되는 점이란 어떤 것이며 이런 사유로 그렇게 배달을 연체시킨 적지 않은 실책에 대하여 어떤 책임감을 느끼는가?"

答, "그 의심되는 것이란 것은 압수되어 호외 발행한 신문에 호수가 엄연히 쓰여 있으므로 그렇게 된 사실인데 요컨대 국가 권력의 한 기관인 우리 경찰의 직무상 필요로 그리한 것이니 나로서는 별로 느끼는 책임이 없소."

問, "그러면 호수가 쓰여 있는 연유로 그리된 것이라 하니 당신네들이 지금 돌려보내지 않은 부록 두 페이지도 그렇지마는 그보다도 호수가 아주 찍히지 않은 본지 사 페이지는 왜 그만큼이라도 금류시켰는가?"

答, "왜요? 석간도 호수가 절반 이상이나 찍히었으므로 그리된 것이지요."

問, "절반 이상이 찍히다니오? 어림없는 말 마시오. 실물이 증명하느니만치 그 호수 찍히는 자리에 약간 흔적밖에 없는 것이 아닌가? 그리고 설사 절반 이상이 남았다고 가정하더라도 사실에 있어서 그것이 전 호수로 성립되지 못하는 만큼 그것이 무슨 압수할 조건이 될 것이오?"

答, "그것은 당신네들 생각이오. 우리가 생각하는 것은 매우 틀리니까 할 수 없을 뿐 아니라 한 순사 부장인 나에게 그처럼 문제를 추궁하더라도 형식상 만족한 답변을 들일 수 없으니 서장이 돌아오시면 다시금 만나 그 답변을 듣는 것이 좋으리라고 합니다."

問, "그는 금번 이 문제를 철저히 규명하여 일후 다시 이런 폐단이 없게 하기 위하여 물론 책임 서장의 태도와 의견을 들어 볼 것이지만 어떻든 금번 이런 일은 당해 취체 순사의 몰각적 행사인 만큼 그 지휘관인 상관의 실책이 아니라 할 수 없으니 아무 책임감이 없다면 그는 확실히 무리라고 아니 지적할 수 없는 것이오."

答, "그런 훈교적 언사는 회피하여 주는 것이 좋습니다. 그리고 금후 피차간 각별한 주의는 하지 않으면 안 될 것이라고 생각합니다." 【홍원】

1323 「四日間에 押收 當한 新聞, 雜誌 百五 種」 『매일신보』, 1929.09.28, 2면

九月 十七日 以後 三, 四 日 間에 亘하여 內地 發行의 刊行物(大部分이 新聞)으로서 治安妨害의 嫌疑로 朝鮮에서 發賣 頒布의 禁止를 當한 者가 百五 種의 多數에 達하였으며 雜誌 『文藝春秋』도 風俗紊亂으로 押收되었더라.

1324 「最近 兩三日 間에 百五 種 新聞 押收」 『중외일보』, 1929.09.28, 조3면

최근 양삼일 동안에 일본에서 발행하여 가지고 조선에 들어오는 신문, 잡지가 일백오 종이나 압수처분을 맞아 부산 수상서(釜山 水上署)에는 신문지의 산을 이루었다는데 사건 내용은 물론 당국의 기피하는 터이므로 발표할 자유가 없지만은 사건만은 상상 이상에 중대한 터로 심지어 『문예춘추(文藝春秋)』까지 압수를 받았더라.

1325 「風紀紊亂의 大本營 '카페'를 嚴重 團束」

『동아일보』, 1929.09.29, 9면

현대문명의 행진곡이라 할는지 인간생활의 퇴폐적 경향이라 할는지 어쩐지 요새 경성을 비롯하여 웬만한 도시에는 새빨간 등불에서 파란 술을 따라주는 '웨이트리스'의 요염한 교태가 어른거리는 '카페'가 점점 흥왕하여 가는 반면으로 향락을 쫓아다니는 젊은 여자와 남자가 서로 어울리는 곳이라 여러 가지 풍기상 재미없는 일도 많으며 그대로 방임하면 수습치 못할 결과를 빚어낼 염려가 있다하여 경무국에서는 방금 각 도 경찰부에 대하여 그 단속방법과 수효를 비롯하여 일반상황을 보고케 하는 한편 조선으로는 '카페'의 역사가 짧은 관계상 취체 잘하는 경무당국으로도 일정한 취체방침을 세울 수가 없어 일본 각 현에 대하여 그 단속 방법을 조회하였는데 문의한 조건은 '웨이트리스'의 대우와 수효 제한, 실내의 구조(構造), 가요(歌謠)의 제한 같은 것이라는데 이 회답을 종합하여 최선의 취체 방법을 세우리라더라.

1326 「理由없이 新聞을 抑留」

『조선일보』, 1929.09.29, 4면

去 十八日 午後 六時 三十分頃에 珍島 郵便物이 倒着되자 本報 珍島支局에서는 郵便所를 向하여 本月 十八日附 發行 本報 第三千百二十二號 新聞紙를 찾으러 갔는데 同 郵便所長 代理 元田의 말이 "本日 『朝鮮日報』는 當局에서 押收한다는 電命이 있으므로 내어줄 수 없다"고 하매 本 支局員은 "그러면 押收 削除를 當한 號外인지 아닌지를 보자"고 하여서 照査하여 본즉 果然 號外 發行紙이므로 "이것은 아무 關係 없다"고 "卽時 내어 달라"고 함에도 不拘하고 그 所長의 말이 "아니면 나는 그것을 잘 알 수 없으니 警察署에 電話하여 보고 내어 준다"고 結局은 警察署에 電話까지 하느니 어쩌느니 長時間을 何等 理由도 없이 新聞을 抑留하여 두었다가 할 수 없이

結局 내어 주었다는바 時間을 다투고 敏活을 圖謀하는 重要한 通信機關에 莫大한 障害를 줌은 勿論이요 되도록 迅速한 報道와 配達을 期待하는 一般 讀者에게 無限한 不便을 끼치게 하므로 一般은 同 郵便所長의 너무도 無識함을 唾罵하는 同時에 그의 가장 不法함을 크게 非難한다더라. 【珍島】

1327 「慶南 新幹 聯合會 召集을 禁止」

『조선일보』, 1929.10.04, 3면

慶南 金海郡에서 慶南道 新幹支會 聯合會를 來 十一日에 設立한다는 公文을 發送하였다 함은 旣報한 바거니와 지난 달 三十日에 不意로 當地 警察署로부터 金海支會 委員長 裵鍾哲 氏를 呼出하여 同 公文發送 停止命令을 하는데 同時 該 書類는 全部 押收하였는데 이제 署長의 말을 들은즉 當分間은 朝博[28] 特別 警戒로 因하여 集合을 絶對 不許할 方針으로 그렇게 한 것이라는데 主催 側은 緊急히 對策을 講究 中이라더라.

1328 「號外新聞을 警察이 押收」

『조선일보』, 1929.10.05, 3면

昌原郡 本報 鎭海支局에 到着된 지난 三日附 本報 號外를 當地 鎭海署에서 또 押收하므로 其 理由를 質問한즉 記事 中 削除된 部分의 題目이 完全히 削除되지 아니하여 一般이 알아 볼 수 있다 하여 期於이 押收하므로 不得已 남은 一部만 一般 讀者에게 配達하였다더라. 【鎭海】

28 조박(朝博) : 1929년 가을에 열린 '조선박람회'를 뜻함.

1329 「穩城 救濟會 巡廻演劇도 禁止」

『조선일보』, 1929.10.06, 3면

咸北 穩城 飢饉救濟會에서 罹災民을 救濟키 爲하여 咸北一圓을 巡廻하며 素人劇을 興行하려고 萬般 準備에 勞力하는 同時 當地 警察當局에 諒解를 求하는 中이던바 博覽會期 中이라는 理由로서 巡廻劇을 禁止하므로 지금 그 對策을 講究하는 中이라더라. 【穩城】

1330 「日本의 新聞, 通信 差押이 百三十九」

『조선일보』, 1929.10.08, 2면[29]

九月 十七日 以後 十月 三日까지 約 十七日 동안에 日本 各 新聞 通信으로 朝鮮 內 移入을 禁止하여 差押處分을 當한 것이 百三十九 件에 達한다더라.

1331 「言論集會 强壓 糾彈 演說」

『중외일보』, 1929.10.10, 조4면

東萊青年同盟에서는 第二期 第四回 執行委員會를 지난 五日 下午 八時에 同 會館에서 執行委員長 韓一徹 氏 司會 下에 開催하였는데 決議된 議案은 다음과 같다더라.

議案

一. 機關紙에 關한 件.

一. 東萊 社會團體 會館 建築 期成會를 積極 支持에 關한 件.

29 「不過 兩 旬間에 新聞押收 百三十九度」, 『중외일보』, 1929.10.08, 석2면.

一. 東萊, 釜山 社會團體 聯合 懇談會 禁止에 關한 件(東萊, 釜山 兩 青年同盟 開催로 來十日 東萊와 釜山에서 言論集會 强壓 糾彈 演說會를 開催키로 하다). 【東萊】

1332 「糾彈 演說 禁止」

『동아일보』, 1929.10.11, 3면

부산 각 사회단체(釜山 各 社會團體)에서는 시월 십일에 사법당국의 언론집회 폭압 규탄 연설회(言論集會 暴壓 糾彈 演說會)를 열기로 결의하고 부산 전시에 광고를 부치고 지난 구일에 집회계를 제출하였다가 그 자리에서 금지를 당한 각 단체에서는 미연에 방지함을 더욱 분개한다더라. 【부산】

1333 「青年會 發起文 謄寫를 出版法 違反으로 引致」

『조선일보』, 1929.10.12, 2면

강원도 울진군 북면 부구리(江原道 蔚珍郡 北面 富邱里)에 있는 주성문(朱聖文), 최익래(崔益來), 장부칠(張富七), 전맹동(田孟東) 등 네 명을 울진경찰서에서 지난 구월 이십구일에 검거하고 다시 본월 삼일에 와서 전용규(田溶圭), 장정환(張井煥) 두 명을 검거하여 엄중한 취조를 계속하는 중이라는바 이제 그 내용을 들은 바에 의하면 지난 구월 이십이일에 전기 육 명 외 수삼 청년이 모여 청년회 조직을 발기하기로 하고 주성문에게 그 발기 준비를 일임하여 주성문이가 발기문을 작성하여 동 면사무소에서 등사판을 얻어 등사, 배부하였던 것이 출판법 위반으로 검거되었다 하며 주성문의 가택을 수색하여 전기 발기문 다수를 압수하고 아직 계속하여 청년 수 명을 호출 심문 중이라더라. 【울진】

1334 「『별나라』 原稿 押收」

『조선일보』, 1929.10.12, 7면

곤충생활(昆蟲生活) 연구호로 편집하였던 『별나라』 시월호는 당국의 기휘에 저촉(抵觸)되어 불허가가 되었으므로 동 사에서는 곧 십일월호 편집에 착수하였다더라.

1335 「言論集會 强壓 糾彈 演說」

『중외일보』, 1929.10.12, 조4면

言論과 集會에 對한 地方警察의 無理한 强壓에 東萊青年同盟의 發議로서 新幹會東萊支會, 東萊勞働組合聯合에서 言論集會 强壓 糾彈 演說會를 去 十日에 開催하려고 萬般의 準備를 다 하였던바 當 十日 突然 上部의 命令이란 曖昧한 口實로 禁止시키므로 右 各 團體에서는 對策을 講究 中이라더라. 【東萊】

1336 「言論集會 彈壓 糾彈 演說도 禁止」

『동아일보』, 1929.10.13, 3면

東萊 각 사회단체의 연합 주최로 지난 십일에 개최하려고 하는 言論集會 彈壓 糾彈 演說會는 개최 당일인 십일에 이르러 소관 동래서로부터 돌연히 또 금지명령을 하였다는데, 금지의 이유는 단순히 상부의 명령이라 한 말이었다 하며 미리 시내 각지에 붙였던 '포스터'까지 전부 떼어버리기를 책임자에게 강요하였다는데 '포스터' 한 장이 동래 서장 관사 앞 담벼락에 붙었었는데 그것은 경찰범 처벌규칙(警察犯處罰規則)에 위반된다 하여 동 서에서는 책임자 중 한 사람인 김명룡(金命龍) 씨를 소환, 취조하기까지 하였다더라. 【동래】

1337 「米洲서 發送된 某種 檄文 多數 押收」
『조선일보』, 1929.10.14, 2면

시내 동대문(東大門) 고등계에서는 십삼일 아침에 돌연 긴장하여 시내 모 우편국에서 모에게로 배달되는 모종 불온문서(不穩文書)를 다수 압수하였는데 그 내용은 미주(米洲) 모처에 있는 모 단체로부터 발송하는 것으로 일본 동경(東京)의 노동시장(勞働市場)에서 소위 실업 구제책이라는 구실 하에 조선인 노동자를 방축하는 문제에 관한 격문인 듯하다더라.

1338 「號外新聞 押收」
『조선일보』, 1929.10.16, 3면

경찰의 몰상식으로 인하여 생긴 월권적 행위가 발생하였다는데 지난 팔일 본보 부안지국 배달부가 팔일부 『조선일보』를 배달하던 중 오후 두시쯤 하여 부안주재소 순사 산본 모(扶安駐在所 山本 某)가 배달부로부터 삼사오륙 면(일이칠팔 면은 남겨 두고) 십육 부를 차압하여 가고 아무 이유 없이 구일 오전이 되어도 아무런 소식이 없으므로 기자는 주재소로 소장 삼판(三坂) 경부보를 방문하고 질문한바 호외인 줄을 모르고 압수하였는데 이제 알고 도로 내주는 것이니 찾아 가라고 매우 무리하게 말하므로 얼마간 서로 말이 있다가 신문을 찾아 가지고 왔다더라. 【부안】

1339 「公青 素人劇 警察이 禁止」
『조선일보』, 1929.10.17, 3면

충남 공주청년회(公州青年會)에서는 동 회관이 퇴락된 것을 수축하기 위하여 경비를 얻고자 당국 각 사회단체와 언론기관의 후원으로 소인극 대회(素人劇 大會)를 개최하려고 각 방면으로 준비 중이던바 당지 경찰서에서 동 청년회가 현재 집회금지(集會禁止) 중에 했다는 것을 구실로 불허하므로 할 수 없이 중지하였는데 동 회 간부들은 회관 수축에 대한 다른 대책을 강구 중이라더라. 【공주】

1340 「城津青盟 支部 幹部 七 人 檢事局 送致」 『조선일보』, 1929.10.18, 7면

함북 성진군 학중면 송하동(咸北 城津郡 鶴中面 松下洞)에 거주하는 성진청년동맹 학중지부 간부 여성종, 허량복, 허위길, 허철송, 최국봉, 허학권, 허구학(城津青盟 鶴中支部 幹部 呂成宗, 許良福, 許爲吉, 許喆松, 崔國奉, 許學權, 許九鶴) 등 칠 명은 지난 음력 추석(秋夕)을 이용하여 갑산 화전민가 충화사건을 각본으로 소인극(素人劇)을 상영하고 그 이튿날 「무산자의 무리」라는 극을 상연하려다가 구월 이십이일 성진경찰(城津警察)의 손에 검거되어 엄중히 취조를 받다가 지난 이일 일건서류와 함께 보안법 위반(保安法 違反)이란 죄명으로 청진검사국(淸津檢事局)에 송치되었다는데 그 가운데 허구학은 시월 십사일 불기소로 방면되고 나머지 여섯 명은 방금 옥중에서 신음하고 있다더라. 【청진】

1341 「삐라는 押收, 紀念講演 다 禁止」 『중외일보』, 1929.10.18, 석4면

신간 수원지회에서는 십칠일 기념식을 의의있게 거행하기 위하여 준비에 분망하다가 전국 우의단체(全國 友誼團體)에 보내는 통지문을 인쇄하려고 하던 것을 당지 경찰이 중지시키고 동 지회 서기장인 박승극(朴勝極) 씨를 소환하여 통지문이 불온할 뿐만 아니라 시기가 시기이니만치 통지문 발송과 기념식 거행과 선전삐라 배포, 선전 강연 등을 모두 금지한다 하므로 그 이유를 누차 질문한 일이 있었던바 그 후 지난 십오일 오후에 이르러 서기장 박승극 씨를 검속하고 그 이유는 말하지 않고 다만 경찰법으로 검속하였다고 하는데 일반의 추측은 전기 기념식인 십칠일이 신상제(神嘗祭)일 뿐만 아니라 모든 준비를 금지시킴에도 불구하고 만일을 염려함이나 아닌가 한다더라. 【수원】

1342 「順天 勞聯大會 祝文 三通 押收」 『동아일보』, 1929.10.18, 3면

전남 순천노동연합회(順天勞働聯合會)에서는 지난 십일일 오후 두시에 동 회관에서 제십사회 정기 대회를 위원장 오만봉(吳萬鳳) 씨의 개회사로 개최하고 임시의장 이해명(李海鳴) 씨의 사회로 회무를 진행할 새 사업 경과보고가 있은 뒤 축전, 축문을 낭독 중 평양노동연맹(平壤勞働聯盟), 평양대동문노동조합(平壤大同門勞働組合), 평양청년동맹(平壤靑年同盟) 세 단체에서 온 축문은 압수되고 내빈 중 벌교합동노동조합 위원장 박남석(筏橋合同勞働組合 委員長 朴南錫) 씨와 순천청년동맹 위원장 김종식(順天靑年同盟 委員長 金鍾式) 씨의 간곡한 축사가 있은 후 좌기와 같이 토의 결정하고 오후 다섯시에 만국 노동자 만세 삼창으로 폐회하였다더라.

執行委員 孫南三, 休允一, 李海鳴, 申道允, 梁仲植, 河在成, 金士成, 鞠一, 李宗熙, 姜基東, 吳萬鳳, 白鶴來, 宋成圭.

決議

一. 各 組合員 間 親睦에 關한 件.

一. 喪輿 修繕에 關한 件.

一. 會館에 修繕에 關한 件.

一. 會費 徵收에 關한 件.

一. 勞働, 農民 兩總同盟 復興에 關한 件. 【순천】

1343 「各團 會館 搜索 多數 書類 押收」 『동아일보』, 1929.10.19, 3면

지난 십육일 오후 한시에 동래 각 사회단체 회관에 동래경찰서 경부 이하 수인의 경관이 돌연 출장하여 대수색을 하여 다수한 서류를 수색하는 동시에 회관 내부 전부를 영사하여 갔다 하며 역시 같은 시각에 그 간부의 사택 전부도 일제히 대수색을 하였다는데 그 내용은 비밀에 부치나 금번 사회단체 주최로 언론집회 탄압 규탄 연설회로 말미암아 검속된 간부들에 관한 조사인 듯하다더라.

언론집회 강압 규탄 연설회 연사 박일형(朴日馨), 김순영(金淳英), 이영석(李永錫), 박봉우(朴鳳友), 박동석(朴東石), 박영종(朴永鍾) 등 여섯 사람을 동래서에서 검속 중이던바 지난 십오일 하오 여섯시쯤 되어 석방하여 경찰서 문 밖으로 두어 걸음 나서자마자 다시 불러들여 재차 검속하였다더라. 【동래】

1344 「空中으로 날아오는 赤化宣傳의 라디오」 『조선일보』, 1929.10.19, 2면

노농 로서아(勞農 露西亞)에서는 '라디오'로써 조선내의 적화선전(赤化宣傳)을 하기 위하여 매 주일마다 날을 정하여 '로서아'어 또는 영어(英語)로 선전을 하고 있던바 최근에는 매 주일 두 번씩 조선어와 일본어를 사용하여 선전을 하게 되어 총독부 경무국에서는 사태를 중시하고 자못 우려 중에 있다는데 아직은 잡음(雜音)이 많은 관계로 썩 정교한 기계가 아니면 잘 들리지 아니하여 안심이나 만일 잡음이 없어져서 보통 기계로라도 잘 들리게 된다면 실로 중대 문제라 하여 잘 들리나 아니 들리나를 알고자 경무국 라디오 계원(係員)은 날마다 '라디오' 청취 기계를 귀에다 대고 신경을 날카롭게 하고 있는 중이라더라.

1345 「思想을 싣고다니는 四十餘萬 刊行物」

『조선일보』, 1929.10.20, 2면

사상문제가 복잡하여진 최근 조선에서는 신문, 잡지 그 밖에 각종 인쇄물(印刷物)의 취체에 대하여 적지 않은 고통 중에 있는바 일반 민심에 좋지 못한 영향이 미치리라고 생각되는 것은 조금도 용서 없이 기사를 삭제시키며 발매금지, 차압(差押) 등을 단행하여 과격사상의 전염에 대하여 극력 방지하는 중인바 대체 일본 중국 및 기타 외국에서 몇 종류나 들어오는가 하면 외국에서 오는 신문, 잡지의 부수가 근 사백 종으로 그 외 중국에서 들어오는 것이 약 열 종류나 부수는 증가 중이요, 그 밖에 제일 많은 것이 일본인데 그 수가 조선서 발행되는 일간신문 삼십육 종의 약 십오만 내지 십칠만과 거의 동수인 신문만 약 육칠십 종 십오만 매로 이 밖에 각각 지방에서 개인으로 받는 것을 합하면 이십만 부에 달하는데, 이에 잡지의 십만 부를 가산하면 삼십만이라는 막대한 부수가 들어오는 터이므로 이를 취체하는 당국에서는 어지간히 바쁜 모양이며 얼마 전까지는 노농 로서아(農露) 방면에서도 사오 종의 간행물이 들어왔으나 지금은 전부 금지된 모양이라더라.

1346 「延邊教育者大會 宣言文 全部 押收」

『중외일보』, 1929.10.22, 석2면

연변교육자대회 준비위원회(延邊教育者大會 準備委員會)는 지난 십일에 동 대회를 소집하고자 하다가 여러 가지 사정으로 인하여 지난 십칠일로 연기하여 장소를 옮겨 국자가(局子街)에서 대회를 소집하고자 선언서(宣言書)까지 작성하고 모든 수속을 밟아오던 중 돌연 영사관에서 동 회의 선언서와 일체 문부를 압수하여가는 동시에 준비위원회의 서무부장 한영지(韓永智) 씨를 호출하여 하는 말이 "십삼일에 한다던 회의를 십칠일에 한다는 이유는 무슨 까닭이며 용정에서 하지 않고 국자가로 옮겨감은 무슨 이유인가? 또 요전 준비위원회는 어찌하여 허가 없이 하였는가?" 등의 심문으로부터 마음대로 못한다는 의미의 말을 하더라는데 이를 미루어 보건대 아마 금번 동 대회 소집에 지장이 있을 듯하더라. 【간도】

1347 「금붕어社誌 禁止」 『조선일보』, 1929.10.24, 3면

함남 안변군 신고산(咸南 安邊郡 新高山)을 중심으로 소년 소녀들을 망라하여 '문예사상(文藝思想)'을 발휘하는 동시 연구, 발표함을 목적하고 지난 팔월 상순부터 매월 육 회(六回)씩 원고를 모집하여 발표코자 금붕어사를 창립하고 다대한 노력을 하던 중 내용이 불온타고 발간중지를 당하는 동시에 발간하였던 『철필』 잡지를 전부 압수하는 외에 주간인 남응손 군(南應孫 君), 기타 투고한 사람에게 엄중 조사 중이라는데 소년소녀는 문예운동에 대하여 너무나 가혹한 태도라고 경찰을 비난한다더라.

1348 「東萊 各 團體 家宅 大搜索」 『조선일보』, 1929.10.27, 7면

경남 동래경찰서(慶南 東萊警察署)에서는 수일 전부터 부산경찰과 연락을 취하여 극비밀리에 활동을 개시하여 경남 각처에 서원을 파견하여 신간회, 청년동맹 등 사회단체 사무소 혹은 간부들의 가택을 수색하는 등 근자에 보기 드문 긴장미를 보이던바 지난 이십사일은 오후 네시쯤 되어 동래경찰서원 수 명이 부산경찰서의 후원을 얻어 신간회 부산지회, 근우지회, 청년동맹(新幹會 釜山支會, 槿友支會, 靑年同盟) 등의 사무소를 일일이 수색하는 동시에 근우회의 일체 문부를 압수하고 다시 청년동맹 간부 김시엽(金時燁), 김봉한(金鳳翰) 씨 외 양씨의 가택을 수색하였다는바 경찰은 내용을 절대 비밀에 부치나 앞으로 상당히 중대화 하리라고 관측된다더라. 【부산】

1349 「新興署 刑事가 郵便物 檢査」

『동아일보』, 1929.10.29., 3면

신흥경찰서(新興警察署) 고등계 형사 죽내가삼(竹內嘉三)은 밤이면 반드시 신흥우편소(新興郵便所)에 들어가서 우편물(郵便物)을 일일이 검사하는 것을 모든 사람의 목도하는 바이라는데 이는 경찰서장의 명령인지 자의로 하는 것인지 모르나 일반은 편지조차 안전하게 할 수 없다 하여 비난이 자못 비등하다는데 이에 관하여 동 우편소장 소야(小野) 씨를 만나니 "그러한 일이 있었던 것을 미처 알지 못하였습니다. 압수하라는 통지가 있으면 우리가 압수합니다. 형사가 그러한 행동(우편물을 일일이 보는)을 하라는 규정은 없습니다. 물론 그것은 법무도 됩니다. 이후엔 주의하겠습니다" 하더라. 【신흥】

1350 「不穩한 小說을 읽었다고 取調」

『중외일보』, 1929.11.02, 석2면

시내 서대문서 고등계(西大門署 高等係)에서는 지난달 삼십일 오전 열시경에 시내 모 중등학교 삼 년생 이 모(李 某)(一六)와 김 모(金 某)(一五) 두 학생을 다려다가 엄중히 취조하고 사건의 진전을 따라 다시 소환하기로 하고 당일로 돌려보냈는바 이제 그 사건의 내용을 탐문한 바에 의하면 시내 당주동(唐珠洞)에 있는 신우회(新友會)라는 소년단체의 간부 고희성(高義誠)(二五)이가 몇 달 전에 「조국을 위하여(祖國을 爲하여)」라는 소설을 써서 원고대로 몇몇 동무에게 돌려 읽힌 일이 있던바 서대문서 고등계에서는 다른 사건으로 신우회원 이 모의 집을 수색하다가 의외에 전기 소설 원고를 발견하였고 내용이 불온하므로 즉시 전기 고희성을 인치하고 비밀리에 취조 중이라는데 전기 두 중학생은 그 소설을 갖다 읽었다 하여 그같이 데려다 취조한 것이라더라.

1351 「宣傳紙 貼付는 一切로 禁止」

『매일신보』, 1929.11.07, 2면

本町署에서 官內에서 出馬하는 京城府 協議員 立候補者 十五 名을 召集하여 選擧에 對한 取締 標準을 指示한다 함은 昨報한 바거니와 三日 午後 三時에 同署 小松 署長은 大法院 判例를 參考 基本하고 其他方 一般人의 生活 程度를 標準하여 制定한 取締 標準規則 十六條 中에 特히 注目할 만한 것은 廣告紙를 아무 곳에나 붙여 市街美를 損傷케 함이 不少하으로 이는 一切 禁한다는 것인데 이 外에 當選 祝宴의 可否, 運動員에 對한 여러 가지의 制限 等 從來보다는 모든 것이 嚴格하게 되어 選擧 淨化의 氣運이 濃厚한 今日에 있어서는 當然한 規定이라고 各 方面에서 讚意를 表하는 中이더라.

1352 「檢束 理由는 出版法 違反」

『동아일보』, 1929.11.07, 3면

대회를 개최하려던 원산노련 인쇄직공조합 준비위원을 원산경찰서에서 검속하였다 함은 기보한 바이거니와 이제 그 검속한 이유를 들으면 몇 날 전 대회를 개최하려고 준비위원회에서 각 회원에게 대회 개최에 대한 시일, 장소, 토의사항을 등사하여 통지한 통지문이 출판법(出版法) 위반이라 하여 검속하였다는데 원산경찰서의 태도는 사건을 중요시하는 듯이 취조에 따라 검속의 손이 의외의 방면에까지 미칠 듯하다더라. 【원산】

지난 사일 원산경찰서 형사대 일행이 신간회 원산지회(新幹會 元山支會)의 등사판(謄寫版)과 동 부속품 일체를 압수하는 동시 가택수색을 엄중히 하였다는데 금번 원산노련 인쇄직공조합대회에 관한 일인 듯하다더라. 【원산】

1353 「黑色運動大會 平壤署도 禁止, 평남서는 불허」

『동아일보』, 1929.11.07, 3면[30]

오는 십일, 십일일 양일간 조선흑색사회운동자대회(朝鮮黑色社會運動者大會)를 관서흑우회(關西黑友會) 주최로 개최 예정이었던바 지난 달 십오일에 대동서(大同署)에서 정식 집회계 하지 않았는데 금지하였으므로 동 회에서는 평양서 관내에서 동 대회를 소집하려고 하였던바 또한 집회계도 하기 전 지난 이일에 집회금지를 하였다는데 멀리서 오는 대회 회원의 여비를 경제시키기 위하여 이같이 일찍 금지시킨 것이라더라.

이 집회금지에 대하여 평남경찰부 고등과장(高等課長)은 "처음 대동서에서 대회 금지를 시키었는데 대회 준비위원은 대동서 관내에서만 금지니까 평양서 관내에서 개최하면 관계없으리라고 생각했으나 그런 것이 아니라 그는 치안의 방해될 염려가 있으므로 평남 관내에서는 어디서 하든지 금지할 것입니다" 하더라. 【평양】

1354 「靑年會長 引致」

『동아일보』, 1929.11.09, 7면

충남 홍성경찰서(洪城署)에서는 지난 사일에 돌연이 활동하여 금마면 장성리 금마청년회 집행위원장(金馬面 長城里 金馬靑年會 執行委員長) 신간회 홍성지회 집행위원(新幹會 洪城支會 執行委員) 조덕룡(曹德龍) 씨를 인치하여 취조하는 한편 동회 간부를 모두 취조 중이라는데 이제 그 자세한 내용은 알 수 없으나 듣는 바에 의하면 그 회 규약을 인쇄하여 회원에게 분급한 것이 출판법 위반이라 하여 그와 같이 된 듯하다더라. 【홍성】

30 「黑色運動者大會 禁止」, 『중외일보』, 1929.11.08, 석2면.

1355 「三千浦 青盟員 罰金」

『조선일보』, 1929.11.09, 7면

지난 일일 진주 법원지청(晉州 法院支廳)에서 삼천포 청년동맹 지부 설립 준비위원 강몽우(姜夢寓) 외 삼 인의 치안유지법 급 출판법 위반(治安維持法 及 出版法 違反) 사건에 대하여 검사의 일 년 구형이 있었다는 것은 이미 보도 하였거니와 지난 육 일에 동 법원에서 각각 벌금 삼십 원에 처하였다는데 피고들은 공소나 상고를 포기하였으나 여기에 대한 검사의 태도가 결정되지 않았으므로 방면은 되지 않았다더라.

1356 「十月革命 紀念 檄文 押收」

『중외일보』, 1929.11.15, 조4면

용정우편국서에는 지난 팔일에 시내 각 신상(信箱)에 서신을 수집한 가운데에서 수십 매의 삐라 수 종을 발견하였는데 그 삐라의 내용은 로서아 시월혁명 십이주년을 기념하는 격렬한 문구가 나열되었는바 이는 연변 중국공산당 선전부(延邊 中國共産黨 宣傳部)의 서명으로 연변 사현 관공서와 각 단체에 우송하려던 것이 탄로된 것이라 하여 경찰당국은 이에 대하여 자못 주목 중이라더라. 【간도】

1357 「城津 演劇[31]事件 各各 有罪 判決」

『조선일보』, 1929.11.17, 3면

음력 팔월 십오일 추석을 기회로 갑산 화전민 상황을 연극으로 공연하고 보안법 위반이란 죄명에 걸려 취조를 받다가 지난 사일 오후 한시에 허량복 외 오 명은

31 원문에는 '映畫'로 되어있지만 문맥상 '演劇'이 맞음.

유죄로 각기 판결되었는바 피고들은 불복 공소를 제기하였는데 이삼일 간으로 호송된다더라. 피고 씨명은 여좌하다.

城津 鶴中面 松下洞 許良福(二三) 十 個月, 同 許爲吉(二二) 十 個月, 同 呂成宗(二四) 十 個月, 同 許容文(二○) 六 個月, 同 崔國峰(二○) 六 個月, 同 許喆松(二一) 六 個月.

1358 「洪城 金青委員長 送局」 『동아일보』, 1929.11.18, 2면

충남 홍성군 금마청년회 위원장 조덕룡(洪城 金青 委員長 曹德龍) 씨와 동회 집행위원 전석요(執行委員 全錫堯) 씨는 출판법 위반으로 홍성경찰서(洪城警察署)에 구금 취조 중이라 함은 기보한 바이거니와 그동안 취조를 마치고 전석요 씨는 지난 십사일 석방되고 위원장 조덕룡은 출판법 위반으로 지난 십오일에 일건서류와 같이 홍성지청 검사분국(洪城支廳 檢事分局)으로 송치하였다더라. 【홍성】

1359 「印刷工에 主義 宣傳한 釜山 出版組 事件」 『중외일보』, 1929.11.20, 조3면

부산출판종업조합 사건(釜山出版從業組合 事件)이라 하여 오랫동안 부산지방법원 예심계(釜山地方法院 豫審係)에서 예심 중에 있던 박용규(朴瑢奎)(三二), 김태수(金泰秀)(二五), 김도인(金道仁)(二五), 김환성(金煥性)(二六), 박성업(朴聖業)(二三), 차준이(車俊伊)(二五), 이순경(李舜景)(二四), 황명석(黃命碩)(二九), 차길문(車吉文)(一九) 등 아홉 명에 대한 예심은 지난 십사일에 종결 결정(終結 決定)이 되었는데 그중에 차길문만은 면소(免訴)되고 나머지 여덟 명은 치안유지법 위반(治安維持法 違反)과 보안법 위반(保安法 違反)으로 공판에 회부되었는데 결정서에 의한 그들의 범죄 내용을 소개하면 지난 대정 십삼년 십이월경에 피고 김태수, 김환성, 박성업, 차준이, 김도인, 이순경 등은 부산부내 있는 인쇄직공(印刷職工)들을 모아 가지고 부산인쇄직공조합을 창립하여 가지고 당시 위원장 김칠성(金七星)이란 사람의 지도를 받아 인쇄직공 상호 간의 친목 부조(親睦 扶助)와 일반 인쇄직공의 대우 개선을 운동하여 오던 중 지난 대정 십사년 십이월 부산에서 인쇄직공의 큰 동맹파업이 있은 후 동 조합원들과 간부들은 뿔뿔이 헤어져서 그 세력이 위미하므로 항상 이것을 부흥(復興)시키고자 하던바 소화 삼년 오월 말경에 이르러 마산(馬山) 방면에 있는 박용규와 알게 되어 그 '맑스', '레닌' 등의 전기(傳記)를 읽고 공산주의(共産主義)에 공명(共鳴)하여 동년 유월에 피고 상무근(尙戊根)과 및 신간회 부산지회 간부 피고 황명석(黃命碩)과 서로 만나 공모한 후 조합을 부흥시키고 노동자 대중을 규합하여 노동운동을 촉진하여서 사유재산제도를 부인하는 공산주의제도를 실현시키고자 동월 삼십일에 부산부 대신정 목명학원(大新町 木明學院)에서 동 조합 혁신총회(革新總會)를 열어 백여 명의 회원을 모아 놓고 부산출판종업원조합(釜山出版從業員組合)이라고 이름을 고쳐 세력 범위를 넓힌 후 상무위원 다섯 명과 부산 부내 십칠 개소의 인쇄공장에 각각 한 명 내지 여섯 명씩의 공장 대표자를 두어 사무를 보게 하고 박용규, 김태수, 상무근 등은 교대하여 회중에게 현금 사회제도의 불합리한 것을 말한 후 사유재산제도를 부인할 목적의 결사를 조직하여 그 후에도 벽신문 기타로 공산주의를 선전한 것으로 동년 십이월 이일에 제이 정기총회 창립 오주년 기념식을 하라는 것을 부산경찰서에서 집회 금지시킨데도 불구하고 그날 동 부 대신정 관음사(觀音寺)에서 비밀 회합하였던 것이라더라. 【부산】

1360 **「蔚山 青盟事件」** 『동아일보』, 1929.11.21, 3면

울산청년동맹 창립 준비위원 강대곤, 조형진(蔚山青年同盟 創立 準備委員 姜大鵾, 曹

亨珍) 두 사람은 치안유지법 급 출판법 위반(治安維持法 及 出版法 違反)으로 작년 유월 경에 부산지방법원 예심에 회부되었다가 공판에 넘어가 금년 오월 구일에 동 법원에서 징역 이 개년 언도를 받고 즉시 대구복심법원(大邱覆審法院)에 공소를 제기하고 있던바 지난 구월 이십사일에 제이회 공판이 열리어 검사는 역시 일심 판결대로 이 개년 구형을 하였으므로 변호사 김일룡(金一龍) 씨는 피고에 대하여 출판법 위반에는 해당할는지 모르나 치안유지법 위반이라는 것은 절대 불가하다는 열변이 있은 후 언도 일자인 십일월 십륙일을 당하여 피고 양인에게 출판법 위반이란 죄명으로 벌금 오십 원씩에 처하였다더라. 【부산】

1361 **「新幹 釜山支會 五 分間 演說 禁止」** 『중외일보』, 1929.11.22, 조4면

신간회 부산지회 주최로 지난 이십일 부산청년동맹회관(釜山青年同盟會館)에서 오 분간(五 分間) 연설회를 개최하기 위하여 만반의 준비에 분방 중이라 함은 기보한 바이거니와 지난 십팔일 당국에 집회계를 제출하였던바 연제와 연사가 불온하다 하여 금지하므로 재삼 교섭하였으나 종시 불응하므로 부득이 중지하고 사회단체에서는 그 대책을 강구 중이라는바 행하려던 연제와 연사는 아래와 같다더라.

「朝鮮은 어디로 가나」 新幹 釜山支會 金鳳翰

「우리는 朝鮮이 낳은 青年이다」 新幹 釜山支會 李錫柱

「現代社會觀」 釜山合同勞働組合 金周燁

「우리는 무엇을 할까?!」 釜山青年同盟 鄭永模

「未來는 青年의 것이다」 釜山青年同盟 尹顏斗

「立禁과 어떻게 싸울까!」 釜山青年同盟 中央支部 柳福吉

「青年의 義務」 西部支部 朴國熙

「좋은 組織, 그른 組織?」 同 牧島支部 梁露山 外 二 名 【부산】

1362 「某 前 大官 記事로 日文紙를 押收」

『조선일보』, 1929.11.23, 2면[32]

관부연락선(關釜聯絡船)으로 이십일일 밤에 부산(釜山)에 도착된 일본에서 발행한 『대조(大朝)』, 『대매(大每)』[33]를 위시한 일본문 신문(日本文 新聞) 십오 종은 총독부 경무국으로부터 일제히 발매금지(發賣禁止)의 처분을 당하여 압수되었다는데 그 원인은 조선 모 전 대관(某 前 大官)에 관한 기사를 기재한 까닭이라더라.

1363 「「火田民」이란 藝題로 演劇코 懲役 半年」

『동아일보』, 1929.11.26, 2면

성진군 학중면 송하동(城津郡 鶴中面 松下洞) 허용문(許容文)(二二)은 얼마 전에 공범 오륙 인과 더불어 성진지청에서 보안법 위반(保安法 違反)으로 징역 유월의 판결을 받고 수일 전에 경성복심법원으로 공소를 하여왔는데 일심 판결의 내용을 보면 그는 금년 구월 십팔일(음 팔월 십육일) 동지 여성종(呂成宗), 허위길(許爲吉), 허량복(許良福), 최국봉(崔國奉), 허철송(許喆松)으로 더불어 동리에서 「甲山 火田民」이라는 제목으로 소인극(素人劇)을 흥행하여 삼백여 관중에게 유산계급에 대한 투쟁의식과 현대정치에 대한 반감을 고조하여 공안을 방해하였다는 것으로 공범 다섯 명도 역시 징역 십 월 내지 육 월의 판결을 받았으나 공소권을 포기하고 피고 한 명과 같이 공소를 하였다더라.

---

32 「日文紙 十二 種 卄一日에 押收」, 『동아일보』, 1929.11.24, 2면.
33 『大阪朝日新聞』, 『大阪每日新聞』.

1364 「治安妨害란 理由로 童話大會를 禁止」 『중외일보』, 1929.11.28, 조3면

진주청년동맹(晋州青年同盟)에서 지난 이십삼일 밤 동 회관에서 현상 동화대회(懸賞 童話大會)를 대대적으로 개최하려고 만반 준비가 다 된 이십이일에 진주경찰은 돌연 동맹위원장 하진(同盟委員長 河辰) 씨를 불러 "금번 동화대회는 치안을 방해할 염려가 있으니 금지를 한다"고 하여 일체 개최를 못하게 하였다는데 진주에서 모든 집회를 불허할 뿐 아니라 치안방해란 명목을 붙여 금지를 하였다더라. 【진주】

1365 「某種 不穩文書를 市內 各處에 配布」 『매일신보』, 1929.12.04, 2면

三日 未明 때 아닌 구슬비를 무릅쓰고 京畿道警察部 高等課 查察係 刑事隊가 各 방면으로 활동을 개시하여 某 事件의 嫌疑者 七 名을 引致하는 동시에 市內 各 警察署 高等係와 連絡하여 長時間의 밀의를 거듭하는 등 新任 三輪 主任은 就任 以來 처음으로 緊張味를 보이었는데 탐문한 바에 依하면 三日 未明으로부터 午前 열 시까지 市內 各 中等學校를 비롯하여 各 宗教團體는 勿論 一般 民衆에 이르기까지 某種 不穩檄文이 配布된 것이라는데 檄文의 내용에 대하여는 절대 비밀에 부치므로 자세히 알 수는 없으나 문서가 各 學校에 配布된 만큼 某 學生事件에 契機를 둔 것은 물론이며 이같이 일제히 配布된 것만큼 그 計劃이 자못 큰 것은 의심 없는 사실이라 한다. 더욱 近日에 市內 中等學校에 盟休事件이 일어난 후 아직까지 원만한 해결을 보지 못하고 物議만 일으키고 있는데 더 덮쳐 이 같은 사건이 발생되어 各 學校 當局者는 물론 警察當局에서는 창황망조하는 중이며 따라서 各 警察署에서 官內 各 學校는 물론 各 宗教, 社會團體 其他 重要處를 경계하는 일방 嫌疑者를 續續 檢擧 中이라더라.

1366 「不穩文書 撒布事件 檢擧者 百卄五 名」

『매일신보』, 1929.12.05, 2면

二日 밤부터 三日 새벽까지 城大 豫科를 爲始하여 市內 各 學校, 宗敎 思想團體 重要人物 乃至 鐘路 네거리에 이르기까지 五六千 枚의 某種 不穩檄文이 秘密히 撒布된 이래 三日 午前 일곱시부터 京畿道警察部 高等課 指揮 下에 鐘路署를 中心으로 일어난 檢擧 旋風은 三日 午後 세시까지 五十七 名, 四日 午前 두시까지 八十七 名, 다시 四日 正午에 이르러서는 道 警察部를 爲始하여 市內 各 署의 檢擧人 總數는 實로 百二十五 名에 達한다는데 이 百二十五 名은 中東學校 生徒 崔佐容, 崔文植, 崔鎭植을 爲始하여 中學生이 半數이며 나마지 半數는 新幹會 李恒發, 朴文熹, 青年總同盟 李樂鎭, 任允宰, 中央青年同盟 李民衡, 金東日, 宋榮會, 侍天敎 申淋, 槿友會, 科學硏究會 等의 主義者들로 許貞淑(二七), 鄭鍾鳴(三二), 劉德姬 外 五 名의 女子도 있는데 三日 밤에 徹夜 活動한 鐘路署와 道 警察部 高等課 刑事隊는 四日 午後 三時까지 活動을 持續하는 中이며 이와 같이 近年에 드문 多數한 容疑者를 引致하는 一方 이미 撒布된 不穩檄文과 또 第二次로 配布하려던 檄文의 押收된 것만이 四 種 實로 萬 枚를 超過하였으며 檄文 謄寫에 使用된 謄寫機 한 個도 市內 授恩洞 百六十番地 金賢妙의 집에서 押收되었다 하며 郵便으로 各地에 配布하려던 檄文도 光化門郵便局의 三百 通을 비롯하여 地方 各地 郵便局所에서 五百餘 通이 押收되었음에 不拘하고 檢査官의 눈을 속이고 配布된 것도 적지 아니하다더라.

1367 「檄文事件 逐日 擴大, 今曉에 四十餘 名 檢擧」

『동아일보』, 1929.12.06, 2면

과격 격문사건은 사일 오후에도 역시 검거를 계속하는 일방 종로서 고등계 방마다 임시 취조실을 만들어가지고 길야 고등계 주임(吉野 高等係 主任)의 총지휘로 엄중한 취조를 하는 중 오후에는 근우회 위원들을 위시하여 오십여 명을 돌려보내고 남아있는 사람 칠십여 명은 회의실에 수용하여 밤을 지내게 한 후 형사대는 오후 열시경 또다시 비밀회의를 하여 무슨 새로운 검거 방침을 결정하였었던바 오일 새벽에 이르러 다시 맹렬한 활동을 개시하여 가지고 시내 안국동(安國洞), 견지동(堅志同) 방면을 엄중 수색한 후 청년과 학생 삼십여 명을 또다시 검거하여 오고 정오경에 이르러서는 시내 청운동 방면 모처에 정사복 경관대 삼십여 명이 자동차로 출동하여 그 근방 골목골목과 산과 개천 등 사람들이 통행할 만한 곳은 전부 파수를 세우고 십여 명을 또 검거 하였다더라.

경성에까지 파급되어 필경은 용이 수습치 못할 중대한 사태에까지 이르렀으며 경찰의 검색(檢索)이 맹렬은 하여가지만 그 비례로 사건도 점차 격화할 징조가 현저하므로 전중(田中) 경찰부장은 오일 오전 열한시경에 총독부로 삼강(森岡) 경무국장을 방문하고 부영(富永) 보안과장과 상내(上內) 도서과장 등과 정좌하여 사건 보고와 및 장차 취할 방침에 대하여 약 한 시간이나 협의한 바가 있었다더라.

과격 격문사건은 종로서에서 견딜 수 없는 취조에 필경 그 진상이 발각되었다는바 모 사건이 발생한 이후, 즉 이제로부터 이십여 일 전에 모종의 획책을 세워가지고 시내 중동학교 본과 삼년생(中東學校 本科 三年生) 곽이형(郭二炯)(一九), 보성고보 사년생(普成高普 四年生) 정환민(鄭桓民)(二○), 곽량훈(郭良勳)(二二), 강석원(姜錫元), 국채진(鞠採鎭), 장석천(張錫天), 차재정(車載貞) 등이 시내 수은동(授恩洞) 일백육십삼번지 김현묘(金賢妙)의 집에서 지난달 이십구일 밤부터 사흘 동안이나 의미가 대동소이한 격문 약 이만 장을 인쇄해가지고 삼일 새벽을 기회로 경성 시내에 분포하는 동시에 전조선 각지에 남으로 북으로 발송된 모양이고 나머지 팔천여 장은 광화문과 경성우편국에서 압수된 것이라는데 이상 주모자 중 검거되지 못한 차재정, 강석원, 국채진 등은 어디로인지 종적을 감추었기 때문에 종로서에서는 필사의 노력으로 팔방 수색 중인바 그들이 사용하던 등사판은 시내 광화문금융조합(光化門金融組合) 것과 또 새로 구입한 한 대 도합 두 대로서 한 대는 수은동 인쇄하던 집에서 압수되고 또 한 대는 당주동(唐珠洞) 일백륙십번지 당주여관(唐珠旅館) 마루 밑에 두었던 것을 압수하여 갔다더라.

경성제국대학(京城帝國大學)을 비롯하여 시내 각처에 배부된 비밀문서의 내용은 이에 발표할 자유가 없으나 종래에 보기 드문 과격한 문자를 나열하였을 뿐 아니라 남조선 모처에서 얼마 전에 발생된 모 사건을 가지고 격렬한 선동을 한 것으로 혹은 학생들이 무슨 운동이나 일으키지 아니할까 하여 경무당국에서는 물론 학무당국에서도 비상히 우려 중이라는데 지난 삼일 오후에 이르러 경기도 학무과(京畿道 學務課)에서는 시내 각 학교당국에 대하여 "평소보다 학생들의 감시를 일층 엄밀히 하여 불의의 일이 없도록 하라"는 경고를 발하였다 하며 시내 각 경찰은 검거에 눈코를 뜨지 못하는 한편으로 학생들이 많이 회합하는 곳을 엄중 감시하여 강연회, 연극장 같은 곳은 물론 하학시간(下學時間)이 되어 학생들이 흩어져 나갈 때에는 평복 형사가 섞여 학생들의 동정을 일일이 감시하는 등 작금 경찰의 공기는 비상히 긴장되어 있다더라.

총독부 학무국에서는 이번 격문사건이 생기자 학생들 사이에 만일의 염려가 있을까 하여 작일 오후에는 학무국에서 직할하는 경성제국대학과 동 예과며 경성의학전문학교(醫學專門學校), 법학전문학교(法學專門學校), 고등공업학교(高等工業學校) 등 여러 학교의 교장을 총독부에 초치하여 무엇인지 장시간 회의를 한 일이 있다 하며 경기도 학무과에서는 동 과에서 관할하는 경성 각 관공립중등학교 교장회의를 소집하여 무슨 의론을 한 후 또 따로 경성 시내 각 중등학교 교장 회의도 열고 여러 가지 금번 격문이 가져오는 영향에 대하여 주의를 시킨 일이 있었다는데 작 사일 오후에도 이러한 종류의 무슨 회합이 있은 듯하다더라.

과격 격문 사건으로 본사에서는 지난 사일과 오일에 양차의 호외를 발행하였다.

과격한 문구를 나열한 격문을 등사판으로 박아서 제국대학을 비롯하여 부내 각 중등학교에 배부한 관계 인물을 체포하기 위하여 종로경찰서 고등계를 선두대로 경기도경찰부 고등과와 동대문경찰서 고등계원들이 연일연야로 활동 중임은 별항 기사와 같거니와 실제 이번 사건의 주요한 관련자는 불과 십 명 내외로서 그중에 등사 기타 관계로 가장 주요한 책임을 맡은 사람은 중앙청년동맹(中央青年同盟)

교육부장(教育部長) 곽량훈(郭良勳, 一名 郭炫)(二二)이라 하며 그 밖에는 모두 등사에 조력 혹은 배부(配付) 등 분담적 활동을 한 사람들이라는데 그 행동은 매우 조직적이었던 모양이라더라.

사건의 진상이 이와 같이 신속히 발각된 단서는 그 격문의 용지가 신문 용지인 것이 나타났었기 때문에 시내 각 사상단체에 신문사 관계자가 있는 자를 검거 취조하는 동시에 가택수색을 하여 증거품을 얻어가지고 맹렬히 추궁한 결과라는데 그 사람은 모 신문사 배달부 이 모(李 某)라더라.

1368 「昨夜도 自動車로 活動 十餘 名 又復 檢擧」 『동아일보』, 1929.12.07, 2면

격문사건으로 말미암아 활동을 계속하고 있는 종로서와 경찰부 연합 형사대는 오일 밤에도 자동차로 시내 각처에 활동하여 일찍부터 찾던 인물 장석천(張錫天), 차재정(車載貞) 등 십여 명을 검거하고 간동(諫洞) 방면과 기타 이삼 처의 가택수색을 하여 다소의 문서를 압수하는 일방 이미 검속 중에 있는 사람 삼십여 명을 또다시 석방하고 육일 정오까지 검속되어 있는 사람은 육십구 명이라는데 각종 단체에 관련된 인물 삼십여 명과 학생 삼십여 명이라 하며 검거는 아직도 그칠 바를 알지 못하는 중이라더라.

육일 오후 경기도 학무과에서는 시내 공사립(公私立) 중등학교장을 긴급히 동 과로 소집하고 목하 형세 험악에 대하여 토의하고 대책을 강구하였다는데 결과에 의하여는 조선 학해(學海)에 지대한 파문을 일으키지나 않을까? 때가 때이므로 자못 중대시 된다더라.

금 육일 오후 두시경에 시내 운니동(雲泥洞) 십사번지 파출소 뒤 판장에 과격한 격문을 붙인 것이 있어서 경찰은 그것을 압수하는 동시에 누구의 소위인지 목하 탐색 중이라더라.

경성 시내에 다수 배부된 격문(檄文)은 각 지방에도 다수 밀송(密送)된 듯하다 하여 경기도경찰부에서는 각지에 급전을 발하여 그 격문의 압수를 의뢰하였으므로 평양경찰서에서도 고등계 형사가 총출동하여 각 방면으로 대대적 수색을 개시하였다는데 특히 학생들의 동정을 엄밀히 살피는 중이라는바 평양우편국에서 격문 다수를 발견, 압수하였다더라. 【평양】

1369 「海州高普生 十 名은 保釋, 출판법과 보안법 위반으로 三 名은 依然 豫審 中」

『동아일보』, 1929.12.07, 7면

지난 칠월 십이일부터 해주경찰이 활동을 개시하여 해주고등보통학교 학생(海州高普生) 열세 명을 검거하여 보안법(保安法) 급 출판법(出版法) 위반으로 동 이십사일 검사국에 넘기었던 사건은 이래 동 법원 예심에 회부되어 취조를 계속 중이던바 아직까지 그 예심이 종결되지 아니하였으므로 학부형들은 여러 가지로 근심하는 한편으로 법원 당국에 보석(保釋)을 하여 달라고 극력 교섭한 결과 지난 오일에 이르러 전부 열세 명 중에 열 명만은 학부형들이 전 책임을 진다는 조건 하에 보석이 허가되어 오래간 만에 출옥이 되었다는데 아직까지도 박효순(朴孝淳) 이하 세 명은 보석이 허가되지 아니하여 옥중에서 신음하는 중이라더라. 【해주지국 전화】

1370 「保釋 出獄한 十 名 六日부터 一齊 登校」

『동아일보』, 1929.12.08, 7면

금년 칠월 십삼일에 해주고등보통학교(海州高等普通學校) 제삼학년생 이형석(李

瀅錫)(一八)을 비롯하여 일시 십삼 명을 검거하여 동월 이십사일에 출판법 위반(出版法 違反), 보안법 위반(保安法 違反)으로 해주서(海州署)에서 해주지방법원으로 송치하였던바 지난 오일 오전 아홉 시경에 해주지방법원(海州地方法院) 석흑 예심판사(石黑 豫審判事)로부터 피고 십삼 명을 불러 최후 심문이 있은 후 관계 학부형에게 절대로 책임을 지게하고 십삼 명 중 십 명만 책임부 보석하였다는바 아직도 예심 종결은 알 수 없으며 보석된 십 명은 지난 육일부터 등교까지 한다는데 보석된 학생 씨명은 다음과 같다더라. 【해주】

李泰鎭, 趙顯森, 吳春錫, 吳炳植, 徐順九, 李天榮, 辛承寅, 李泰秀, 安元模, 李鴻稷.

1371 「警察雜誌에 赤色論文 揭載」

『동아일보』, 1929.12.09, 2면

경찰행정의 한 기관지(機關紙)인 『경찰사상(警察思想)』 십이월호는 '특고경찰 연구호(特高警察 硏究號)'로써 발행하였는데 그 가운데에 내무성 보안과 사상계(內務省 保安課 思想係) 주임 망호철장(網戶鐵藏) 씨가 쓴 「공산당사건과 치안유지법」이란 논문 중에 '공산당(共産黨)은 왜 나쁘냐'라는 제목을 부친 일 항(項)은 공산주의 부정론(否定論)에 반대하여 도리어 공산주의를 긍정(肯定)함과 같은 의미로 쓰여 있으므로 지난 육일에 내무성 경보국(警保局)으로부터 전국 경찰서에 대하여 그 논문이 기재된 두 페이지를 삭제하라는 명령을 발하였다는데 사상취체의 임무에 있는 관리로 이와 같이 당국의 기휘(忌諱)에 저촉된 논문을 발표한 것은 근래에 드문 일이라 하여 당국에서는 주장 낭패 중에 있다더라. 【동경전보】

1372 「某 事件 揭載를 禁止」

『조선일보』, 1929.12.10, 2면

모 사건은 총독부 경무국(總督府 警務局)으로부터 구일 오후에 정식 게재금지(揭載禁止)의 처분을 받아 보도할 자유가 없게 되었더라.

1373 「鐵山 新幹員 九 名은 控訴」

『동아일보』, 1929.12.11, 7면

신간회 철산지회(新幹會 鐵山支會) 설립 목적 취지서(趣旨書)가 불온하다 하여 비밀결사로 인정하고 치안유지법 위반(治安維持法 違反), 출판법 위반(出版法 違反)으로 지난달 십삼일 신의주 지방법원에서 朴鳳樹 懲役 七 年, 鄭相允, 鄭致彦, 鄭國一 各 五年, 金尙謙 三 年 六 個月, 桂應奉 三 年, 鄭用增, 崔錫禧, 安用綠 各 二 年 六 個月(九 名 各 未決 拘留 百八十日 通算)의 판결 언도를 한 철산 신간지회 사건의 피고 전부가 공소하여 지난 팔일 평양 복심으로 호송되었다더라. 【평양】

1374 「出版法 違反으로 兩 人에 罰金刑」

『동아일보』, 1929.12.11, 7면

전남 장흥청년동맹(全南 長興青年同盟)에서는 지난 구월 일일 임시대회 당시에 인쇄한 청년동맹 규약 강령(規約 綱領)이 출판법에 위반되었다 하여 왕재일(王在一) 씨는 육십 원과 길완식(吉浣植) 씨는 삼십 원의 벌금에 처하였다더라. 【병영】

1375 「削除 發行한 號外紙를 押收」

『조선일보』, 1929.12.11, 3면

이미 삭제될 것은 다 삭제되고 다시 호외를 발행하여 평양으로 발송한 본보 제삼천이백삼 호가 지난 팔일 오전 평양역에 도착되자마자 "압수하라는 명령이 있어 부득이 압수하여야겠다" 하며 반이나 찢긴 신문을 평양서원들이 가져감으로 "당신네들에게 조회 온 것은 몇 호 몇 면 무슨 기사라고 하여 있을 것이고 또 전례를 보아 추측하여 보아도 압수한 신문을 또다시 지방에서 압수하는 법이 어디 있느냐?"고 수차 질문하매 "경성서 희생이라느니 무엇이라느니 하는 기사가 씌어 있는 것은 전부 압수하라고 통지가 왔으므로 신문을 보매 그런 기사가 씌어 있기에 압수하는 것이니 그리 알라"고 하므로 "신문이란 무엇보다도 속히 배달하는 것이 원칙이며 속히 보고자 하는 독자들이니만큼 본사에 전화를 하여 보니 본지가 압수당하였기 때문에 이미 삭제를 하고 호외를 발행한 것이며 호외는 압수당한 기사가 없으니 그리 알라" 하여 다 경찰에 통지하여 그제야 "그러면 가져가라" 하여 그 후 두시 후에야 겨우 배달을 하게 되었는데 그런 사실이 금번뿐만 아니라 일전에도 이번과 같은 사실이 있어 많은 지장을 받은 사실이 있었으므로 그들이 알고도 오히려 그런 무식한 짓을 감행하므로 여간 곤란하지 않다 하며 일반 독자들은 그 몰상식한 처상을 비난한다더라. 【평양】

1376 「江華에서도 檄文 押收」

『조선일보』, 1929.12.11, 7면

지난 삼일 경성 모 우편국 일부로 발송된 모종 격문을 강화청년동맹(江華青年同盟)에서 지난 육일 강화경찰서 고등계원의 활동으로 압수하였다더라. 【강화】

1377 「다시 言論彈壓에 對하여」

『동아일보』, 1929.12.14, 1면

一

公開한 言論에 對한 彈壓은 大言壯語를 原因하고 社會를 더욱 紛糾케 한다는 것은 歷史上의 모든 事實이 너무도 明白하게 證하는 일이다. 言論機關의 眞正한 使命은 社會 諸般 事實의 正確 且 公正한 報道를 民衆에게 供給하여 正當한 輿論을 喚起하며 公正한 判斷을 내려 人民으로 하여금 그 歸趨할 바를 알게 함에 있다. 當局者는 이러한 單純한 原理를 意識的으로 無視하고 있다. 發賣停止, 揭載禁止, 削除命令等 種種의 方法에 依하여 言論의 彈壓을 恣行하는 結果는 社會의 眼目을 掩하여 民衆으로 하여금 不安과 疑懼의 속에 있게 할 뿐이다.

二

吾人은 이미 現下 朝鮮의 當局者가 言論, 集會, 出版 等 初步的 自由에 對하여 實로 言語道斷的 彈壓을 斷續해온 데 對하여 이를 指摘하고 質議한 것이 非一非再다. 이에 對하여 當局은 이를 馬耳東風으로하여 아무 反省하는 빛을 보이지 아니한다. 이것은 社會 自體를 보아서도 勿論이요 當局者의 處地로 보더라도 不得策을 極한 者이다. 今日에 이르러서도 이를 反省함이 없다할진대 그들의 誠意를 疑心할 수밖에 없다.

三

輿論이란 모든 方面의 報道와 批判이 公開되어 討論되고 淘汰된 結果에 생기는 것이다. 民意 暢達을 云爲하는 當局者가 이것을 모른다고 할 수 없을 것이다. 事實의 報道를 禁止하고 批判의 自由를 彈壓한다 할진대 어찌 公正한 輿論의 造成을 期할 수 있으리오? 公正한 輿論의 形成이 없이 어찌 社會의 秩序있는 進化를 꾀할 수 있으리오? 이러한 意味에서 當局者가 治安을 憑藉하여 하는 言論의 彈壓은 더욱 社會의 紛糾를 擴大케 하는 것이 아니냐? 이에 비로소 執權者와 主張을 달리한 意見도 그 公表를 許諾함이 言論自由의 原理原則인 것이다. 이것을 除外하고 何等의 다른 自由가 있을 것이 없다. 吾人은 當局에 向하여 朝鮮에 在한 言論 政策의 原則的 方針

의 表示를 要求하고 싶다. 一時一時의 蒼黃한 對策이 이미 그 原則에서 멀리 떠남이 있는가 없는가?

四

專制의 弊風은 이미 過去 世紀의 惡夢이다. 그러하기를 이미 屢次 吾人이 論한 바와 같이 當局者의 頭腦는 專制時代的 權力感이 充滿하여 民意 暢達의 口頭禪을 實行할 能力이 根本的으로 缺如하였다고 볼 수밖에 없다. 時代에 떨어진 出版法, 保安法, 新聞紙法 等의 存在는 그들에게서 더욱 民權 尊重의 痕迹까지라도 빼앗아 가버리는 것이다. 吾人은 當局者가 그 行政上에 있어서 充分 反省하여 重大한 錯誤를 犯치 않기를 忠告하는 바며 一步 나아가서 言論壓迫의 道具로 使用되는 前記의 諸種 惡法을 一日이라도 從速히 撤廢하기 要求하는 바이다. 底止할 바를 모르는 當局者의 態度는 實로 社會의 進步를 爲하여 痛嘆할 만한 일이며 同時에 彈壓을 當하는 民衆에게 있어서 莫大한 苦痛의 原因이 되는 것이니 朝鮮의 民衆은 요만한 最少 程度의 自由를 부르짖을 自由도 없어야 옳겠느냐?

1378 「『槿友』 原稿 押收」 『동아일보』, 1929.12.20, 2면

시내 근우회 본부에서 발행하는 동 회의 기관지 『근우(槿友)』는 그간 원고를 두 차례나 작성하여 도서과에 출원하였던바 두 차례를 거푸 압수를 당하였으므로 동 회에서는 어쩔 수 없음으로 그 대책을 방금 강구 중이라더라.

1379 「警務局에 警務官 두어 思想 取締를 統一」

『조선일보』, 1929.12.21, 2면

총독부 경무국에서는 관제 개정(官制 改正)과 함께 신설된 경무관(警務官)에 대한 인선을 진행 중으로 늦어도 일일 중에는 전부 결정을 보게 되리라는데 전기 경무관은 전임(專任) 한 명, 겸임(兼任) 한 명의 도합 두 명으로 경무국 보안과(保安課)에 배속케 하자는 것인데 금번에 갑자기 경무관을 신설케 된 사정은 지난번에 일본에서 일본공산당 사건(日本共産黨 事件)을 적발, 검거할 때에 경무관의 민첩한 활동으로 검거의 통일(統一)을 보게 되어 완전히 관계 인물 전부를 일망타진하여 이상적 효과(理想的 効果)를 얻은 데에 근본 동기가 생기인 것으로 현금의 직제(職制)로는 경무국은 다만 사무적(事務的)으로 직권을 가졌을 뿐이요, 실질적으로는 하등의 집행권(執行權)이 없으므로 범인을 체포하고 싶은 때가 있어도 직접 손을 내밀지 못하는 관계로 좋은 기회를 놓치는 적이 불소하므로 경무관을 신설한 후 각 도 경찰부(警察部)와 서로 연락을 취하여 특히 공산당(共産黨)과 같은 사상운동(思想運動)을 취체하고 또 검거하는 데 경무국이 직접으로 활동하여 통일적 효과(統一的 効果)를 얻으려 하는 것이라더라.

1380 「衡平 公文 押收」

『동아일보』, 1929.12.31, 2면

조선형평사 총본부(朝鮮衡平社 總本部)에서는 지난 이십 칠일부로 각 지회에 발송한 경북문경사건(慶北聞慶事件)과 이준호 비행사실 정체폭로(李俊鎬 非行事實 正體暴露)의 공문을 발송하였던바 경찰당국에서는 동 공문의 내용이 불온하다 하여 압수하였다더라.

1381 「不穩文 記載한 葉書를 發見」

『매일신보』, 1930.01.01, 2면

府內 鐘路署 高等係에서는 三十一日 새벽 세시부터 道 警察部 高等課를 비롯하여 各 署 高等係의 응원을 얻어가지고 府內 각처에서 대활동을 개시한 결과 府內 勸農洞 六五 角田洋服店 職工 李議植(二三) 外 다섯 명을 鐘路署에 引致한 후 극비밀리에 엄중한 취조를 하는 중이라는데 사건의 내용은 극히 비밀에 부치는 중이나 방문한 바에 의하면 三十日 光化門郵便局의 日附印이 빠진 官製 葉書에 不穩한 여러 가지의 條文을 늘어놓은 것을 府內 各 團體를 비롯하여 個人에게까지 보낸 사건이라 더라.

1382 「言論彈壓의 意義, 彼此의 得失은 如何[一] 各 方面 人士 紙上論壇」

『동아일보』, 1930.01.01, 9면

언론자유를 부르짖을 시대는 세계적으로 보면 벌써 십팔세기의 잠꼬대로 지나가고 말았습니다. 그러나 특수한 처지에 있는 조선에는 이 지난 날의 잠꼬대를 다시금 되풀이 않을 수 없는형편이다. 문화정치를 표방한지 벌써 십년의 세월이 흘렀건만 언론자유의 정도는 해를 따라 늘기는커녕 날이 갈수록 오그라지고 줄어들어 오늘날 와서는 실낱같은 명맥이 금일금일 운명을 바라는 듯하다. 이에 대하여 (一) 언론탄압이란 어떠한 경우에 어떠한 필요로 생기는 것인가 (二) 언론탄압으로 말미암아 위정자의 득실은 어떠한가 (三) 언론탄압으로 말미암아 민중의 득실은 어떠한가 등 세 가지 조목으로 각 방면 인사의 의견을 들어보기로 하였다.

天道教宗理院 李鍾麟 氏 談

언론을 탄압한다고 언론이 그냥그대로 살아질 것은 아닙니다. 언론을 탄압하는 것은 흡사히 커 올라가는 나무를 더 커 오르지 못하게 우에서 누름과 같고, 흘러나려가는 물을 흘러가지 못하게 막는 것과 같아서, 커올라가는 나무를 우에서 누른다면 그 나무는 키는 커지지 않을망정 양편으로 자꾸 퍼져나가게 되고 흘러가는 물을 막는다면 막는 곳만은 흐르지 못하게 된다더라도 좌우 양편으로 근본적으로 터져버리게 될 것이외다. 그러므로 언론을 탄압하여 일시적으로는 얼마만한 효과가 있을는지 알 수 없으나 결코 그것이 영구적으로 효과를 나타내지 못할 것이외다. 아무리 특수한 조선(特殊 朝鮮)이라 할지라도 언론을 탄압함은 위정당국(爲政當局)의 우책(愚策)인 동시에 필경은 손실이 있을 뿐일 것이외다. 그러나 우리 민중은 결코 손실은 없을 것일 줄 압니다.

中樞院 副議長 朴泳孝 氏 談

언론을 압박하는 것은 일시엔 효력이 있을듯하지만 결국은 그 무서운 반응이 일시의 평온에 비할 바가 못됩니다. 혹은 위정자는 법률을 밝히 하면 천하가 무사할 듯이 생각하나 이는 정사를 맡아보는 사람의 일시 보안책이요, 영구한 계획이 못되나니 저 명(明)나라를 보시오. 그 법문이 엄하기가 구족에 미치었으며 조문의 밝기가 고금동서에 비할 데 없었으니 그 밝고 엄한 법으로 국가가 억만 년이나 태평할 줄 알았을 것이나 삼백 년이 다 못하여 없어지고 말지 안했습니까. 그러기에 고래로 무사지국에 기형필평(無事之國 其刑必平)이라는 말이 있지요.

佛教專修學校 金法麟 氏 談

조선의 언론탄압은 다른 문명한 나라에서는 볼 수 없는 특별한 예(例)인데 위정자가 정치적 미봉책으로 언론을 부자연하게 억압하는 것이 일시적으로는 유효할는지는 알 수 없으나 그것은 물이 차면 넘는다는 자연의 원칙을 무시하는 것이니 물론 손실이겠고, 민중의 손실은 더욱 크외다. 왜 그러냐하면 정치적(政治的), 경제적(經濟的) 사회생활이 고정적(固定的)으로 화석(化石)이 안 된 이상 각기 그 장점을 발휘할 언론의 자유가 있어야 할 터인데, 그것을 탄압하게 되면 직접간접□□ 그것이 축소되고 발전의 방해됨으로써이외다. 언론의 자유 정도는 그것이 곧 우리 민중생활의 '바로미터'(晴雨計)인데 그것에 대한 탄압의 정도가 높을수록 우리 민중의 생활은 더욱 손실이 많게 될 것이외다. 내가 기왕에 약 십여 년 동안 해외생활(海外生活)을 한 일이 있었는데 구라파 각국 가운데에서 불란서(佛蘭西)가 소위 좌익운동(左翼運動)에 대한 탄압이 심한 나라라 하지마는 그래도 많은 군중이 집합하여 연설이라든지 강연을 하는 장소 안에는 경관이 들어가서 취체하는 일이 전연 없고 다만 장외(場外) 안녕질서(安寧秩序)를 유지하기 위하여 취체를 하는 것밖에 보지 못하였소이다. 시대사상(時代思想)은 그 시대 그 사회의 사람으로서 누구나 가질 수 있는 특권(特權)이요, 또한 자유(自由)일 것입니다. 그럼에도 불구하고 그 사상의 표현적 언론을 억압하고 또는 사실 그대로 보아 비판(批判)할 자유를 구속함과 같은 것은 마치 물 끓는 솥뚜껑을 봉쇄하는 것과 마찬가지의 어리석은 수단이라고 볼 수 있습니다. 왜? 그러냐 하면 끓어오르는 물이 식기 전에는 덮으면 덮을수록 누르면 누를수록 더욱 끓어 오르는 것과 같이 억압하면 억압할수록 이미 배태된 그 사상은 감추어진 채 더욱 잠행적으로 음모적으로 더욱 자라고 커 가는 것이요, 구속하면 구속할수록 그 반항적 감정은 더욱 치열하여 험악하여 가는 까닭입니다. 그러므로 언론을 압박하는 것은 비과학적(非科學的)이라고 하겠지요. 그리고 언론 압박으로 말미암아 오는 그 결과는 압박을 당하는 편이나 또는 압박을 하는 그 두 편이 모두 손실일 것입니다. 아니 구태여 압박을 받는 그 민족, 그 사회의 이익되는 것을 지적하려면 압박을 당하면 당할수록 ○○○사상과 단결은 더욱 더 굳어지는 그것이라 할까요.

普成高普校長 鄭大鉉 氏 談

요사이의 언론탄압은 종전보다 더 심한 듯하외다. 위정당국자와 그들은 어떻게 생각하는지 알 수 없으나 우리들의 생각에는 언론을 좀 완화(緩和)하게 하여 신문지상으로 사실을 사실대로 게재케 하고 또는 공개석상(公開席上)에서 연설 등으로 표면으로 발표케 하는 편이 당국으로서도 참고가 될 듯하외다. 설사 신문에 게재치 못하게 하고 연단에서 말을 못하게 한다 하여 불평이 없어지고 평온할리는 도저히 없을 일이외다. 뿐만 아니라 도리어 일반민중의 기분이 음울하여져서 반감과 의혹(疑惑)이 더 할뿐이외다. 지난 번 광주사건만 말하더라도 사실을 사실대로 신문지상에 보도케 하였던들 그렇게 일이 벌어지지 않았을 것이외다. 그것을 금지한 것은 분명 당국의 실책이 아닌가 합니다.

中央保育校長 朴熙道 氏 談

언론 압박이 어느 시대 어느 나라를 물론하고 전연 없는 사실은 아니었다. 그러나 압박당하는 언론이 진리(眞理)요 또한 일반민중의 전반 의사요 사상(思想)이라면 그는 어느 때나 폭발이 되고야마는 것이외다. 즉 다시 말하면 민중 전체로서 알려고 하고 알아야만 할 일이면 언제나 알리어지고 들리어진다는 말이외다. 그러므로 민중의 언론을 압박하여 당면의 사실을 일시적 엄폐코자 하거나 또는 누르려고 하는 것은 결국 아무 소용없는 어리석은 일이외다. 그리고 위정가 저의 무지(無智)를 스스로 폭로하는 것밖에 아무것도 없습니다. 더구나 국민을 본위로 하여 민중정치를 고조(高調)하게 된 오늘날 민중의 의사를 몰각하고 민중의 언론을 압박함과 같은 것은 치자(治者), 피치자(被治者)가 아울러 백해가 있을지언정 일리가 없는 일이라고 생각합니다.

京城辯護士 李仁 氏 談

백성은 가사유지(可使由之)요 불가사지지(不可使知之)[34]라는 이러한 봉건시대(封建時代)의 봉건적 정치라면 모르거니와 그렇지 않으면 적어도 백성의 뜻을 저버리지 아니하고 민복(民福)을 꾀하는 민중정치(民衆政治)의 오늘날 민중의 언론을 구속하고 압박함과 같은 일은 국가와 사회의 문화(文化)발달과 향상을 저해함은 물론 인민의 의혹과 불안을 조장할 따름일 것입니다. 따라 그 결과는 도리어 치안(治安)을 유지키 어려운 말할 수 없는 무엇을 가져올 것은 역사적 사실(史實)로 보아 알고도 남을 일입니다. 그러므로 언론의 압박은 피압박민중에게 있어서는 더 말할 것 없고 치자(治者)인 위정당국자들로 보아서도 도저히 정치의 이상을 도달할 수 없는 위정자의 취할 태도가 아닐 것이라고 생각합니다.

京城府協議員 韓萬熙 氏 談

언론기관의 압박은 어떤 영향이 미치느냐고요. 여러 가지 결과가 일어나겠지요마는 나는 한 마디 대답하려고 합니다. "부질없는 오해를 사며 반동이 커질 뿐"이라고.

34 백성을 따르게 할 수는 있지만 원리를 이해시킬 수는 없다는 『논어』의 한 구절.

1383 「言論彈壓의 意義, 彼此의 得失은 如何[二] 各 方面 人士 紙上論壇」

『동아일보』, 1930.01.02, 4면

國民黨 支部 張弘海 氏 談

언론(言論)이란 그 시대 그 국민의 시대사상의 표현으로 그 언론을 압박하는 것은 즉 그 사상을 압박하는 것입니다. 그 사상의 조류(潮流)는 막으려야 막을 수 없는 불가항력의 것입니다. 그것을 억압하거나 압박하는 것은 마치 흐르는 대류를 막는 것이나 다름이 없습니다. 그러므로 우리는 백성은 국사(國事)를 말하지 말라(莫談國事)하는 청조시대(淸朝時代)의 그 말기를 보고 있거니와 시대사상의 조류를 역행할 수는 도저히 없습니다. 거듭 말하면 표면적 언론을 압박함으로써 그 내면적 잠재한 사상을 근절시킬 수는 없을 것입니다. 그렇다면 언론 압박은 결국 아무 소용이 없는 것입니다. 오히려 내재(內在)의 잠재적 사상을 길러주어 비밀결사 또는 음모(陰謀)의 험악한 형세를 조장할 따름인 것입니다.

耶蘇敎會 牧師 金永爕 氏 談

언론압박이요! 조선의 천지가 큰 ○○이니 그 안에 있는 우리로서 압박을 운운할 무엇인들 있습니까? 이미 함구령(緘口令)이 내리어 있지 않습니까? 그러나 누구의 한 말을 빌려온다면 언론압박은 그 손실이 압박을 당하는 그 사회 그 민족 중의 피치자(被治者)보다도 압박을 더하는 위정자에게 더욱 크고 많습니다. 왜? 그러냐 하면 인민의 갖고 싶은 주의와 사상(思想)을 구속하거나 또는 어찌할 수 없는 치자인 당국자로서 그 사상의 표현적 언론만을 억압한다는 것은 도리어 인민의 반동적 기세를 돋울 뿐이요, 아무 효과가 없는 것이기 때문입니다. 더구나 인민의 의사 표시까지 압박을 하고 구속을 하기 때문에 위정자로서는 그 인민의 진정한 요구와 기대를 알 수 없고 따라 그 사상의 변천을 모르게 되나니 그 결과로는 이해 없는 정치의 실패를 가져 오게 되는 것입니다. 그 반면에 압박을 당하는 그 사회 그 민족 중으로 보아서는 인문(人文)의 발달은 물론 만반 문화적 생활에 큰 위협을 받게 되는 것입니다. 그러나 압박을 당하는 민중에게는 도리어 잠행적으로 성장하고 있을 것입니다.

興一社 社長 張斗鉉 氏 談

언론탄압이 얼마 전보다 점점 더 심해지는 모양인데 집정자(執政者)가 언론을 그렇게 탄압을 하고서야 어떻게 민의를 창달(民意暢達)케 할 수 있을는지가 자못 의문되는 바이외다. 우리 민중으로서는 탄압받는 것을 좋아하는 이가 누가 있겠는가. 그 어느 사람을 물론하고 탄압을 받음으로 말미암아 고통 되고 손실됨이 없지 않을 것이외다.

朝鮮體育會長 兪鎭泰 氏 談

언론 압박이 어떠한 결과를 비집어내는가 함은 식자로는 다 아는 바이겠으니 내가 다시 말할 거야 무엇이겠소마는 내 의견을 말하라면 비유를 들지요. 가령 중병에 걸려 입이 트고 목이 말라 애를 쓰는 환자를 고치려면 약을 먹어야 하는데 쓸약은 안 주고 달콤한 물만 주면 입에는 달지마는 그 병은 차차 고항으로 들어가서 점점 중해지는 것과 마찬가지겠지요.

倫敦 言論市場 實際 視察談 經濟學博士 李克魯 氏

조선의 언론탄압문제에 대하여 나는 참고로써 영국(英國)의 예를 한 가지 들어 말하겠다. 내가 수년 전에 영국을 시찰 갔을 때에 '론돈'에서 언론시장(言論市場)을 실지로 시찰한 바가 있었다.

이 언론시장은 흡사 시장(市場)에서 갖은 각개 물건을 진열해 놓고 장을 보이는 것과 같아서 공원(公園)이나 혹은 길거리에 연단(演壇)을 여기저기에 여러 개를 설비해 놓고 아침으로부터 저녁까지 계속하여 제각기 등단하여 학술(學術)이나 사상(思想)이나 무엇을 물론하고 각기 그 의견을 한 시간이나 혹은 반 시간씩 생각 가진 대로 발표하게 되는데 그것은 춘하추동 사시절에 어느 때 어느 날을 물론하고 언제든지 개시(開市)를 하는 것이지마는 특별히 토요일(土曜日)이나 일요일(日曜日)이 제일 번창하다.

그런데 그 언론시장에 언론을 들으러 오는 청중(聽衆)은 마치 시장에 물건 사러 가듯이 이곳저곳 다니면서 제 맘대로 듣다가 그중에 자기의 취미가 끌리는 연단 앞에 가서 제일 오랫동안 듣고 가게 된다. 영국에 상원, 하원(上院, 下院)의 국회(國會)가 있어서 소위 국민의 대표라는 대의사(代義士)들로써 국정(國政)을 의논한다 하지마는 몇 백 명의 대의사만으로는 도저히 진실한 민중의 사상을 알기 어려움으로 참으로 민중의 사상을 자세히 잘 알려면 앞에 말한 그 언론시장 그것을 의뢰하는 수밖에 없다.

그래서 민중의 의사(意思)를 민중 가운데에서 직접으로 채취(採取)하여 그것을 정치의 참고로 삼는다. 그러므로 영국에서는 위정당국이 언론을 금지 혹은 탄압하기보다 오히려 그것을 자유로 발표하도록 장려(獎勵)를 한다. 그래서 앞에 말한 언론시장의 연단 위에 비록 인도(印度)의 독립단(獨立團)이 올라서서 말을 하려 하더라도 조금도 구속치 않고 그것을 허락한다. 흐르는 물과 같은 사조(思潮)를 막아두는 것은 도리어 위험하다 하여 그것을 자유로 발표하게 하는 것이 영국의 정치적 정신(政治的 精神)일 뿐 아니라 영국의 위정당국은 민정(民政)을 직접으로 참작하기 위하여 일종의 민의(民意)의 응용기관(應用機關)으로 전기의 언론시장을 공개해 두는 동시에 국민을 정치생활에 훈련케 하여 인민의 미혹(迷惑)을 덜기에 힘쓴다.

언론을 탄압하여 사상을 막아 둔다면 그것은 일방으로만 편중(偏重)할 우려가 있게 되지마는 자유로 개방해 두면 각 방면으로 널리 알게 되고 판단력(判斷力)을 가짐으로 맹목적(盲目的) 행동을 취하지 않게 되는 소득이 있게 된다. 그러므로 미봉책(彌縫策)으로 언론의 자유를 방지함이 일시적으로는 유효할는지는 알 수 없으나 정치상 백년대계(政治上 百年大計)의 장구책(長久策)이라고 할 수는 없을 것이다.

【文責在記者】[35]

35 문장에 대한 책임이 기록한 사람에게 있다는 말.

1384 血灘,「詩의 削除를 보고」

『동아일보』, 1930.01.02, 11면

그 누가 불렀는고
빈 터 될 피노래를
노래야 없어지리
活字가 서럽구나
이저곳 깎기운 자취
내 맘 더욱 울리네

1385 「某種 檄文 草稿 押收 十餘 靑年 又 引致」

『중외일보』, 1930.01.02, 7면

시내 종로서 고등계에서는 수일 전부터 비밀리에 관내의 각 요시찰인(要視察人)의 행동을 엄중히 감시하고 있는 한편 무엇인지 비밀리에 행동을 개시하고 있던바 돌연 삼십 일일 아침부터는 긴장한 가운데 형사대가 시내 팔방에서 활동을 하여 권농동(勸農洞)에서 이 모(李 某)란 청년을 검거하고 다시 그 뒤를 이어가지고 형사대는 삼청동(三淸洞) 방면으로 달려가 그곳 권 모(權 某)란 중청(中靑) 간부의 집을 앞뒤로 포위하고 동 가에 모여 있던 중청 집행위원 이민철(李民徹) 등 사오 명을 한꺼번에 검거하고 그 외 김동일(金東一) 등 몇 사람을 동 일 밤 열두시까지 더 검거하여 전후 십여 명의 요시찰인들을 검거하였는데 이때 권 모의 가택을 수색하여 모 종 격문의 초고(草稿)까지 발견, 압수하였는바 마침 그날은 권 모의 결혼 날로 많은 사람들이 모여 있었기 때문에 한참 동안은 큰 분란을 겪었다 한다. 그런데 이제 그들이 검거된 내용을 믿을만 한 곳으로부터 탐문한 바에 의하면 차재정(車載貞) 등과의 격문사건의 뒤를 이어 전기 권 모의 결혼 당일을 기회 삼아 전기 이민영 등 십여 인이 동 가에 모여 가지고 제이차 계획으로 오는 사일을 기하여 시내 각처에 격문을 배부하는 동시에 학교 개학일에는 재차로 학생소동을 일으키고자 하였던 계획이 사전에 발각되어 그와 같이 검거를 보게 된 것이라는데 사건은 더 확대되지 아니하리라더라.

1386 「全州女高普 秘社事件 終豫」 『동아일보』, 1930.1.10, 7면

경성지방법원(京城地方法院) 예심정에서 치안유지법(治安維持法)으로 취조를 받고 경성 서대문형무소(西大門刑務所) 미결감에서 신음하는 김철주(金鐵柱)의 부인 임부득(任富得)은 작년 유월 중순경에 전주여자고등보통학교(全州女子高等普通學校) 생도 이십여 명을 망라하여 독서회(讀書會)를 조직하고 문학을 연구하던바 그것을 다시 적광회(赤光會)로 조직체를 변경하고 사회학을 연구코자 '맑스'사상의 서적을 구입하여 윤독하며 경성의 모 단체와 연락을 취함과 동시에 반회(班會)로 변경하고 주의를 선전코자 「뉴쓰」라는 '삐라'를 등사하여 동 교 생도에게 산포하고 경성 단성사 순업부대가 전주극장(全州劇場)에서 흥행하는 기회를 이용하여 「뉴쓰」라는 삐라를 산포하다가 전북 경찰부에 발각되어 취조를 마치고 전주지방법원 검사국에서 취조한 후 예심으로 회부하여 시일이 짧지 아니한 팔 개월 만인 지난 육일에야 예심이 종결되는 동시에 치안유지법 급 출판법 위반(治安維持法 及 出版法 違反)이라는 죄명으로 지난 칠일에 공판에 회부되었다는데 금월 중에 개정케 되리라한다. 【전주】

1387 「要求陳情書를 警察이 押收, 내용을 모르겠다 하는 會社 庶務課長 談」

『중외일보』, 1930.01.11, 석2면

"직공 측의 요구조건은 회사당국에 제출되기도 전에 등원 고등과장이 뺏어갔으므로 회사당국에서는 요구조건 내용 여하도 못보고 파업을 당케된 것인데 이에 대하여 오전 십일시 경성으로부터 귀임한 서무과장(庶務課長)은 아침에 경성에서 돌아오니 그와 같이 파업이 되었다고 합니다. 하여간 요구조건이 무엇인지 알아야 이편에서도 충분히 생각하고 어떤 해결책을 취할 터인데 고등과장이 가져갔다고 하므로 아직 보지도 못하였습니다. 회사 측으로서는 직공들의 요구가 정당하면 들어 줄 것이고 그렇지 않으면 충분히 타협하여 원만한 해결을 보도록 하렵니다. 아직 공장 측과 회사 측은 하등 접촉이 없으므로 더 말할 재료도 없습니다"고 말하더라.

1388 「勞資關係를 取扱한 脚本이 多數」

『조선일보』, 1930.01.12, 7면

최근에 시내에서 흥행하고 있는 모든 연극의 각본(演劇脚本)을 검열하고 있는 경기도 경찰부의 말을 듣건대 조선 사람이 연출하려고 제출하는 각본 가운데는 사회사상(社會思想) 즉 지주와 소작인의 관계(地主와 小作人 關係)와 공장주와 노동자의 관계(工場主 及 勞働者 關係)라거나 생활난 때문에 어린아이를 눌러 죽이려는(嬰兒壓殺) 것이라거나 그 밖에도 노농로서아의 사회사정 등을 그린 것이 연연히 늘어가고 있는 중이나 경찰당국에서는 이 종류의 모든 것을 치안상에 좋지 못하다는 이유로 절대로 불허가로 하였다 하며 그 밖에 청년남녀가 키스하는 장면이라거나 타태(墮胎) 등을 암시하여 풍속을 훼란(風俗毁亂)케 하는 연극도 상당히 많아 그런 것은 일부분을 삭제시키고 허가를 하여 주었다는데 이제 작년 일 년 동안에 경기도 경찰부에서 검열한 각본 총수와 불허가 급 일부 삭제 허가한 각본수를 보면 許可 總數 三百四十一, 一部 削除後 許可 二十八, 不許可 二十七, 計 三百九十六과 같으며 또 전기 불허가된 이십칠 개의 각본 속에 조선 사람이 지어서 허가 맡으려 한 것이 절대다수인 열네 가지요, 그 밖에는 로서아 등 서양연극을 번역한 것이 다섯 가지며 사회문제 이외의 것으로는 일반 가정극 등에도 불허가 당한 것이 있다고 한다. 더욱 각본의 종류는 희극(喜劇)이 팔십구 개가 제일 많고 그 밖의 것은 가정극(家庭劇)이라더라.

1389 「脚本許可 件數」 『동아일보』, 1930.01.15, 7면

작년도에 경기도 보안과(保安課)에서 취급한 각본(脚本)허가 건수는 삼백사십일 건인데 그중에 내용이 불온타하여 일부를 삭제하고 허가한 것이 이십팔 건이요, 불허가 된 것이 이십칠 건으로 대부분이 사회극(社會劇)이라 한다.

1390 「罷業本部 發送의 檄文 押收를 電命」 『중외일보』, 1930.01.15, 조3면

파업본부에서 전조선적으로 파업을 호소하는 격문을 발송하게 되자 소관 부산에서는 아연실색하여 즉시 경성 체신당국(遞信當局)에 교섭한 결과 체신당국에서는 전조선 각지 우편국소에 전명하여 전기 격문을 압수하라 하였는데 부산시내 우편국소에도 밤 열시 십분에 압수 전명이 다다랐다. 【십사일 오후 십이시 부산지국전화】

1391 「梨花高普에서는 不穩文書도 發見」

『매일신보』, 1930.01.17., 2면

이번 學校騷動 中 가장 激越한 행동을 한 學校는 '미션스쿨'인 貞洞 梨花女高普이었다. 예수敎 學校에서 共産主義的 色彩를 濃厚하게 가진 學生運動을 하였다. 이것은 누구나 異樣의 感을 갖지 않을 수 없는 것이니 이번 騷擾한 各 學校 生徒 中 梨化女高 生徒들만은 太極旗와 赤旗들을 가졌을 뿐 外라 不穩文書까지 多數히 가지고 있는 것이 發見되었고 또 이에 따라 그 背後에는 某 團體가 魔手를 벌리고 어린 生徒들을 弄하고 있는 것이 判明되었다. 그리하여 警察은 그 方面을 철저히 조사하고 있는 중이다.

1392 「책상 서랍 속에 不穩文 發見」

『매일신보』, 1930.01.18, 2면

十七日 午前 中東學校에서는 敎員이 敎室을 巡視하다가 生徒들의 책상 서랍 속에 不穩文書가 들어 있는 것을 열두 장을 발견하여 警察에 屆出하였더라.

1393 「『童謠運動』 原稿 押收」

『조선일보』, 1930.01.22, 7면

푸로 소년문학운동(少年文學運動)을 할 목적으로 『동요운동(動搖運動)』을 발간하려고 원고를 작년 십이월 이십삼일에 제출한바 원고가 당국의 기휘된 바 있어 전부 압수를 당하였는 고로 사원 일동은 임시호를 출간하고자 분망 중이라더라.

1394 「朝鮮, 臺灣 發送 新聞 押收 問題」

『동아일보』, 1930.01.22, 1면

東京新聞總通信社의 幹部로써 組織한 二十一日會는 二十七日 午後 三時부터 總會를 開하고 朝鮮, 臺灣에 發送하는 新聞 押收 問題에 對하여 對策을 講究할 터이다. 【東京二十日發電通】

1395 「脚本과 틀리다고 土月會員 檢擧」

『조선일보』, 1930.01.24, 7면

시내 조선극장(朝鮮劇場) 안에 있는 토월회(土月會)에서는 이십이일 밤에 『月曜日』이라는 각본으로 연극을 하던 중 경찰서에 제출한 각본 내용과 탈선된 문제를 연극하였다는 혐의로 이운영(李雲英)(二三), 김옥(金玉) 두 사람을 소관 종로경찰서(鍾路警察署) 고등계에서 검거하여 길야(吉野) 고등주임이 취조를 마치고 십오 일간 구류에 처하였다더라.

1396 「押收 안 된 新聞을 二日 間이나 抑留」

『조선일보』, 1930.01.25, 7면

의주서(義州署)에서는 지난 십구일부 본보 제삼천이백사십오호를 이틀씩이나 무고히 억류하였다가 이십일 오후 다섯시에야 내어 주었는데 이에 대하여 동 서 신정(新井) 고등계 주임은 왕방한 본보지국 총무 박성찬(朴成贊) 군에게 아래와 같이 말하였더라.

문, "십구일부 본보 제삼천이백사십오호를 무슨 이유로 이틀씩이나 억류하였는가?"

답, “압수한 기사가 있어서 가져온 것인데 삭제되었으므로 즉시 가져가라고 통지하였으나 당신네가 가져가지 않은 것이지 누가 억류하였다는 말이오?”

문, “나는 그동안의 촌에 출장하고 없었으므로 자세히 알 수 없으나 신문배달부의 말에 의하면 찾으러 와도 주지 않았다 하니 찾아가라고 통지하였다면서 어찌하여 주지 않았는가?”

답, “신문 배달부가 찾으러 왔는지는 모르나 우리는 보지 못하였소.”

문, “폐일언하고 남의 물건을 가져다 보았으면 주인이 찾으러 오기 전에 당신네가 갖다 주는 것이 인사에 옳지 않소?”

답, “가져다까지 줄 수 없소.”

1397 「會寧市內에 不穩文書를 撒布」

『매일신보』, 1930.01.26, 2면

二十二日 午前 三時頃 會寧市內에 不穩文 宣傳 삐라 수백 매를 撒布한 사실을 발견하였는데 普興女校 生徒의 소위로 판명되어 首謀者로 인정하는 열두 명을 검속하였더라.

1398 「포스터 差押 忽然 演說 中止」

『동아일보』, 1930.01.31, 1면

日本 大衆黨 河野密 氏의 演說會 ‘포스터’ 差押 問題에 關하여 大衆黨 本部는 內務省 並 警視廳 當局에 對하여 解除를 要求 中인데 同黨 本部에서는 當局의 態度 如何에 依하여는 選擧 妨害로서 告發하리라 한다.

東京府 第六區에서 立候補한 松谷與二郎 氏의 演說會에서 應援辯士가 松谷與二郎

君이 일찍 濱口과 會見한 時 濱口 首相은 松谷 君에게 絶對로 言論을 壓迫치 않는다고 言明하였다고 말하자 卽時 中止. 【東京卅日發電通】

1399 **「電報 削除 差押」** 『동아일보』, 1930.02.01, 1면

當局의 掩蔽主義에는 日本文 新聞도 餘波를 단단히 받은 모양이다. 朝鮮으로 들어오는 日刊新聞이 釜山서 不具者가 되어 오는 것은 前日 言及한 바 있거니와 朝鮮서 日本으로 가는 新聞, 電報가 削除, 押收되기 例常事라고 某 日本文 新聞이 不平을 鳴했다. 總督府 當局者는 現代의 鎖國主義者인가. 玄海灘에 石壁를 쌓고 이편에서 저편을, 저편에서는 이편을 넘겨다보지 못하게 하려고 最善의 勞力을 하는가. 그러면서도 一方으로는 言論政策 緩和 云云의 宣傳 記事의 放送에는 不怠하는 모양이다. 吾人은 緩和, 不緩和의 何事임을 理解치 못하거니와 오직 掩蔽에 依하여 그네가 얻는 것보다 잃은 것이 더 많을 것만은 明若觀火인 것을 한 번 더 指摘한다.

1400 **「共産同盟의 不穩文書를 撒布」** 『매일신보』, 1930.02.04, 2면

京都 川端署에서는 府 特高課와 협력하여 一日 夜來 深更까지 대활동을 개시하여 京都帝大學生 六名 外 數名을 검거하였는데 二日 警視廳 佐伯 特高部長도 急遽 西下하여 취조를 개시하였다. 사건의 내용은 지난 二十六, 七 兩日 社會科學研究會 系統의 京大 學生 數名이 日本靑年共産同盟의 不穩文書를 撒布하고 總選擧를 기회로 某種의 陰謀를 企圖 中인 것을 탐지한 것인데 檢擧의 進行에따라 第四次 共産黨事件의 暴露가 아닌가 한다더라. 【京都二日電】

1401 「普校 學父兄會에 記者 傍聽을 禁止」

『중외일보』, 1930.02.07, 조4면

지난 二月四日 咸北 鏡城郡 漁郎面 鳳岡洞에 있는 漁郎公立普通學校 大講堂에서 學生萬歲事件으로 因하여 多數한 犧牲者가 생긴 問題로 一般 學父兄會를 趙京缶 氏 司會下에 開會하였는데 開會 冒頭에 臨席 警官으로터 記者 傍聽까지 禁止시키므로 本報 朱乙支局 記者 吳槿 氏와 『朝鮮日報』 鏡城支局 記者 嚴東熙 氏는 臨席 警官과 抗爭하여 그 禁止 理由를 들었으나 다못 上官의 命令이라는 漠然한 答辯에 兩氏는 그런 理由에는 禁止當할 수 없다고 論爭이 있었으나 結局 解禁되지 못하여 場內의 空氣는 매우 험악하게 된 후에 鄭錫亨 氏로부터 光州學生 衝突事件을 말하는데 臨席 警官으로부터 中止시키어 場內는 더욱 緊張하게 된 중 檢擧된 學生 釋放要求委員 五人을 選擧한 後 午後 三時에 無事 閉會하였는데 參席한 學父兄 數는 約 五百餘 名이라 하며 光州學生 衝突事件을 말하다가 中止를 當한 鄭錫亨 氏는 臨席 警官이 檢束하여 갔으며 또 臨席 警官은 演壇에 올라가 事實無根 하다는 말을 하다가 學父兄들은 警官이 演壇에 오름을 大端히 憤慨하며 質問하는 等 大會는 매우 緊張裡에서 閉會하였다더라 【朱乙】

1402 「朝鮮, 臺灣行 新聞 押收問題」

『동아일보』, 1930.02.07, 1면

有力 新聞 通信의 團體인 二十一日會는 曩者 朝鮮, 臺灣, 其他 植民地에 對한 新聞紙 押收問題에 關하여 當局者의 不當處置를 糾彈하고 先後策을 協議 中이던바 六日 午前 十一時부터 拓務省에서 松田 拓相과 會見하여 意見을 交換하여 初志의 貫徹을 期하기로 되었다. 【東京五日發聯合】

1403 「『朝鮮實業彙報』 押收」

『동아일보』, 1930.02.09, 7면

『조선실업휘보』 창간호는 허가원과 원고를 제출한지 삼 개월 만에 내용이 불온하다는 이유 하에 불허가가 되었으므로 동 사에서는 제이호를 발행코자 준비 중이라 한다.

1404 「旗와 檄文 押收」

『중외일보』, 1930.02.09, 석2면

지난 칠일 새벽 다섯시부터 목포경찰서원들은 별안간 긴장하여 가지고 맹렬한 활동을 개시하여 시내 양동(陽洞)에 있는 사립 정명여학교 고등과(貞明女學校 高等科) 사학년 생도 최이선(崔二善)(一九), 강안식(姜安息)(一八), 서금복(徐金福)(一八), 박덕순(朴德順)(一八) 일년생 송영은(宋永恩)(一八) 등 외에 다섯 명을 검거하자 동시에 동 학교당국에서는 임시 휴교를 단행하였다는데 이제 그 내용을 듣건대 전기 최이선 등은 상업학교운동사건을 이어 시위행렬을 행하기 위하여 얼마 전부터 비밀리에서 계획하여 행렬할 때에 사용하려고 적색대기(赤色大旗)에 격렬한 표어를 써서 준비하여 놓고 여러 가지 격문 수천 장을 동사판이 없으므로 묵지(墨紙)로 써서 준비하여 두고 고등과 생도들만은 수효가 적으므로 동 교 보통과 오륙학년 생도들을 망라하여 칠일 아침 조회시간을 마치고 거사하기 위하여 지난 육일 밤중부터 모 학생의 집에 모여 칠일 새벽 두시까지 회의를 마쳤었는데 일이 사전에 발각되어 그와 같이 검거되는 동시에 준비하였던 격문까지 전부 압수되었다 하며 계속하여 가택수색과 학생 검거를 더욱 맹렬히 한다더라. 【목포】

1405 「雄基에 不穩文書」 『매일신보』, 1930.02.11, 7면

함북 웅기항 송평동(咸北 雄基港 松坪洞)에서 지난 삼일(三日)에 불온문서를 여러 곳에 붙인 자가 있음을 발견한 경찰당국(警察當局)에서는 목하 범인 체포에 대한 활동 중이라 한다.

1406 「映畵上映 中止」 『조선일보』, 1930.02.13, 3면

지난 구일 밤 광주 제국관에서는 사진 「아리랑」을 상영하여 관객의 환영을 받던 중 돌연히 임석 경관의 중지로 인하여 사진은 중지되고 관객은 대혼잡을 이루었으며 약 십분 후 다시 상영케 되어 무사히 막을 마쳤었는데 이제 그 자세한 내용을 듣건대 그 사진 중에 파손된 부분이 있어 허가원에 파손된 부분을 뺀다고 문구가 있었는데 임석한 이 모는 그것을 그 사진의 최후장면인 나운규 씨 포박당하는 장면으로 해석하고 중지를 하였음이라 하며 변사와 한 가지로 경찰서에 가서 질문한 결과 이 경관의 몰상식으로 판명되어 다시 상영케 됨이라더라. 【광주】

1407 「二十餘 名을 檢擧 旗, 檄文 等 押收」 『중외일보』, 1930.02.14, 조3면

함북 청진고등여학교 조선인 학생(咸北 淸津高等女學校 朝鮮人 學生) 이십여 명은 지난 십일 밤 돌연히 총동원하여 대활동을 개시한 청진경찰의 손에 검거되었으며 시내 각 여학생들 기숙하는 집을 돌아가며 모조리 가택수색을 하였다 하며 격문과 ○○기를 다수 압수한 것을 보아 전국적으로 일어난 모종의 시위운동을 일으키려

다가 미연에 발각된 듯하다는데 검거된 학생 이십여 명 중 두 명은 동야 오전 오시경 석방되었으며 구속되어 있는 학생은 아래와 같다더라. 【청진】

拘禁된 學生

金福順, 白福女, 鄭弄春, 李西分, 尹貴女, 韓信海, 姜振守, 高月鳳, 黃今振, 吳松本, 朴寶玉, 鄭松鶴, 吳春比, 崔敬玉, 朴華順 等.

1408 「記者 無理 監禁事件 正式 裁判 開廷」 『조선일보』, 1930.02.18, 7면

본보 홍성지국장 박원식(本報 洪城支局長 朴源植) 씨는 지난 이십일에 홍성경찰서(洪城警察署)에 강제 검속(强制 檢束)을 당하였다가 사흘이 지난 이십이일 밤 중(즉 이십삼일 오후 영시경)에 또다시 아무 조문의 통고도 없이 무리하게도 구류 이십오일간(拘留 二十五日間)이라는 즉결 언도를 받고 이를 불복하고 정식재판(正式裁判)을 청구하여 그 공판기일(公判期日)이 지난 십오일이라 함은 기보한 바와 같거니와 예정과 같이 동일 오전 십시 반경에 공주지방법원지청(公州地方法院支廳) 공판정에서 판사 장곡천위량(判事 長谷川威亮) 씨의 담임으로 심리가 개시되었는데 운집하는 방청인들은 장내 장외를 물론하고 대만원을 이룬 가운데에 씨명, 주소, 직업 등의 문답이 끝나고 곧이어 사실심리에 들어갔는데 금번 사건에 있어서는 전혀 홍성경찰서 오서장(洪城警察署 奧 署長)과 전기 본보 홍성지국장 박원식(本報 洪城支局長 朴源植) 씨 사이에 지난 이십일 하오 세시 반경 일시 언쟁이 있었으므로 사혐(私嫌)을 품고 이를 보수하기 위하여 저번에 홍성공립공업전수학교 교장(洪城公立工業專修學校 校長)과 전기 박원식(朴源植) 간에 학생사건(學生事件)에 대한 기사재료 취집(記事材料 聚集)키 위하여 문답한 것을 기회로 삼아 이것을 무리하게도 경찰범 처벌규칙 위반(警察犯處罰規則 違反)이라는 죄목을 뒤집어씌운 것이라는바 또다시 오는 二十四日 오전 열시에 결심하겠다는 판사 장곡천(判事 長谷川) 씨의 선언이 있은 후 동 오전 열한시 오

십분경에 폐정하였다더라. 【홍성】

1409 「青年會 演劇을 治安妨害라고 금지」 『중외일보』, 1930.02.19, 조3면

함남 신흥군 영고면 송하청년친목회(咸南 新興郡 永高面 松下青年親睦會)에서는 정초를 기하여 소인극대(素人劇隊)를 조직한다 함은 이미 본보에 보도한 바와 같거니와 금 반음[36] 정월 보름을 기회로 수전공사(水電工事)가 착수된 송흥리(松興里)에서 흥행하려고 준비를 마치고 경찰관출장소(警察官出張所)에 흥행원을 들인바 당국으로부터 치안에 방해될 우려가 있으므로 금지한다고 금지를 시켰다더라. 【신흥】

1410 「地方警察의 頻頻한 新聞 不法 禁留」 『조선일보』, 1930.02.19, 7면

본보 영천지국(永川支局)이 설립된 지 일 년 미만에 경찰의 손에 신문을 무리하게 압수 금류(押收 禁留)당한 것이 전후 십여 차나 되어 수차 항의까지 하여 오던바 또 지난 십륙일 오전 열시 삼십분경 본사로부터 본 지국에 송달되는 본지 십육일부 제삼천이백칠십삼호(第三千二百七十三號)가 동해 중부선 열차로 영천역에 떨어져 공영자동차(共營自動車) 편으로 시내 정류소(停留所)에 도착되자 즉시 당역 취체로 나왔던 고등계 보조형사 이 모(李 某)가 본보 전부를 압수한 후 경찰서까지 가지고 가서 팔면 전부를 차압하여 두고 아무 이유 설명도 없이 볼 것이 있다 하며 내주지 않으므로 이를 들은 본 지국원은 즉시 가서 고등계 주임을 만나려 하였으나 당일

36 '반쯤 흐린'의 반음(半陰)을 의미한다.

이 일요일이므로 만나지 못하고 고등계 형사 이 모(李 某)를 만나 금일 본지 기사에 무엇이 잘못된 것이 있느냐고 물은즉 나는 잘 알 수 없다 하고 전기 이 모(李 某)에게 질문을 한즉 지난밤 숙직 순사의 지시로 가지고 와서 영천 기사 난 것을 보고 보내려고 한 것이라 하므로 그러면 보고 즉시 보내 주는 것이 아니라 배달부만 그대로 돌려보냈으니 무슨 까닭이냐고 얼마동안 힐난한 후 겨우 신문을 가지고 나와 배달을 시켰으나 평시보다 배달이 약 한 시간이나 늦었는바 당일 신문은 부록의 압수를 당하여 그 부분을 삭제하고 호외로 발행한 것인데 지방경찰이 그와 같이 그 호외를 또 압수 금류(禁留)시켜 시각을 다투는 신문 배달을 까닭 없이 천연시킴에 대하여 일반 독자의 불평이 자못 높아가더라. 【영천】

1411 「地方警察이 無理히 號外新聞을 押收」 『조선일보』, 1930.02.22, 3면

본보 김천지국(本報 金泉支局)으로 오는 본보 본월 이십일부 신문 제삼천이백칠십칠호를 김천경찰서에서 돌연히 압수하므로 본보 김천지국장 전동성(全東成) 씨가 그 이유를 질문한즉, 경찰부에 명령이 있었으므로 압수하였다 하므로 전일에도 호외신문을 압수한 일이 있으니 호외 여부를 보자고 해서 압수된 신문을 본즉 과연 호외라는 대활자가 뚜렷이 있을 뿐 아니라 다시 "제이면 기사가 압수되어 해 기사 제거코자 호외를 발행함"이라는 명문이 있으므로 반환을 요구하였던바 그저 덮어놓고 도에서 명령이 이십일부 신문을 전부 압수하라고 하였으므로 물어본 후가 아니면 반환할 수 없다고 하므로 이미 경성 총독부 경무과에서 검열을 마치고 온 호외신문을 지방경찰로서 압수할 권리가 없다고 강경하게 항의를 하게 되자 일차 전화로 물어보겠다고 하므로 신문이라는 것은 일각을 두고 다툴 뿐 아니라 삼백 수십여 명의 독자는 지금 신문 오기만 기다리고 있을 뿐 아니라 배달부들이 모두 학생이므로 아침 후에는 배달할 형편이 못 된다는 것을 말하매 신문이 연착되었다고 하면 되지 않느냐 하므로 독자를 속일 수 없을 뿐 아니라 그런 신문에 대한 몰상식한 소리를 하지 말고 반환하라 하였던바 당일 오전 열시경이나 되어 삼판 고등계 주임(三坂 高等係 主任)으로부터 잘못하였다는 말을 하면서 금후에는 주의하겠다는 것을 언명하고 반환하였다는데 당일 시내와 더욱이 시외 애독 제씨에게는 신문을 발송하지 못하여 지국에서는 매우 미안하게 생각하는 바이라 하며 금후로는 절대로 그런 몰상식하고 무리한 일을 하지 아니하도록 주위를 시켰다는바 이 사실을 들은 독자는 매우 비난을 한다더라. 【김천】

1412 「地方警察의 無理한 新聞 押收」

『조선일보』, 1930.02.24, 4면

본보 평택지국(本報 平澤支局)으로 오는 신문 제삼천이백칠십칠호를 평택경찰서원(平澤警察署員)이 정거장에서 압수한 것을 지국에서는 자세한 내용을 모르므로 본사로서 다시 호외 신문이 올까하고 아무리 기다려도 이십일일 신문은 와도 이십일 신문은 아니오므로 그 익일인 이십일일 오전 아홉 시 반에서야 본사로 전화를 하여 알아본 후 본보 평택지국 총무 전갑순(全甲順) 씨가 그 이유를 물은즉 본도 경찰부에서 명령이 있어 압수하였다 하므로 그러면 그 신문을 좀 보자 하여서 본즉 대활자로 호외라고 박히었고 또 이면 기사 중에도 증거될 만한 명문 기사가 써있음에도 불구하고 경성으로 전화를 걸어 물어 볼 터이니 가만히 있으라 하기를 한 시간 이상 되므로 그러면 조금 후 다시 오겠다하고 돌아왔던바 경무국에서 전화를 받은 후에야 반환하였는데, 이런 일이 간간히 있으므로 지방독자로서는 많은 불평을 말한다더라. 【평택】

지난 이십일부 본보 삼천이백칠십칠호 제이면 기사가 당국에 압수되어 해 기사를 제거(除去)하고 호외를 발행한 것을 이리역(裡里驛) 취체 순사가 검열한 후 당초에 압수된 본지는 호수가 삭제되고 간지는 호수가 기재되었으므로 간지만 압수하여 감으로 본 지국에서는 고등계 주임(高等係 主任)을 방문하고 압수에 대하여 질문한즉 상부의 명령이라 하여 그러면 본 지국에서 본사로 물어 보겠다 하였더니 그때야 경찰부(警察部)에 전화하여 물어보고 도로 내어 주어 찾아 왔으나 시간을 다투는 신문 배달에 있어 곤란할 뿐만 아니라 독자로는 경찰의 불분명함을 비난한다더라. 【이리】

이십일부(二十日附) 발행 본보 호외(本報 號外)를 김화경찰서에서 압수하여 약 일곱 시간 만에 본지 한 장만 내어 주고 간지 한 장은 아직 내어주지 않았는데 방문한 기자에게 대해야 계원은 말하되 "차압한 기사는 나 역시 모릅니다. 도 경찰부에서 전부 차압하라니까 차압은 하였었는데 다시 경무국에서 한 장만 압수하고 다른 것은 도로 내어주라니 그대로 할 것 밖에 없습니다. 대단히 미안합니다"라고 하더라. 【김화】

지난 이십일에 충남 강경경찰서(忠南 江景警察署)에서는 본보 이십일부 호외를 전부 압수하였다가 약 세 시간 후에야 겨우 일, 이, 칠, 팔면만 도로 내어주고 삼, 사, 오, 육면 만은 압수한다하므로 일반은 지방경찰이 압수함을 비난한다더라. 【강경】

1413 「會館을 搜索 名簿를 押收」

『중외일보』, 1930.02.25, 석2면

종로경찰서 고등계(鐘路警察署 高等係)에서도 궂은 비 내리는 십삼일 밤을 새워가면서 형사대가 시내 전방에서 맹렬한 활동을 하는 동시에 밤중에 시내 서대문정 이정목(西大門町 二丁目)에 있는 출판노동조합회관(出版勞動組合會館)에 이르러 동 회관을 이 잡듯 샅샅이 뒤지는 한편 조합원 명부와 기타 여러 가지 문서를 압수하여 갔다더라.

1414 「端緒를 遂 捕捉, 檄文 多數 又復 押收」

『중외일보』, 1930.02.28, 석2면

격문사건으로 인하여 다수한 주의 청년을 검거하여 취조하는 도 경찰부 고등과(道 警察部 高等課)에서는 그동안 사건의 단서를 잡지 못하여 부심하는 터인데 이십육일 밤에 이르러서는 피의자 중 사건 일단을 자백하게 되어 아연 활기를 띄우고 활동을 한 결과 시내 서대문정(西大門町) 방면에서 인쇄한 격문 다수를 압수하였는데 전기 압수한 격문을 증거삼아 극력 취조 중으로 수일 안으로는 사건의 일단락을 짓게 된 모양이며 이미 검거되어 있던 청년 중 그 대부분을 석방하고 이 사건의 다소라도 관계를 가지고 있는 사람 사십여 명만 남기고 취조 중인바 사건 배후에 단체의 조종이 있고 없는 것은 아직 드러나지 않았다 하며 따라서 검거의 범위도 앞으로 이삼 명만 더 검거한 후에는 더 확대되지 아니할 모양인데 그러나 의연 활동만은 계속하고 있으며 또한 이십칠일 아침에는 동대문서 고하(古賀) 서장을 비롯하여 고촌(高村) 고등계 주임이 경찰부에 이르러 좌백(佐伯) 고등과장과 장시간 이 사건 수사에 대하여 밀의를 하고 돌아갔다더라.

1415 「謝告」

『동아일보』, 1930.03.03, 1면

昨 三月二日附 本紙는 記事 中에 當局의 忌諱에 觸하는 部分이 大多하와 到底히 號外를 發行하기 不能하옵기로 當日은 臨時休刊하였사옵고 금일에 附錄 八面을 添하와 昨日의 遺漏을 充하였사오니 恕諒하시기 바랍니다.

昭和 五年 三月三日 東亞日報社

1416 「本報 昨一日 夕刊 發行禁止로 休刊」

『동아일보』, 1930.03.03, 2면

작 일일에 발행한 본보 제 삼천사백이십팔호 석간은 당국의 기휘에 저촉되어 압수가 되었는데 종래와 달라 개판호외(改版號外)를 하여 발행하기는 곤란한 사정이었으므로 부득이 하루 동안 휴간을 하지 아니치 못하게 되어 독자 여러분에게는 실로 미안하였다.

1417 「新興警察의 萬歲 恐怖症」

『조선일보』, 1930.03.04, 7면

함남 신흥경찰서(新興署)에서는 얼마 전에 돌연히 긴장하여가지고 신흥청년동맹원과 및 신흥소년동맹원들을 불러다가 취조를 거듭하더니 마침내 신흥군 가평면(加平面)에 있는 신흥청년동맹 가평지부(新靑加支) 집행위원장 이훈기(李勳基)군에게 구류 일주일 처분을 하여 지난 이십칠일부터 유치 중에 있다는바 그 원인을 조사한 바에 의하면 『중외(中外)』 필화사건(筆禍事件)으로 얼마 전에 함흥검사국으로 압송된 중외 지국 기자가 경관에게 호송될 때에 전송차로 역두에 나갔다가 다수한 동지와 같이 호송 동지 만세를 부른 까닭이라는바 일반은 동지의 만세 부른 것까지 구류시키는 것은 무리라고 비난이 많다더라. 【신흥】

1418 「『別乾坤』 原稿 押收」 『동아일보』, 1930.03.05, 7면[37]

시내 경운동 개벽사(慶雲洞 開闢社)에서 발행하는 잡지 『별건곤(別乾坤)』은 지난 이월 이십일 총독부 도서과에 동 지 삼월호의 원고(추가 원고)의 검열을 제출하였던 바 당국에서는 이것을 불온하다는 이유로 전부 압수하여 버렸으므로 동 사에서는 원고보충에 분망 중이라는데 삼월호는 부득이 금월 십일경에나 발행하게 되리라 한다.

1419 「釜山出版從業員 最高 禁錮 六個月」 『중외일보』, 1930.03.06, 석2면

부산출판종업원(釜山出版從業員)의 소위 비밀결사사건(秘密結社事件)은 햇수로 삼 년이라는 긴 세월을 끌어 오던 동안에 경찰서로부터 검사국(檢事局)과 예심계(豫審係)까지의 심리를 마치고 예심이 이미 결정된 후에도 공판이 연기에 연기를 거듭하여 오다가 지난달 이십오일에야 제일회 공판이 열리어 사실심리(事實審理)를 마친 후 검사의 논고 및 구형(求刑)과 김일룡(金一龍), 목순구(睦順九), 등목(藤木) 등 삼 변호사의 열렬한 변론이 있었다 함은 기보함과 같거니와 예정대로 지난 사일 오전 열한시부터 부산지방법원(釜山地方法院) 제일호 형사법정에서 경 재판장(鏡 裁判長)과 이호성(李浩星), 고야(高野) 양 배석(陪席) 판사와 원교 검사(元橋 檢事), 김도(金都) 서기와 김일룡(金一龍) 변호사의 입회 아래 재판장으로부터 박용규(朴瑢奎) 외 아홉 사람을 일일이 불러 세운 후 금번 사건에 적용된 법률 중에 치안유지법을 적용치 않는다는 것을 말한 후 보안법(保安法)에 적용한 것이라 하고 피고 전부에 대하여 다음과 같은 판결 언도가 있었다더라. 【부산】

37 「『別乾坤』 原稿 押收」, 『조선일보』, 1930.03.05, 2면.

	檢事求刑	判事言渡
朴瑢奎	二年	禁錮 六 個月
金泰秀	二年	禁錮 六 個月
車俊伊	十 個月	十 日間 拘留
李瞬景	十 個月	十 日間 拘留
黃命碩	同	同
金煥性	同	同
金七是	二年	無罪
尙戊根	一年六 個月	無罪
金道仁	八 個月	同
朴性業	同	同

1420 「赤色旗 三百 旒와 不穩文 萬 枚 押收」

『중외일보』, 1930.03.09, 석2면

용정시내의 학생과 일부 좌경패로 조직된 ××××준비위원회(××××準備委員會)에서는 지방의 각 청년 단체와 비밀히 연락을 취하여 지난 일일에 전기 각 단체가 용정에 집합한 후 미리 계획하고 있었던 만세시위운동을 하려는 때에 이 시간을 미리 알고 있었던 일본 총영사관 경찰서(日本 總領事館 警察署)에서는 시내 각 요소에 무장경관대(武裝警官隊)를 배치하고 예비검속에 착수하였었다 함은 기보하였거니와 사흘 동안이나 검거된 사람이 백여 명에 달하였고 그중에 이십 명은 학생이요, 또 압수품으로 말하면 적백기 삼백여 류(赤白旗 三百餘 旒)이며 불온문서 일만여 매(不穩文書 一萬餘 枚)에 달한다더라. 【간도】

1421 「治維, 保安, 出版 違反 海州學生事件 公判」

『중외일보』, 1930.03.14, 석2면

작년 칠월 중순경에 해주경찰서(海州警察署) 고등계원이 해외에서 오는 우편물을 조사하다가 비밀출판물(秘密出版物) ××잡지를 발견하고 이것이 단서로 발각된 해주고보생(海州高普生)으로 조직된 학생비밀결사(學生秘密結社) 사건은 작년 칠월 이십육일에 검거(檢擧)된 후 해주지방법원 예심(海州地方法院 豫審)에 회부되어 오랫동안 석흑 예심판사(石黑 豫審判事) 손에 취조를 받다가 작년 십이월 이십삼일(즉 백오십여 일 만에) 예심(豫審)이 종결(終結)되는 동시에 십사 명 중에서 이천영(李天榮), 오병식(吳炳植) 두 명은 면소(免訴)되고 이형석(李瀅錫), 박효순(朴孝淳) 외 십 명은 치안유지법(治安維持法), 출판법(出版法), 보안법(保安法) 위반으로 기소되어 즉시 공판(公判)에 회부(廻附)된 후 일반의 주목을 끌던 공판은 공판에 회부된 지 칠십칠 일 만에 지나간 십일에 해주지방법원 형사법정(海州地方法院 刑事法廷)에서 개정케 되었는데 해주에서 처음되는 학생결사 사건이니만치 방청객은 이른 아침부터 모여들어 재판소 정원에는 보기 드문 복잡을 이루었으며 해주경찰서(海州警察署)에서는 만일을 염려하여 정사복경관 십여 명의 엄중한 경계까지 하였는데 공판의 경과는 아래와 같다.

오전부터 개정된다던 공판은 재판소의 형편으로 연기되어 오후 세시 오분부터 좌죽 부원장(佐竹 副院長)의 주심으로 도부 검사(渡部 檢事)와 하합 판사(河合 判事) 등의 입회와 변호사 측으로 권승열(權承烈), 박유정(朴有禎), 정순석(鄭順錫) 삼씨의 열석 가운데 다음과 같이 朴孝順(二○)(五學年 退學), 李瀅錫(一九)(三學年 退學), 李丙濟(二一)(五學年 退學), 安元摸(二○)(二學年 自退), 趙賢森(一八)(三學年 自退), 李泰秀(一八)(三學年 自退), 吳春錫(二一)(五學年 自退), 辛承寅(一八)(三學年 自退), 李鴻稙(一七)(二學年 自退), 李泰鎭(二一)(五學年 自退), 徐順九(一九)(三學年 自退), 李廣鎭(一八)(一學年 退學) 피고 십이 명에 대한 연령, 직업, 학교퇴학 여부를 자세히 물은 후 재판장은 피고들이 이십 내외의 어린 학생이므로 어디까지든 동정하는 태도로 사실을 심리하기 전에 약 삼십분 동안 재판소를 단순히 법으로 모든 것을 해석하는 곳이 아닌 것을 말하는 등의 주의와 훈계가 있었고 피고들은 예심이 종결되는 즉시 변호사 측의 주선으로 책임부 석방(責任付 釋放)과 보석(保釋) 등으로 전부 출옥되어 있으므로 원기가 씩씩한 태도로 재판장의 심리를 받았더라.

십이 명 피고들의 연령과 주소 등을 물은 후 나머지 팔명은 의자에 앉게 하고 이 사건의 가장 주동이라고 할 수 있는 박효순(朴孝順), 이형석(李瀅錫), 이병제(李丙濟), 안원모(安元摸) 네 명 피고로부터 사실심리에 들어가게 되어 재판장으로부터 맨 처음 상정 북산공원(北山公園)에서 작년 칠월 일일에 피고들이 모여 조선○○에 대한 사상을 고취하기를 목적하고 널리 동지를 모으는 동시에 위선 학교 안에서 발행하는 『청풍(淸風)』 잡지를 이용하여 선전하자는 의론을 한 뒤에 이병제가 청풍학보에 발행위원임을 더욱 좋게 생각하고 등사(謄寫)로 '팸플릿'을 만들기로 한 사실이 있느냐고 물으매 피고들은 활발하게 사실을 시인하였다. 다음으로 재판장은 그리하여 어떻게 활동을 하였느냐고 물으매 널리 원고를 모집하기로 한 후에 피고 이홍직(李鴻稙), 이태진(李泰鎭)에게 피고 박효순(朴孝順)이 권유하여 원고를 얻고 피고 조현삼(趙賢森), 이태수(李泰秀), 오춘석(吳春錫)에게는 피고 이병제(李丙濟)가 권유하여 원고를 얻고 신승인(辛承寅), 서순구(徐順九)에게는 피고 이형석(李瀅錫)이가 권유하여 원고를 얻고 피고 이광진(李廣鎭)은 피고 안원모(安元摸)가 권유하여 원고를 얻어 가지고 즉시 '팸플릿'을 만들기로 한 후 칠월 사일에 학교 등사기(謄寫機)와 반지로 십사권을 만들어 피고 십이 명과 면소된 이천영과 오병식에게 배부하였던 것이라고 답변하였고 다음으로 재판장은 피고들은 공산주의(共産主義)와 독립(獨立)되기를 희망하느냐고 물으매 피고들은 우리는 아직 아는 것이 적은 관계상 공산주의에 대한 것은 아직 모르나 ××은 희망한다고 답변하였다. 【해주】

1422 「定平 筆禍事件 金章烈 出獄」

『조선일보』, 1930.03.18, 3면

함남 정평 광덕군용지 소작인(咸南 定平 廣德軍用地 小作人)들은 신작 군용로 부역(新作 軍用路 賦役)에 불평은 높으나 육군 당국이 소작권을 떨 듯이 말하므로 부득이 부역을 한다는 기사가 사실과 틀린다 하여 집필자인 본보 정평분국 기자 김장렬(金

章烈) 군이 정평경찰서에 피검되었다 함은 기보한 바이거니와 김 군은 십오 일간 구류기간을 마치고 지난 십일일에 출감되었다더라. 【신상】

1423 「『北鮮日報』 聲討演說 禁止, 時局 不穩타는 口實로」

『중외일보』, 1930.03.20, 조4면

城津青年同盟과 新幹會 城津支會에서는 『北鮮日報』 第 六六三〇號 二面 第 九段 「靜聽冷語」라고 쓴 題下에 우리 民族을 野犬과 對等하여 함부로 붓끝을 놀린 데 對하여 同報 非買同盟을 하는 同時에 聲討演說會를 開催하려 하였던바 지난 十五日 城津署로부터 時局이 不穩하다는 口實로 集會를 禁止하였는바 演說 及 演士는 아래와 같다더라. 【城津】

敵反荷杖	金東星
『北鮮日報』 正體에 對하여	姚東熙
我歌查唱[38]	金東熙
놈들의 말버릇은 이렇다	金德鉉
題未定	金來俊
『北鮮日報』를 보이코트하자	許昌吉
題未定	盧弼鉉

1424 「『別乾坤』에 對한 槿友 演說禁止」

『조선일보』, 1930.03.25, 2면

근우회(槿友會) 주최로 이십오일에 열려던 『별건곤(別乾坤)』 성토연설회는 소관 종로서로부터 금지되었더라.

38 아가사창(我歌查唱) : 내가 부를 노래를 사돈이 부른다는 뜻으로 잘못한 사람이 큰소리를 친다는 뜻.

1425 「初等校 兒童에게 映畵觀覽을 禁止」

『매일신보』, 1930.03.26, 3면

釜山教育會에서는 各 小學校 及 普通學校 兒童의 活動寫眞 觀覽을 禁止하여 映畵로부터 받는 惡影響을 防止하는 一方 教育映畵와 實寫物 等 兒童의 生活에 屬한 좋은 것만 選擇하여 各 學校 또는 公會堂에서 映寫하여 왔으나 這般 鎭海要塞 司令部에서 發生한 大失態에 鑑하여 今後로는 映寫場에 不燃性의 映寫室을 設置하기까지 어떠한 有益한 映畵라도 映寫치 않기로 決定되었다. 【釜山】

1426 「'아'協會 演劇 公演 中 突然 中止」

『조선일보』, 1930.03.28, 7면[39]

평양 '아마추어 아트' 협회에서 지난 이십삼일부터 평양 금천대좌(金千代座)에서 제이회 공연을 삼일 간 예정으로 공연하던 중 지난 이십오일 오후 십시 반경 「케루시카」를 출연하다가 돌연 중지를 당하고 동 회의 배우인 송희석(宋熙錫), 고상현(高常鉉), 장원인(長元仁) 삼 명이 검속되어 취조를 받는 중이라는데 그 이유는 공연배우들이 불온한 언사와 태도를 취하였다 하여 임석 경관에게 그렇게 된 것이라더라. 【평양】

1427 「一 年間 削除, 押收 百四十餘回」

『중외일보』, 1930.03.28, 석2면

조선 안에서 발행하는 신문으로 특히 민간에서 기대를 받는 『중외』, 『조선』, 『동아』 세 신문에 대하여 연래로 경무당국에서 취체한 도수에 대하여 신간회 조사부

39 「平壤서 演劇 中止」, 『중외일보』, 1930.03.28, 조3면.

(新幹會 調査部)에서 조사한 결과 아래와 같이 작년 일 년 동안에 삭제, 압수가 일백사십여 회나 되는 다수이므로 동회에서는 이에 대하여 대책을 강구하리라더라.

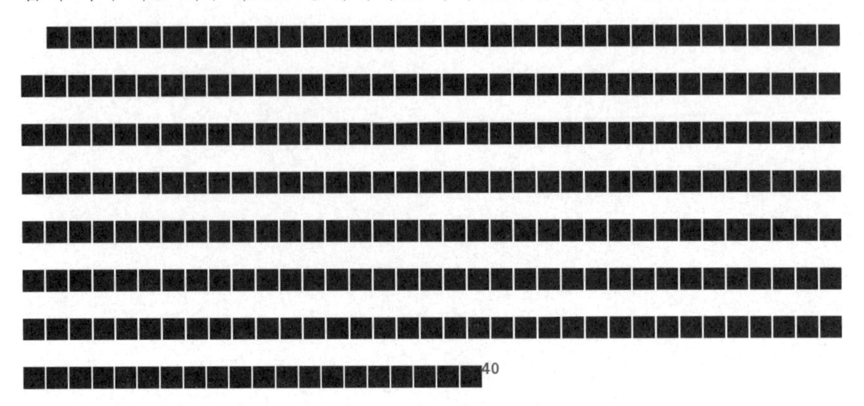
[40]

1428 「新聞 雜誌 現狀과 過去」 『동아일보』, 1930.04.04, 7면

기미년 전까지는 사내 총독의 무단정치가 시행되던 때라 언론에 대한 탄압이 엄중하여 총독부하에 경영하는 『매일신보』와 일본인이 발행하는 『반도신문(半島新聞)』 외에는 월간 『천도교월보(天道教月報)』, 『중외의약신보(中外醫藥申報)』의 두 가지 외에는 정기물로 수종의 문예잡지가 단속적(斷續的)으로 간행되는 것이 있을 뿐이었으나 경신년 후에는 본보를 비롯하여 『조선일보』, 『시사신문(時事新聞)』 외에 월간잡지로 『개벽(開闢)』이 때를 같이 하여 발간되어 작년 말에는 신문지와 신문지법에 의한 잡지가 십일 종에 달하였으며 출판법에 의한 잡지도 대단히 증가하였다. 이 밖에 있는 단행물, 정기간행물 같은 일반출판물은 거의 각 방면에 미치어 있으나 그중 구소설과 족보가 아직까지 수위를 차지하고 있다. 일본인 신문지도

40 검열로 인해 판을 깎아낸 흔적이 있고, 남아 있는 흔적을 통해 표가 있었음을 유추할 수 있음.

대정 구년 이래 격증하여 현재 삼십일 종에 달하였으며 이 밖에 통신 팔 종, 잡지 십 종이 있다.

1429 「『大潮』 原稿 押收」

『동아일보』, 1930.04.04, 2면

시내 정동(貞洞) 일번지에 본사를 둔 월간잡지 대조사(大潮社)에서는 사월 일일부로써 발행할 예정이던 동 사 발행 월간잡지 『대조(大潮)』 제이호 원고는 당국의 기휘에 저촉되어 원고 전부가 압수되었으므로 방금 다시 원고를 수집하는 중 다소 발행이 예정보다는 늦어지게 되었다는데 그러나 준비를 급히 하는 중이므로 늦어도 금월 십오일내로는 발행하게 될 터이라 한다.

1430 「書面大會까지 鍾城警察이 禁止」

『중외일보』, 1930.04.15, 조3면

신간회 종성지회(新幹會 鍾城支會)를 설치코자 하여 신간회 함북도지회 연합회(新幹會 咸北道支會 聯合會)에서는 지난 사월 삼일 특파 김창권, 황룡택(特派 金昌權, 黃龍澤) 양씨를 피송하여서 지회 설치(支會 設置)에 노력케 하여 회원 삼십오 명을 모집하고 설치대회를 사월사일에 하려고 하였으나 종성경찰서장(鍾城警察署長)은 대회를 금지할 뿐 아니라 조직(組織)을 부인(否認)한다 하므로 준비위원(準備委員)과 특파 양씨는 서면대회 준비(書面大會 準備)를 하려고 상삼봉(上三峰)과 하삼봉(下三峰)으로 지역을 분하여 회원을 방문코 서면대회의 결의 가부를 얻기 위하여 조병수(趙秉秀), 신병기(申柄基) 양씨가 순회하는 도중에 삼봉주재소(三峰駐在所)에서는 전기 양씨를 검속한 후 조병수 씨는 무전 순사(武田 巡査)가 그곳 중국인 요리점(中國人 料理店)에

데리고 가서 신간회(新幹會)에 입회한 것을 꾸짖는 동시에 서면대회(書面大會)의 문서(文書)를 빼앗아 갔는바 그러는 동안이 어찌도 오래였던지 준비위원과 회원 이십여 명은 불쌍한 조명수 씨가 돌아오지 않으므로 검속이나 되지 않았는가 하고 우려하는 것을 본 경찰은 소동이나 있지 않을까 하여 철야경비하였다고 하는데 이제 종성 주민들은 국경(國境)이 다르다는 이유로 조직까지 금한다는 서장의 무지와 억압에 대한 비판이 자자하다는 김창권(金昌權) 씨 보고(報告)를 접한 신간회 도지연합회(新幹會 道支聯合會)에서는 이와 같이 무지하고도 몰이해한 종성경찰에게 항의문(抗議文)을 발송하겠다고 한다더라. 【청진】

1431 「同業『東亞日報』에 突然 發行停止 處分」 『중외일보』, 1930.04.17, 석2면

창간 십년에 비상한 수고와 희생을 아끼지 않고 하루같이 분투하여 지난 사월 일일로써 성대한 십주년 기념식까지 행한 동업 『동아일보(東亞日報)』는 십육일 돌연 조선총독으로부터 무기 발행정지(無期 發行停止)의 처분을 받았다. 이날 오후 한 시 전 사원들은 전날과 같이 열심히 일하고 있을 때 돌연 경찰부에서 전하는 총독부의 발행정지의 한 장 지령은 청천벽력이었다. 한시 지나서 동 사를 방문하니 방금 사장의 시달이 끝나고 사원들은 모두 수심리에 빠졌었다.

1432 「『東亞日報』 發行停止」

『매일신보』, 1930.04.17, 2면[41]

同業『東亞日報』는 십육일부로 本府 警務局으로부터 無期停刊의 處分을 당하였는데 停刊 理由는 治安妨害와 公安을 紊亂한다는 것이라 한다.

同業『東亞日報』 發行停止 處分 理由에 對하여 十六日 森岡 警務局長으로부터 大要 다음과 같은 發表가 있었다.

"『東亞日報』는 四月 一日부터 創刊 十週年紀念號를 發行하였는데 一日附에는 아일란드 '바나드',[42] 安部磯雄,[43] 室伏高信[44] 等의 寄稿를 揭載하여 朝鮮統治의 將來에 있어 어떤 煽動的 意味를 暗示하는 바 있었으므로 警務局은 곧 行政處分을 하여 反省을 求한 바 있었는데 同紙는 다시 長谷川如是閑의 不穩記事를 爲始하여 其他 暗示的 記事를 揭載하였고 또 四月十六日에는 亞米利加『네숀』紙 主筆'삐라드'의 黑奴解放의 事實을 記錄하여 어떤 暗示를 주려는 記事를 揭載하였다. 그런데 前記 四月一日附 新聞도 그때 發賣禁止를 命하여 號外를 發行하였었는데 室伏高信의 기사를 全部 削除하여야 할 것을 不穩한 個所는 남겨 놓고 發行하였던 일도 있었고 또 十六日附 新聞도 發賣禁止를 하여 號外를 發行하였는데 亦是 前同樣으로 不穩 個所는 削除하지 아니하여 當局의 行政處分에 反抗하는 態度를 示하였다. 그러하여 朝鮮 將來의 統治의 一抹의 暗影을 投하려는 듯한 態度를 取하여 왔다. 因하여 同紙는 今年 一月 爾來 三月 末日까지 發賣禁止를 當한 數爻가 十五回, 不穩記事의 削除 二十四回에 達하여 있는데 이번에 十週年記念號에 있어 더 한층 그 같은 宣傳的 態度를 가지고 있으므로 紙로 하여금 筆을 收하고 反省할 機會를 與하기 爲하여 그와 같은 處分을 한 것이다."

41 「同業『東亞日報』突然 無期 發行停止」, 『조선일보』, 1930.04.17, 2면.

42 아일랜드 극작가 조지 버나드 쇼(George Bernard Show, 1856~1950).

43 아베 이소오(安部磯雄, 1865.3.1~1949.2.10) : 일본의 초기 사회주의 운동가. 1932년 사회대중당(社會大衆黨)이 창립되었을 때부터 1940년까지 명예의장을 지냈다. 기독교 휴머니즘의 관점에서 아나코 생디칼리스트들의 급진적인 사회주의운동에 반대했다.

44 무로후세 고우신(室伏高信, 1892.5.10~1970.6.8) : 일본의 평론가, 저술가. 잡지 『개조』의 유럽 특파원을 역임했으며 만주사변 후 일본 국수주의에 깊이 경도되었다.

1433 「族譜 刊行이 最高位인 十年間 出版 傾向」

『매일신보』, 1930.04.20, 7면

조선문화의 消長을 말하는 과거 십년간 출판계의 경향은 어떠하였는가. 警務局 圖書課의 통계에 의하면 大正 九年 四百九 件을 最少로 하여 해마다 증가의 경향을 보여 昭和 元年 一千四百六十六 件이 最多 件數이었고 昭和 四年 卽 昨年에는 一千四百九十二 件을 示하였다. 그리하여 십 년간의 총 건수는 一萬八百一 件으로 그중에 제일 많은 것은 族譜 一千一百五十八 件이 筆頭이요, 그 다음은 新小說 九百五十九 件, 遺稿 七百九 件, 兒童讀物 五百四十七 件, 文集 五百四十六 件, 舊小說 五百十九 件, 思想 四百六十八 件이 그중 다수한 數字를 보이고 있다. 族譜의 출판이 가장 많은 것은 宗約所가 왕성하여 가는 一面相을 나타내고 있는 것이요, 新小說은 해마다 증가하여 출판계에 있어 중요한 자리를 갖고 있으며 族譜는 先人의 子孫과 門弟들이 遺墨을 후세에 전하기 위하여 출판하는 것이요, 또 兒童讀物은 學科의 補助 讀本으로 상당히 출판되고 있다. 그리고 思想書類도 해마다 증가의 추세를 가지고 왔으나 其他는 대개가 一進一退의 형세를 가지고 왔으며, 그중에도 政治에 관한 출판물이 십 년간에 겨우 세 건 밖에 없었다는 것은 한심한 일이라 아니할 수 없다. 農工商에 관한 刊行物이 삼년 전보다 거의 십 배나 증가된 것은 무엇보다도 기쁜 일이라 하겠고, 文藝에 관한 간행물도 연년 증가의 추세를 가지고 있어 역시 출판계의 중요한 지위를 차지하고 있다. 이제 십 년간의 통계를 보면 다음과 같다.[45]

45 원문의 숫자합계가 맞지 않는다. 각 항목별 숫자들이 정확하다는 것을 전제로 다시 계산한 수치를 '합계'항목에 넣었다.

語學	字典	書式	遺稿	文集	音樂	童謠 童話	歷史	地理	經濟	宗敎	敎育	修養	倫理	哲學	思想	法律	經濟	政治	種別
2	1	3	30	35		4	7	5	35	20	31	15	10	6	7	2	2		大正九年
6	5	8	12	36	2	15	20	7	25	21	35	17	20	10	5	6	1		同 十年
10	2	5	73	50	7	20	29	25	41	27	37	20	21	16	6	8	5		同 十一年
15	15	6	58	60	2	25	7	25	26	50	41	19	20	15	17	5	7		同 十二年
15	17	8	80	68	29	38	29	10	37	30	50	20	15	24	49	13	8	1	同 十三年
17	29	5	83	70	19	34	18	18	19	21	71	18	27	20	68	7	13		同 十四年
29	30	19	78	98	22	52	35	15	22	59	59	20	17	32	72	10	8		昭和元年
27	20	20	78	58	21	52	25	14	25	27	30	21	15	28	79	8	5		同 二年
9	11	5	90	51	27	33	23	17	25	49	81	23	18	9	83	3	14	2	同 三年
20	5	11	81	50	12	39	28	15	57	55	79	19	27	13	82	8	24		同 四年
250	135	90	709	546	141	312	221	151	290	315	504	192	190	173	466	69	78	3	計
150	135	143	663	576	141	312	221	151	292	335	504	192	190	173	468	70	87	3	합 계

합계	計	雜	文藝	詩歌	舊小說	新小說	兒童讀物	商業	工業	農業	醫藥 衛生	理科	數學	八卦	旅行案內 營業	演劇	族譜	種別
418	409	5	7	3	57	47	10	3		3	7		8	10			63	大正九年
598	627	20	23	17	57	72	15	8	5	7	10		7	7	6	2	70	同 十年
936	854	27	30	27	55	89	37	11	5	18	15	7	13	6	12	7	87	同 十一年
929	884	34	35	32	49	95	40	8	7	19	23	3	7	3	15		120	同 十二年
1,159	1,116	37	29	40	56	100	52	27	9	8	21	18	12	15	21	9	131	同 十三年
1,292	1,240	48	37	39	52	110	63	33	7	17	30	13	13	9	25	7	174	同 十四年
1,565	1,466	53	58	50	65	119	72	48	20	29	35	29	25	16	30	5	180	昭和元年
1,365	1,328	53	60	58	58	99	79	50	3	16	34	25	19	18	29	8	162	同 二年
1,478	1,425	66	63	54	54	122	88	54	15	18	37	21	12	18	23	3	189	同 三年
1,518	1,452	97	85	45	46	106	91	38	15	28	52	5	7	15	43	2	178	同 四年
	10,801	440	427	365	329	959	547	280	86	163	267	121	123	117	214	43	1,354	計
11,258		440	427	365	959	959	547	280	86	163	264	121	123	117	204	43	1,354	합 계

1434 「五 圓 紙幣 裏面에 不穩文句를 落書」 『매일신보』, 1930.05.01, 3면

지난 廿六日 朝鮮殖産銀行 光州支店 出納係員이 五圓 紙幣 裏面에 不穩文句의 落書가 있음을 發見하고 支店에서는 곧 光州署에 通知하는 同時에 犯人 嚴探을 依賴하였다는데 紙幣의 落書 使用은 法으로 禁하는 바이므로 發見하는 날에는 嚴罰에 處할 터이라고 한다.

1435 「市內 中等男女校에 不穩文書를 撒布」 『매일신보』, 1930.05.02, 2면

勞動祭日인 五月 一日을 기하여 모종의 不穩運動說이 있다 하여 京畿道 警察部를 위시하여 시내 각 서에서는 미리 엄중한 경계를 하여 오던바 과연 일일 오전 여섯 시경에 시내 培化女高, 中央高普, 培材高普 등의 각 남녀학교에 내용이 불온한 등사판 인쇄의 檄文이 산포되어 있는 것을 발견하고 소관 종로서에서는 즉시 현장에서 오백여 매의 격문을 압수하는 동시에 대활동을 개시하여 시내 각 사 단체를 수색하는 동시에 십여 명의 용의자를 인치하여다가 목하 엄중 취조 중이다.

1436 「少年會 公文을 郵便所長이 押收?」 『중외일보』, 1930.05.04, 조4면

富寧少年會에서 準備 中이던 어린이날 紀念이 禁止를 當하였다 함은 別項 報道와 如하거니와 準備 側에서는 今番 紀念 行列에 各 地方 어린이까지 動員시키기 爲하여 지난 三十日에 同郡 靑岩面 水南洞 少年會에 公文을 發送하였던바 同日 午後 禁止를 當하였으므로 郵便所에 가서 公文書信을 返戾하여 달라고 한즉 事務員 張元喆의 말이 그 書信은 郵便所長이 押收, 保管하였다 하기에 準備委員 側에서는 크게 憤慨하여 質問委員 韓丁得, 張龍澤, 張康石 三 氏를 派遣하여 所長을 訪問하고 押收 事實 有無를 質問한즉 所長은 全혀 事實을 否認하므로 그러면 現場에서 그 書信을 返戾하여 달라고 하면서 서로 說往說來 中 所長이 暫間 몸을 밖으로 避하였더니 警察署長과 刑事 一 名이 郵便所에 殺到하여 前記 質問委員 三 人을 無條件으로 拘束하여 留置場에 집어넣고 方今 取調 中이라는데 郵便所長과 警察의 態度에 對하여 一般의 非難이 많을 뿐더러 事件의 展開를 보아 社會問題化하리라더라. 【朱乙】

1437 「不穩文을 撒布하며 制止 警官을 刺傷」 『매일신보』, 1930.05.05, 2면

지난 三十日 午前 十時 五十分頃 市電 大塚自動車 車庫 前에서 書生같이 차린 남자가 不穩文書를 撒布하고 있는 것을 警戒 中이던 蓮見安 巡査 外 三 名이 發見 逮捕코자 하자 犯人은 돌연 懷中에서 食刀를 내여 蓮見 巡査 右手指를 찌른 후 逃走를 企圖하였으나 다른 巡査에게 결박되었다. 犯人은 埼玉縣 人島海滋(二二)라 自稱하나 입을 다물고 아무 말도 自白치 않으므로 大塚署에서 嚴重 取調 中인데 共産黨 一派인 듯하다.

三十日 午前 零時頃 靑山市 電車 車庫 前에 두 명의 學生이 나타나 所持하고 있던 不穩삐라를 撒布코자 하므로 警戒하고 있던 澁谷署 巡査가 發見 逮捕코자 한즉 한 명은 그만 逃走하고 한 명은 格鬪한 후 逮捕하였다. 이 자는 近藤勝(二二)이라는 者로 아무 말도 陳述치 않는데 逮捕한 巡査는 다행히 負傷을 받지 않았다 한다. 三十日 午前 五時 頃 牛込區市 谷加賢町 秀英舍工場 前에서도 二 名의 學生이 나타나 懷中한 不穩삐라를 撒布하므로 警戒 중이던 神樂坂署의 村山, 加納 兩 高等係 巡査가 보고 逮捕코자 한즉 한 명은 돌연 가졌던 鐵棒으로 加納 巡査를 毆打하여 打撲傷을 負케하고 그중 한 명은 도망하였다.

三十日 午後 十一時 十七分頃 本所區 柳島町 市電 柳島車庫 事務所 內에 三人의 青年이 侵入하여 所持하였던 不穩삐라를 撒布하였는데 이를 본 車庫 監督 市外 隅田町 一四九 石川秀가 制止코자 한즉 그중 한 명은 감추었던 短刀로 石川의 右 胸部를 突刺하여 重傷을 負케 한 후 전기 삼 명은 모두 逃走하고 石川은 곧 京成 電車入口 附近 加藤病院에서 手當 中인데 兇行 當時 現場에는 警官이 警戒하고 있었으나 全혀 알지 못하였다.

頻發한 巡查 斬傷 犯人 等은 共産黨의 殘黨 行動隊라 稱하는 一派로 約 百餘 名이 二人一組로 나누어 都下를 橫行하며 不穩삐라 撒布에 착수한 것으로 判明되어 警視廳 當局은 管下 各 署와 같이 이들 逮捕에 努力 中이다. 【東京電】

1438 「言論壓迫은 藩閥 全盛時代 以上」

『중외일보』, 1930.05.15, 석1면

犬養[46]政友會 總裁는 議會 終了 後 左와 如히 말하였다.

"大概 總會에서 議員의 質問에 答辯하지 아니하는 것은 藩閥 全盛時代 더욱이 日淸戰爭 以前의 일이다. 我等은 初期 以來 今番과 같은 亂暴한 答辯은 들어본 일이 없다. 軍縮問題 또 法制上으로 보면 軍部의 專門的 意見을 樹立하여서는 御裁可를 仰한 後에 內閣으로 送附될 바이다. 其 善惡에 대하여서는 意見도 있으나 現在의 法制는 法制로서 無視할 수 없다. 財部 海相이 出發 前 我等에도 此에 七割說을 强調하고 黨을 떠나서 援助하라고 하였다. 內閣의 意見도 此에 一決하고 있던 濱口 首相은 어찌하여 이것을 秘密이라고 하고 있는가. 今回의 會議의 結果로서는 他의 方法으로 兵力의 補充을 할 必要가 있다고 專門家는 主張하고 있다. 참으로 國家의 存亡에 關한 重大問題이다. 此에 對하여 世間이 떠들지 아니하는 것은 減稅로 欺瞞하고 있는

46 이누카이 츠요시(犬養毅) : 총리를 지낸 일본의 정치가. 1929년 '입헌정우회' 총재가 되었다.

까닭인데 今 議會는 經濟問題와 失業問題의 論戰에 있음에도 不拘하고 與黨은 多數로써 我黨의 經濟決議案 上程을 阻止한 것은 全然 政府의 無爲無策을 掩蔽하기 爲한 陋劣한 手段으로 判斷할 수밖에 없다." 【東京十三日電】

1439 「盛況을 豫期하는 出版勞動慰安會」 『중외일보』, 1930.05.16, 조3면

시내 본정(本町) 일정목에 있는 산구인쇄소(山口印刷所) 내 직공 일동의 주최와 경성출판노동조합(京城出版勞動組合) 후원으로 경성출판노동조합원 위안회(慰安會)를 개최한다 함은 전일에 이미 보도한 바거니와 그동안 주최자 측에서는 주야를 불구하고 준비에 분망 중이던바 준비가 착착 진행되어 드디어 오는 팔일 오후 칠시 반 시내 경운동 천도교기념관(慶雲洞 天道敎紀念館)에서 성대히 거행되리라는데 당야에 출연할 종목은 신구음악을 비롯하여 무도가 있을 터이며 특히 조선 신극계의 거성 김소랑(金小浪) 일행의 특별한 출연이 있어 자못 인기가 집중되리라하며 일반 조합원에게 선전 '삐라'를 배포하려 하였으나 경찰당국의 불허가로 부득이 배포치 못하였다는바 일반 조합원들은 속히 입장권을 교부하도록 조합회관으로 통기하기를 바란다더라.

1440 「赤化宣傳 書籍의 密輸入 激增」 『조선일보』, 1930.05.25, 2면

중국 측 관헌(中國 側 官憲)은 로서아에서 발송하는 적화선전용의 '팸플릿', 잡지, 서적 등의 인쇄물에 대하여 엄중 취체를 하고 있으나 대부분은 밀봉하여 우편물 혹은 열차를 이용하고 그 심한 자는 교묘한 밀수입자가 있어 국경을 도보로 돌파하여서 들어오고 기차로 발송하는 것은 각 역(各驛)마다 연락원이 있어서 체송(遞送)한다. 이와 같은 적색서적(赤色書籍)의 홍수는 동북성(東北省)으로부터 일본 남중국으로 유입되어 도저히 막을 수 없는 형세라는데 특히 색다른 로서아의 서적이라 하여 청년의 호기심을 크게 끄는 것과 로서아 서적을 번역하면 돈벌이가 잘된다는 일본 '프로'작가가 많은 까닭에 근래 그 밀수입자가 격증된다 하여 합이빈(哈爾賓) 일대에서는 일본경찰도 그 취체에 갖은 방법을 연구 중이라 한다.

1441 「少盟, 槿友 主催 音樂 演奏會 禁止」 『중외일보』, 1930.05.29, 조4면

慶南 機張少盟, 槿友機張支會 主催로(六月 一日, 五月 五日) 端午節을 期하여 東萊, 釜山 一流樂士 諸氏를 招請하여 音樂演奏會를 開催코자 同 幹部들은 大大的으로 活動하여 오던바 當地 警察에서 時期가 時期란 理由로 突然 禁止를 命하므로 同 幹部들은 그 對策을 講究한다 하며 少盟, 槿友員은 勿論 一般 人士까지 音樂演奏會까지 禁止한 東萊警察의 高壓에 對한 非難이 높다더라.

1442 「『반달』 雜誌 創刊號 不許可」 『조선일보』, 1930.06.08, 7면

함북 온성(咸北 穩城)에 있는 반달사에서는 지난 어린이날을 기념코자 소년소녀 푸로문예 『반달』 잡지 창간호(創刊號)를 발행하기 위하여 지난 삼월 하순에 당국에 출판허가원을 제출한바 어린이날이 지난지 일 개월 후 지난 일일에 사원(社員) 전부를 호출한 후 아무 이유도 없이 불허가란 회답을 던져주므로 그 이유를 알 수 없다 하므로 부득이 『반달』 창간을 발행치 못하게 되었다 한다. 【온성】

1443 「本町署 管內 卅餘 處에 不穩文書를 貼付」 『매일신보』, 1930.06.24, 2면

이십삼일 오전 두시 반경에 본정서원(명치정파출소 근무)이 관내 순시를 하던바 부내 명치정(府內 明治町) 천주교당(天主教堂) 부근에 ○○○○○○이라는 단체의 이름으로 '무산대중에게 격함'이라는 불온문서가 담벽에 붙어 있으므로 놀라서 불온문서를 압수하는 동시에 즉시 본서로 이 사실을 급보 하였다. 본서에서는 고등계 형사를 비상소집하여 범인 수사를 시작하는 동시에 대화전(大和田) 고등계 주임은 현장에 출장하여 임검한 후에 다시 관내 각 파출소에 통지하여 불온문서 첩부 여하를 수사케 하였던바 의외에도 대평동(大平洞)에 있는 경기도 경찰부장(京畿道 警察部長) 관사가 있는 곳에 수십 매의 문서가 첩부되어 있는 것을 또한 발견하였다. 그리하여 동 불온문서는 명치정 대평동 등지 삼십 곳에 붙어 있었던 것이 판명되었다.

1444 「鐘路署 管內 數處에서 不穩文書 또 發見」 『매일신보』, 1930.06.28, 2면

지난 이십삼일 새벽에 부내 본정서 관내 되는 태평통과 불란서교회 앞을 비롯하여 동대문서 관내 되는 연지동 경신학교, 정신여학교(蓮池洞 儆新學校, 貞信女學校) 정문을 중심으로 수십 곳 전주(電柱)에 불온문서를 첩부하였다 함은 당시 보도한 바거니와 이 사건이 돌발한 이래로 부내 각 서 고등계에서는 연락을 취한 후 맹렬한 활동을 개시 하였으나 아직까지 진범인을 체포치 못할 뿐만 아니라 이 범인이 목하 어떤 학교에 학적을 두고 있는 학생인지, 그렇지 아니하면 어떤 단체에서의 소위인지 범인의 정체조차 알지를 못하고 있어 동치서주로 침식을 잊어버리고 범인의 정체와 행방을 수색하기에 고심하던 중 이십칠일 새벽에 또 종로서 관내되는 공평동(公平洞) 큰 길거리에 있는 전주를 비롯하여 광화문통 법학전문학교(光化門通 法學專門學校) 앞과 그 부근 전후에 수십 매의 불온문서를 붙여 있음을 발견한 종로서 고등

계에서는 형사대를 팔방으로 달리여 범인을 수색하던 중 그 관내인 낙원동(樂園洞) 큰 거리 어떤 개천에 오십여 매의 불온문서가 내어 버려 있음을 다시 발견하였다는데 이 불온문서는 모두가 반지(半紙)를 사분하여 등사판에 박은 것으로 그 내용은 '노농민 단결', '언론 출판의 자유를 얻자'는 것을 비롯하여 여러 가지의 불온한 문구를 기록한 것이라는바 범인은 지난 이십삼일 부내 각처 전주에 불온문서를 붙이었던 그것과 동일한 범인인 듯하나 범인의 종적은 아직 오리무중이라 한다.

1445 **「演劇도 中止 當해」** 『조선일보』, 1930.07.02, 6면

慈城靑盟 主催로 五日間 豫定으로 演劇을 始作하여 進行 中 지난 二十二日 저녁에 「法之法」이란 題下에서 演劇을 하다가 臨席 警官에게 中止를 當하였다고.

1446 **「出版法 違反과 治維法 適用」** 『매일신보』, 1930.07.03, 2면

오월 격문사건의 범인으로 유월 이십삼일에 시내 종로경찰서에서 취조를 받고 경성지방법원 검사국(京城地方法院 檢査局)으로 송치된 박홍제(朴弘濟), 김영윤(金永胤), 박문성(朴文星), 이정근(李靜根) 사 명은 그동안 삼포(森浦) 사상검사의 손에서 취조를 받아 오던바 죄상이 명백하여 일일 오후 다섯시경에 치안유지법 위반과 출판법 위반이라는 죄명으로 기소가 되는 동시에 동 법원 공판으로 회부되었다. 이들에게 치안유지법 위반을 적용한 것은 격문을 만든 의사에는 국체변혁을 도모한 의식이 확실하게 있는 까닭이라고 한다.

1447 「利原邑內에 不穩文 撒布」

『매일신보』, 1930.07.10, 7면

본년 삼월 이래로 이원시내 각처에 교묘히 출몰하여 불온문서 다수를 뿌리고는 종적을 감추어 이원경찰서 경관을 여지없이 조롱하던 범인은 상금까지에도 체포치 못하고 있는 중인데 금번에 또 제삼차로 지난 육일 깊은 밤중에 이원 시내 각 요소에 불온문서 다수를 뿌리고 교묘히 종적을 감추어 버렸다는데 이원서에서는 범인을 체포코자 각 방면으로 활동 중이다. 【利原】

1448 「不穩文事件 漸次로 擴大」

『매일신보』, 1930.07.25, 2면

시내 천도교기념관(天道教紀念館) 앞에 붙였던 '삐라' 사건으로 종로경찰서 고등계의 활동을 보게 되어 그 후 '삐라'의 출처는 동경(東京)이라는 것이 판명되고 조선과 내지 연락의 비밀결사조직 음모의 발각이 된 듯한데 수일래 그 중심인 중앙청년총동맹(中央青年總同盟) 간부로 최근에 돌아온 유학생들 수십 명을 검거하여 길야(吉野) 고등계 주임이 철야로 취조를 계속하고 있으나 아직 적확한 증거를 잡지 못한 모양이었는데 아연 사건의 중심인물인 김 모가 당국의 엄중한 경계망을 돌파하고 모 방면에 도주하였다는 것을 탐지하고 이십사일 아침에 매본(梅本), 류(劉) 양 부장이 오전 십시 특급열차로 전기 모를 체포키 위하여 모 방면에 출동하였다. 모가 검거되는 때에는 수사방침이 확정될 듯한데 최근 모 당원 정 모(鄭 某)가 조선에 들어온다는 정보가 빈번한 때인 만큼 사건이 이와 연락되어 의외의 방면에까지 확대되지나 아니한가 하고 당국의 경계는 비상히 긴장되었다.

1449 「不穩文 携帶한 怪老人 被逮」

『매일신보』, 1930.07.27, 7면

지난 이십이일 오후 칠시경에 덕천군 일하면 사둔리(德川郡 日下面 沙屯里) 어떤 여인숙에 나이 오십가량 되어 보이는 노인 한 명이 투숙한 것을 동 지 주재소원이 보고 동 인의 언어와 행동이 하도 수상하다고 소지 행리를 검사하였었는데 허름한 보따리 속에서 홍선 인찰지로 복사한 서류 두 통을 발견하였는데 동 서류는 순조선문(純朝鮮文)으로 가장 세밀하게 '동양삼국(東洋三國)' 즉 조선, 중국, 일본은 상부상조(相扶相助)하여 공존공영(共存共榮)을 하지 않으면 안 될 터인데 외국인(外國人)이 입내하여 대단히 요란할 뿐만 아니라 무슨 도니 하고 자꾸 선전함을 따라 언제든지 평화(平和)의 시대(時代)를 보지 못할 모양이니 그에 대하여 각 대신과 양 의원은 바삐 외국인을 구축(驅逐)케 함이 가하다는 의미가 씌어있음을 본 경관은 대경하는 한편 의심이 잔뜩 나서 덕천 본서로 동행한바 동 서에서도 역시 어떤 자인지 정체를 알고 제등 서장이 서장실로 청한 후 동 서 고등계 형사 한 사람과 삼 인이 장시간을 담화한 결과 동인은 평북 태천군 서읍내면 관룡동(平北 泰川郡 西邑內面 冠龍洞) 곽용수(郭龍洙)(五七)라는 노인으로 지금부터 삼 년 전 소화 이년 팔월경에 전기와 같은 청원서를 각 대신과 양 의원에 십삼 통을 발송하고 지금껏 그에 대한 회답을 기다렸으나 하등 소식이 없고 그간 총독도 갈리었으므로 직접 경성을 가서 신임 재등 총독을 방문한 후 동 청원서를 제출할 계획으로 지난 십칠일 집을 떠났으나 여비(旅費)가 없어 필묵(筆墨) 장사를 하면서 도보로 상경할 작정으로 이곳까지 왔다는 것을 일일이 말하였다. 【平壤】

1450 「警官 講習所門 前 電信柱에 過激한 不穩文書를 貼付」

『매일신보』, 1930.07.30, 2면

시내 광화문통(光化門通)에 있는 경찰관 강습소(警察官 講習所) 앞 전신주(電信柱)에 내용이 과격한 모종의 격문(檄文)이 붙어 있는 것을 이십구일 오전 세시경에 시 종로서원이 발견하고 동 격문을 압수하는 동시에 즉시 대활동을 개시하였으나 동일 오후까지에는 하등의 단서도 얻지를 못한 모양이다.

1451 「慶南 少年聯盟 定期大會 禁止」

『중외일보』, 1930.08.01, 조4면

경남도 소년연맹 제삼회 정기대회(慶南道 少年聯盟 第三回 定期大會)는 이십육, 칠 양일간에 미리 통영서 개최키로 결정되어 그동안 모든 준비를 통영소년동맹(統營少年同盟)에서 담당하여 준비에 분망 중이던바 지난 이십이일에 경찰당국으로부터 금지의 명령을 받았다. 그런데도 불구하고 대회의 전일인 이십오일에는 경남 각지에서 대의원(代議員)과 후원자들은 염천을 불구하고 수백리 길을 도보로 대회장을 향하여 모여들어 칠십여 명의 다수에 달하여 통영 일반민중의 기대가 높았었는데 이십구일 오전 아홉시경에 이르러 이천여 매의 삐라를 산포하고 소년도연맹(少年道聯盟) 책임자 여덟 명은 금지에 대한 항의를 제출하였다. 그러자 '삐라' 산포를 발견한 경찰에서는 통영소년동맹 책임자 서종덕(徐鍾德) 군을 검속하자 동지의 일인을 잃게 된 일반은 통영 각 사회단체원까지 동원되어 경찰서에 쇄도하였다. 이에 놀란 경찰은 이를 제지코자 매우 노력하였는데 이에도 불구하고 오후에는 대오(隊伍)를 지어 시내를 행렬(行列)하여 공기가 극도로 긴장되었었는데 이십팔일까지에 대의원(代議員)은 각각 돌아가고 검속되었던 서종덕(徐鍾德) 군은 이십팔일 오후에 석방되었다더라. 【통영】

1452 「利原邑內에 不穩文 撒布」 『매일신보』, 1930.08.02, 7면

함남 이원경찰서에서는 지난번 단천사건(端川事件)이 돌발한 후 다수 경관이 불철주야로 엄중한 경계를 하고 있는 중인데 지난 이십칠일 오후 구시경부터 돌연히 서원 총동원으로 이원 각지를 활동 수사하더니 격문사건 진범을 체포하였다. 자세한 내용은 알 수 없으나 모처의 소식을 듣건대 동일 오후 십시경에 ○○사건에 대한 불온한 문구를 쓴 격문 다수를 동군 군선 모처(同郡 群仙 某處)에서 다수 등사판으로 인쇄하여 군선읍 봉현리 기타 각지에 다수 산포하였다 하며 방금 엄중한 취조를 진행 중이라는데 연루자도 상당히 많은 모양이며 일방 연루자를 속속 검거 중인데 사건의 내용은 비밀에 부쳐 알 수 없다. 【利原】

1453 「端川事件 報告 演說 警察 突然 禁止」 『중외일보』, 1930.08.02, 석2면

신간회 경성지회(新幹會 京城支會) 주최로 단천사건(端川事件)을 조사하기 위하여 특파되었던 김진국(金眞國), 김병로(金炳魯) 양씨의 진상조사 보고 연설 '단천사건 보고 연설(端川事件 報告 演說)'을 일일 오후 여덟시에 시내 종로 중앙기독교청년회관(中央基督敎青年會館)에서 열기로 하고 일일 오전에 종로서에 제출 하였던바 동 서에서는 치안을 방해할 염려가 있다고 단순한 구실로 금지를 시키었다더라.

1454 「水害救濟劇 禁止」 『조선일보』, 1930.08.06, 7면

전조선적으로 습래한 전고 미증유의 수해로 말미암아 사선에서 방황케 된 이재

민을 구제코자 괴산축구단(槐山蹴球團)에서는 래 팔월 구, 십 양일에 수해구제연극회(水害救濟演劇會)를 개최코자 만반 준비를 하여 오던 중 준비가 거진 완료되었으므로 동 단에서는 당국에 허가원을 제출하였던바 수해구제를 축구단 취지에 틀리다는 구실 아래 돌연 금지를 당하였다는바 축구단에서는 방금 그 대책을 강구 중이라 하며 일반은 당국의 무리한 금지에 대하여 비난이 많다고 한다. 【괴산】

1455 「咸平警察은 記者 二 名 檢束」

『조선일보』, 1930.08.07, 7면

전남 함평경찰서(全南 咸平警察署)에서는 지난 일일에 본보 함평지국장 김옥현 군(本報 咸平支局長 金玉炫 君)과 기타 이철(李哲)을 돌연히 검속하여 기타 수첩(手帖) 외 몇 가지를 압수하고 전기 김옥현 군의 집을 수색하여 여러 가지 문서를 압수하여 갔다는데 그 내용은 극비밀에 붙인다고 한다. 【함평】

1456 「準備를 許한 通川 救濟劇 禁止」

『조선일보』, 1930.08.16, 6면

통천용사단(通川勇獅團) 주최와 본보 통천지국 후원으로 거번 수재로 인해 부모와 형제를 일순간에 잃어버리고 또 한층 더하여 오막살이집이나마 일시에 형체도 없이 유실을 당하고 갈 바를 알지 못하여 어린 자식의 손목을 마주 잡고 울며불며 굶주린 가슴을 부둥켜안고 방황하는 동포들에게 다만 몇 끼 양식이나마 보조키 위하여 읍내 각 유지를 방문하고 눈물겨운 동정을 얻어 푼푼이 모은 돈으로 수재 구제 구호음악가극대회를 조직하여 용천 전군과 인군으로 순회하여 수입된 돈으로 구제코자 저반 준비를 다하고 십이일 당국에 허가 신청을 하였던바 불의에 상부의 명령이라는 구실로 허가를 줄 수 없다고 거절하므로 하릴없이 돌아와 각 유지와 협의한 후 여러 방침으로 허가를 운동하였으나 종시 불응하므로 주최 측에는 저반 준비에 사용된 금전이 삼십 원이나 된다 하며 차라리 그럴 줄 알았으면 그 돈으로 일분이라도 분급하는 것이 양책일 것인데 당초에는 허가를 주겠다고 하여 저반 준비를 한 것인데 이제 와서 갑자기 허가를 불응하는 것은 무슨 내막이나 있는 듯하여 일반 인사는 의아함을 마지 않는다고 한다. 【통천】

1457 「玄風青盟 素人劇 禁止」 『중외일보』, 1930.08.23, 조4면

玄風青年同盟에서는 財政 確立에 多少 도움이 될까 하여 素人劇을 開催코자 萬般 準備를 着着 進行 中이던바 突然 大邱署에서 禁止하였으므로 執行委員長 李相奎 氏는 조금도 屈함이 없이 始終이 如一하게 또다시 再交涉 中인바 그의 結果 如何를 注視 中이라더라. 【玄風】

1458 「伏놀이도 集會라고 吉州警察이 禁止」 『중외일보』, 1930.08.24, 조4면

지난 십팔일 길주에서는 재재작년(再再昨年) 중에 세상의 문제가 되었던 길주공보(吉州公普) 사건으로 오랫동안 옥중에서 신음(呻吟)하다가 출옥한 이정섭(李禎燮) 씨 환영회를 개최하려고 일반 학부형과 시민들이 성심으로 제반 준비를 다 하였는바 돌연히 그 당일이 되매 준비하던 당지 경찰서에서 서철(徐哲) 씨와 김상록(金尚綠) 씨를 호출하여 "오늘의 회합은 범죄 피의자를 중심으로 한 출옥 환영이므로 치안상 금지한다"고 하므로 그 준비된 것을 가지고 일반이 복(伏)놀이를 하겠다고 하였으나 그것도 역시 주의자(主義者)가 합석한다는 이유로 금지하고 결국은 주의자 중 최두연(崔斗鉛), 김상록(金尙祿), 서철(徐哲), 배명섭(裵明燮), 김창한(金昌漢) 씨 등을 제외(除外)하라는 조건부로 이정섭(李禎燮) 씨 출옥 환영회를 허하였는데 일반은 길주경찰(吉州警察)의 고압을 비난한다더라. 【길주】

1459 「들여온 中國新聞 一齊히 發賣禁止」

『조선일보』, 1930.08.26, 2면

총독부 경무국(總督府 警務局)에서는 이십오일 경기도를 위시하여 전조선 각 도 경찰부(各 道 警察部)에 명하여 상해(上海)서 발간되는 중국문 일간신문인 『신보(申報)』와 북경(北京)의 『익세보(益世報)』 및 봉천(奉天)서 발행되는 일본인 무내충차랑(武內忠次郎) 경영의 『만선신보(滿鮮新報)』 등의 이십사일 부에 모두 치안에 방해될 우려가 있는 기사가 있다하여 판매금지 차압의 행정처분(行政處分)을 하도록 하였는바 경성 시내에 취급판매소가 있는 경찰서에서는 각 판매소를 수색하여 전기 제 신문을 압수하였다 한다.

1460 「農民 慰安 素人劇도 禁止」

『중외일보』, 1930.08.26, 조4면

의주청맹 영산지부에서는 지리한 여름에 고초를 받던 농우(農友)를 위안(慰安)키 위하여 『중외』, 『조선』 양 영산분국 후원(『中外』, 『朝鮮』 兩 永山分局 後援)으로 지난 십팔일에 동 회관 내정(同 會館 內庭)에서 소인극(素人劇)을 흥행(興行)코자 하여 거리 칠팔십 리(距里 七八十里) 되는 의주(義州)에서 단원 십여 명(團圓 十餘名)이 십칠일 상오에 동 회관에 출장하여 극장 설비(劇場 設備)와 기타 준비에 노력을 다하고 하오 세시경에 당국의 허가를 얻고자 영산 경찰관주재소(永山 警察官駐在所)에 계출(届出)하였던바 상부의 명령(上部 命令)으로 집회금지(集會禁止)라고 하면서 허가치 않았다는데 그 자세한 내막을 듣건대 월여 전부터 소인극을 하겠다고 당국에 말하여 두었던 것이라 하며 동맹원들은 준비 비용 이십여 원(準備費用 二十餘 圓)의 손해(損害)가 있다더라. 【영산】

1461 鼎言生, 集會禁止의 限界

『중외일보』, 1930.08.27, 조2면

集會는 吾人 生存을 爲하여 가장 必要한 自由權이다. 彼 野蠻族이 狩獵을 目的하는 때 或은 掠奪을 計劃하는 때 반드시 同部落의 群蠻이 그 酋長 指揮下에 어떠한 會合이 있는 것도 그 生存을 爲한 集會인 것이 分明하다. 野蠻族뿐 아니라 고릴라와 같은 猿類로서도 雌를 奪取할 境遇에나 或은 食物을 得하려는 때에는 반드시 多數集合이 있으나 이것이 亦是 集會를 意味한 것이다. 하물며 最高 理智的 動物이라 하는 人類로서 어찌 集會가 없다할 것이며 一步 進하여 人類 中에서도 特히 文明人으로서 어찌 集會를 必要視 아니할 수 있을 것인가.

무릇 集會는 特히 吾人에게 있어서 그 生存意義에 基因하여 動作하는 가장 必要한 自由權이다. 法律이 그 集會自由權을 保護하는 것은 다만 個人의 福利만을 爲한 것이 아니라 實은 共益公德을 目的한 것이다.

다시 말하면 社會는 個人으로서 組織된 것이 아니요, 多數民衆이 그 構成分子가 되었으며 社會의 意思는 個人의 意思가 아니요, 多數民衆의 意思이다. 그러므로 民衆의 共益公利를 計劃하려는 데 있어서는 그 民衆의 意思로써 處斷치 아니할 수 없는 것이요, 그 民衆的 處斷을 要함에 이르러는 畢竟 集會의 必要를 가지게 되었다. 그러함을 不拘하고 民衆에게 集會權이 없다 할진대 百害는 있을지언정 一利는 없을 것이다. 例하면 옛날 君主專制 或은 特殊階級의 獨裁政治가 國家的 弊端이 많았던 것은 그 政治가 國民意思를 無視하였던 것이요, 오늘날 各 國民이 憲政制度를 謳歌하는 것은 옛날 政治的 弊端을 匡正하고 同時에 그 政治를 民衆意思化하려는 데 不過한 것이니 要컨대 오늘날 憲法政治는 卽 集會政治로서 解釋하는 데에 誤謬될 것이 없을 줄로 생각한다.

吾等이 集會를 하는 것도 法律에 依한 것이요, 當局者가 集會를 禁止하는 것도 法律에 依한 것이다. 다시 말하면 吾等의 集會가 法律規定의 範圍 以外에 있다 하면 이것은 違法集會요, 또한 當局者의 禁止가 法律規定의 範圍 以外에 있다 하면 이것은 違法禁止이다. 그런데 吾人은 事實上으로 違法禁止가 種種 있는 것을 目睹한다.

그 違法禁止의 實例는 苟苟히 列擧하려 아니한다. 그러나 假令 '不穩할 듯'하다든가 或是는 '未然防止'라 하는 理由로써 集會를 不許 或 禁止하는 것은 違法禁止의 一例가 되는 것만을 말하는 바이다.

大抵 '不穩할 듯'하다는 것이나 또한 그 '未然防止'라는 것은 當局者의 解釋 問題이다. 그런데 이 解釋 二字의 問題에 있어서는 愼重, 正確, 公平의 態度로써 當局하지 아니하면 矛盾과 違格의 危險이 있게 될 것이다.

司法官, 警察官 等은 勿論 法令의 解釋權者이다. 그러나 그 法令을 解釋함에 있어서 注意치 아니하지 못할 것은 그 法令의 立法精神이다. 다시 말하면 法令의 解釋權으로써 立法精神을 無視할 수 없는 것이다. 卽 法令 解釋은 立法精神 範圍 以內에 있는 때에 適法解釋이라 할 것이요, 이와 反하여서는 不法解釋이라 할 것이니 그 不法解釋에 依하여 集會禁止가 된 것은 確實히 違法禁止이다. 그러므로 當局者는 그 禁止限界에 注意할 必要가 있는 것이다.

1462 「水害 救濟 音樂會까지 禁止」

『중외일보』, 1930.08.27, 조4면

의주경찰서(義州警察署)에서는 상부의 명령이라 하여 의주 지방에는 금년 말까지 일체 집회를 금지한다는바 청맹위원회(青盟委員會) 금지를 비롯하여 의주청맹 고령삭면지부(義州青盟 古寧朔面支部)의 창립 이주년 기념식(創立 二周年 記念式)과 동 기념연극(紀念演劇)까지 금지시켰으며 근일에 이르러는 남북선 이재동포(南北鮮 罹災同胞)를 구제하자는 의미 하에 창립된 의주수해구제회(義州水害救濟會)까지 해체(解體)시켜 버렸는데 수해구제회는 지난 오일에 창립한 후 제일착의 사업으로 행상을 하는 일방, 음악회를 개최하려고 준비에 대분망중이던바 이 같은 돌연한 낭패를 본 동 회는 물론 일반사회에서는 의주경찰의 무리와 고압을 비난한다더라. 【의주】

1463 「時期 不穩타고 脚戱會도 禁止」

『중외일보』, 1930.08.28, 조4면

왼 일 년 쌓인 피곤(疲困)을 하루의 희락(喜樂)으로 위안을 얻으려는 촌간의 놀음인 씨름! 이것이야 말로 전조선을 통하여 어느 곳이라 없이 예년적(例年的)으로 여름철을 당하면 농민들이 땀으로 치우던 제초(除草)도 겨우 끝을 마치고 그때를 이용하여 가장 그들에게 흥쾌를 주고 위안을 주는 놀음이며 또 일편으로는 정기(精氣)가 좋다는 때라도 여름철의 시황(市況)은 형편없는 것이라 더욱 금년 같이 불경기가 알□로 흘러가는 여름철을 당하여 궁박의 그 어려운 시황(市況)을 논란(論難)하는 이로서 어찌 그 수려(愁慮)를 금하리오. 이러한 때에 담배, 점심값으로 던지는 일이십 전의 돈이 궁박에 잠긴 시민 생활에 그 얼만큼 큰 구제(救濟)가 되리라 함은 누구나 일찍이 생각하고 있는 바이다. 이러한 조건의 양책(兩策)을 도모하고자 하여 신흥영업조합(新興營業組合)과 시내 뜻있는 인사들이 힘을 모아 오는 농촌의 경절인 칠석날(七夕)을 이용하여 씨름을 하려고 만반의 준비에 초심(焦心)하는 일방, 경찰에 집회계를 제출하였던바 경찰당국에서는 의외에도 시기가 불온한 관계로 집회를 허가할 수 없다는 선언이 있었음으로 다시 주최 측에서는 교섭위원을 선정하여 당국을 방문하고 만단 조건으로 교섭에 힘을 썼으나 금지일관주의에는 아무 효과도 얻지 못하고 돌아왔다 하여 일반은 너무도 신경과민한 경찰이라 하여 비난이 자자한다더라. 【신흥】

1464 「永同署 活動 檄文을 押收」

『중외일보』, 1930.09.01, 2면

지난 십일 오전 십일시경에 영동경찰서에서는 아연 긴장미를 띠고 십여 명의 정사복 경관대가 육대로 분하여 영동청년동맹(永同青年同盟)을 비롯하여 각 사회단체는 물론 『조선』, 『중외』 지국과 및 관내 요시찰인(要視察人)의 가택을 일일이 수색하였다는데 이와 같이 대활동을 개시한 경찰은 영동청년동맹으로부터 팔월 이십구일 일한합병(日韓合併)에 관하여 쓴 내용이 극히 과격한 격문 두어 장을 압수하여 갔다는데 동 격문은 일한합병을 전기하여 동경(東京) 조선XX지지동맹이란 이름으로 그와 같이 비격해온 것이라 하며 금번 경찰의 활동은 경찰부 명령에 의하여 행한 것이라고 한다. 【영동】

1465 「公州署 活動 青年 一 名 檢束」

『동아일보』, 1930.09.06, 7면

지난 팔월 이십구일을 전후하여 충남 공주경찰서(公州警察署)에서 비상히 활동을 개시하여 엄중한 경계를 하던바 지난 일일 오전 열한시경에 당서 고등형사대는 당지 대화정(大和町) 이십칠번지 이 모(李 某)의 집을 수색하는 동시에 삼민주의 서적 한 권 외 두어 가지 서적을 압수하며 그 주인 이 모(李 某)를 당서로 인치하고 취조를 한다는데 사건 내용을 알 수 없으나 탐문한 바에 의하면 타지방에서 주의 선전한 혐의 정보로 그와 같이 검속 취조한다 하나 이 모와 동성명 가진 사람의 행사가 아닌가 의심도 한다고 한다. 【공주】

1466 「出版物法案 來 會議에 提出」

『중외일보』, 1930.09.08, 1면

出版物法의 制定은 出版界 多年의 懸案으로 되어 右 出版物法을 來 會議에 提出하기로 決意하여 警保局에 其 立案을 命하였는 故로 警保局은 目下 各 要綱에 基하여 審議를 施行하고 있는데 右는 이미 改正으로 決定한 著作權法과 相俟하여 從來 出版界에 頻發의 不便 及 不祥事件을 絶滅할 것으로 하여 其 施行은 注目되는 바이다. 【東京六日電】

1467 「同盟 玄風青年 當分間 集會禁止」

『중외일보』, 1930.09.09, 조4면

지난 八月 二十六日 玄風青年同盟 李相奎, 郭洙範 兩 幹部를 檢束한 後 大邱署 高等係 主任은 兩 幹部에게 玄風青年同盟의 集會는 當分間 一切 禁止한다고 宣言하였다는데 그 理由를 물은즉 玄風青年同盟의 態度는 階級意識을 鼓吹시키는 不穩한 行動을 하려고 하므로 合法的 態度가 보일 때까지 大小集會를 一切 禁止한다고 하였다는데 盟員들은 매우 憂慮하는 모양이더라. 【玄風】

1468 「배화 경관이 까닭 없이 新聞 押收」 『조선일보』, 1930.09.09, 6면

함남 안면군 배화 경찰관주재소(咸南 安邊郡 培花 警察官駐在所)에서는 지난 육일에 동 주재소 부근에서 본보 안변지국에서 본지를 배달하던 중 전기 주재소 순사부장이 풍농사(豐農社)에 돌입하여 남은 신문 세 부를 볼 것이 있다고 하여 빼앗아 가므로 주재소에 들어가서 다 보았으면 달라고 한즉, 자기네가 배달하여 주겠다 하더니 그 익일에도 정오가 지나도록 배달치 아니하여 일반 독자들은 전기 배화 주재소 순사부장에게 비난이 자자하다고 한다. 【安邊】

1469 「廣川少年會 素人劇 禁止」 『조선일보』, 1930.09.11, 6면

오는 삼십일에 광천소년회(廣川少年會)에서는 기보한 바와 같이 제사주년 기념을 자축하는 의미와 부형 자매의 위안납량을 하기 위하여 소인극을 흥행하려고 만반을 준비 중이던바 지난 이십구일 돌연 경찰에서 연기하라는 말이 있음으로 이 이유를 물은즉 지금은 일한합방 기념일의 경계이므로 상부의 명령이라고 한다. 그러므로 동 회 어린이들과 손을 꼽아 기다리던 부형 자매 제씨들은 불안한 안색과 섭섭한 기분으로 하루바삐 흥행되기를 기다린다고 한다. 【洪城】

1470 「까닭없이 新聞을 五 日間이나 抑留」 『조선일보』, 1930.09.13, 6면

함남 안변군 배화 주재소 순사부장(咸南 安邊郡 培花 駐在所 巡査部長)이 지난 육일 당지에서 배달하는 본보를 까닭없이 무리 압수하였다 함은 기보한 바이거니와 그

신문을 지난 십일에야 독자들에게 돌렸다 하는바 독자가 신문 보지 못한 것도 중대 문제이려니와 지국은 사업 진행에 장해됨을 참지 못할 바라 하여 본보 안변지국에서는 전기 순사부장의 무리한 태도에 분개하여 방금 대책을 강구한다고 한다. 【安邊】

1471 「記事 보냈다고 記者를 檢束, 혜산진에서」

『조선일보』, 1930.09.13, 6면

지난 팔일 오후에 함남 혜산진에서는 『중외일보』 지국 기자 조선제(『中外日報』 支局 記者 趙宣濟), 『동아일보』 지국 총무기자 주동림(『東亞日報』 支局 總務記者 朱東林) 양씨를 돌연히 혜산 경찰서에서 검속하였다는데 이유는 모 중대사건이 돌발하자 경찰당국에서 기사를 보내지 말라고 부탁하였음에도 불구하고 기사를 보내었다는 이유라 한다. 【惠山鎭】

1472 「不穩文事件 關係者 送局」

『매일신보』, 1930.09.17, 2면

지난 삼십일에 동대문 밖 공동변소에다 「백의동포에게 격함(白衣同胞에게 檄함)」이라 제목한 불온문을 붙인 시내 숭인동(崇仁洞) 일백오십칠번지 홍영섭(洪榮燮) 일명 인섭(寅燮)(二一)과 동 동 이백팔십일번지 송경윤(宋慶潤)(二三) 등을 동대문서(東大門署)에서 검거한 후 이래 엄중 취조 중이던바 또다시 경기도 출생의 홍종국(洪鍾國)(二七)과 장사동(長沙洞) 사십육번지 황목윤(黃穆潤)(四一) 등을 검거하여 계속 취조 중이라 함은 이미 보도한 바이거니와 그중 홍영섭과 송경윤의 두 명은 전부 취조가 끝났으므로 명 십칠일에 일건서류와 같이 검사국(檢事局)으로 송치할 터이라 한다.

1473 「『人道』誌 再刊」

『조선일보』, 1930.09.18, 6면

충남 홍성(洪城)에 본사를 둔 월간잡지 『인도(人道)』는 육칠 개월이나 정간 중에 있었으나 금번 속간을 하게 되어 원고를 당국에 제출하였던바 본월 구일에 인가되어 방금 인쇄 중이라 하며 머지아니하여 그 기쁨의 갱생호를 보리라 하는바 동 사에서는 가일층 강호제현의 애호를 바란다고 한다. 【洪城】

1474 「西門署 管內에 不穩文 粘付」

『매일신보』, 1930.09.22, 2면

금 이십일일 새벽 세시 사십분경에 정동 춘양관(貞洞 春陽館) 앞과 동 여덟시 반경에 죽첨정 이정목(竹添町 二丁目) 작은 절(寺) 앞 전신주(電信柱)에다 '학생 제군에게 대하여(學生 諸君에게 對하여)'라는 불온문(不穩文)을 붙인 것을 소관 서대문서원이 발견하고 즉시 압수하였는데 그 불온문은 넓이가 신문지(新聞紙) 네 쪽에 배한 것만한 데다 먹(墨)으로 쓴 것인바 그 내용인즉 지난 광주학생사건(光州學生事件)에 관한 것으로 불온문구를 나열하였는데 그 범인은 목하 강기정(岡崎町) 근방에 잠입한 형적이 있으므로 용산경찰서(龍山警察署)에서는 당일이 일요일인데도 불구하고 혈안으로 그 범인을 수사코자 방금 대활동을 개시하였다고 한다.

1475 「'에로'黨에 喜消息」

『동아일보』, 1930.10.23, 2면

성적(性的) 문제를 취급한 출판물에 대한 경무국의 검열은 일본의 그것보다 엄밀하여 일본에서 발행하는 잡지 단행본도 조선에서는 발매금지의 처분을 하여 왔으리 만큼 조선 관헌의 이에 대한 단속의 표준이 엄중하여 왔다.

그런데 최근에는 세계적 풍조라 할 만큼 재래의 도덕에 비추어 매우 문란한 성(性) 문제에 대한 비판 소개가 노골화하였으며 약국(藥局) 점두에서는 공공연하게 피임약을 발매할 만치 풍조가 급변하였으므로 이 대세에도 역행할 수 없어 최근에는 그 표준을 완화하여 일본에서 허가하는 것은 대개 그대로 용인하고 조선에서 발행하는 것도 그 정도를 벗어나지 않게 하기로 방침을 고쳤다고 한다.

이에 대하여 초심(草深) 도서과 사무관은 "풍기문란의 염려가 있는 출판물이 이입되는 것도 많고 조선에서 출판하는 것도 최근에는 풍기상 좋지 못한 것이 많으나 대세는 어쩔 수 없음으로 심한 것이 아니면 그대로 대개 통과시키기로 하였습니다"라고 한다.

1476 「北青 槿支 音樂 禁止」

『조선일보』, 1930.11.02, 6면

북청 근우지회에서는 지난 이십사오 양일을 기하여 극(劇), 음악, 무도 대회를 천도교대강당에서 개연한바 제일일의 이십사일 밤에는 사오백 명의 관중 속에서 대성황(大盛況)을 이룬바 그 익일 돌연히 북청서에서 근우지회 간부를 불러 어젯밤에 한 극이 불온하니 오늘 밤에는 절대 허할 수 없다 하기에 근우 간부 측에서는 그러면 극이 불온하다 하니 오늘 밤에는 극은 그만두고 음악과 무도만 하겠다 하였으나 그도 허치 않았다는바 일반은 경찰의 무리를 분개한다고 한다. 【北青】

1477 「學校와 各處에 檄文을 配布」 『조선일보』, 1930.11.14, 7면

지난 팔일경 충남 공주(忠南 公州)에는 동경(東京)에 있는 천도교청년당(天道教青年黨) 명의로 발송된 수종의 격문(檄文)이 공주고등보통학교(公州高普)와 몇몇 곳에 도달되었는데, 직접 우편국(郵便局) 또는 경찰에서 전부 압수해 갔다 한다. 【公州】

1478 「池璟宰 氏 被捉」 『동아일보』, 1930.11.15, 3면

경북 상주경찰서(尙州警察署)에서는 지난 十일 오전에 시내 남정리(南町里) 지경재(池璟宰) 씨를 검속하는 동시에 서적 五十여 종을 압수하여다가 방금 엄중히 취조하는 중이라는데 내용은 당국의 발표가 없으므로 알 수 없으나 전기 지 씨는 재명고옥조선인노동조합 위원장(在名古屋朝鮮人勞動組合 委員長)으로 있으면서 가정 소간[47]으로 지난 구일 고향인 상주에 도착하였다가 명고옥 와옥경찰서(鍋屋警察署)의 조회에 의하여 그와 같이 검속된 것이라 한다. 【상주】

1479 「脚本이 不穩타고 俳優 十餘 名 取調」 『조선일보』, 1930.11.19, 7면

원산부 북촌동(元山府 北村洞)에 있는 원산관(元山館) 직속 더블유에스연예부(WS演藝部)에서는 창립 이래 극계(劇界)에 신진 화형(新進 花形)[48]들을 망라하여 김창준(金昌俊) 씨의 지도하에 새로운 작품을 상연하여 일반 팬들에게 다대한 환영을 받아

47 소간(所幹) : 볼일.
48 하나가타(花形) : 인기스타.

오던바 지난 십일부터 박영호(朴英鎬) 군의 작품 「과도기(過渡期)」, 「하차(荷車)」의 두 작품을 상연하였는데 「과도기」와 「하차」의 내용이 불온하다 하여 지난 십이일에 원산경찰서에서는 그 작품에 출연하였던 남녀배우(男女俳優) 십여 명을 소환하여 취조한 후 WS연예부는 해산하라고 하면서 「과도기」, 「하차」의 작자 박영호 군은 구류에 처하고 남은 사람들은 다 돌려보냈다는데 동 연예부에서는 방금 대책을 강구 중이라고 하며 일반은 경찰의 가혹한 처치를 비난한다고 한다. 【元山】

1480 「釜山 水上署에서 『國家와 革命』 押收」

『동아일보』, 1930.11.27, 2면

부산 수상경찰서 고등계에서는 수일 전에 동경 정치연구사(政治研究社)로부터 경성 모 단체로 보내는 '레닌'의 저작인 『국가와 혁명(國家와 革命)』이란 책 四十 권을 압수하였다 한다. 【부산】

1481 「大田 素人劇 禁止」

『조선일보』, 1930.11.28, 6면

대전체육회 소년부(大田體育會 少年部) 주최로 지난 이십이일에 소년소인극을 하려고 만반의 준비를 다하여 놓고 각본, 원고(脚本, 原稿)를 대전경찰서에 제출하였던바 대전서에서는 하등의 이유도 없이 허가하지 못하겠다고 하여 이 원고를 대전체육회 소년부로 돌려보냈다는바 이에 분개한 대전체육회에서는 다시 그 대책을 강구 중이라 한다. 【大田】

1482 「『어린이』 잡지 원고 불허가로 늦어」 『동아일보』, 1930.11.29, 5면[49]

예월과 같이 초하룻날이면 나오게 되던 『어린이』가 금번 십이월호는 원고의 불허가로 급히 다시 십이월호 겸 임시호 준비에 착수하였다는데 대개 오는 십이월 칠팔일께 나오리라 한다.

1483 「『별나라』 押收」 『조선일보』, 1930.11.30, 2면

소년잡지 별나라사에서는 십이월호를 소년농민호(少年農民號)로 발행할 예정이었던바 당국의 기휘에 촉하여 불허가가 됨으로 해사에서는 급히 서면으로 준비해서 십이월 중순경에 내어놓으려 한다 한다.

1484 「許可出版된 書籍을 地方警察이 押收」 『조선일보』, 1930.12.04, 7면

함북 삼장경찰서(咸北 三長警察署)에서는 당지 청년들이 구독하는 서적 중에 사회학에 관한 책자면 출판허가를 받고 출판이 되어 이미 서점에서 판매되는 책임에도 불구하고 모조리 압수하여 간다는데, 이제 그 두어 가지 실례(實例)를 들어 말하면 금년 이월경에 동면 이동 이화룡(李華龍) 군에게서 (李丙儀 著) 『무산계급의 역사적 사명(無產階級의 歷史的 使命)』이란 책을 압수하여 갔으며, 또 지난 십구일에 삼장시내 최응준(崔應俊) 군에게서 『맑쓰 경제학(經濟學)』이란 책자를 압수하여 갔다는데,

49 「『어린이』 不許可」, 『조선일보』, 1930.11.30, 2면.

이상 두 책자는 모두 경무국 도서과(警務局 圖書科)의 허가를 받고 출판, 판매되는 서적임에도 불구하고, 일개 지방경찰로서 함부로 압수하는 것은 너무나 무리한 처치라 하여 당지 청년들은 그 대책을 강구 중이라 한다. 【三長】

1485 「三千里社 搜索, 數 名을 檢擧」

『조선일보』, 1930.12.06, 2면

시내 서대문(西大門)경찰서에서는 무슨 정보를 받았는지 돌연 긴장하여 고등계 서원이 각처에서 활동하던 중 사일 오후에는 시내 인사동(仁寺洞) 십구번지에 있는 삼천리사(三千里社)를 수색하고 동 잡지를 경영하는 김동환(金東煥) 씨를 검거하였으며 그 외 신(申) 모 등 수 명도 인치하였다는데 사건의 내용은 알 수 없으나 자못 중대한 모양이라 한다.

1486 「赤書籍 監視 嚴重」

『조선일보』, 1930.12.06, 2면

최근 조선에서 가장 많이 늘어가는 사상범죄(思想犯罪)와 그들이 감방 안에서 형사 잡범에게 주의를 선전하여 행형(行刑) 당국에서는 비상한 두통거리로, 될 수 있으면 그들은 모두 독감방(獨監房)에 수용하기 위하여 기보한 바와 같이 명년도에는 우선 서대문형무소(西大門刑務所)에 이백여 독감방을 증축하기로 하였는데 또 그 반면에 그들 사상범인들은 감방 안에서 책을 많이 읽고 또 주의에 관한 서적을 차입하여 읽는 고로 종래 형무소에는 그들 차입하는 서적을 검열(檢閱)하는 책임자가 없어서 혹 외국어 원서(外國語 原書) 같은 붉은 서적을 그대로 의미를 모르고 차입을 허락하는 일이 적지 아니하므로 그를 방지하기 위하여 총독부 법무국 행형과에서는 명년도부터 중요한 형무소에 전임 검열관(檢閱官)을 배치하고 각각 차입되는 서적을 일일이 검열하리라 한다.

1487 「핀셋트」

『조선일보』, 1930.12.06, 2면

붉은 사상과 주의가 곁의 사람에게 전염될까 보아서 가두어 두는 방이건만 더욱 그 효과를 얻으려고 반드시 독방에 가두어 두는 사상범들에게 차입하는 책은 일일이 펴보고서 엄중히 받으면서도 그래도 불철저하다고 명년부터는 감옥 안에다 검열관을 새로이 배치하여 서양말로 쓰인 붉은 책까지 엄중히 통과하지 못하게 하리라고…… 독방에 있는 사람에게 더구나 서양말 책을 읽는 것으로도 전염이 되리라고 생각하는 사람들, 검열관 한 사람 두면 전염이 안 될 줄 아는 것이 우습거니와 일본인 관리 한 명 월급자리 만들어 주는 것으로 알면 그만이지.

1488 「金堤署員 突然 活動 青年 一 名을 檢束」

『조선일보』, 1930.12.14, 7면

전북 김제경찰서에서는 돌연히 박판철(朴判鐵)을 검속하는 동시에 전기환(全琦煥) 씨를 소환하여 취조한 결과로 동 조합과 『동아일보』 기자 송시용 씨의 가택을 수색한 결과 다소 문부와 서류 등을 압수하였다. 그리고 본지 국장 조기하 씨를 소환하여 장시간 취조하고 무사히 돌아왔다는데 사건만은 절대 비밀에 부쳤다고 한다. 【金堤】

1489 「晋州青盟員 取調 後 卽 釋放」 『조선일보』, 1930.12.14, 7면

지난 구일 오전 열시경에 진주서 고등계(晋州署 高等係)에서는 동 면 상봉리 정명수(上峰里 鄭命壽)의 집에 가서 청맹원(青盟員) 수 명을 검거하여 취조 후 당일 석방하였다는데 그 자세한 내용을 쓰건대 수일 전에 함안(咸安)에 거주한 조방제(趙邦濟)라는 청년이 진주에 왔던바 그날은 마침 전기 정명수 군의 생일이므로 서로 동무들끼리 모이여 놀았던바 경찰서에서는 무슨 밀회나 없는가 하여 당석에 놀았던 진주청맹원 정명수(鄭命壽), 신태민(申泰珉), 진창현(陳昌鉉), 조방제(趙邦濟) 등 사 명을 검거하는 동시에 서적 이십여 권도 압수하였으며 취조를 마친 후 전기 조방제 군은 당일 오후 막차로 자기 고향인 함안(咸安)으로 돌려보냈다고 한다. 【晋州】

1490 「金堤署 俄然 緊張, 青年 多數 檢擧」 『조선일보』, 1930.12.15, 3면

전북 김제경찰서 고등계에서는 지난 칠일부터 돌연 긴장미를 띠고 동분서주하더니 성덕면 묘라리(聖德面 妙羅里)에 사는 박판철(朴判鐵)과 쌍감면 남산리(雙坎面 南山里)에 사는 박기호 외 다수의 청년을 검거하여다가 엄중히 취조하는 일방, 거 구일에는 본보 김제지국장 조기하(本報 金堤支局長 趙棋夏) 씨와 김제합동노동조합장 전기환(金堤 合同勞働組合長 全琦煥) 씨를 소환하여다가 장시간 취조한 후 그날 밤중에야 돌려 보냈다 하며 노동조합회관을 비롯하여 각처에 주의 인물들의 가택을 일제히 수색하여 약간의 서류와 서적 등도 압수하여 갔으나 내용은 절대 비밀에 부치므로 아직 알 수 없다 한다. 【金堤】

1491 「言論機關의 壓迫을 糾彈, 『時事報』 記者 拘禁을 機會로」

『동아일보』, 1930.12.16, 1면

政府의 言論機關 壓迫은 最近 都下 新聞, 通信社 幹部의 問題로 되어있는바, 去七日『時事新報』政治部 記者 細越正夫 氏가 流言浮說 取締의 名義로 三日間 丸之內警察에 拘禁되었음으로 마침내 表面化하여 東京, 大阪 兩地 新聞, 通信 十五社는 十五日 連名으로 協同宣言을 發하여 政府의 言論暴壓을 糾彈하였다. 細越 記者 拘禁의 理由로 하는 것은 氏가 友人 經營의 某通信에 濱口 首相의 額에 就하여 談話한 것을 流言浮說 取締令에 觸한다 함에 있는바 取調에 當하여 官憲은 매우 氏의 人格을 無視한 것이다. 【東京十四日發電通】

1492 「記者 壓迫 件 定例閣議 紛糾, 內相에게 痛烈한 質問」

『동아일보』, 1930.12.18, 1면

十六日에 定例閣議는 午前 十一時 半 開會하고 幣原 首相代理 以下 各閣僚가 出席하여 東西新聞通信社의 共同宣言에 遭한 言論壓迫, 人權蹂躪 問題에 對하여 各閣僚로부터 安達 內相에 對하여 痛烈한 質問이 있어 매우 緊張한 中에 意見을 交換하고 午餐도 아니하고 午後로 續行하여 紛糾를 招來하였다. 【東京十六日發電通】

1493 「金東煥 氏 放免」

『동아일보』, 1930.12.18, 2면

얼마 전에 시내 서대문서에 검속되었던 『삼천리(三千里)』 잡지 주필(主筆) 김동환

(金東煥) 씨는 작 十六일 아침 석방이 되었는데 씨의 경영하던 『삼천리』 잡지의 十二월호는 그동안 씨가 검속되었던 관계로 부득이 신년호(新年號)와 합하여 발행케 되리라 한다.

1494 「『群旗』 押收」

『조선일보』, 1930.12.20, 2면

시내 인사동(仁寺洞)에서 사무소를 둔 노동자 농민 대중잡지 『군기(群旗)』사에서는 제이호를 십이월호로 발행하고자 당국에 원고를 제출하였던바 압수되었으므로 부득이 임시호를 발행하고자 방금 준비 중이라 한다.

1495 「記者團 憤起 對策을 講究」

『조선일보』, 1930.12.20, 2면

까닭 없이 언론기관(言論機關)에 있는 통신기자에게 경관이 폭행한 사실에 대하여 사건 발생 직후 각 신문사에서는 물론 문제의 서대문서(西大門署)에 출입하는 통신기자는 즉시 그 대책을 강구하는 동시에 책임 관계당국자를 방문하고 문제의 발생 책임에 대하여 질문하고 경찰의 비행을 규탄하는 동시에 대책을 강구하기로 하였다.

1496 「『京城新報』押收」

『동아일보』, 1930.12.28, 2면

시내 가회동(嘉會洞)에 있는 『경성신보(京城新報)』 신년호 원고는 도서과에서 내용이 불온하다는 이유로 압수하였으므로 동 사에서는 임시호를 준비 중이라 한다.

1497 「『培材』 十四號 押收」

『동아일보』, 1930.12.28, 2면

시내 정동 배재고보학생회(培材學生會)에서 발행하는 제十三호가 금년 봄에 압수를 당하여 제十四호에는 원고검열제로 당국에 제출 중이던바 원고가 전부 압수를 당하여 부득이 금년 안으로 한 호도 발행치 못하였는다는데 명춘 三월 졸업식까지에는 다음 호를 발행할 예정이라 한다.

1498 「靈武에 檄文」

『동아일보』, 1930.12.28, 2면

지난 二十五일 오전 七시에 함남 홍원 영무시(咸南 洪原 靈武市)에 있는 경찰관 주재소에 있는 四 명의 경관들은 더운물을 들고 다니면서 十여 처에 불온한 광고를 뜯어버리며 일변으로 가택수색을 집집마다 하여 책자 등을 압수하는 동시에 일반의 인심은 흉흉하다 하며 그날은 장날인 관계로 촌면들까지 황황하여서 장 물건을 싸가지고 갔다는데 그 불온광고의 내용은 말할 수 없는 시국 표방으로 쓰인 것이라 한다. 【홍원】

1499 「『별나라』 押收」 『동아일보』, 1930.12.28, 7면

잡지 『별나라』는 十二월호가 압수되어 급히 신년 특집호를 발행하려 하였던바 다시 당국의 기휘에 촉하여 원고 압수를 당하여서 방금 동 사에서 임시호를 준비하는바 명춘 一월 十일 경에는 발행되리라 한다.

1500 「『京城新報』 押收」 『조선일보』, 1930.12.29, 2면

시내 가회동(嘉會洞) 일백사번지에 있는 경성신보사(京城新報社)에서는 그동안 신년호(新年號)의 준비에 망쇄하고 있던바 이십삼일에 경무당국으로부터 치안을 방해할 염려가 있다는 이유로 신년호 원고를 압수당하였으므로 동 사에서는 목하 임시호(臨時號)를 발행코자 준비 중이라 한다.

1501 「『藝術行進』 創刊號 不許可」 『조선일보』, 1931.01.01, 2면

시내 영락정(永樂町) 일정목 육십오번지에 사무소를 둔 예술행진사(藝術行進社)에서는 평론(評論), 시(詩), 소설(小說), 영화(映畵), 연극(演劇), 미술(美術), 음악(音樂) 등 각계의 중진자 제씨의 집필로 월간 예술잡지 『예술행진(藝術行進)』을 발행하려고 이미 그 창간 신년호 원고를 경무국 도서과에 제출하였던바 마침내 불허가되어 원고 전부를 압수 당하였다 한다.

1502 「까닭없이 三長警察이 新聞을 抑留」

『조선일보』, 1931.01.01, 3면

함북 무산 삼장경찰서(咸北 茂山 三長警察署)에서는 본보 무산지국(本報 茂山支局) 관할구역인 삼장시내(三長市內) 독자에게 발송한 본보 지난 십팔일분 삼사오륙면(三四五六面)을 아무 이유없이 압수하여 이틀 동안이나 억류하였다가 지난 이십이일에야 모두 본인에게 돌려주었다는데 함부로 아무 조건도 없이 압수하는 데 대하여 당지 일반 유지들은 경찰의 무리한 처치에 대하여 비난이 자자하다고 한다. 【茂山】

1503 「新聞을 抑留?」

『동아일보』, 1931.01.06, 2면

근자 지방에 있는 우편(郵便) 당국자들의 태만으로 인하여 민중에게 끼쳐 주는 손해가 불소하다함을 누누히 지상으로 볼 수 있는데, 또 강원도 통천군에 있는 흡곡우편소(歙谷郵便所)에서 지난 三十一일부 본보와 동업 『조선일보』가 당일 도착치 않았으므로 통천우편소를 통하여 흡곡우편소에 도착 여부를 문의한즉, 그곳 사무원은 확실히 그날 마감할 때에 왔던 것을 보았다 하므로 그러면 왜 보내지 않았는가 한즉, 그는 전화를 그냥 끊으므로 본보 분국장은 흡곡 우편소장을 전화로 호출하여 책임있는 답변을 요구한즉, 그는 "여하간 이곳에 온 우편물은 전부 발송하였다는 말씀만 해둡니다" 하면서 "사무원이 와 있었음을 확실히 보았다는데 왜 아니 보내었는가" 하는 질문에 어물어물하면서 대단히 거북한 어조로 언명을 피하므로 본보 분국과 『조선일보』 지국에서 그 부정당한 신문억류문제를 합법적으로 대책을 강구 중이라는바 우선 본보 분국에서는 당사자와 감독 관청에 대하여 장래로도 이러한 일이 없도록 경고문을 발송했다. 【통천】

1504 「益山郡內에 不穩한 檄文」

『매일신보』, 1931.01.08, 7면

지난 십이월 삼십일 밤에 전북 익산군 용안면 중신리(全北 益山郡 龍安面 中新里)를 중심으로 부근 각처에는 '일천구백삼십년'이라는 제목 하에 불온한 격문을 다수 산포한 자가 있어 소관 용안 경찰주재소(所管 龍安 警察駐在所)에서는 대활동을 개시하여 동 리 박석규(朴錫奎) 씨의 가택을 수색하고 여러 가지로 취조를 하였으나 아무 단서도 얻지 못하였으므로 즉시 이리서(裡里署)로 급보하였던바 이 급보를 접한 동 서에서는 즉시 형사대를 파송하여 경계망을 늘이고 동 면 석돌리 전봉철(全鳳喆) 씨의 가택을 비롯하여 동 리 서중식(徐中植), 임규동(林奎東), 임유희(林有熙), 박석규(朴錫奎), 전희근(全熙根) 등 제씨의 가택을 수색하는 일방, 혐의자를 검거하고 중신리 야학원(中新里 夜學院)을 수색하여 다수한 증거물을 압수한 후 동 리 이영우(李永宇) 씨를 증거인으로 인치하고 계속 취조 중이라는데 일반은 이 사건의 진전 여하를 매우 주목 중에 있다 한다. 【全州】

1505 「이건 너무 甚하다, 當局의 言論取締」

『동아일보』, 1931.01.09, 1면

一

普通學校後援會聯合會의 發起會가 警察當局의 禁止를 當했다. 그 發起會의 趣旨는 普通學校 授業料의 半減, 敎科書 定價 引下, 學用品 減價, 卒業生 指導 誘掖[50] 등이니 이것을 가리키어 當局의 눈으로 보더라도 過激이니 不穩이니 하는 것은 少毫도 없는 것이다. 當局者의 禁止에 대한 說明을 들어도 그 目的이 不穩하다는 것이 아니라고 前提하는 것을 보아도 알 수 있는 것이다. 그러면 當局者는 어떠한 理由下에

50 유액(誘掖) : 사람을 이끌어 도와줌.

서 會合을 禁止하는가. 가로되 學校 後援會가 '社會運動'을 하는 것이 不可하다고. '社會運動'이란 用語의 定義가 무엇인지 解釋하기 매우 困難하다. 大槪 이 '社會'에 있어서 公共的으로 討議되는 問題는 모두 다 社會的 問題일 것이매 萬一 이러한 理論을 正直하게 넓히어 나간다 하면 結局 朝鮮 사람은 아무것도 하지 않고 가만 있는 것 밖에 別 道理가 없다는 結論이 나올 것이다. 理論뿐만 아니라 實際에 있어서도 近者의 警察當局이 取하는 言論, 集會의 取締方針을 보아 이토록 朝鮮人의 '言行'을 干涉한다고 하면 朝鮮人으로서는 事實 허수아비 되어 있을 수밖에 없을 것이라 함이 過言이 아니다.

二

三總의 集會禁止, 新幹, 槿友 等 團體의 集會禁止 等으로부터 朝鮮에 있어서 大小의 政治的 또는 思想的 傾向을 띤 모든 集會와 結社의 自由를 束縛함에 對하여는 吾人이 嚴重히 本報上에서 或은 抗議하고 或은 警告한 바가 있었다. 保安法에 依한 一律的 政治集會, 言論 禁壓의 時代는 비록 그 法律 自體가 아직 廢止됨에 이르지는 않았다 하더라도 적어도 行政上에 있어서는 廢止된 것이나 마찬가지니, 그렇지 않고서는 所謂 地方自治의 議決 機關化라는 것이 어떻게 存在할 수 있을 것인가. 朝鮮警察의 取締權은 治安妨害의 事實이 있을 때에 發動하는 것이 아니라 그럴 念慮가 있다고 認定만 하면 이를 行使할 수 있게 되었으니, 이는 文明國家의 平常時의 行政權이라고는 到底히 말할 수 없고 或 戒嚴令下에나 있을 수 있는 엄청난 專權이다. 이 權利를 警察은 廣汎한 範圍에까지 施用하여 그 彈壓의 度를 日復日 强하게 한 結果, 今日에 와서는 體育을 除한 一體의 政治的 集會는 當分間 禁止한다는 이전 寺內 時代와 大差가 없게 되었다고 우리는 觀察하여 왔거니와 이번에 普通學校後援會聯合을 禁止한 것을 보면 이것이 事實인 感이 없지 않다.

三

警務當局은 이것이 아주 禁止가 아니고 一時中止를 命한 것이라고 辨明한다니 그렇다 하면 一日이라도 速히 解禁의 處分이 있기를 기다린다. 우리가 알고자 하는 것은 이러한 度外의 禁壓에 對하여 總督府 當局의 眞意가 어떠한지 또는 一步 나아가 拓務當局者, 內閣當局者 들은 어떻게 생각하는지 듣고 싶다. 아무리 彈力이 많은 空氣라고 壓搾에는 限度가 있어 어느 程度 以上으로는 더 줄어지지 않는 것이다. 言必稱 朝鮮統治의 重大性을 말하며 民意暢達을 云爲하는 그네들이 이러한 政治를 妥當하다고 생각하는지. 簡明直截하게 우리의 意見을 吐露하려고 하면 이러한 政治는 朝鮮의 雰圍氣를 沈鬱에서 一層 沈鬱로 몰아넣는 것이니 그 結果가 어떻게 되든지 間에 그에 對한 責任은 結局 그들 爲政家의 두 어깨에 짊어지워질 것이라는 것이다. 當局者는 모름지기 反省하는 바 있으라.

1506 「全印國民會議派 各 機關 一齊 搜査」

『동아일보』, 1931.01.10, 1면

印度政廳은 六日 '카라티'에서 全印國民會議派의 各 機關 全部에 對하여 非合法團體의 宣告를 下하고 六日 夜半을 期하여 十三에 達하는 各 機關을 家宅搜査하고 書類其他 一切을 押收하였다. 又 '이데라바트'에서의 全印國民會議派의 三機關도 非合法團體의 宣告를 受하였다. 【카라티七日發聯合】

1507 「紀念講演 禁止」

『조선일보』, 1931.01.15, 2면

조선 노동쟁의 사항에 가장 큰 기억을 남긴 원산(元山) '제네스트'[總同盟罷業]의 만이 주년 기념일인 금 십사일을 당하여 당지 노련(勞聯)에서는 이 날을 성대히 기념하기 위하여 강연, 연극 등 여러 가지 계획을 세웠다 함은 작보한 바이거니와 금 십사일 새벽 한시부터 당지 경찰은 돌연 맹활동을 개시하여 동 세시경에 이르기까지 노련 간부 김명선(金明善), 이계심(李啓心), 김병관(金秉觀) 등 수인을 속속 검거하는 일방, 선전 '삐라' 칠천여 매를 압수한 후 경찰은 공연히 당일 집회할 목적으로 모이는 사람이 있으면 모이는 대로 모두 검속할 터이라고 선언하고 경계를 엄중히 함으로 목하 당지의 인심은 지극히 불안 중에 쌓여 있다 한다. 【元山支局電話】

1508 「月曆 押收」

『동아일보』, 1931.01.20, 2면

十九일 종로경찰서 고등계에서 화신상회(和信商會) 월력(月曆) 一만 장과 김윤면(金潤冕)상점 월력(月曆) 六천여 매를 압수했다. 그 이유는 단군(檀君)의 기원(紀元)을 써넣은 까닭이라고.

1509 「『東光』 三月號 押收」

『조선일보』, 1931.02.26, 2면[51]

시내 서대문정 동광사(東光社)에서 발행하는 『동광』 잡지 삼월호는 원고검열 중에 추가(追加) 원고 전부가 불허가가 되었는데 그 내용은 학생맹휴사건 비판에 관한 것이 당국의 기휘에 저촉된 듯하다 하며 동 사에서는 부득이 임시호를 삼월 오일경에 발행할 예정이라고.

---

51 「『東光』 三月號 押收」, 『동아일보』, 1931.02.26, 2면.

1510 「『새글』 原稿 押收」

『동아일보』, 1931.03.01, 4면

少年文藝團體인 平壤 새글會에서는 三月 一日을 機하여 機關紙『새글』을 發行하려고 原稿를 當局에 提出하였었던바 不幸히도 原稿 全部를 押收 當하였으므로 同會에서는 不得已 來四月 一日에 創刊號를 내어 놓게 되었고 지금부터 準備에 熱中한다 한다.

1511 「素人劇 禁止」

『동아일보』, 1931.03.05, 3면

고원군 각 소년단체 및 체육회(體育會), 여성단체 등에서는 음력 보름을 기회로 전 시민을 위로코자 각기 있는 기능을 발휘하여 단기나마 오락코자 하였으나 필경 고원서로부터 三월 一일이 전후하였으므로 금지를 당하였다 한다. 【고원】

1512 「『改造』 販賣禁止」

『조선일보』, 1931.03.09, 2면

東京에서 발간하는 잡지『改造』三月號는 일본에서는 별일 없이 발매하나 조선에서는 發賣禁止가 되어 모두 差押을 당할 모양이라 한다. 그 이유는 동 지의 創作欄에 실려 있는 無産派 作家의 소설「싹(芽)」이 당국의 기휘에 저촉된 까닭이라 한다.

1513 **「『群旗』 押收」** 『조선일보』, 1931.03.09, 2면

시내 인사동(仁寺洞) 일구일번지에 사무소를 둔 군기사(群旗社)에서 발행하는 월간잡지 『군기(群旗)』 三月號는 당국의 기휘에 저촉되는 기사로 인하여 압수를 당하였다는데 동 사에서는 방금 四月號를 준비 중이라 한다.

1514 **「『朝鮮實業彙報』 押收」** 『동아일보』, 1931.03.11, 7면

시내 관철동 八번지에 본사를 둔 『조선실업휘보』 제十호는 그 내용이 불온하다는 이유로 전체의 불허가 처분을 당하였으므로 동 사에서는 하릴없이 제十一호를 준비하기에 분망 중이라 한다.

1515 **「言論自由를 要求코 檢閱當局에 抗議」** 『조선일보』, 1931.03.12, 2면[52]

조선민중은 언론(言論)의 자유(自由)를 요구한다. 그러나 내재적(內在的)으로나 또 외재적(外在的) 모든 조건은 ■■■■■■■■을 허락하지 않을 뿐 아니라 빈약하고 또 특수한 환경에 얽매인 조선 사람이 경영하는 모든 언론잡지(言論雜誌)는 최근 당국의 가혹한 검열과 간섭으로 그 경영에 중대한 영향을 미치고 또한 자연 위축(萎縮) 쇠퇴(衰頹)하게 됨으로 이에 시내 각 출판업자(出版業者)는 단결하여 그 공통적 불평 조건을 들어 금일 경무국 도서과(圖書課)에 항의한 바 있었다.

52 「雜誌業界가 奮起 檢閱 改善을 要求」, 『동아일보』, 1931.03.12, 2면; 「言論取締의 緩和를 雜誌業者가 陳情」, 『매일신보』, 1931.03.12, 2면.

더욱이 조선의 신문, 잡지는 당국의 가혹한 검열제도(檢閱制度)와 특수 법령(法令) 아래 종래에도 종종 직접 그 경영자나 혹은 민중으로부터 불평을 절규함에 불구하고 최근 경무당국의 검열과 간섭은 종래보다 못지 아니하여 신문은 물론 한 달에 한 번씩 겨우 발행하는 월간잡지도 이렇게 간섭이 심하고야 도저히 경영할 수 없다 하여 우선 시내에 산재한 출판업자로 三千里社 金東煥, 東光社 朱曜翰, 開闢社 車相瓚, 全朝鮮農民社 李晟煥, 新生社 李殷相, 東亞商工社 金英喆, 獎產社 等 주요 잡지 경영자 제씨가 총독부 경무국 입전 도서과장(立田 圖書課長)과 도서과 초심 사무관(草深 事務官), 서촌 통역관(西村 通譯官) 등을 방문하고 다음과 같은 조건으로 장시간 교섭과 항의를 한 바 있었다.

提出 條件

一. 檢閱制度 撤廢.

一. 新聞紙法 範圍 擴張.

當面 問題

一. 制限 外 規定을 撤廢.

一. 不許可 制度, 全文削除 制度 廢止.

一. 人物評을 許可할 것.

一. 檢閱 時日을 速히 할 것.

一. 編輯 技術上 干涉을 廢止할 것.

이와 같이 우선 시내에 있는 각 잡지사 주간 제씨가 요구한 제 조건과 금후문제에 대하여 총독부 경무국 도서과에서는 자기들 당국자들도 될 수 있는 대로 법령 개정에 노력하겠다는 것을 표명하였고 시사(時事)는 종래대로 써도 좋다 하고 인물평(人物評)을 어느 정도로 시인한다는 것과 편집 기술상 간섭, 불허가, 삭제된 것 등에 대하여 가혹한 간섭을 피하겠다 하였으므로 검열허가된 것을 인쇄하지 않으면 행정처분(行政處分) 하겠다던 것도 그리하지 않기로 언명하였다 한다.

전기 제씨의 언론취체 완화(言論取締 緩和)에 대한 요구와 항의가 끝난 후 경무국 도서과 초심 사무관(草深 事務官)과 서촌 통역관(西村 通譯官)은 기자의 질문에 대하여 다음과 같은 의견을 말하였다. "조선 현행법령(現行法令) 상으로는 신문지법(新聞紙法)에 의지한 잡지가 아니고는 그 계속 출판을 인정하는 것이 아니었습니다. 그러나 사실상 이를 인정 안 하고 정치(政治), 시사(時事) 문제에 논급(論及)한 것을 묵인한 것만은 당국으로서 관대한 처치라 할 것입니다. 그러나 최근 그 기사나 평론에 있어서 기분간[53] 탈선하는 폐해가 없지 아니하므로 다소 취체를 '염려'한 바 있었던 것은 사실인데 그로 인하여 진정 온 것은 조선 일반 출판업자에 큰 '에포크'가 될 것이라 하겠습니다. 여하간 조선의 현행법령을 개정하기 전에는 그 범위 안에서 어찌할 수 없을 것이외다. 그리고 검열제도를 빨리 하라는 것은 종래 일주일을 넘게 한 일은 단연 없었습니다."

이에 대하여 조선농민사의 이성환(李晟煥) 씨는 담판을 마치고 나와 다음 같은 의견을 말하였다. "조선의 현행 출판법은 구한국(舊韓國) 시대의 케케묵은 법령을 지금 그대로 적용하고 있으니 이것은 우리 조선 사람에게 한 모욕입니다. 현재 당국의 검열제도로는 도저히 신문이나 잡지를 경영할 수 없습니다. 요컨대 현하의 대중이 무엇을 요구하는가? 그것을 반영하고 그 요구에 적응(適應)하여 나아가기 위하여 우리도 이제부터 결속하여 현행법령의 개정과 당면에 부자연한 모든 제도 개선을 거할 필요가 있으며 전조선적으로 출판업자의 단결 기관을 상설로 둘 필요가 있고 이것을 하루바삐 실현하고자 합니다." 운운.

1516 「朝鮮의 出版自由, 時代錯誤的 法規를 改正하라」

『동아일보』, 1931.03.13, 1면

一

雜誌業者들이 檢閱制度에 對하여 不平을 鳴하고 出版法의 改正을 부르짖는 것은

53 幾分間.

單純히 雜誌界만의 일로 볼 것이 아니라 朝鮮民衆의 言論, 集會, 結社 自由 獲得運動이란 全體的 當面 要求의 一部分으로 보아서 그 意義가 一層 重大한 것이다.

出版의 自由가 文化發展上에 있어서 重大한 자리를 차지하고 있다는 것은 呶呶를 必要로 하지 않는 常識이다. 廿世紀의 文明은 어떤 意味에 있어서 印刷의 文明이니 全世界的으로 보아 輓近의 모든 政治의 發達, 文化의 進步가 出版事業의 質的 量的 大進展에 依하여 비로소 可能하고 促進된 點이 許多하다. 近代新聞紙의 發達을 보지 않고 近代政治를 論할 수 없으며 近代商業 及 廣告術의 生長 等도 民衆의 生活에 一大 變革을 일으키리 만큼 大進展을 한 反面에 있어서는 印刷出版의 힘을 많이 입은 것이 不誣의 事實이다. 智識과 文學의 一般化, 普遍化의 文化史的 意義는 贅言할 必要조차 없는 일이다.

二

日本에 있어서도 大戰 以後로 新聞과 雜誌 及 一般 出版界는 實로 驚異的 躍進을 보이고 있거니와 朝鮮으로 말하더라도 民衆의 覺醒이 날로 커감에 따라 出版文化의 成長을 要求함이 매우 크다.

日本文 及 外國文 出版物의 들어오는 것이 年年 二百萬 圓 以上 三百萬 圓에 達한다 하니 五年前보다도 倍加하였다. 비록 그 全部가 아니라 할지라도 智識慾의 旺盛함을 否認치 못할 것은 畸形的 出版法 밑에서라도 發刊되는 朝鮮文 書籍이 年 百萬部를 突破하며 定期刊行物의 形式으로 나오는 朝鮮文 雜誌類가 百四十餘 種에 達하니 그 文化的 成長의 慾望이 濃厚한 것을 짐작할 수가 있는 것이다.

그러하거늘 現下의 朝鮮의 出版法規는 實로 엄청나게 時代에 뒤떨어져 있어 文明한 政治下에 存在한다기에는 羞恥라고 할 程度에 있다. 新聞紙의 發行은 當局의 許可가 있어야 되고 單行本의 出版은 原稿의 檢閱을 받아야 된다. 月刊의 雜誌와 같은 者는 그 存在까지도 法規上으로는 認定되지 못하고 '單行本'의 繼續이란 形式으로 이를 許하고 있다. 거기다가 新聞業者와 다시 押收, 停刊, 發行禁止 等의 行政處分을 甘受해야 되고 이 行政處分에 對하여 何等의 規定이 없을 뿐더러 다시 司法處分에 依한 罰金, 禁錮, 懲役의 危險을 가지고 있다. 出版業者에게 있어서는 不許可

處分, 檢閱 時間의 遲延 其他 種種의 手續上 障碍로 多大한 苦痛을 받고 있으니 이 같이 二重 三重의 制度下에서 어찌 出版文化의 健全한 發達을 期待할 수가 있으리오. 더구나 또 이것이 朝鮮內에 있는 日本人 及 外國人에게는 適用치 않는 差別的 法規임에 있어서는 더욱 朝鮮人의 權益을 깎는 矛盾된 法規라고 할 것이다.

三

當局者는 言必稱 朝鮮의 文化 向上을 자랑삼고 云爲하고 있지마는 明治年代에 制定된, 그리고 그中에는 分明히 '當分間'으로 制定된 것이 있는 舊時代的 法規, 例하면 保安法, 集會取締令, 新聞紙法, 出版法 等에 이르러서는 손가락 하나를 대어보지 못하고 있다. 못하고 있다는 것보다는 아니하고 있다함이 適切할 것이다. 그 號하는 바와 行하는 바가 너무도 差異가 많다는 非議를 謀免할 수 없을 것이 아니냐.

當局은 斷然히 이러한 非文化的 法規를 短時日內에 改廢하여 朝鮮의 言論, 集會, 結社의 自由를 擴張할 用意가 있는가 없는가.

1517 「發展하는 映畵界 檢閱 필름 六千餘 里」 『조선일보』, 1931.03.13, 2면

활동사진 '키네마' '프로덕션'에 대한 경향은 해마다 왕성하여 단연 민중오락의 왕좌(王座)를 점령하고 있다. 총독부 경무국(總督府 警務局) 도서과 검열계(圖書課 檢閱係)에서 최근 조사한 바에 의지하면 작년 일 년 동안 조선내 각 극장에서 상영된 영화(映畵)의 검열 총수는 이천사십칠 건(件)으로 그 '필름'은 일만 사백열아홉 권(卷)에 달한다. 이를 연장한 그 필름의 거리는 실로 이백오십이만 일천사십이 미터로 즉 조선 리수로는 육천삼백오십여 리에 달하여 부산 경성 간(釜山 京城 間) 거리의 약 오배 반에 해당하다고 한다. 이를 전년도(소화 사년도 말) 검열 건수와 비교하면 건수로 이백삼십사 건, 권수(卷數)로 일천팔백 권 길이로 사십만 미터가 증가하여 있고 다시 오년 전인 소화 원년도 말 현재에 검열 건수 이천사백이십이 건, 권수로 구천

삼백구십삼 권, 거리로 이백삼십만 칠천오백이십칠 미터에 비하면 건수로 삼백칠십오 건이 줄고 권수(卷數)로는 구백이십 권, 거리로는 이십일만 삼천구백오 미터가 증가하였다. 그리고 이들 검열수수료(手數料)의 수입은 작년 일 년에만 이만 이천 칠백십일 원 십일 전으로 매월 평균으로 보면 매월 일천팔백구십이 원 오십 전씩 수입하고 있으며 검열상 월별로 보면 십이월, 삼월, 구월이 제일 많고 오월, 칠월, 팔월이 제일 적은데 그 종류로는 구주, 일본의 비극(歐洲, 日本 悲劇), 미국 희극(米國 喜劇), 인정활극, 연애의 방면이 늘어가고 탐정(探偵), 기물(奇物) 등은 자꾸 줄어가고 있다. 이를 대별하여 보면 시대극(時代劇)과 현대극(現代劇)의 두 줄로 보아 時代劇 三千六百三十三 卷, 八十六萬 미터, 現代劇 三千二十四 卷, 七十二萬 九千餘 미터로 아직 조선의 현하 대세는 현대극보다 시대극을 좋아하는 경향이 있다 한다.

1518 「素人劇 禁止」 『동아일보』, 1931.03.16, 3면

본보지국 주최로 지난 十一일 밤에 연극과 음악의 밤의 내용이 불온타 하여 그날 밤 임석하였던 예천경찰서 이 순사(李 巡査)가 박수복 군을 데려다가 설유시켜 보내더니 그 익일에 예천경찰서는 아연 긴장한 빛이 보이더니 연사 박수복(朴壽福)(二三)과 김응도(金應道)(二二) 군을 검거하는 동시 이날 밤에도 흥행하려던 연극을 금지시키었으며 十三일에 이르러서는 더욱 긴장하여 오전 十시 백경두(白慶斗)(二五) 군을 불러다가 설유시켜 보내었으며 그날 오후는 또다시 얼마 전에 동경(東京)에서 온 김훈(金勳)(二三) 군을 검거하는 동시 그의 가택을 샅샅이 수색하고 동경에서 온 편지 수매를 압수하였다. 【예천】

1519 「言論自由 獲得運動, 原稿檢閱制 廢止와 新聞紙法 雜誌 要求」

『동아일보』, 1931.03.17, 2면

시내 十여 조선문 잡지사를 망라한 '서울잡지협회'는 예정과 같이 十五일 오후 다섯시 태서관에서 성립이 되었는바 언론, 출판의 자유가 극도로 국한된 조선에 있어서 잡지업가들의 결속은 비단 그 업계의 확청만을 위함이 아니라 전체적으로 언론자유의 획득운동의 일부분으로 보아 각 방면의 주목을 끌고 있다.

창립총회에 참가한 잡지사는 開闢, 解放, 東光, 三千里, 東亞商工時報, 新生, 大衆公論, 獎産, 實業彙報, 女性彙報, 新少年, 農民所聞, 農民 등의 十三 사였고 이성환(李晟煥) 씨 사회 하에 경과보고, 규약통과, 임원선거, 결의사항의 순서로 회를 진행하고 폐회 후에 만찬을 나누고 산회했는데 선임된 위원 씨명과 결의사항은 다음과 같다.

委員 朴文(『大衆公論』), 李在薰(『實業彙報』), 李晟煥(『農民所聞』), 車相瓚(開闢社), 金東煥(『三千里』), 金英喆(『東亞商工』), 朱耀翰(『東光』).

決議事項

一. 原稿檢閱制度의 廢止와 新聞紙法에 依한 雜誌許可 範圍 擴張을 當局에 要求할 것.

二. 當局과의 關係되는 情勢를 一般會員에게 敏速 周知케 할 것.

三. 各 新聞社에 交涉하여 雜誌廣告料를 減下하도록 할 것.

四. 遞信當局에 郵便物 配達 不注意에 關하여 抗議할 것.

1520 「卒業式 祝辭 不穩타고 臨席警官이 亂打」

『동아일보』, 1931.03.26, 3면

보통학교 졸업식장에서 한 축사가 불온타 하여 임석 경관이 곧 그를 운동장으로 데리고 나가서 대검으로 유혈 지경에 이르기까지 난타하였다는 사실이 있다.

지난 二十一일 함북 상삼봉공립보통학교(上三峯公普校) 졸업식이 동교에서 거행되어 내빈 중 신도남(申道男)(二三) 씨가 축사를 하는 중 불온한 언사가 있다 하여 임석하였던 상삼봉주재소 경관 二 명이 동씨를 학교 교정에 불러 내다놓고 난타한 후 주재소에 인치하였다가 그날로 즉시 종성(鍾城)경찰서로 압송하였다 한다.

이 사건을 조사코자 함북기자동맹(咸北記者同盟) 조사부 위원 심병기(沈柄基) 씨가 상삼봉주재소를 방문하였던바 수총 주재소장(手塚 駐在所長)은 "기자동맹이고 무엇이고 알 것도 없고 또 알지도 못하니 그런 쓸데없는 소리를 말라"고 폭언을 하였다 한다. 【회령】

1521 「「우리의 戰術」 善山서 押收」 『동아일보』, 1931.04.02, 3면

현하 시급한 문제일 뿐 아니라 조선 사회의 한 센세이션을 일으키던 신간, 청총(新幹, 青總) 해소(解消)를 논박한 팸플릿 「우리의 戰術」이란 것이 선산청년동맹 위원장 박상희(善山青年同盟 委員長 朴相熙) 군에게 우편으로 온 것을 선산경찰서 구미 경찰관주재소(龜尾 警察官駐在所)에서 지난 二十일에 압수를 하였다고 한다. 【선산】

1522 「『東學之光』 押收」 『동아일보』, 1931.04.13, 2면

지난 十일에 천도교 고원종리원(天道教 高原宗理院)에 송부된 청우당 동경부(靑友黨 東京部)의 출판인 『동학지광(東學之光)』을 돌연히 압수하였다는데 경성에서 압수치 않았던 것이라고 한다. 【고원】

1523 「小聯 反對 一切 會合禁止」

『동아일보』, 1931.04.14, 2면

연강(沿江) 十여 소년단체의 연합으로 된 시내 청엽정(靑葉町)에 사무소를 둔 '어린이날' 중앙준비회 반대동맹에서는 어린이날 반대에 대한 성명서(聲明書)와 '무산소년데이'에 부를 노래를 전조선적으로 발표키로 하였으나 경찰측에서 노래와 성명서 기타를 압수하고 동맹의 집회 一체를 금지하였다. 이와 같이 조선의 소년 운동이 분열된 것은 지도자의 주의와 주장의 차이와 처지가 같지 아니한 까닭이라 한다.

1524 「海外消息, 中國의 圖書檢閱」

『조선일보』, 1931.04.14, 4면

近者 上海의 書肆 經營者가 會合하여 懇談會를 開催하였을 때 列席하였던 上海市黨部 宣傳部 秘書 蔡洪田 氏는 言論取締의 立場을 明言하되 "我國은 民國 四年 以來 思想界에 勃然한 氣象을 呈하여 왔으나 最近 反動派('콤문'을 指稱)에게 利用, 操縱되어 온 것은 遺憾이다. 露西亞에서도 三民主義 書籍을 拒否하니 我國도 共産主義 書籍의 存在를 引用키 어렵다" 하고 今後는 一切의 禁本은 燒却하고 새로이 刊行하는 出版物은 반드시 政府 當局에 內閱하라고 命하였다.

1525 「歸路 中 女職工群에 突然 不穩文 撒布」

『매일신보』, 1931.05.02, 2면

二十일 오후 六시 반경에 고양군 숭인면 신설리(高陽郡 崇仁面 新設里) 六十一번지 종연방적주식회사(鍾淵紡績株式會社) 경성제사공장(京城製絲工場)에서 여직공(女職工)

五百 명이 일을 마치고 집에 들어가려고 대문을 나설 즈음에 돌연 三十 세 가량된 노동자복을 입은 조선청년 一 명이 나타나 미농반지에다 등사로 인쇄한 불온문을 六七十 매를 뿌리는 것을 때마침 미리 경계하고 있던 동대문서(東大門署)원이 발견하고 추적하여 격투한 끝에 체포하였는데 이 급보를 접한 동 서에서는 고하 서장(古賀 署長) 이하 내량판 고등계 주임(奈良坂 高等係 主任)이 형사대를 인솔하고 현장에 급행하여 산포한 불온문을 압수하는 동시에 그 범인을 본서로 압송하여 엄중 취조를 한 결과 그 청년은 시내 모 사상단체의 관계자인 김 모(金 某)(二七)로 판명되었는데 오직 남의 부탁을 받아 '삐라'를 뿌린 데 불과하다고만 대답을 하고 일체 입을 열지 아니함으로 그 사건을 담당하여 취조하는 내산 부장(內山 部長)도 할 수 없이 우선 유치를 시키고 말았다.

전기 사건이 돌발되자 동대문서 고등계에서는 그 연루자를 체포코자 형사대들이 '오토바이'로 동치서주하는 중인데 그날 밤 十시경에 모 방면에서 제일고보 이년생(第一高普 二年生) 김봉근(金鳳根)(一八)을 검거하고 가택수색을 한 결과 그곳에서도 다수의 불온문을 발견, 압수하였는데 동 서 관내에는 전매국(專賣局), 각 고무공장 등을 비롯하여 四, 五 처의 공장이 있으므로 금 一일이 '메이데이'이므로 만일을 염려하여 경계를 거듭하던 중 필경은 그 사건이 돌발되어 방금 시내 각처에다 경계망을 치고 대활동을 계속 중인바 장차 그 연루자가 몇十 명에 이를는지 예기할 수 없다고 한다.

부내 서대문서에서는 五월 一일의 메이데이를 앞두고 수三일 전부터 특별경계를 하던 중 돌연히 三十일 오후부터 모종 단서를 얻어가지고 형사대는 시내 각처로 고학당(苦學堂) 학생 김기열(金基烈)(二三)을 비롯하여 전후 아홉 명의 청년학생 등을 인치하고 극비밀리에 엄중 취조 중인데 탐문한 바에 의하면 메이데이를 기하여 옥외운동(屋外運動)을 대대적으로 계획한 것이라는데 검거풍(檢擧風)은 더욱 확대될 것 같다.

물을 부어도 새지 않을 만한 엄중한 경계도 불구하고 五월 一일을 기회 삼아 모종의 불온계획을 진행하다가 전후 十여명의 청년학생이 시내 각 서에 체포되었다 함은 별항과 같거니와 이에 대하여 경기도 경찰부에서는 사건의 내용을 중대시하여 동대문 서대문 경찰부에 검거된 세 가지 사건이 동근이지(同根異枝)의 것인가 아닌가의 사건 이면을 엄중히 취조하는 일방 계속하여 미체포자의 행방을 추적 중이라고 한다.

五월 一일의 경계로 갑자기 긴장한 빛을 띠게 된 경기도 경찰부 고등과(京畿道 警察部 高等課)에서는 三十일 오후에 모종의 정보를 접하고 아연 대활동을 개시하여 삼륜 기밀계 주임(三輪 機密係 主任) 이하 전 계원이 시내 모처에 출동하여 고학당 학생 이문희(苦學堂 學生 李文熙)(一九) 외 三 명의 청년을 검거하고 목하 극비밀리에 엄중한 취조를 하는 중인데 사건 내용은 역시 五월 一일의 노동제일(勞動祭日)의 관계로 전기 이문희 등 四 명이 시내 모처에서 十四 매의 격문(檄文)을 작성하고 있는 것을 모처의 정보로 그 같이 본부를 습격하여 범인 전부를 체포케 된 것이라고 한다.

1526 「『産業勞動』 押收」

『동아일보』, 1931.05.03, 2면[54]

시내 봉익동 一四七에 사무소를 둔 월간잡지 산업노동사(産業勞動社)에서 발행하는 『산업노동(産業勞動)』 제二호는 당국의 기휘에 저촉되는 기사로 인하여 압수를 당하였다는데 동 사에서는 제三호를 준비 중이라 한다.

54 「『産業勞働』 押收」, 『조선일보』, 1931.05.04, 2면.

1527 「不穩한 旗旒 西署가 押收」

『매일신보』, 1931.05.04, 2면

어린이날을 기념하기 위하여 수송동 공보교 운동장에서 각 단체가 모여 식을 거행하는 데 참가코자 아현에 있는 어린이 千여 명이 장사의 행렬을 짓고 서대문 네거리를 통과하고자 할 때에 돌연 서대문 고등계에서는 행렬 앞에 들고 오던 '무산아동 동정(無産兒童 同情)'이라는 기가 불온하다 하여 고성소년회 간부 정충식(鄭忠植) 씨 이하 五, 六 명을 고등계에 인치하고 집합 장소인 수송동 공보교에 참가를 중지하였음으로 그대로 행렬을 돌리어 각각 어린이는 자기 집으로 들여 보내었다 한다.

1528 「不穩文 撒布의 陰謀 未然에 發見 檢擧」

『매일신보』, 1931.05.13, 2면

지난번 단천사건(端川事件)에 관하여 단하 함남 경찰부장(丹下 咸南 警察部長)은 十一일 오후 오시 반에 함흥기자단(咸興記者團)에게 다음과 같이 발표하였다.

"지난 九일에 단천경찰서 관내(端川警察署 管內) 용원주재소(龍源駐在所) 순사가 청결검사(清潔檢査)를 하고 돌아오던 가운데 二 명의 거동이 수상한 청년을 발견하고 즉시 검거하여 취조를 한 결과 불온문서 초고(草稿)와 용지(用紙) 기타 모든 재료를 많이 가지고 있으므로 즉시 본서로 인치한 후 더욱 엄밀한 취조를 거듭한 결과 불온문을 각처에다 산포하려던 계획이 판명된 것이다. 그리하여 그 연루자도 상당히 많으므로 그 이튿날인 十일에 전부 검거하게 된 것이다. 그뿐만 아니라 그 지방은 최근에 그러한 사람이 많으므로 만일을 염려하여 미연에 방지코자 하는 중에 十일 새벽에 또다시 광천면(廣川面)에서 강도사건이 발생되었으므로 더욱 엄중한 수사를 하지 아니하면 아니될 것을 절실히 느끼게 되었으므로 十일 아침에 경찰부(警察部)와 함흥(咸興), 홍원(洪原), 북청(北青) 등 각처로부터 경관 二十여 명의 응원을 얻어 경계를 하게 된 것이다. 지금은 불온문 사건의 관계자도 거의 다 검거되었으므로 불원간 응원대도 철회하게 될 것이다." 【咸興】

1529 「서울雜誌協會 臨時大會開催」 『동아일보』, 1931.05.15. 2면

시내 조선문 잡지사의 협의기관인 서울잡지협회에서는 十三일 오후 여덟시 천도교기념관에서 임시대회를 열고 근자에 언론기관에 대하여 폭력적 행동이 누차 있는 데 대하여 금후 그 폐단을 근절하기 위하여 "정정당당한 언론에 관한 문제를 언론으로서 대항하지 아니하고 폭력으로 대하는 자가 있을 때는 용서없이 자위책을 강구하자"는 결의를 만장일치로 통과하고 다시 이것을 사회에 성명하기로 결정하였다 하며 그 밖에 검열에 관한 정세조사 보고와 위원 보선, 신문광고 요금 감하 운동에 관한 협의가 있었다 한다.

1530 「『天道教月報』 押收」 『동아일보』, 1931.05.19. 7면

『天道教月報』 五월호는 손의암(孫義庵) 선생 별세 기념호로 발행하였던바 금 十八일에 압수를 당하였다고 한다.

1531 「定平農民組合 會館을 또 檢索」 『조선일보』, 1931.05.20, 6면

정평농민조합(定平農民組合) 다수 간부를 검거 취조 중인 정평경찰서(定平署)에서는 검거 후 수차 농민조합회관을 수색하여 다수한 문서와 서적을 압수하여 갔다 함은 누누 보도한 바이거니와 지난 십육일 아침에 또다시 신상주재소에서 농민조합회관을 수색하고 서적 삼십 권을 압수하여 갔다는데 그 책 이름은 아래와 같다 한다.

『맑쓰 資本論』 一 二 三 四 五卷, 『史的唯物論理論』, 『唯物史觀 硏究』, 『資本蓄積論』, 『婦人에 與함』, 『婦人의 解放과 政治』, 『經濟 入門』, 『唯物史觀 解說』, 『帝國主義論』, 『藝術과 社會主義』, 『婦人論』, 『帝國主義와 資本의 蓄積』, 『社會運動辭典』 外 十餘 卷. 【新上】

1532 「上海發着 電報檢閱을 民國이 日本에 通告」 『동아일보』, 1931.05.21, 1면

交通部는 外交部를 通하여 十六日附 覺書 形式으로써 昨日 重光 代理公使에게 "海底線에 依한 上海發着 電報는 交通部에서 檢査員을 派하여 一律로 檢閱을 行한다. 大東, 大北, 太平洋 商業 各 會社에 對하여는 上海 國際電信局에서 辨理할지며 따라서 長崎 上海線 經由 電報도 同樣 檢閱할 것이다" 라고 通告하여 왔음으로 公使館은 對策協議 結果 穩當 且 合理的 方法에 依하여 問題解決을 圖하기로 되었다. 又 前記 三 電信會社에 對하여는 先週 그 旨를 通告하였는데 三 社는 本年 一月 一日의 新契約에 違反한다 하여 抗議하였다. 그러나 交通部는 契約 如何에 不拘하고 必要한 境遇는 檢閱하여 公安을 害하여 民心에 有害한 電報는 沒收한다는 旨를 通告하여 왔는데 아직 檢閱은 實行되고 있지 않다. 又 右에 關하여 當地 日本記者團은 臨時會議를 開하여 絶對反對의 決議를 하고 民國 側의 提議를 拒絶할 것이라고 公使館 側에 通告하기로 되었다. 【上海十九日發電通】

1533 「日本電信局 電報檢閱 目下 交涉 中」 『동아일보』, 1931.05.22, 1면

大北, 大東, 太平洋 三 電信會社에는 本月 午後 交通部 檢査員이 出張하여 電報檢閱을 準備 中인바, 日本電信局의 電報檢閱 問題는 目下 아직 交涉 中이다. 【上海廿日發電通】

1534 「多數 學生 斷續 檢擧」 『조선일보』, 1931.05.25, 2면

지난 이십일일 오전 구시경에 함흥상업학교 생도의 '데모' 사건이 일어난 뒤를 따라 함흥고등보통학교에서 또한 생도들의 동요가 있었다 함은 이미 보도한 바이거니와 사건이 돌발된 뒤로 함흥경찰서 고등계에서는 극도로 긴장되어 도경찰부 고등과와 연락을 취하여 가지고 시내 각 학교를 특별히 경계하는 일방, 시내 각 방면에 비상선을 늘어놓고 속속 학생들을 검속 중이라는데 사건의 내용을 절대 비밀에 부침으로 자세한 것은 알 수 없으나 탐문한 바에 의하면 차동리 방면에서 윤치헌(尹致憲)이라는 청년을 검거하였다 하며 중하리 방면에서는 학생 여덟 사람과 그 집 주인 노모까지 검속하고 대화정 핵심당서점에 가서 사회주의에 관한 서적 일백오십여 책을 압수하여 갔다는바 일반은 장래를 크게 우려 중이라 한다. 【咸興】

1535 「脚本檢閱制度, 警視廳 不遠에 改正」 『동아일보』, 1931.05.29, 4면

【東京廿八日發電報聯合】 警視廳 保安部 興行係에서는 今番 從來의 官廳式 煩瑣한 脚本檢閱制度를 改正하여 近近 實施하기로 되었다. 그 要點은 從來 脚本檢閱願을

提出한 境遇에는 初日의 十日 前에 上演 場所와 期間을 定한 後가 아니면 안되던 것을 今番 改正에는 上演 場所나 興行 期間은 記入하지 않아도 初日 十日 前에 提出하면 無妨하게 되었다. 이리하여 多數한 劇場을 經營하는 興行主는 한 脚本의 檢閱 許可를 맡아 두면 어떤 劇場에든지 上演할 수 있게 되었다.

1536 青汀生, 數字朝鮮研究 : 朝鮮의 新聞 種類 (廿八)

『조선일보』, 1931.05.30, 4면

日本人에게는 認可制인 新聞紙規則(後節 『朝鮮思想關係法規』 參照)을 遵用하고 朝鮮人에게는 許可制인 新聞紙法을 遵用하고 있다. 비록 許可制(同上 參照)일지라도 許可制 運用을 너그럽게 한다면 新聞紙法에 依한 朝鮮人 側 新聞, 雜誌도 相當히 多數에 達할 것이나 現在 許可한 것 몇 種類 以外는 當分間 許可치 아니할 方針이므로 朝鮮人 側 新聞의 發展은 發展할래도 그 範圍가 嚴密히 制限되어 있다.

이제 日本人 經營의 新聞과 通信, 雜誌(新聞紙規則에 依한 者) 種目을 보면 年一年[55] 그 種目數가 늘어서 一九三○年에는 新聞類 三十二 種, 通信類 八 種, 雜誌類 十一 種, 合 五十一 種의 多數에 達하게 되었으나 朝鮮人 經營의 그것을 보면 新聞類 六 種, 雜誌類 四 種, 合 十 種에 不過한다. 그 總發行部數는 姑舍하고라도 爲先 그 種目에 있어서 日本人 經營의 그것보다 五倍强이 뒤떨어져 있는바 以下 그 種目을 들어보면,

日本人 經營 新聞 (三十二 種)

『京城日報』, 『每日申報』(朝鮮文), 『서울프레스』(英文), 『極東時報』(週刊 開城), 『朝鮮新聞』, 『京城新聞』(週刊), 『東亞經濟時報』(月刊), 『朝鮮日日新聞』, 『東亞法政新聞』(八日刊), 『朝鮮商工新聞』, 『朝鮮警察新聞』(半月刊), 『朝鮮每日新聞』, 『朝鮮教育新聞』(月刊), 『湖南日報』(大田), 『木浦新聞』(木浦), 『光州日報』(光州), 『群山日報』(朝日文),

55 해마다 더욱, 해가 갈수록.

『東光新聞』(朝日文, 全州), 『朝鮮時報』(釜山), 『釜山日報』, 『南鮮日報』(馬山), 『東洋水産新聞』(旬刊 釜山), 『朝鮮民報』(大邱), 『大邱日報』, 『平壤每日新聞』(朝日文), 『西鮮日報』(朝日文 鎭南浦), 『鴨江日報』(新義州), 『北朝時事新報』(咸興), 『元山每日新聞』, 『北鮮日報』(淸津), 『北鮮日日新聞』(朝日文, 羅南).

同 通信 (八 種)

東亞電報通信(京城), 大陸通信(同), 朝鮮經濟日報(同), 電通(同), 商業通信(同), 帝國通信(同), 朝鮮思想通信(同), 日本電報(同).

同 雜誌 (十一 種)

『朝鮮及滿洲』(京城), 『京城雜筆』(同), 『朝鮮公論』(同), 『朝鮮鐵道協會會誌』(同), 『朝鮮地方行政』(同), 『朝鮮土木建築協會會報』(同), 『鐵道之友』(同), 『警務彙報』(同), 『實業之朝鮮』(群山), 『咸南警友』(咸興), 『朝鮮消防』(京城).

朝鮮人 經營 新聞 (六 種)

『中外醫藥申報』(月刊, 京城), 『中外日報』, 『東亞日報』, 『朝鮮日報』, 『南鮮經濟日報』(大邱), 『大東新報』(平壤).

同 雜誌 (四 種)

『天道教會月報』, 『時事評論』(京城), 『新民』(同), 『朝鮮之光』(同) (以上 昭和 四年 新聞解放滿鮮支社 『朝鮮滿洲新聞總覽』에 依함).

다음으로 以上 調査에 依하여 朝鮮 都市別로 新聞 發行되는 것을 보면,[56]

地名	日本人	新聞	朝鮮人	新聞
京城	97,758	27	251,228	8
仁川	11,238	1	49,960	0
開城	1,390	1	49,007	0
群山	8,781	2	16,541	0
木浦	8,003	1	23,488	0
大邱	29,633	2	70,820	1
釜山	44,273	4	85,585	0

56 원문의 표는 합계숫자를 제시하고 있지 않다. 위의 숫자를 더해보면 일본인 284, 967명, 조선인 901, 362명이 나온다.

馬山	5,559	1	20,149	0
平壤	18,157	1	116,650	1
鎭南浦	5,894	1	30,415	0
新義州	7,907	1	29,003	0
咸興	7,096	2	32,523	0
元山	9,334	1	32,503	0
淸津	8,355	1	24,003	0
光州	6,092	1	26,675	0
全州	5,195	2	33,897	0
大田	—	1	—	0
羅南	10,302	1	8,915	0
計	-	51	-	10

以上에 依하면 朝鮮人 二十五萬이 密集한 京城에서도 新聞紙法에 依한 朝鮮人 側 新聞, 雜誌는 八 種밖에 안되는데 對하여 겨우 九萬七千의 日本人 京城에는 二十七 種의 新聞, 雜誌가 發行되고 있는 것을 알 것이며, 其他 朝鮮人 側 新聞, 雜誌는 大邱, 平壤의 各 一 種式의 그것을 빼놓고는 全無임에 對하여 日本人 側의 그것은 光州, 全州, 大田, 羅南 等 邑內에 이르기까지 新聞, 雜誌가 發行되지 않는 곳이 없는 것을 알 것이다. 現在 朝鮮人은 世道가 朝夕으로 激變되여 가는 이때임에도 不拘하고 新聞의 缺乏으로 말미암아 自然 때늦은 '뉴스'와 言論을 듣게 되어 生活과 行動에 또는 智識 吸收와 理想 樹立에 스스로 巨大한 損失을 體驗하고 있다.

1537 青汀生, 數字朝鮮研究 : 朝鮮文 雜誌 總觀 (廿九)

『조선일보』, 1931.05.31, 4면

朝鮮의 朝鮮文 雜誌에는 朝鮮人 經營 雜誌와 西洋人 經營 雜誌가 있으나 이제 暫間 그 區別을 떠나서 통틀어 朝鮮文 雜誌를 種別하여 보면 다음과 같다.

一般 雜誌 (言論, 準言論雜誌)

『朝鮮之光』, 『彗星』, 『三千里』, 『衆聲』, 『大衆公論』, 『批判』, 『朝鮮週報』, 『解放』,

『大潮』, 『鐵筆』, 『別乾坤』, 『我等』, 『東光』(以上 京城) 以上 十三 種.

宗教界 雜誌

『義勇宣教會報』(平原), 『主日學校幼年申報』(平壤), 『義明』(平壤), 『平壤之光』, 『朗讀文』(平原), 『平壤老會主日學校通信報』, 『牧杖』(平壤), 『慶北老會敎會報』, 『天主敎會報』(大邱), 『主日學校通信』(光州), 『宗教教育會報』(京), 『主日新報』(京), 『教會指南』(京), 『主日學校雜誌』(京), 『士官』(京), 『眞生』(京), 『監理會報』(京), 『時兆』(京), 『神學指南』(京), 『神學世界』(京), 『救世新聞』(京), 『朝鮮聖公會報』(京), 『京鄉雜誌』(京), 『活泉』(京), 『기도일역』(京), 『教役者聯盟會報』(京), 『主日學校先生』(京), 『主日學校申報』(京), 『宗教教育』(京), 『第三次安息日朗讀文』(高陽), 『福音使臣』(高陽), 『新時代』(高陽), 『經學院雜誌』(京), 『朝鮮佛教禪教兩宗宗教』(京), 『聖書朝鮮』(京), 『福音新報』(京), 『侍天教報』(京), 『新人間』(京), 『天道教月報』(京), 『東學』(大田), 『群學』(洪城), 『佛教』(京), 『新生』(京), 『青年』(京) 以上 四十四 種.

職業界 雜誌

『金昌月報』(京), 『天一藥報』(京), 『實業界』(京), 『同和藥報』(京), 『全鮮鐵道旅行案內』(京), 『朝鮮漢藥業組合月報』(京), 『髮友』(京), 『產業之光』(京), 『東亞商工時報』(京), 『映畫時代』(京), 『朝鮮醫報』(京), 『高麗蔘業商報』(開城), 『內外護謨[57]』(京), 『實業』(京), 『高麗釀造』(京), 『濟生月報』(京), 『朝鮮看護婦會報』(京), 『商工之友』(平壤), 『朝鮮物產』, 『奬勵會報』(京), 『醫學公論』(京), 『副業之朝鮮』(京) 以上 二十一 種.

學校界 雜誌

『梨花』, 『同德』, 『好鍾』(好壽敦), 『佳友』(中央), 『光成』, 『啓聖』, 『培材』, 『徽文』, 『崇實』, 『神學報』(平壤神學), 『世富蘭校友會報』, 『同門會報』(儆新), 『義明學友會報』(平原) 以上 十三 種.

農勞界 雜誌

『農民』(京), 『群旗』(京), 『產業勞働』(京), 『農業世界』(京), 『新農』(北青), 『農村青

57 護謨: '고무'를 뜻하는 일본어.

年』(京), 『農民生活』(京), 『農本』(京), 『열음지이』(京), 『農民所聞』(京), 『농민세상』(京) 以上 十二 種

兒童界 雜誌

『아희생활』(京), 『어린이』(京), 『별나라』(京), 『新少年』(京), 『少年文藝』(新義州), 『朝鮮少年』(義州) 以上 六 種.

文藝界 雜誌

『新詩壇』, 『朝鮮詩壇』, 『되는대로』, 『詩文學』, 『달빛』(宜寧) 以上 五 種.

婦人 雜誌

『新女性』, 『女性之友』, 『女性彙報』 以上 三 種.

科學雜誌

『科學世界』, 『白頭山』 以上 二 種.

其他

『燈臺』(京), 『燈臺』(平壤), 『별』(京), 『綠泉』(京), 『文化運動』(京), 『時中』(京), 『活路週報』(京), 『讀書뉴쓰』(京), 『日新月報』(平壤), 『大成時報』(平壤), 『新民』(京), 『民族新報』(京), 『中鮮民報』(京), 『全北時報』(全州), 『嶺南時報』(大邱), 『中央寄報』(京) 以上 十六 種

이것을 다시 쓰면

宗教界雜誌	44
職業界雜誌	21
學校界雜誌	13
一般的雜誌	13
勞農界雜誌	11
兒童界雜誌	6
婦人界雜誌	3
科學界雜誌	2
其他	16
合計	129

以上 類別한 種目은 昭和 五年 十月 現在 朝總警務局 『繼續發行出版物一覽表』에 依하여 그 뒤 變動된 것을 若干 加減한 것이다.

以上에 依하면 宗敎界와 職業界의 雜誌가 最多하며 評論雜誌와 準評論雜誌는 겨우 十三種에 지나지 못하는 것을 볼 수 있다.(그 가운데에도 休刊狀態에 있는 것이 數三種 있다.)

1538 「局子街 市內에 不穩文 撒布」 『매일신보』, 1931.05.31, 2면

廿八일 밤에는 돌연히 국자가 시내(局子街 市內)에 과격한 불온문서가 산포되었는데 이는 역시 공산당원 폭동대의 예비 행동인 것이 판명되어 중국 측의 군경과 영사관 경찰서에서는 아연 대활동을 개시하였다.

1539 「少年誌『별탑』押收」 『조선일보』, 1931.05.31, 7면

신의주에서 발간되는 유일한 소년문예잡지 『별탑』 제오월호는 그동안 원고가 압수되어 출간하지 못하고 유월호 발간 준비에 노력한다고. 【新義州】

1540 「『農民所聞』押收」 『동아일보』, 1931.05.31, 2면

『조선농민소문(朝鮮農民所聞)』 제六호(五月 二十一日附 발행)는 난외(欄外)에 표어(標語)를 기입한 것이 소작운동의 선동이 된다는 이유로 지난 二十五일 발행 도중에 채 발송치 못한 것 五천 부를 압수하고 발매를 금지하였다는데 조선농민소문사에서는 곧 七호 발행에 착수하였다고 한다.

1541 青汀生, 數字朝鮮研究 : 新聞, 雜誌 人口比 (三十)

『조선일보』, 1931.06.01, 3면

朝鮮內에 刊行되는 雜誌에는 두 가지 種別이 있으니 一은 上述함과 같이 新聞紙法에 依한 雜誌요, 二는 出版法에 依하는 雜誌이다. 前者는 新聞 種類를 말할 때 말한 것이므로 重複치 않기로 하고 後者에 屬하는 者만을 들어 보면 一九三一年 朝鮮人 側에서 經營하는 定期刊行物(이것을 普通雜誌라고 부른다)은 八十三 種이요, 外國人側의 그것은 四十六 種이며 日本人側의 그것은 五百八十二 種의 多數에 達하여 合計 七百十六 種을 헤아리게 되었다. 이것을 各 道別로 보면,

以上에 依하면 朝鮮人의 定期刊行物은 日本人의 그것에 比하여 七分之一 强이나 엄청나게 뒤떨어진 것을 볼 수 있으며 忠北, 全南, 江原, 咸南 等地에는 朝鮮人 側 定期刊行物이란 全無한 狀態이며 全南, 慶北, 黃海, 平南 等地에는 外國人 側의 定期刊行物이 오히려 朝鮮人 側의 그것보다 많은 것을 發見한다.

一九三〇年 國勢調査에 依하면 朝鮮內의 人口 總數는 二一,〇五七,九六七 人으로서 朝鮮人은 二〇,四三七,二一九 人이요, 日本人은 五二七,九〇四 人이라 하였은즉 朝鮮人은 全人口의 九割 七分이요, 日本人은 그 二分五厘에 該當한다. 그런데 全人口 九割七分에 該當한 朝鮮人 側의 新聞, 雜誌는(新聞, 新聞紙法에 依한 雜誌, 普通雜誌 等

朝鮮內 定期刊行 雜誌[58]

道別	朝鮮人	日本人	外國人
京畿道	70	249	32
忠南道	2	25	1
忠北道	1	7	1
全北道	1	26	1
全南道	1	31	1
慶北道	1	20	3
慶南道	1	88	1

58 조선인과 일본인의 실제합계는 각각 93과 564. 총계의 경우 표에서 제시한 인별 합계의 총계는 721, 인별 실제합계의 총계는 713.

黃海道	6	16	10
平南道	6	36	10
平北道	2	15	1
咸南道	1	22	1
咸北道	1	29	1
合 計	83	582	56
總 計		716	

昭和 六年 朝鮮總督府 圖書課 調査에 依함

을 包含함) 통틀어 九十三 種에 不過하는 데 對하여 全人口 二分五厘에 相當한 日本側의 그것은 六百三十三 種으로서 前者보다 若 七倍의 優勢를 보이고 있다. 그리고 日本人 新聞, 雜誌 一種에 對한 人口當을 보면 八百三十餘 人에 不過하는 터이로되 朝鮮人 新聞, 雜誌 一種에 對한 그것을 보면 二十一萬 九千三百五十餘 人에 達하게 되었으니 朝鮮人 가운데 아무리 文盲이 많고 讀書力이 乏絶한 사람이 많다 할지라도 너무나 엄청난 그 差異에 놀라지 않을 수 없다.

每種에 二十一萬九千餘의 人口를 代表하는 朝鮮人 側의 新聞, 雜誌는 얼마나 그 貴한 것이며 또 그 役割이 얼마나 重大한 것일까. 그러나 그나마 大部分은 經營難에서 헤매고 있는 터이므로 旬刊이 月刊이 되고 月刊이 季節刊이 되어 經營者와 讀者의 興味가 아울러 떨어진 것도 많고 廢刊 狀態에 빠져 있는 것도 적지 않다. 그리고 그 大部分은 中央에 치밀려 있는 고로 新聞, 雜誌의 分配가 고르지 못한 것은 또한 큰 遺憾이라 할 것이다.

1542 靑汀生, 數字朝鮮硏究 : 朝鮮의 書籍 出版 (三十一)

『조선일보』, 1931.06.02, 4면

朝鮮文 新聞, 雜誌는 平均 그 一種에 대한 人口當이 二十二萬이나 되어 日本人 新聞, 雜誌 每種當 人口보다 二百六十四 倍나 되는 터이로되 어찌하여 大部分이 經營

難에 빠져 있는가. 設令 新聞, 雜誌 可讀圈 內의 人員을 그 每種 代表 人口 二十二萬의 二百六十四分之一로 잡는다 할지라도 日本人 新聞, 雜誌 一 種當 人口는 되는 터인즉 日本人의 新聞, 雜誌와 같이 經營難이 없어야 될 理致일 것이다. 그러나 그렇지 못한 것은 무슨 까닭일까. 이에 대하여 甚히 素朴하나마 그 特殊 原因을 몇 가지 지적하여 볼까 한다.

新聞, 雜誌 經營難

一. 資金難 二. 檢閱難 三. 原稿難

朝鮮內에서 經營하는 日本人 新聞, 雜誌에는 이 三難이 거의 問題되지 않는 터이로되 朝鮮人 經營의 新聞, 雜誌에는 이 三難이 떠날 사이가 없다. 특히 雜誌에 있어서는 資金을 가지고 모처럼 檢閱難, 原稿難을 突破하여 幾號를 발간하였다 할지라도 衰微한 商工層에서 高價의 廣告를 줄 까닭도 없고 또 草創期에 多數한 讀者를 獲得키도 不可能한 故로 뒤 대일 만한 多量의 冒險的, 奉仕的 資金이 없으면 곧 停刊, 廢刊 狀態에 빠지고 만다. 그리고 原稿檢閱制로 말미암아 檢閱이 遲延됨을 따라 定期刊行物의 生命인 發行 期日을 여러 번 어기게 되고 또 日本 內地보다도 倍나 嚴酷한 檢閱水準으로 原稿의 沒收를 當하게 될 때에는 그 臨時號에 原稿 準備가 될 때까지 一二 個月의 時間을 費하게 되는 일은 드문 일이 아니며 原稿의 沒收를 當하지 않고 몇 가지의 原稿가 不許可를 받게 된다 할지라도 그것이 同號의 重要한 論文 或은 記事이라 하면 同號는 骨子 빠진 껍데기 記事만 가지고 印刷에 부치게 되는 故로 讀者가 減少됨을 따라 經營難에 빠지게 된다. 또 原稿難(原稿料 안 주는 朝鮮 雜誌의 通病)에 부닥쳐 經營上 大頓挫가 생기는 境遇도 非一非再이다. 原稿難이란 것은 아직껏 朝鮮內 雜誌界에 尨大타 할 만한 資本의 進出이 없고 大概가 小資本으로 刊行하는 것인 까닭에 必然的으로 原稿料를 支拂치 못하는 데 따라서 原稿難은 부르짖지 않을 수 없게 된 것이다.

이 같은 三難에 朝鮮人 經營의 雜誌는 不斷히 脅威를 받게 되어 十年을 繼續하는 것은 극히 稀少하고 一 年을 채우지 못하여 흐지부지가 되는 것이 甚히 많다. (創刊號가 廢刊號 되어버린 것까지 적지 않다.) 그리고 新聞도 資金難(積立資金 不充分, 代金回收難,

廣告蒐集難)을 비롯하여 檢閱難(頻頻한 押收, 削除 — 後節 參照)으로 亦是 經營難에 허덕이고 있는 것이 많다.

'最近 十 年間의 朝鮮文 出版 趨勢'에 대하여 昭和 五年『警務彙報』四月號에 警務局 圖書課에서는 다음과 같은 說明과 統計를 發表하였다.

"最近 十 年間에 出版許可 件數를 보면 亦是 第一 많은 것은 族譜이다. 族譜는 勿論 家門의 系譜이나 그 反面 朝鮮歷史의 一部門이요, 朝鮮 社會相의 反射鏡이다. 族譜無用論이 一部 人士 間에 提唱된 지도 오래나 좀처럼 急하게 無用論에 共鳴되지 않아서 出版許可 卷數는 늘 第一位를 占한다. 宗教는 阿片이라 하여 極論하는 者 있으나 宗教에 關한 書類는 年年 增加되고 있는 터이므로 우스운 일이다. 農商工에 관한 書籍의 昭和 四年 中 許可 總數는 七十七 件으로 大正 九年의 總數 八件에 비하면 近 十倍나 發展된 것을 보이나 그러나 全數 七十七 件으로서는 讀者로 하여금 不足感을 가지게 한다. 最近 數年 以來의 傾向으로서는 兒童讀物 卽 童謠, 童話類 乃至 補助讀本의 類가 健實한 漸進的 發展을 보이고 있는 것을 認定치 않을 수 없다. 其他 舊小說의 隱退에 代身하여 新小說이 擡頭하고 있으며 無視되어 오던 音樂書類의 刊行이 增加되는 것을 보면 時代는 前進한다고 하지 않을 수 없다…… 經書 卽『論語』,『孟子』等類의 이르러는 해에 따라 一進一退되고 있는 것도 現代 朝鮮의 社會相을 고요히 말하는 것이다"라고.(統計表는 次回 續)

1543 「釜山署 또 活動, 青年 一名 檢擧」 『동아일보』, 1931.06.02, 7면

기보한 바와 같이 부산경찰서 고등계에서 二十여 일 동안 극비밀히 취조하고 있던 모 사건은 결국 치안유지법 및 출판법 위반의 혐의로 구속, 불구속을 합하여 청년남녀 十七 명을 지난 二十七일에 부산지방법원 검사국으로 넘긴 뒤에 또다시 동서 고등계 형사들은 그날 밤에 목도(牧島) 방면에서 활동을 개시하여 청년 김추(金

秋)의 집을 샅샅이 수색하여 등사판 한 대와 기타 인쇄물과 서신 등을 다수히 압수하는 동시에 전기 김추를 동 서로 검속해다 놓고 엄밀한 취조를 하는 중이다. 사건의 내용은 역시 비밀에 부치고 말하지 않는다. 【부산】

1544 青汀生, 數字朝鮮硏究 : 朝鮮의 書籍 出版 (三十二)

『조선일보』, 1931.06.03, 4면

以上 統計에 依하면 果然 族譜 出版은 大正 九年 六十三 件으로부터 昭和 四年 一百七十八 件에 이르기까지 出版許可 件數의 第一位를 占하고 있는 것을 알 수 있으며, 新小說이 四七~一〇六 件으로 그 다음 되는 것을 볼 수 있다. 무릇 封建的 姓閥制度의 殘滓인 族譜 出版이 朝鮮出版 件數에 第一位를 占하였다는 것은 이 얼마나 놀랄 만한 일일까. 朝鮮人의 가장 많이 要求하는 出版物이 이 썩어 빠진 白骨錄이라 하면 참으로 슬퍼하지 않을 수 없는 일이다. 그러나 族譜 出版熱의 擡頭는 姓閥制度의 急激한 破滅에서 反動的으로 일어난 最後的 淸算行爲(實際的 意味에 있어서)이요,

同姓同本을 팔아서 먹고 살겠다는 '族譜 出版商人'들의 營利的 企業에서 刺戟된 것이므로 未久에 族譜 出版熱은 冷灰와 같이 식어지고 말 것이며 또 有限 姓本에 無限 族譜가 나올 까닭도 없으니 큰 걱정거리는 아니라 할지라도 朝鮮人의 封建的 思想의 殘滓가 아직도 이 같이 濃厚하게 남아 있다는 것만은 否認할 수 없는 일이다. 어느 意味로 보아 姓本에 對한 歷史的 文獻 價値를 無視할 바 아니나 이것이 出版許可 數에 第一位를 占하였다는 것은 한 反動的 奇現象 以下에 아무것도 아니다. 舊小說은 三七~四六 件으로 新小說 四七 ~ 一〇六 件에 壓迫되어 新小說의 發展에 比하

59 연도별 실제합계는 다음과 같다.

	1920	1921	1922	1923	1924	1925	1926	1927	1928	1929
실제합계	408	643	833	884	1,114	1,249	1,466	1,328	1,425	1,442

朝鮮文 出版物許可 件數表[59]

種別	大正 九年	同 十年	同十 一年	同十 二年	同十 三年	同十 四年	昭和 元年	同 二年	同 三年	同 四年
政治	1	1	1	1	1	1	1	1	2	1
經濟	1	1	5	7	8	13	8	5	14	24
法律	2	6	8	5	12	7	10	8	3	8
思想	7	5	6	17	49	68	72	79	83	82
哲學	6	10	16	15	24	20	32	28	9	13
倫理	10	20	21	20	15	27	17	15	18	17
修養	15	17	20	19	20	18	20	21	23	19
教育	21	35	37	41	50	71	59	30	81	79
宗教	20	27	28	30	19	21	39	27	49	55
經書	33	24	41	26	37	19	22	25	25	37
地理	5	7	25	25	10	18	15	14	17	15
歷史	7	20	29	7	29	18	35	27	23	26
數學	8	7	15	7	15	15	25	19	15	7
理科	1	1	7	3	18	13	29	25	21	5
醫藥 / 衛生	7	10	15	23	24	30	35	34	37	52
農業	5	7	18	19	8	17	29	16	18	26
工業	1	5	5	7	9	7	20	5	15	13
商業	3	8	11	8	27	33	48	50	54	38
兒童 / 讀物	10	15	37	40	52	63	72	79	88	91
舊小說	37	57	55	49	56	52	65	58	54	46
新小說	47	89	72	95	100	110	119	99	122	106
詩歌	3	17	27	32	40	39	50	58	54	45
文藝	7	23	30	35	29	37	58	60	63	85
童話	5	10	15	17	24	25	28	29	18	20
童謠	1	3	5	8	14	10	24	23	15	19
音樂	1	5	7	3	25	19	22	21	27	12
文集	35	36	50	60	68	70	68	58	51	50
遺稿	30	55	72	58	80	85	79	78	90	81
書式	3	8	5	6	8	5	19	20	5	11
字典	1	5	2	15	17	29	30	20	11	5
語學	2	6	10	15	15	17	29	27	9	20
族譜	63	70	87	120	135	174	180	162	189	178
演劇	1	2	7	1	3	7	9	8	5	2
營業旅行案內	1	6	12	15	21	35	30	29	33	43
八卦	10	7	6	3	15	9	16	18	18	15
雜	5	20	27	34	37	48	53	53	66	97
計	409	627	854	884	1,116	1,240	1,466	1,328	1,425	1,452

면 遞減的이라 할 수 있으나 發行部數는 아직 新小說 以上이라는 바인즉 新小說이 農民層 讀者를 舊小說만큼 獲得치 못한 것을 알 수 있다. 그 다음으로 兒童 讀物이 九一 件으로써 第三位이며 文藝 八五 件으로 第四位이요, 思想出版 件數는 八二 件

으로써 第五位에 떨어졌으나 檢閱의 關門을 좀처럼 通過하기 어려운 까닭에 그 數字가 많이 줄어든 것을 想像할 수 있다. 그 다음으로 遺稿, 文集 等이 八一 件, 五〇 件으로써 比較的 多數이며 教育, 宗教도 七九 件, 五五 件으로 年年이 늘어가고 있으며 書堂이 아직도 十六萬 生徒를 가지고 있는 까닭이 經書의 出版도 꾸준이 繼續되고 있다. 그리고 政治出版 許可는 一 件도 없고 法律, 數學, 理科, 字典, 演劇 等은 모두 十 未滿 件에 떨어져 있다.

1545 青汀生, 數字朝鮮研究 : 朝鮮의 言論取締 (三十三)

『조선일보』, 1931.06.04, 4면

新聞, 雜誌에 對한 取締는 가장 嚴酷하여 言論의 最前線에 나선 新聞을 비롯하여 各種 言論, 準言論 雜誌와 勞農方面 雜誌 其他는 이 檢閱의 關門을 벗어나고자 非常한 苦心과 損失을 經驗하고 있다. 爲先 朝鮮人 經營의 新聞에 對한 檢閱當局의 取締狀況을 一瞥하면 다음과 같다.

一九二九年 新聞 取締[60]

月別	削除	押收
一月	2	1
二月	4	7
三月	15	5
四月	9	5
五月	3	5
六月	4	1
七月	9	4
八月	8	4
九月	8	4
十月	6	29
十一月	5	5
十二月	9	11
合計	82	63

『中外』: 削除 三四, 押收 一七

『朝鮮』: 削除 二二, 押收 二四

『東亞』: 削除 二六, 押收 二二

(新幹會 第三回 執委員會議錄)

一九三〇年 新聞 取締

月別	區別	東亞	朝鮮
一月	削除	6	1
	押收	7	3
二月	削除	7	8
	押收	4	2
三月	削除	5	5
	押收	1	1
四月	削除	4	2
	押收	4	1
五月	削除	停刊	2
	押收		1
六月	削除	停刊	3
	押收		2
七月	削除	停刊	3
	押收		1
八月	削除	停刊	1
	押收		1
九月	削除	3	1
	押收	1	2
十月	削除	2	3
	押收	1	1
十一月	削除	2	3
	押收	1	1
十二月	削除	4	1
	押收	2	2

『東亞』: 削除 三〇, 押收 一九,[61] 停刊 一三八 日

『朝鮮』: 削除 三〇, 押收 一四[62]

(『東亞報』는 同社 庶務部 調에, 『朝鮮報』는 同社 調査部 調에 依함. 『中外日報』는 事情에 依하여 省略함)

60 압수의 실제합계는 81건.

61 실제합계는 삭제 32건, 압수 20건.

62 실제합계는 삭제 32건, 압수 15건.

一九三一年 新聞 取締

『東亞』: 削除 二四, 押收 七(一月一日부터 五月十四日까지)

『朝鮮』: 削除 一五, 押收 五(一月一日부터 五月 末日까지)

(以上 引用處 同上)

以上에 依하건대 朝鮮人 經營의 세 日刊 新聞은 每月 削除, 押收의 患을 떠나본 적이 없었던 것을 알 수 있다. 이러고서야 어찌 言論機關으로서의 그 本來의 使命을 履行할 수 있으며, 또 그 까닭에 助成되는 經營難의 脅威를 언제나 멀리 떠나볼 수 있을 것인가. 日本人 經營 新聞은 萬一 一次 削除나 押收의 處分이 내린다면 이것을 大事變視하는 바이나 朝鮮人 新聞에 있어서는 그런 變事가 너무나 잦게 일어나는 까닭에 그것이 言論의 威信 失墜와 新聞의 信用 低落과 物質上 損失이 아울러 巨大한 것임에도 不拘하고 오히려 새삼스레 놀라지 않는다. 卽 言論의 慢性的 高壓에 心理의 弛緩이 생긴 것 같이 보이기도 한다. 이 얼마나 慘擔한 일인가.

그 다음 朝鮮人의 雜誌를 보면 그것이 社會, 政治, 民族, 階級 等을 論하는 것이라면 거의 每期로 取締의 嚴酷과 檢閱의 遲延으로 큰 頭痛을 앓게 된다. 或時는 該期 原稿 全部를 押收하기도 하고 或時는 어느 部分을 削除하기도 하며 挿畵와 表裝 意匠 等에 이르기까지 干涉과 取締를 하는 故로 때로는 編輯者의 意思와 거의 背馳되는 刊行物을 내어 놓게 되는 것이 非一非再이다.

朝鮮總督府 當局에서 朝鮮人의 言論을 取締함에 있어서 量으로는 新聞紙法, 出版法이란 許可制를 두어 그것을 制限한다는 것은 上述한 바이거니와 그 質을 取締키 爲하여는 또 이 같은 削除, 押收, 停刊 乃至 廢刊(前『開闢』誌와 같이) 等의 方法으로써 어디까지든지 그 脾胃에 맞도록 그것을 監督하고 있다. 이리하여 朝鮮人의 言論은 量的으로, 質的으로 무거운 壓力을 通하여 겨우 한 자욱 두 자욱을 걸어가고 있을 뿐이다.

1546 「『大潮』 押收」

『동아일보』, 1931.06.04, 7면

시내 서대문정(西大門町) 一정목에 있는 월간잡지 대조사(大潮社)에서는 이번 발행할 六월호가 당국에 압수되어 지금 임시호를 준비 중인데 오는 十일경에 나오게 되리라고 한다.

1547 「『별나라』 押收」

『조선일보』, 1931.06.05, 7면[63]

시내 영락정 일정목 육십오번지(市內 永樂町 一丁目 六五)에 있는 소년소녀 대중잡지 별나라사에서는 그동안 오주년 기념호(五週年 記念號) 특대호를 발행하려고 원고를 검열 중이던바 돌연 당국으로부터 원고 전부를 압수하고 불허가(不許可)의 처분을 받아 방금 동 사에서는 임시호(臨時號)를 준비 중에 있다는데 금월 십일경에는 발행되리라 한다.

1548 「許水萬 氏 檢束」

『동아일보』, 1931.06.08, 2면

회령읍 一동에서 『군기(群旗)』, 『시성(時聲)』, 『대조(大潮)』, 『전기(戰旗)』 등 각종 잡지를 취급하는 허수만(許水萬) 씨는 지난 一일 돌연 회령경찰서에 검거되었다고 한다. 그리고 가택수색 결과 『전기(戰旗)』 외 잡지 다수와 원고 등을 압수하여가지고 갔다 한다. 【회령】

63 「『별나라』 五週年號 押收」, 『동아일보』, 1931.06.05, 7면.

1549 「檄文 等 押收코 青年 多數 檢擧」 『중외일보』, 1931.06.10, 석2면

충북 영동군 황간(忠北 永同郡 黃磵)경찰서에서는 지난달 오전 네시부터 황간주재소의 동원을 얻어가지고 황간청년동맹(黃磵青年同盟)을 비롯하여 각 사회단체의 회관과 각 단체의 간부 가택을 수색하고 당지 소년동맹의 원장 방영준(方英俊)의 집에서 적기 한 개와 소적기(小赤旗) 수십 개, 격문(檄文) 수백 매를 압수하고 방영준과 박찬영(朴贊永) 등 소년동맹 간부 삼 인과 황간보통학교(黃磵普校)의 남학생(男學生) 김익수(金益洙) 외 삼 인과 여학생(女學生) 정옥경(鄭玉敬) 외 이 인과 당지 농민조합(農民組合) 간부 신봉수(申鳳洙) 외 삼 인과 합 십여 명을 검거하여 영동경찰서로 이송하는 중이라 한다. 【영동】

1550 「又復 日本 電信 檢閱 要求」 『동아일보』, 1931.06.12, 1면

民國 側에서는 曩者 上海 長崎 間의 日本 電信의 民國 官廳에 依한 檢閱을 要求하여 왔는데 日本 側이 回答치 않음으로, 本日 外交部는 又復 日本에 對하여 公文으로 要求하는 뜻을 發表하였다. 民國 側의 此 要求에 對하여는 不問에 附하지 않고 斷然 拒絶하라고 日本人 間에 要望된다. 【南京十日發電通】

1551 「記事停止 懇請타가 事實 報道한 記者 拘禁」 『조선일보』, 1931.06.16, 2면

지난 십이일 오전 한시경에 대구부 서성정(西城町) 일정목에서 세천(細川)이라는 순사가 벙어리 최봉조(崔鳳祚)를 만나 폭행, 중상한 사건을 본사 대구특파원 장인환(本社 大邱 特派員 張仁煥) 군이 신속히 조사하여 본사에 통지한 데 대하여 경찰은 사실을 부인하고 도리어 장인환 군을 구금한바 사건에 대하여 대구부내에 있는 각 신문 통신원들은 연합하여 신중히 동 사실을 조사한 결과 세천 순사(細川 巡査)가 대검을 뽑아 최봉조의 가슴을 찌른 것은 사실이 분명하고 병원에 입원하였다는 것만은 사실 상위가 있었는바 경찰은 가해자인 순사부장이 와서 기사치 말라 간청하고 피해자인 최봉조 가족으로 하여금 당일(십이일)에 현금 □□원을 가지고 본사 대구지국에 장인환 군을 방문하고 사실의 신문 기재 정지를 애원한 바까지 있었으나 이를 단연 거절하고 본사에 통신하여 기재한 것이다.

별항과 같이 본보 대구지국 특파원 장인환(張仁煥) 군이 돌연 감금당함에 대하여 대구 각 신문기자단(記者團)에서는 분개하여 대구경찰서장을 방문하고 그 책임을 규명하는 동시에 석방의 요구를 교섭하였으나 동 서장의 모호한 답변이 있어 여론이 비등하다고 한다. 【大邱支局電話】

1552 「大邱警察의 不當拘束 問題」

『조선일보』, 1931.06.17, 2면

대검을 뽑아 벙어리를 찔렀다는 엄연한 사실을 보도한 본사 대구특파원 장인환(本社 大邱特派員 張仁煥) 군에 대하여 문제의 시천(市川) 순사가 명예훼손 고소를 제기하였다고 대구경찰서에서 전기 장인환 군을 구금한 사실은 신문기자를 부당히 구속하여 언론을 탄압하는 행위로 이에 분개한 대구의 신문 통신 기자들로 조직된 대구제일선기자단(大邱第一線記者團)에서는 문제에 대하여 장인환 군을 개인의 문제가 아니라 동 직에 있는 자들의 직업상 중대한 문제라고 궐기하여 도변 대구서장(渡邊 大邱署長) 규탄의 결의문을 작성하여 천하에 성명케 되었다. 즉 대구제일선기자단에서는 장인환 군이 발신한 기사에 대하여 조사한 결과 다소의 상위는 있으나 대체에 있어 엄연히 있는 사실이었음에 장 군을 구속하고 석방 교섭에 대하여 성의 없는 모호한 답변을 함은 기자들이 안심하고 직업에 종사할 수 없다는 것이다.

決議文과 聲明書

決議文(日文 飜譯)

新聞記者를 不當히 拘束하여 言論 壓迫의 激動을 한 渡邊 大邱警察署長의 猛省을 促함.

右 決議함.

昭和 六년 六月 十五日

大邱第一線記者團

聲明書

『朝鮮日報』 記者 張仁煥 君의 左記 報道에 대하여 大邱署 市川 巡査는 十四日附 名譽毁損의 告訴를 提起한 까닭에 同署에서 卽時 取調를 開始하고 同夜 遂 同君을 留置하였다. 吾人은 直히 事實을 調査하였더니 記事와 事實의 相違點은 單히 負傷 程度의 輕重과 入院 加療의 有無에 不過한 것으로 判明되었다. 然中 事實 發生의 直後 同署 外勤監督 金 部長은 記事揭載 中止키를 依賴하고 金一封을 手交하였으나 同君은 此를 一蹴, 報道의 自由를 確保했다. 仍하여 吾人은 同君을 釋放토록 交涉 開始하고 更히 渡邊 大邱署長에게 對하여 眞相을 聽取하였음에 法의 權威를 방패로 同君의 留置를 當然하다고 하여 "諸君의 態度 如何에 依하여서는 相當한 생각이 있다"고 하는 등 放言하였다.

별항 대구경찰서(大邱署)의 불법행동과 본사 대구특파원 구금 문제에 대하여 경무국 보안과(警務局 保安課) 이등 사무관(伊藤 事務官)은 다음과 같이 말하였다.

"사실은 매우 미안하외다. 이제 처음 듣는 말씀이니까 신중히 조사는 하겠으나 지방경찰관리들의 무정견한 태도와 이와 같은 불상사가 종종 발생합니다. 얼마 전에 충청도 지방에서 『동아일보』 기자를 허위보도하였다고 불법구속하여 일시 분규를 일으킨 일까지 있었는데 대구경찰서 시천(市川) 순사가 말씀 그대로의 행동을 하였다면 단언 용서할 수 없는 일이외다."

이제 문제의 분규를 이야기하게 된 대구경찰서의 불법행위에 대하여는 경무국

(警務局) 삼교 경무과장(三橋 警務課長)은 다음과 같이 말하였다.

"사실의 진상을 아직 보고 받지 못하였음으로 알 수 없습니다만은 그 당시 시천이라는 순사가 술이 취하지 않았던들 칼을 뽑았을 리가 없으리라 추측합니다. 여하간 우리도 즉시 사실조사를 하겠지마는 대구기자단(大邱記者團)에서 그 직접 감독관서인 경상북도 경찰부(慶北 警察部)에 대하여 조사한 후 우리에게 경위를 말씀하시면 조사한 후 엄중히 처단하겠는데 그와 같은 사실이 발생된 것은 매우 미안합니다."

正誤

본 기사 중 가해자 세천(細川) 순사라 하였음은 시천(市川)이고 시천 순사의 발검하였던 날은 십일이고 현금을 가지고 장인환 군에게 갔던 것은 시천 순사를 감독하는 외근부장 김 모(金 某)였음.

1553 「馬山署員이 號外를 押收」

『동아일보』, 1931.06.21, 3면

지난 十八일부 본보가 구마산역(舊馬山驛)에 도착하자 마산경찰서 순사 홍 모(洪某)가 역에 나와 압수된 신문이니 경찰서로 가지고 가자하므로 본사 마산지국 배달부들이 신문을 뒤져 가면서 압수된 부분이 삭제되었다는 것과 호외라고 쓰인 부분을 지적하면서 압수된 부분을 삭제하고 호외로 발행한 것이니 문제없다 말하였으나 홍순사는 기어이 배달부에게 신문을 지우고 구마산파출소에 가서 장시간 신문을 유치하였던 결과 두어 시간이나 배달이 지체되었었다. 【마산】

1554 「『朝鮮學生』 押收」 『동아일보』, 1931.06.25, 2면

조선학생회(朝鮮學生會)에서 발행하는 동 회 기관지로 『조선학생(朝鮮學生)』이라는 잡지의 창간호는 경찰당국으로부터 지난 二十一일에 압수 처분을 받았다.

1555 「雄基 市內에 不穩文 撒布」 『매일신보』, 1931.06.26, 7면

지난 二十一일 오전 六시경에 웅기읍 본정(雄基邑 本町)에 어떤 자의 소위로 불온문서를 산포시켰다는데 당지 경찰서에서는 시각을 어기지 않고 이 범인 검거에 대활동을 개시하여 용의자 七, 八명을 검거하고 목하 엄중 취조 중이라 한다. 【羅南】

1556 「『前線』 創刊號 原稿를 押收」 『조선일보』, 1931.06.27, 2면[64]

대중잡지 『군기(群旗)』를 중심으로 반(反)'캅프'사건이 있은 이후로 종래에 잡지 『군기』 집필자이던 朴英熙, 權煥, 林和, 尹基鼎, 安漠, 金基鎭, 李箕永, 韓雪野, 趙重滚, 宋影, 金南天 등 제씨는 대중잡지 『전선(前線)』을 발간코자 저간 편집을 맞추어 당국에 검열허가원을 제출하였던바 최근에 드디어 원고 전부를 압수하는 동시에 불허가되었다는데 잡지 『군기』는 '반캅프'사건 이후 발행되지 아니하였다 한다.

64 「『前線』 創刊號 押收」, 『동아일보』, 1931.07.01, 7면.

1557 「合同無產黨의 綱領 슬로건 一部 削除 命令」 『동아일보』, 1931.07.03, 1면

來 五日 合同大會를 擧行할 新無産政黨 全國勞農大衆黨의 綱領 政策 슬로건은 合同協議會에서 作成되었으나 一日 夜 夜宕 警察署長은 警視廳의 命令에 의하여 合同政黨의 綱領

一. 我黨은 資本主義 諸 制度를 根本的으로 改革하고 無産階級의 解放을 期함.

의 中 '根本的으로'의 字句 及 슬로건 政策 中의

一. 土地를 農民에게

一. 一切의 帝國主義 軍備 撤廢

一. 資本家 地主의 政府 打倒

一. 搾取없는 社會의 建設

一. 樞府 貴族院의 廢止

一. 戒嚴令 及 緊急勅令의 廢止

一. 帷幄上奏權[65] 廢止

一. 參謀本部 軍令部의 廢止

一. 憲法制度 軍法會議의 廢止

等 各 條項의 削除를 命令하였다. 【東京二日發電通】

1558 「綱領, 政策 슬로건 削除」 『동아일보』, 1931.07.05, 1면

三 黨 合同에 의한 全國勞農大衆黨의 綱領, 政策 슬로건의 削除命令 問題에 關한 合同協議會는 三日 午後 二時부터 常任委員會를 開催한 結果 五 氏의 委員을 擧하여

65 이아쿠조소(帷幄上奏) : 메이지헌법 아래에서 군의 지휘, 통수에 관한 사무에 대해서 참모총장이 각의를 거치지 않고 직접 천황에게 상주하는 일.

次田 警報局長 及 警視廳 當局과 會見하여 交涉을 行하였는데 警視廳 當局과의 交涉은 結局 決裂 狀態에 陷하여 勞農大衆黨은 同夜 深更에 이르기까지 今後의 對策을 協議하였다.

無産合同派 中村, 田所, 川瀨, 河野 四 委員은 四日 午前 零時 半 再次 警視廳 當局과 會見하고 約 一時間 交涉한 結果 綱領, 政策 슬로건 削除問題는 左와 如히 妥協, 成立되었다.

一. 綱領 第二 '根本的'의 字句를 削除하고, '諸 制度의 改革을 徹底'이라고 함.

二. 슬로건 五, 六, 七, 九 及 一○은 削除치 않고 그대로 存置함.

三. 政策 中 樞府 廢止, 帷幄上奏權 廢止는 當局은 從前과 같이 取扱함. 右 二項 以外의 削除 命令이 있는 事項은 自發的으로 削除함. 【東京四日發電通】

1559 「프로演劇한 端川 少年 二 名은 公判 廻付」 『조선일보』, 1931.07.14, 7면

단천군 수하면 운승리 소년동맹원(端川郡 水下面 雲承里 少年同盟員) 김덕윤(金德潤)(二一), 윤덕홍(尹德鴻), 박기술(朴基述), 염우만(廉禹萬), 김재수(金在洙)(一七) 오 인이 지난 음력 정월 십오일 대보름을 기하여 전기 수하면 운승리에서 자본가 대 노동자(資本家 對 勞働者) 투쟁의 대담한 과격 프로연극을 상연하였었다는데 당시에 경찰은 일을 알지 못하였다가 반 년이나 지난 유월 중순에야 겨우 일을 알고 전기 소년 오 인을 단천경찰서(端川警察署)에서 검속하고 엄중 취조 후 일건서류와 함께 전기 오 인을 지난 유월 이십구일 북청검사국(北青檢事局)에 송치하였었는데 오 인 중 아래 씨인 삼 인만을 지난 십일일에 검사 불기소로 석방하고 수모자 이 인은 공판에 회부되어 불원에 공판이 개정되리라 한다.

釋放者 朴基述, 廉禹萬, 金在洙, 公判廻附者 金德潤, 尹德鴻. 【北青】

1560 「『天道教會月報』押收」

『조선일보』, 1931.07.17, 2면[66]

『천도교회월보(天道教會月報)』七月號는 당국의 기휘(忌諱)에 저촉되어 압수(押收)를 당하였다는바 동 월보사에서는 임시호(臨時號)를 준비 중이라 한다.

1561 「法廷鬪爭과 保安法, 惡法令은 왜 撤廢 않는가」

『동아일보』, 1931.07.17, 1면

一

朝鮮의 特殊法令인 同時에 差別的 惡法令인 保安法, 新聞紙法, 出版法, 集會取締令 등의 撤廢가 絶叫된 지 屢年이다. 朝鮮人의 言論, 集會, 結社의 自由, 즉 公民으로서 當然히 享有할 極히 原子的인 諸 民權을 極度로 制限하는 이 法令의 存在는 朝鮮의 統治를 人道의 面前에서 定罪하는 中世紀的 政治의 實狀이다.

이 惡法의 하나인 保安法은 最近 新發明의 一用途에 使用되었으니 그것은 곧 咸南共産青年會 被疑事件 公判과 關聯되어 咸興地方法院 內에서 생긴 '法廷鬪爭'에 對한 保安法의 適用이라는 것이다.

二

事實은 前記 被疑事件의 公判 當時 被告 一同이 或은 審理를 拒絶하며 法廷 演說을 行하며 法廷 內에서 革命歌와 萬歲를 부른 것에 對하여 公判에 干與한 檢事가 이것을 保安法에 抵觸되는 行動이라 하여 判決 服役 中의 被告 等을 起訴하여 十四日에 同 法廷에서 三 個月 乃至 六 個月의 加刑을 받게 된 것이다.

이것은 朝鮮이나 日本이나를 通하여 法廷鬪爭에 對한 處罰로서 先例를 지은 것

66 「『天道月報』 押收」, 『동아일보』, 1931.07.17, 7면.

이다. 그 法律의 適用 及 判決에 對하여는 司法에 依하는 일이매 이를 批判할 自由가 없으나, 日本에서 法廷侮辱罪에 對한 法律을 制定하자는 說이 있으면서도 아직 成立되지 못하는 이때에 朝鮮이 率先하여 保安法을 끌어다가 이 '法廷鬪爭'에 一針을 加한 것은 한 번 더 植民地的 特殊性을 暴露한 現象이라고 할 것이다. 共産運動者의 法廷鬪爭이 元來 祖上이 日本에 있어 거의 例常事로 생각되어 온 것이다. 이번 東京 裁判所의 共産黨 最高幹部 公判에서 被告들이 靜肅하게 裁判을 받는 것이 도리어 奇異의 感을 주게끔 된 것이 아닌가. 그러함에 不拘하고 아직 日本에 있어서 그들이 加刑을 當했다는 말을 듣지 못했는데, 오직 朝鮮에서 이 便利한 保安法의 存在에 依하여 先例를 破하게 된 것이다.

三

前記 判決에 對하여 被告人들은 當然히 控訴할 것이니 法의 適用의 可否는 다시 한 번 第二次에서 辯論될 機會가 있겠거니와 그것은 그렇다 하고, 保安法이란 法令의 存在가 朝鮮人에게 公民的으로 二重의 重架가 되고 있다는 것은 이 機會에 한 번 다시 明白히 드러나게 되었다 할 것이다. '當分間' 集會를 禁止한다는 集會取締令의 '當分間'이 이미 卄有餘 年을 繼續해 내려왔다. 앞으로 또 몇 十 年을 '當分間'이 繼續될 것이냐. 時勢는 轉轍하고 民衆은 覺醒한다. 惡法 撤廢의 要求는 大衆의 속에서 醞釀[67]되어온 지 오래다. 우리도 本欄上에서 이에 對하여 論評을 加한 것이 非一非再다. 그러나 아직까지 當局者에게 있어서는 馬耳東風에 지나지 않았다. 우리는 그들에게 이 中世紀的 法令을 存續하는 理由를 묻고 싶다.

67 온양(醞釀) : 의도나 생각을 마음속에 은근히 품다.

1562 「京鄕 各地 中國人 等 襲擊 不祥事 眞相」 『매일신보』, 1931.07.17, 2면

만보산사건이 원인으로 되어 조선 안 각지에서 조선 사람들이 중국인들을 습격한 불상사건에 대하여 그동안 총독부 경무국에서는 사건의 더 한층 악화를 우려하고 사건내용에 관하여 일부의 보도를 금지하고 있던바 이제는 각지가 모두 평정한 상태에 복귀되었으므로 十六일 경무국 보안과(保安課)로부터 게재금지 중에 있던 사건내용의 일부를 해금하는 동시에 다음과 같이 발표하였다.

최근 재만조선인(在滿朝鮮人)이 중국 관민들에게 압박되어 생활이 날로 불안하다는 것이 신문지 등에 보도되자 조선 안 일반 조선인들의 반감이 점차 높아져 왔었는데 장춘현 만보산 삼성보(長春縣 萬寶山 三姓堡)에서 조선 농민이 수전개간공사(水田開墾工事)로 인하여 불합리한 박해를 받고 있다는 사실이 보도되자 일반에 이상한 충동을 일으키어 조선 안에 재주하는 중국인들에 대하여 보복적 태도가 점차로 노골화하여지게 되었으므로 경계를 엄중히 하여 사건을 미연에 방지하고자 노력하였었으나 七월 三일 인천(仁川)에서 폭행사건이 있던 것을 도화선(導火線)으로 하여 인천(仁川), 경성(京城)에서 중국인(中國人)에 대한 박해사건(迫害事件)은 점차 폭동화함으로 인천에는 경기도 경찰부로부터 다수의 응원대를 급파하여 극력 진압(鎭壓)에 노력한 결과 폭동은 비교적 소범위에서 그치게 되었다. 또한 인천에서 중국인 이 명의 사자를 내었고 경성에는 一 명의 조선인 사자를 내었고 경관 부상자 三十五 명을 내었으나 사건은 불과 四일에 전부 그치고 말았다. 그러나 일반 조선인의 격앙(激昂)은 점차 심하여져서 형세가 점점 악화되는 것을 총독부와 각 도에서 극력 경계하였으나 五일밤에는 평양(平壤)에서 수 명의 조선인이 중국인에 대하여 폭행을 하며 가로를 배회하고 군중이 점점 모여 별안간 수千 명의 군중이 각처에서 일어나서 중국인 가옥을 음습하여 파괴하기를 시작하게 되었다. 이에 도(道) 급 평양서에서는 비상소집을 한 후 서원이 총동원하여 군중을 진압하기에 노력한 결과 오전 三시경에는 점차 진정되었으나 사건이 급자기 돌발한 관계로 불행히도 사자 七十二 명, 중경상자 一百十八 인과 그 밖에 경관 부상자 약 四十 명을 내이고 가옥 상실 등의 피해도 적지 아니하였으며 중상자는 즉시 도립의원에 수용하여 응급수단을 가한 결과 중상자 중 二十二 명은 드디어 죽고 말게 되었다.

사건이 발생한 이래 부내 중국인은 전부 一 개소에 수용한 후 보호에 노력하였으며 죽은 사람의 유해는 공동묘지에 매장하게 되었다. 그리고 한편으로 사건 직후에 공기는 일반이 살기등등하여 어느 때 어느 곳에서 또 어떠한 사건이 돌발될는지 예측할 수 없으므로 군부의 응원을 얻어 평양 급 진남포의 경계를 엄중하게 하였고 또 경성으로부터 응원 경관대를 급파하여 경계에 만전을 도모하였다. 기타 각지에서도 형세가 험악화하여 중국인 박해사건이 있었으나 미리 경계를 엄중히 한 결과 평북 의주군(義州郡)에서는 사자 二 명과 함남 안변(安邊)에서는 사자 一 명, 동 원산(元山)에서는 물에 빠져 죽은 자 一 명을 내이고 별반 피해는 없었는데 그 후 경과는 매우 평온하게 되어 각지가 다 무사하였다.

1563 「『이러타』 押收」

『조선일보』, 1931.07.21, 2면[68]

사회실정조사소(社會實定調査所)의 기관지 『이러타』의 제이호 팔월호는 당국으로부터 원고 전부를 압수하고 불허가 처분을 하였음으로 부득이 동 사에서는 팔월 임시호를 발행하고자 방금 준비에 분망 중이라 한다.

68 「『이러타』 原稿 押收」, 『동아일보』, 1931.07.23, 4면.

1564 「新聞, 雜誌 取締, 獨 大統領 布告」 『동아일보』, 1931.07.22, 1면

獨 大統領 힌덴불그 元帥는 民族 不安의 不當한 增大를 防止하기 爲하여 十七日 如左한 布告를 發하였다.

一. 新聞, 雜誌는 政府에서 發하는 聲明書 等에 解說을 加치 말 事.

一. 政府는 그 揭載에 當하여 頁 及 活字의 如何 等을 指定할 權限을 有함.

一. 右 布告에 不從하는 者 及 公安을 害할 憂慮 있는 新聞 雜誌는 이를 禁止 沒收할 事. 【伯林十七日發電通】

1565 「『농민세상』 押收」 『조선일보』, 1931.07.24, 2면[69]

시내 경운동에 본부를 둔 조선농민사(朝鮮農民社)에서 발행하는 『농민세상』 칠월호는 압수처분을 당하고 방금 임시호를 준비 중이라 한다.

1566 「『時鐘』 原稿 押收」 『동아일보』, 1931.07.26, 2면

보성전문학교(普成專門學校) 학생회에서 경영하는 잡지 『시종』은 이번 그 원고가 전부 압수되었다고 한다.

69 「『농민세상』 押收」, 『동아일보』, 1931.07.26, 2면.

1567 「裡里서 被檢된 靑年 全部 釋放」

『동아일보』, 1931.07.30, 2면

이리 일출정 김석동(裡里 日出町 金錫東)과 박 모(朴 某) 두 청년이 얼마 전에 경찰에 검거를 당하고 사상관계 서적 수종도 압수를 당하였던바 이면에 별것이 없고 단순한 학생들의 처지이므로 주의만시키어 지난 二十五일에 전부 석방하였다 한다. 【이리】

1568 「『朝鮮之光』 押收」

『조선일보』, 1931.08.02, 2면

언론잡지 『조선지광(朝鮮之光)』 칠팔월 합병호는 당국의 기휘에 저촉된 바 있어 작일 압수 처분을 당하여 동 잡지의 인쇄 제본을 하고 있던 대동(大東)인쇄주식회사에서 발간된 책 전부를 압수당하였는데 동 사에서는 해 기휘에 저촉된 기사를 삭제하고 임시호를 발행키로 되어 방금 분망 중이라 한다.

1569 「平壤의 不穩文 撒布」

『매일신보』, 1931.08.03, 2면

수일 전부터 평양부내에 격문 산포사건이 발생한 이래 평양서에서는 그 범인을 체포코자 형사대들이 총출동하여 부내 각처를 동치서주하여 대활동을 계속하여 오던 가운데 작일은 전기 직공 十여 명을 검거하였다 함은 이미 보도한 바이거니와 동 서에서는 전기 직공을 밤을 새워가며 엄중한 취조를 거듭한 결과 확실한 단서를 얻게 되어 금 二일 새벽 二시경에는 형사대가 부내 류정(柳町) 一대를 포위하고 청년 一 명을 검거하였는데 그 청년은 원적을 평북 철산(平北 鐵山)에 두고 현재 황금정

(黃金町) 六十번지에 거주는 정 모(鄭 某)(二二)(一 명 金 某)로 일찍이 동경에서 전기학교(電氣學校)에 통학한 사실이 있었으며 그후 지난 三월 九일에 평양으로 와서 이래 불온한 사상을 품은 후 동지를 구하던 중에 김 모(金 某)와 한 모(韓 某)를 알게 되어 三 인이 공모한 후 二十일경에 모란대(牧丹臺) 공원에 가서 적색동맹(赤色同盟)을 조직한 다음에 송 모(宋 某)의 二 명과 같이 불온문 五千 매를 인쇄하여 맨처음에는 二千 매를 시내에다 배부하고 그 다음은 三千 매를 배부한 것이라는 바이어서 전후 五 명을 검거하였으나 아직도 연루자 四 명이 있음으로 동 서에서도 사건을 비밀에 부치고 그 연루자를 마저 체포코자 맹렬한 활동을 계속 중이라 한다. 【平壤電話】

1570 「『時代公論』 創刊 追加原稿 押收」 『조선일보』, 1931.08.04, 2면

창간 준비 중에 있는 시대공론사(時代公論社)에서는 팔월호의 발행 준비가 완성되었던바 추가로 들어간 원고(原稿)의 다량이 전부 압수(全部 押收)되었음으로 九月號로 창간코자 방금 준비 중인데, 동 사의 영업국(營業局)은 시내 낙원동(市內 樂園洞) 九十二번지의 二에 있으며 새로이 편집국(編輯局)을 와룡동(臥龍洞) 一三四번지에 두었다는데 일반의 투고(投稿)와 지사 신청(支社 申請)을 바란다 한다.

1571 「光州 市內에 不穩文 撒布」 『매일신보』, 1931.08.04, 7면

八월 一일은 국제 반전(國際 反戰) 기념일인 고로 광주경찰서에서는 만일을 염려하여 동 일 미명부터 시내 각지 요소요소에 정사복 순사를 파견하여 엄중히 경계 중이던바 경관의 눈을 피하여 아래와 같이 국제반전데이에 대한 불온선전삐라를 산포하였다. 이에 놀란 당 서에서는 방학 시기인 만큼 귀가하여 있는 유학생의 행동이 아닌가 하여 용의자 三 명을 검거하는 동시 비상선을 늘리고 범인 수사에 엄중한 경계를 하는 중인데 좌기 장소에 산포된 삐라 百二十여 매는 전부 압수하였다.

市內 林町 若林製絲工場 正門 前 百 枚, 同 泉町 道是製絲會社 正門 前 七十 枚, 湖南町 朝日고무會社 前 道路 三十 枚, 池漢面 洪林里 鍾紡製絲會社 門前 二十八 枚. 【光州】

1572 「『同友會報』 押收」

『동아일보』, 1931.08.09, 3면

지난 二十九일 동업 『조선일보』에 게재된 고창 문자보급반 윤의곤(高敞 文字普及班 尹義坤) 외 二 인의 동우회(同友會)원 八十 명에게 동 회보 발행에 대하여 동의 기사를 읽은 고창경찰서에서는 각처에 분배된 동우회 회보 七八十 부 전부의 압수를 착수하였다는데 동우회(同友會)라는 것은 보통학교 졸업생의 상호 친목의 목적으로 조직된 어린이의 일인 만큼 별로 큰 일은 없으리라 한다. 【고창】

1573 「脚戱時報 내다 三 人 檢束 當해」

『조선일보』, 1931.08.16, 2면

함남 서호진(咸南 西湖津)에서는 지난 중복(中伏)날을 기회로 각희추천대회(脚戱鞦韆大會)를 개최한다 함은 이미 누보하였거니와 당일에는 대회에서 각부를 나누어 각기 집무에 착수하였는데 대회 개회사에 대한 것을 시보부(時報部)에서 발행하였는데 돌연 당국으로부터 문구가 불온하다는 취지로 당지에 거주하는 청맹원인 김철수(金喆洙)(二二), 지원섭(池元燮)(二二)과 본보 기자 최창길(崔昌吉)(二五) 삼 인을 구금하였다 하는데 이에 서호 유지 몇 사람은 문구에 대한 절대 변명을 하였으나 당국은 본서의 명령이라 하며 자기네 집권은 없다고 한다. 그리하여 김철수, 지원섭이 인은 보석으로 나왔고 최창길에게만 구금을 시키고 있다는데 일반은 사건 진상에 크게 주목하고 있다 하여 기자 권병두(權炳斗), 최석풍(崔錫豊) 양씨가 주재소를 방문하였다 한다. 【西湖津】

1574 「西湖 分局 搜索코 記事 原稿 押收」

『조선일보』, 1931.08.16, 6면

함남 서호진서(咸南 西湖津署)에 근무하는 순사는 지난 달 이십구일에 본보 분국에 아무도 없는데도 불구하고 들어와 가택수색을 하고 본사로 보낼 기사를 압수하여 갔다는데 그동안 분국에 책임자가 십여 일간이나 외출하였다가 귀국하여 그 말을 듣고 그 즉시로 서호서(署)에 들어가서 물은즉 웅곡 순사(熊谷 巡査)는 다음과 같이 말한다. "네, 가져온 일이 있습니다. 좀 조사할 것이 있어서 가져왔습니다." 기자는 너무도 기막혀 본사에서 보도시키기 전에는 당신네가 조사할 필요가 없다 하고 그 즉시로 찾아내었다 하는데 서호경찰은 이렇게 무례한 행동을 한다 하여 크게 비난 중이라 한다. 【西湖津】

1575 「不穩唱歌로 張 氏를 檢擧」

『조선일보』, 1931.08.16, 6면

함남 영흥에는 월전부터 계속적으로 내리는 영흥서(永興署)의 검거 선풍은 또다시 지난 십일일 오후 한시경에 당지 노동동맹 상무(勞動同盟 常務)로 있는 장희동(張羲東) 군을 검거하여 엄중 취조를 한다는데 내용은 잘 알 수 없으나 대개 탐문한 바에 의하면 전기 장군은 일전에 무슨 창가(唱歌)를 부르는 때 마침 경찰의 눈에 발각되어 그와 같이 검거 당한 듯하다고 한다. 【永興】

1576 「프로藝術同盟 系統 作家 等 續續 檢擧」 『동아일보』, 1931.08.17, 2면

누보한 바와 같이 지난 七월 중 부내 남녀 중등학교(男女 中等學校)에 배포한 격문사건으로 다수한 사건의 피의자를 인치 취조 중이던 종로서 고등계에서는 그동안에 어떠한 확증을 얻었던지? 수 일 전부터 이상한 긴장미를 띠우고 푸로레타리야 예술동맹을 중심으로 부내에서 다시 안막(安漠), 윤기정(尹基鼎), 박영희(朴英熙), 임화(林和) 등의 四 명을 인치하고 주야로 엄중한 취조를 계속하는 중이라 한다.

금 十六일은 일요일임에도 불구하고 길야(吉野) 고등계 주임 이하 수등(首藤) 경부보, 각계 형사들이 총출동하여 취조를 하는 한편으로 四방으로 활동을 하는 중이다. 사건의 내용은 절대 비밀에 부치나 수문한 바에 의하면 전기 四 명은 일찍이 동 서에 인치된 김철수(金錣洙), 윤 모(尹 某), 김성숙(金成淑) 등과 서로 협력하여 가지고 『집단(集團)』이라는 잡지와 또는 극(劇)으로 공산주의를 선전할 계획을 세웠던 것이라고도 전한다.

그리고 그들이 얼마 전 부내 남녀 중등학교에 배포한 격문사건에도 배후에서 관계를 하였던 혐의가 있다는 것인데 현재 취조 인원은 十수 명에 달한다고 한다.

1577 「光州 檄文 關係 三 青年 檢擧」 『동아일보』, 1931.08.17, 2면

일전에는 광주서 심석 고등계 주임(光州署 心石 高等係 主任)이 나주 다시면(羅州 多

侍面)에 출장하여 모 청년의 가택수색을 하는 동시에 다시면사무소(多侍面事務所) 등 사판 등을 조사하였으나 신통한 단서를 얻지 못하고 돌아갔었는데 또 지난 十四일에는 광주서의 의뢰로 나주서 형사대가 출장하여 나주 공산면(公山面) 이민호(李珉浩)(二八), 장계술(張癸戌)(一八), 동강면(洞江面) 박노율(朴魯律)(一八) 등 三 청년을 검거하는 동시에 가택을 수색하였다는데 서적 약간을 압수하는 외에 별 단서를 얻지 못하였고 검거된 청년은 十五일 아침 八시 차로 광주서로 호송되었다. 사실은 극비밀에 부침으로 그 자세한 내용은 알 수 없으나 듣는 바에 의하면 광주격문사건 혐의인 듯하다. 【나주】

1578 「號外 新聞 押收 平澤警察 當局에서」 『조선일보』, 1931.08.29, 6면

지난 이십육일에 발송한 본보 이십칠일부 호외(號外) 신문이 평택역에 도착되자 즉시 당지 경찰은 본보 서정리분국(西井里分局)에 발송한 것과 평택지국으로 발송한 신문을 압수하여 갔다가 그 이튿날에야 돌려보냈다는바 호외신문조차 압수하는 지방경찰당국의 심사를 알 수 없다 한다. 【平澤】

1579 「外國 新聞 通信 今後 嚴重 檢査」 『동아일보』, 1931.08.29, 1면

廣東 時局 發生을 機會로 大北, 大東 兩 無電會社의 電報 檢閱을 開始한 民國側은 今回 外國 新聞 通信員이 民國의 事情에 關하여 虛構의 事實을 報道할 念慮가 있다는 理由로 永久的 制度로써 交通部로부터 右 兩 會社에 技術員을 派遣하여 檢查主任으로 하기로 하였는바 今後는 一般 政治報道에도 鐵鉞이 生하게 되었다. 【上海廿七日發聯合】

1580 「四 個 工場에 不穩文 撒布」

『매일신보』, 1931.08.30, 7면

광주격문사건은 본지에 누보하였거니와 광주에서는 사건이 발생된 이때 수십 명의 용의자를 검거하여 두고 백방으로 조사하면서 진범 검거에 여간의 고통을 받아가면서 밤낮없이 곳곳의 주의 인물의 행동에 대하여 주목치 아니한 곳이 없이 머리를 앓던 중이던바 광주군 우치면 태영리 정동영(光州郡 牛峙面 台嶺里 鄭同永)(二○)은 경도 동지사 중학에 재학 중이던바 七월 二十일 서중 휴가로 집에 돌아와 있던 중 八월 一일 반전의 불온선전 삐라 천여 장을 인쇄하여 가지고 자기의 동지인 광주 양림정(光州 楊林町) 원도시제사 직공 이재식(李載植)(二○)의 원조를 받아 八월 一일을 기하여 약림제사(若林製絲), 도시동(道是同), 종방동(鍾紡同), 조일(朝日)고무 四 공장에 대하여 동일 오전 네시경에 이를 산포하였다. 이는 전기 두 청년의 행위로 판명되어 조사를 마친 후 지난 二十七일에 광주 검사국으로 송치하였다 한다. 【光州】

1581 「和順警察이 號外新聞 押收」

『조선일보』, 1931.09.04, 6면

지난 이십육일 석간으로 이십칠일부 본보 호외신문(綾州支局으로 發送된 것)이 능주역(綾州驛)에 도착되자 당지 주재소원은 상관의 명령이라 하여 즉시 이를 압수하여 화순서(和順署)로 보냈다가 오 일 동안이나 지난 작 삼십일일에야 돌려보냈다는바 호외신문까지 압수하는 지방경찰의 심사가 어디 있는가를 알 수 없다고 한다. 【綾州】

1582 「不穩文句를 羅列한 檄文을 各戶에 配付」 『매일신보』, 1931.09.06, 7면

지난 四일 청주에 발생한 소위 청주농교(淸州農業學校) 사건은 공산운동 ×××××를 무수히 청주읍 각호에 배부하고 일어난 문제인 만큼 사건의 내용은 ××××이라고 볼 수 있게 되었다. 그 내용을 듣건대 四일 미명에는 불온한 문구를 등사판(謄寫版)에 인쇄한 선전문서를 수정, 대성정, 금정, 도하정, 청수정, 본정 四五 정목 등의 각 집에는 一, 二 매씩을 배부하고 동공원(東公園)에다가는 나무마다 붙였으며 청주농교로부터 고보(高普)에 이르기까지의 도로변 전주(電柱)에도 동일한 자를 붙인 사실이 있었다 한다. 동 사실이 발각되기는 四일 오전 四시 四十분 청주역을 출발하여 조치원에 향하는 제一열차가 있었는데 동 열차 출발을 보러 나왔던 청주 역전파출소 경관이 청주역에 떨어져 있는 동 격문을 발견하고 즉시 본서에 보고하여 비상소집을 하여 일제히 아직까지 전기 각청 주민이 일어나기 전에 총수색을 하여 격문을 압수하였다는데 그 수효는 무려 수천 매라 하며 오전 九시경 청주농교에서는 조회가 거행되었었는바 막 끝나자 三년생 유장렬(柳狀烈)(연령 미상)이 등단하여 ××기를 흔들며 ××선전의 강연을 하고 二三학년이 합동하여 맹휴(盟休)를 선언하고 무심천을 건너서 서공원(西公園)으로 향하여 나갔었다. 이 급보를 들은 청주경찰서에서는 즉시 도 경찰부와 연락하여 자동차와 '오토바이'로 현장에 급행하여 수모자로 인정하는 생도 七 명을 검거하여 호송하였으며 동 사건이 ××××인 만큼 단순히 학생으로만은 이 같은 문제를 일으키지 못하였을 것이며 동시에 전 시내에 향하여 대규모의 선전지를 일제히 배부한 만큼 조직적임을 인정하고 배후의 선동자가 잠재하였다는 것을 연상케 되자 즉시 수월 전부터 청주에 와서 많은 사람의 주목의 조짐이 되어 있는 소위 국산팡(國産팡) 일명 (모던팡) 장사를 하는 일당 五 명과 그 집에 자주 놀러다니는 청년 한 사람과 합하여 十三 인의 검속자를 내었다. 【淸州】

1583 「清津 不穩文書事件 首謀者 六名 檢擧」

『매일신보』, 1931.09.09, 7면

지난 四월에 함북 청진(咸北 淸津) 일대에 불온 삐라가 산포되어 청진경찰서에서는 범인 체포에 아연 대활동을 개시하고 있던바 지난 五일부터 유력한 단서를 얻게 되어 각처에 수사망을 펴고 각 사회단체의 수모자 六 명을 검거, 취조 중이라는데 검거망은 확대되리라고 한다. 【羅南】

1584 「禁酒歌 配付한 것을 出版法으로 取調」

『동아일보』, 1931.09.09, 7면

정평읍 야소교회(定平邑 耶蘇敎會)의 목사 김 모(金 某)는 평소부터 금주운동에 유의하고 내려오던바 지난 九월 중순 동 교회 내 하기학교 개강을 기회로 금주의 필요를 말하는 동시에 찬송가에 있는 금주가를 등사에 박아서 학생에게 배부한 사실이 있다는데, 등사에 쓰기는 그 교회의 교인으로 정평금융조합에 근무하고 있는 김 모가 썼다고 한다. 그런데 예수교에서는 찬송가를 경전(經典)과 같이 여기는 터이며 그만치 널리 보급하고 있음으로 이와 같은 일은 작금의 일이 아니고 적어도 종교적 행사라고 하는바 정평경찰서에서는 출판법의 위반이라는 죄명으로 상부에 보고하여 一건서류를 검사국까지 보내었음으로 일반은 그 장래가 어떻게 될는지 자못 주목하고 있다 한다. 【함흥】

1585 「성천경찰에서 新聞을 押收」

『조선일보』, 1931.09.09, 6면

본보 제삼천팔백사십호 일포(一包)를 금 육일 성천경찰서(成川警察署)에 압수되었다 한다. 【成川】

1586 「號外新聞 押收 渭原警察에서」 『조선일보』, 1931.09.09, 3면

지난 이십육일에 발송한 본보 이십칠일부 호외(號外)신문이 위원우편국(渭原郵便局)에 도착되자 즉시 당지 경찰은 본사 위원지국(本社 渭原支局)으로 발송한 신문을 압수하여 갔다가 그 이튿날에야 돌려보냈다고 한다. 【渭原】

1587 「言論, 集會, 結社의 自由, 惡法을 改正하라」 『동아일보』, 1931.09.10, 1면

一

言論, 集會, 結社의 自由는 人民의 基本的 自由다. 世界 어느 나라의 憲法을 들춰보아도 言論, 集會, 結社의 自由는 原則的으로 是認되어 있다. 이것을 拒絶한 國家가 있다면 小數의 專制國家나 一, 二의 變則的 社會다. 그런데 朝鮮에는 所謂 集會結社取締令, 保安法, 出版法 等 惡法이 尙存하여 極히 初步的인 言論, 集會, 結社도 禁止或은 制限되어 있다.

公安을 妨害하는 集會, 結社는 이것을 언제든지 解散할 수 있고 미리 이러할 憂慮가 있을 때는 그것을 事前에 禁止할 수도 있다. 이리하여 昨年 中 全朝鮮에 開催된 集會는 五千四百九十 件 그中 禁止 及 制限된 者는 實로 一千五十四 件이다. 이것은 屆出된 集會 中 制限 或은 禁止된 件數이거니와 흔히 交涉 中에 있다가 不許可로 因하여 集會되지 못한 數爻를 들면 그 數字는 훨씬 이보다 많을 것이다.

言論 及 出版이 如何히 制限되어 있는가는 日常 新聞 及 雜誌 刊行에 一一이 許可를 要하고 出版法에 依한 것은 一一이 原稿檢閱을 要하는 것으로써 分明하거니와 新聞紙法에 依한 新聞, 雜誌도 그 差押 及 削除의 多數 及 程度의 甚한 것은 內外가 共認하는 바다.

二

무엇이 朝鮮을 이같이 不自由하게 拘束하는가. 集會取締令은 合倂 前後의 政治的 狀勢에 鑑하여 '當分間' 必要한 것으로 制定된 것이거니와 이 當分間이 二十 年을 지난 今年까지 依然 當分間의 條件으로 存置하여 오고 出版法, 新聞紙法, 保安法이 統監府 時代의 變則的 對策의 遺物이건만 아직껏 法律로서 存在하니 아무리 朝鮮에 新空氣가 流通되지 못한다 한들 이렇듯 窘塞함이 있으랴.

大正 八年 以來 當局은 所謂 武斷政治를 文化政治로 變更한다 하여 形式만은 이들의 自由를 許하나 實質에 있어서 그 彈壓程度는 同年 以前의 狀態와 大差가 없다. 勿論 一國家가 그의 存在를 爲하여 이의 存在를 危害하는 運動을 彈壓함은 正當한 일이나 民衆의 輿論이라 할 만한 報道, 出版, 集會의 自由를 抑壓함은 民主政治의 時代에 許치 못할 일이다.

三

專制의 弊風은 이미 過去 世紀의 惡夢이다. 東洋의 秦始皇과 西洋의 '멧터니히'가 아무리 惡法을 制定하여 民衆의 意思를 抑壓하려 하였으나, 結局 그들은 一種의 惡夢을 꿈꾸지 않았던가. 그러하거늘 當局者는 아직도 民意暢達의 口頭禪을 實行할 何意思는 根本的으로 缺如하였다. 二十 年 前의 出版法, 保安法, 集會取締令을 그대로 是認하고 民意暢達을 부르짖은들 무슨 效果가 있으랴. 現實問題로서 朝鮮의 當局의 彈壓政策 때문에 社會가 沈滯해 가고 온갖 運動은 地下線으로 몰려간 듯한 感이 있지 아니한가. 吾人은 當局者가 行政上에 있어서 充分 反省하여 重大한 錯誤를 犯치 않기를 忠告하거니와 一步 나아가서는 彈壓의 手段으로 되어 있는 前記 諸 惡法을 改正하여 時代의 趨移에 應케 하라.

1588 「怪青年이 突現 不穩文 撒布」

『매일신보』, 1931.09.10, 7면

변장한 청년 한 명이 지난 六일 오전 八시경에 목포상업학교에 나타나서 불온

삐라를 산포한 후 즉시 종적을 감추어 버리었는데 이를 접한 목포서에서는 범인 수사에 활동 중이나 범인의 종적은 아직 묘연하다 한다. 【光州】

1589 「許水萬 氏 釋放」

『동아일보』, 1931.09.18, 7면

잡지 『시성』, 『비판』, 『영화시대』 등의 지사를 경영하던 허수만(許水萬) 씨가 지난 六월 一일 돌연 회령경찰서에 검속되었다는 것은 그 당시 보도한 바거니와 그 후 지금까지 三 개월 반 동안이나 검속으로 회령경찰서 유치장에 구금되었다가 지난 十三일에 무사히 석방되었다고 한다. 사건 내용은 별로 없는 듯하며 다만 비합법잡지를 취급한 혐의였다고 한다. 【회령】

1590 「獨共黨 機關紙 發行停止」

『동아일보』, 1931.09.20, 8면

獨逸 共產黨 機關紙로 有名한 『로테퓌아네』[70]는 英國 海軍의 水兵의 減俸 反對를 煽動하여 "水兵 諸君은 速히 武裝 解除를 行하고 且 士官을 全部 艦上으로부터 放逐하라"라고 不穩한 一文을 揭하였다. 그리하여 一 個月의 發行停止의 命을 받았다. 【伯林十八日發聯合】

---

70 로테파네(Die Rote Fahne) : '붉은 깃발'이라는 뜻으로서 1918년 11월 9일 독일혁명의 날에 로자 룩셈부르크와 칼 리프크네히트 등이 이끈 스파르타쿠스단의 기관지로 창간되었다. 같은 해 12월에 스파르타쿠스단을 중심으로 결성된 공산당의 기관지가 되었다. 나치스정권에 의해 발행금지 처분을 받았으나 비합법적 형태로 1939년까지 베를린에서, 1941년까지 국외에서 발행되었다.

1591 「新聞 三十 種 差押 處分」

『조선일보』, 1931.09.26, 2면

만주 일중 충돌사건 중 모처서 발생된 모 사건을 보도하였던 일본과 만주 등지에서 발행하는 신문 중 이십사일과 이십오일에 경성에 들어오는 것으로 삼십일 종, 경성에서 발행하는 것 한 종은 다 차압처분을 당하였는데 근래에 없는 다량의 신문차압이었다.

1592 「『별나라』誌 原稿 削除」

『조선일보』, 1931.09.29, 7면

『별나라』 시월호는 원고의 대부분이 삭제되었으므로 다시 지연되겠으나 곧 다시 원고를 수집하여 시월 초순에는 발행하게 될 터이라고 한다.

1593 「南中 排日 氣勢 益熾」

『동아일보』, 1931.09.29, 1면

國民政府의 公然한 排日行爲는 最近 益益 熾烈하여 一般 居留 日本人은 勿論이요, 陸海軍部官에 가는 公文書를 開封하고 或은 故意로 電報를 遲延케 하며 上海 南京 間의 電話를 禁하고 二十五日에는 上海總領事館에서 南京領事館에 보낸 外交文書 六通을 開封하여 檢閱의 印을 누르고 配達하였다. 따라 上村 領事는 卽日 外交部에 嚴重 抗議하였다. 【南京卄七日聯合】

卄四日 外務省 及 上海總領事로부터 南京 上村 領事에게 發送된 重要 外交文書 五通이 他의 私信과 함께 南京警備司令部에서 開封 閱讀한 後 無法히도 檢閱濟의 印을 누르고 配達되었다. 그래도 一國의 外交 公文書를 開封 檢閱함은 他國에 例없는 不

法行爲이므로 上村 領事는 激怒하여 卽時 王正延 氏 及 谷 警備司令에 嚴重 抗議하였던바 彼等은 모두 自己의 關知치 않는 바로 아마 係員의 過失일 것이라고 回答을 하였음으로 上村 領事는 益益 憤慨하여 詳細를 本國 政府에 報告한 後 어떠한 處置를 取한다고 民國 側에 通告하였다. 【南京二十七日發電通】

當地의 黨 指導部의 反日運動은 猛烈하여 人心이 動搖하고 在留 日本人의 不安이 漸次 加하여 軍艦 比良은 領事館과 協力하여 日本人의 保護에 當하고 있는 外에 萬一의 境遇에 日本人을 收容하기 爲하여 日清 汽船의 船이 準備되어 있고 婦女子는 이미 撤歸 準備를 하고 있다. 【重慶廿六日發電通】

九龍飛行場 附近의 植木業 山田純次郎(四三) 及 妻, 老母, 兒孩 二 人, 兒孩 보는 애 一 人은 廿六日 夜 民國人 群衆의 襲擊을 受하여 無慘히도 慘殺되고 長男만 瀕死의 重傷을 受하여 살았다. 右外 重傷 慘殺의 風說이 있으나 日本人 間의 電話 連絡이 全혀 困難으로 目下 詳細를 알 수가 없다. 【香港 廿七日發聯合】

汕頭는 表面 一般으로 平穩한 듯하나 排日宣傳이 盛하여 二十八日 行하는 排日示威에 日本人은 戰戰兢兢한 狀態이다. 【汕頭二十七日發聯合】

仲秋節을 利用하여 廣東 學生 約 五千은 反日遊行을 行하였으나 市內는 平穩하다. 【廣東二十七日發聯合】

1594 「公文書 檢閱, 警備司令 否認」

『동아일보』, 1931.09.30, 1면

民國側이 日本 領事館에게 公文書를 開封하여 閱讀한 것에 關한 日本 抗議에 對하여 責任者인 南京 警備司令 谷正倫 氏는 廿七日 午後 五時 上村 領事에게 非公式 書面으로 "如斯한 事實 없다"고 否認하여 왔다. 日本 便엔 確固한 證據가 있어 今後 國民政府 相對로 訓令이 到着되는 대로 正式 抗議를 提出할 터이다. 【南京廿八日發電通】

1595 「認可없는 新聞」

『조선일보』, 1931.09.30, 7면

지난 구월 이십이일 오전 구시 반경에 본보 이포분국장 서재호 씨가 경기도 여주군 이포(京畿道 驪州郡 梨浦)에 있는 여주경찰서 이포주재소 앞을 지나갈 때 주재소에 근무하는 권영진(權寧璡) 순사가 문전에 서서 잠깐 보자고 하더니 "『조선일보』 이포분국을 인가 얻어가지고 하느냐?"고 조금도 가림 없이 질문하매 분국장은 그 질문이 몹시도 귀에 거슬리어 인가는 누구의 인가며 그러면 양식이 있을 것이니 보여달라고 한즉 권 씨의 대답이 일정한 양식이 없으니 신청서(申請書)를 써오라는 해괴한 말이 있은 지 며칠이 못 가서 역시 최경준자전거포 앞에서 전기 권 씨가 왜 인가를 신청하지 않느냐 하며 출판법 위반일 뿐더러 먼저 어떤 순사가 알지 못해서 그대로 지금껏 지내온 것이니 속히 수속하라는 몰상식한 명령 언사는 대담하게도 우리 언론계에 위협을 주는 듯? 출판법 위반이란 무엇을 말함이고 장차 어떠한 양식으로써 인가를 줄 것이며 이와 같은 해괴한 행동에 일반은 비난이 많다 한다. 【驪州】

1596 「不備한 現行 出版法, 출판계 발달에 일대 장애」

『동아일보』, 1931.10.01, 2면

조선인에 적용하는 현행 출판은 융희(隆熙) 三년에 발표된 것으로 시대가 진보한 금일에 있어서는 그 번거로움과 불편함과 또 불비한 점이 막심하여 조선 출판계의 발달에 큰 장애를 주어 출판업자를 비롯하여 일반 식자 간에 그 개정을 부르짖었음이 벌써 오래였었다.

경무국에서는 이 여론의 추세에 느낀 바 있어 금년에는 요전에 개최되었던 각 도 경찰부장회의에 자문하였던바 경찰부장도 거의 전부가 긴급히 개정할 필요가 있다는 것을 역설하였으므로 이 법규 개정 촉진의 기운을 짓게 되어 도서과에서는 방금 이 개정 촉진 방법을 강구 중이라고 한다. 개정할 범위는 아직 미상하나 일반의 의견은 일본인과 조선이 출판을 통일하여 동일한 수준에 세우게 될 터이라 한다.

현행 출판에 대한 모든 법규 중 당국으로서도 불편을 느끼는 것은 예약출판법(豫約出版法)이 없는 것으로 조선 출판업 발전에 장애가 되는 바도 크지만 사실상 족보출판 같은 것은 예약출판 유사행위를 행하고 당국도 이것을 묵인하고 있는 형편이므로 그 단속 통제에 결함이 많아 무엇보다도 이것만이라도 먼저 개정하여야 되겠다고 한다.

1597 「出版法令 改正說, 徹底한 案을 세우라」 『동아일보』, 1931.10.02, 1면

一

傳하는 바에 依하면 朝鮮의 諸 惡法令 中의 하나인 出版法規에 關하여 當局에서는 그 改變을 計劃하고 있는 中이라 한다. 이것은 이미 當局者의 多年의 懸案으로 되어 있는 者로서 恒常 日本의 出版法案의 改正을 기다려 朝鮮에로 그에 準하여 比較的 系統 整備한 法令을 發布하려 하여 今日까지 荏苒[71] 延滯하여 온 것이라 하거니와 이제 日本의 그것이 番番히 議會 提案이 못 되어 流産되고만 까닭에 總督府 當局者는 不得已 그를 기다리지 않고 法令의 改正을 斷行하려는 意思인 듯하다. 이에 對하여는 이미 多年間 懸案으로 되어 있는 이만큼 그 改正의 時機가 도리어 늦은 感이 不無하거니와 이미 改正에 着手한 以上 徹底한 立案에 依하여 最短期間 內에 이를 勇斷하기를 바라는 바다.

二

朝鮮에서의 出版條例는 保安法, 集會取締令 等과 한가지로 舊韓國時代의 舊法令

71 임염(荏苒) : 차츰 차츰 세월이 지나감. 사물이 점진적으로 변화함.

을 그대로 襲用한 것으로 人民의 初步的 公民權인 出版, 集會, 言論, 結社의 自由를 極度로 束縛하는 諸 惡法 中의 하나로 이미 有名한 것이다. 人民의 自由 權益을 極度로 制限함에 따라서 出版의 手續은 原稿檢閱이라는 極히 無理 且 煩碎한 것이 있어 朝鮮에서의 文化의 發達을 沮害하고 있는 것이 이미 世間의 定評이며 統治當局 自身도 이를 認定하고 있는 것이다. 이제 늦게나마 이를 改廢함에 있어서 첫째는 日本人과 朝鮮人間에 差別을 撤廢하여 同一한 法規 아래 統一하며 따라서 中世紀的인 原稿檢閱의 制度를 撤廢할 것은 勿論이겠거니와 進一步하여는 모든 文明的 法律의 基準을 따라 所謂 行政處分에 依한 押收, 禁止 等의 制度를 改正하여 言論 及 出版 自由의 拘束을 最少限度로 縮少하여야 할 것이다.

三

出版法規의 改正에는 반드시 新聞紙法까지 包含해야 할 것이니 그러지 아니하고는 그 意義의 太半이 없어진다. 新聞紙法에 있어서도 唯獨 朝鮮人에게 限해서만 總督의 許可를 要케 하는 것은 不合理한 일이다. 이도 出版規制와 同時에 一律로 届出主義로 改正함이 可할 것이다.

今日 當局者는 이 惡法의 하나인 新聞紙法에 依하여 朝鮮人이 發行하는 新聞의 種類를 僅僅 數種에 制限하고 그 以上 許可를 주지 않고 있으니 이에서 더한 言論自由의 剝奪을 어디서 그 例를 들 수 있으랴. 그 위에 當局者의 手中에는 行政處分에 依하여 押收, 停刊, 發行禁止 等의 絶大한 權力이 있다. 當局者는 言必稱 朝鮮新聞界의 發達을 保護하기 위하여 許可를 濫發하지 않는다고 하나 이는 表面을 裝하는 말에 不過하고 그 實際는 言論의 發達을 障碍하고 있는 것은 그 結果가 證明하고 있는 것이다. 그러므로 吾人은 新聞紙 規例에 있어서도 當然히 許可制 等 時代錯誤의 모든 點을 全廢해야 할 것을 主張한다.

1598 「出版法 違反과 治安法 違反」

『매일신보』, 1931.10.06, 2면

전기 사건[72]의 죄명은 치안유지법(治安維持法) 급 출판법 위반(出版法 違反)이라는 바 그 관계자 중 한위건(韓偉健), 양명(梁明) 외 十六 명은 미체포이고 그 외 十七 명의 주소 성명은 다음과 같다.

全南 濟州島 濟州面 一徒里 一四四七 高景欽(二二)

全南 靈岩郡 靈岩面 西南里 二三 金三奎(二四)

京城府 唐珠洞 一三〇 林仁植(二四) (一名 林和)

黃海道 海州郡 檢丹面 指南里 西洞 一〇二七 黃鶴老(二〇)

平南 成川郡 成川面 下部里 二七一 金孝植(二一)

右同 靈泉面 柳洞里 韓載德(二一)

慶北 迎日郡 興海面 龍汗洞 五一九 宋寅壽(二四)

京城府 八判洞 八十八 安弼承(二二) (一名 安漠)

慶南 昌原郡 鎭田面 上西里 權景完(二八)

京城府 天然洞 六十九 朴英熙 (三一)

京城府 需昌洞 六〇 尹基鼎(二九)

高陽郡 恩平面 龜山里 九四 宋武鉉(二九)

京城府 雲泥洞 四五 金基鎭(二九)

忠南 天安郡 天安面 留糧里 三九 李箕永(三六)

高陽郡 崇仁面 崇仁洞 李平山(二二)

京城府 橋南洞 三七 權泰用(二六)

全南 光州郡 光州邑 橋林町 崔逸淑(三六)

72 카프(조선프롤레타리아예술가동맹) 사건을 뜻함.

1599 「『勞動運動』 押收」

『조선일보』, 1931.10.13, 2면

부내 도렴동 노동운동사(都染洞 勞動運動社)에서 발행하는 잡지 『노동운동(勞動運動)』 시월호는 지난 팔일부로 압수를 당하였으므로 동 사에서는 계속하여 십일월호를 준비 중이라고 한다.

1600 「『農民所聞』 原稿 不許可」

『조선일보』, 1931.10.14, 2면

시내 경운동에 있는 조선농민소문사(朝鮮農民所聞社)에서 발간하는 『조선농민소문』은 원고가 두 번째 불허가 되어 다시 원고 정리 중인데 이 때문에 『농민소문』은 또 늦게 발행될 터이다.

1601 「歐米 各國의 映畵檢閱의 커트 場面」

『조선일보』, 1931.10.27, 5면

世界 各國의 映畵檢閱은 各 國民의 國民的 色彩가 있음으로 매우 興味가 있다. 例하면, 佛蘭西에서는 '소비에트' 映畵는 大槪 上映禁止를 當하는데 實寫映畵 역시 그러한 災難을 當한다. 例하면 '모스크바'에 있는 勞動者의 '데모' 等은 조금이라도 抗議的인 場面이 있으면 곧 잘라버리는 것이다. 또는 '소비에트'의 農夫가 安樂하게 일을 하는 場面에 와서는 '소비에트'의 農夫가 安樂하게 일을 할 리가 있느냐는 珍妙한 理由를 붙여서 '커트'를 해버린다. 아메리카 映畵檢閱은 男女混合의 檢閱官에 依하여 行하는데 女性의 數가 많아서 女性의 性味에 맞지 않는 場面은 싹 잘라버린다.

거기에 재미있는 것은 아메리카는 몹시도 神을 尊崇하는 것이다. 結婚 以外의 關

係에 맺어지는 戀愛는 모두가 不許되는 것이다. 그렇지만 映畵가 不道德이라는 것은 아랑곳도 아니한다. 例하면 세실 비 데밀의 「十誡」 등의 映畵를 보아도 알 일이지만, 이 映畵에는 相當히 不道德한 場面이 많으나 最後에 正義가 勝利를 얻었다는 데에서 映畵가 許可되었다. 이렇게 形式主義인 데는 우스울 일이나 英國에서는 僞善의 最頂으로 보여준다.

例하면 여기에 「印度의 現狀」이라고 題한 實寫映畵가 있다 하면 印度人의 印度를 絶叫하는 사람들의 '데모'가 行하는 때에 그것을 檢閱하는 자 등은 조금이라도 印度의 氣勢를 높인 場面에 이르러서는 '커트'를 해버리는 것이다. 反對로 佛國의 檢閱로서는 그러한 場面은 泰然히 映寫된다. 그 대신 소비에트의 勞動者의 '데모'에는 엉망진창을 만든다. 그래서 非常히 喚起시키지 않을 정도의 微弱한 '데모'만이 英國의 銀幕에 비추어 「印度의 現狀」이라는 題名만을 붙여 주는 것이다.

和蘭도 亦是 變通이 없다. '첵크'의 映畵로 「에로티콘」[73]이라는 것이 있었는데 이것은 佛, 獨 兩國에서는 上映되었지만 和蘭에서는 嚴重히 禁止해버렸다.

伊太利는 파시스트 映畵가 아니면 上映을 不許한다. 이것을 보면 檢閱의 不合理는 東西가 一般인 듯.

1602 「『中央公論』 發禁」

『조선일보』, 1931.10.31, 3면

『中央公論』 十一月號가 突然 發禁된바 時局問題로 『中央公論』 姉妹誌 『婦人公論』도 削除되어 日本 一般雜誌 發行者 間에 物議가 紛紛하다고 한다.

73 에로티콘(Erotikon) : 체코의 구스타프 마차티(Gustav Machaty) 감독의 1929년작. 여주인공이 성적 흥분을 느끼는 에로틱한 장면 때문에 개봉 당시 많은 논란을 일으켰다.

1603 「『동무』 第二號 不許可」

『조선일보』, 1931.11.14, 7면

평양 동무사에서 발행 중 '푸로' 소년소녀 월간잡지 『동무』 제이호는 십월 이십구일부로 不許可가 되어 방금 즉 삼호 준비에 착수하였다 한다. 【平壤】

1604 「輸城 不穩文事件 最高 一 年을 求刑」

『매일신보』, 1931.11.20, 7면

지난 四월 함북 수성 지주(咸北 輸城 地主)들이 모여 수리조합의 부당을 규탄하려 할 즈음 그 기회를 타서 모 방면으로부터 과격한 적색 삐라가 휘날리게 되었다. 소관 청진(淸津)경찰서에서는 범인을 염탐 중 청진노동조합 간부 장순명(張順明), 장병철(張炳喆), 이호경(李虎京) 등의 소행이었음을 알고 즉시 체포하여 일건서류와 함께 검사국에 넘겼는바 지난 十七일 오전 十시부터 청진지방법원 공판정에서 금정(今井) 판사와 송기(松崎) 검사 입회 하에 공판은 개정되어 판사로부터 엄격한 질문이 있은 후 검사로부터 장순명(張順明) 一 년 외 양명에 八 개월 구형이 있은 후 후모(厚母) 변호사의 변론이 있었는데 당일은 노동계의 중진인물들의 공판인 만큼 방청석에는 입추의 여지없이 다수한 방청객으로 만원이었었다는데 언도는 내 二十일이라 한다. 【羅南】

1605 「素人劇은 警察이 禁止」

『조선일보』, 1931.11.20, 6면

본보 대유동지국(大楡洞支局)에서는 만주평야에서 조난당하고 있는 동포를 위하여 소인극을 주최(主催)하고 다소의 금품이라도 모집(募集)코자 지난 십삼일로 예

정이던바 돌연히 당국에서는 금지를 명하여 일반 인사들과 아울러 극우(劇友)들은 불평이 많다고. 【大楡洞】

1606 「不穩檄文을 東京서 郵送」

『매일신보』, 1931.12.01, 7면

수일 전부터 평양경찰서에서는 헌병대와 연락을 취하여 가지고 극비밀리에 대활동을 개시하였었는데 어제 그 내용을 들은 바에 의하면 지난 二十六일 아침 동경(東京) 방면으로부터 시국(時局)에 관한 불온문서(활판인쇄)가 부내 숭실전문학교(府內 崇實專門學校)를 필두로 부내 각 중등학교에 우편으로 송달된 것을 탐지하고 전기와 같이 대활동을 개시함이라는데 그 문구(文句)에는 '조선청년은 분기하라(朝鮮青年은 奮起하라) 천도교청년회(天道敎青年會)'라 하였었다는바 동 문서를 전부 압수하는 한편 시국이 시국이니 만큼 당국에서도 대단히 긴장되어 엄중한 경계를 하는 중이다. 【平壤】

1607 「地方巡廻 劇團 興行조차 不許」

『조선일보』, 1931.12.01, 6면

조선 극계의 유수한 단체인 조선연극사(朝鮮演劇舍) 일행이 남선을 순회하던 길에 수원에서도 흥행코자 지난 본월 이십일경에 흥행계출을 하였던바 수원경찰 당국에서는 전 흥행(前 興行)에서 불온한 연극을 하였다는 조건으로 흥행을 허가하지 않더니만 어떠한 특별 생각을 하였는지 하루 동안의 흥행만을 허가하였다는데 동 극단은 이삼일씩 무료히 수원에서 두류하면서 진퇴양난의 경우에 빠졌었다는바 검열제(檢閱濟)의 각본을 가지고 지방순회를 하는 일개 연극 흥행단체에게까지 여차한 태도를 가지는 수원경찰의 태도를 일반은 자못 의아해한다고 한다.
【水原】

1608 「出版法 違反 事件 懲役 六 個月」

『동아일보』, 1931.12.03, 2면

시내 관훈동 民衆書院 주인 尹鍾悳에 대한 출판법 위반 사건은 二일 朴 판사로부터 森浦 검사 입회 아래 징역 六 개월 二 년간 집행유예의 판결을 내렸다. 사건은 동경 방면으로부터 오는 일반사상 관계의 잡지류 중 발매금지를 당한 것을 판매했다는 것이라고 한다.

1609 「宣傳文 散布하며 萬歲 高唱코 示威」

『동아일보』, 1931.12.03, 3면

지난 二十七일 오후 一시경에 경남 삼천포공립보통학교(三千浦普通學校) 五, 六학년생 일부 六十여 명이 교수 중에 돌연히 출교하여 선전문(宣傳文)을 산포하고 온 시내를 돌아다니며 만세를 고창하고 대소동을 일으킨 사건이 있다. 이제 사건의 내용을 심문한 바에 의하면 얼마 전에 무산아동(無産兒童)의 수업료(授業料) 미납에 가산차압(家産差押)을 단행하였으므로 당국의 처치가 가혹하다 하여 다음과 같은 조건으로 학교당국에 一주일간까지 회답을 요구하고 그와 같이 대소동을 일으켰으며 삼천포 경찰은 주야 불구하고 속속 검속하여 엄중 취조 중이다.

要求 條件

一. 家産差押을 卽時 철폐할 것.

二. 無産兒童에 對한 授業料 撤廢할 것.

三. 略

四. 略

五. 警察의 校內 侵入 絶對反對.

學校 當局 談

“부지중 모 학생이 요구하는 조건을 제출하기로 설유하는 중에 돌연 六十여 명 학생이 출교하여 소동을 일으켰습니다. 그리하여 선생 몇 분이 즉시 나가서 진압코자 할 즈음에 산으로 들로 해산되었으며 원인은 수업료에 가산차압인 듯하나 방금 조사 중이외다.” 운운.

별항과 같이 돌연의 사건이 발생하였으므로 학교당국과 학부형회장(學父兄會長) 장응상(張鷹相) 씨는 긴급 회를 동일 오후 六시에 동 교 강당에서 개최하고 선후책을 강구하는 동시 학생들이 등교치 아니할까가 최급 문제이니 일반 학부형은 책임지고 등교시키기로 결의한 후 동 十시에 산회하였다. 【삼천포】

1610 「秘密結社 組織 不穩한 宣傳」

『매일신보』, 1931.12.04, 7면

진주농업학교(晋州農業學校)에서는 지난 二월 十八일 맹휴사건이 있었던바 동 교 생도와 졸업생 수명은 작년 七월경부터 비밀결사 TK단이란 것을 조직하고 그 후 동지를 얻어 최근은 十三 명의 동지를 모아 회비 三十 전씩을 징수하여 『반역(叛逆)』이라는 잡지를 발행하며 공산주의 선전에 노력하는 한편 매주 토요일마다 집합하여 주의를 연구한다는 것을 지난달 九일 진주서 고등계에 탐지한 바 되어 일망타진으로 검속하였다는바 그중 十 명은 경성 경신학교에 재학 중인 것을 지난달 十八일 진하(鎭賀), 강(姜) 양 형사가 출장 체포하였는바 이번 취조를 마치고 다음의 十二 명은 검사국으로 송치하였다 한다.

晋州邑 飛鳳洞 朴鳳贊(二〇), 晋州邑 王蜂里 河忠鉉(十九), 晋州邑 大安洞 趙鏞起(十八), 陜川郡 陜川面 陜川洞 李德器(十七), 統營邑 朝日町 白南旭(十六), 泗川郡 泗川面 中宣里 金慶執(十七), 宜寧郡 宜寧面 東洞 金祥海(十七), 咸陽郡 水東面 在山里 金大祺(十七), 平北 龍川郡 樓下面 柳子里 白德三(十九), 晋州郡 集賢面 沙村里 具然煜(十九), 昌原郡 昌原面 北洞里 薛昌洙(十九), 晋州郡 集賢面 沙村里 朴夢世(十九), 釜山府 水晶町 河宗洙(十七). 【馬山】

1611 「日文雜誌로 誤認, 『批判』誌를 押收」

『동아일보』, 1931.12.11, 2면

시내 원동(苑洞) 비판사(批判社)에서 발행하는 월간잡지 『비판(批判)』은 수일 전 十二월호가 나와서 각 지방 지분사와 일반 독자들에게 발송하였던바 이외에도 여러 곳에서 잡지를 압수 당하였다고 통지가 많이 오므로 동 사 주간 송봉우(宋奉瑀) 씨는 즉시 경무국 도서과에 그 이유를 질문하였으나 동 과에서는 『비판』지를 압수하라고 명령한 일이 없다고 말하였다 한다.

이에 의심이 나서 각처에 그 이유를 조회한 결과 일본서 발생되는 일본문잡지 『비판』 十二월호가 압수된 것을 그 이름이 같은 관계로 잘못 알고 그 같이 『비판』 잡지를 잘못 압수한 것이 판명되었으므로 금 十일에야 그 전부를 무사히 독자에게 전할 수가 있게 되었다 한다.

1612 「無理한 警察, 新聞을 押留」

『조선일보』, 1931.12.12, 7면

지난 팔일 평북 운산군 북진경찰서(北鎭警察署)에서는 무슨 까닭인지 본보 북진분국(北鎭分局)으로 오는 신문을 미리 우편국에 통지하여 가지고 일단 압수하였다가 세 시간 후에야 다시 본 분국으로 반환하여 왔는데 그 까닭에 배달이 지연되어 독자의 불평이 자자하였다 한다. 【北鎭】

1613 「新聞, 雜誌 押收가 萬餘 件 超過」 『조선일보』, 1931.12.12, 7면

지방에 있어서 복잡다단하기로 유수한 원산에는 신문, 잡지류(新聞, 雜誌類) 차압 처분 당한 것이 금년도에 이르러 십일월 말까지 구천이백 건에 달한다고 하는바 신문이 팔천육백 건이요, 잡지가 육백 건으로 도합 구천이백 건이라 하며 대부분이 일본서 발행하는 신문, 잡지류로 만보산(萬寶山)사건, 조선사건(朝鮮 事件)과 만주사건(滿洲事件) 등에 관한 시국의 기사가 치안을 방해할 만한 문구를 만재하였던 것이라 한다. 과거에 있어서는 원산경찰서에서 압수 처분한 것이 불과 천 건 미만이었으나 금년도에 이르러서는 십 배 이상에 달할 모양이라고 한다. 【元山】

1614 「『이러타』 原稿 押收」 『조선일보』, 1931.12.23, 2면

시내 가회동(嘉會洞) 일백오십일 번지 사회실정조사소 발행의 잡지 『이러타』 신년호 원고는 당국에 기휘되어 전부 몰수를 당하고 방금 '임시방위호'로 십이월 말 중에 발행토록 준비 중이라 한다.

1615 「『별나라』 原稿 押收」

『조선일보』, 1931.12.30, 2면

시내 영락정 일정목 육십오번지에 있는 별나라사에서는 그간 신년특집호를 발행하려고 하였으나 원고가 전부 불허가 되어 부득이 신년임시호를 발행하게 되었다는데 일월 십일경에는 발행되리라고 한다.

1616 「不穩한 檄文 多數를 撒布」

『매일신보』, 1931.12.31, 2면

함남 북청군 속후공보운동회(俗厚公普運動會) 때에 불온격문이 산포되어 피검자 六七十 명 중에 몇 사람은 석방되고 그 나머지 사람은 근일 송국될 형편이었는데 또다시 지난 二十六일 밤에 청해면(青海面), 평산면(坪山面), 양천면(楊天面) 등 각지에 내용이 과격한 격문 천여 매를 산포한 사람이 있었다. 이 급보를 접한 북청서에서는 二十七일 밤 十二시경에 정사복 경관 二十五 명이 무장을 하고 자동차를 몰아 당지에 급거 출장하여 경계망을 늘리고 범인 체포에 노력한 결과 청해면 토성리에서 야학생과 직원 등을 망라하여 혐의자이던 二十九 명을 검속하여 본서에 압송하고 그 지방 경찰관 주재소원과 협력하여 경계망을 늘려 철옹성을 만들어 놓고 아직까지 범인 체포에 활동하는 중이라 한다. 【北靑】

1617 「『民聲報』 停刊 處分」

『조선일보』, 1932.01.04, 2면

간도에서 발간하는 중국인 신문 『민성보(民聲報)』는 일일부터 연길 주비처(延吉籌備處)에서 좌경사상을 고취한다는 이유로 발행정지 처분을 받았다. 조선문과 한

문 양방의 사원과 직공 등 조선인 사십여 명은 돌연한 처분을 당하여 황망한 태도로 그들의 생계는 막연하다 한다. 【間島特電】

1618 「不穩文 撒布한 犯人 等 檢擧」

『매일신보』, 1932.01.10, 2면

지난 一월 一일에 헌병분대와 방직회사공장에 대담하게 전쟁반대의 과격문서를 배부한 좌경분자를 철저히 검거하기 위하여 지난 六일부터 동래군 기장면(東萊郡 機張面) 권동주(權東銖)(二○), 김규화(金圭華)(三一), 이치우(李致雨)(一九) 외 五명의 남녀를 검거하는 동시에 큰 트럭에 넣은 불온문서를 압수하였는데 그들은 청년동맹의 간부로서 지난번 대구(大邱)에서 검거한 좌경운동과도 밀접한 관계가 있다 하며 불철주야하고 검거에 열중한 부산서 고등계에서는 부산 이외에도 대구 경성과도 연락을 지은 그들의 연루자로 검거하고자 불일 중에는 제二단적 검거를 단행하리라 한다. 【釜山特電】

1619 「『주먹』을 發刊하던 謄寫機 押收」

『조선일보』, 1932.01.12, 조2면

문천농민조합사건이 발생하자 불철주야하고 맹렬한 활동을 계속하던 문천경찰서 수사대는 지난 오일에 명효면(明孝面) 어언구(於焉毬) 농민조합간부 노윤식(盧允植) 씨 집에서 기관지 『주먹』 발간에 쓰려고 준비하여 두었던 등사기를 압수하는 동시에 다수 원지도 압수하고 전기 노윤식도 동시에 검거하였으며 경찰은 비상히 긴장하여 활동을 계속 중인데 명효면 일대와 구산면 일대는 경계가 자못 엄중하다. 그리고 검거된 각 조합원의 가족은 요즈음 일기가 갑자기 추워졌으므로 사랑하는 자기의 자질을 생각하고 눈물로 세월을 보내며 갈수록 확대되는 사건의 장래에 일반은 일변 우려하는 동시에 사건의 결말이 하루바삐 끝나기를 간망하고 있다. 【文川】

1620 「新聞記者의 入場을 禁止」

『매일신보』, 1932.01.13, 7면

기보한 바와 같이 지난번에 함북도 청진부 신암동 공락관(咸北道 淸津府 新岩洞 共樂館)에서 열렸던 전 함북도 온유비제조업자대회(全 咸北道 鰮油肥製造業者大會) 당시에 돌연 청진경찰 당국으로부터 저반 신문기자(新聞記者)들의 출입을 엄금한 바 있어 이에 대하여 기자들로는 크게 불평을 듣게 되고 금번 대회에 기자들의 입장을 금지한다는 것은 물론 전례에도 없을 뿐 아니라 더욱 주최자 측으로부터 동 대회는 직접 관계있는 당업자 외에 신문기자들도 방청을 크게 희망하고 있었던 중인데 그와 같이 당국으로부터 신문기자들의 방청을 금한다는 것은 부당히 언론의 자유를 압박하는 것이라고 현재 청진부 내에 있는 九 개소의 신문기자들은 지난 八일 밤에 협의를 거듭하고 의견이 일치되자 좌기와 같이 결의를 하였다. 그리고 익 九일 오전에 이르러서 각 신문사 급 지국 대표자들 일동은 함북도청 부영 도지사(咸北道廳 富永 道知事)를 회견하고 결의문을 제시하고 강경히 항의한 바이었다.

決議

本月 六七 兩日에 亘하여 開催되었던 全咸北鰮油肥製造業者大會에 當業者의 希望을 斥하고 新聞記者의 入場을 阻止한 것은 近來 稀存한 暴擧로 不法히 言論의 自由를 壓迫한 것으로 認함. 道當局의 責任을 問함. 右를 決議함.

여기에 대하여 부영 지사는 다음과 같이 금번 사건에 대하여 유감천만의 의를 표명한 바 있었다. "유비제조업자대회는 개최의 전일에 당하여 여러 가지의 불온한 정보가 있었기로 취체 관계상 당업자 이외는 입장을 허하지 말라고 명령하였는데, 별로 비밀에 부칠 만한 사건이 없었기로 신문기자들의 출입도 금하라고 명령한 것은 아니다. 계원들이 기계적으로 활동을 하다보니 그와 같이 잘못이 생긴 것이라고 생각합니다. 유감천만이나마 장래에는 주의하겠습니다." 【羅南】

1621 「不穩한 內容의 檄文을 撒布」

『매일신보』, 1932.01.14, 7면

지난 十一일 오후 十시경 부내 신양리 부근에 불온한 내용이 가득 실린 격문 다수를 산포한 사건이 발생되었으므로 평양경찰서 고등계에서는 계원이 총출동하여 범인 수사에 대활동을 개시하였는바 지나가는 학생의 몸을 모조리 수색하고 부내 각처에 수배를 늘리는 등 자못 긴장한 공기 속에서 밤을 새웠는데 十二일 아침에 돌연 숭실전문학교(崇實專門學校) 안에도 격문 다수를 산포한 자가 있었으므로 경찰에서는 즉시 도 경찰부와 협력하여 범인 수사에 일층 노력하는 동시에 격문도 압수하였다. 격문의 내용은 절대 비밀에 부침으로 전연 알 수 없는 바이나 반지에 붉은 잉크로 인쇄한 것으로 내용은 대단히 불온한 것 같다 하며 평양경찰의 활동은 매우 맹렬하다 한다. 【平壤】

1622 「不穩한 戀文」

『매일신보』, 1932.01.15, 7면

호남선 이리경찰서(湖南線 裡里警察署)에서는 지난 十二일에 당지 소년동맹원(當地 少年同盟員)인 유봉술(柳鳳述)(二三) 씨를 돌연히 검속함과 동시에 가택수색까지 하였다는데 그 내용을 들어보면 전기 유봉술은 얼마 전부터 당지 요리점 한성관(當地 料理店 漢城館)에 기생으로 있는 주산월(周山月)(二一)과 남 모를 가운데 사랑을 계속하여 오던 중 불행히 전기 주산월은 전기 요리점 목포지점으로 가게 되어 두 사람의 사랑은 일대 파탄을 이루게 되었는바 사랑의 굳센 힘은 그들로 하여금 서신의 힘을 빌지 아니할 수 없었다. 그리하여 두 사람 사이에는 다수한 서신으로 사랑을 계속하여 오던 중 그 서신의 내용은 한 연애만 국한된 것이 아니라 무산계급운동(無産階級運動)에 대한 말이 대부분을 점령하게 되어 계급의식을 함양하였다는바 불행히도 그 서신을 발견한 목포경찰서(木浦警察署)에서는 전기 이리경찰서에 조회하여 그와 같이 취조 중이라고 한다. 【裡里】

1623 「不穩唱歌 부르다 少年 五 名 被檢」

『동아일보』, 1932.01.20, 3면

함남 이원군 차호(利原郡 遮湖)에서는 소년들이 불온창가(不穩唱歌)를 부르다가 지난 十六일에 五 명이 검거되었다. 사건은 그에만 그치지 않고 취조에 따라 의외의 방면으로 확대될는지 모른다 하며 당일에 피검자의 가택을 수색하며 서책 등을 다수히 압수하여 갔다는데 그들의 씨명은 다음과 같다.

被檢者 嚴亮善(二○), 申光浩(一七), 金承連(一八), 張泰煥, 安市里 少年 一 人. 【차호】

1624 「『리더』紙 永久停刊」

『조선일보』, 1932.01.29, 1면

張學良 氏는 日本 公使館의 要求를 容認하여 不敬記事를 揭載한 黨部 機關紙 北京『리더』紙를 永久停刊하도록 命令키로 定했다. 【北京廿七日發電通】

1625 「東京에서 郵送해 온 不穩檄文을 押收」

『매일신보』, 1932.02.06, 2면

작 四일 오후에 광화문 우편국(光化門 郵便局)에서는 '공산당선언(共産黨宣言)'이라 제(題)한 불온문서 수百 장이 동경(東京)으로부터 온 것을 발견하고 즉시 종로서(鐘路署)에다 고발하여 동 서에는 전부 압수하는 동시에 그 수신인(受信人)인 부내 각 학생들의 행동을 내탐 중이라 한다.

1626 「『集團』 創刊號 押收」

『조선일보』, 1932.02.06, 2면

부내 혜화동(惠化洞) 일백구십번지 대중잡지 집단사(集團社)에서는 수일 전에 경기도 경찰부로부터 동 사 『집단』 창간호의 잔부를 압수당하였다. 이유는 만주 일중 충돌의 화보(畵報)가 기휘에 저촉된다 함이라는데 동 사에서는 창간호의 재판을 하지 아니하고 방금 제이호의 인쇄를 진행 중이라 한다.

1627 「『이러타』 原稿 押收」

『동아일보』, 1932.02.06, 2면[74]

이러타사에서 발행하는 『이러타』 二월호는 저간 당국에 원고를 제출하였던바 불온한 구절이 많다 하여 원고 전부를 압수하였으므로 부득이 二월호는 못하게 되고 곧 三월호 편찬에 착수하였다 한다.

74 「『이러타』 押收」, 『조선일보』, 1932.02.06, 2면.

1628 「檢閱期間 僞造로 映畵 興行을 團束」 『조선일보』, 1932.02.09, 2면

최근 부내의 일부 영화(映畵)필름 배급업자(配給業者)들이 상영 유효기간(上映 有效期間)이 지난 '필름'에 검인(檢印)을 위조하는 등 기타 방법으로 배급, 상영하고 있는 형적이 있어 총독부의 영화검열계에서는 육일 본정서를 방문하고 이의 검거에 대한 협의가 있었다 한다.

1629 「發禁書籍 發賣한 新生閣主 等 送局」 『조선일보』, 1932.02.13, 2면

작년 십이월부터 동대문경찰서 고등계에서 검거 취조 중이던 출판법 위반 사건의 시내 경운동(慶雲洞) 신생각(新生閣) 주인 장일환(張日煥), 동 점원 홍영우(洪永祐) 등 팔 명은 십이일 검사국에 넘겨졌다. 그들은 오래 전부터 동경(東京), 대판(大阪) 등지와 연락하여 가지고 발매금지 당한 서적 혹은 비밀출판물 등을 비밀히 사들여 가지고 반포하여 왔다는 것이다.

1630 「治維法과 出版法 適用」 『매일신보』, 1932.02.16, 2면

부내 종로서 고등계에서 작년 十二월 하순경부터 三 개월간을 두고 남녀 학생 二十여 명을 검거한十時 반경에 자동차로 세 번씩 나누어 일건서류와 함께 경성지방법원 검사국으로 송치하였는데 그들에게 적용될 죄명은 치안유지법(治安維持法) 급 출판법 위반(出版法 違反) 등이라 하여 금번에 송국된 인원은 전부 十七 명으로 그 씨명은 다음과 같다.

李貞雨, 李柄山, 李兌龍, 崔三京, 韓相逌, 權泰用, 朴鎭洪(女), 張國模, 姜錫榮, 李應葉, 李相堯, 鄭花暎, 李東煥, 金東彪, 朴豊穆, 鄭泰玄, 崔玉錫.

전기 사건에 관련되어 이래 취조를 받던 동덕여고(同德女高) 四년생 이종희(李鍾嬉)(二一) 외 二 명은 금일 중으로 석방하게 될 터인데 그들은 금번 사건에 관계는 하였으나 죄상이 경하고 앞으로 개준할 여망이 있다는 것이었다.

1631 「新生閣 根據로 秘密出版 搬入」

『조선일보』, 1932.02.18, 2면

별항 사건 중 김창수(金昌洙) 등은 시내 경운동(慶雲洞)에 있는 장일환(張日煥)의 경영인 신생각(新生閣)이란 좌익서점을 근거로 하고 그 주인과 점원과 기맥을 통하여 동경(東京), 대판(大阪) 방면에서 발매금지 당한 것이며 비밀출판물 등을 사들여 동지들이 같이 나눠 보기로 하여 왔던 것인데 그것도 동대문경찰서에게 발각되는 동시에 종로서에서도 발각되어 일부는 출판법 위반을 겸하게 되었다. 또 임윤재(任允宰)는 이 사건의 관계자를 감추어 두었다는 것으로 동 사건과 같이 검사국까지 넘어가게 되었다.

1632 「移動式 小型劇場 第一回 公演 延期」

『동아일보』, 1932.02.22, 4면

일찍이 보도한 프롤레타리아극단 이동식 소형극장(移動式 小型劇場)에서 창립 이래에 전원이 다난을 겪으며 제일회 공연을 금월 二十일에 하려고 만반의 준비를 하였으나 상영 각본 중 이효석(李孝石) 작의 「다난기(多難記)」와 석일량(石一良) 작의 「작년(昨年)」 등이 당국에 불허가로 부득이 공연을 연기하기로 하였다 한다.

그래서 다대한 손해는 있으나 다시금 준비를 갖추어 삼월 초순 안으로 공연을 하리라 하며 여배우를 시급히 모집한다 한다. 사무소는 시내 청진동(淸進洞) 二백四十六번지.

1633 「出版法 事件, 二 名만 起訴」

『조선일보』, 1932.02.27, 2면

얼마 전 동대문경찰서에서 경성지방법원 검사국에 넘어갔던 출판법 위반사건 중 김창수(金昌洙), 장일환(張日煥) 두 명만 기소되고 김성주(金聖珠)와 그 외 불구속되었던 네 명도 불기소되었다.

1634 「常識없는 郵便所 新聞을 檢閱」

『조선일보』, 1932.03.10, 6면

발송된 신문에 차압처분이 내린 때에는 지방경찰로서도 압수만을 할 뿐이요, 검열할 권리가 없거늘 하물며 일개 영업기관에 불과한 우편소(郵便所)로서 신문을 함부로 검열하는 것은 법규상 크게 어그러진 일이라 할 것이다. 우편소에서 세밀한 검열을 마치고 다른 의(疑)점이 없는 것을 간파한 뒤에 신문을 내어 주는 일이 순창(淳昌) 우편소에 있다는데 무슨 까닭인지 신문을 풀어 흩트리고 일일이 검열하더니 다시 경찰서로 한 부를 보내 검열을 시킨 후에야 약 삼십 분을 지체하고 비로소 내주었다는바 이에 대하여 본보 지국에서는 이튿날인 오일 오전 십시 반경에 동 우편소에 가서 그 이유를 질문한즉 체신국(遞信局)으로부터 사일 『조선일보』가 차압처분이 와서 그와 같이 검열한 것이라 한다. 동 우편소에서는 어느 때에도 동업 『동아일보』 호외 검열한 일이 있어 크게 말썽을 일으킨 일도 있거니와 설사 감독국으로부터 차압처분이 있을지라도 우편소 직권으로 검열하는 것은 일찍이 다른 지방에서 그 예를 보지 못한 규칙 밖의 월권이라 않을 수 없을 뿐더러 시간을 다투어 배달하는 신문을 공연히 직권남용으로 삼십분 간이나 지체시킨 것은 몰상식한 짓이려니와 이에 대하여 기자는 동 우편소원과 문답이 다음과 같다 한다.

問 "本報 三月 四日號를 檢閱한 일이 있는가?"

答 "그런 일 있소."

問 "우편소로서 신문을 검열할 권리 있는가?"

答 "체신국에서 차압 통지가 왔소."

問 "체신국 통지에 검열하라는 조문이 있는가?"

答 "그것은…… 직접 검열을 마치고 즉시 내어 주는 것이 시간상으로 독자를 위하여 그런 게지요(이때 다른 사무원이 "우편소로서도 형편을 따라서 직접 검열할 수 있소")."

問 "일부를 경찰서로 보내어 재검열을 맡는 것은 이것은 경찰의 촉탁인가?"

答 "경찰서에서도 조회가 있거니와 압수되었다(체신국 공문에 차압된 기사 제목을 명기하였다고)는 기사를 우리 안목으로는 발견할 수 없어서 경찰의 검열을 요구한 게요." 【淳昌】

1635 「脚本檢閱 統計」

『동아일보』, 1932.03.14, 2면

작년 중 경기도 보안과에서 검열한 각본(脚本)은 一천二十三 통인데 재작년 四백 통에 비하면 근 三 배에 달한다. 금년을 접어들면서도 벌써 一월 중에 八十 통, 二월 중에 一백八十 통에 달한다.

1636 「『集團』 三月號 押收」 『조선일보』, 1932.03.16, 2면

시내 숭인동 삼십이번지에 있는 노농대중잡지 집단사(集團社)에서는 그동안 삼월호의 원고를 두 번이나 제출하였었으나 모두 불허가의 처분을 받아서 지금 해사(該社)에서는 밤을 새워가며 삼월호를 준비 중인데 늦어도 삼월 그믐 안으로는 발행되리라 한다.

1637 「各 書店 臨檢 禁賣書籍 押收」 『동아일보』, 1932.03.18, 2면[75]

종로경찰서 고등계에서는 十六일 오후 一시경 형사대 총출동으로 시내 각 서점을 임검하여 다수한 발매금지의 간행물을 압수했다. 그리고 관훈동 동광당(東光堂) 주인 이정래(李晶來), 견지동 민중서원(民衆書院) 주인 윤종덕(尹鍾悳), 견지동 신흥서점(新興書店) 주인 박하균(朴河均) 등 세 사람을 검속했다. 그래서 그들은 지금 출판법 위반으로 동 서의 취조를 받는 중이라고 한다.

1638 「赤色書籍을 販賣타 發覺되어 被捉」 『매일신보』, 1932.04.01, 2면

지난 十六일에 종로서 고등계에 검거되어 이래 엄중한 취조를 받던 안국동 민중서원(民衆書院) 주인 윤종덕(尹鍾德) 등 三 명에 관한 출판법 위반 사건은 명 一일에 검사국으로 송치할 터인데 그중 동광당서점(東光堂書店) 이정래(李晶來)는 불구속으

75 「左翼書籍 取扱의 三 書店 主人 引致」, 『조선일보』, 1932.03.18, 2면.

로 송치하고 나머지 신흥서점(新興書店) 박하균(朴河均)과 윤종덕은 구속으로 일건 서류와 함께 송국하리라는바 그들의 범죄 내용은 수년 전부터 동경(東京), 대판(大阪) 등지에서 비밀히 적색서적(赤色書籍)을 밀수입하여 부내 각처 학생들에게 비밀히 판매하는 동시에 또 부내에서 비밀히 출판하는 '팸플릿' 같은 것도 다수히 판매하였다 한다.

1639 「『集團』四月號 押收」 『조선일보』, 1932.04.06, 2면

시내 숭일동(市內 崇一洞)에 있는 집단사(集團社)에서는 전번 삼월호(三月號)가 압수된 이후 그동안 사월호(四月號)를 발행하기 위하여 원고를 수집해서 두 번씩이나 당국에 제출하였으나 전부 불허가(不許可) 되었으므로 해 사에서는 방금 사월 임시호(四月 臨時號)를 발행하려고 준비하기에 분망 중이라 한다.

1640 「新聞紙法에 依해『東亞商工時報』發行」 『조선일보』, 1932.04.06, 2면

시내 죽첨정 삼정목(竹添町 三丁目) 삼백육십오번지 본사를 둔 『동아상공시보(東亞商工時報)』는 과거 팔개 성상을 두고 조선 경제계와 상공업계를 위하여 많은 공헌(貢獻)이 있던바 지난 삼일부로 신문지법(新聞紙法)에 의하여 허가(許可)되었으므로 월간으로 발행하던 것을 오는 오월부터 순간(旬刊)으로 발행하고자 착착 준비에 분망 중이라는데 경영에 대하여는 불원간 합자(合資) 조직이 실현하리라더라.

1641 「『演劇運動』 不許可」 『조선일보』, 1932.04.08, 2면

월간잡지 『연극운동(演劇運動)』 창간호는 그동안 검열 중이었으나 원고의 대부분이 불허가 되었으므로 다시 추가 원고를 제출하여 늦어도 사월 이십일까지는 반드시 나오게 하리라고 한다. 그리고 공장, 농촌에서는 많은 투고가 있기를 바란다고 한다.

1642 「李南鐵 檢擧」 『동아일보』, 1932.04.11, 3면

지난 三월 十八일 아산경찰서(牙山警察署)에 피검된 이러타사의 이남철(李南鐵)은 지난 五일에 공주검사국으로 넘겨졌는데 사건 내용은 발매금지된 책자를 사서 읽었다는 것으로 전기 아산서에서 二十九 일간의 구류 처분을 한 것을 불복하고 정식재판을 청구한 까닭이라 한다.

1643 「市內 各處에도 檄文을 郵送」 『동아일보』, 1932.05.02. 2면

금 五월 一일 '메이데이'를 경계하는 경찰당국에서 근 한 달 전부터 물샐틈없이 학생층과 노동자, 농민층을 위시하여 각 사상단체와 요주의 인물들이며 요시찰인들을 엄밀히 경계하였으나 금 一일 아침에는 어느 구석에서인지 우편으로 시내 모모 단체와 중요한 기관 몇 곳에 등사판으로 인쇄한 격문 수종이 배부되었다 한다. 「붉은 五월 一일」이라는 것과 그 외에 한 가지라는바 발송한 명의는 조선공산주의자 기관지라 하였다 하며 내용인즉 시사에 관한 극히 불온한 것들이라 한다. 이 급

보를 접한 경찰 측에서는 크게 놀래어 각 방면으로 수배를 하고 범인을 엄탐하는 일방 금후를 더욱 경계하는 중이라 한다.

1644 「『東方評論』原稿 押收」

『동아일보』, 1932.05.04, 2면

『동방평론(東方評論)』의 五월호 원고는 당국에 그 전부가 압수되어 목하 그의 원고를 다시 수납 중이라 한다. 그래서 五월호의 동 잡지는 예정보다 늦게 되리라 한다.

1645 「新興書店主 朴河均 公判 廻附」

『조선일보』, 1932.05.06, 7면

지난번 종로경찰서(鐘路署)에서 좌익서점의 발매금지 서적 매매 취체로 인하여 검거되었던 신흥서점(新興書店)주 박하균(朴河均)은 그동안 경성지방법원 검사국에서 취조를 받다가 동 법원 공판에 회부되었던바 동 사건에 변호사 양윤식(楊潤植)씨는 자진 변호하기로 되었다 한다.

1646 「出版法規 改正의 必要, 改正을 急速 實現하라」

『동아일보』, 1932.05.13, 1면

一

朝鮮의 現行 出版法規의 急速한 改正을 促進한다고 하는 雜誌協會의 決議는 年來

輿論이 要求하고 있는 것을 다시 한 번 反覆한 데 不過한 것이나 當局者가 이미 그 改正의 必要를 느끼고 이에 實際 着手한 지도 年餘의 長久한 日月이 經過했음에 不拘하고 荏苒 未決하고 있는 이때니 만큼 時宜에 適한 부르짖음이라고 할 것이다. 頻繁한 幹部의 變更으로 因함인지 그렇지 아니하면 官廳的 事務 停滯에 依함인지 또는 이 改正의 緊急性에 對한 認識 不足으로 依함인지 모르거니와 時代에 뒤떨어진 出版法規를 一日이라도 그대로 두어 進取하는 文化의 向上을 沮害하는 結果를 生한다 하면 遺憾千萬일 것이다. 이미 改正案이 成案되어 關係當局의 審議考査에 부친 以上은 좀더 誠意있게 그 迅速한 進行을 促進할 必要가 있지 아니할까.

二

現行 朝鮮 出版法規의 不備 及 其 運用의 實際는 實로 現代的 常識으로는 想獵[76]에 벗어나는 點이 많다. 朝鮮人의 新聞紙를 發行코자 할 때는 總督의 許可를 받아야 한다는 것은 日本의 屆出制度와 對比하여 巨大한 差異가 있는 것은 누구나 알 수 있다.

萬歲 以前에는 거의 絶對 不許可의 方針으로 있다가 己未 以後부터 그 數를 極히 制限하여 許可를 내리는 方針이 서서 現在 朝鮮人 日刊 新聞紙는 機關紙를 除하고 僅僅 三 種을 許可함에 不過하다. 新聞紙法에 依하여 發行許可 맡은 朝鮮人 名義의 雜誌는 僅僅 五 種에 不過하다. 最近 四 種의 新雜誌를 許可했다고 하나 그것은 다 記事 內容에 있어서 經濟 또는 醫藥에 限定하여 된 것으로 통틀어 十 種 以內의 雜紙 中 政治 時事에 關한 記事를 自由로 실을 수 있는 것은 僅僅 一 種에 不過하다.

三

또 朝鮮人에게 適用되는 出版法은 그 原稿를 檢閱한 後에야 印刷에 付할 것을 許하니 이도 또한 三日 前 納本制로 되어 있는 日本人 適用의 그것과는 莫大의 差異가 있다. 出版法에 依하여 數種의 雜誌가 發行되고 있는 것이 事實이나 原稿檢閱制 때문에 言論의 自由가 極度로 閉塞되는 것은 且置하고 編輯技術上으로 雜誌界의 發達을 沮害하고 있다. 朝鮮에서의 저널리즘의 發達은 漸次 그 萌芽를 보려 하고 있는

76 '想像'의 오기인 듯.

이때에 이러한 技術的 障碍로 因하여 活潑한 進展이 不可能한 것은 痛惜한 일이다. 原稿檢閱에 當하여서도 檢閱官이 不當하다고 認定하는 것은 一部分 削除를 하는 것 等도 行政權의 過大를 證하는 一例이겠거니와 多數 獨立된 記事를 보아서 編輯한 雜誌의 原稿를 그 一部가 不穩타 하여 그 全部를 不許可 處分에 附하는 것 같은 것은 더욱 不可解의 일이다. 이토록 行政權의 過濫한 發動을 容許하는 出版法規는 모름지기 急速히 改廢해야 할 것이다.

四

行政處分에 依한 停刊, 廢刊, 押收 等이 民族思想과 背馳되는 것은 물을 것 없는 일이다. 이에 對하여 對抗할 만한 行政裁判法도 가까이 實現될 可能은 없는 모양이니 形式上으로만이라도 이 專制度의 存在는 當局者의 스스로 부끄러워할 일일 것이다. 日本文 新聞이 重要한 都市마다 散在했음에 不拘하고 朝鮮文으로는 아직 一個의 地方新聞이 없으니 이것도 그 要求가 없다는 것보다 法規의 不備로 그러함인 듯하다. 우리는 이 機會에 한 번 더 이 半封建的 遺物인 新聞紙法과 出版法의 廢棄를 主張하는 것이다.

1647 「『새동무』 不許可」

『조선일보』, 1932.05.22, 6면[77]

평양 푸로 소년소녀잡지(少年少女雜誌) 『새동무』 오월호는 불허가되어 다시 원고 수집에 착수하였다 한다. 투고 장소는 다음과 같다 한다. 平壤府 柳町 八三의 六. 【平壤】

77 「『새동무』誌 不許可」, 『동아일보』, 1932.05.24, 4면.

1648 「讀書會를 組織하고 不穩行動을 劃策」

『매일신보』, 1932.05.26, 7면

평양고등보통학교(平壤高等普通學校)에는 또 학생회사건(學生赤化事件)이 발생되었었다. 평양경찰서 고등계에서는 수일 전부터 대활동을 개시한 결과 동교(同校) 五학년생 박영선(朴永善)(一九) 외 七 명을 본서에 인치하고 목하 엄중 취조하는 한편 동 인 등의 가택수색(家宅搜索)을 명하여 증거품(證據品) 다수를 압수하고 인속[78] 활동을 하는 중인데 동 사건은 작년 十一월에 발각 검거되었던 동교 적화사건의 잔당(殘黨)이 다시 독서회(讀書會)를 조직한 후 불온계획을 하고 활동 중 전기와 같이 발각, 검거됨이라는데 외부(外部)의 연락도 많다는바 금후 검거자가 다수에 달할 모양이라 한다. 【平壤】

1649 「義州農校生 一 名 不敬罪로 取調 받아」

『동아일보』, 1932.06.05, 2면

의주(義州) 농업학교(農業學校) 생도 정조향(鄭朝香)(假名)은 월여 전 일본 공산주의 잡지 『푸로레타리아과학』에 「황제(皇帝)와 노동자」라는 원고를 투고하였었는데 동 원고에는 불경의 문구가 있었다 하여 저간 의주경찰서에서 전기 정조향을 체포하고 방금 엄중 취조 중인바 불일간 신의주 검사국에 송치하리라 하며 一방 의주 농업학교 내에 적색사상의 독서회 유무를 엄탐 중이라 한다. 【신의주】

78 히키츠즈키(引(き)續き) : 계속해서, 잇달아.

1650 「甲山檄文事件 靑年 五名 檢擧」

『동아일보』, 1932.06.05, 2면

지난달 二十五일 함남 갑산군 운흥면 생장리(咸南 甲山郡 雲興面 生長里)에 모종 불온 격문이 다수 산포되어 혜산경찰서 생장주재소(惠山警察署 生長駐在所)에서는 범인 수색에 노력 중이던바 돌연 의숙(義塾) 교원 박영태(朴永泰)와 의숙 생도 一 명과 기타 지방 청년 二 명을 검거하여 혜산 본서로 압송하여 방금 취조 중이라 한다. 【갑산】

1651 「『별나라』 押收」

『조선일보』, 1932.06.19, 2면

소년잡지 『별나라』는 이번 유월호가 창간 육주년 기념호이었던바 원고가 불허가로 임시호를 준비 중이라 한다.

1652 「讀本을 編纂 宣傳, 데모 練習을 日課」

『동아일보』, 1932.07.23, 2면

안성서에서 검거, 취조 중인 죽산농우학원(竹山農友學院) 사건은 그 내용이 경기도에서는 아직까지 보지 못하던 것으로 흡사히 함남(咸南) 등지에서 발생된 사건과 같이 중대성을 띠고 있다 한다.

조직체로 말하면 조선공산당 경기도 공작위원회의 준비에 불과하나 지금까지 실행하여온 것으로 보면 『농민독본(農民讀本)』이라는 계급의식과 ○○의식을 고취하는 농민과 무산아동의 교과서를 만들어 가지고 가르치는 동시에 매일 아침마다 일찍이 일어나서 부근 산 속으로 백여 명의 청소년을 모아가지고 '데모' 연습을 하여왔다고 한다.

지금까지 검거된 인원은 十三 명에 불과하나 미체포자의 수효도 상당한 숫자에 달한다고 하며 금번에 그들의 하던 일이 일찍이 발각되지 아니하였더면 함남 一대와 같이 각지 농민층의 一대 소란 사건이 불원한 장래에 있었으리라 하여 동 사건을 경찰 측에서는 중대시한다고 한다.

1653 「『全線』 原稿 押收」 『동아일보』, 1932.08.06, 5면

시내 도렴동(市內 都染洞) 적벽사(赤壁社)에서는 평론 잡지 『전선(全線)』 원고와 아울러 허가원을 경무국에 제출하였던바 돌연 원고를 압수함과 동시에 불허가 처분을 당하였으므로 해 사에서는 다시 구월 창간호를 내려고 준비 중이라 한다.

1654 「日本, 朝鮮, 臺灣, 關東 新聞記事 統一」 『동아일보』, 1932.08.13, 2면

일본 경찰부장회의에 출석하던 청수(淸水) 도서과장은 지난 十일 저녁에 귀임하여 다음과 같이 말하였다. "내가 참석하기는 신문지와 출판물 등에 대한 연락 사무였다. 특히 신문기사 통일은 일본과 조선, 대만, 관동청이 각기 달라 여러 점으로 불편한 때가 많으므로 이것을 가급적 통일하기 위하여 연락을 치밀히 하도록 협의하였다. 그럼으로 어느 정도까지는 이전보다 기사의 금지 제한에 서로 통일이 될 줄 믿습니다."

1655 「水原學生劇 警察이 禁止」 『동아일보』, 1932.08.17, 7면

수원통학생회(水原通學生會)에서는 지난번 정기 대회에서 명칭을 수원학생회(水原學生會)로 고치는 동시에 기념사업으로 학생극 대회를 오는 十八일께 수원극장에서 공연을 하려고 그동안 만반 준비에 분망하던바 당지 경찰은 이를 학생 신분으로 온당치 못하다는 이유로 중지하였으므로 남녀 三十여 명의 회원이 매일같이 더위를 무릅쓰고 수고하던 준비도 그만 애석하게 수포로 돌아가게 되므로 간부 측에서는 이에 대하여 선후책을 강구하는 중이라 한다. 【수원】

1656 「張赤波 保釋」 『동아일보』, 1932.08.23, 2면

시내 경운동(市內 慶雲洞)에 있는 책사 신생각(新生閣) 주인 장적파(張赤波)는 치안유지법과 출판법 위반(治維法 及 出版法 違反)으로 경성지방법원 예심에부터 그동안 서대문형무소에 수감중이던바 지난 二十일 오후 五시에 보석 출옥(保釋 出獄)되어 궁정동(宮井洞) 三十二번지에 유숙 중이라 한다.

1657 「李南鐵 氏 被檢」 『동아일보』, 1932.09.05, 3면

이러타사 주간 이남철(主幹 李南鐵) 군은 지난 二일 남해경찰서에 피검되었다는데 내용은 말하지 아니하므로 자세히 알 수 없으나 이 군의 원적지 의성(義城)과 삼방(三防) 등 각지에 조회를 하는 일방으로 취조를 하는 중이라 한다. 【남해】

1658 「思想書籍 보는 靑年 數名 引致」

『동아일보』, 1932.09.10, 2면

전북 이리(裡里)경찰은 목하 사상서적을 보았다고 그 이면에 무엇이나 잠재치 않은가 하여 청년 두 명을 인치하고 연일 취조 중이라 한다. 그 청년의 정 모(鄭 某)라는 한 사람은 다년 일본에 유학하여 업을 마치고 돌아오는 길에 판매하는 사상출판의 몇 종류의 서적을 가지고 오다가 부산에서 약간의 문답이 있은 후 무사히 돌아오고 말았는데 얼마 전에 이리경찰의 소환을 받아 피검 중이라 하며 또 한 사람은 함열역전(咸悅驛前)에 있는 김 모(金 某)라는 청년으로 얼마 전에 그의 친구에게 일본에서 온 모종의 서적을 잠깐 빌려다가 본 일이 있는데 어찌된 일인지 경찰의 취조를 받고 이어서 인치되었으며 이에 따라 그곳 몇 청년들도 소환되어 一단 취조하고 돌려보내었다 한다. 【이리】

1659 「『新階段』 押收」

『동아일보』, 1932.09.12, 2면

시내 경운동(慶雲洞)에 있는 조선지광사(朝鮮之光社)에서는 잡지 『신계단(新階段)』을 九월호부터 발행하고자 그동안 원고를 수집하여 경무당국에 제출하였던바 원고 전부가 불허가 되었다 한다. 그래서 동 사에서는 다시 원고를 수집 중인데 이번에는 十월호로 하여서 九월 말 내로 발행코자 한다고 한다.

1660 「『朝鮮少年』 押收」

『동아일보』, 1932.09.12, 3면

의주읍내에서 발행하는 소년소녀 월간잡지 『조선소년(朝鮮少年)』 十一호는 그

동안 경무국에 원고를 제출하였던바 원고 전부가 압수를 당하여 부득이 동 사에서는 임시호를 준비 중이며 十월호 속간도 불일간 나오게 되리라 한다. 【의주】

1661 「露革命 記念日에 不穩 삐라를 撒布」 『매일신보』, 1932.09.21, 7면

전기 사건의 내용인즉 지난 소화 四년 말경에 반전(飯田), 소택(小澤), 매전(梅田) 등 五十여 명이 부내 모처에서 비밀히 회합하여 공산당 재건운동에 관한 협의를 한 후 소화 五년 전협 중앙부(全協 中央部)로부터 '올크'를 파송하여 길전청보(吉田淸保)와 합류한 후 재건강화운동(再建强化運動)을 일으키고자 중앙부 '테제'가 산별조직주의(産別組織主義)의 전환기를 기하여 새로운 '테제'를 조직한 후 현하 주요 공장에다 '프락치'를 두고 동년 五월경에 '메이데이'를 기회로 하여 대대적으로 감행하기로 한 것이니 사건이 발생 전 미연에 발각된 것이다.

1662 「內鮮評論社 筆禍事件 公判」 『동아일보』, 1932.09.26, 2면

지난 七월 五일과 二十일에 격론을 쓴 것이 모 씨의 고소로 명예훼손, 공갈, 신문지법 위반 등 죄목으로 구속, 취조, 기소되어 공판에 회부된 일본문 순간신문 내선평론사(內鮮評論社) 필화사건의 피고 야야촌차랑(野野村次郞)의 공판은 작 二十四일 공주지방법원 대전지청 공판정에서 대삼(大森) 판사의 심리와 미창(未倉) 검사의 입회로 개정된바 조선에서는 발행허가가 어려우므로 일본 내에 발행소를 둔 것에 대하여 일본과 같이 언론출판에 자유를 불허함을 고조하고 신문지법 위반 구성을 논고하고 중도(中島) 변호사의 기소유예 주장 변론이 끝난 후 야야촌은 금고 四 개

월과 벌금 五十 원, 전적은 징역 十 개월의 구형이 있은 후 폐정하였다는데 언도는 내 二十八일이라고 한다. 【대전】

1663 「舞臺 俳優 留置」

『동아일보』, 1931.10.01, 2면

마산(馬山)서 탄생한 극예사(劇藝舍)란 극단이 지난 二十八일 밤 진주좌(晉州座)에서 흥행 중 「大地의 설움」이란 연제를 상연 중 출연 배우가 불온한 문구를 토하였다 하여 이훈산(李熏山), 김영찬(金英贊) 양씨를 임석 경관이 인치하여다가 방금 진주서에 유치 중이라 한다. 【진주】

1664 「「印度의 밤」 押收」

『동아일보』, 1931.10.07, 3면

전남 각지(全南 各地)에 있는 컬럼비아 축음기회사(蓄音機會社) 특약점에서 판매하는 「인도의 밤」(印度의 밤)이라는 조선 소리판을 모조리 그 지방경찰이 압수한다는데 그 레코드는 내용이 불온하다 하여 경기도 경찰부의 수배에 의한 것이라 하며 전조선 것을 전부 다 압수하리라는데 레코드를 압수함은 이것이 조선에 있어서 처음이라고 한다. 【나주】

1665 「朴河均 氏 出獄」 『동아일보』, 1932.10.04, 2면

출판법 위반으로 이래 서대문형무소에서 복역 중이던 시내 신흥서점(新興書店) 주인 박하균(朴河均) 씨는 五 개월의 형기를 마치고 三일 오전 만기 출옥하였다고 한다.

1666 「會名도 三 次나 變更, 四 年間 潛行運動」 『동아일보』, 1932.10.11, 2면

부내 종로서 고등계에서 얼마 전부터 검거, 취조 중의 비밀결사 사건 보성고보교(普成高普校) 생도 김영학(金榮鶴)(二六), 모 인쇄소(印刷所) 관계자 박원근(朴源根)(二二), 이 외 七명에 대한 취조는 금 十일까지 대체의 취조가 끝났으므로 불일간 관계자들은 一건서류와 한 가지로 경성지방법원 검사국에 송치할 터이라 한다. 사건의 내용은 三년전 소화 四년경부터 사건관계자들은 공산주의사상을 연구할 목적으로 비밀결사 진화회(進化會)라는 것을 조직하여 가지고 그의 연구를 하여왔다.

그 후 소화 六년 六월 중에 공산주의사상을 연구하는 것으로만 만족치 않고 그의 실제운동에 활동할 필요가 있다고 하여 동월 二十二일에 사건관계자들은 부내 사직공원(社稷公園) 안 밀림에서 비밀회의를 개최하고 공산주의 선전의 三대 강령을 세우는 동시에 회명을 삼인회(三仁會)로 고치고 「삼인(三仁)」이라는 공산주의의 불온한 불온문서를 만들어 그를 회원 간에 회람케 하는 동시에 한편으로는 회원으로써 학교 동맹휴학 또는 공장파업에 선동을 하여왔다는 것이다. 그 후에도 회명을 다시 '신로(新路)'로 고치고 『신로』라는 회보 비슷한 비밀서적을 만들어 회람하였다는 것이다. 그들의 범행은 금번 취조의 결과 현재의 사유재산제도를 부인하고 공산주의의 변혁을 목적으로 한 것이 분명하다 하여 치안유지법 위반의 의견으로 사건을 송국하게 된 것이라 한다.

1667 「靑年 十六 名 安下里서 檢擧」 『동아일보』, 1932.10.11, 3면

평남 맹산군 봉인면 안하리(孟山郡 封人面 安下里)에 있는 청년 十六 명을 지난 一일에 서장 이하 四 인의 경관이 출동하여 검거하였다고 한다.

이제 자세한 내용을 들은 바에 의하면 그 동리 청년들이 '배움의 길'이라는 명칭을 붙여서 제각기 작문을 지어 돌려가며 보던 것이 발각되어 그와 같이 검거되었다는데 본 경찰서 취조결과 보안법 위반이라 하여 十四 명은 무사 석방되고 두 사람은 아직 석방되지 않았다고 한다. 【맹산】

1668 「『별나라』 主幹 等 取調 一段落」 『조선일보』, 1932.11.28, 2면

월여 전전부터 본정서(本町署)에 검거되어 취조를 받고 있던 별나라사 주간 신고송(申孤松)을 비롯하여 박세영(朴世永), 정청산(鄭靑山) 등의 일본서 밀송된 모종의 서적을 비밀히 배부하였다는 사건은 일시 다수한 검거자를 내어 세상의 주목을 끌었으나 최근 동 사건의 취조가 일단락을 짓고 근간 검사국으로 송치되리라 하며 이십육일에는 '캅프'의 임화(林和) 씨와 그 부인이 동 사건의 증인으로 심문을 받고 이십칠일에는 동 윤기정(尹基鼎) 씨가 역시 소환되어 증인으로 심문을 받았다는바 이 증인 심문을 최후로 사건의 취조를 종료하고 불일 송국하리라 한다.

1669 「東京서 오는 怪箱 그 속엔 不穩文書」 『매일신보』, 1932.12.02, 7면

二十九일 오전 十시경 여수서원(麗水署員)이 여수항 잔교(麗水港 棧橋)를 순시 중

이상한 버들상자를 발견하여 즉시 그 안을 조사한바 상자 속에는 동경시 주재(東京市 住在)에 고 모(高 某)가 모 읍내 김은규(金銀奎)(假名)에게로 보내는 것이었다. 그 안에는 적화서적(赤化書籍)과 불온문서가 들어 있었으므로 여수서원은 아연 긴장하여 각 서에 수배하고 목하 극비밀리에 활동을 개시하였다. 【光州】

1670 「年末年始 目標로 興行界 大盛況」 『조선일보』, 1932.12.19, 2면

연말연시의 흥행을 목표한 흥행계는 벌써부터 상당히 성황한 모양이다. 특히 활동사진관에서는 언제나 흥행의 목표를 연말과 연시에 두고 십오일 이후의 흥행만에도 대개 새 순서는 넣는다. 이제 총독부 검열계를 통하여 보면 이 달 십오일부터 월말까지 검열할 예정 권수가 일천일백오십 권(그중 '토키'가 삼백 권 가량)으로 작년 연말 동기의 칠백오십 권에 비하면 약 사백 권이나 많아 불경기는 더 심하다 해도 활동사진을 통해 본 경기는 그렇게 낮춰볼 정도는 아니다. 그러나 수입된 영화를 보면 일본 것은 특별이고 서양사진에는 훌륭한 것이 그리 없다 한다. 아직도 지방 활동사진관에서는 무성판을 하나 지금 수입되는 무성판은 옛 것을 재수입하는 것이고 현재는 새 것이라고 만들지도 않는 형편이니 좋은 사진을 무성관에서 보겠다고는 기대할 수도 없고 발성판 '토키'로 말하며 조선에서는 역시 괴롭다. 상설관이 불과 전선을 통하여 열 곳이 못 되니 (평양 한 곳, 부산 두 곳, 서울 여섯 곳) 비싼 사진을 가져 올래야 위체(爲替) 관계까지 겸하여 도저히 셈이 안 되어 못 가져 온다.

그래서 이번 연말 검열할 것 중에 그럴듯한 것은 보이지 않는다고 한다. 금년 일년간을 두고 보면 역시 「인생안내(人生案內)」가 사진으로서는 종래의 어느 것보다도 탁월한 것이 있으나 불허가가 되어 상영을 못하여 버리었다고 한다.

발성영화가 수입되면서 흥행계에 문제가 되어 오던 발성영화의 검열문제가 명년에는 해결될 듯하다. 발성영화는 아직 총독부에 영사기의 준비가 없어 검열을

상설관에 출장하여 검열하였다. 그리하여 전기요금, 기사 수당, 기타 비용으로 한 달에 약 사십 원의 비용을 상설관 측에서 지출하게 되면서도 검열료만은 총독부 검열실에서 검열하는 무성판과 마찬가지로 한 미터에 일 전씩을 바쳤다. 그래서 무용한 비용을 지출하는 흥행업자는 많은 불평을 말하였다. 당국에서도 예산만은 벌써 사 년 전부터 제출하였으나 모두 불성립되어 기계를 못 사왔었는데 금년만은 의회(議會)가 무사히 통과만 되면 실현될 만큼 척무성(拓務省)에까지 양해가 되었다 하므로 불원에 문제가 해결될 듯하다. 그리고 일 년간의 검열료를 보면 약 사만여 원으로 현장의 검열 시설의 모든 비용을 제하고도 연 약 이만 원의 순이익이 생기는 계산인데 이것은 모두 수입 인지로 직접 국고로 들어간다.

1671 **「朴經錫, 李鍾燮 兩氏에 不穩檄文을 送達」** 『매일신보』, 1932.12.23, 7면

최근 동경으로부터 평양, 진남포 양지 각 소에 적색 불온문서(赤色 不穩文書) 다수가 우송, 배포되어 목하 평양, 진남포의 양 경찰서로부터 도내 각지에 급 수배를 하는 한편 대활동을 개시하였었다. 지난 十八일 평양상공회의소(平壤商工會議所) 회두 박경석(朴經錫) 급 진남포상공회의소(及 鎭南蒲商工會議所) 회두 이종섭(李鍾燮) 양씨에게 동경(東京) 안전선지조(安田善之助) 씨의 명으로 깽에 대한 사법대신(司法大臣)의 처치(處置)를 ○○한다는 극단적 격문이 우편으로 송달되는 동시 기타 부내 유력자에게도 다수가 송달된 행적이 있다는바 동 격문은 미농지에 인쇄한 우익단체로부터 발송되었는데 내용에 있어서는 ○○기분이 횡일하다는바 동 우편물의 인수국의 일부인은 동경시 본소국(東京市 本所局)이라 한다. 【平壤】

1672 「言論界에 强度의 國家的 統制 必要」

『매일신보』, 1933.01.01, 附錄 其一의 1면

本府 圖書課長 淸水重夫

文化의 測定計인 出版物은 朝鮮서도 年年히 增加하는 中이다. 昭和 六年의 諺文 出版物 總數는 新聞紙法에 依한 것을 除하고 一千六百七十二 冊으로 算하게 되어 其前年에 比하면 百五十 冊의 增加를 示하였더니, 昭和 七年 中에는 又復 異常의 增加를 示하여 旣히 十一月 末日에 發行許可 總數는 一千八百八十四 冊이 되었다. 此에 發行 不許可의 分을 合하면 一千九百八十五 冊이라는 數에 達하여 實로 昨年보다는 三百 件餘의 增加이었고, 此에 十二月分을 大略 三百 件으로 看做하여 實로 五百 件 乃至 六百 件의 增加라 할 수 있다.

이 같이 朝鮮文化 發達의 副體라고도 할 만한 出版物의 數가 年年 그의 增加率을 示하여 가는 것은 實로 同慶에 不堪하는 바이다. 그런데 여기서 不許可 件數가 百이라는 可驚할 만한 實數임에 對하여 多少의 所見을 述하여 關係業者의 一考를 促하고자 한다.

이미 農, 山, 漁村에서는 눈물겨운 마치 疲弊한 形體로써 한갓 自力更生에 光明에 向하여 勇往邁進하는 中이니 何人이 此를 沮止할 수 있으랴? 그런데 不許可 件數가 百 件에 지내는 不良出版物의 거의 全部는 思想雜誌 或은 兒童讀物이요, 그 외 記述한 바를 概括 代言하면 多部分은 '이 世上을 붉게 하자' 하는 것으로 憤慨悲憤하여 세상을 咀呪함과 如한 口調가 多하고 質實剛健한 氣慨는 조금도 그 中에서 찾아 볼 수가 없었다. 그러므로 여기에서 朝鮮 民衆의 참된 安寧福址는 斷然코 이러한 不穩文書에 依하여 齎來할 수 없는 것인 故로 切實히 操觚의 天職에 當하는 사람들의 反省을 促하여 마지 않는 바이다.

今也 國家는 더욱 多事多端하다. 부질없이 赤化共産의 惡文을 綴하여 國家, 社會를 害코자 하는 者를 抱擁할 寸暇가 전혀 없다. 大凡 言論은 新聞紙이든지 一般 出版物이든지 社會民衆을 指導, 敎養할 機具라해서 國家로부터 特別한 保護와 監督을

받는 터이다. 더구나 新聞紙에 있어서는 이른바 社會의 公器라 하여 重大한 職責을 有하고 있다. 따라서 此等 言論機關의 言論의 當否, 正邪는 社會大衆의 福祉에 影響하는바 甚大한 것이 있다. 그러므로 國家는 苟히 國家의 健全, 發達을 沮害하거나 又는 社會生活의 圓滿한 向上에 反하는 言論은 嚴重히 此를 抑制하는 同時에 事前의 指導, 監督을 게을리하여서는 不可하다. 그러나 余는 言論界 强度의 國家的 統制라는 것이 가까운 將來에 반드시 實現될 줄로 信한다. 다음에 昭和 七年 中(但 十一月 末까지)의 朝鮮이 發行하는 出版物의 處分狀況을 記하여 大方의 參考에 資코자 한다.

一. 繼續 出版物[79]

種別	出版 總件數	許可 件數	不許可 件數	取下 件數
政治	…	…	…	…
經濟	100	99	1	…
法律	…	…	…	…
思想	589	534	52	2
哲學	10	10	…	…
倫理	…	…	…	…
修養	33	33	…	…
教育	20	20	…	…
宗教	93	92	1	…
經書	…	…	…	…
地理	…	…	…	…
歷史	…	…	…	…
數學	…	…	…	…
理科	…	…	…	…
醫學衛生	104	103	…	…
農業	8	6	2	…
鑛業	1	1	…	…
工業	17	17	…	…
商業	59	59	…	…
兒童讀物	104	90	14	…
舊小說	…	…	…	…
新小說	…	…	…	…
詩歌	4	4	…	…
文藝	25	23	2	…
童話	…	…	…	…
童謠	3	3	…	…
音樂	…	…	…	…

79 불허가 건수와 취하 건수의 실제합계는 각각 76과 2.

文集	…	…	…	…
遺稿	…	…	…	…
書式	…	…	…	…
字典	…	…	…	…
語學	20	20	…	…
族譜	…	…	…	…
演劇	20	16	4	…
旅行營業案內	5	5	…	…
八卦	…	…	…	…
雜	…	…	…	…
計	1,215	1,135	77	3

二. 單行出版物[80]

種別	出版 總件數	許可 件數	不許可 件數	取下 件數
政治	4	4	…	…
經濟	11	9	2	…
法律	7	7	…	…
思想	23	9	13	…
哲學	2	2	…	…
倫理	12	12	…	…
修養	…	…	…	…
教育	15	15	…	…
宗教	24	24	…	…
經書	5	5	…	…
地理	20	20	…	…
歷史	21	21	…	…
數學	2	2	…	…
理科	5	5	…	…
醫學衛生	21	21	…	…
農業	6	6	…	…
鑛業	…	…	…	…
工業	4	4	…	…
商業	1	1	…	…
兒童讀物	13	13	…	…
舊小說	54	54	…	…
新小說	63	62	…	…
詩歌	61	61	…	…
文藝	7	7	…	…
童話	…	…	…	…
童謠	2	2	…	…
音樂	11	11	…	…
文集	79	78	1	…

80 불허가 건수의 실제합계는 23.

遺稿	20	19	1	…
書式	15	15	…	…
字典	1	1	…	…
語學	20	20	…	…
族譜	144	143	…	…
演劇	4	4	…	…
旅行營業案內	…	…	…	…
八卦	6	6	…	…
雜	91	86	5	…
計	774	749	24	…

1673 「靑陽靑年 九 名을 檢擧」

『동아일보』, 1933.01.22, 조3면

지난 一월 六일에 청양경찰서에서는 돌연히 시내에 있는 청년 김기혁(金基赫)(二二), 원용묵(元容默)(二五), 강삼봉(姜三奉)(二六), 조춘희(趙春熙)(二六), 임철재(二九) 등을 검거하는 일방 각인의 가택을 수색하여 다수한 사상서적을 압수하여갔으며 그 익일 一월 七일에는 박원익(朴元益)(二四)을 검거하고 그 익일 八일에는 김용길(金龍吉)(一七)을 검거하고 九일에는 이승문(李承文)(一九), 전동운(全東雲)(一九) 양인을 검속하여 우금까지 취조 중인데 十三일에는 도 경찰부 고등계 형사가 당지에 와서 맹렬히 활동하고 있는데 내용은 극비리에 부침으로 알 수 없으나 아마도 독서회 조직 혐의인 듯하며 사건은 점차 확대한다고 한다. 【예산】

1674 「『休息場』 發禁」

『조선일보』, 1933.01.25, 2면

시내 가회동에 있는 신흥문화사(新興文化社)에서 발행하는 범근로대중(汎勤勞大衆)의 취미 계몽 월간잡지 『휴식장(休息場)』은 그 창간호 원고 전부가 당국으로부터 불허가가 되었던 관계상 그 사에서는 임시호(臨時號)를 내게 되어 그를 발매 중이던 지난 이십삼일 오후 경무당국은 그 임시호를 또다시 압수하고 말았다는바 그 신흥문화사에서는 다시 계속하여 그 다음호를 준비 중이라 한다.

1675 「新義州 高等係『별탑』同人 檢擧」

『조선일보』, 1933.01.29, 7면

신의주경찰서 고등계(高等係)에서는 지난 십팔일 돌연히 활동을 개시하여 부내 진사정(府內 眞砂町)에 있는 모 신문(某 新聞) 지국 총무를 위시하여 재작년 여름 신의주 삼무학교(三務學校)에서 적색분자(赤色分子)라고 하여 퇴교처분(退校處分)을 당하고 이어 동경(東京) 등지에 가 있다가 작년 여름 귀향한 안보응(安普應)(一八)과 작년 여름 역시 신의주부내 상업학교(商業學校)에서 적색분자로 퇴교 처분을 받은 정주(定州)의 윤상현(尹尙鉉)을 인치하여 극비에 부치고 엄중한 취조를 진행 중이더니 전기 모보 총무(某報 總務)와 안보응은 이십일경에 일시 석방한 후 방금 윤상현만을 인치하고 엄중히 취조 중이라는바 전기 삼 인은 즉시 학생시대부터 국경에 있어 다소 계급적 색채를 띠고 발행되던 소년잡지 『별탑』의 동인들이었던데 금번 사건인즉 모 방면으로 탐문한 바에 의하면 전기 안보응이가 귀국한 후 모 보 지국을 통신장소로 동경에 있는 동지들과 모종 서신을 교환하다가 그것이 발각되어 그 같이 취조를 받는 것이라는바 방금 취조 중인 윤상현은 체포 당시 수다한 적색서적(赤色書籍)이 발견되었고 방금 취조의 혐의로는 청소년을 중심으로 모종의 적색비사(赤色秘社)나 독서회(讀書會) 등이 조직이 없는가 하여 그 같이 취조를 받는 모양이라 한다. 【新義州】

1676 「『新東方』二月號 原稿 押收」

『조선일보』, 1933.02.05, 4면

그간 平壤에서 發刊하여오던 月刊雜誌『新東方』은 今番 本社를 京城으로 移轉하고 更始一新下에 二月 革新號를 發行하고자 原稿를 當局에 提出하였던바 去 二十七日附도 不許可가되었으며 따라서 原稿 全部는 押收를 當하였다고 한다. 그리하여 新東方社에서 臨時號를 準備 中이라 한다.

1677 「中央高普에 不穩檄文」

『매일신보』, 1933.02.07, 2면

금 六일 오전 九시 반경 부내 계동(桂洞) 중앙고등보통학교(中央高等普通學校) 책상 속에 내용이 과격한 '아치[81]삐라'가 들어 있는 것을 학생들이 발견하고 사무실에다 전하였는데 이 사실을 탐지한 소관 종로서에서는 즉시 행사대가 동교에 출동하여 동 삐라를 압수하는 동시에 학생들을 일일이 신체검사를 한 후 용의자 수 명을 검거하고 극비밀리에 엄중한 취조를 거듭하는 중인바 미농반지에다 등사판으로 인쇄한 것으로 보아 매수도 상당히 많은 듯하므로 혹시 다른 교에도 산포하지 아니하였나 하여 형사대들이 총동원으로 관내 각 학교를 경계 중이라고 한다.

전기 삐라사건이 돌발되자 소관 종로서에는 한창동안 그쳤던 학교 동요사건이 또다시 재발되지나 아니할까 하여 사건을 심상치 아니하게 여기고 흑소 고등주임(黑沼 高等主任)은 목촌 서장(木村 署長)과 구수밀의를 한 후 경찰부에다 즉시 보고를 하고 고등계 형사를 총집합케 하여 비밀회의를 거듭한 나머지 형사대들이 동치서구하며 맹렬한 활동을 개시하였다. 그리고 동 十二시 반경에는 도 경찰부 고등계원과 경성 헌병대 형사가 동 서로 와서 사건의 전말을 흑소(黑沼) 고등주임에게 청취한 후 그 범인 체포에 전력을 경주하고 있는 중이다.

---

81 아치 : 아지테이션(agitation). 선동을 뜻함.

1678 「基督敎 牧師가 中心 反宗敎赤色運動」

『동아일보』, 1933.02.23, 석2면

이미 보도한 대구서 고등계에서 검거 취조 중인 적색운동 사건은 더욱 확대되어 모 우체국 전화교환수 이(李)모란 묘령의 여자를 필두로 기독교 대구교회 교인 청년 남녀 전후 十二명의 검거를 한 후 취조 중이라 한다. 사건의 내용은 극비에 부치어 아직 판명되지 않으나 듣는 바에 의하면 대구교회 조용기(趙龍基) 목사가 주모로 동 교회 내의 청년 남녀를 망라한 반종교적 적색운동을 계획하고 작년 가을경부터 기관지 『컴페니이』와 『대협(大協)』이란 잡지를 모두 二호까지 비밀 간행을 하였다 한다. 그리하여 교회 내의 의식분자를 획득한 후 먼저 종교 내 ○○, 나아가 一반적 적화를 꾀한 것이다. **【대구】**

1679 「鎭南浦 秘事事件 主謀 等의 活動內容」

『동아일보』, 1933.03.08, 석3면

지난해 十二월 十八일 진남포경찰서 고등계의 활동으로 관계자 二十五 명 중 二十二 명을 질풍신뢰[82]적으로 검거하여가지고 이래 三 개월 동안을 비밀리에 취조하고 있던 조선공산당 재건의 비밀결사 사건은 작보와 같이 十一 명만은 죄상이 경미할 뿐 아니라 개전의 희망이 있다고 인증되어 훈계 석방하고 그 나머지 十一 명은 치안유지법 위반, 출판법 위반 등의 죄명으로 지난 六일 오전 九시 二十분 진남포발 열차로 一건서류와 같이 평양지방법원 검사국으로 넘어갔는데 사건의 내용 경개는 아래와 같다.

사건 주모자 윤상남(尹相南)(二八)은 전북 김제군(金堤郡) 출생으로 제三국제공산당의 지령하에 조선공산당 재건 책임자로서 비합법 운동을 열렬히 행하다가 얼마

82 질풍신뢰(疾風迅雷) : 사납게 부는 바람과 빠른 번개라는 뜻으로 행동이 날쌔고 사태가 급변함을 비유함.

전에 검거된 권대형(權大衡)의 권유로 지난 소화 六년 四월에 노동자로 가장하고 공산당 재건 진남포 오르그(鎭南浦 오르그)로 동 지에 잠입하여 동 지 계림양복점(鷄林洋服店) 직공으로 자리를 잡고 들어가 은밀히 동 지 노동운동과 및 노동자의 향배를 조사하는 동시에 운동을 같이할 인물을 물색하던 중 진남포청년동맹 집행위원장 김화옥(金花玉)(二七)과 교유하게 되었다.

동년 八월에 전기 윤상남과 김화옥은 동지로 악수하고 먼저 적색노동조합 조직의 기본 조사로 一. 진남포 공장 노동자 물자집산상황(物資集散狀況)과 二. 평양 공장 노동자의 노동조건을 조사하는 一방 一九三一년 九월 '모스코'에서 개최되었던 제五회 전세계 적색노동조합대회에서 결정된 "조선○○적 노동조합운동에 관한 결의서—소위 九월테제—에 의하여 적색 노동운동에 리더가 될 인물을 양성할 목적으로 동 지 공립상공학교 四, 五학년 학생 중심의 독서회(記書會)를 조직하였다.

送局者

本籍 全北 金堤郡 萬頃面 外西里 四八

住所 鎭南浦 億兩機里 九二 無職 尹相南(二八)(一名 李一仙)

本籍 鎭南浦 漢頭里 六三 靑年同盟員 金花玉(二七)(一名 金哲, 金貞玉)

本籍 平南 中和郡 海鴨面 梅峴里 二八○ 商工校 機械科 卒業生 尹基勳(二二)

本籍 平南 安州郡 安州面 南川里 一九

住所 平壤府 水玉里 一六○ 平壤師範學校 自動車 運轉手 崔炳三(二三)

本籍 平南 江西郡 東津面 岐陽里 一四一 商工校 商科 五學年 白樂善(二三)

本籍 鎭南浦 碑石里 一八一 同上 宋基朝(二一)

同上 一○○ 同上 商科 四學年 邊龍鳳

同 新興里 七九 同上 李元吉(一九)

同 龍井里 八二 同上 魯□和(一八)

本籍 平南 龍岡郡 金谷面 牛登里 五七一 同上 朴泰錫(一八)

本籍 平北 博川郡 博川面 梅花洞 一九八 同上 柳王鐸(一九)

住所 不明 安成二(未逮捕)

本籍 平壤 新陽里 一六八 無職 朴順錫(二三)(一名 朴春極)

鎭南浦 碑石里 勞働 金良順(二四)(一名 金明宇)

(전기 박순석, 김량순 二 명은 해외공산당 재건사건으로 방금 신의주지방법원 예심 중에 있다.)

이와 같이 독서회 조직에 성공한 윤상남과 김화옥은 사회과학의 연구와 동지 획득에 一층 더 분투한 결과 동지 청년 三, 四 명과 상공학생 十여 명을 얻게 되었으므로 기관지 『붉은 동지』를 발행하여 동지 간에 배포, 회독한 후 곧 회수하여 소각하였다 한다. 【진남포】

1680 「公州警察 突然 活動 靑年 十一 名을 檢擧」

『동아일보』, 1933.03.09, 석3면

충남 공주경찰서(公州警察署)에서는 지난 四일부터 돌연히 활동을 개시하여 공주 청년회 집행위원장 윤귀영(尹貴榮) 군을 비롯하여 공주군내와 연기군 남면 서기(燕岐郡 南面 書記) 박종렬(朴鐘烈), 부여금융조합 소사 등 十一 명을 검거하여 극비밀리에 취조 중이라는데 탐문한 바에 의하면 당지 청년회의 간부인 이용하(李容夏)가 모 사건으로 검거되어 취조를 받는 중 모종의 비밀출판물을 수입하여 동지 급 친구들에게 여러 달 동안을 배부한 것이 탄로되었으므로 경찰당국은 혹은 이 비밀출판물을 중심으로 비밀결사나 존재치 않는가 하고 그 같이 검거한 모양이라고 한다. 【공주】

1681 「扶餘靑年 檢擧」

『동아일보』, 1933.03.11, 조3면

지난 五일 아침에 공주경찰서원이 부여에 출장하여 지금 금융조합에 소사로 근무하고『三천리』잡지 지사를 하는 오흥록(吳興錄)을 검거하여 즉시 공주로 압송하여 취조 중인바 사건 내용은 알 수 없으나 탐문한 바에 의하면 지금 공주서에 취조 중인 이용하 씨와 연락하여 모종의 비밀서적을 수입하고 또 어떠한 비밀결사나 하였나 하는 연루자의 혐의로 취조를 받는다 한다. 【부여】

1682 「彈壓과 善導, 思想對策에 對하여」

『동아일보』, 1933.04.03, 1면[83]

一

總督府에서는 這間 思想 激化의 對策으로써 그 具體案을 各 道知事에게 具申케 하였던바 最近 그 全部가 來到하였으므로 이것을 土臺로 그 具體策을 樹立하리라 한다. 그 所謂 具申案이란 것은 彈壓 及 善導의 두 가지로 나눌 수 있으니 彈壓이라 하는 것은 一. 青少年의 集合을 禁止할 것 二. 青少年 團體을 取締할 것 三. 學術講習所 等을 取締할 것 四. 出版物을 嚴重히 檢閱할 것 五. 不穩思想 抱持者를 더욱 團束할 것 六. 不穩書籍 購讀者를 監視 團束할 것 七. 農村運動者를 取締할 것 等이요, 善導라 하는 것은 一. 穩健團體를 指導 助長할 것 二. 就職難을 緩和할 方針을 講究할 것 三. 學校 入學 年齡을 低下하여 學校 內에서 不穩行動이 發生함을 防止할 것 四. 農村振興運動을 徹底히 할 것 等이라 한다. 그러나 그 所謂 善導策이라는 가운데에 學校의 入學 年齡을 低下하여 學校 內에서 不穩行動이 發生치 않도록 할 것이라든지, 穩健團體 指導 助長할 것이라든지 消極的이나마 所謂 思想의 激化를 미리 防止하자 하는 것이거나 思想團體에 對하여 對立的 存在를 鼓吹하는 것이니 思想取締와 距離가 멀지 아니하다. 그러면 이 所謂 思想對策으로써 果然 當局의 豫期하고 있는 好結果를 맺을 수가 있을 것인가.

83 「思想 激化의 對策으로 徹底한 '彈壓'과 '善導'」, 『동아일보』, 1933.03.31, 2면.

二

從來의 思想對策을 보면 上記 諸 具申案에서 一步를 나가지도 못했으려니와 一步를 뒤진 것도 없었다. 京鄕을 莫論하고 거의 온갖 靑少年 團體의 集合을 禁止한 것이든지, 學術講習所를 無數히 閉鎖한 것이든지 出版物을 極度의 制限 밑에 刊行시킨 것이든지 書籍의 購讀, 乃至 旅行에도 拘束을 준 것이든지 等等. 그러나 思想運動乃至 思想事件은 어떠하였는가. 統計에 依하면 思想運動 乃至 事件은 그다지 緩和되지 않을 뿐 아니라 도리어 激化되는 傾向조차 있다. 무엇보다도 思想犯의 年復年增加를 보면 這間의 消息을 窺知할 수 있지 않은가. 그뿐 아니라 그 大部分의 犯人이 一次 或은 二次 司直의 손을 거쳐 囹圄에서 呻吟한 經驗이 있는 者임을 보면 思想과 取締와는 반드시 反比例하지 않았다. 그러므로 思想을 彈壓으로써만 對한 對策은 그 效果가 없었을 뿐 아니라 將來에도 그 效果가 적지 않을까 생각된다.

三

무릇 思想의 根底를 흐르는 原因은 그 環境의 支配가 많다. 豊饒, 安樂의 時代에 藝術, 音樂이 發達되고 貧乏, 不安의 時代에 殺伐, 恐怖 手段이 流行하는 것은 東西古今을 通하여 一貫한 事實이다. 外國과의 接觸이 없고 오직 自然의 運行만이 印度를 支配한 때에 釋迦牟尼의 輪廻思想이 나지 않았으며 春秋戰國의 時代에 蘇秦, 張儀의 合縱連橫說이 나지 않았던가. 近代에 이르러 物質文明이 極度로 發達되기 때문에 唯物論的 立地에서 事物을 觀察하고 經濟的 不安이 尤甚해 가기 때문에 이에 對한 反撥思想이 擡頭하는 것은 이것을 證左하고 남음이 있다. 萬一 朝鮮人의 思想이 날로 激化한다면 這間에 如何한 原因이 있다 하지 아니치 못할 것이다.

四

그러므로 當局이 萬一 朝鮮人의 思想 激化를 憂慮한다 할진대 먼저 그 原因을 一次 생각하고 그것을 退治하기에 애쓸 것이요, 彈壓은 第二次, 第三次的으로 할 것이다. 思想善導의 具申案 中에 就職難을 緩和하도록 努力할 것, 農村振興을 徹底히 할 것 等은 그 原因 除去의 一策일 것이다. 그러나 當局이 實로 朝鮮人의 思想的 激化를 憂慮한다면 이러한 部分的 除去에만 局限할 것이 아니라 널리 朝鮮人의 思想을 激

化케 하는 重要 原因을 除去하기에 努力할 것이다. 曰 그들에게 經濟的 安定을 줄 것, 曰 누구나 安心하고 敎育을 받을 수 있을 것, 曰 누구나 다 自我의 個性을 發揮할 수 있도록 社會를 만들 것 等等 그것은 枚擧키 不遑하거니와 當局이 萬一 冷情한 理知를 가지고 생각한다면 朝鮮人의 생각하는 바, 願하는 바를 알기 어렵지 아니하리라고 믿는다.

1683 「過激한 文句를 羅列한 不穩檄文을 撒布」

『매일신보』, 1933.05.01, 2면

五월 一일 메이데이를 전기하여 전선 각 경찰서에서는 만일을 염려하고 엄중한 경계를 하고 있던 중 금 三十일 오전 六시경 인천부내(仁川府內) 각처에다 다수한 격문을 살포한 것을 인천서에서 발견하고 방금 그 범인을 엄탐 중인데 그 격문의 내용인 즉 「勞働者 農民에게 告함」이라는 제목 아래에 극히 과격한 문구를 나열한 것으로 미농반지에다 등사판으로 정밀하게 인쇄한 것이라고 한다. 전기와 같이 격문을 등사판으로 인쇄한 것으로 보면 그 이면에는 어떠한 음모가 있는 듯하며 또 매수도 상당히 많은 듯하므로 인천서에서는 사건을 중대시하고 즉시 전조선 각 경찰서에다 수배를 한 후 맹렬한 활동을 거듭하는 중이며 경성부내 각 경찰서에서도 인천부내에 격문사건이 발생한 것으로 미루어 보아 시내에도 어떠한 사건이 일어나지 아니할까 하여 부내 각 학교, 공장, 사상단체 등을 엄중 경계 중이라고 한다.

1684 「『文學타임스』 原稿 不許」

『동아일보』, 1933.05.03, 조2면

경성 시내 종로 二정목 京城閣에 있는 순문학잡지 『文學타임스』 創作特輯號는 원고 대부분이 허가되지 못하여 임시호를 준비 중이라는데 五월 十일경에는 가두에 나오리라고 한다.

1685 「不穩 '레코드'를 徹底 取締한다」

『매일신보』, 1933.05.03, 2면[84]

최근 축음기의 '레코드' 중에는 치안을 방해하고 풍속을 문란케 하는 것이 많으므로 경찰당국에서는 그 취체법에 대하여 많은 고려를 하고 있던 중 지난번 경찰부장회의에서 그 문제에 대하여 협의한 결과 경무국 도서과(警務局 圖書課)에서는 내지보다도 솔선하여 불온 '레코드'를 철저히 취체하기로 되어 총독부령으로 '레코드' 취체규칙을 제정하기로 결정하였다. 그리하여 수일 전 청수 도서과장(淸水 圖書課長)의 손으로 입안이 되었는데 불원간 심의실에 회부될 터이라고 한다. 그 취체규칙의 내용인 즉 '레코드'의 제조, 수입, 이입 또는 판매를 취체하는 것으로 치안을 방해하거나 풍속을 문란하는 것은 제조 또는 판매, 연주를 금지하고 엄벌에 처할 모양이라 한다. 그리고 '레코드' 해석서는 출판법 규정에 의하여 정식 수속을 요할 터이다.

1686 「秘密出版으로 『滿洲赤旗』 發行」

『동아일보』, 1933.05.10, 호외 1면

별항과 같은 조직체로 활동을 하는 一방 사무국위원회(事務局委員會)를 설정하여 당의 최고 결의기관으로 하고 또 만협에 대하여는 당의 '락크손'[85]을 두고 각 조합

---

84 「'레코드' 取締案 圖書課서 立案 中」, 『조선일보』, 1933.05.03, 조2면.

85 'fraction'의 의미로 추정됨.

과 일반 사하구(沙河口) 분회에 당세포를 조직한 후 이것을 종합하여 사무국을 확립하고 국제당의 테제를 사무국의 테제로 하여 지도자 획득에 지하운동을 계속하였는데 이 운동에는 송기(松崎), 송전(松田), 강촌(岡村), 광뢰(廣瀨) 등 四 명이 사무국 제二회 회합을 개최하고 당시 돌발한 일중사변에 대하여 대책을 강구하고 사무국의 확대, 강화를 도모하기 위하여 기관지 『만주적기(滿洲赤旗)』를 발행하는 목적으로 '팸플릿' 제一집 「지하운동에 대하여」를 발행할 것 등 사항을 협의, 결정하고 대전시중 중본빌딩 三층에 사무국과 기술부 인쇄소를 두고 이곳에서 등사판으로 「중, 일, 조선 노동자, 농민, 병사의 힘으로 ×××××을 타도하라」 라고 제목한 반전격문 六十 부를 만들어 대련(大連) 시내와 연선의 사무국과 또는 만협 기타 소속 조합에게 배부하였다. 또 十월 二, 三일경 가무천정(加茂川町) 소굴에서 주요한 협의 또는 제四회 위원회를 열고 十一월 七일 로서아혁명 기념일의 투쟁을 협의하고 수종의 삐라를 배부하기로 협의, 결정하여 전과 같이 각지 동지에게 우송하였다. 이러던 중 이 우송물의 一 부가 무순우편국에 발견되어 금번 검거의 단서를 얻게 되었다 한다.

1687 「大連서 郵送된 不穩文 發見」

『매일신보』, 1933.05.11, 2면

대련에서 발송한 불온문서를 압수한 무순서는 동 문서의 소인이 대련인 것을 지목하고 대련서에 수배하여 지내(池內) 검찰관 이하 각 서장이 회합하고 검거 방침을 협의한 결과 十월卄八일 오전 六시를 기하여 용의자를 일제히 검거하고자 각관은 자동차에 분승하여 검거에 착수하였으나 기미를 안 일당의 주요 분자는 이미 도망하였으므로 약 반수를 체포하고 엄중한 취조를 전념하였으나 그들은 비밀을 엄수하는 '철규칙(鐵規則)'이 있어 용이히 공술치 아니하므로 방침을 변경하여 결국 十一월 四일에 수괴인 송기를 체포하고 일당을 타진하게 되었다.

1688 「各 道 高等警察課에서 '不穩作家' 名簿 作成」

『동아일보』, 1933.05.12, 석2면

과격한 사상의 선전이 출판물에 큰 관계가 있다고 총독부에서는 연전부터 이 문제에 대하여 연구하였으며 경찰부장회의 때마다 출판물 단속에 대한 각 도 경찰부장의 의견을 들어 참고로 삼아왔는데 그 의견의 대개가 검열을 엄중히 하자는 데 있고 도서과도 이 의향을 가지고 있으나 검열을 엄중히 함으로써만은 목적을 관철할 수가 없으므로 이와 동시에 한편으론 과격한 글을 많이 쓰는 작가의 사상을 전환케 하도록 탄압적 선도를 하기로 방침이 섰다.

이 방법은 '불온작가' 명부, 즉 '블랙리스트'를 꾸미어 두고 그 도 고등경찰과장으로 하여금 작가를 탄압 또는 훈유하여 그 사상을 선도하도록 힘써 자연히 그런 방면에 붓을 대지 않도록 하고자 하는 것이다.

'불온작가'를 처벌하자면 경찰범 취체규칙으로써나 형사소송법으로 할 수도 있겠으나 이런 법령을 적용함이 시대에 적합하지 않으므로 적당한 제재 방법을 발견하기가 어려워 이상과 같이 선도의 길을 택한 것인데 벌써 경북에선 시험을 보았으며 함북에서도 시험할 터이다. 시험한 곳은 '블랙리스트'에 오른 '불온작가'는 일반작가 총수의 一 할도 못되나 그들의 저작물은 다량 생산을 하여 五 할에 미친 때도 있다고 한다.

1689 「鐵道省員 中心으로 出兵反對, 赤化運動」

『동아일보』, 1933.05.16, 석2면

하관, 장부(下關, 長府) 방면에서 전협계(全協系) 분자가 최근 책동을 시작하였으므로 하관, 풍포(豊浦) 두 경찰서는 금년 一월 二十二일 오전 六시를 기하여 서원 총동원으로 하관역, 번생역(幡生驛), 하관 저금국, 내무성 종업원 물품배급소, 산양전

궤(山陽電軌) 등을 중심으로 전협계 좌경분자의 일제검거를 시작하여 취조한 결과 치안유지법 위반과 총포화약취체법 위반의 사실이 명료히 되었으므로 二十六 명을 하관 검사국에 송치하고 그간 금지 중에 있던 기사게재도 十五일 오전에 해금되었다.

한편으로 전협조직이 점차 확립하여오자 소화 六년 九월경 절정은 반제동맹 본부와 연락하여 국철과 산전의 좌익분자를 규합하여 반제동맹 관문지방위원회를 조직하고 만주출병, 기타 '슬로건'을 들어 반전운동에 열중하고 최근에는 문사 시내에도 손을 펴고자 하였다.

푸롤레타리아과학동맹 산구현 지방지부의 절정은 전기 전협지지독서회, 교통운수동맹을 조직하자 그 교육기관으로 번생과 장부 두 정(町)에 그 지국을 설치하고 하관 저금국, 하관 내무성 종업원 물품배급소 등과도 연락하고 지국 '멤버'도 하관, 장부 시내에 미치어 一백수十 명을 획득하였다. 그리고 본부의 비밀지령으로 작년 十월 말 산구현 지방지부를 결성하고 각 지구 책임자를 선정하고 규약 등을 결정한 후 지부로부터 지부뉴스를, 저금국으로부터는 『습마(襲魔)』, 『백의(白蟻)』 등 기관지를 비밀히 발행하였다.

그리고 一. 日本戰鬪的 無神論者同盟 下關支部 準備會 一. 全協通信勞動 下關支部 組織計劃 一. 全協金屬勞動 下關支部 再建計劃 一. 全協一般使用人 下關支部 組織計劃 一. 日本共産黨 及 日本共産黨 青年同盟의 組織 등의 계획이 있음도 판명되었으며 공산당 조직에까지 끌어올리고자 반전치남(飯田治男)이 하관대표가 되어 작년 八월 동경으로 가서 당 본부원과 연락하여 기관지 등을 하관에 밀송하였으나 그 당시 경시청의 검거가 급하였으므로 완전한 연락은 취하지 못하고 있다가 전부 검거되고 말았다.

소화 四년 十一월 산구현(山口縣) 최초의 치안유지법 위반사건으로 검속되었던 하관역 하급수(荷扱手) 절정장사(折井長司)는 국철(國鐵)의 적화를 계획하고 우선 소화 六년 三월 번생역을 중심으로 전협지지독서회, 교운동맹(全協支持讀書會, 交運同盟)이라는 비밀단체를 조직하고 『전기(戰旗)』, 기타 적색출판물을 가져다가 그 확대,

강화를 꾀하고 동년 六월경에는 벌써 하관, 번생 두 역원 二十수 명을 끌어넣었다.

이리하여 대체의 지반이 섰으므로 그 상황을 전협 비밀본부 외 반제동맹 비밀본부에 보고하고 완전히 본부와 연락을 취하여 우선 운동목표를 산양전기 종업원, 국철 종업원에 두고 본격적 활동을 시작하여 소화 六년 十一월 상순 전협교통운수 하관 국철분회, 동년 十一월 하순엔 하관 시내 모처에서 전협교통운수 하관지부의 조직을 완성하였는데 이 지부의 멤버는 三十수 명의 다수에 달한다.

關係 重要人物

山口縣 豊浦郡 長府町 下關驛 荷扱手 折井長司(二六)

福岡縣 門司市 廣石町 三丁目 元鐵道員 川島義雄(二二)

山口縣 下關市 東南部町 店員 飯田治男(二一)

山口縣 豊浦郡 長府町 店員 戶田辯雄(二五)

山口縣 豊浦郡 長府町 元下關貯金局員 白井美男(二二) 【下關發聯合通信】

1690 「晋州署 突然히 高普生 檢擧, 적색서적도 압수」

『동아일보』, 1933.05.16, 석3면

지난 十一일부터 돌연히 경계망을 펴고 진주고등보통학교 학생 七 명을 검거하여 엄중한 취조를 하며 계속하여 다수 학생을 검거했다. 사건의 내용은 극비밀에 붙이므로 알 수 없으나 적색서적을 다수 압수하는 것을 보아 독서회에 관한 사건이나 아닌가 한다.

1691 「文壇 消息」 『조선일보』, 1933.05.19, 3면

左翼 演劇雜誌『演劇運動』은 그 동안 數次 原稿檢閱을 提出하였으나 모두 押收의 處分을 當하게 되었다 한다. 普專學生會에서는 來 五月 十七日에 演劇公演이 있으리라는데 멜텐 作「炭坑夫」와 그 外「카이젤의 兵士」라는 것 等을 上演한다고.

1692 「全 滿洲에 潛行 中인 不穩辭說의 레코드」 『동아일보』, 1933.05.23, 석2면[86]

최근 조선 사람 사이에 교묘한 수단으로 불온한 손을 뻗히려고 하는 분자들이 만주에 잠입하여 있는 것을 탐지한 봉천서 고등계에서는 극비밀리에 수색을 진행하고 있는바 이것은 병고현 천변군 천서정(兵庫縣 川邊郡 川西町) '쩨애스' 축음기 상회에서 비밀히 팔고 있는 레코드 가운데 조선말로 불온한 언사를 취입한 것이 있어서 이것이 전 만주 조선인 간에 잠행적으로 배포되고 있는 것을 탐지하고 二十二일 이른 아침부터 대활동을 개시하였다 한다.

조선에 축음기가 보급됨을 따라 '레코드'의 판매수는 놀랄 만치 많아져서 一 년간 경기도에만 백만 가량이요, 기타 각 도를 통하여 백만 매 전후 二백만 매에 달한다. 그중에는 문화를 향상시키는 것도 적지 아니하나 그 반면에는 풍속을 문란 또는 사상을 악화시키는 것도 없지 않다 하여 총독부 청수(淸水) 도서과장은 부임 이래 그 방면에 대한 것을 조사 연구하여 이와 같이 감화력이 위대한 '레코드'를 경찰의 시찰하는 권외에 방치하여서는 아니되겠으므로 이번에 축음기 '레코드' 취체규칙을 제정하게 되었다. 이 취체규칙은 출판물(出版物), 활동사진(活動寫眞)의 '필름' 등과 같이 지도, 취체키로 된 것인데 이와 같이 하여 반사회성을 엄밀히 배제하는 동시 문화기관으로 그 사명을 다하게 하자는 것이라 한다.

86 「不穩 '레코드'를 全滿에 秘密 配布」, 『매일신보』, 1933.05.23, 2면.

이제 그 취체규칙의 개요를 들어보면 다음과 같다.

一. 영업자의 신고 의무이니 축음기 '레코드'의 영업자(제조, 수입, 이입, 판매를 업으로 하는 자)는 영업소 소재지 소할 경찰서장을 경유하여 三十일 이내에 주소, 씨명, 제조소 또는 영업소의 소재 '레코드'의 종류를 신고하고 만일 전기한 세 가지 중 한 가지라도 변경할 때에는 十일 이내에 계출할 것이라는 것이다.

二. 제조, 수입 또는 이입하는 '레코드'의 내용 신고에 관한 의무이니 즉 판매할 목적이나 공중에게 들릴 때에는 그 장소와 연주의 목적 등을 十일 이내에 소할 경찰서장을 경유하여 도지사에게 신고하여야 된다.

三. 출판법에 의한 해설서의 신고할 의무이니 '레코드'의 해설서라고 할지라도 조선 안에서 인쇄하는 것은 출판법에 의하여 정규의 수속을 하는 것이다.

四. 풍속을 문란 또는 치안을 방해할 우려가 있는 것은 연주, 제조, 판매, 수수 등을 금지 제한하기로 되었다.

五. 이상의 一, 二를 범칙한 자는 구류 또는 과료에 처하고 공중이 청취할 만한 곳에서 연주를 한 자는 十五 원 이하 벌금 또는 구류, 과료에 처하고 금지 또는 제한 '레코드'를 제조, 판매, 수여, 청취시킬 때에는 二백 원 이하 벌금과 구류, 과료에 처한다.

六. 고용인, 종업원, 가족 등도 이것을 범할 때에는 처벌하게 됨은 물론이다.

七. 현재에 영업하고 있는 자도 신고할 의무가 있으니 본령이 시행하는 날로부터 三十일 이내에 즉 七월 十五일까지 소할 경찰서장을 거치어 도지사에게 신고치 아니하면 아니된다는 것이다.

이 법령은 오는 六월 十五일부터 시행하게 되었는데 지나간 一 년간 덕의상으로 판매중지를 시킨 종류만도 네 가지나 된다고 청수 도서과장은 말하였다. 【봉천二十一일발전통】

1693 「十字架 그늘에 숨어 主義書籍 密賣」 『조선일보』, 1933.05.24, 석2면[87]

이십일일 아침 봉천 성내에 헌병대원이 『심판(審判)』, 『전쟁이냐? 평화이냐』 등 다섯 권 한질되는 적은 책을 밀매하는 두 청년이 있음을 체포하여 방금 취조 중인바 그들은 지난번에 일본 장야현 북좌구군 암촌전정(長野縣 北佐久郡 岩村田町)에서 검거된 미국에 본부를 둔 국가조직의 파괴를 목적한 비밀결사의 일본기독만국성서연구회(萬國聖書研究會) 선전부원의 일당들로서 삼상말길(三上末吉)(二五) 외 한 명이였다. 그들은 복음 전도의 그늘 속에 숨어서 불온문서 다수를 밀매한 것이 판명되었다. 그들이 가졌던 책자 전부는 압수하고 방금 엄중히 취조 중이요, 연루자 다수가 잠입한 형적이 있으므로 방금 각지에 수배 중이다. 【奉天二十一日發電】

1694 「發禁書籍 販賣로 各 書店에 大鐵槌」 『조선일보』, 1933.05.25, 석2면

최근 평양부내 각 서점에서는 발매금지된 좌익서적(左翼書籍)이 일본 방면에서 다수 수입되어 발매되고 있는 모양이어서 당국에서는 눈을 붉혀가지고 이 방면에 탐색을 진행 중이던바 평양서 고등계에서는 이십일, 이십일일 양일간 부내 각 서점을 일제히 수사하여 발매금지 중의 좌익서적 수백여 책을 압수하는 일방 금후 이 방면에 철저한 탄압을 하기로 되었다 한다. 【평양】

87 「不穩文書 等의 秘賣 犯人 逮捕」, 『매일신보』, 1933.05.23, 1면.

1695 「元山 文化書院 書籍 數種 押收」

『조선일보』, 1933.06.03, 조4면

지난 이십오일 오후 네시경 원산경찰서 고등계원 최 형사(崔 刑事)는 돌연이 원산부 광석동(元山府 廣石洞)에 있는 문화서원(文化書院)에 달려들어 『캅프作家七人集』, 『캅프詩集』을 압수하고 이어서 '팸플릿' 팔 종을 빌려간다는 조건 아래에 가져갔다 한다. 【元山】

1696 「'勞動' 二 字가 不穩, 作品募集 禁止」

『동아일보』, 1933.06.04, 조3면

전남 구례(求禮) 냉천노동야학회(冷泉勞動夜學會)에서는 노동야학 아동 현상작품 모집을 하는 중이라 함은 기보한 바이거니와 지난 一일에 이르러 돌연 소관 마산면 경찰관주재소(馬山面 警察官駐在所)에서 전기 야학회 강사인 이종식(李宗植), 고광범(高光範) 양씨를 불러 노동야학 작품이라는 '노동' 두 자에 벌써 적색사상이 들어 있는 것이라 하여 작품모집을 금지하는 동시에 각 면 야학회에 전해달라고 각 면사무소에 의뢰하였던 통지문도 다시 전부 걷어다 달라고 말하였다 한다. 【구례】

1697 「消息」

『조선일보』, 1933.06.10, 석3면

白鐵 君은 『演劇과 映畵』에 글을 썼다 하여 七日 아침에 鐘路署 高等係의 呼出을 받아 暫間 들어갔었다가 나왔다고.

1698 「日本, 朝鮮 有機的 連絡, 思想書籍 嚴密 取締」

『동아일보』, 1933.06.11, 석2면

경무당국에서 사상 취체를 극엄하게 하기 위하여 만반의 준비를 하고 있다 함은 누보한 바이거니와 직접 행동을 하는 사상운동은 특고에서 맡아서 물샐틈없이 그물을 치고 일본과 기타 관계 지방이 유기적으로 연락을 취하여 왔다.

그러나 일반 출판물과 좌익서적 취체에 있어서는 비교적 그 연락이 조밀치 못하였다 하여 이것을 철저케 하여 경무국에서는 이번에 출장 온 소림(小林) 내무성 사무관을 맞이하여 十일 오전 十시부터 총독부 제一회의실에서 이에 관한 취체 연락 방침을 토의하고 있다.

이 회의에 출석한 관계자는 경무국 사무관과 보안과의 과장, 사무관과 도서과의 과원들과 경기도의 검열계 관계자 등이 출석하고 소림 사무관이 내무성과 경시청과 조선총독부와의 사이에 취할바 연락 관계의 요점을 설명하고 그 구체 방침에 대한 토의로 들어갔다.

그 내용은 극비에 부치나 일반서적의 검열을 엄중히 할 것은 물론이로되 그보다도 사상서류와 기타 좌익사상을 고취할 만한 서적은 촌각을 다투어 전선 연락을 한 후 절대로 반입을 금지하려는 데 골자가 있다 한다.

1699 「『全線』 臨時號 準備」

『조선일보』, 1933.06.12, 조3면

적벽사(赤壁社) 발행의 월간 평론잡지 『전선(全線)』 유월호(六月號) 원고가 전부 압수되어 지금 임시호 준비에 분망 중이라고 한다.

1700 「利原圖書館 思想書籍 안 주어」

『동아일보』, 1933.06.13, 조3면

이원도서관(利原圖書館)에 비치한 사상서적 백十二 부를 이원경찰서 고등계에서 본부의 명령으로 조사할 필요가 있다고 가져 갔으나 지금까지 내어주지 않는다고 한다. 【이원】

1701 「聖經 解說 形式으로 現國家制 否認書」

『조선일보』, 1933.06.13, 석2면

시내 종로서 고등계(鐘路署 高等係)에서는 수일 전에 시내 서대문정(西大門町) 일정목 일백이십팔번지 등대사(燈臺社)의 주간 박민준 씨와 및 지난 삼일에 봉천(奉天)으로부터 동경(東京)으로 돌아가던 길에 전기 등대사에 들러서 유숙하고 있던 동경에 있는 등대사의 출장인 낙합삼랑(落合三郎), 염견말길(鹽見末吉)의 양인을 인치하고 취조하는 일방 전기 등대사에 형사를 출동시켜 가택수색을 한 후 미국 뉴욕(米國紐育) '뿌룩클린'시 등대사 본부(燈臺社 本部)로부터 금방 도착한 『정부(政府)』, 『압제는 언제 면할까』라는 두 종류의 조선문 번역 책자 오천여 권을 압수해 왔다. 사건의 내용을 탐문한 바에 의하면 전기 등대사는 미국에 본부를 두고 세계 각국에 출장원이 흩어져서 모 예수교회의 교과를 부인하고 동 사의 창설자 '럿쎌'과 현재의 수뇌자 '레포드' 양인의 저서인 전기 『정부』 외 십여 종의 서적을 육십여 국의 말로 번역하여 이것을 선포하는 것으로써 중요사업을 삼고 있다는데 현재 경성 등대사에만 열 사람의 출장인이 있어서 각지에서 활동하는바 그들이 팔고 다니는 십여 종의 책자 중에서 전기 『정부』와 『압제는 언제 면할까』의 양종은 성경 해설의 이름을 빌어서 현재의 국가제도를 부인한 과격한 내용을 가진 까닭에 그것을 압수한 것이라고 하며 인치되었던 전기 삼 씨는 취조를 마친 후 일단 돌려보냈다 한다.

1702 「新舞臺員 檢擧」

『조선일보』, 1933.06.16, 석2면

극단 '신무대(新舞臺)' 일좌의 좌원 박고송(朴孤松) 등 남녀 배우 열두 명은 십오일 오전 열두시에 종로경찰서에 검속되어 방금 동 서 보안계에서 취조를 받고 있다. 그들은 십사일 밤에 단성사(團成社)에서 하기(夏期) 제일회 공연을 시작하였는데 그 프로그램 가운데 풍자극(諷刺劇) 「황금광소곡(黃金狂騷曲)」 일막을 연출하였는바 그것을 연출한 장면이 풍기를 문란케 한 점이 현저하였으므로 그 각본은 일로부터는 흥행을 금지하는 동시에 십사일 밤에 그 장면에 출현한 배우 전기 열두 명을 전부 검속한 것이라 한다.

1703 「出演 中의 俳優 九 名」

『조선일보』, 1933.06.17, 석2면

지난 십사일 밤부터 시내 團成社에서 하기 특별 대공연을 하고 있는 극단 新舞臺가 공연한 연극이 당국의 기휘에 걸려서 출연하였던 배우 열두 명이 소관 鐘路署에 불려갔다 함은 기보하였거니와 동 서에서는 그날 오후 네시경에 일단 그들을 전부 돌려보냈다가 십육일 아침에 그중 아홉 명의 배우를 다시 불러서 각각 風俗壞亂이라는 죄명으로 최고 벌금 십오 원으로부터 최하 과료 십 원의 즉결처분에 부쳐서 그 전액이 일백이십 원이라 한다. 그러고 문제의 각본 「황금광소곡」은 금후 일절 상연을 중지하기로 하고 그 대신 「총소래」라는 각본을 상연하여 공연을 속행하게 되었다 한다.

상연 중 경찰의 기휘에 걸려서 필경 풍속괴란의 죄명을 둘러쓰고 벌금과 과료의 처분을 받은 연극 「황금광소곡」의 장면 중에서 필경 임검 경관의 눈에 걸리고만 문제의 장면은 아래와 같다.

무대는 캄캄한 한길 저 쪽에 창문이 보이고 그 창문을 통하여 실내가 엿보이게 장치되었는데 한길에서 청년과 처녀는 정조 매매의 약속을 하고 함께 방 안으로 들어간다. 그 속에서 두 남녀가 옷을 벗는 광경을 광선으로 효과를 내고는 방안의 불을 끈 다음 어두운 속에서 처녀가 괴상한 소리까지 질렀다는 것이다.

이번 사건을 취급한 종로서의 黑沼 高等係 主任은 아래와 같이 말한다.

"극단 사람들이 검열에는 臺詞만 쭉 늘어놓은 간단한 것을 들여보내고는 정작 상연할 때에는 무대 위에서 마음대로 행동하는 폐단이 많아서 결국 금번과 같이 관중 측에서까지 불쾌를 느낄 만한 그러한 야비한 행동을 무대 위에서 공공연하게 보였다는 것은 매우 좋지 못한 일이요, 금후에도 이런 종류의 연극은 단호한 태도로써 엄중한 처분에 부칠 방침이오." 운운.

이번 사건에 대하여 극계의 원로인 윤백남(尹白南) 氏의 의견을 들으면 아래와 같다.

"이번에 문제된 연극은 제가 보지 않았으니까 내용은 모르겠으나 근래 연극뿐 아니라 축음기의 '레코드' 등속에도 너무 야비한 취미를 부어 넣은 것이 많은 것은 매우 유감이외다. 연극도 흥행물인 이상 관중의 취미는 고려하여야 할 것은 부득이한 일이겠으나 일부러 야비한 흥분을 겨눈 그런 종류의 악취미를 고조한 연극이 극계에 횡행한다면 그것은 조선 극계의 장래를 위하여 매우 한심한 일이외다."

1704 「燈臺社의 宗敎書籍 十三 種 五萬 部 押收」 『동아일보』, 1933.06.17, 석2면

금 十六일 부내 종로서 고등계에서는 부내 서대문정(西大門町) 一정목 一백五十三번지 등대사(燈臺社)에서 『심판(審判)』, 『전쟁인가?』, 『천당과 연옥(煉獄)』, 『천국』, 『신의 나라』, 『범죄와 재해』 등의 十三 종의 종교서류 五만여 부를 일시에 압수하여 왔다. 이는 내무성의 명령에 의한 것으로 지난 五일에도 그 같은 종류의 서적 一만여 부를 압수하였다 한다. 그 같은 다수의 서적을 압수하기는 이번이 처음으로 그 압수한 이유는 종교적 전설 또는 비유적 구실로 치안방해의 불온한 문구를 나열하여 그 내용 전체가 모두 불온하다는 것이다.

이에 대하여 종로서 고등계 흑소(黑沼) 주임은 말하되, “이번 압수한 것은 내무성의 명령에 의한 것인데 그 내용의 불온한 점을 일일이 지적할 수는 없습니다. 그러나 대체로 말하면 허무한 시학의 전설 또는 비유를 인용하여 온건한 사상에 해독을 주는 것과 같은 해독이 많고 또한 치안을 방해하는 것과 같은 문구가 많은 것입니다. 압수한 서적의 종류와 부수가 많기 때문에 그 내용의 검열은 이제부터입니다.”

별항과 같이 다수의 서적을 압수당한 이 등대사는 미국 뉴욕에 본부를 둔 일종의 종교 표현단체로 그의 창설자는 그 이가 죽고 현재는 ‘레포드’ 씨가 주재하는 중인데 동 단체의 종지와 교리는 예수교에서 보기에는 이교도의 사설이라고 보는 것으로 조선에는 박문준(朴文濬) 씨가 주관하는 중이라 한다. 이 등대사는 동경(東京)에도 그 지부가 설치되어 있다.

금번 압수된 서적은 지난 三일에 봉천(奉天)으로부터 동경 등대사의 출장원 낙합삼랑(落合三郎), 염견말길(鹽見末吉) 등의 두 명이 경성에 돌아오다가 전달한 것이었다 한다.

1705 「新舞臺 俳優에 科料刑 處罰」

『동아일보』, 1933.06.17, 석2면

금 十六일 아침 부내 종로서 고등계에서는 신무대(新舞臺)의 남녀배우 九 명에 대하여 다음과 같이 벌금(罰金), 과료(科料)의 처분을 즉결 언도하였다. 그 이유는 지난 十四일 밤 부내 단성사(團成社)에서 상영한 「황금광소곡(黃金狂騷曲)」의 홍행 내용이 도 경찰부의 검열을 받은 각본과 달라 일반 민중의 풍속을 괴란하였다는 것인데 동 홍행은 十五일부터 상연을 금지하였다 한다.

鄭元基(三五) 科料 一五 圓, 金蓮實(二四) 同 一五 圓, 朴順玉(一九) 同 一五 圓, 林容九(二四) 同 一〇 圓, 買貴祥(三三) 同 一〇 圓, 成淳鎭(二六) 同 一〇 圓, 金福萬(三一) 同 一圓, 石臥佛(三一) 同 一 圓, 朴孤松(二四) 罰金 一五 圓.

1706 「晋州에 不穩檄文」 『매일신보』, 1933.06.18, 7면

지난 十三일 새벽에 진주 시내 수처에 ○○○의 과격한 문구를 쓴 격문을 붙인 자가 있어 경찰은 즉시 이것을 발견하고 이 혐의자로 청년 수명을 검거하여 엄중 취조 중이라 한다. 【晋州】

1707 「『全線』 原稿 押收」 『동아일보』, 1933.06.19, 2면

적벽사(赤壁社) 발행의 월간잡지 『전선(全線)』 六월호 원고가 전부 압수되어 지금 임시호 준비에 분망 중이라 한다.

1708 「全州에서도 레코드 取締, 數種을 押收」 『조선일보』, 1933.06.20, 조3면

사상문제와 풍기문란이라는 명목 하에 축음기(蓄音機)의 '레코드'를 취체한다 함은 지상을 통하여 들은 바이거니와 레코드의 취체 바람은 전주(全州)에도 들어와서 전주서에서도 철저히 취체하리라는데 벌서 전주서(全州署)에서 압수한 레코드 「印度의 밤」, 「서울 求景」 등 수 건에 달하여 축음기 소지자들의 한 공포시대의 감을 느낀다 한다. 【全州】

1709 「上演脚本 不許可로 普專學生劇 延期」

『조선일보』, 1933.06.21, 석3면

普專學生會 演劇部에서 公演하려던 學生劇은 二次에 亘하여 七 篇의 脚本을 檢閱을 받고자 提出하였던바 其中 二 篇을 除하고는 모두 不許可가 되고 艱辛히 許可된 脚本도 下半部가 削除된 것으로 到底히 上演할 수가 없이 되었을 뿐만 아니라 一學期 試驗의 時日도 急迫하므로 不得已 秋期까지 無期延期를 하였다고 한다.

1710 「大田署에서 에로 그림 押收」

『조선일보』, 1933.06.23, 조4면

지난 십구일 대전경찰서에서는 삼중정(三中井) 오복점 대전지점에서 팔려고 주문하여 온 '에로' 그림 십수 매를 압수하였는바 앞으로 이런 종류의 그림은 모조리 압수할 방침이라고 한다. 【大田】

1711 「蓄音機 소리판 六 種 六萬 枚 押收」

『조선중앙일보』, 1933.06.24, 2면[88]

지난 十五일부터 조선에 실시된 축음기 레코드(소리판)의 취체규칙에 걸리어 경무국 도서과(警務局 圖書課)에 압수된 것은 벌써 六 종류로 그 매수(枚數)는 조선 안에서 팔린 것과 만주(滿洲)로 간 것까지 합하여 실로 六만여 매를 돌파하였다. 그 종별은 「印度의 밤」, 「國民의 哀曲」, 「아리랑」, 「長嘆고개」, 「어버이」, 「서울구경」으로 모두 조선노래 소리판인데 '씨에론' 회사에서 만든 「아리랑」을 제한 외에는 전부 '칼럼비아' 회사 제작의 소리판이며 압수 이유는 풍속괴란(風俗壞亂), 공안방해(公安

88 「取締令 實施 後 最初의 押收」, 『매일신보』, 1933.06.24, 2면.

妨害) 등이라 한다. 이에 대하여 총독부 청수 도서과장(淸水 圖書課長)은 다음과 같이 말한다.

"최근 조선에 수입되는 소리판은 상당히 많은데 그중에는 너무나 애조(哀調)가 많은 것은 큰 유감이외다. 이번 압수한 것도 대부분 그러하거니와 금후에도 소리판의 가사(歌詞)가 민중에 좋지 못한 영향을 미치게 할 것은 단연 압수할 방침이외다."

1712 「平壤 各 團體와 將校 等에 郵送된 不穩檄文」 『매일신보』, 1933.07.04, 7면

평양에 있는 각 단체(各 團體) 급 각 장교(各 將校)에게는 二十八일 만주국 四평가의 소인이 찍힌 주소불명의 애국 ○○단으로부터 ○○○○에 관한 격문이 다수 수송되어 왔는데 관계당국에서는 방금 모 방면에 의뢰하여 이를 극렬 엄탐 중이다.
【平壤】

1713 「『아이생활』 押收」 『동아일보』, 1933.07.06, 석2면

七월 三일 발행 『아이생활』 七월호는 당국에 압수되어 동 사에서는 七월 임시호를 준비 중이라고 한다.

1714 「出版物에 숨은 思想, 檢閱網으로 徹底 團束」

『동아일보』, 1933.07.11, 석2면

조선의 출판법 개정안이 방금 심의실에 회부되어 있거니와 총독부 당국에서는 이것을 중지케 하고 방금 내무성 경보국에서 입안 중인 사상대책의 출판물 취체령을 기다리어 또다시 새로운 취체령을 입안, 시행하리라 한다.

이미 심의실에 회부된 출판법 개정안은 저간 시대의 진전과 반국가적(反國家的) 사상의 취체와 국가정책을 무시하는 등 적색출판물을 취체하기까지에는 불비한 점이 많으므로 이것을 중지케 하고 내무성에서 이 등에 대한 취체령이 발포됨을 기다리어 반국가적 언론을 희롱하는 등의 엄중한 취체령이 입안될 모양이라 한다.

이 앞으로 적색사상과 국가정책을 무시하는 등의 출판물을 더욱 엄중히 취체할 방침을 새운 경무당국에서는 우선 명년도로부터 조선의 관문인 부산에 있는 경남 경찰부 검열계(檢閱係)를 승격시키어 도서과로 만들고 관부연락선으로 들어오는 사상서적을 세밀히 검열하여 부산 이북으로 들어오지 못하도록 방어키로 되었다.

경무국의 이상으로는 동경과 대판 등지며 조선 각지 요항에 도서과원을 파견하여 외국으로부터 들어오는 출판물의 세밀한 검열을 하고자 하나 경비 관계와 여러 가지 사정으로 우선 명년도에는 부산에 도서과를 설치함에 그치자는 것이라 한다.

이것은 당국에서 사상대책의 一방안에 불과하나 계속하여 이러한 등의 완벽을 기하기 위한 모든 방책을 강구, 시행할 것이라고 한다.

1715 「出版物取締規則의 改正 方針에 對한 清水 圖書課長 談」

『매일신보』, 1933.07.11, 2면

총독부 심의실에서 심의 중이었던 경무국 입안의 출판물취체규칙 개정안(出版

物取締規則 改正案)은 그 후 시대의 진전에 관하여 또는 기타의 점에 관하여 불비개정(不備改正)의 필요를 인하게 되었으므로 이를 一시 중지하고 다시 입안하기로 되었는데 특히 내지의 경보국(警保局)에서도 검열조직망(檢閱組織網)을 확충하여 사상대책의 만전을 기코자 작가와 출판 관계자의 검열 보호(檢閱 保護)와 협조 정책(協助 政策)을 수립하여 내년도 예산에 이 개혁에 요하는 경비 五十四萬 원을 요구하기로 결정하고 있는바 조선서도 그 결정 발표를 기다려 경무국에서 입안에 착수하기로 된 모양인바 이에 대한 청수(淸水) 도서과장의 담에 의하면 신개정안(新改正案)의 근본 주지는 종전과 대차는 없어 사회의 원만한 진전에 필요한 언론 출판물의 자유는 어디까지 인정하나 국책과 국가의 근본 방칙에 저촉함과 같은 것은 절대 허용치 않는 동시에 최근 민중의 실생활과 밀접한 관계가 있는 '라디오'와 축음기의 레코드에 대한 취체도 동 개정안 중에 병합되리라고 관측되나 그러나 어떤 정도까지 오락으로서의 사명을 가지고 있는 '라디오', 축음기의 취체 표준은 一반 출판물과 별개로 취급할 필요도 있으므로 출판물취체규칙과는 전연 별개의 것으로 하게 될는지도 모르는 모양인바 이 규칙의 실시를 보게 되기는 일러도 내년도에나 되리라 한다.

1716 「左翼出版 取締로 圖書檢閱網 擴充」

『조선중앙일보』, 1933.07.11, 2면

경무국 도서과(圖書課)에서는 최근 격증하는 출판물의 경향(出版物의 傾向)과 좌익 색채가 농후한 원고(原稿) 등을 취체하기 위하여 지난 四월경부터 좌익작가(左翼作家)와 그 색채 농후한 원고의 필자를 직접 처벌할 안을 세우고 명부(名簿)를 작성 중이던바 동경(東京), 대판(大阪) 등 기타 각지에서 밀수입되는 좌익서적, 출판물은 완전히 방비할 도리가 없으므로 명년도 예산편성기를 앞두고 그에 대한 예산으로 一부를 요구하게 되었다.

도서과 당국의 안(案)으로는 동경, 대판을 필두로 조선내 각 주요도시(大邱, 平壤, 新義州, 淸津 等地)에 검열계원을 배치할 예정이나 예산이 그까지는 도저히 허락지 않으므로 우선 부산(釜山)에만 도 경찰부 검열계를 검열과(檢閱課)로 승격하여 인원을 늘리고 동경, 대판 방면에서 들어오는 좌익출판물을 모조리 압수할 모양이다.

별항과 같이 검열계를 대확충하는 동시에 조선내 일반출판물취체규칙(出版物取締規則)도 개정하기로 하고 총독부 경무국 도서과에서는 입안(立案)하여 방금 심의중인데 이는 일본 경보국(警保局) 입안의 출판규칙에 준하여 첫째 사상대책(思想對策) 一반 출판 관계자의 보호 및 협조정책(協調政策) 등을 수립한 것 등 경보국의 안과 대차는 없을 모양이다. 그리고 이 출판물취체규칙은 늦어도 명년도부터 실시할 터이라고 한다.

1717 「思想對策과 出版物의 取締, 慶南 圖書課의 新設」

『동아일보』, 1933.07.12, 석1면

一

思想이 그 時代의 表現이라 하면 出版은 그 思想表現의 具體化한 者이다. 그러므로 그 時代의 文化는 그 時代의 思想에 나타나고 그 時代의 思想은 그 時代의 出版物에 나타난다. 그리하여 文化가 깊고 오랜 社會일수록 出版物은 많고 出版物의 內容은 豊富하나니 古代의 希臘과 現代의 獨逸이 그 文化를 世界에 자랑함은 이 때문이다.

그런데 往往히 近年에 이르러 몇몇 나라가 思想對策의 一手段으로 出版物의 取締를 嚴重히 하여 或은 發賣禁止 혹은 發行停止를 極度로 하여 文化에 對한 彈壓이 있음은 遺憾의 일이다.

二

從來 朝鮮에서는 出版法, 新聞紙法이 있어 他에 比하여 言論出版의 自由가 매우

制限된 傾向이 있는 것은 누구나 認定하는 바이거니와 近日에는 朝鮮文化에 가장 影響을 준다는 日本으로부터의 出版物의 輸入을 團束하기 위하여 慶南道廳에 圖書課를 新設한다니 朝鮮文化로 보아 생각할 만한 일이라 믿는다.

當局의 意見에 依하면 出版取締를 嚴히 함은 反國家的 行動을 取締한다 함이라 하지만 元來 思想은 自由로워야 하고 行動은 制限할 것이다. 그런데 思想을 取締하고 이것을 取締하기 위하여는 出版物까지 刊行을 制限하고 그 購讀을 制限 혹은 禁止함은 國家對策으로써도 意味가 적을 뿐 아니라 文化彈壓이란 非難을 免치 못할 것이다. 慶南 圖書課 新設에 際하여 當局의 文化 對策에 對한 注意를 促進코자 한다.

1718 「城津에서도 레코드 압수」

『조선일보』, 1933.07.12, 조4면

성진군청 재근 방(方) 모와 동 군속 모, 두 사람은 농사 간담차로 지난 칠일에 축음기를 가지고 성진군 학상면 상평동(城津郡 鶴上面 上坪洞)에 갔다가 레코드 「서울구경」을 성현주재소 박 순사에게 압수당하였다 한다. 【城津】

1719 「燈台社의 出版書籍 七八千部를 押收」

『매일신보』, 1933.07.14, 7면

평양서에서는 동경에 있는 燈臺社의 발행으로 미국 뉴욕에서 인쇄한 『聖書』의 逆解釋으로 불온사상을 교묘히 선전한 서적 四천 부를 압수한 외 수일 전 다시 『政府』라고 하는 책(약 五백 페이지의 불온문구 기록된 것)을 부내 倉田里 교회로 三백 七十부가 송달된 것을 탐지하고 동 서 고등계에서는 즉시 전기 서적 전부를 압수하였는데 금후 계속적으로 전기와 같은 서적이 들어옴을 감시하리라 한다. 【平壤】

1720 「新義州에도 檢閱課 獨立」

『동아일보』, 1933.07.18, 석3면

평북 고등경찰과에서는 만주국 실현으로 인하여 홍수와 같이 몰려들어오는 출판물을 재래와 같은 검열제도로는 도저히 이에 당할 수 없어 내년도에는 총독부의 복안에 따라 경남도와 같이 檢閱課를 고등경찰과로부터 분립시켜 이에 충당케 하기로 내정되었다 한다. 【신의주】

1721 「秘密結社 組織하고 强盜 敢行한 事件」

『매일신보』, 1933.07.18, 7면

로만(露滿) 국경 경흥경찰서(慶興警察署)에서는 함북도 경찰부(咸北道 警察部)의 지도 하에 지난 三월 국외 모 방면의 지도에 기한 비밀결사 농민협회 원정동지부(農民協會 元汀洞支部)원 十 명을 검거, 취조 중 지난 六월 二十四일 사건을 소관 청진지방법원 검사국(清津地方法院 檢事局)에 송치한바 사건의 내용은 다음과 같다.

동 사건의 주범 경흥군 경흥면 원정동(慶興郡 慶興面 元汀洞) 박경선(朴敬先)(三二)은 가계 빈곤으로 이미 사회사조의 영향을 받아 공산주의사상을 포지하고 있던바 작년 五월 二十일경 가사의 용무로 대안 훈춘현 경신향(敬信鄉)에 갔다 돌아오는 길에 동지 공산주의자의 거두 모로부터 고향에 돌아간 후 향리에서 비밀결사를 조직하여 조선(朝鮮) 적화계획에 대한 지령을 받아 이래 원정동(元汀洞) 소년구락부(少年俱樂部)를 토대로써 동지 획득에 분주 중 박삼재(朴三才), 박경현(朴敬鉉), 박문범(朴文範), 박경옥(朴敬玉) 등 四 명의 동지를 얻어 소화 七년 十一월 二十二일 밤 전기 원정동(元汀洞) 박경령(朴敬令) 방에서 박경선(朴敬先), 박삼재(朴三才), 박경현(朴敬鉉), 박문범(朴文範), 박경옥(朴敬玉) 등 五 명이 집합하여 조선(朝鮮)○○○○○사회건설을 목적한 농민협회 원정동지부(農民協會 元汀洞支部)를 조직하여 그 후 각지 결사의 확대, 강화에 노력한 것과 김삼재(金三才), 김주만(金柱萬), 김금석(金金石), 전기만(全基

萬), 김진현(金進賢) 등을 획득하여 합 十 명의 회원으로 소화 七년 十二일 그의 활동 부서를 責任 朴敬先, 宣傳責任 朴三才, 連絡部責任 朴敬玉, 財務部責任 金三才로 결정하여서 그의 진용을 정비하였다.

전기와 같이 그 진용을 정비한 책임자들은 대중 '아지프로'의 수단으로서 소화 七년 十二월 二十二일부터 소화 八년 二월 五일까지 전후 六 회에 불온문서 약 백 매를 작성하여 경흥군(慶興郡)내 각지에 산포함과 동시에 지방 청소년에 대한 '푸로카투'[89] 운동을 실현하여 착착 목적 달성의 기초 공작을 계속하여 오던 중 특히 그들은 운동자금 연출책으로서 강도를 감행할 협의를 하고 그의 준비로 목제 권총 三 정을 제작하여 강도의 기회를 엿보고 오던 중 소화 八년 二월 五일 오후 十시경 만주국 경신향(滿洲國 敬信鄕) 모 二 명과 원정동(元汀洞)에서 공모하여 원정동(元汀洞) 유일의 재산가 김치완(金致完)의 집에 침입하여 전기 목제 권총으로 김치완(金致完) 이하 가족들을 협박하여 현금 二十一 원을 강탈하여 운동자금에 쓰고 계속 불온격문을 산포하여 지방의 치안을 방해한 바 적지 않아 이에 경흥경찰서(慶興警察署)에서는 서원을 파하여 원정동(元汀洞) 내 청소년의 행동을 엄밀히 탐정하던 중 소화 八년 三월 十二일 원정동(元汀洞) 노상에서 불온문서 一 매를 발견하게 되어 이를 단서로 관계자 전부를 검거하게 되었다고 한다. 【羅南】

1722 「赤色音盤 수종을 압수」

『조선일보』, 1933.07.20, 석2면

함경북도 당국이 이즈음 '소비엣트' 연방으로부터 수입된 노서아말 '레코드' 가운데 불온한 것이 있는 것을 발견하고 경무국에 발송하여 왔으므로 경무국에서 검열한 결과 「우크라이나 혁명가」, 「독일공산당 청년가」를 안팎에 불어 넣은 것과

89 '프롤레트쿨트(proletcult)'의 오식으로 추정.

「국방을 튼튼히 하라」의 두서너 종류를 치안방해로 발행금지 처분을 하였다. 이것은 '소비엣트' 연방정부가 만든 공산주의 선전용 '레코드'이다.

1723 「九 年 前 筆禍의 前 『朝日報』 辛日鎔 公判」

『동아일보』, 1933.07.21, 석2면

지금으로부터 九 년 전인 대정(大正) 十四년 九월에 『조선일보(朝鮮日報)』 필화사건(筆禍事件)으로 인하여 당시 공판을 앞두고 만주(滿洲)로 탈출하였다가 작년 四월 三十일에 고국으로 들어온 신일용(辛日鎔)에 관한 사건의 공판은 오는 二十二일 오전 十시에 경성지방법원(京城地方法院)에서 산하(山下) 재판장의 주심으로 개정되리라 한다.

동 사건은 당시 『조선일보』에 게재되었던 사설(社說) 「조선과 적로의 정치적 관계」라는 것이 치안에 저촉되어 기소되었던 것인데 그 후 소화 五년 九월에 시효가 만기될 것인데 당시 담임재판장이 공소권 갱신(公訴權 更新)의 수속을 한 까닭에 또 다시 시효가 계속하여 오는 중이므로 이번에 공판이 열리게 된 것이라는데 一반 주목의 초점은 시효문제(時效問題)에 있다고 한다. 당일에 출시할 변호인은 김병로(金炳魯), 신태악(辛泰嶽) 양씨라고 한다.

1724 「『全線』 七月號 押收」

『조선일보』, 1933.07.21, 석3면

적벽사(赤壁社)에서 발행하는 월간잡지 『전선(全線)』은 유월호(六月號)도 원고 팔백여 매를 몰수를 당하여 발행하지 못하게 되고 뒤에 곧 칠월호 원고를 제출하였던바 역시 불통과 되어 지금 임시호(臨時號) 준비에 분망 중이라더라.

1725 「『天道教月報』押收」

『동아일보』, 1933.07.28, 석2면

시내 경운동(慶雲洞)에 있는 천도교 중앙교회(天道教 中央教會)의 기관지(機關紙) 『천도교회월보(天道教會月報)』 七월호 제二백六十七호는 기사 중에 당국의 기휘에 저촉되어 압수를 당하였으므로 동 교회에서는 임시호(臨時號)를 발행하려고 준비하는 중이라 한다.

1726 「面協議員에게 新聞 購讀 禁止」

『동아일보』, 1933.08.01, 석3면

平北 寧邊郡 八院面 협의원들은 지난 四월부터 『동아일보』를 팔원분매소에서 구독하던바 이즈음 영변구청에서 『동아일보』 구독을 금지하는 관계로 전부 정지하고 군청 처사에 비난을 한다는데 당사자들의 말은 다음과 같다.

面協議員 吳學聖 氏 談

"우리 협의원 一동은 『동아일보』 구독을 결의하고 몇 달 보아오던 중 면소에서 말하기를 군청에서 『동아일보』는 금지한다기에 부득이 정지하였습니다."

寧邊郡守 羅昌燮 氏 談

"도청 방침인 『매일신보』를 구독하라는 일은 있었습니다마는 결코 『동아일보』 구독을 금지한 일은 없습니다." 운운. 【영변】

1727 「聯絡船 乘降學生의 思想傾向 嚴密 取締」

『동아일보』, 1933.08.02, 조2면

최근 학생층의 사상동향이 비상히 불온해간다 하여 경남경찰부(慶南警察部)에서는 경계의 눈을 연락선까지 뻗치게 되어 부산수상서로 하여금 八월 一일부터 종래 관부연락선을 통과하는 학생 승객의 신원조사에 일층 세심(細心)을 더하여 사상 방면의 내용을 탐사하기 위하여 하기 휴학 중에 가지고 있는 서적을 엄중히 조사하는 동시에 그들의 사상 동향을 살피어 보리라 한다. 【부산】

1728 「不穩書信 往復」

『매일신보』, 1933.08.02, 2면

반전데이를 전기하여 부내 종로서 고등계에서도 비상경계를 하고 있던 중 작 三十一일 아침에는 부내 원동(苑洞) 一〇二번지 전재룡(全在龍)(二一)(別名 鈴蘭)이라는 여자를 검거한 후이어서 가택수색을 하여 다수의 서류를 압수하고 방금 엄중한 취조를 거듭하는 중인데 전기 전재룡은 부내 종로통 낙원회관(樂園會館) '인텔리 웨이트리스'로 수만 사람의 인기를 모으고 있는 여자로 동 서에서 처음에 검거하기는 반전데이를 전기하여 해외 청년과 연락을 한 후 어떠한 획책이 있는 듯하다는 혐의였으나 취조의 결과 반전데이와는 아무 관계가 없고 오직 해외(海外)에 있는 좌경청년과 서신을 연락한 것으로 판명되었는데 시절이 시절이니만치 혹시 그 이면에 어떠한 사건이 또 잠재하지나 아니한가 하여 엄중한 취조를 계속하고 있는 중이다.

1729 「私服刑事 '越權問題'로 興行業者 警察에 嘆願」

『동아일보』, 1933.08.06, 조2면

요즘 시내 각 극장에는 임장 경관의 취체가 엄중하여 연극 개막 중 시시로 폐막 명령을 당할 뿐 아니라 정원에 달하지 않은 경우에도 만원이라고 문을 닫게 하여 영업상 큰 문제라고 종로서 보안주임과 상부 관청에 탄원한 바 있었다.

전 책임을 가지고 임석한 정복경관은 항상 아무러한 말이 없으나 고등계 사복경관 모가 월권행동을 한다 하여 이 밀고를 받은 총독부 도서과 검열계 강(岡) 경부는 지난 三十일 밤 조선극장(朝鮮劇場)에 가서 살피던 중 사복경관이 임석한 정복의 경관에게 대본을 배달해 가지고 무대로 등장하여 배우들에게 주의를 주는 것을 강 경부가 불러 가지고 다음과 같은 주의를 주었던 일도 있다고 한다.

"사복경관은 관중 속에 섞여 앉아 어떠한 목적을 달하는 것이 직무상 마땅한 일이며 극장에서 취체하는 것은 보안에 책임이 있는 만큼 임석 경관이 할 일이고 그대가 만일 잘못된 점을 발견했다면 다음날 관계자를 불러서 처벌하는 것이 당연한 일이다."

이렇게 주의를 받은 사복형사가 월권적 취체를 하는 이면에는 여러 가지 재미롭지 못한 내용이 있다 하여 경찰부 고하(古賀) 경부과장도 내용을 조사하는 중에 있다고 한다.

이에 대하여 흑소 고등계주임은 다음과 같이 말한다.

"월권 취체를 한 일이 있다고 하나 사실은 배우들이 불온사상을 암암히 선전하는 일이 있어 어떤 정도까지 취체하는 것은 당연한 일이라고 생각합니다."

1730 「平壤署 書店 檢索」

『조선일보』, 1933.08.11, 석2면

평양서 高等係에서는 팔구 양일간 부내 전반 書店을 대수사하여 發禁 중에 있는 左傾書籍 다수와 풍속을 문란하는 '에로' 서적 다수를 압수하였다. 이 때문에 평양서 고등계실은 돌연히 서점으로 변한 듯 압수한 서적으로 산을 쌓았다. 【平壤】

1731 「仁貞圖書館 赤色書籍 取締」

『동아일보』, 1933.08.12, 석3면

최근 평양서 고등계에서는 적색서적의 취체에 착수하여 가끔 서점의 서적조사를 행하는 중 인정(仁貞)도서관에도 이 손이 닿아 九十七 책의 적색서적에 까닭이 붙게 되었다. 우선 동 서에서는 이를 상부에 보고하고 그 지시를 기다리는 모양으로 이 九十七 책의 서적을 압수하는 모양이라 한다. 【평양】

1732 「焚書 三千 卷 大洞江邊의 煙氣로」

『동아일보』, 1933.08.15, 석3면

焚書는 옛적 진시황이나 멀리 독일에서만 볼 수 있는 일이 아니라 불일간 평양의 대동강변에서도 三천여 책이 연기로 화하리라 한다. 이것은 평양서에서 지금까지 압수하여 두었던 것 중에서 보존기한이 지난 것은 별달리 처치할 길도 없어 태워버리려는 것으로는 그중에는 일본 燈臺社 발행의 문제의 서적 『심판』, 『마지막 날』 등을 비롯하여 좀처럼 얻기 힘든 사회과학서류가 대부분이고 눈을 바로 뜨지 못할 '에로' 서적도 그중에 섞여 있다고 한다. 최근 평양시에서는 특별히 고본서적상의 취체를 엄중히 하여 발매금지된 서적을 발견하는 대로 압수하는 터로 仁貞도서관의 서적 九十七 책도 문제 중에 있거니와 불일간 연기로 화하여 대동강변에 사라질 서적만이 三천 책이라 한다. 【평양】

1733 「三南은 小說이 많고 西北은 思想書籍」

『조선일보』, 1933.08.16, 조2면

한동안 활발히 늘어나던 조선의 사회운동은 취체당국의 엄중한 탄압으로 요즈음에는 표면으로는 아주 자취를 감추어 버린 것 같은 형태에 있는 대신에 지하에서 잠행하는 비밀운동이 점점 그 세를 더해 감은 근자에 종종 발각되는 공산당사건의 증가하여 가는 것을 보아서 짐작할 수 있는 바인데 이들 운동의 발달에 중대한 원천이 되는 서적의 배포되는 상태를 살펴보아서 사상운동의 현세를 비교 참작할 수 있다. 이제 사상서적과 신구소설 등을 주장 취급하는 몇 곳의 출판업자들에게 조사한 바를 종합하여 보건대 사상서적은 단언히 함경도(咸鏡道) 지방으로 많이 팔리고 그 다음으로 평안도(平安道) 지방이며 신구소설은 삼남 지방으로 많이 팔리고 있어 재미있는 대조를 보이고 있다고 한다.

新階段社 兪鎭熙 氏 談

"『신계단』은 함경도 지방과 평안도 지방으로 제일 많이 나갑니다. 삼남 지방은 훨씬 적게 나갑니다. ……" 운운.

民衆書院 權泰錫 氏 談

"우리 서점에서는 주장 사상서적을 많이 팔고 있는데 어디보다 함경도 지방으로 제일 많이 팔리고 그 다음으로 평안도 지방이겠습니다." 운운.

博文書館 盧益亨 氏 談

"우리 서점에는 신구소설을 주장 출판하는데 아마 삼남 지방에서 오는 주문이 서북 지방의 주문보다는 이 배는 꼭 됩니다. ……" 운운.

批判社 宋奉瑀 氏 談

"우리 『비판』 잡지는 간도(間島) 지방과 함경도 지방으로 제일 많이 나가고 그 다음으로 평안도, 삼남 지방의 순서로 볼 수 있습니다. ……" 운운.

大衆社 金若水 氏 談

"우리 『대중』은 남북 지방이 별 차이 없이 상반하게 팔립니다." 운운.

1734 「府立圖書館서도 赤色書籍 押收」

『조선일보』, 1933.08.17, 조2면

평양서에서 기보와 같이 차압한 적, 도색(赤, 桃色) 서적 삼천여 책을 최근 대동강 안에서 불살라 버리게 되었거니와 인정도서관(仁貞圖書館)에서 발견한 적색서적 백팔 책에 대해서도 단연 처분키로 태도를 설정하고 서적 '카드'까지 압수하는 동시에 열람금지를 시켰다. 일방 부립도서관(府立圖書館)도 수사를 한 결과 적색서적 한 책을 발견하였다. 이리하여 평양부내에서도 접종하여 분서(焚書)가 전개될 모양이다. 【평양】

1735 「鐘路署 檢擧 擴大」

『조선일보』, 1933.08.19, 석2면

지난 십육일 시내 안국동(安國洞)에서 박양선(朴亮善)(二二)을 검거하고 그 이튿날 이어서 동대문경찰서에 근무하는 모 순사의 아우 김태순(金泰順)(二一)을 검거하여 엄중한 취조를 진행하던 시내 종로서 고등계에서는 십사일에 이르러 김태순만은 석방하고 십팔일에는 소격동(昭格洞)에서 연희전문 학생(延禧專門 學生) 이 모를 검거하는 동시에 다수한 사상서적과 문서 등을 압수하고 엄중 취조 중인바 사건은 점차 확대될 모양이며 검거도 상당한 광범위에 미칠 모양이다.

1736 「不穩出版物 絶滅코자 出版法規를 改正」

『조선중앙일보』, 1933.08.19, 2면

내무성 경보국(內務省 警保局)에서는 사상운동의 취체를 철저히 하기 위하여 출판경찰망을 확충(擴充)하게 되었다는바 명년도 예산에는 약 二十만 원을 계상하여 불온출판물의 절멸을 기하는 동시에 현행 출판법과 신문지법의 근본적 개정을 단행하게 되었다. 이리하여 얼마 전에는 국의(局議)를 개최하고 개정법의 근본 방침에 대하여 타협 중에 있던바 지난 十七일에 이르러 개정 요항(要項)을 결정하여 그날로 즉시 정부사상대책(政府思想對策)위원회에 제출하였다. 이에 동 위원회에서 이것을 승인하게 되면 각부(各部)에 보고하여 즉시 성안에 착수한 다음 오는 의회에는 제출할 방침이라는바 개정의 요항은 다음과 같다.

一. 納本制度를 改善하여 不穩思想에 關한 出版物과 其他의 一般 出版物과의 取扱을 差別하여 特히 無届出版物에는 懲罰로써 臨할 것.

一. 出版物의 發賣, 配布 禁止와 差押에 關하여 地方長官의 權限을 擴大시킬 것.

一. 不穩思想의 具에 供[90]한다고 認하는 新聞, 雜誌에 發行停止의 制度를 設할 것.

一. 新聞紙가 社會思想에 미치게 하는 影響의 重大함에 鑑하여 新聞紙에 依한 不穩記事의 責任者 制度에 改善을 加할 것.

一. 出版, 印刷와 出版物 販賣 等에 關한 業務를 届出營業으로 할 것. 【東京十八日發電】

1737 「興行 中 俳優 引致코 取調」

『동아일보』, 1933.08.23, 석3면

평양서에서는 二十일 밤 十一시경 부내 욱정(旭町) 평양좌(平壤座)에서 흥행 중이던 극단 희락좌(喜樂座)의 배우 임소천(林少泉)을 무대에서 검거 동시에 인치하고 취조 중이라 한다. 까닭은 임소천이 흥행 중 과백(科白)[91]에 불온한 구절이 있었기 때문이라 한다. 【평양】

90 구공(具供) : 죄상을 진술하다.
91 과백(科白) : 연극배우의 동작과 대사.

1738 「警務局 圖書課 小野 氏 榮進」

『매일신보』, 1933.08.25, 2면

卄三 년이라는 긴 세월을 한결같이 꾸준히 쌓여 온 공적이 그 보람이 있어 작 卄三일부로 통역생(通譯生)으로부터 통역관(通譯官)으로 영진(榮進)하여 고등관 七등을 배명한 경무국 도서과 검열계(警務局 圖書課 檢閱係) 근무 소야강방(小野綱方) 씨는 기자의 축하하는 인사에 기쁜 빛을 감출 길이 없어하면서도 겸손한 태도로 "모든 것이 모두 여러분께서 원조하여 주신 덕택입니다. 승진에 대한 사명만 받았을 뿐이요, 목하 청수(淸水) 과장도 병결(病缺) 중이므로 임지(任地) 등에 대하여는 아무 명령도 받지 않았습니다"고 간단한 대답을 하고 수줍은 처녀와 같이 입을 다물어 버린다.

씨는 경무총감부(警務總監部) 시대부터 경무밭(警務田)에서 자라나 금일에 이르기까지 卄三 년간 하루와 같이 비가 오나 바람이 부나 꾸준히 정근(精勤)하여 온 근면가로 최초부터 조선문 신문, 잡지의 검열(檢閱)에 종사하여 왔었는데, 동경진재(東京震災) 전후 三 년간은 특히 총독부 동경파견원(東京派遣員)으로 동경 총독부 출장소에서 근무한 일도 있었다. 씨는 성격이 뇌락활달(磊落活達)하여 소사(小事)에 구애치 않고 종시 낙천적으로 관리로서 매우 명랑(明朗)한 기조(□□)의 소유자로 동료와 상관의 신임도 매우 두터웠었는데 이번의 영진은 전혀 이 공로에 대한 갚음이라 하겠다.

씨는 또 일찍이 『일선쌍설통해(日鮮雙舌通解)』라는 저술이 있어 당시 조선어가 내지인에게 보급되지 않았을 때이라 사계에 많은 공헌이 있었다 한다. 씨의 이번 임지(任地)에 대하여는 아직 정식발령이 없으나 아마 신경(新京) 파견원으로 만주로 진출하리라 한다.

1739 「工費 四萬 圓으로 映畵 關門 新設」

『동아일보』, 1933.08.27, 조2면

총독부 영화검열계에서는 토키 검열 설비가 없으므로 발성영화의 검열은 일일이 검열관이 봉절관에 가서 검열하였는데 여러 가지 불편한 점이 있을 뿐 아니라 발성과 무성영화의 검열 권수도 해마다 증가하여 현재 총독부 五층 검열실만으로는 좁은바 금번 검열실을 확장하는 동시에 토키 검열 설비도 실시하기로 되어 지난 八월 상순 경비 四만 원을 투하고 검열실 一동을 건축하기로 되었는데 공사는 十월경에 완성될 예정이라고 한다.

1740 「新秋의 映畵陣은 '이데올로기' 映畵로부터」

『조선일보』, 1933.08.27, 조2면[92]

칠월 중 총독부 도서과에서 검열한 활동사진은 무성영화 육백사십이 권, 십사만 오천칠백팔십오 미터, 발성영화는 칠십칠 권, 일만구천 오백칠십구 미터에 달하는데 칠팔월의 한산기는 조선 측 상설관이 연극의 상연을 많이 하였으므로 검열 수량도 따라서 감하고 있다. 더욱 금추의 '시즌'에는 '이데올로기' 영화가 많을 것이라고 도서과에서는 보고 있다.

92 「七月 中 映畵檢閱」, 『동아일보』, 1933.08.27, 조2면

1741 「大學과 專門學校에 思想監督官을 配置」

『동아일보』, 1933.08.30, 조2면

도도히 흐르고 있는 학생들의 좌경사상에 머리를 앓고 있는 학무국에서는 이에 대한 대책으로서 大學과 專門학교에 사상대책 전임을 두고 엄중 취체키로 되었다. 이것의 실시는 명년도로부터 경성제국대학과 동 예과 각 전문학교에 학생사상 지도감독관으로서 학생주사와 생도주사 一 명씩을 각각 배치하는 동시에 학무국 내에도 전임 직원을 두기로 결정하였다. 이에 대한 경비로는 三만 원을 요구하였던 바 이번 사정의 결과 이것을 용인하게 된 까닭에 명년도부터 실시하게 되었다.

1742 「平壤 '프로' 俳優 十三 名 檢擧」

『동아일보』, 1933.09.03, 석2면

一일 밤 평양 경찰서 고등계에서는 계원 다수가 부내 경창리(景昌里)에 출장하여 '프롤레타리아' 극단 신세기(新世紀)의 간부 김남천(金南天), 한재덕(韓載德), 변효식(邊孝植) 등 十三 명을 검거하여다가 엄중 취조중이라 한다.

극단 신세기는 일찍이 해산 당한 경성 '프롤레타리아' 극단 명일극장(明日劇場)의 나머지 단원이 평양에서 조직한 극단으로 일찍부터 경찰의 주의를 받아오던바 금번 동 극단에서 공연을 앞두고 상연각본(上演脚本) 「평양 삼인남(三人男)」 등을 당국에 제출하였던바 그것이 불온하다 하여 전기와 같이 동 단원 다수를 검거한 것이라 한다. 【평양지국전화】

1743 「興行이 不穩타고 出演俳優 取調」

『조선일보』, 1933.09.07, 석3면

당지 梅枝町 新鮮座에서 수일 전부터 흥행 중이던 明日劇團 단원 沈馬夫(二六)와 鞠芳園(二○)(女優)을 지난 삼일 오후 삼시경에 신의주서 고등계원이 소환하여 취조 후 일단 돌려보냈다는데 그 전날 밤에 흥행한 「백두산 밑에 눈이 나리는 밤」(二幕)과 「철로공부」(一幕)의 내용이 불온하여 배후의 어떤 사상적 배경이나 있지 않은가 하고 그 같이 취조한 것이라 한다. 【新義州】

1744 「左翼書籍 押收」

『조선일보』, 1933.09.09, 조2면

지난 오일 이른 아침부터 마산경찰서 고등계에서는 총출동으로 시내 각처를 엄계하는 동시 馬山書院에 와서 방금 발매 중인 신간 좌익서적 수십 권과 전 勞農文庫 소속 서적 수십 권을 모두 차압해 갔다는바 이는 모두 원래 발매를 금지치 않은 공공하게 출판된 서적으로 일반은 경찰의 과민을 이상히 생각한다고 한다. 【馬山】

1745 「映畵, 出版物의 檢閱制度를 擴充」

『동아일보』, 1933.09.09, 석1면

思想對策委員會는 別項과 같이 七日 午後 三時부터 水田町 首相 官邸에 開會하고 堀切 書記官長 以下 各 委員 出席하여 內務省 提案의 「映畵 其他 取締에 對한 檢閱制度 擴充案」을 附議할 一. 外國에서 輸入하는 諸種 映畵의 檢閱 取締를 統一할 것 二. 檢閱官의 改善을 하여 그 實質의 向上을 할 것 三. 레코드 取締 制度를 創設할 것 四. 出版物의 發賣・販賣 禁止 並 押收에 關하여 地方長官에게 그 權限을 委任할 것 五.

出版物販賣營業認可를 屆出制度로 할 것을 決定하고 午後 四時 半 散會하였다. 【電通東京電話】

1746 「穩健한 雜誌는 校正檢閱로, 검열수속 상의 새로운 수속」

『매일신보』, 1933.09.10, 2면[93]

조선인 발행 잡지에 대한 검열수속(檢閱 手續)에 있어 종래는 원고를 제출케 하여 검열을 맡게 하던 것을 지금부터는 온건한 잡지로 당국의 승인을 받은 잡지에 한하여는 원고 대신에 교정인쇄물(校正印刷物)을 제출하여 검열을 받을 수 있도록 수속을 개정하여 곧 실시하기로 되었다는데 이에 대하여 청수(淸水) 도서과장은 다음과 같이 말하였다.

"諺文出版物은 逐年 增加하는 中이요, 其 內容에 있어서도 亦 漸次 穩健에 向하고 있다. 由來 諺文雜誌는 時로 矯激한 舞文曲筆을 振치 않으면 大衆의 賞讚을 博치 못할 것과 같이 思惟하고 往往 競하여 此에 迎合코자 하는 風이 있었는데 滿洲事變 以後 時局의 急速한 展開에 處하여 克히 大勢 順應의 機宜 □捉하에 忩치 않고 諺文刊行物의 劃時期的 轉向을 示하여 自然 不穩한 惡誌의 淨化, 淘汰가 行하여서 彬彬한 半島文運의 大使命에 貢獻하고 있음은 欣幸할 바이다. 當局에서도 朝鮮統治의 實際에 則하여 曩者 新聞紙法, 出版法의 改革을 期하여 新出版物法을 一旦 立案되었으나 時勢의 急激한 推移에 伴하여 且 內地의 改正 狀況에 準據할 必要도 生하였기 때문에 一時 此를 中止하는 不得已에 至하고 있음도 一로 該法이 文化의 急潮에 棹하여 舊를 去하고 新에 進하는 適法이 되게 함에 不外한 것으로 當局도 恒常 言論의 自由와 言論의 社會的 大使命의 發揮에는 絶大한 關心을 保하고 있고 關係 法規의 不利不便으로부터 生하는 諸種의 弊害는 極力 此로 除去코자 努力하고 있다.

93 「定期刊行物에 限하여 校本檢閱制를 實施」, 『동아일보』, 1933.09.10, 석2면.

然而 今回 此의 文化機關에 從事하는 者에 取하여 最繁縟[94]한 難關이 되어 있었던 原稿檢閱 手續의 大改新을 行코자 하는 것으로 卽 繼續出版物 中 其 內容의 穩健한 者에 對하여는 今에 遽히 此를 新聞紙法에 依하여 許可함이 困難한 事情이 있음에 鑑하여 于先 出願 稿本을 上梓하여 活版에 附한 其 校正印刷로써 稿本으로 出願할 수 있도록 手續을 改正한 것이다. 右 手續에 依하여 所謂 原稿檢閱의 繁瑣한 手續이 極히 簡便 敏速히 되어 定期刊行物의 發行 日附가 檢閱에 沮止됨이 없이 確保케 되는 것인데 實로 斯界를 爲하여 其 成果를 祝福할 바이다.

勿論 此는 穩健한 定期刊行物에 限하여 許容된 便法임은 言을 待할 바 없으나 此事에 從事하는 言論界의 人士도 今次의 此 便法 利用에 充分한 關心과 努力을 拂하여서 運用의 希望者가 益益 增加키를 祈하는 바이다. 就하여는 此의 希望者는 各自管轄 道를 經由하여 承認願을 提出하여 當局으로부터 其 承認을 受하는 手續을 履行하기를 바란다."

1747 「出版法에 依한 刊行物 檢閱 提出 同時에」 『매일신보』, 1933.09.10, 2면

종래 조선인 발행의 월간잡지는 그 원고(原稿)를 먼저 경무국 도서과에 제출하여 그 검열을 맡은 후에 인쇄소에 넘기는 것이 출판법(出版法)의 규정인데 만약 그리하지 않고 잡지 발행일에 지장이 생길까 염려하는 끝에 원고 二 통을 작성하여 一 통은 검열계에 제출하고 一 통은 인쇄소에 넘겨 인쇄에 착수한 후 나중에 검열이 나오는 대로 삭제된 개소만 삭제하고 곧 발행하는 일은 출판법 제十一조에 의하여 三 년 이하의 징역 百 원 이상의 벌금에 처하게 규정되어 있는바 지난 八일부 『동아일보(東亞日報)』 「응접실(應接室)」란에 전기 사항에 대한 독자의 질문에 對하여 원고 二 통 작성을 해도 좋다는 회답의 기사가 있어 이는 확실히 출판법 위반의

94 변욕(繁縟) : 번거롭고 까다로운 규칙과 예절을 뜻하는 번문욕례(繁文縟禮)의 준말.

행위라고 경무당국 측은 인정하고 전기 『동아일보』에 엄중한 경고를 발하는 동시 一면으로 조선문 잡지 발행사의 실지를 내탐하였던바 『현대상(現代像)』이라는 잡지와 모 교(某敎)에서 발행하는 五 개 잡지가 모두 전기와 같은 출판법 위반의 수속을 밟고 있음이 드러나 경무당국은 이들 잡지 발매자에 단연 엄중한 처벌을 하기로 되었다는데 이와 같이 『동아일보』의 잘못된 기사로 一반 독자에 위법행위(違法行爲)를 내게 함은 유감이라고 경무당국은 심려하고 있다.

1748 「소리板 受難時代, 「아리랑」 等 四 種 押收」 『동아일보』, 1933.09.13, 석2면

'빅터' 취입의 조선 '레코드' 신민요 「변조 아리랑」 유행가와 「漢陽의 四季」는 十一일 치안방해의 혐의로 발매금지를 당하였다. 조선총독부가 내무성보다 먼저 '레코드' 취체규칙을 제정한 이래 발매금지를 당한 '레코드'는 十九 종에 이르렀으니 풍속괴란 혐의로 당한 것이 三 종이며 그 외는 전부가 사상관계의 치안방해로 일본어판 二 종, '로서아'판 三 종, 그 외는 전부가 조선어판이다. 또 그 외에 製造禁止 처분을 당한 미성품 '레코드'도 수 종이라고 한다.

1749 「歌盤 處分 頻頻」 『조선일보』, 1933.09.17, 석2면[95]

시에론회사 작품 조선어 레코드 장잡가(長雜歌) 「백주의 노래」(白酒의 唱)는 풍속을 문란시킬 염려가 있다 하여 경무국 도서과(圖書課)에서 구월 십사일부터 압수하

95 「병 주둥이 막힌 白酒歌」, 『동아일보』, 1933.09.16, 2면.

여 발매금지 처분을 당하였다 하며 이글회사 작품인 일본어 레코드 「만재(漫才)」, 「기미노우마레」(君의 誕生)는 코럼비아 경성지점에서 일전 이것을 삼백오십 매를 이입하였던바 그 내용이 조선에 있어서 치안을 방해할 우려가 있다 하여 또한 전기 「백주의 노래」와 같이 행정처분을 받아 곧 일본으로 돌려보내기로 하였다 한다.

1750 「第一着 指定은 雜誌『實生活』」

『동아일보』, 1933.09.18, 2면

정기간행물에 원고검열제도를 교본검열제도로 고치기로 되었다 함은 기보한 바이거니와 이 교본검열제도에 의하여 허가될 정기간행물은 직접으로 총독부 도서과에서 지정하는 것이 아니라 각 도 당국에 일임하여 그 도에서 지정한 후 수속을 밟게 하여 도서과까지 도달토록 하였다.

각 도에서 정기간행물의 내용을 엄밀 조사키 위하여 간행물 발행소 소재지의 소관경찰서로 하여금 지정토록 하였다는바 조선에서 제一착으로 교본제에 의하여 지정을 받은 잡지는 『실생활(實生活)』이라 한다.

요컨대 당국의 방침으로써 공론탁설의 잡지보다도 실제 문제를 취급하는 것만을 앞세워 놓고 그 외의 것들은 고려에 고려를 가할 모양으로 관측된다.

1751 「書籍도 多數 押收 十餘 青年을 檢擧」

『조선일보』, 1933.09.20, 조4면

군산경찰서 고등계에서는 수일 전부터 전후 삼차에 긍하여 옥구군 미면 어청도(沃溝郡 米面 於青島)에서 황장근(黃章根), 이동춘(李東春), 복갑술(卜甲述) 외 십일 명을 검거함과 동시에 불온한 문서도 다수 압수하였다는데 내용은 극비밀에 부치므로 알 수 없으나 무슨 비사(秘社) 사건이 탄로된 듯하다 하며 앞으로 더욱 검거가 확대되지 않을까 하여 일반은 매우 주목하고 있다 한다. 【群山】

1752 「出版物 及 新聞紙 法令 改正의 準備」 『조선중앙일보』, 1933.09.22, 2면

조선의 현행 출판법(出版法)은 지금으로부터 二十五 년 전인 융희(隆熙) 三年 二월 법률 제六호를 그대로 실시하고 있으며 신문지법(新聞紙法)은 지금으로부터 二十七 년 전인 광무(光武) 十一년 七월 법률 제一호(그 후 융희 二년 四월에 약간 개정한 바 있다)를 그대로 시행하고 있다. 문화(文化)생활에 있어서 오관(五官)과 같은 출판물과 신문은 시대의 추이(推移)를 따라 가속적으로 발전하고 있으되 모든 것이 소위 특수(特殊)사정 앞에 있다는 오늘날 조선에서는 최근 언론기관 및 출판물이 경이적(驚異的)으로 발달하여 있는 이때에도 오히려 시대에 뒤진 구법령(法令) 그대로를 적용하고 있어 조선의 언론과 문화 향상(向上)에 중대한 차질(蹉跌)이 되어 있다.

그리하여 바야흐로 그 법규 개정을 부르짖는 여론이 비등하고 있던 중 당국에서도 그간 개정법안을 초안(草案)하여 심의실(審議室)에 회부하였는바 그 심의가 진행하는 동안 다시 최근 시대 조류(潮流)의 격화와 때는 정히 비상시기라는 견지에서 심의실에 회부하였던 초안을 철회하고 다시 시대에 적용한 출판법 및 신문지법과 따로 적용하는 신문지 취체규칙 및 출판령을 종합하여 단행령(單行令)으로 제정하기로 하고 방금 경무국 도서과에서 입안(立案) 중이라는데 동 법령의 내용은 과연 어떠한 것인지 一반의 주목의 초점이 되어 있다.

별항 二十五 년 전에 제정된 조선 출판법 및 二十七 년 전부터 시행하는 현행 신문지법은 그 내용과 취체규정에 있어서 현실에 역류(逆流)될 뿐 아니라 조선의 언론 발전과정에 크나큰 암초가 되어 있음은 다시 말할 것도 없거니와 이 시대에 뒤진 법규를 조선에서 발행하는 일본문 신문 및 일본문 출판물 혹은 일본에서 수입

되는 신문 출판물 등에 그대로 적용하기는 적지 않은 지장이 있으므로 신문지규칙(新聞紙規則) 및 출판령을 따로 제정하여 그들에게 적용하고 있던 것이다.

이러한 특수사정(特殊事情)과 취급상 차별로도 도서과 당국도 적지 않은 곤란을 느끼어 마침내 이 차별 취급을 철폐하고 다시 '레코드' 취체 규정까지 삽입하고 출판을 신문지 '레코드'의 종합 취체의 단행령을 제정하겠다는 것으로 늦어도 명춘까지는 그 실시를 보게 될 것이라고 추측된다.

1753 「校本檢閱制에 認可 안 된 雜誌」

『동아일보』, 1933.09.23, 조2면

정기간행물인 각 잡지의 검열제도를 원고검열에서 교본검열로 개정하는 동시에 총독부 도서과에서는 이미 다수한 잡지에 교본검열을 연기하였으나 아직도 『신경제(新經濟)』, 『별건곤(別乾坤)』, 『신인간(新人間)』, 『삼천리(三千里)』, 『대중(大衆)』, 『비판(批判)』, 『이러타』, 『신계단(新階段)』 등에는 인가되지 아니하였다. 그 이유를 들어보면 교본제에 의한 언론의 정도를 알리기 위하여 전기한 잡지 등에는 인가를 멈추고 이 앞으로의 추이를 보기 위함이라 한다.

그 외에도 도서과로서 잡지 원고검열에 의하여 잡지사 내부의 정돈 상태도 엄밀하게 조사하는 중이라는바 모모 잡지 등에서는 검열할 원고를 도서과에 제출하여 인가된 것도 찾아가지 아니하여 쓰레기통 속으로 들어가게 된 것이 없지 아니하다는바 이것은 확실히 잡지사 자체에 통제가 없는 까닭에 다수한 원고를 인가해 달라고 제출하고도 무엇무엇을 제출한 것을 알지 못하여 이러한 폐단이 생기는 모양이라 한다. 이와 같이 탈고가 되는 것이 매일 二, 三 건에 달하는 관계로 도서과에서도 머리를 앓고 있다고 한다.

1754 「'梨花演劇의 밤' 日字, 順序 變更」 『동아일보』, 1933.09.29, 조3면

이화전문, 이화보육 학생 기독청년회 주최와 본사 학예부 후원으로 이달 三十일 밤에 배재대강당에서 공개하려던 제三회 이화연극의 밤(梨花演劇의 밤)은 상연극본 세 가지 중 『빈궁(貧窮)』 一막이 검열을 통과치 못하였기 때문에 다른 一막극 두 개만으로는 상연시간에 너무 짧음을 느끼겠으므로 예정을 변경하여 '연극과 음악의 밤'으로 하되 순서를 二부로 나누어 제一부를 음악, 제二부를 연극으로 하여 당초의 계획보다도 더욱 내용이 충실케 하기로 되었다 한다. 그런데 여러 가지 준비 관계도 있고 하여 시일은 오는 七월 七일(토요) 오후 七시 반으로 연기하였으며 장소는 역시 배재대강당이요, 입장료도 이미 발표한 바와 같이 백권 一 원 二十 전, 청권 八十 전, 홍권(학생권) 四十 전이라 한다.

1755 「빅타 歌盤 押收」 『동아일보』, 1933.09.30, 석2면

레코드(歌般) 신법령에 의한 취체규칙이 생긴 이후로는 더욱 취체가 엄중하다는데 지난 二十四일 개성 시내에 있는 각 축음기 판매점에서 판매하던 빅타회사 제품 「變調 아리랑」, 「漢陽의 四季」, 「鐵鎖」 三 종의 레코드를 발매반포금지로 압수하였다 한다. 【개성】

1756 「又復 歌盤 押收」 『조선일보』, 1933.10.04, 조2면

최근 '레코드'의 압수가 빈발한다 함은 누보한 바와 같거니와 시월 이일에도 조

선말 '레코드'가 또 하나 봉변을 당하였다는데 그것은 日東 '레코드' 회사 작품인 「범벅타령」이다. 이것은 풍속을 문란시킬 염려가 있다 하여 소리판만 압수를 하고 그 歌辭만은 문학연구상 필요할 듯하여 歌集으로 출판하는 것은 무방하다 한다.

1757 「'힛틀러' 獨首相의 新聞 統制 遂 就緖」 『조선일보』, 1933.10.06, 석1면

'히틀러' 獨首相이 오래 생각하던 新聞 統制計劃은 마침내 其 緖에 취하여 新聞紙法 改正案이 '겝벨스' 宣傳相에 依하여 閣議에 提出되어 그 第一部가 通過, 確定하였다. 右 決定 部分의 要綱은 言論의 動向을 自然的으로 一定 方向에 向케 하려하는 것으로 自由主義的 言論 不拘束의 概念을 完全히 中止하고 如左한 規定을 包含하였다.

一. 新聞社, 通信社 其他의 定期刊行物의 編輯은 學校, 라디오, 放送, 劇場 等과 같이 國民에게 精神的 影響을 與함이 重大한 點에서 公私的 器官을 認하는 것이므로 政府는 그 見地에서 取締를 함.

一. 編輯者는 반드시 아리안 人種이요, 또 아리안人 아닌 妻를 가지지 않은 者임을 요함.

一. 編輯者라는 것은 編輯長뿐 아니라 編輯 關係 記者를 전부 망라함.

一. 商況面만을 取扱하는 記者에 對하여는 以上의 規定의 例外를 認定함.

一. 編輯者는 모두 獨逸 現在의 狀態에 對하여 贊意를 表明한 者임을 要함. 【電通 伯林四日發】

1758 「思想事件 激增으로 關係 三 局이 對策協議」

『동아일보』, 1933.10.08, 조2면

사상문제의 대책으로 얼마 전부터 사법부, 학무국, 경무국 등 각국에서 서로 그 대책을 강구 중이더니 사법부에서는 독자의 처지로서 법무국과 고등법원(高等法院)과 협력하여 구체안을 세우는 중에 있다.

조선의 사상 경향은 민족주의(民族主義)에서 공산주의(共産主義)로 전환되는 증좌가 현저하여 지난 기미(己未)년에 제정된 제령(制令) 제七호의 위반사건은 점점 감소되고 그 대신으로써 공산주의 운동을 취체키 위하여 제정된 치안유지법(治維法) 위반 사건이 굉장하게 증가되어졌다.

그 까닭에 이 사상의 대책도 목하의 사정으로는 적색운동을 박멸하고 사상의 정도로 돌아가도록 하자는 대로 일치하여진다는바 사법부로의 동경에서 개최되는 사상대책위원회에 사상관계의 판검(判檢)사를 파견하여 대책회의에 참가케 하는 동시 별개로서 조선 측과 협의하여 그 대책을 수립하기로 되었다.

그리고 금년의 사법관 회의에는 상당한 구체적 의논이 나와 가지고 불등[96]하여지리라고 한다. 그리고 사상대책은 사법적 지도와 경찰적 취체와 교육적 선도와의 三위一체가 되어 완전하게 되리라 한다.

그 까닭에 법무, 학무, 경무의 三 국이 연합 협의하여 회의 결정하자고 총독부 안에서도 여론이 백출하므로 결국에는 이것까지 실현될지도 모르리라 한다.

96 불등: 의미를 알 수 없음.

1759 「檢閱網에 걸린 左翼出版物」

『매일신보』, 1933.10.15, 2면

최근 평양(平壤)부내에서 좌익출판물(左翼出版物)이 다수 발견되어 경무국 도서과에서 검열한 결과 전부 차압처분에 부치었는데 내용은 이론적인 것과 창작체로 된 것 등 여러 가지가 있는데 내지에서는 종래 이 같은 출판물은 불문에 부쳐온 관계상 조선에서는 검열관도 그 취급에 적지 않은 고려를 하여 왔었다는데 예를 들면 노동조합을 논한 자, 유물론의 철학적 고찰을 시(試)한 자 혹은 '프롤레타리아 정치학 입문' 등의 제목으로 국가제도를 부인하고 공산주의의 실현을 암시하는 등 간과할 수 없는 자가 많으므로 당국에서도 사상경찰상 중대한 관계가 있으므로 최근 특히 이 방면의 취체를 독려하고 있다.

1760 「建國紀念日에 不穩文 撒布」

『매일신보』, 1933.10.15, 2면

대동 二년 三월一일 만주국 건국 一주년 기념 당일을 기하여 길림역 구내에서 길림성립제一중학교와 성립여자중학교가 시내 각처에서 반만항일의 불온'삐라'를 산포한 자가 있어 길림헌병대와 만주국 측 경비기관이 협력하여 二 개월 동안 백방으로 수사한 결과 지난 五월 六일 오후 八시경에 길림 소동문(小東門) 부근에서 거동을 의심한 청년 二 명을 체포한 결과 그들이 불온'삐라'를 백여 바르고 종적을 감춘 일당인 것이 판명되어 동 五월 十三일 오후 八시에는 영야(永野) 길림헌병 분대장 이하 일만 헌경이 총동원하여 적화의 소굴인 성립제一중학교 기숙사를 포위하고 일제 검거를 행하고 중국공산당 만주특지부라는 도장과 '포스터', 불온문서 다수를 압수하고 관계자 十五 명을 체포하고 엄중한 취조를 한 결과 다음과 같은 놀라운 지하공작의 음모가 있는 것이 판명되었다.

소화 六년에 중국공산당 봉천당부지원 류 모(劉 某)는 길림성립제一중학교 등효

촌(鄧曉村)의 소개로 동교 三년생 상가춘(常家椿)을 성외 파호문(巴虎門) 밖에서 회견하고 세계 자본주의 국가의 중국 침략에 관한 협의를 한 결과 동년 十월에 드디어 중국공산당 청년단을 조직하고자 준비공작에 진전이 있도록 하여 제一중학교 기숙사 안에 만주특지부를 두고 성립남녀중학교 안에 '프랙션'을 설치하고자 맹렬한 선전을 개시하여 다수의 동지를 획득하고 이래 二 개년간 부단히 반만항일 적화의 운동을 계속해 온 것이다. 금년 봄 三월 一일 만주국 건국기념 당일에는 동일을 경축하고자 각지에서 모여드는 기회를 이용하여 「僞國家創設記念日에 際하여 全滿工人에 告함」이라는 삐라를 산포하고 그 후 十八일 파리(巴里)'코뮌' 당일에는 일본제국주의 배격의 '슬로건'을 높이 걸어 산해관(山海關)을 점령, 공격하고 다시 五월 六일에는 五三, 五七, 五九의 국치기념일(國恥紀念日)을 기하여 대대적 반일공작을 행하고자 비밀리에 준비공작을 진행하던 중 일만 당국의 엄중한 경계망에 걸리어 일당 二十三 명을 일망타진하게 되었고 근거를 여지없이 분쇄하여 적화운동의 근절을 보게 되었다.

1761 「圖書舘을 檢査 赤書籍 沒收」

『동아일보』, 1933.10.16, 3면

경남 경찰부에서는 얼마 전부터 관하 각 경찰서에 통첩하여 도서관 문고 등속에 쌓여 있는 불온한 서적을 일일이 수색하여 많이 거둬들여 일반 독서자에게 과격사상을 전파시키지 않게 하려고 극력 노력한다는데 압수한 서적의 처치문제는 아직 결정되지 아니 하였으나 어떠한 방법으로든지 남겨두지 않을 방침이라고 한다. 【부산】

1762 「青年素人劇 警察이 禁止」 『조선일보』, 1933.10.18, 3면

경남 함양군 안의읍(慶南 咸陽郡 安義邑)에서는 금년 초추를 기하여 안의공설운동장 설치를 목적하고 지방유지 제씨의 열렬한 후원과 청년 제군의 뜨거운 성의로 본보 안의분국 후원을 얻어 소인극(素人劇)을 흥행키로 만반의 준비와 연습을 해오던 중 당국의 금지로 안의지방 청년 제군의 성의도 수포도 돌아갔는데 물질 손해도 막대하다고 한다. 【居昌】

1763 「銀幕에도 統制令! 外國映畵 輸入을 制限」 『동아일보』, 1933.10.21, 석2면

작년 말 총독부에서 조사한 바에 의하면 조선 안 七十九 활동사진관에 상영한 필름은 一억 二천만 미터인데 그중에 三천九백만 미터는 일본영화요, 五백만 미터는 조선영화이며 七천五백九十만 미터는 외국의 것이요, 약 백 미터는 교육 기타의 것이다. 그 다음 관상자의 수효는 六백五十만 인으로 전 인구의 약 三분의 一에 해당하여 영화가 사회에 미치는 영향은 지극히 중대한 바 있다 한다.

과거에도 치안을 방해하거나 풍속을 괴란하는 등의 것은 제지하여 왔으나 민심지도와 교화방침을 지도하는 것이 아니고는 될 수 없으므로 이 방면에 주력할 것이라 한다. 그 다음 일본 내지의 사진 관람율을 본다 하면 一 인 四, 五 차씩에 달한다는바 청수(淸水) 도서과장의 전기한 안은 기어이 명년 一월경에 실행케 되리라 한다.

영화(映畵)가 사회풍교상에 미치게 하는 영향이 지대하다 하여 영(英), 독(獨), 불(佛), 이(伊) 등의 구주 각국에서는 이미 국책적 통제를 행하고 있으나 일본에서는 아직까지 이에 관한 하등의 규정이 없었다. 그 까닭에 일본 내지에서도 통제 준비를 하고 있고 조선에서도 이 영화통제를 단행하기로 되어 경무국 고등과에서 이에 대한 안을 세우고 있던 중 경찰의 취체만으로는 완전하지 못하므로 제령(制令)으로서 법안을 만들어 명년 一월경부터 이것을 적용하기로 되었다.

국책적 통제의 요점이라는 것은 일본문화(日本文化)의 보급 철저와 일본정신의 작흥, 사회교화적 지도 등으로 이것을 실현키 위하여 상영 필름의 배정을 개정할 작정이라 한다. 이에 대한 구체안으로서는 상설 영화관(映畵館)에서 '국산영화' 즉 일본영화를 상당한 한도까지 상영케 하는 동시에 외국영화의 상영을 제한하기로 되는 것이다.

이것이 실시된다 하면 순전한 외국영화만 상영하던 영화관은 금후로 자취를 감출 것이라 한다. 이에 대한 요점을 약기한다 하면 다음과 같다.

一. 社會敎育的 保護를 爲하여 日本文化, 東洋文化의 發揚을 助하고 不純한 外國文化를 排除할 必要가 있으니 此를 爲하여는 國産을 奬勵하여 外國映畵의 輸入을 制限하고 此에 相當한 課稅를 加할 것.

一. 映畵館은 如何한 種類의 것임을 不問하고 國産映畵를 中心으로 上映케 할 것.

1764 「映畵統制에 對하여」

『조선일보』, 1933.10.21, 조1면

一

今日 本報 夕刊 報導에 依하면 當局에서는 映畵統制를 斷行하여 在來의 西洋映畵 特히 아메리카 映畵의 獨占舞臺를 抑制하여 社會敎化의 意味에서 東洋文化를 中心으로 國産映畵를 奬勵하리라는데 不遠間 映畵統制令을 制令으로 布하여 늦어도 新年 正月부터는 此를 實行하리라 한다.

外國映畵 排斥 및 國産映畵 發展을 爲한 映畵統制法 制定運動은 日本에는 이미 數年 前부터 開되었고 最近 大日本活動寫眞協會 及 國産活動寫眞協會 代表가 朝鮮에까지 와서 關係方面 人士를 會見하고 協議를 거듭하던바 이번 當局으로부터 如上

한 意味를 漏說한 것을 보면 本問題는 計劃 그대로 實行될 것으로 보는 同時에 萬若 如上한 映畵統制가 斷行된다면 그 結果의 好不好는 別問題으로 하고 이것이 一般社會에 至大한 影響을 일으킬 것만은 事實이다.

二

그러면 새로 制定될 朝鮮映畵統制令은 우리 朝鮮社會에 如何한 影響을 波及할 것인가? 現在 朝鮮에 上映되는 필름의 六割 餘가 米國 것인데 米國映畵가 우리 社會에 間間 公序良俗에 대한 害毒을 끼치는 일이 있는 것을 一部 議者 間의 憂慮거리가 되어오던 바이다. 그런 필름을 通하여서의 外國文化의 流入 그 他의 點으로 보면 問題는 그렇게 單純치 않다. 그中에서도 外國映畵를 排斥한 후 上映될 필름이 問題다. 所謂 國産映畵라는 것은 그 全部가 日本人 特別趣味를 本位로 製作된 것이요, 朝鮮人의 손으로 된 필름은 極히 적은 터인데 朝鮮人 팬의 一般的 趣味가 日本映畵보담은 西洋映畵를 더 사랑하는 것은 움직일 수 없는 事實이다. 따라서 映畵上映業者에 어느 정도의 打擊이 있을 것이다.

三

그러나 反面에 있어서 映畵統制의 結果는 우리 映畵 發展에 絶好의 찬스를 가져올 것이다. 卽 外國映畵 上映에 어느 정도의 制限이 있게 되면 日本映畵와 朝鮮映畵가 그 代로 進出하게 될 것인데 日本映畵가 一般 朝鮮人 팬에 歡迎되지 않으니만치 朝鮮映畵가 有利한 地位를 占하게 될 것이며 따라서 映畵製作事業의 發達을 促進할 것이다. 우리의 欲不欲을 不拘하고 볼 것은 보고야 말 것이다. 그러나 映畵統制가 實現된다고 決코 害로운 一方만이 아니라는 一點은 特히 留意할 價値가 있을 것이라고 한다.

1765 「大邱勞協事件 二十日 公判 開廷」

『조선일보』, 1933.10.21, 조2면

대구 기독교 적화사건으로 세상에 널리 알려진 대구노동자협의회 비밀결사사건 관계 피고 유차을(柳且乙)(二六), 기독교 집사 이재복(李在福)(二八), 학생 조홍기(趙鴻基)(二二), 전 훈도 김병창(金秉昌)(二二) 등 사 명에 관한 치안유지법 위반, 출판법 위반 피고사건의 공판은 이십일 오전 십시 삼십분 대구지방법원 제사호 법정에서 굴부(掘部) 재판장 주심과 주정(酒井) 검사 입회와 함승호(咸升鎬), 김선균(金宣均) 양 변호사 열석으로 개정되어 예심결정서에 의하여 오후 네시까지에 유차을과 이재복 두 명에 대한 심리만 하고 다시 삼십일에 속행키로 하였는데 피고들은 대개 예심결정서 내용을 시인하였다. 【大邱支局電話】

1766 「赤色圖書 檢閱網 强化」

『조선일보』, 1933.10.31, 석2면

만주사변 이전에는 일본서 발간되는 좌익서적은 조선내에 그 대부분이 들어왔었는데 최근에는 서점에는 별로 이 방면 서적을 볼 수 없게 되었는바 이에 대하여 경무국에서 조사한 바에 의하면 표면적으로 가두에 보이지 아니하나 의연히 좌익서적이 많이 수입되는 것이 판명되어 그 취체에 고심 중이라는데 일본서는 설혹 발매금지를 당치 않은 것을 불문에 부친 서적이라도 사정이 특수하다는 조선에서는 그와 같은 서적을 구독하게 함은 재미없다 하여 경무국에서는 일본에서 발간되는 좌익서적과 잡지로 조선에 건너오는 것의 검열을 엄중히 하여 될 수 있는 대로 그러한 서적을 근절하고자 전조선적으로 도서검열과 취체망을 확충할 터이라 한다.

1767 「東署 突然 活動」 『조선일보』, 1933.11.03, 조2면

이일 오후 네시 동대문경찰서 고등계에서는 형사대 세 사람이 시내 동숭동(東崇洞) 방면에서 보성고보학생 이인행(李仁行)(二二) 외 세 사람을 검거하는 동시에 『제이차대전과 국제공산당의 군사정책』과 『푸로레타리아과학』 등 좌익서적을 오십여 권이나 압수하는 동시에 비밀서신도 다수히 발견하고 형사대는 여전히 동숭동과 숭삼동 방면에서 계속 활동 중이므로 검거의 범위는 더욱 확대될 것 같다고 하며 사건 내용은 경찰의 비밀에 부치므로 예단키 어렵다.

1768 「映畵統制案의 實施, 明春 三月頃일 듯」 『매일신보』, 1933.11.08, 2면

경무국 도서과(警務局 圖書課)에서 입안 중인 영화통제안(映畵統制案)은 마침내 입안을 마쳤으므로 오는 廿一일 경무국의(警務局議)를 얻고 최후적 결정을 한 후 곧 심의실로 회부케 될 터인바 원안(原案)은 전문 十三조로 되어 있어 반드시 국산영화(國產映畵)의 약간 수를 상영할 것을 규정한 것인데 도서과에서는 최초 명년 一월경부터 실시하고자 하였으나 영화관으로서는 신구 양 정월(新舊 兩 正月)의 중요 시기를 가지고 있는 만큼 금년만은 종전과 같이 하게 하여 달라는 희망도 있어 대체 三, 四월경으로 연기될 모양이라 한다.

1769 「朝鮮映畵統制令, 明年 四月부터 實施」 『조선일보』, 1933.11.10, 석2면

조선영화통제령(映畵統制令)에 대하여는 그간 청수 도서과장(淸水 圖書課長)이 입

안 중이던바 일전 초안이 성립되어 오는 이십일일에 경무국 과장 등의 국의(局議)에 건의하여 토의, 수정(討議 修正)한 후 심의실(審議室)로 회부하여 다시 법제국(法制局)으로 보내게 될 터이라는데 이것이 제령(制令)으로 발표될 시기는 최초의 예정이던 일월까지에는 미치지 못하게 되므로 명년 사월부터 시행하게 될 터이라 한다. 그리고 이 제령은 전문 십삼조로 일본서 산출되는 영화는 최초는 오분지일 가량을 상설관에서 상영시키게 하고 점차 누진적(累進的)으로 하여 약 삼분지일까지는 일본영화를 반드시 상영시키게 할 모양이라 한다.

1770 「映畵檢閱 九月 以後 激增」

『조선일보』, 1933.11.11, 석2면[97]

찌는 듯한 더위 때문에 한산하던 영화(映畵)계는 구월이 되자 다시 '시즌'에 들어가 최근 경무국 도서과(圖書課)에서는 영화검열에 대단히 분주하다. 시월 일일부터 십일월 말일까지에 영화검열을 할 예정 수에 대하여 검열원 제출한 것에 의하면 다음과 같다. 일본서 제작된 영화는 대개 송죽(松竹), 일활(日活), 제국(帝國)키네마, 보총(寶塚) 등 회사의 것인데 현대극이 합계 사십 건, 시대극이 사십칠 건이고 외국 것은 '파라마운트' 등의 이십육 건이며 그 외에 발성(發聲)영화는 일본산품은 칠 건에 육십이 권이고 외국산품은 사십여 건에 이백삼십삼 권, 합계 삼백오 권인데 이것을 '미터'로 환산하면 사십오만 사천삼백십일 '미터'에 달한다. 또 전기의 것 중에 새로 검열한 것은 일백육십 건에 구백팔십 권이고 재검열(再檢閱)한 것은 이십 건에 구십삼 권이며 신문사, 기타 사회단체에서 제작한 것으로 수수료를 면제한 검열 수는 사십사 건에 팔십오 권이라 한다.

---

97 「映畵의 沙汰」, 『동아일보』, 1933.11.11, 석2면.

1771 「赤色書籍의 押收」

『동아일보』, 1933.11.17, 조2면

최근 조선에 들어오는 적색서적은 상당히 다수인 모양인데 최근 一년간 평남도에서 『공산주의론(共產主義論)』 외 四十四 종, 경기도에서 『장지 남방(南方)』외 十五 종, 경남도에서 『좌익소아병(左翼小兒病)』 외 十四 종을 압수하였다.

이 외에 총독부 도서과(圖書舘)에서 『조선민요집』 외 三 종을 발매금지 처분을 하였는데 이상은 전부 치안방해요, 풍속괴란은 二十八 종으로 비교적 적었고 또 최근 조선에서 비밀출판이 상당히 행하고 있는 모양이므로 도서과에서는 一소할 방침이라 한다.

1772 「新興記者團 創立大會 禁止」

『조선중앙일보』, 1933.11.22, 4면

함남 신흥군내에 있는 신문, 잡지의 관계자들은 금후 언론기관(言論機關)을 여하히 발전시킬 것과 작년 四월 이후 모 철도의 승차권 교부를 중지한 일 외 기타 문제를 토의하기 위하여 지난 十六일 오후 五시 신흥기자단 창립대회를 개최하려고 당일 집회계를 당국에 제출하였던바 경찰당국에서 금지명령이 내려서 백여 리 밖에서 모아 왔던 분국과 주재 기자들은 섭섭히 돌아가 버렸는데 그 이유에 대하여 신흥서 고등계 주임은 다음과 같이 말하였다.

"이전에 신문기관에는 사상분자가 대부분 들어와서 종종 당국의 취체를 번거로이 하던바 지금은 그렇지 않으나 금후에 또 어떤 분자가 들어와 무슨 피해를 끼칠는지 모르겠고 기자단이란 일단 생겨 놓으면 후에 취체하기 곤란하니 집회를 허락할 수 없다"고. 【新興】

1773 「雜誌人의 가을」

『동아일보』, 1933.11.23, 조2면

연말을 앞두고 검열 사무가 번잡해질 것을 예상한 총독부 圖書課에서는 각 잡지의 신년호 원고를 十二월 十二일 내지 十五일까지 제출치 아니하면 도저히 신년호에 넣지 못하게 되리라 한다. 물론 원고검열이나 납본검열을 막론하고 그 기간 안에 제출키를 바란다 한다.

1774 「映畵統制案 審議室에 廻附」

『조선일보』, 1933.11.30, 조2면

청수 도서과장(淸水 圖書課長)이 입안 중이던 영화통제령(映畵統制令)은 일전 탈고되어 이십팔일에 심의실(審議室)로 회부하였다는데 전문은 십삼 조로 실시는 명년 사월경이 되리라는데 당초의 예정이던 명년 일월부터 실시하지 못하게 된 것은 영화상설관 측으로부터 연말 흥행과 신년 흥행은 재래대로 하여 달라고 탄원한 바가 있어 당국에서는 일반흥행자의 청원을 고려한 바이라 한다.

1775 「「源氏物語」上演禁止」

『동아일보』, 1933.12.02, 조3면

歌舞伎 少壯俳優의 新進 坂東簑之助를 中心으로 한 劇團 新劇場에서는 紫式部學會의 後援을 얻어 日本 古典文學의 精華인 紫式部의 「源氏物語」(六幕 十七場)를 日本樂壇 權威의 贊助로 지난달 二十七日부터 四日間 築地新歌舞伎座에서 上演하려고 着着 準備 中이다가 突然 警視廳 保安課로부터 上演禁止의 命令을 받았다 한다. 【電通東京電話】

1776 「精神 糧食에 貧弱한 朝鮮, 新文化 吸收에 汲汲」

『동아일보』, 1933.12.02, 석3면

일본서 조선으로 수입되는 신문, 잡지, 기타 출판물 등은 실로 二백 종을 초과하여 그것을 검열하는 경남 경찰부 고등과에서는 등천(藤川) 경부 한 사람을 주로 하고 연락선 승조원의 보조를 얻어 날마다 조석으로 밀려드는 신문, 잡지의 검열에 눈코를 뜨지 못할 지경이라 한다.

이렇게 사무가 복잡한 부산에다가 검열과를 설치하지 않고는 도저히 감당을 못할 지경이라는데 일본서 건너오는 신문, 잡지에 게재되는 광고에 음탕한 '에로'의 색채를 띤 것이 매일 五, 六 종에 달하여 그것을 압수하기에도 분망한 상태라고 한다.

얼마 전까지는 일본에서 발행되는 비합법적 출판물로서 부산 와서 압수되는 것이 공산주의의 선전문이 많았었는데 최근에는 무정부주의자들의 비합법적 출판물이 단연 우세로 이러한 종류는 모조리 압수한다고 한다. 【부산】

1777 「'立春' 文句 統制, 京畿道에서 着手」

『동아일보』, 1933.12.03, 석2면

조선 농가(農家)에서는 입춘(立春)절이 되면 각 호에서 기둥이나 대문에다가 축재영복(逐災迎福)의 의미로 미사가구(美辭佳句)를 써서 붙이는 관습이 있다.

그런데 이 문구(文句) 중에는 불로득[98]의 의미로 된 문구도 있어 근농계급에 방해나 없을까 하여 경기도 지방과에서는 이러한 등의 문구를 조사 중인데 이것이 끝나면 적당한 문구로 고치게 할 작정이라 한다.

98 不勞得.

1778 「映畵檢閱館 竣工 事務 開始」

『동아일보』, 1933.12.05, 조5면

경비 四만 一천九백四十三 원을 들여 건축 중이던 총독부 구내 映畵檢閱館은 저간에 준공되어 금 四일부터 사무를 개시하였다. 이 검열관은 十三 개로서 '토키' 기타에 관한 것까지도 유무없이 검열케 되었다 한다.

1779 「警務局 保安課 發表 教員赤化事件 概要」

『매일신보』, 1933.12.13, 7면

경남(慶南) 도내 교원(教員)을 중심으로 한 교육노동조합사건(教育勞動組合事件)의 해금과 동시 경무국에서 발표 그 개요는 다음과 같다.

一. 關係 被疑者

訓導 金斗榮 外 十三 名, 非訓導 盧振漢 外 十四 名, 計 廿九 名

二. 檢擧年月日

昭和八年 十月 四日

三. 事件送致年月日

昭和八年 十二月 八日

四. 身柄送致人員 廿二 名

五. 事件의 槪要

본 사건의 중심인물 김두영(金斗榮)은 어릴 때부터 사회에 대한 불평을 품고 장성함에 미치어 더욱 사상이 좌경되어 소화 五년 三월 진주(晋州)에 있는 도립사범학교 특과(道立師範學校 特科)를 졸업하고 함안군 군북공보(咸安郡 郡北公普)에 부임하자 좌경서적을 탐독하며 현재 교육제도를 비판하여 교육지도자로서 혁명의 一부분을 담임한 후, 교원 적화(赤化)를 도모하는 동시에 一면 아동에 대하여 공산주의 사상(共產主義 思想)을 주입(注入)코자 동료 훈도를 권유하여 관계 피의자 훈도 이명상(李明祥),

최명호(崔命鎬)를 발견하고 소화 七년 七月 二七일 마산(馬山) 도일여관(都一旅館)에 회합하여 공산주의 사회의 실현을 기함에는 먼저 一 개의 조직체 결성(組織體 結成)의 필요가 있다고 제창하여 다른 동지의 찬동을 얻어 이래 동지의 획득에 노력한 결과 점차 공명자(共鳴者)를 얻게 되어 이에 수차 회합한 후, 마침내 본년 三월 二八일 공산주의교육노동조합(共産主義教育勞動組合)이라는 결사를 조직함에 이르렀다.

이래 동지 교원의 획득에 노력하는 동시에 교원 이외의 자에게도 마수를 뻗치어 조직의 확대, 강화를 계도하면서 교직(教職)에 있음을 이용하여 각 교단(教壇)으로부터 교묘히 교재(教材)를 역용(逆用)하여 순진무구한 아동에 대하여 주의 사상의 주입을 계도하고 一면 혹은 부산 부내 각 공장에 불온문서를 반포하여 이를 '아지프로'하고 혹은 중등학교 내의 비밀결사를 지도하는 등 상당 활발한 운동을 계속하고 있는 것을 검거하였다. 금회의 사건은 다행히 결사 조직 후 얼마 안 되어 맹아중(萌芽 中)에 검거하였기 때문에 아동에 대한 영향도 비교적 적었으니 적어도 현직 교육자로서 이 같은 결사를 조직하여 순진한 자제에 대하여 불온, 과격한 의식을 주입함과 같음은 반도 교육상 중대한 문제로 장래 이 방면에 대하여는 가장 주의의 필요가 있다고 인정한다.

1780 「正初 興行映畵 檢閱 크게 奔忙」

『매일신보』, 1933.12.14, 2면[99]

활동사진관이 一 년 중에서 제일 큰 대목으로 치는 정월 흥행영화(正月 興行映畵)는 예년보다 각 흥행관이 맹렬한 경쟁의식을 나타내어 총독부 도서과(圖書館)에 제출된 무성 유성(無聲 有聲)의 영화가 굉장히 많은 수효에 달하여 지난 十二월 九일의 세말 검열기일(歲末 檢閱期日)까지에 그 총수가 八백九十九 卷에 달하였는데 그중 유성(有聲)이 三백三十七 권으로 소화 六년 중의 유성영화 총 검열 권수보다 훨씬 많

99 「銀幕에 떠도는 活氣! 山積한 年末 映畵의 檢閱」, 『동아일보』, 1933.12.14, 석2면.

다. 도서과에서는 이 많은 세말 영화를 연말 휴가까지의 약 十五 일간에 전부 검열을 마치지 않으면 안 되는 관계상 매일 五 시간 평균으로 검열하지 않으면 안 되는 고로 계원은 실로 안비막개[100]의 대분망을 극하고 있는데 이들 세말 영화 중 각 제작회사에서 가장 자신을 가지고 있는 대표적 영화로는 일본물(日本物)로는 송죽(松竹)의 「남공부자(楠公父子)」, 「이명의 은평(鯉名의 銀平)」, 「여인애락(女人哀樂)」, 「□태랑물어(□太郎物語)」, 일활(日活)의 「풍운(風雲)」, 「단하좌선(丹下左膳)」, 「동경제(東京祭)」 등이요, 서양물(西洋物)로는 '폭스' 회사의 「남국의 테스(南國의 테스)」, '와나'의 「가면의 미국(假面의 米國)」, '메트로'의 「성길사한의 가면(成吉斯汗의 假面)」, '파라마운트'의 「광란의 아메리카(狂亂의 米國)」, 독일영화의 「파리와 백림」, 「은령정복(銀嶺征服)」 등이라 한다.

1781 「思想對策委員會 總督府 內에 設置」

『동아일보』, 1933.12.23, 석2면

동경 내무성(內務省) 안에 설치된 사상대책위원회(思想對策委員會)와 같은 사상대책위원회를 총독부 안에도 설치키 위하여 관계 각 국, 과에서 협의 중이더니 최근에 와서 이에 대한 구체안이 기거[101]되었다 한다. 이것을 실현키 위하여 총독부 경무국에서는 十三 도 경찰부장에게 현재 각 도에서 검거하고 있는 사상사건의 내용과 통계와 중심인물 등을 상세히 조사하여 명년 一월 十五일까지에 보고토록 통첩을 발부하기로 하고 그 초안을 방금 작성 중에 있다 한다. 이 보고가 도착됨을 기다리어 경무국을 중심으로 관계 각 국, 과를 통하여 대책을 확립하고 위원회도 설치케 되리라 한다.

100 안비막개(眼鼻莫開) : 눈코 뜰 사이가 없다는 뜻으로 일이 몹시 바쁨을 비유함.
101 기거 : 의미가 불확실함.

1782 「不穩 黑色新聞 秘密裡 郵送」

『매일신보』, 1933.12.23, 2면

부내 본정서 고등계에서 금 卄二일 아침에 부내 본정(本町) 五정목 五十二번지 이기학(李起鶴)에게로 동경 신전구(東京 神田區)에서 흑색신문(黑色新聞) 다수를 비밀히 부송한 것을 발견하고 압수하였는데 전기 흑색신문은 우익신문으로 조선인의 민족사상을 고취하는 불온문구 등을 다수히 나열한 것이라는바 동 서에서는 부내 각처에 그런 종류의 신문이 밀송되지 아니 하였나 하여 각 방면으로 엄중한 내사를 거듭하는 중이라고 한다.

1783 「社會敎化的 映畵는 檢閱手數料 免除」

『매일신보』, 1933.12.24, 2면

공익(公益)과 사회교화(社會敎化)에 유용한 영화(映畵)를 장려할 목적으로 이번 경무국 도서과(圖書課)에서는 활동사진 관람 검열규칙의 제七조 제二항 검열수수료(檢閱手數料) 면제(免除)에 대한 규정의 해석범위(解釋範圍)를 넓히어 영화의 내용이 사회교화에 유용한 것은 어떠한 사람이 사용하든지 검열수수료를 면제하기로 하여 이 같은 내용이 공익에 공헌케 되는 영화의 장려를 도모하게 되어 금 卄三일부터 시행하기로 되었는데 요점은 一. 공익영화(公益映畵)는 검열수수료를 면제한다 二. 공익(公益)을 위하여 사용하는 영화는 검열수수료를 면제한다 三. 내용 여하를 불구하고 공공단체가 사회교화를 위하여 사용하는 영화는 검열수수료를 면제한다는 것으로 이에 대하여 청수(淸水) 도서과장은 말하되 "공익을 위하여 다수의 관람에 제공하는 경우에는 그 영화 내용이 여하함을 불구하고 유료와 무료를 불구하고 수수료를 면제할 뿐 아니라 신문사 등이 공익을 위하여 무료로 흥행하는 경우에도 그 내용 여하를 불구하고 수수료를 면제하였다."

1784 「各地에 宣傳文 配布 讀書會까지도 組織」 『동아일보』, 1933.12.27, 조2면

평양사범학교 학생으로 조직되었던 조선공청학생회(朝鮮共青學生會) 사건은 증촌(增村) 예심판사의 손에서 취조를 받다가 만 一 개년만에 한 사람의 면소자도 없이 예심종결을 보고 공판에 회부되었는데 죄명은 출판법 위반과 치안유지법 위반이라는데 그 내용에 대하여 발표한 바를 듣건대 다음과 같다 한다.

이억근(李億根)은 작년 四월 三十일에 지금은 역시 치안유지법 위반으로 신의주(新義州)에서 공판을 거친 김기양(金基陽)으로부터 '○○의 ○○점령에 반대하라', '적오일절(赤五一節)'이란 삐라를 경성(京城)과 인천(仁川)에 뿌리라는 부탁을 받고 또 봉투에 넣은 것 五十 통은 전 조선 공장, 광산, 신문지국에 근무하는 사람에게 보내라는 명령을 받아 즉일로 입경하여 봉함은 경성서 우체통에 넣고 삐라는 동대문 밖에서 공장 부근에 뿌리고 남은 것은 인천(仁川)부내에 뿌렸고 또 일부분은 七월 하순에 부두에다 뿌렸었다 한다.

이억근과 우종식(禹鍾植)은 팸플릿을 평양사범 학생들에게 반포하려는 뜻을 품고 우종식은 七월경에 『××주의의 발전과 ××』, 『××주의 교육과 사회적 ××』, 『붉은 무기』, 『학교와 사회주의』 등의 책을 지어 선교리 변득준(邊得準)의 집에서 박어 평양사범생에게 배포했었다.

그리고 우억근, 심우진(沈禹鎭), 한계숙(韓啓淑), 고의명(高義明) 등은 종래 좌익운동을 계속하면서 그룹을 조직하여 있던바 작년 十一월 三일 천장절 직후에 한계숙의 하숙에서 독서회(讀書會)를 조직하여 연락부, 조직부, 도서부의 三 부를 설치하고 '×군'이라는 붓으로 쓴 작문을 지어 회람하였던 것이라 한다. 그리고 이종필은 평양사범 재학 중에 좌익서적 관계로 퇴학을 당하여 집에 있으면서 작년 여름방학 전에 공산주의 선전과 ××운동의 선전문을 변득준(邊得準)에게 보냈던 것으로 검거되었던 것이라 한다.

1785 「押收當한 소리板엔 治安妨害가 首位」 『동아일보』, 1934.01.10, 석2면

현재 조선 안에 있는 축음기(蓄音機) 레코드의 영업 분포 상태를 본다 하면 그 총수가 五백二十여 명으로 경기도의 七十八 인, 전북 五十五 인, 경남 五十 인 이 순차로 많은 편이요, 기타는 남조선 지방이 비교적 보급되어 있는 상태라 한다.

작년 하반기의 매상 총수는 약 백만 매에 달하고 작년 六월 十五일 경무국에서 레코드취체령을 실시한 이래 당국의 취체망에 걸린 레코드가 총 四十三 종으로 폐기 또는 일본으로 환부된 매수가 三천 매에 달하였다. 그 까닭에 레코드 제작회사는 상당한 타격을 받았다는바 일본 안 제작회사에서는 조선으로 내어보내는 것은 검열망에 걸리지 않도록 제작코자 과거의 태도를 고치었다 한다.

이제 또다시 취체망에 걸린 레코드를 종류별로 본다 하면 치안방해가 二十四 종, 풍속문란이 十九 종이요, 언어별로 본다 하면 조선말이 三十二 종, 일본말이 八 종, 로서아말이 十 종이라 한다. 다시 이것을 연주별로 본다면 '에로' 잡가[102]가 十一 종, 노래가 八 종, 신민요가 六 종, 劇이 五 종, 만담이 三 종이었다 한다.

1786 「歪曲한 娛樂을 是正, 레코드 面目一新」 『매일신보』, 1934.02.02, 7면[103]

전조선 五백여 업자에 의하여 一 개년간에 반포되는 百여만 매의 레코드 중에는 치안상 또는 풍속상 방임할 수 없는 자가 많이 있어 이를 취체키 위하여 작년 五월 레코드취체규칙이 제정, 발포되어 一반 출판물과 같이 검열취체가 개시되자 예기한 바와 같이 불온불량한 레코드가 계속 발견되어 작년 말까지 약 七 개월간에 치

102 원문에는 "『에로』 잡지"라고 적혀 있으나 문맥상 '잡가'의 오식으로 보인다.
103 「受難의 소리판 四十四 種 七千 枚」, 『조선중앙일보』, 1934.02.02, 2면; 「벙어리된 소리板」, 『동아일보』, 1934.02.02, 조2면.

안과 풍속을 방해하는 것으로 인정되어 행정처분에 부친 자가 실로 四十四 종 七천 여 매의 다수에 달하였다. 이로써 왜곡(歪曲)된 대중오락(大衆娛樂)을 시정(是正)하여 가정적 문화기관으로서의 사명을 완전하게 하여 다대한 효과를 얻게 되었는바 이에 대하여 청수(淸水) 도서과장은 다음과 같이 말한다.

"영업자 중에는 취체규칙 시행 당초에는 그 수속의 번잡에 대하여 비난하는 자도 있었으나 취체의 정신을 점차 양해함에 따라 최근은 업자 측에서 자발적으로 레코드의 내용을 검토한 후 미리 제작하고 혹은 제작 전에 당국의 심의를 구하는 등 다대한 주의를 하게 되었음을 기쁜 일이다. 또 반사회성(反社會性)을 띄운 레코드는 대중의 수요 여하에 불구하고 수이입(輸移入)을 저지(沮止)하고 혹은 이미 수이입된 것은 당국에 제출케 하여 검열을 받게 하여 레코드의 명성과 그 사명을 완전케 하도록 노력하였는바 레코드의 내용은 날을 따라 개선되어 금일에 있어서는 불온불량한 레코드는 거의 그 자취를 감추게 되어 규칙 시행 전의 상태와 비교하면 그 면목이 一신되었다. 작년 중에 처분한 레코드의 내용을 조사하여 보면 국어 취입(國語 吹入)은 치안이 三 종, 풍속이 六 종으로 합계 九 종이요, 조선어 취입(朝鮮語吹入)은 치안이 十九 종, 풍속이 十三 종으로 합계 三十二 종이었으며 로서아어 취입(露語 吹入)은 치안이 三 종이 있는데 이들 중에 치안방해로 처분된 자는 혹은 비상시국에 자극되어 정당, 재벌(政黨, 財閥)을 공격한 자도 있고 혹은 五・一五사건[104] 피고를 상휼(相恤)함과 같은 내용을 가진 자도 있고 혹은 민족의식(民族意識)을 선동하고 또는 현 제도(現 制度)에 저주(咀呪)의 생각을 일으키게 하는 과격한 내용을 가진 자도 있고 혹은 쏘베트연방으로부터 수입된 三 종의 레코드와 같이 공산주의사상 선전을 위하여 제작된 것도 있었다. 또 풍속괴란의 혐의로 처분된 자는 듣는 사람으로 하여금 수치염오(羞恥厭惡)의 생각을 일으키게 하는 남녀관계의 내용을 취입한 것으로 가정오락으로 보아 절대로 허용할 수 없는 것들뿐이었다."

104 5・15사건 : 1932년 5월 15일에 일본에서 일어났던 반란사건이다. 무장한 해군 청년장교들이 총리대신관저로 난입하여 당시 호헌운동의 중심인물로서 군의 축소를 지지했던 내각총리대신 이누카이 츠요시(犬養毅)를 살해했다. 이 사건을 계기로 일본의 정당정치는 쇠퇴하게 되었고, 정계에 군부의 영향력이 확대되어 갔다.

1787 「劇研 六回 公演 延期」

『동아일보』, 1934.02.06, 조3면

市內 御成町 三十四番地에 있는 劇藝術研究會에서는 第六回 公演에 尹白南 氏의 史劇을 上演하려다가 檢閱의 考慮로 中止하고 다시 英國 劇作家 골스워디 氏의 「銀담배盒」(三幕物)을 二月 中旬頃에 上演하도록 練習 中이던 바 이것도 檢閱 不通過가 되어 不得已 지난 三月에 中止하고 또 다른 劇本의 準備에 着手하였다는데 늦어도 三月 上旬 內로 公演을 가지게 되리라 한다.

1788 「去益 嚴重하는 思想取締策」

『동아일보』, 1934.02.09, 석2면

경무국에서는 전조선의 고등계 경찰관에게 조선어의 속기술을 습득케 할 방침으로 이에 관한 필요한 경비의 준비도 되었다. 이것은 연년이 격화되는 사상 취체의 一방책으로 최근 조선어의 강연회, 연설회 등이 점차 증가해옴에 따라 종래와 같은 요령 필기만으로는 취체상 불편을 감하는 일이 많아 전조선 각 서의 고등계에 속기술을 가르치고 一체의 속기로 완전한 노트를 취할 것이라는바 아직 조선어의 속기를 하는 자가 없고 조선인으로서 二, 三 명 가량 있으나 아직 완전한 정도에 달하지 아니하여 준비는 되어 있으나 강사가 없어서 곤란한 가운데 있다고 한다.

1789 「『朝鮮文學』 二月號 不許可」

『동아일보』, 1934.02.18, 조3면

市內 寬勳洞 一四六 京城閣出版部 發行인 文學雜誌『朝鮮文學』二月號는 原稿 六百 枚가 全部 不許可되었으므로 不得已 臨時號로 準備 中이라고.

1790 「逐年 減少되는 朝鮮文 圖書出版」

『매일신보』, 1934.02.24, 1면

新聞, 雜誌 等 圖書出版物로 본 朝鮮文化의 發展相은 逐年 躍進의 길을 걷고 있어 昨年 中 統計를 보건대 同年 中 朝鮮의 頒布된 國文圖書가 九百六 種으로 九百三十四萬 二千一百十八 券部, 支那語를 除한 外國文 圖書가 二百七十三 種에 一千六百二十六 券部, 支那文 圖書가 三十六 種에 二千一百四十八 卷部, 內地를 거쳐 朝鮮의 들어온 外國 圖書가 二百四十八 種에 五百六十 券部로 合計 一千四百六十三 種에 三十四萬 五千八百五十二 券部인데, 輸移入되는 圖書는 逐年 一割式 增加하고 있으나 朝鮮內에서의 朝鮮文 圖書 出版은 每年 減少되는 傾向으로 昨年 中에는 警務局 圖書課에 納本한 것이 二千二百三 種이라 한다.[105]

1791 「思想書籍 輸入 거의 禁止的으로 押收」

『조선일보』, 1934.02.24, 조2면

모처에 온 보고에 의하면 국제관계의 미묘한 내용을 적은 서적이며 기타 적색사상에 관계있는 외국서적에 대하여는 내무성 검열당국에서 극히 긴장하여 엄중한 검열취체를 하고 있다. 특히 '싸베트' 연방으로부터 들어오는 서적, 잡지, 신문에 대한 검열은 한층 더 엄중하여 작년 일 년 중에 일간 신문 『푸라우다』와 『이즈베스챠』의 입국에 대한 금지처분만도 실로 오십 건의 다수에 달하여 약 한 주일 동안에 한 번씩 몰수처분을 받는 셈으로 십이월 중에는 여섯 번이나 처분을 당하였다 한다. 그러므로 사법성 형사국에서는 특히 내무성 도서과에 부탁하여 각국의 사상관계의 재료를 수집하는 의미에서 특별히 수입하고 있고 조선에서는 경무국

105 본문에서 제시한 권부합계는 345,852이지만 실제합계는 9,346,452이다. '국문도서'(일본어서적) 906종의 권부 9,342,118은 지나치게 많아 오류의 가능성이 있다. 본문의 권부합계 345,852를 기준으로 '국문도서'의 권부를 다시 계산하면 341,518이 된다.

과 헌병대에서 역시 특별히 조사재료로 수입하는 외에는 일반은 얻어 보기가 매우 어렵다 한다.

1792 「出版, 著作, 新聞紙法 朝鮮서도 大革正」 『조선일보』, 1934.02.24, 석2면

방금 개회 중에 있는 이번 의회에 출판법(出版法)과 저작권법(著作權法), 신문지법(新聞紙法) 등이 이제 안 하게 된다 함은 기보한 바와 같다. 이 법령은 이번에는 통과될 것은 대개 기정사실로 이 개정법이 공포 실시되면 조선에도 적용되는 점이 많으므로 이에 대한 협의를 하고자 서촌(西村) 도서과 통역관이 동경에 출장하였던바 다시 내무성과 이에 대한 중대 협의를 하고자 수일 전부터 세 법령의 초안에 대한 연구를 총독부 도서과 간부와 거듭하고 있던 청수(清水) 도서과장은 이십삼일 밤차로 긴급히 동경에 출장하게 되었다. 현재 조선에 시행되고 있는 전기 세 법령은 명치 사십삼년 오월에 통령(統令) 제이십호로 출판규칙이라는 것이 공포 실시되었는데 이 법령에 의하여 출판법과 예약출판법의 규정을 준용하게 되었으며 또 저작권에 관한 것은 명치 사십삼년 팔월에 칙령(勅令) 제삼백삼십오호로 저작권법을 조선에도 시행하는 데 관한 건이라는 것이 공포, 실시되었고 신문지규칙은 명치 사십일년 사월에 통령 제십이호 공포, 실시되어 그 후 명치 사십이년에 두 번 개정되어 지금까지 실시되어왔는데 이번에 동경에서 이 세 법령의 개정안이 통과된다면 조선에도 이 세 법령의 개정에 반한 법령 개정이 필요함으로 도서과에서는 내무성과 충분히 협의, 연구하여 조선에 대한 전기 세 법령의 실시에 대한 대책을 세우리라 한다.

1793 「緩和된 改正法 適用에 朝鮮文 出版物은 除外?」

『동아일보』, 1934.02.24, 석2면

이번 동경의회에 출판법 개정안이 제출되어 통과되리라 함은 일반의 공통된 견해이다. 이 출판법 개정안이 통과되면 조선에서도 이에 추수할 운명에 처해 있는데 개정될 법안의 내용은 아직 제출되지 아니한 것이므로 명백히는 알 수 없으나 여하간 종래의 그것보다 진보적이요, 좀 더 통제적이요, 벌칙 같은 것도 좀 더 엄중해질 것만은 사실이라 한다.

그런데 총독부에서도 작년도 중에 출판법 개정안을 별로 만들어서 심의실에까지 회부하였다가 이번 의회에서 개정됨을 기다리기로 하고 중지하였던바 이번에 의회를 통과하여 개정되게 되면 이 법령을 그대로 인용하게 될 것인가 또는 일부의 개정을 하여야 될 것인가가 문제라 한다.

조선으로서는 물론 추수하게 될 것이라는 것이 총독부 도서과의 해석도 있으나 법령이 법령이니만치 도서과 당국자도 심심 고구 중에 있다. 이 개정법의 추수와 또는 이에 따르는 영향 여하를 미리서부터 고구 중에 있으나 이것은 조선문 출판에 관하여는 별다른 이상이 없고 구한국 시대에 제정한 것을 지금까지 인용하였거니와 이 앞으로도 이 시대지[106]의 법령이 지속될 것으로 관측된다.

그렇다고 하면 결국 조선 사람 출판업자로서는 하등의 영향이 없을 것이나 그렇다고 하여도 일반에게 미칠 영향은 경경한 것이 아니다. 조선문 출판에도 하등의 차별이 없이 추수시킨다 하면 모르거니와 태고 시대의 제정된 현행 법안을 고수함은 크게 불가한 것으로서 심한 데 이르면 납본검열제와 같은 기형적 임시 편법이 제정되기까지 이른 것이다. 이번에 개정되는 출판법을 기회로 조선문지에도 이것을 적용할 도리가 없다 하면 영원히 차별된 법안에 준수만 하게 될 것이라 한다.

---

106 時代遲.

1794 「出版法 關係로 東京에 委員 派遣」

『동아일보』, 1934.02.25, 석2면

작보와 같이 이번 六十五의회에 제출하여 통과할 출판물과 축음기(出版物 及 蓄音機), 레코드 납부법(納附法)이 조선에 미칠 영향을 고려하여 총독부 도서과에서는 심심 연구하는 일방, 이에 대한 참고안을 수집 중이더니 시기 급박을 고하게 되자 서류만으로 절충하는 것은 미비한 점도 없지 않으리라는 견해로 청수(淸水) 도서과장이 二十三일 밤 十一시 三十분 경성역 밤 열차로 강전(岡田) 속[107]을 대동하고 급거 도동하였다.

동경 체재의 예정은 약 十八 일간 가량으로 그 간에 중앙당국과 협의하여 조선에서 현재 시행되고 있는 법령과의 절충 또는 어느 조목을 어떠하게 개정하는 등에 관하여 협의를 거듭하고 특수한 조선의 입장으로서의 의견을 진술하여 그 실행에 관한 것을 협의하리라 한다.

1795 「映畵檢閱의 陳容을 完備」

『매일신보』, 1934.03.04, 7면[108]

총독부 도서과(圖書課)에서는 영화필름 검열의 충실을 도모하고자 금번에 三천원의 예산을 얻어 신전(新田)식 '토키' 영사기 한 대를 동경에서 주문 중이던바 수일 전에 현품이 도착하였으므로 三일에 기계를 조립(組立)하였는데 이달 중순부터는 '토키' 검열에 사용한다. 그리하여 영화필름 검열망은 '토키' 두 대, 무성영화기 한 대, 十六 '밀리' 영사기 두 대, 합 五 대 가지고 쇄도하는 영화필름 검열에 당하게 되었다.

---

107 속(屬) : 각 관청의 하급 보조문관.

108 「토키 檢閱機, 圖書課에서 備置」, 『동아일보』, 1934.03.04, 석2면; 「토키 檢閱陣」, 『조선일보』, 1934.03.04, 석2면.

1796 「『별나라』 三月號 不許可」

『동아일보』, 1934.03.09, 조6면

시내 永樂町 一정목에 있는 별나라사에서 발행하는 소년잡지 『별나라』는 이번 三월호가 모두 원고가 불허가가 되었다는바 지금 해 사에서는 임시호를 준비 중인데 늦어도 十五일 중에는 발행되리라 합니다.

1797 「朝鮮의 特殊事情으로 獨特한 取締法 制定?」

『동아일보』, 1934.03.10, 석2면[109]

금번 의회에 납부법(納付法)이 제출되어 통과, 실시될 것은 현하의 공기와 여론으로 보아 틀림없는 사실이 되자 총독부에서는 조선은 조선으로서의 특수사정이 있으므로 이것이 통과, 실시되기 전에 이 사정을 설명코자 청수(淸水) 도서과장과 서촌(西村) 통역관 등이 조선으로서의 적합한 법안을 초안하여 가지고 도동하여 이래 법제국(法制局)과 척무성(拓務省)과 절충을 계속하고 있다가 서촌 통역관은 작일에 귀임하고 청수 도서과장과 미리서 도동 중에 있던 안정(安井) 심의실 수석사무관이 남아 있어 중앙당국과 절충을 하는 동시에 만약 전기 법률안이 통과, 실시될 경우를 생각하고 조선으로서의 독특한 출판법과 신분지법의 개정을 도모하고 있다 한다.

이것을 초안한 전제로서 청수 도서과장은 경무국으로 이에 참고될 재료를 시급히 보내라 하여 지난 八일 항공우편으로 과거 조선에서의 출판물 취체에 관한 것과 이에 따르는 통계 등을 수집하여 보내었다.

요컨대 현행하는 조선의 출판법과 출판물취체규칙은 구한국 시대의 케케묵은 것으로 시대 진운에 비하면 절대로 적합되지 아니하는 까닭에 경무국으로서도 역

109 「出版法 改正에 朝鮮事情을 强調」, 『매일신보』, 1934.03.10, 1면.

대 총독과 경무국장이 갈릴 때마다 문제되어 왔으나 조선의 특수사정을 이해치 못하는 중앙당국에서 항상 깔아버려 왔다. 그렇다고 시대에 맞지 않는 구법령으로만은 도저히 될 수 없는 관계상 작년 중 임시 편법이라는 모순된 납본(納本)검열제라는 구법령에 대한 반항적 조문까지 생기게 된 것이다.

그 까닭에 이번 이 기회를 이용하여 총독부에서는 조선 현하에 적합한 법령을 제정 혹은 개량코자 하는 것인데 문제는 차별적 대우를 받고 있는 조선문 출판물에 관한 취체 감독이 그 중심이 될 것이라 한다.

청수 과장이 도동할 때에 가지고 간 복안은 신문지법, 신문지규칙, 출판법, 출판물취체규칙, '레코드'취체규칙 등의 다섯 가지를 종합하여 수정을 하려는 것이었는데 이 앞으로 과연 어떠한 법안이 생길는지가 문제시되고 있다.

1798 「出版法 改正으로 取締는 一層 嚴重」 『매일신보』, 1934.03.16, 1면[110]

今 議會에 提出되어 通過될 形勢에 있는 出版法 改正, 著作權法 改正, 出版物 納付法案은 이것이 實施케 되면 朝鮮에도 不少한 影響을 及게 할 것이므로 朝鮮으로서의 特殊事情과 影響程度의 如何에 對한 詳細한 說明을 行하는 同時에 拓務省을 비롯하여 法制, 警保 兩局과의 協議를 行하기 爲하여 東上한 淸水 圖書課長은 二十 日만에 十四日 午後 五時 京城發 列車로 歸任하였는데 氏는 車中에서 다음과 같이 말하였다.

"從來 自由主義를 取한 言論取締에 考慮할 必要를 感하여 內務省에서는 出版法의 一部를 改正하게 되었는데 此는 言論에 依한 左右 兩翼의 過激思想을 嚴重히 排除하는 同時에 一面 出版物의 文化的 使命을 確認하여 其 保護에 努力할 것을 內容으로

110 「朝鮮 事情에 適應토록 出版法 一部 改正」, 『동아일보』, 1934.03.15, 조2면; 「出版 諸 法令 改正은 一般 統制에 置重」, 『조선일보』, 1934.03.15, 조2면.

한 것으로 主要眼目은 一. 皇室의 尊嚴을 冒瀆코자 하는 文書, 圖書를 出版코자하는 行爲의 嚴罰 二. 安寧秩序를 妨害하는 文書, 圖書를 出版하는 行爲를 處罰 三. 犯罪를 煽動하는 文書, 圖書를 出版하는 行爲의 處罰 等으로 更히 新聞紙法의 一部도 改正하여 定期出版物도 新聞紙法을 適用하기로 되었다.

著作權者의 所任을 擴大 保護하기를 目標로 著作權法의 一部 改正과 出版物 納付法을 新히 制定하기로 되었는데 其 內容의 主眼은

一. 蓄音器 레코드를 出版物과 同樣으로 取締한다.

二. 出版物을 普通出版物, 定期出版物로 分하여 定期出版物은 新聞紙法을 適用케 한다.

三. 輸移入出版物에는 屆出케 한다.

四. 出版物은 發行前 帝國圖書館에 納本케 한다.

五. 內務大臣은 出版物 公報를 發行한다.

六. 公訴時效를 一 個年으로 한다.

七. 罰則을 最高 一 個年, 罰金 一千 圓으로 한다.

八. 出版物 發行者 自身 以外의 其 代理人, 家族, 從業者의 行爲도 出版物 發行人이 責任을 負하여 處罰을 當케 한다.

改正案의 要點은 前述한 바와 같은바 朝鮮으로서는 첫째, 改正 著作權法의 適用과 改正 出版法의 準用을 보게 될 것으로 特히 顯著한 影響은 輸移入出版物은 全部 屆出케 하여 從來보다 其 取締를 一層 嚴重히 하게 된 것이다. 또 著作 出版物과 同樣으로 取扱하게 된 蓄音器, 레코드 取締는 朝鮮은 一步를 앞서서 昨年 五月 取締規則을 公布, 實施하고 있으므로 其他의 것에 對하여는 前記 改正에 依하여 朝鮮 出版規則의 一部 改正을 行하여 應急措處에 遺漏가 없게 할 意向인데 將次는 內鮮人 共通의 出版法과 新聞紙法의 制定을 行치 않으면 안 되겠으므로 歸任한 後 總督과 局長의 指示에 基하여 適當한 案을 세워 改訂에 着手할 터인바 今年 內로는 其 實現을 보게 될 터이다."

1799 「農山村 振興 關係의 出版手續을 簡便케 當局에서 特別 留意」

『매일신보』, 1934.03.21, 1면

昭和 八年 末 現在 警務局 圖書課長 調査에 依한 農山漁村 振興運動의 諺文出版物의 出現한 狀況은 其 數가 約十五 種에 達하고 있어 其 大部分은 道郡 等 關係 公署에서 發行하는 것인데 此外 個人 發行의 單行本 及 外國人 發行의 宗敎的 出版物에 隨時 此를 揭載한 者가 있으나 大體로 從來 社會敎化, 思想善導 機關紙로 發行된 者에 局限되어 있어 振興運動 提唱 以來 國旗揭揚, 婦人勤勞, 色衣奬勵, 冗費節約, 副業奬勵, 孝子節婦 其他 篤行記事를 揭載하여 文盲啓蒙, 勤儉力行에 依한 經濟更生, 民風改善 等에 資하여 왔었는데 當局에서도 此種 出版物에 對하여 出版手續 省略 等의 方法에 依하여 發行上 便宜를 與하는 同時 一面 稠密한 檢閱을 行하여 或 振興運動의 機微를 捉하여 巧妙히 此를 揶揄하고 又는 反對運動에 出코자 하는 記事는 斷乎 排擊의 方法을 立하여 事前에 此를 削除하고 있는 狀態로 近時는 內容이 漸次 着實 穩健하여져서 今後 運動의 普及徹底에 當局은 크게 기뻐하고 있다.

1800 「出版物의 取締 從來보다 嚴密主義」

『매일신보』, 1934.04.06, 1면

朝鮮에 輸移入되는 出版物 取締에 對하여는 旣報한 바와 같아 警務當局에서 今後 一層 嚴重한 取締를 加하기로 되었는데 이에 따라 朝鮮內 出版物에 對하여도 從來의 取締 態度보다 一層 嚴重 精密한 方針을 세워 各 新聞, 雜誌 執筆者의 思想系統, 其他 詳細한 것은 調査하여 其 名稱을 作成하여서 出版物 取締의 實을 擧하기로 되었다는바 來 廿 三日 開催되는 各道 警務課長 會議에는 特히 此點에 對한 指示를 與하리라는데 이에 依하여 全朝鮮內의 執筆者에 關한 一大 '블랙리스트'가 完成되리라 한다.

1801 「共產黨 機關紙『攻擊隊員』越境」 『동아일보』, 1934.04.12, 석2면

노령(露領)에 거주하는 조선인 공산당원의 기관지인 『공격대원(攻擊隊員)』이라는 출판물이 국경방면을 넘어 조선 안으로 들어오는 경향이 보이므로 함북 경찰부에서 이것을 방지코자 노력 중이라 한다. 이 『공격대원』의 내용은 최근 국제정세의 위급을 보하는 동시에 국경에서의 활동할 임무를 암연히 지시한 것으로서 극히 중대한 것 등을 기재하였다 한다.

1802 「『形象』 四月號 原稿 押收」 『조선일보』, 1934.04.25, 특간2면[111]

市內 積善洞 三六番地 新興文化社에서 發行하는 月刊 文藝雜誌 『形象』 四月號는 原稿押收로 不得已 五月號 (懸賞創作發表號)를 今月 中으로 내놓으려고 編輯 中이라고.

1803 「活動寫眞 取締」 『동아일보』, 1934.04.25, 조2면

최근 과격 불온한 사상을 가진 사람이 늘어감은 그 원인이 여러 가지에 있겠으나 불량한 간행물의 영향이 적지 않다 하여 경무국에서는 자금 이후로 이러한 종류의 간행물을 일층 엄중히 취체할 방침이라 한다. 그와 동시에 활동사진의 영화와 축음기 '레코드' 등에 대하여도 치안을 문란하고 또는 풍속을 해할 우려가 있는 것은 철두철미 취체하게 되었다 한다.

111 「『形象』 四月號 押收」, 『동아일보』, 1934.04.24, 조3면.

1804 「遞信과 聯絡 赤書를 防止」

『동아일보』, 1934.04.29, 조2면

적색서적에 대하여 철저한 탄압을 하여 오던 경무당국에서는 작년 이래 각 도에 통첩을 발하여 각 서적을 뒤져 최근까지 압수한 것이 수백여 책이나 돌파하였다. 아직도 비밀히 배본되는 적색서류가 근절되지 아니하므로 체신국과 협력하여 더 한층 엄중한 감시를 하기로 하여 그 후에는 각 우편국을 통하여 비밀리에 그 같이 불온한 서적은 잡히는 대로 압수하기로 하였다고 한다.

1805 「今年 七月 上旬부터 映畵統制를 實施」

『동아일보』, 1934.05.05, 조2면[112]

축음기와 레코드를 그동안 취체하여 온 경무국에서는 종래에는 다만 경찰 취체의 범위를 벗어나지 못한 영화의 적극적 통제를 단행하기로 결정하고 이에 관한 성안을 심의실에 심의에 부치었는바 심의실에서는 도동 중에 있는 안(岸) 사무관의 귀경을 기다려서 심의를 할 터이므로 대체로 실시는 七월 상순경에 될 터이다. 이 통제안은 영화의 사회성에 비추어서 다음과 같은 범위를 취할 모양이다.

一. 사회교화상 우량한 영화에 대해서는 보호를 주고 강제적으로 상영하게 할 수 있을 것.

一. 일본 국민성에 배반하는 외국영화 수이입의 상영을 제한할 것.

一. 일본을 오해시키기 쉬운 영화의 수출을 금지할 것.

一. 일본 내지영화와 조선영화의 강제 상영을 규정한 것으로 부령에 의해서 공포될 터인데 이것으로써 우량한 영화제작을 장려하고 불량영화의 구축을 단행하여 사회의 교화기관으로서의 영화 기능을 정당화시켜야 할 것.

112 「審議 中의 映畵統制」, 『조선일보』, 1934.05.08, 조2면.

1806 「리촤드 최 소리판 押收, 치안방해로」 『조선일보』, 1934.05.11, 조2면[113]

소리판의 압수가 하나 있다. '하와이' 출생 조선인으로서 '뉴욕'에서 육백 회나 연주를 하였다는 또 '벤조'음악가 최(崔) '리챠드' 씨가 취입한 '콜럼비아' 회사의 「조선아 잘 있거라」라는 '레코드'는 총독부 도서과에서 치안방해로 발매금지를 당하는 동시에 압수, 봉음(封音)의 처분을 당하였다 한다.

1807 「檢閱網에 걸린 映畵, 風俗壞亂이 漸增」 『동아일보』, 1934.05.16, 석2면

작년 四월부터 금년 三월 말일까지 총독부 경무국 영화검열계에서 검열한 영화 중에서 공안(公安) 또는 풍속(風俗)의 문란으로 커트를 당한 것이 총계 一만二천五백十八 권의 二천八백九十 미터 ○一八로 전년의 一만一천九백十四 권에 二천七백九十一 미터 一八에 비하면 별로 대차는 없으나 그 내역을 보면 다음과 같다.

영화 중 극(劇)으로서 일본물의 검열 신청 건수는 시대물(時代物)이 四백五十二건, 현대물(現代物)이 六백三十九 건인데 그중에서 검열망에 걸린 것이 로 일본물

公安	時代	150.10 미터
	現代	213.59 미터
風俗	時代	39.15 미터
	現代	14.50 미터

중에서 공안에 저촉된 것이 많고 외국물(外國物)로는 신청 건수 六백八十五 건 중에서 검열망에 걸린 것이 공안이 一백六十二 미터 二○, 풍속이 一천六十四 미터 ○八로 외국물에는 풍속문란에 저촉된 것이 제一 많다.

113 「레코드 發賣禁止」, 『동아일보』, 1934.05.11, 석2면.

또 극이 아닌 것의 신청 건수는 일본물과 외국물을 합하여 四백四十八 건 중에서 공안 관계의 커트가 八 미터요, 풍속이 一 미터인데 전기 검열망에 걸린 것 중에서 발성영화만에 대하여 보면 신청 건수 四백四十三 건 중에서 공안과 풍속 관계로 커트된 것이 二천八백二十 권에 六백五十二 미터 八八三이라 한다.

전체를 통하여 보면 공안에 관계한 것은 매년 감소되고 풍속에 관한 것이 축년 증가하는 경향을 보이고 있다는바 그 원인은 에로영화 같은 것은 점차 심각한 것을 제공하지 않으면 관중이 그만큼 흥미를 붙이지 않게 된 것이 일대 원인이다. 영화제작소에서는 그 까닭에 될 수만 있으면 대중의 이 야비한 욕망을 채우기 위하여 자연히 풍속괴란에 흐르는 에로영화를 제작하는 경향을 다분으로 갖게 된다는 것이다.

1808 「鎭南浦署員 活動, 不穩書籍 押收」

『조선일보』, 1934.05.20, 석3면

진남포경찰서 고등계에서는 이즈음 부내 각 서점과 각 사립학교를 비롯하여 서적을 가지고 있는 곳을 엄중히 수사하여 좌익 계통(左翼 系統)에 관한 서적과 사상서적 등 불온한 서적을 다수히 압수하였다는데 앞으로 계속하여 엄중 조사할 터이라고 한다. 【鎭南浦】

1809 「「戀愛行進曲」 禁止! 禁止!」

『동아일보』, 1934.05.25, 석2면

'도시레코드' 제작소의 제작에 관한 「연애행진곡(戀愛行進曲)」이라는 전후 두판이 발매금지의 처분을 받았다 한다. 그 이유는 풍속을 괴란하였다는 것으로 그 내용이 극히 에로틱한 까닭이라 한다.

1810 徐光霽, 映畵時論 : 世界에서 問題되는 映畵統制案 (5)

『조선일보』, 1934.05.29, 특간3면

映畵統制의 강화는 최근 각국의 공통된 현상인데 그런데 이것은 勿論 어떠한 政治的 意味에서 出發된 點이 크다고 할 수는 있으나 그것보다도 自國의 産業 保護에서 나온 것도 크다고 할 것이다. 어떠한 國家에서는 國營企業으로 統制를 하려고 하고 어떠한 國家에서는 民營企業으로 統制를 하려고 한다. 朝鮮에서도 政治的 經濟的 여러 가지 意味로 보아 映畵統制案이 어디보다도 먼저 實施되는 것 같다. 쏘비엣트 러시아와 같은 國家는 元來가 國營企業으로 計劃統制 밑에서 中央集權的 營利에서 行하게 되는 것이다. 然이나 民營企業에 對한 國家의 統制(米國, 佛蘭西 等)는 國營企業에 對하는 統制와 같이 그의 中央機關이 直接 이것을 行事할 수 없는 것이다. 卽 다시 말하면 原則으로써 企業의 自由活動을 認定하고 國家는 다만 이것을 外廓的으로 統制하는 立場에 있는 만큼 規律統制 혹은 監督統制를 行한데 그치는 것이다. 알기 쉽게 말하면 民間에서 自由로 經濟的 行事를 하여 자유로 어떠한 映畵를 製作할 수는 있으나 政府에서 그에 대한 監督統制를 行한다는 말이다. 나치스 獨逸은 映畵統制案을 昨年에 發表하였는데 그의 全文은 十六 個條로 되어 있다. 內容은 말할 것도 없이 파시즘 政策으로 獨逸 映畵製作에 있어서는 政府로써의 經濟的 安定의 確保와 完全한 補助金의 下附制度 또는 在來의 優秀한 映畵會社(우파 會社 等)는 直接 國家機關에서 經營하게 되었다. 그리하여 映畵銀行이 생기어 獨逸人이 쓴 시나리오와 全部 獨逸人의 監督, 撮影技士, 配役 같은 것을 적어다 주면 그 銀行에서 製作費를 대어 준다고 한다. 그리고 지독한 外國映畵 輸入 制限을 하여 놓았으므로 되나 안되나 獨逸에서는 나치스 映畵만이 製作하게 되며 그렇지 않으면 가벼운 넌센스映畵나 레뷰映畵, 歌劇映畵 밖에 나올 수 없을 것이다. 佛蘭西에서도 國産映畵 保護上 所謂 '에리오'法이 벌써 制定되었었으나 一千九百二十八年 二月 十八日 映畵營利委員會에서 이것을 改定하였다. 그것의 大要를 말하면 물론 外國映畵의 輸入制限이 絶對的으로 包含되었고 나치스 獨逸과 거의 한가지로 全然 佛蘭西人의 映畵

會社에서 佛蘭西人의 監督, 助監督, 撮影技士, 俳優 等 모든 것이 佛蘭西의 撮影所 內 또는 佛蘭西의 領土 內에서 撮影한 것으로 主要한 俳優의 二十五 퍼센트 以內의 外國人 俳優를 使用한 것을 第一流의 佛蘭西 映畵로 認定하고 製作者까지 合하여 위에 말한 各 部門에 五十 퍼센트까지의 佛蘭西 要素를 包含할 것을 第二流의 佛蘭西映畵로 規定하여 놓았다. 이리하여 아무쪼록 佛蘭西人만이 佛蘭西的 要求를 包含한 映畵를 特히 製作하면 그 比例로 外國映畵를 第一類에 屬한 것은 一 篇에 對하여 外國映畵를 七 篇을 配給할 權利를 갖고 第二流에 續한 것은 外國映畵를 二 篇 輸入, 配給할 權利를 法律로 規定하여 놓았다고 한다. 亞米利加에서는 이와 反對로 佛蘭西 立場에 亞米利加映畵 輸出을 拒絶하겠다고 最後 通牒的인 警告를 發하여 前述의 現行法의 適用期間을 一九三〇年 十月 一日까지 延期도록 協定이 成立되었었다고 한다.

1811 「赤色과 에로의 書籍을 焚棄」 『동아일보』, 1934.05.31, 석3면

평양경찰서에서는 작년 四월부터 적색에 관한 서적과 에로에 관한 서적을 압수하기 시작하여 금년 五월까지 四백二十五 종, 책수로 五백二 책을 금 명일 분서의 처분할 터이라고 한다. 【평양】

1812 「密輸入 赤書 防止코자 南北에 檢閱陣 計劃」

『동아일보』, 1934.06.10, 조2면[114]

각 방면을 통한 경계망이 완비되어 있는 조선에 교묘하게도 좌익(左翼)출판물을 비롯하여 각종의 불온 출판물이 일본 각지를 통함은 물론이요, 만주(滿洲) 방면으로도 그치지 않고 교묘한 수단에 의하여 조선 안으로 들어오고 있다 한다. 그 까닭에 이 비밀출판물을 검열하는 당국에서도 극도로 괴로워하는 실정에 있다. 이에 의하여 도서과(圖書課)에서는 이에 대한 대책으로써 검열진(檢閱陣)의 정비를 기코자 명년도 신규 예산에 신의주(新義州), 도문(圖們), 부산(釜山) 등 三 관문에 배비할 속관급의 검열관 三 명을 설치키로 하고 이에 대한 예산을 요구키로 되었다 한다. 그리고 이것을 제一계단으로 만주 전국의 특수사상을 참작하여 조선의 출판경찰 강화를 실현코자 계획 중이라 한다.

1813 「소리판 석 장 압수」

『조선일보』, 1934.06.19, 조2면

경무국 도서과에서는 소리판 세 개를 압수하였다. '키린' 회사의 '레코드'인 「템포가 느리다」와 「모단[115]자절(紫節)[116]」은 풍속문란으로 또 '포리돌' 회사의 조선말 소리판 「고성(古城)의 밤」은 치안방해로 십구일에 각기 행정처분을 하였다 한다.

114 「出版物의 檢閱陣 擴充」, 『매일신보』, 1934.06.10, 1면.

115 모단(モダン) : 'modern'의 일본어 음.

116 오라사끼부시(紫節) : 명치 말기 일본 전역에서 유행했던 속요.

1814 「『아이생활』 七月號 押收」

『동아일보』, 1934.07.05, 조3면

月刊 少年雜誌『아이생활』은 七月號를 七月 一日에 發行하였던바 當局으로부터 押收 處分을 받고 方今 臨時號를 準備 中이라는데 數日 內로 發行되리라고.

1815 「不良레코드 漸次로 滅跡」

『매일신보』, 1934.07.12, 7면[117]

소화 八년 중의 불량(不良)레코드의 차압(差押) 건수는 치안(治安)과 풍속(風俗)을 합하여 四十四 종에 七천여 매의 다수에 달하였는데 그 후 경찰의 엄중한 취체와 업자(業者)의 자각으로 불량레코드는 점차 감소되어 금년 초두(初頭)에는 거의 삼제(芟除)된 느낌이 있었는데 四월경부터 또다시 불량레코드가 산견(散見)하게 되어 그 후 금일까지에 처분한 것은 다음 표와 같이 九 종 六백 매에 달하였다. 특히『사설난봉가』라고 하는 리갈레코드가 행정처분을 당한 것은 이 레코드 사설이 작년 十二월 빅타레코드에 취입되어 비상히 음란한 가사(歌詞)이었기 때문에 곧 처분을 한 것인데 이는 업자(業者)들이 잘 알고 있었을 것임에도 불구하고 동일 제호(題號)로써 종전보다도 더 심히 음란한 것을 취입, 발매한 것으로 당국에서는 단연 엄중한 처분을 행한 것이다.

九年 六 個月間 處分 레코드

「血淚의 法廷」(治安), 「서울노래」(治安), 「조선아 잘 있거라」(治安), 「戀愛行進曲」(風俗), 「五十三次」(風俗), 「のろいわ」(風俗),[118] 「モダン紫節」(風俗), 「のんき節」(治安),[119] 「사설난봉가」(風俗).

117 「差押된 레코드 四十四 種 七千 枚」, 『조선중앙일보』, 1934.07.12, 2면; 「押收된 소리판, 六月까지 九種類」, 『동아일보』, 1934.07.12, 조2면.

118 아마노 키쿠요(天野喜久代)의 「テンポのろいわ(템포 느려요)」로 추정됨.

119 논끼부시(のんき節) : 대정 초기부터 유행한 속요의 하나.

1816 **「映畵檢閱激增」** 『동아일보』, 1934.07.14, 석2면

경무국 영화검열실은 검열신청 건수의 폭주로 계원은 안비막개의 상태이라는 바 매일 四十五六 종 二백七八十 권에 달한다고 한다. 이와 같이 폭주하는 것을 현재의 직원으로는 도저히 원활하게 하여 나갈 수 없으므로 명년도 예산에는 증원키로 하고 이에 대한 예산을 청구하리라 한다.

1817 **「南北 主要 關門에 檢閱網 一大 擴充」** 『조선중앙일보』, 1934.07.15, 석7면

경무국(警務局)에서는 비상시 대책으로 명년도 예산에 五백만 원을 요구하여 一천 명 내외의 경찰을 증원하게 되리라 함은 기보한 바와 같거니와 최근 해외(海外)로부터 들어오는 적색(赤色) 잡지, 신문, 출판물이 해마다 늘어가고 있으므로 도서과(圖書課)에서는 명년도에 영화계에 검열관(檢閱官) 一 명, 기술원(技術員) 一 명을 증원하는 동시에 경기도(京畿道)에는 축음기(蓄音機) 취체계, 경남(慶南), 전남(全南)에는 수입신문 및 출판물 검열망 확충, 평북(平北), 함북(咸北)에는 수입출판물 및 신문 취체계 신설 등으로 상당한 인원을 증원할 모양이다.

1818 **「映畵統制規則」** 『동아일보』, 1934.08.02, 석2면[120]

총독부 도서과에서 착수하고 있던 영화통제는 신취체규칙을 제령(制令)으로 공포하기로 되어 그간 법안이 심의실에 회부되었던바 그 후 연구한 결과 부령으로

120 「敎化映畵 强制 上映」, 『조선일보』, 1934.08.02, 석2면.

충분히 그 목적을 달할 수 있으므로 근일 중에 부령으로써 발표하고 九월부터 실시케 되리라 한다. 이 신규칙은 '활동사진영화규칙'이라고 이름하여 전문 十三조로 된 것인데 그 내용인즉 一. 흥업장에서 영사사진의 종류, 수량, 시간의 제한 二. 사회교화영화의 특별취급 三. 사회교화에 필요하다고 인정하는 경우의 사진은 강제로 상영 四. 수이입필름의 허가제 등으로 종래의 검열규칙과 상이한 점은 도지사에 대하여 권한을 증대한 점인데 국산영화의 상영과 그 비례에 관한 상세한 규칙은 다시 훈령으로 발표하리라는바 조선 안에서는 최초로 서양영화 전문으로 허가를 받은 극장에서 다 이 법령 시행과 동시에 반드시 국산영화를 상영치 않으면 안 될 점 등이 특히 주목되고 있다.

1819 「輸移入物 激增으로 四 道에 檢閱員 增置」 『매일신보』, 1934.08.03, 1면

近時 交通網의 充實을 伴하여 內地, 支那, 露西亞, 滿洲國 方面에서 朝鮮內에 輸移入되는 出版物은 激增의 一途를 呈하는 中임에 鑑하여 本府 警務局에서는 그 檢閱에 不足을 感하고 있는바 此等은 讀者에게 一日이라도 速히 配布하는 使命을 가졌으므로 이 目的을 達成시키고 아울러 檢閱의 徹底을 期하는 것이 必要타 하여 慶□, 全南, 平北, 咸北의 四道 警察部에 圖書檢閱係員의 增員을 하기로 되어 이 經費를 明年度 豫算에 要求하였다. 그리고 京畿道에는 '레코드' 檢閱에 當하는 高級幹部를 一名 增員하기로 하여 모두 明年度 豫算에 要求하였다.

1820 「영화取締規則, 七日附로 發布」

『동아일보』, 1934.08.08, 조2면

심의실에 회부되어 있던 활동사진영화취체규칙(活動寫眞映畵取締規則)은 금 七일 총독부령 제八十二호로서 공포되었다. 이 규칙은 전문 十三 조로서 九월 一일부터 시행하기로 되었는바 현재 조선 안에서 상영되고 있는 추세를 보도하면 그 흥행장의 수효가 九十六 개소로 영화의 수량은 재작년의 것만을 본다할지라도 상영권수가 十七만 五천八백二十八 권, 연장은 一억 二천九十八만 七천九백六 미터에 달하였고 관객의 총수는 五백九十三만 五천三백六十三 인에 달하며 이외에도 공공 단체, 학교, 신문사 등에서 상영한 것도 적지 않다 한다.

작년 중 九월 말일 현재의 통계로 본다하면 권수가 一천五백七十三 권으로 七十四만 八천五백四十三 미터인데 관객이 백만을 돌파하였다 한다. 이와 같은 추세에 있는 이 영화를 통제하여 문학적 가치와 오락적 가치를 발휘하게 하고 이번의 규칙을 제정하여 시행토록 한 것이다.

1821 「映畵取締規則, 今 七日 發布 九月 一日부터 實施」

『조선일보』, 1934.08.08, 석2면

영화통제의 법령인 활동사진영화취체규칙은 칠일에 총독부령 제팔십이호로 공포되어 구월 일일부터 실시를 보게 되었는데 이 법령은 이미 공포한 활동사진 '필름' 검열규칙과 같이 시행될 것으로 법령의 중요 골자를 보면 도지사에게 광범한 권한을 주어가지고 영화의 상영 제한, 사회교화적 영화에 대한 특수취급 영화의 강제 상영과 영화의 수이출 허가 등을 규정한 십삼조의 법령이다.

활동사진영화취체규칙의 공포에 대하여 총독부 清水 도서과장은 다음과 같이 말하였다. "이 법령은 국산영화의 장려와 영화의 사회교화상 중요성을 고려하여 영화의 상영 기타에 대하여 여러 가지 제한을 한 것인데 장차는 영화 심사에 대한 위원회 제도도 설치하여 우량한 영화제작의 발흥을 조성케 하려 한다."

1822 **「映畵取締規則 公布」** 『조선일보』, 1934.08.08, 조1면

一

當局에서는 大正 十五年 以來 活動寫眞필름 檢閱規則을 施行하여 왔으나 統制의 必要가 切實함을 느끼고 오래 前부터 同 取締規則을 制定 中이던바 這間 그 全文이 完成되었으므로 今 七日 府令 第八十二號로써 發表하였다. 全文은 十三條로 되어 別記한 바와 같거니와 그 要點은 (一) 治安, 風俗을 紊亂하고 保健上 有害한 映畵를 排除할 것 (二) 必要한 境遇에는 道知事가 制限을 加하여 國民性, 善良한 風俗에 反하는 것을 防止할 것 (三) 社會敎化上의 優良映畵에는 便宜한 取扱을 하여 强制的으로 上映을 命할 것 (四) 移輸入 映畵의 許可制를 設하여 朝鮮文化의 誤傳을 防止할 것 (五) 保健衛生上으로 觀客의 年令 制限을 하여 映畵時間의 制限을 할 것 等이다.

二

(一) 治安, 風俗을 紊亂하고 保健上 有害한 映畵를 排除함은 原則으로 있을 만한 일이다. 그러나 이 條文의 運用을 잘못하여 治安紊亂의 程度를 너무 廣汎히 할 것 같으면 人民의 自由를 束縛할 念慮가 있다. 그리고 (二) 善良한 風俗에 反하는 것을 道知事가 防止할 수 있다는 하는 것도 原則으로 옳으나 그 善良한 風俗이란 어떤 것인가? 덮어놓고 朝鮮의 風俗이란 善良한 것이라고 하여 過去의 偏頗한 封建思想에 反對하는 것은 全部 上映치 못하게 하고 (三) 封建的 色彩가 많은 映畵를 社會敎化上 優良映畵라 하여 强制로 上映을 命하는 것은 不可하다. 그뿐 아니라 (四) ■■ ■■ ■■■■■■■■■■■■■■■■■■■■■■■■■■■■■■■■■■■ ■■■■■■■■■■■■■■■■■■■■■■■■■■■■■■■■[121] 朝鮮

은 文化的으로 特히 映畵 方面에 있어서는 後進된 것이 事實이라 너무 朝鮮産만 奬勵한다 하여 先進社會로부터의 ■■■■■■■■■■■■■■■■■■■■■■ ■■■■■■■■■■■■■■.[122] 最後로 (五) 保健衛生上으로 入場人의 年齡을 制限함은 適宜하다.

三

要컨대 今次의 映畵 取締規則은 從來에 比較的 緩和하였던 治安, 風俗, 保健上의 取締를 嚴重히 하는 同時에 積極的으로 善風良俗, 特히 日本 內地의 映畵를 比較的 多量으로 强制的으로 上映케 하려는 것인바 映畵는 一種의 娛樂物인 同時에 藝術的 情調를 가진 것이기 때문에 너무 强制的으로 統制하려 할지라도 豫期한 成果를 얻지 못하는 例가 많다. 卽 當局이 如何히 善風良俗이라 하여 上映을 奬勵 乃至 强制하더라도 人民의 情調에 맞지 않으면 結局 觀客의 趣味를 잃어 自然 盛行치 못하고, ■ ■■■■■■■■■■■■■■■■■■■■■■■■■■■■■■■■■■ ■■■■■■■■■■■■■■■■■■■■■■■■■■■■■■■[123] 그러므로 이러한 藝術品에 對하여는 먼저 人民의 情調를 살핀 後에 이 情調에 맞게 統制해야 할 것이니, 이것이 眞正한 人民을 爲한 政策일 것이다. 勿論 映畵 같은 것은 가장 사람에게 感情을 刺戟하여 思想的, 其他 影響을 많이 주는 만큼 그만큼 取締를 嚴密히 또 嚴正히 하려 하는 것도 全然 意義가 없지 않으나 너무 取締에 치우쳐 人民의 趣味, 情調를 無視한다 하면 도리어 不測의 反面結果를 生할지도 모른다.

그러므로 當局은 이 映畵規則의 運用에 있어서 前記 要點을 充分히 理解하기를 바란다.

121 3.5행 정도 삭제됨.
122 2행 정도 삭제됨.
123 3.5행 정도 삭제됨.

1823 「活動寫眞映畵取締規則 全文」

『조선일보』, 1934.08.08, 조1면

第一條　活動寫眞映畵는 活動寫眞필름檢閱規則에 依하는 外 本令에 依하지 않으면 此를 映寫하여 群衆의 觀覽에 供함을 不得함.

第二條　本令에서 活動寫眞映畵 興行者(以下 簡單히 興行者라 稱함)라고 稱함은 活動寫眞映畵를 映寫하여 群衆 觀覽에 供함을 業으로 하는 者를 稱함.

第三條　興行者가 其業을 開始코자 할 時는 其業의 開始日부터 十日 前까지 左記한 事項을 具하여 이를 興行場의 所在地를 管轄하는 道知事에 屆出할 事.

一. 住所, 氏名 及 生年月日(法人은 主된 事務所의 所在地, 名稱 並 代表者의 住所, 氏名 及 生年月日)

二. 興行場의 名稱 及 所在地

三. 業의 開始 豫定 年月日

前項 第一號 又는 第二號의 事項을 變更한 時는 興行者는 十日 內에 이를 興行場의 所在地를 管轄하는 道知事에게 屆出할 事.

興行者가 其 業을 廢止코자 할 時는 第一項의 規定을 準用함.

第四條　興行者는 每月 其 月內에 映寫할 映畵의 題名(外國製는 其 原名 及 譯名), 製作國, 製作者, 卷數 及 미터 數를 興行場 別로 翌月 十日까지 興行場의 所在地를 管轄하는 道知事에게 屆出할 事.

第五條　道知事는 必要타고 認할 時는 一 興行 又는 一月을 通하여 興行者의 映寫할 映畵의 種類, 數量 又는 映寫時間을 制限함을 得함.

第六條　社會敎化의 目的으로써 製作된 映畵 又는 時事, 風景, 學術, 生産 等에 關한 映畵로서 朝鮮總督의 認定을 받은 것에 대하여는 前條 及 第八條 第二項의 規定을 適用치 아니함.

前項의 認定을 받으려는 자는 申請書에 映畵의 題名(外國製는 其 原名 及 譯名), 製作國, 製作者, 卷數 及 미터 數를 記載하여 說明臺本 二部를 添附하여 이를 朝鮮總督에게 提出할 事.

第七條　朝鮮總督은 必要타고 認할 時는 興行者에 對하여 第五條의 制限에 不拘코 必要한 映畵의 映寫를 命할 事가 有함.

第八條　興行者가 아니고 映畵를 映寫하여 群衆의 觀覽에 供코자 하는 者는 미리 其映畵의 題名(外國製는 其 原名 及 譯名), 製作國, 製作者, 卷數 及 미터 數 及 映寫時間을 具하여 映寫地를 管轄하는 道知事에 屆出할 事.

前項의 境遇에 道知事가 必要타고 認定할 時는 映寫의 種類, 數量 又는 映寫時間을 制限함을 得함.

第九條　朝鮮內에서 撮影한 映畵(아직 現像지 않은 映畵를 含함)를 輸出 又는 移出하려고 하는 者는 申請書에 其映畵의 題名, 製作者, 卷數 及 미터 數를 記載하여 說明臺本 二 部를 添附하여 朝鮮總督의 許可를 받을 事.

前項의 許可를 받은 者는 輸出 申告할 際 許可書를 稅關에 提出할 事. 第一項 境遇에 朝鮮總督이 必要타고 認定할 時는 映畵의 檢閱을 할 수 있음.

第十條　第五條 又는 第七條의 規定에 基하여 發한 命令에 違反한 者는 三月 以下의 懲役 又는 二百 圓 以下의 罰金 又는 拘留 又는 科料에 處함.

第十一條 第九條의 規定에 依한 許可를 받지 않고 映畵를 輸出 又는 移出한 者는 二月 以下의 懲役 又는 百 圓 以下의 罰金 又는 科料에 處함.

第十二條 第三條, 第四條 又는 第八條 第一項의 規定에 違反하여 屆出을 하지 않고 又는 虛僞의 屆出을 한 者 又는 第八條 第二項의 規定에 基하여 發한 命令에 違反한 者는 五十 圓 以下의 罰金 又는 拘留 又는 科料에 處함.

第十三條 法人의 代表者, 法人 又는 人의 代理人, 使用人, 其他의 從業者 又는 人의 戶主, 家族 又는 同居者가 其 法人 又는 人의 義務에 關하여 本令에 違反한 事는 本令에 定한 規則은 此를 行爲者에 適用하는 外 其 法人 又는 人에 對하여도 이를 適用함.

未成年者 又는 禁治產者가 本令에 違反한 時는 本令에 定한 罰則은 이를 法定 代理人에 適用함. 但 其 營業에 對하여 成年者와 同一의 能力을 가진 未成年者에 對하여는 此限에 不在함.

附則

本令은 昭和 九年 九月 一日부터 施行함.

本令 施行 時에 現在 活動寫眞 映畵를 映寫하여 群衆의 觀覽에 供함을 業으로 하는 者는 本令 施行日부터 二十日 內에 第三條 一項, 第一號 及 第二號의 事項을 具하여 興行地의 所在地를 管轄하는 道知事에 屆出할 事.

1824 「救濟 素人劇을 安溪서는 禁止」

『조선일보』, 1934.08.10, 조5면

남조선 일대에 참혹한 수재로 기아선에 직면한 누만의 혈족을 응급 구조할 목적으로 본보 안계지국에서는 소인극을 조직하여 일반에 많은 동정을 빌고자 만반이 준비가 착착 진행 중이던 중 돌연 경찰의 금지로 사업은 중지를 고하였는데 일반 사회로서도 불소한 유감을 가지고 있다고 한다. 【安溪】

1825 「思想宣傳 關係로 歸鄕學生 取締」

『동아일보』, 1934.08.11, 조2면

하기휴가를 이용하여 귀성하는 학생들이 다수에 달하는 동시에 이 귀성학생을 매개체로 적색서적(赤色書籍)과 기타 사상서적을 펼치고 이 사상을 선전하는 일이 많은 까닭에 금년에는 미리서부터 경무국에서 각 도 경찰부를 통하여 이들의 행동을 엄밀히 감시토록 하였다. 우선 동경(東京) 방면에서 유학하고 있는 一천五백여 학생 중에 六백여 명이 六월 중순 이래 七월까지에 귀성하였고 그들은 전래에 의하여 전기한 사상서적을 이입하여 농촌이나 도시에서 개인적으로도 선전하려니와 단기 강습(短期 講習)의 형식을 취하여 청년 대중에게 적색사상을 주입시킨다 하여 금년에는 단기 강습도 법규에 의한 강습소령에 의하여 허가를 받게 하고 그 외 것은 전부 탄압 일관으로 금지하는 한편 엄중한 경계를 하는 중이라 한다. 금년은 전년보다도 가장 경계를 요하게 된 것은 각 농촌에 농촌진흥회와 교풍회 등이 있는 까닭에 까딱하면 그러한 단체 속을 뚫고 들어가서 적색사상을 선전할 우려가 있는 연고로 그와 같이 탄압 일관의 엄혹한 취체를 하게 된 것이라 한다.

1826 「外國映畵 上映 年次로 縮小할 方針」 『조선일보』, 1934.08.16, 석2면[124]

구월 일일부터 실시되는 영화통제의 내용을 보면 상영하는 영화의 종류, 수량과 영상시간의 제한표준 혹은 공익영화의 인정과 그 강제 상영의 방법, 영화의 수이출과 상영 등의 수속에 관한 세칙 등이 있는데 그중 중요한 사항은 다음과 같다.

一. 상영영화의 종류의 제한에 대하여 외국산 영화는 일 개월을 통하여 한 흥행장에서 그 상영영화의 총 '미터'수의 사분지삼 이내로 하고 나머지 사분지일 이상은 조선 또는 일본 내지산 영화를 상영하되 이것은 십년도뿐이고 십일년에는 삼분지일, 십이년에는 이분지일 이상을 상영하여야 한다.

一. 상영시간 제한에 대하여 상영시간과 수량은 흥행장에 있어서는 원칙으로 종래와 같이 도지사의 취체대로 하고 흥행장 외에서는 대체 오후 열시 반까지로 한정한다.

一. 공익영화의 인정은 사회교화의 목적으로 제작된 영화로서 시사, 풍경, 학술, 산업 등에 관한 영화는 특수한 취급을 하며 강제상영을 시킨다.

一. 영화의 상영 수이출 등의 수속.

一. 영화의 상영 수의 계출에 대하여서도 각 항의 주의가 있다.

---

124 「映畵上映의 種類 時間 制限」, 『동아일보』, 1934.08.16, 조2면; 「映畵統制의 內容 決定」, 『조선중앙일보』, 1934.08.16, 석2면.

1827 「素人劇 禁止」

『동아일보』, 1934.08.17, 석5면

충남 牙山郡 溫陽面 溫泉里 유지 제씨는 금번 三남 수재로 인연하여 거리에 방황하는 이재동포에게 의연금을 보내려고 지난 十一일부터 만반의 준비하고 소인극을 하려고 당국에 허가원을 제출하였던바 무슨 조건인지 허가치 못하겠다고 수리치 아니하므로 一반 주최자 측에 원성이 자자하다고 한다. 【牙山】

1828 「時代에 뒤떨어진 新聞紙規則 更正」

『조선일보』, 1934.08.18, 조2면

총독부 도서과에서는 조선 신문지규칙을 개정하고자 방금 조사 연구 중이라 한다. 현행 신문지규칙은 명치 사십일년 사월에 統令 제십이호로 또 신문지법은 한국시대인 光武 십일년 칠월에 법률 제일호로 각기 공포되어 수차 부분적 개정은 있었지마는 너무 시대에 뒤떨어진 규정과 엄중한 처벌 규정이 많아 신문지법에 의한 출판물의 자유로운 발달을 저해하는 점도 없지 않다. 더욱 조선문 신문, 출판물과 일본문 신문, 출판물과의 취체에는 차별적 취급을 규정한 것까지 있어 시대착오적 느낌이 있어 일반의 여론에도 반영되어 오던 터이다. 그뿐만 아니라 현재 조선에는 전기와 같이 신문지법과 신문지규칙과 두 가지가 있어가지고 통일된 법령이 없어 당국자로서의 취체에도 불편한 점이 많다 하며 또 현행 허가제도는 조선내의 신문 경영의 기초를 공고히 하고 건전한 발달에 유효하며 또 함부로 경쟁하는 것을 방지한다는 의미에서 개정될 법령에도 그대로 두어둘 터이라 한다. 그리하여 방금 淸水 도서과장이 직접 자료를 모아 조사 연구 중에 있어 일간 초안 작성에 착수할 터이라 한다.

전기와 같이 조선 신문지규칙을 單一 法令으로 개정하려고 점차 구체화시키고 있다는 淸水 도서과장은 다음과 같이 말하였다.

"벌써부터 개정의 필요는 느끼고 있었다. 간단한 법령도 아니므로 좀 시일이 걸리겠지만 현행규칙은 너무 시대에 뒤떨어진 느낌이 있는 것이 많다. 조선문지와 일본문지의 차별 취급을 어떻게 할까 하는 문제는 중대한 문제로 신중한 고려를 할 필요가 있다. 또 허가제도는 아직 자본이 약하고 기초가 튼튼치 못한 조선내의 신문지의 발달을 조장하는 의미에서 그대로 둘 작정이다."

1829 「新聞紙法의 改正」

『조선일보』, 1934.08.19, 조1면

一

總督府 圖書課에서는 現在 朝鮮에 實施되고 있는 新聞紙規則 및 新聞紙法을 改正하기로 決定한 後 얼마 前부터 資料를 蒐集하고 此에 關한 調査 硏究를 거듭하여 오던바 인제 基礎 準備가 整頓되었으므로 不日 그 草案 作成에 着手하리라 한다. 現在 朝鮮文 新聞에 適用되는 新聞紙法은 光武 十一年 七月 法律 第一號로 公布 實施된 後 隆熙 二年에 와서 多少의 改正을 보았을 뿐이며 和文 新聞에 適用하는 新聞紙規則은 明治 四十一年 四月 統領 第十一號로 公布 施行된 後 同 四十二年에 一部의 改正을 보았을 뿐이다.

新聞은 社會의 거울이라는 말에 一理가 있다면 法律도 社會의 反映으로 볼 수 있을 것이다. 사회의 反映으로 볼 수 있는 法律, 더욱이 社會의 거울이라는 新聞에 關한 法律이 그 時代 그 社會에 符合치 못하다는 것은 矛盾이다. 世界思潮는 時時刻刻으로 變遷하여 간다. 最近 朝鮮에 있어서는 이것이 더욱이 激甚하다. 現在의 朝鮮實情을 現行法의 制定 當時에 比較하면 그야말로 隔世의 感을 느끼게 한다.

二

이러한 事理 下에 現在 朝鮮新聞에 適用되는 法令은 여러 가지 點에 있어 無理와 不合理를 發見하게 된다. 上述한 바와 같이 現下 朝鮮에는 新聞에 關한 法律이 두 가지가 있다. 하나는 和文 新聞에 適用하는 新聞紙規則이요, 다른 하나는 朝鮮文 新聞에 適用하는 新聞紙法이 즉 이것이다. 新聞 發行과 같은 性質上 全然 同一한 形式의 事業에 있어 朝鮮文 新聞에 差別을 둔다는 것은 當局이 標榜하는 差別撤廢主義에 背馳될 뿐 아니라 實際 監督上에도 적지 않은 不便이 있을 것이다.

吾人이 差別撤廢를 主張하는 理由는 勿論 朝鮮文 新聞에 適用하는 新聞紙法에는 和文 新聞에 適用하는 新聞紙規則보다 더 苛酷한 明文이 있는 까닭이다. 一例를 들어 말하면 罰則에 있어서 發行人, 編輯人, 印刷人이 一定한 法定 規定에 違反한 時에 最高 一 個月 以上 六 個月 以下의 '輕禁錮' 又는 二十 圓 以上 百 圓 以下의 罰金에 處함(新聞紙規則 第十九條, 第二十四條)에 反하여 新聞紙法에 있어서는 三 年 以下의 '役刑'에 處할 뿐 아니라 '그 犯罪에 供用한 機械를 沒收'(新聞紙法 第二十五條)한다고 하였다.

三

이와 같이 모든 點으로 보아 缺點 투성이의 朝鮮新聞紙法을 인제 와서야 改正에 着手하게 된다는 것은 너무나 時期 늦은 感이 있거니와, 늦었으니만치 이番 改正에 있어서는 英斷的 決心이 있어야 할 것이다. 圖書課의 □意에 依하면 改正案에 있어서도 依然히 許可主義를 採用하리라 한다. 그 理由는 아직도 資本이 貧弱하고 基礎가 튼튼치 못한 朝鮮內의 新聞 發達을 爲하여 許可主義가 必要하다는 것이다. 勿論 一理가 없는 것은 아니나 그러나 그와 같은 保護는 許可主義의 鐵則을 세우지 않고도 무슨 形式으로든지 할 수 있을 것이다. 一言으로 吾人의 所望을 말하면 今回의 改正法에 있어서는 朝鮮文化를 向上하려는데 焦點을 두고 新聞 經營에 많은 便宜를 圖謀하여야 할 것이다. 이제는 地方에 있어도 朝鮮文 新聞이 生長할만한 內的, 外的 條件이 具備되어 있으므로 當局에서도 從來의 方針을 變更하는 同時에 明文을 通하여서도 朝鮮文 地方新聞의 發展을 援助하여야 할 것이다.

1830 「'無産青年日' 앞두고 警務局 全道 嚴戒」 『조선중앙일보』, 1934.08.23, 석2면

오는 九월 제一 일요일은 국제무산청년 '데이'이므로 총독부 경무국에서는 최근 조선내의 사상운동의 동향을 보아 만반의 경계를 할 필요를 느끼고 수일 전 각 도 경찰부에 이 날에 대한 엄밀한 취체와 경계의 지시를 엄달하였다 한다. 금년에 들어서서는 三월 一일이래 '메이데이', 八월 一일의 反戰 '데이' 등 철옹성 같은 경계를 전조선적으로 하였었으나 그래도 이 경계를 돌파하고 다수한 선전, 선동의 '삐라'가 다수 산포되어 경무국에서는 매우 낭패한 일도 있었고 또 최근에는 중국 방면 군관학교 출신자 다수가 조선에 잠입하여 모 중대계획을 획책하고 있다는 정보가 있는데다가 만주에 산재한 조선인 ××단체가 대합동을 목적으로 한 연합회의를 개최하였다는 정보가 있어 이 때문에 당국으로서는 앞으로 임박한 국제무산청년 '데이'를 더욱 엄중 경계하게 된 것이다.

그런데 경계 방법인즉 국경 방면은 물론 각 항만을 엄중 경계하여 해외로부터의 잠입을 방지하며 우편국과 연락하여 적색문서의 우송을 단속하는 一반으로 각지의 중요시찰 인물의 예비검속과 감시를 하고 각 공장 지대에는 당업자와 연락하여 엄중한 경계를 할 방침으로 앞으로 무산청년'데이'를 앞둔 당국의 경계는 종래보다도 더욱 엄중하리라 한다.

1831 「自由의 國, 米國서도 言論統制를 企圖」 『조선중앙일보』, 1934.08.25, 조1면

言論의 自由를 極度로 尊重하는 米國 新聞界에서는 從來 政府의 御用機關이 없었고 앗소시에텟트 푸레스, 유나이테드 푸레스, 인터내쇼낼 等의 各 通信社는 全然 自由의 處地에서 오로지 뉴스 本位의 通信을 하고 있었다. 그런데 루스벨트 大統領의 統治 下에 있어서는 이 自由主義가 漸次 稀薄하고 國家的 傾向을 强調하게 되어 國家

的 뉴스는 適宜 統制를 加함이 必要하다고 보게 되었다. 그리하여 大統領의 補佐인 부렌 트러스트[125]에서 일찍부터 新通信社의 設置를 起草하여 來 議會에 提出할 方針이라고 하며 미네야포리스 選出 上院議員 테이샬 氏는 卄三日 라디오 放送演說로써 右 計劃에 言及하여, "現在 米國 內에 外國의 間牒과 및 商社代表는 約 三萬七千 人이 있는데 余는 此等 間牒의 使命이 陸軍省 發表만을 報道하는 것이라고는 認定치 않는다. 따라서 此等 外人의 行動을 取締하기 爲하여 議會에 新聞紙 取締法案을 提出할 豫定이다. 이와 同時에 또 政府機關인 新聞通信社 設置案도 包含될 것이다. 이 通信社는 蘇聯 政府의 타스 通信社, 佛國의 하바스 通信, 伊太利의 스테퍼니 通信社의 各 機關通信과 同樣으로 一般 通信을 供給하고 또 政府 側 諸 新聞에 뉴스를 供給하는 것으로 부렌 트러스트에서 目下, 그 立案을 起草 中이다." 【華盛頓卄三日發聯合】

1832 **「不良레코드 百餘 枚를 押收」** 『조선일보』, 1934.08.25, 조5면

최근 황해도 관내에 발매금지된 에로틱한 레코드가 유포되고 있음을 탐지한 황해도 경찰부에서는 지난 십오일부터 관내 각 서에 엄밀히 독려하여 그 취체에 부심 중인바 지난 이십이일까지 압수된 레코드는 해주서에서 압수한 삼십여 매를 비롯하여 백여 매에 달한다고 한다. 【해주】

125 Brain Trust : 정부나 기업의 전문 고문단.

1833 「道 保安課 當局에서 映畵統制 方針 決定」

『조선중앙일보』, 1934.08.29, 조2면

금번 경기도 경찰부 보안과에서는 지난 七일 총독부 도서과에서 발표한 조선내의 영화취체규칙 규정에 준하여 영화통제(映畵統制)의 근본 방침을 결정하였는데 二十九일 오전 중에는 시내에 있는 영화 상설관 단성사, 도화극장, 조선극장, 우미관의 네 극장의 대표자를 호출하여 이에 대한 도의 방침을 통고하기로 되었다. 통고의 내용인즉 오는 九월 二일부터 명년까지는 상영영화일 수량에 있어 그 四분의 一을 일본영화로 할 것, 소화 十一년부터는 그것의 三분의 一, 소화 十二년부터는 서양영화와 절반을 상영하라는 것이다.

그리고 종래에 있어서는 조선산 영화를 총독부 도서과의 검열만 받으면 일본 내지로 이입할 수 있었으나 지금 이후로는 경기도 관내의 것은 경기도의 검열을 꼭 맡아야 한다는 二중 검열제도를 설정할 것이다.

1834 「映畵 强力 統制와 巨資 撮影會社 助成」

『조선일보』, 1934.08.31, 조2면

총독부에서는 국산영화의 장려와 영화의 사회적 영향을 고려하여 국책수행이라는 목표로 억센 통제를 단행하게 되어 구월 일일부터 새 법령에 의하여 영화 흥행 통제가 실행되는데 조선과 같이 국산영화로 볼 만한 것이 없는 곳에는 결국 상당한 자본을 들여 영화 제작소의 설립이 우선 긴급한 문제로 되어 있는 것은 사실이다. 그러므로 도서과에서는 영화제작회사의 창설에 대하여 적극적 알선을 하기로 하고 상당히 대규모적 제작회사의 성립을 북돋으기로 되었다 한다. 이 '프로덕션'은 민간 유지의 출자로 하되 자본금은 최소한도 백만 원으로 하고 조선 재계의 유지를 망라하여 금년 내로 조직을 하게 한 후 조선 독특의 영화를 제작케 한 후 조선내의 상영 외에 만주와 일본 내지에 조선의 사정도 수출을 하여 선전을 도모하도록 주선하게 되었다.

전기와 같이 영화통제를 충분히 함에는 결국 조선에 상당한 '프로덕션'을 건설할 필요가 있다 하여 회사 조직에 대하여 적극적으로 알선을 하게 되었다는데 대하여 청수(淸水) 총독부 도서과장은 다음과 같이 말하였다.

"프로덕션 회사 조직에 국고 보조를 할 수는 없지만 그 조직과 발달에 대하여는 충분한 조직과 알선을 아끼지 않는다. 조선에서도 백만 원 가량의 자본을 가지고 시작하면 처음 이삼 년은 모르되 사 년 후이면 넉넉히 채상[126]이 될 것이다."

1835 「救濟 演奏, 素劇을 高原署는 不許」

『조선일보』, 1934.09.01, 조4면

금번 삼남의 수해는 의외에 비절참절한 분위기를 넘고 있다는 것은 각 지상을 통하여 연속 보도되는 바이거니와 함남 고원에서도 동창회, 시민구락부, 지방진흥회 삼 단체 주최로 지난 이십육, 칠 양일간에 이재민 구제 연주 급 소인극을 개최하기로 하였다 함은 기보한 바이거니와 삼 단체 역원들은 각종 준비에 분망하여 오던바 경찰에서 허가치 않으므로 섭섭하나마 해산하고 말았다 한다. 【高原】

1836 「俳優를 登錄하여 劇團統制를 企圖」

『조선일보』, 1934.09.02, 석2면

영화통제의 제일보를 내디딘 당국에서는 그 방침의 적극적 강행에 노력하고 있

126 '부채상환'의 줄임말.

는데 일반 영화와 함께 대중오락의 쌍벽이라고 할 연극 단체에 대한 통제는 지금까지 구체적으로 확립된 방침이라고는 없었다. 이에 관내에 조선극장(朝鮮劇場), 단성사(團成社)의 두 극장을 가지고 있고, 이 두 곳을 근거지로 하고 집산하는 사오 개의 극단을 항상 그 관할 아래 두고 있는 종로서에서는 지금까지 연극 단체의 통제의 불비로 흥행 중 배우의 이동 및 상연 중 배우의 언동의 무질서 등으로부터 오는 폐해를 절실히 느끼고 금번 연극단 통제의 근본방침을 안출하여 이를 도 보안과에 상신하여서 무슨 형식으로든지 연극 단체 통제의 법령화를 기도할 모양이다. 방금 종로서에서 생각하고 있는 연극단 통제 방침의 골자를 이루는 것은 소위 감찰제도(鑑札制度)[127]의 시행으로서 즉 배우는 소속 극단의 이름과 함께 그 이름을 소관경찰서에 등록하여 무제한 이동과 및 그 언동의 탈선을 방지하려는 것을 안목으로 한 것이라 한다.

1837 **「演劇俳優 統制案」** 『매일신보』, 1934.09.02, 7면

영화통제안(映畵統制案)이 금 一일부터 실시하게 되자 그 반응으로 부내 종로서 보안계에서는 금번 기회를 이용하여 제 숙안 중이던 연극통제안(演劇統制案)을 기안하게 되었는데 그 안이 끝나는 대로 상부에 진달하여 결재가 되는 때에는 실시하게 될 터이라 한다. 연극통제안의 요점을 보면 자래로 조선에 있는 신극단은 배우들의 이동이 많아서 취체에도 많은 지장이 있고 때로는 인기배우들을 프로그램에 넣어 출연하는 듯이 광고는 하고 사실에 있어서는 출연치 아니하여 일반 관객의 감정을 좋지 못하게 하는 등 갖은 폐해가 많았으나 그것은 一정한 취체규칙이 없어서 이래 방임하여 오던 것을 금번에는 한 극단의 배우명부록을 작성하여 배우

127 감찰(鑑札) : 관청에서 영업이나 행위를 허가한 표시.

들에게는 각각 감찰(鑑札)을 주어 그 감찰이 없는 배우는 출연치 못하게 되는 것이다. 그뿐만 아니라 처음에 입단한 극단에서 다른 극단으로 가입하게 될 때에도 소관 경찰서에 계출을 하도록 하는 것인데 이 제도가 실시되기만 하면 무통제하던 조선극단의 질서도 있게 될 것이고 배우들의 생활도 다소간 안정될 듯하며 일반 팬들에게도 좋은 극을 보이게 될 수 있음으로 일반의 기대가 자못 크다고 한다. 그런데 금번에 동 서에서 연극통제안을 기초하게 된 동기는 자래로 동 관내 조극(朝劇), 단성사(團成社), 우미관(優美館) 등에서 공연하게 되는 신극단의 취체상 많은 불편과 결함을 느낀 점을 참작한 것이라 한다.

1838 **「活動寫眞取締규칙을 반포해」** 『동아일보』, 1934.09.04, 석3면

함경남도 경찰부 보안과에서는 활동사진 취체에 대한 규정을 一일부로 도내 각 경찰서에 발표, 통고하였는데 그 내용은 자못 복잡하나 그 요령을 알아보면 금후 할 수 있는 대로 외국영화 상영은 감소하되 소화 十년 말까지 상영영화 총 미터의 四분지三 이내로, 동 十一년까지 三분지二 이내로, 동 十二년까지 二분지一 이내로 할 것이며 흥행시간은 위생상으로 보아 밤 十一시 이내로 한 번에 네 시간 이상을 불허할 주의이며 본 규정은 九월 十일부터 시행할 터이라 한다. **【함흥】**

1839 **「'컬럼비아' 科料 處罰」** 『동아일보』, 1934.09.08, 조2면

부내 장곡천정 일본축음기주식회사 경성지점 '데지에 한드포드'[128]는 그동안 취체규칙에 여러번 위반하여 훈계처분(訓戒處分), 과료처분(科料處分)을 당해왔었음에

불구하고 최근 또다시 「부세(浮世)」라고 칭하는 레코드를 五 회에 긍하여 수백 매를 이입하여 한 번도 계출을 아니하고 판매하였으므로 본정서에서 발견, 十五 원의 과료에 처분하였다.

1840 「不穩書 激增, 檢閱網 擴張」

『동아일보』, 1934.09.26, 석2면

일본 내지에서 이입되는 신문, 잡지, 기타 각종 출판물은 만주사변 이래 놀랄 만한 세로 격증하고 있는 중인데 개중에는 밀송한 불온성을 띤 출판물이나 팸플릿 등이 검열선을 잠행하여 당국자들의 두통을 더하게 하고 있는 중이다.

입구 관문인 부산에서의 검열은 경남도 경찰부 고등과 一부에서 적은 인원으로 한 시간쯤 되는 동안에 검열을 마치므로 검열의 능률을 발휘할 수 없다 하여 경무국에서는 명년도에 경남도에 검열과를 두든지 그렇지 않으면 도서과 분실을 신설할 의향으로 금년도 예산에 실현 못되면 추가예산으로 요구할 의향이라 한다.

1841 「『農民週報』 押收」

『조선일보』, 1934.10.06, 조2면

시내 경운동(慶雲洞) 농민주보사(農民週報社)에서 발행하는 『농민순보(旬報)』 제이십사호는 사일에 압수를 당하였는데 동 사에서는 임시호를 준비한다고 한다.

---

128 일본콜롬비아 축음기주식회사 조선지점 사장. T.J. Handford.

1842 「新聞 揭載禁止 事項」

『조선중앙일보』, 1934.10.07, 2면[129]

종래 만주에서 무슨 중대한 사건이 발생하든 그곳에서 신문 게재금지가 된 것이면 따라서 조선에까지 신문 게재금지가 되어 왔었는데 이 때문에 총독부 도서과에서는 사무상 분잡을 느낄 뿐 아니라 만주에서 들어오는 압수된 출판물 신문의 취체에도 두통을 앓는데다가 조선 안에 신문도 이 때문에 압수를 당하는 것이 빈번하고 또 만주의 게재금지 사건으로 조선 안에는 이것이 시행된다 하더라도 일본 내지는 여기에 구속을 받지 않는 관계상 그곳 신문이 이 게재금지 사항을 게재한 채 조선 안으로 들어올 때에는 당국에서는 어쩔 수 없이 압수처분을 내려 그것의 사무처리도 수월치 않게 복잡하므로 금번 도서과에서는 이 폐단을 없애기 위하여 五일 밤 겸전(兼田) 속을 신경(新京)에 파견하여 당지 당국과 이에 대한 협의를 하기로 되었다 한다. 그런데 협의의 요점인즉 一. 만주에서 게재금지된 것을 조선 안에도 그것을 시행한다는 것은 원칙적으로 인정치 않음 二. 그러나 조선 안에도 기사 게재금지를 연장할 필요를 느낀 때에는 일본 내지에도 동일하게 시행할 일이라 한다.

1843 「咸平署 活動 三 青年 檢擧」

『동아일보』, 1934.10.11, 석3면

지난 六일에 전남 함평서(咸平署)에서는 돌연히 활동을 개시하여 동군 읍내 소천상점(小泉商店)에 점원으로 있는 이철범(李喆範)(二○)을 검거하는 동시 그 익일인 지난 七일에는 빈기 서장(濱崎 署長)이 동 서 고등계원을 대동하고 월야(月也), 해보(海保) 양면으로 급행하여 월야면 용월리(月也面 龍月里) 정시행(鄭時行)(二一)과 동 면 외치리(外峙里) 정갑남(鄭甲男)(二○) 등을 검거하며 가택수색을 一一이 하여 적색서적

129 「朝鮮과 滿洲에 出版物 統制」, 『동아일보』, 1934.10.07, 석2면.

과 불온문구가 써있는 수기장 등을 압수하였다는바 전기 정갑남은 당일 해보주재소(海保駐在所)에서 석방되고 정시행만은 즉시 본서로 압래하여 절대 비밀리에 엄중 취조 중이라는데 사건 내용은 절대 비밀에 부치므로 자세히 알 수 없다고 한다.
【함평】

1844 「『靑年朝鮮』 雜誌, 十一月號 不許劃」 『동아일보』, 1934.10.25, 석2면[130]

팔봉(八峰) 김기진(金基鎭) 씨 주간의 월간잡지『靑年朝鮮』십일월호는 그동안 당국에 원고검열을 신청중이던바 지난 十一일부로 불허가 되어 시일 관계로 십일월호는 내지 못하고 십이월호를 준비 중이라 한다.

1845 「輸移入 新聞, 雜誌 許可制度 實施 計劃」 『조선일보』, 1934.10.31, 석2면

경무국에서는 일본 내지와 기타 조선 외로부터 수입되는 신문, 잡지와 '팸플릿'류의 검열망을 확충하는 동시에 이런 종류에 대하여는 허가제도를 실시하여 조선 내에 미치는 영향을 없애고자 방금 조사연구 중으로 불일간 실시를 보게 될 것이라 한다. 즉 최근 조선과 만주 등 식민지의 독자를 상대로 한 신문, 잡지, '팸플릿'류가 일본 내지로부터 조선 안으로 폭주하고 있어 이것이 조선 사상계에 미치는 영향이 크므로 도서과에서는 이에 대한 검열을 종래에도 엄중히 하여 왔으나 현행 검열제도로서는 취체의 만전을 기하기가 곤란하므로 금후는 새 취체책으로 일본 내지와

130 「十一月號『靑年朝鮮』不許可」, 『조선일보』, 1934.10.24, 조2면.

기타 조선 외로부터 조선내에 수입되는 신문, 잡지, 기타 '팸플릿' 등은 전반적으로 허가제도를 실시하고 허가된 이외의 것은 일체 수입을 금지하게 할 터이라는바 이것은 조선내의 발행허가제도와 아울러 수입되는 신문, 잡지 등의 취체를 강화하여 사상 선도의 일책에도 갖추려는 것으로 결국 조선내의 독서계와 사상계를 조선 외로부터 엄중히 봉쇄하여 통제를 보게 될 것으로 비상히 주목된다. 더욱히 조선과 같이 문화 정도가 낮은 사회에 있어 국외로부터 신문, 잡지를 수입하여 흡수하는 정신문화의 영향이 막대한 바 있는 터이므로 수입되는 그것의 선악은 막론하고 일반 사상계와 독서계는 물론 일반 사회 자체에 미치는 영향도 가지가지로 과연 어떠한 결과를 초래할는지 지식계급의 주목은 이리로 집중될 것이라 한다.

1846 「新聞紙, 出版物 等 四 種 法令을 統一」 『동아일보』, 1934.11.30, 조2면[131]

신문, 잡지, 출판물에 대한 조선내의 취체법규는 일본 내지인 발행의 것에는 신문지규칙(新聞紙規則), 출판규칙(出版規則)이 적용되고 조선 사람의 발행하는 데는 신문지법(新聞紙法), 출판법(出版法)으로 차별있는 네 가지 법령이 있어 서로 섞여 매우 복잡성을 가지고 있다. 그리고 법령 전부가 구한국정부시대에 제정된 것을 그대로 계승한 것인데 합병 이후 二十여 년간 가장 현저한 진보를 보게 되었다. 신문출판계로서는 시대 역행의 법규로서 개정의 요망이 오랜적인 것도 있다. 특히 법의 불비를 기화로 불량간행물도 최근 현저히 나타나는데 경무당국도 개정을 결의하고 四법령을 일본 내지와 조선을 일률로 통제해서 신문, 잡지, 출판물 취체를 포함하는 신법령을 공포하려고 도서과 당국에서 고려 중인데 신법령은 시대정신을 가미하여 현행 법규의 불합리성을 바로 하고 가장 진보적인 것으로 만들려고 계획 중이

131 「四 種의 新聞紙法 統一案 脫稿 在邇」, 『조선일보』, 1934.11.30, 석2면.

다. 종래로는 사람과 물건에 따라서 동일한 행위가 종종 적용의 법령을 달리 하여서 일어나는 모순을 없이 하는 법령이 나타날 것이라 하여 기대되고 있다 한다.

1847 「新聞紙法 及 出版法 改正 問題」

『조선일보』, 1934.12.01, 조1면

一

當局에서는 近間 朝鮮에서 現在 適用되고 있는 新聞紙規則, 出版規則 및 新聞紙法 出版法의 네 法令을 一括 統合하여 時代精神에 適合하도록 此를 改正하려고 하는 中에 있다 한다. 兩者가 다 어느 것이나 舊韓國時代에 制定된 것을 그대로 繼承하여 時代文化의 進運에 倂進하여 改革되지 못하였다는 點에서 當然히 改正할 必要가 있음은 말할 것도 없거니와 同一한 地域 內에 있어서 前者 即 新聞紙規則 及 出版規則은 日本 內地人에게, 新聞紙法 及 出版法은 朝鮮人에게 適用하여 一定하여야 할 法令이 一定 地域 內에서 劃一的으로 運用되지 못하였다는 不合理에서 볼 때에 이 四種의 法令을 統一하여 單一法令化하고 特히 이에 時代精神을 加味하여 進步的인 것을 만들어야 한다고 하는 것은 事의 當然이라는 것보다도 오히려 晩時之感이 있다 할 것이다.

二

從來 新聞紙의 取締가 朝鮮人에게 있어서는 禁止를 前提로 한 許可主義였기 때문에 新聞發行의 許可獲得이 困難한 事實은 自然 新聞紙 發行權을 一種의 利權化하여 좋지 못한 結果를 일으켰던 것은 忘却치 못할 일이다. 따라서 이번의 新法令에 있어서는 朝鮮人의 新聞紙 發行도 當然히 認可主義를 原則으로 하여 言論機關의 自由發達을 企圖하도록 하는 것이 要望된다. 勿論 當局으로서는 許可主義의 制限性은 自由競爭을 妨止하여 少數의 言論機關을 保護하는 效果가 있다고 할는지도 모르지마는 言論機關의 自由發達이 保障되지 못하는 限은 特히 許可된 言論機關의 存續性

이 오로지 當局의 意思에 依存케 되는 傾向을 가지게 되므로 新聞紙의 發行은 亦是 原則上으로 認可主義에 依할 것이 要望되는 바이다.

三

出版法의 改正이 從來에 있어서 朝鮮人 雜誌 經營者에 依하여 屢次 要望된 바는 原稿檢閱制란 것은 事實上 定期出版物의 繼續을 不可能케 하는 것이나 다름이 없었기 때문이다. 當局은 이 點에 關하여 過般 暫定的으로 一部 雜誌의 稿本檢閱을 認定하였지만은 今回 改正에 있어서는 出版物의 檢閱은 特種의 그것과 같이 納本을 標準으로 할 것이다. 時代文化가 急速한 템포로 달음질하는 現代에 있어 이것을 文字로써 反映하는 出版物이 原稿檢閱이라는 難關에 依하여 積滯 阻止된다는 것은 社會文化의 自由로운 發達을 爲하여 크게 考慮하여야 될 點이라고 생각한다.

四

勿論 吾人은 今回의 前記 四 種 法令이 統一되어 進步된 樣態로 나타나서 '人'과 '物'에 依하여 同一한 所爲가 여러 가지의 適用을 달리 하는 矛盾이 解消되기를 期待하는 바이거니와 要컨대 이 改正의 指導精神이 어디까지 時代文化에 順應하고 言論出版의 自由를 尊重하는 態度에서 支配된다면 自然 그 形式도 理想的인 것이 될 수 있지마는 單히 이것을 大勢에 順應하는 程度의 姑息的 體面的의 것으로 한다면은 이에 足히 問題로 할 것이 못된다고 할 것이다. 從來의 陳腐 複雜한 新聞紙 及 出版物 取締法令이 單一法令으로써 새로이 制定된다는데 있어서 當局은 一層 意義있는 考慮가 있기를 要望하고 이에 一言하는 바이다.

1848 「思想 善導 一計로 宗教統制를 計劃」

『조선일보』, 1934.12.05, 조2면

총독부에서는 사상 선도와 정치적 교화를 하고자 공조로서도 특히 불교의 부흥발전을 목표로한 종교의 통제를 단행하여 '국가정치와 종교'와의 관계를 밀접히 하여 사상 선도, 다시 말하면 사회교화의 전면적 운동을 전개시키고자 방금 조사 준비를 거듭하고 있는 중이라고 한다. 조선에 있어서 일찍 찬란한 사회 문화를 이루었던 시대도 있는 불교는 현재와 조선사람에게는 소위 민족적 종교라 할 수 없는 이만치 쇠퇴하였다. 당국이 보는 바에 의하면 기독교나 천도교는 조선인의 소위 국민적 종교라 할 수 없다 하여 또한 사회사상의 선도로 본 효과도 불교에 미치지 못할 것이라 하여 불교를 조선의 국민적 종교로 옹호, 선포시키어 교화정책의 수행을 도모하려는 것이라 한다. 현재의 조선에 있어서 불교의 세력은 기독교나 천도교에 비할 바가 아닐 뿐 아니라 사찰은 일개의 명소 구적(舊跡)으로서의 가치밖에 평가되지 않는 상태이므로 당국에서 중요한 종교의 정치적 통제를 함에 있어 불교를 국민적 종교로 선포 보호하여 그 발달을 도모하려는 것은 십년 전에 종교법이 의회에 제출되었을 때에 국가 정치와 종교와 관계로 일시 사회에 비상한 충동을 준 일이 있는 것을 회고하면 정치적 의미에서 비상한 주목을 끌고 있다.

1849 「輸移入 新聞, 雜誌 强力 統制 具體化」 『조선일보』, 1934.12.12, 석2면

정신적 양식이라 하며 문화의 '바로미터'라 할 신문지와 잡지, 기타 출판물은 현대인의 생활에 있어 없지 못할 요소의 하나로서 경무국에서는 조선내의 정신문화를 통제적으로 지도, 취체하는 의미에서 조선 외에서 수이입되는 신문지와 잡지를 단연 허가제도로 변경하는 새 규정의 제정을 준비하는 일방 조선내의 신문, 잡지를 더 한층 통제 취체하여 언론기관의 국책적 통제와 비상시적 취체를 단행하기 위한 모든 준비가 방금 진행되고 있어 불원간 실현을 보리라는데 현재 조선내에 들어오는 것을 계속적으로 압수처분을 하여 수이입이 거의 금지된 신문지와 잡지류는 실로 이백삼십칠 건의 다수에 달한다. 이것은 모두 조선에 직접 중대한 영향이 미칠 공산운동 또는 민족운동 관계의 신문과 출판물뿐으로 전연 봉쇄된 셈이고 또 그 외에 수이입이 되는 신문, 잡지의 압수 상황을 보더라도 일 개년 중에 압수가 이천이백오십육 건의 다수에 달하는데 그중에 겨우 이백오 건이 풍속문란 관계인 것을 보면 총독부 당국이 종래에 있어서도 조선내의 정치 또는 사회사상에 미치는 영향이 큰 조선 외의 신문지 또는 잡지, 기타 출판물에 대한 취체가 매우 엄중하였던 것과 동시에 정치와 사회사상의 통제적 지도 취체에 얼마나 부심하고 있는가를 엿볼 수가 있다. 그런데 이에 다시 전기와 같이 조선내의 신문지와 잡지에 대한 취체 통제를 강화하며 조선 외로부터 수이입되는 것을 허가제도로 단속한다면 무역풍의 관세 장벽과 같이 정신문화의 흡수에도 공고한 정치적 사상적 장벽이 더욱 강화될 것이라고 한다.

신문지와 일반 출판물 취체 상황에 대하여 경무국에서 작년도의 분을 집계한 것이 최근 완성되었는데 그것에 의하면 조선문으로 발행하는 신문지 칠 종이 압수를 당한 것이 이십팔 건인데 이것을 소화 사년의 육십팔 건에 비하면 사십 건의 감소이고 그 전년에 비하면 일 건의 증가를 보였으나, 오년의 육십 건, 육년의 사십사 건에 비하면 모두 반감한 셈인즉 이것은 검열 수준의 완화를 말한 것이라는 것보다 비상시국의 반영으로 신문지의 논조 자체가 수준을 내린 것이라 볼 수 있겠다. 더욱 전기 이십팔 건의 압수 중 풍속문란은 하나도 없고 전부 치안방해인 것이 주목된다. 또 일본문으로 발행하는 신문지는 삼십 종에, 압수 건수는 팔십이 건으로 전년에 비하여 두 건의 증가인데 치안 관계가 육십일 건이고, 풍속관계가 이십일 건이다. 그리고 수이입되는 신문지의 취체 상황을 보면 일본 내지에서 발행하는 것으로 압수된 것이 팔백사십이 건인데 그중에 풍속 관계가 일백삼십팔 건이고 국외에서 발행하는 것으로 압수된 것이 이천사백십사 건인데 그중에 풍속 관계가 이십삼 건 뿐인바, 즉 조선 외에서 발행된 신문지로서 작년 중에 압수된 건수가 실로 이천이백오십육 건으로 그중 이백오 건이 풍속문란 관계인 것을 보면 대부분이 정치관계의 치안방해 관계 때문인 것이 주목된다 한다.

신문지의 취체 상황은 별항과 같거니와 그러면 일반간행물 즉 출판법에 의한 잡지와 단행본(單行本)의 취체상황을 보면 일본문으로 발행하는 것은 십일 건이 압수를 당하였는데 전년 중의 이십육 건에 비하면 반 이상이 감소하였다. 그리고 조선문으로 출판하는 것은 계속 출판물의 고본(稿本) 제출 건수는 일천사십육 건인데 그중에서 일부 삭제를 당한 것이 사백 이 건이고 단행본은 고본 제출 건수가 일천칠십육 건으로 그중 일부 삭제가 일백팔 건이라 한다.

1850 「新年부터 實施되는 思想輿論 等 統制」 『조선일보』, 1935.01.02, 석2면

총독부에서 이미 제정, 공포하여 새해부터 실시될 법령과 또 새해 중에 개정, 실시될 중요 법령을 개별적으로 들어보면 다음과 같은데 이러한 법령은 모두 산업통제와 국가 권력의 강력적 집중주의의 단행을 위한 사상과 여론의 통제라는 새로운 의도가 법령 제정 또는 근본적 개정을 촉진시키게 된 것이 주목된다.

• 不正競爭防止令(制令)

상표(商標), 의장(意匠), 기타 상업계의 부정경쟁을 방지하기 위하여 유사품 사용의 금지를 제정한 새 법령으로 일본은 물론 세계 각국이 전부 실시한 국제적 법규로 일월 일일부터 실시된다.

• 自働車交通事業令(制令)

육상 교통의 전반적 통제를 하여 교통, 사업, 군사상의 편의를 도모하려는 새 법령인데 사월 일일부터 실시된다

• 自働車取締規則(府令)

시대 진운에 적합하게 자동차의 속력, 설비 기타를 근본적으로 개정한 현행 규칙의 개정법으로 방금 심의 중인데 사월 전으로 실시될 터이라 한다.

• 痲藥取締令(制令)

'모루히네' 아편 등의 마약 취체를 위한 통일법으로 재래보다 위반자의 엄벌 규정이 새 법령의 주안이 되어 있는데 법제국에서 심의 중으로 불원 실시될 것이다.

• 警察犯處罰規則(府令)

현재의 법령은 합병 당시의 것으로 시대착오적 규정이 많으므로 이것을 전반적으로 개정하기 위하여 방금 경무국에서 입안 중으로 불원간 실시된다.

• 改正治安維持法(法律)

이번 의회에 제출되는데 통과될 기운이 농후하므로 조선에도 실시될 터인바 현행법보다 엄벌주의와 예비구금(豫備拘禁), 보호감찰제도 등 새 규정이 많은 것이 주목된다.

• 新聞紙法規의 改正統一(制令)

현행 신문지법과 신문지규칙을 합하여 단일 법령으로 개정하되 어느 정도까지 시대 진운에 적합하게 개정한다고 하는데 금년 중에는 실시한다고 한다.

• 輸移入 新聞, 雜誌 許可制度

일본 내지로부터 이입되는 신문, 잡지는 물론 외국으로부터 수입되는 것도 허가제도를 단행하여 조선내의 사상과 여론의 강력적 통제를 단행하려는 것으로 방금 도서과에서 입안 중이다.

• 出版法規의 改正 統一案(制令)

현행 출판법과 출판규칙을 통일하여 단행 법규로 개정하자는 것으로 금년 중에는 구체화될 것인데 신문지법규의 개정 통일과 같이 매우 주목되다.

• 工業組合令(制令)

각종 공업의 자치적 통제를 위하여 조합의 법인화를 규정한 법령인데 이미 입안되어 법제국의 심의 중에 있다.

• 鑛業警察令(制令)

현행 광업령에는 광업경찰에 관한 규정이 없으므로 현하 조선 황금광시대의 광산에 대하여 그 위생, 치안, 기타의 취체규칙을 새로 제정할 것으로 이미 입안도 끝났으므로 불원간 실시될 것이다.

1851 「最近 映畵檢閱 狀況」

『동아일보』, 1935.01.11, 석3면

昨年 中에 朝鮮에서 檢閱된 活動寫眞필름은 總計 二,七三四 件, 一三,八七七 卷, 三,○八七,○六九 미터에 達하여 再昨年度에 比較하면 一八一,八四○ 미터의 增加라 한다. 映畵의 檢閱件數가 逐年 增加함은 當然한 趨勢이지마는 이 같이 急激이 增加한 것은 昨年 八月 以來로 映畵統制가 實施된 까닭이라 하겠다.

그러고 또 한 가지 特記할 事項은 無聲映畵의 數가 減少하고 發聲映畵가 顯著히 增加된 것이나 卽 再昨 八年度의 發聲映畵檢閱필름 미터 數는 六一七,二二一 미터이었는데 昨年度에는 八九六,○九○ 미터에 達하여 그 差가 二七八,八六九 미터나 된다. 今後 發聲映畵는 逐年 그 數가 增加될 趨勢이었다. 다음으로 映畵의 內容을 보면 한동안은 社會主義的 思想을 背景으로한 所謂 이데올로기映畵가 流行하는 한 便에 不健全한 遊戱的 戀愛를 取扱한 不純한 映畵가 或은 한갓 男女의 劣情을 挑發함과 같은 卑猥한 畵面을 主로한 所謂 에로틱映畵가 流行하여 이것이 朝鮮 大衆의 思潮와 生活에 적지 않은 影響을 미쳤었는데 昨年에는 所謂 '非常時'를 反映하는 映畵가 많았었다.

最近의 內外 映畵의 消長으로 보건대 再昨年度의 外國映畵의 總檢閱數는 四,五○○ 卷, 一,一○三,六四八 미터이었는데 昨年度는 三,八二一 卷, 九○○,九二八 미터로 六七九 卷, 二○二,七二○ 미터가 減少되고 이에 反하여 朝鮮 及 日本 內地 製作 映畵는 昨年度에는 再昨年度보다도 二,○三一 卷, 二八四,五六○ 미터가 增加하여 總數 一○,○五六 卷, 二,一八六,一四一 미터에 達하였다. 그리고 從來 極히 不振한 狀態에 있던 朝鮮內 映畵 製作事業도 近日 多少 活氣를 모하여 製作會社의 設立과 및 計劃 中에 있는 것이 二三을 算하는 모양이요, 또 時事, 產業, 敎育 等 各種의 宣傳映畵도 增加하여 그 總檢閱數가 昨年度에 一,六五三 卷, 三一二,一○三 미터에 達하였다 한다.

1852 **「上級官廳 檢閱濟 脚本 上演禁止 是非」** 『조선일보』, 1935.02.09, 석2면[132]

종래에도 한 번 검열(檢閱)을 통과한 각본(脚本)이 상연 중에 소관 경찰서로부터 일부 금지를 당하는 일이 있어서 극계(劇界)의 한 두통거리가 되어왔는데 금번에는 역시 지난 일일, 이일 양일간 공회당(公會堂)에서 공연한 연희전문학교 문우회(延專文友會)의 쉘리프 원작 「여로의 끝」이라고 하는 연극 제이막 이장이 문제가 되어 반전(反戰) 기분이 농후하다는 이유 아래 소관 본정서(本町署)에서는 이장 전부의 상연을 금지하였다. 종래에도 일부분의 금지는 있었으나 일단 검열된 각본의 한 장면 전부가 금지된 것은 이것으로써 효시를 삼는다. 본정서는 취체에 임석한 경관의 직권에 속한 것이라는 것과 연극은 각본만을 읽을 때와 여기에 배우의 동작, 표정이 가한 무대를 통하여 보는 것과는 효과가 다르다는 논거에서 한 일인 듯한데 일보 나아가서는 대사(臺詞)의 해석에 있어서도 직접 각본의 검열에 당한 보안과(保安課)와 본정서와의 사이에 의견이 상위되고 있는 모양이다. 보안과에서 상급관청의 위신상 일단 검열이 통과된 장면을 아무리 법규상의 권한의 발동이라 할지라도 전부 상연을 금지한다는 것은 검열 자체의 위신에 관계되는 일이며 더욱이 전연 검열당국의 권한에 속한 대사의 해석에도 경찰서가 이의를 품고 상연금지의 일부의 이유가 된다는 것은 장내에 있어서도 좋지 못한 영향을 미칠 염려가 있는 문제라고 하여 육일 본정서에 향하여 이에 대하여 엄중히 경고한 일이 있었다. 이 문제에 대하여 본정서 고등계 주임 증근(曾根) 씨는 다음과 같이 말한다.

"글쎄올시다. 아직 경기도로부터도 아무 말도 없었습니다. 연극을 중지한 것은 임검한 결과 불온타고 인정하였으므로 금지했을 따름입니다. 비록 검열에 통과했다 하더라도 그때의 무대인의 표현 정도와 일반 관중에게 주는 영향을 고려하여 금지할 수 있는 것입니다. 이번 금지한 것은 검열원고에서 벗어난 것은 아니로되 그 표현이 너무나 심각하여 관중에게 나쁜 영향을 끼칠까 하여 중지한 것입니다."

---

132 「警察部 檢閱濟 脚本을 臨席 警官 自意 削除」, 『조선중앙일보』, 1935.02.09, 2면.

1853 「識者의 非難 考慮 新聞檢閱을 緩和」 『조선중앙일보』, 1935.02.15, 조1면

國民政府의 新聞檢閱 方針은 從來 매우 苛酷하여 或時는 테러 手段을 敢行하여 完全히 輿論의 伸張을 閉鎖하였기 때문에 有識者 間의 問題로 되어 있었는바 今回 그 非難을 緩和하기 爲하여 如左한 要旨의 新聞檢閱 原則을 直轄 各 機關에 訓令하였다.

"黨政의 施設에 對하여 事實의 根據가 있고 且 善意의 言論을 하려는 者는 軍事, 外交의 秘密에 亘하여 或은 黨國[133]의 大計에 妨害되지 않은 限 모두 自由로 記載할 수 있으되 但 三民主義와 互相不容하는 主義의 宣傳은 不許한다." 【南京十四日發聯合】

1854 「『어린이』 雜誌 押收」 『조선일보』, 1935.02.27, 석2면

부내 개벽사(開闢社)에서 발행해오던 『어린이』 잡지는 사정에 의하여 약 육 개월 동안 휴간하여 오던바 오는 삼월호부터 속간코자 인쇄까지 하던 중에 압수처분을 당하여 부득이 사월호부터 속간하게 되었다 한다.

1855 「秘密出版物 取締를 强化」 『조선일보』, 1935.02.28, 석2면

경무국 도서과(圖書課)에서는 최근 조선내에 들어오는 비밀출판물의 취체를 강화하기 위하여 오는 사월에 열리는 경찰부장회에도 건의하는 동시에 미리 이에 대한 취체 방책을 각 도에 엄달하는 동시에 이와 같은 우편물의 취체에 대한 연락에

133 당국(黨國) : 국민당과 국민당이 장악한 통치권을 뜻함.

대하여 체신국(遞信局)과도 협의하게 되었다 한다.

일본 내지나 조선 안의 공산운동이 깊이 지하로 잠행되는 이만치 합법적 출판물에 의한 선전선동은 거의 자취를 감추었으나 비밀출판물은 일본 내지로부터는 물론 멀리 연해주(沿海洲), 만주와 중국으로부터 자주 들어오며 또 조선내에서도 우송(郵送)되는 것이 최근에 격증하여 가는 상태이므로 이에 대한 엄중한 취체를 단행하고자 하는 것이라 한다.

1856 **「言論 壓迫, 綱紀問題로 白熱的 論戰 展開」** 『매일신보』, 1935.03.06, 조2면

오랜만에 各派를 擧한 白熱的 論戰을 期待되는 五日의 衆議院 本會議는 午後 一時 十六分 開會, 傍聽席은 定刻 前에 이미 立錐의 餘地도 없고 貴族院 議員 傍聽席에는 德川家達 公의 端然한 姿態가 注目을 끈다. 그리하여 滿場 緊張한 中에 質問戰 第一番으로 安藤正純 氏(政友) 登壇 "立憲政治 下에서 非公法의 暴力行爲가 續出하여 或은 言論機關을 壓迫 혹은 國民으로 하여금 天職에 就하지를 못하게 하는 것은 매우 遺憾이다"고 武藤山治 氏 暗殺事件, 朝日新聞社 停刊 事件, 更히 正力松太郎 氏 刃傷 事件 等의 事例를 擧한 後 安藤 氏 "新聞紙는 言論機關으로 嚴正하게 안하면 아니된다. 勿論 新聞 中에는 잘못된 言論을 記載하는 데가 없는 것도 아니지만 그러면 何故로 이를 訂正시킬 方法을 取케 하지 않는가. 그와 같은 直接 行動의 暴力行爲에 出하는 것은 甚히 憂慮할 現象이며 最近의 新聞紙의 論調는 조금 隔靴搔痒[134]의 感이 있으나 이것은 참으로 此等 暴行의 非合法的 壓迫에 依한 것이라고 믿는다. 非合法 壓迫은 政治家에도 있다. 卽 政治家가 이 非合法的 壓迫에 對하여 或은 잘못된 '파쇼' 思想, 軍部의 政治 關與 等에 關하여 입을 열면 直時 軍民 離間이라고 하는 것은 甚히

134 격화소양(隔靴搔痒) : 신을 신고 발바닥을 긁는다는 뜻으로 필요한 것은 제대로 해결하지 못해 성에 차지 않음을 이르는 말.

有感이다"라고 陸海軍 兩相의 見解를 求한 後 更히 論旨를 進하여 安藤氏"左翼의 取締는 嚴重히 하고 右翼에 對하여는 取締가 比較的 緩慢하다. 陸海軍이 '파쇼'의 本部가 아닌 것은 勿論이나 적어도 그 背景이라고 보이고 있는 것은 軍의 一角에 '파쇼'理論을 主唱하는 者가 있기 때문으로서 이에 關하여는 續히 世間의 誤解를 是正할 일이 아닌가. 言論을 壓迫하고 그 自由를 束縛하여 과연 明朗한 政治가 施行될 줄 아는가" 하고 昨年의 新聞記事 掲載禁止의 統計를 讀上[135]하여 安藤氏 "이와 같은 極端인 秘密主義의 結果가 社會不安을 生하는 原因이다. 今日의 社會에서 言論機關 같이 重要한 것은 없다. 이 言論機關이 있기 때문에 公正한 政治를 行할 수 있는 것이다." 하여 五十分에 亘한 質問陣을 展開하고 겨우 降壇. 後藤 內相 登壇"最近 非合法暴力行爲가 增加한 것은 國家的 憂慮에 不堪한다. 政府로도 이의 取締에 關하여 될 수 있는 대로 努力해 왔는바 今後 一層 힘을 다하여 此等 非合法行爲의 發生을 防止하고 社會 人心의 安定을 計하고자 생각한다. 直接 治安에 當하는 第一線의 者뿐만 아니라 國民의 師表에 立한 人人이 協力하여 其 思想의 動搖를 防止하지 않으면 안 된다고 생각한다. 最近 記事 掲載禁止가 增加한 것은 事實이나 될 수 있는 대로 差를 緩和하려고 생각한다."

小原 法相"右翼思想의 假面을 被하고 있는 左翼에 對하여는 容恕없이 取締를 行할 터이다."

大角 海相"軍紀의 振肅[136]에 對하여는 日夜 甚의 考慮를 拂하고 있고 更히 新聞記事의 掲禁 事項에 對하여는 軍事上 必要의 最小限度에 止코자 생각한다."

岡田 首相"非合法的 暴力行爲의 續出은 悲嘆할 일로 嚴重한 取締를 행코자 한다. 又 國家의 威信을 傷하고 國體의 基礎를 危險케 함과 如한 思想은 其 豫防取締에 遺憾 없기를 기하고 싶다. 政治는 모름지기 明朗하지 않으면 안 된다고 하는 것은 予도 全히 同感이다." 〈하략〉 【電通東京電話】

135 요미아게(讀み上げ) : 소리내어 읽기, 낭독.
136 진숙(振肅) : 두려워 떨며 삼감.

1857 「興行 삐라에 不穩한 文字」

『동아일보』, 1935.03.31, 석2면

二十六日 나남 연예관(演藝館)에서 상영된 조선영화 「화륜(火輪)」의 흥행 삐라에 계급의식을 강조한 불온한 구절이 있다 하여 당국에서 취조한 결과 문안 작성자는 동 영화 해설자 이군성(李君星)의 것이 판명되어 목하 취조 중에 있다. 【羅南】

1858 「喜樂座 俳優를 開城署 引致」

『동아일보』, 1935.04.05, 석8면

극단 희락좌(劇團 喜樂座) 一행 배우 五十여 명은 진용을 갖추어 지난 三月 二十四日부터 四월 一일까지 개성부내 개성좌(開成座)에서 흥행 중이던바 지난 三월 二十一일에는 「낙화암(落花岩)」이라는 각본을 상연하던 중 동 극단 배우 정국산(鄭菊山)이가 등장하여 검열한 각본 이외에 '세리프'[137]를 쓴 것이 문제가 되어 임석경관으로부터 그를 인치한 후 방금 취조 중이며 그 다음에는 여배우 두 명을 또 소환하여 엄중히 취조를 하는 중이라 하며 지난 二일 여배우 두 명은 석방하고 전기 정국산은 더욱 취조를 계속 중이라 한다. 【개성】

1859 「나치스의 映畵統制」

『동아일보』, 1935.05.15, 석3면

나치스가 政權을 確立한 以來로 映畵에 對하여 施行한 統制案을 概觀하면 다음과 같다.

137 연극의 대사를 뜻하는 일본어 세리후(せりふ).

(1) 映畵會議所의 創設

이는 一九三三年 七月 十四日의 法律에 依한 것이다. 映畵事業의 統一을 目標로 國民經濟의 範圍 內에서 그 振興을 圖키 爲하여 映畵會議所라고 稱하는 公法 團體를 設하여 映畵에 關係 있는 業界人은 한 사람도 빼지 않고 이에 所屬시켰다. 勿論 理事會의 任免을 行하는 宣傳大臣 괴뻴스의 意思가 最高支配權을 掌握한 것은 더 말할 것도 없는 일이다.

그리고 同年 九月 二十二日에는 國文化會議所法이 公布되면서 右 映畵會議所는 새로 同一 組織에 依하여 設置된 出版, 新聞, 라디오, 演劇, 音樂, 造形美術의 六 會議所와 함께 文化會議所에 統轄되어 이에 비로소 나치스의 이른바 文化統制가 文化藝術의 全部門에 亘하게 되었고 映畵會議所는 그 出生이 일렀던 關係로 指導的 地位에 놓이게 되었다. 이와 同時에 映畵藝術과 映畵經濟에 對한 猶太人의 勢力도 자취 없이 一掃되어 버린 것은 周知의 事實이다.

(2) 映畵檢閱의 擴大强化

이는 一九二○年에 制定된 從來의 映畵檢閱法을 廢止하고 새로 一九三四年 三月에 發布된 尨大한 映畵法에 依한 것이다. 우선 宣傳省에 宣傳大臣이 任命한 映畵審議會를 設置하고 어떤 題材든지 映畵化하기 前에 强制的으로 映畵 脚本의 豫備檢閱을 받게 하고 完成된 映畵는 다시 從來대로 伯林의 檢閱所에 提出케 하여 嚴密한 檢閱을 받게 하였다. 이 境遇에 特히 國家政策, 國民敎化, 文化藝術上의 價値 如何가 檢閱의 基準이 된다. 檢閱은 映畵뿐만 아니라 立看板, 프로그램까지에도 미치었다.

그러나 이 映畵審議會 制度는 去年 十二月 初에 二 映畵禁止事件 때문에 解弛하게 되어 不得已 改編하지 않을 수 없는 運命에 빠지고 말았다. 卽 「사랑은 이긴다」와 「아이・개・浮浪人」이라는 로맨틱한 喜劇 映畵가 審議會의 豫備檢閱은 無事히 通過하였는데 及其也 製作에 際하여 審議會의 注文과 忠告를 無視하고 마음대로 '映畵人의 藝術的 良心을 惡用'하였고 더구나 차마 보고 들을 수 없을 만치 '俗惡 低級한' 것을 만들어 놓았기 때문에 宣傳大臣은 後日을 戒하는 意味에서 이에 斷然 禁止 命令을 發한 事實이다.

따라서 審議會의 權能은 要領있게 서두는 業者들 때문에 그 存在 理由가 흔들리게 되어 드디어 지난 十二月 十三日에 改正法의 發布를 보게 되었다. 이리하여 지금은 豫備檢閱 申請은 映畵業者의 隨意에 맡기고 特히 該映畵가 國策上 有效하다고 認한 境遇에는 무슨 助成策을 請한다 하기까지 極히 微溫的인 機關이 되고 말았다.

그리하여 이 問題를 契機로 하여 나치스의 映畵統制陳은 차차 岐路에 서지 않을 수 없이 되었다. 映畵를 참으로 政府의 뜻에 맞는 것이 되게 하려면 암만해도 蘇聯式의 映畵國營制를 發布하지 않으면 徹底를 期키 難하다는, 말하자면 國營論이 一部에 擡頭하게 되었다. 그러나 나치스의 現在의 經濟秩序 下에서는 이는 可能치 못한 일이다.

如何間 映畵 製作이라는 營利事業을 私經濟的 創意에 放任하는 以上은 되도록 製作者 及 配給者에게 意外의 損失을 입힘과 같은 政府의 態度는 緩和시켜 주어야 하겠다는 것이 業者들의 거짓없는 告白이다. 비록 低級作品이라고 할지라도 外國에 輸出될 可能性이 있고 또 現在와 같이 爲替가 缺乏된 때에는 그대로 多少의 보탬은 될 것이라는 口實을 說하는 一部의 業者도 있다. 그러나 이에 對하여 괴벨스 宣傳相은 外國으로 하여금 新興 獨逸의 文化的, 藝術的 意思를 云云케 하는 好資料를 주는 것이라 하여 反對하는 모양이다.

1860 「映畵統制에 得勢」

『조선일보』, 1935.05.22, 조2면

작년에 영화통제를 단행하여 국산영화의 장려가 강화된 후 총독부에서는 조선영화를 제작할 영화회사의 조직을 알선하고자 그간 각 방면과 협력하여 계획 중 있던바 최근 양대 회사의 창립을 보게끔 의논이 되어 간다 한다. 하나는 조선인 측에서 계획하는 것으로 회사 조직이 끝나는 대로 극단배우와 영화배우의 일류 인물을 모아 금년 안으로 촬영을 시작하게 된다 하며 또 하나는 일본 내지인 중심으로 전 조선'키네마' 회사 관계자들의 계획으로 역시 불원간에 상당한 회사조직을 하게 되었다는데 두 회사가 다 '토키' 촬영 설비를 할 터이라 한다. 그리고 영화통제가 단행된 후 순조선영화로 이미 상영된 것 중에는 「대도전(大盜傳)」, 「살수차(撒水車)」, 「전과자(前科者)」, 「바다야 말하라」 등 외 수 종이 있었는바 거개 호평을 샀을 뿐 아니라 판매성적도 매우 좋았었다 한다.

1861 「一週間 一二回式 生徒에게 映畵 開放」 『조선일보』, 1935.05.22, 조2면

현대문화의 예술분야에 있어서 영화(映畵)가 이미 점령한바 그 지반은 누구를 물론하고 명일에 있어서 예술의 왕자임을 확신케 하고 있거니와 이제 시내에 있는 각 중등학교, 초등학교에서는 어린 생도들의 영화에서 얻는 해독의 입장에서 보도연맹을 조직하여 가지고 생도들에게 일반 영화 상설관에서 영사하는 영화는 그 관람을 금지하고 있으며 특수한 교육영화에 한하여서만 단체적으로 허락하는 방침을 취하여 왔는데 이런 방침을 취하여 오지만 이것은 일반 영화 전부가 나쁜 것이 아니고 아동들에게 유익한 영화나 혹은 해독을 끼치는 영화나 모두 다 동시에 영사되는 까닭으로 오늘날 상당히 유익하고 훌륭한 교육영화가 제작되고 수입되어 있음에도 불구하고 전연 이를 무시하는 것은 교육상으로 결단코 최선의 책이 아니므로 목하 교육영화만을 일주일에 한 번이나 두 번씩 상연하여 중등, 초등학교 생도에게 공개하자는 계획을 진행시켜 관계당국은 총독부, 경기도, 경성부의 교육관계자와 교섭을 진행하고 있다는데 만약 이것이 실현된다고 하면 가까이 준공될 부민관(府民館)을 이용하여 상연할 모양이다.

1862 「各 大學 講義와 '프린트'를 檢閱」

『매일신보』, 1935.05.24, 조2면

天皇機關說의 處置에 關하여는 二十一日의 閣議에서 林 陸相, 大角 海相의 兩 軍部大臣으로부터 國體明徵에 關한 努力을 持續하라고 提言이 있어 此에 對하여 岡田首相은 過般의 內務省의 美濃部 博士의 著書에 對한 行政處分 及 文部大臣의 訓令만으로서 足하다 하여 問題를 終止하리라는 報道는 全혀 誤解로부터 出한 것이므로 政府로서는 國體明徵에 最善의 努力을 할 것은 勿論이라는 旨를 言明하고 更히 具體的 對策에 對하여 松田 文相이 旅行 中으로 缺席하였으므로 그 歸京을 待하여 研究하기로 되었는바 松田 文相으로부터 問題 發生 以來 文部當局에서 取하여온 天皇機關說에 對한 處置 及 今後의 方策 等에 對하여 說明을 하리라고 豫想되는바 教育方法에 對한 處置로 考慮하고 있는 것은 一. 國史教育의 改善 一. 教科書의 改訂 一. 各大學에서의 講義의 '프린트'를 文部省에 提出케 할 것 等이다. 【東京電話聯合】

1863 「劇場의 俳優에도 免許制 採用」

『동아일보』, 1935.06.05, 석2면

연극(演劇)과 영화(映畵)를 통하여 선전되는 사상 또는 사회교화 등의 영향은 상상 이상으로 크다 하여 극단(劇壇) 배우(俳優)의 품행과 사상 여하를 주로 조사하여 취업(就業) 면허증(免許證)을 교부하는 제도를 시설하자는 부내 각 서의 주장으로 경기도 보안과에서는 극단 배우 면허증 교부에 대한 계획안을 작성하고 촉진하는 중인데 사상이 불온한 배우는 면허증을 교부치 않을 방침이라 한다.

1864 「文士, 藝術家 統制코자 學務局 側 隱然 注力」

『조선일보』, 1935.06.08, 석2면

문부성(文部省)에서 제국미술원(帝國美術院)을 개혁 단행한 데 따라 이런 관제(官製) 기관에 반대하는 미술가 측 반대가 맹렬하여 세상의 주목을 끌고 있는 때에 다시 문부성에서는 문예가(文藝家)의 단체까지 통제하려 한다 하여 큰 충동을 일으키고 있다. 그런데 조선에서도 이와 비슷한 계획이 당국자의 두뇌에 흐르고 있어 이미 작년 여름에 총독부 도변(渡邊) 학무국장이 일부의 조선문사, 음악가, 화가 등을 초대하여 하루 저녁 환담을 한 일이 있었는데 금년에도 학무국장은 문사, 예술가 등을 팔일 저녁 모처에 초대를 하였다. 아직 문예가 단체를 조직하여 통제하려는 구체안은 나타난 것이 없으나 학무국에서는 작년 이래 극력 이 계획의 구체화를 도모하여 문예가의 통일적 단체를 조직시키려고 애를 쓴 것은 사실이다. 현재도 문사의 '클럽' 비슷한 단체는 있으나 소위 권위 있는 문예가 단체가 없다 하여 학무국에서 알선하여 통제단체를 조직케 한 후 이것을 학무국에서 통제하려는 것이다. '푸로' 예술동맹인 '캅푸'가 당국의 강권에 의하여 해산되는 일방 당국의 알선에 의하여 조선 문사의 통일적 단체를 만들고자 함은 주목된다. 과연 이 계획은 앞으로 어떻게 진전될는지 알 수 없다.

1865 「劇團 少女座 一行 十餘 名을 取調」

『동아일보』, 1935.06.21, 석5면

대전경찰서(大田警察署) 고등계에서는 지난 十七일 이래 돌연 긴장하여 원등(遠藤) 형사가 경성에 급거 출장하고 돌아오더니 지난 十九일 충남 경찰부 양(梁) 경보부 이하 형사 二 명이 대전서에 출두하여 고등계 형사대와 합해 가지고 두 대로 나누어 며칠 전부터 본정 一정목에서 극장을 가설하고 흥행 중인 소녀극좌(少女劇座)

一행이 유숙하고 있는 본정 조선여관(朝鮮旅館)과 평안여관(平安旅館)에 이르러 극단 一행들의 행장을 수색하는 一방, 중요인물 十여 명은 경찰서에서 취조를 진행하는 중이라는데 그 내용은 탐문한 바에 의하면 지난 十八일 흥행 중 각본 이외의 풍기를 해할 만한 언동이 있은 것을 단서로 취조 중 동 극단은 만주에 멀리 흥행을 하고 온 일이 있으므로 일전 원등 형사가 상경 활동한 모종의 사건과 연락이 있지 않은가 하고 그와 같이 활동을 개시한 모양인데 수색을 한 결과는 나체사진 넉 장을 가져간 외에는 별소득이 없는 모양이다. 【대전】

1866 「小女劇座事件 劇興行 禁止」 『동아일보』, 1935.06.22, 조3면

며칠 전부터 대전(大田)에 와서 흥행하던 소녀극좌(少女劇座) 一행을 취조하는 一방 행장을 수색하였다 함은 기보한 바이거니와 그 결과는 사상 관계는 하등의 사실이 없이 동 극단의 책임자 김정산(金靜山)을 흥행법 위반으로 十일 구류에 처하는 동시 당진에서 흥행을 금지하였다 한다. 그리하여 경제적으로 미약한 三十여 명 식구를 가진 동 극단은 진퇴양난의 궁경에서 어찌할 줄을 모르고 있다 한다. 【대전】

1867 「劇研 第八回 公演은 檢閱 不通過로 延期」 『동아일보』, 1935.06.30, 석3면

새로운 劇文化의 確立을 爲하여 多年 勞力해오는 劇藝術研究會에서는 오는 七月 八日이 該會 創立 四週年에 當하는 날이므로 이의 記念을 爲하여 第八回 公演을 七月 七, 十, 十一日 三日間 市內 朝鮮劇場에서 柳致眞 作「소」全三幕으로써 하려고 同會員 中 三十餘 名이 이미 月餘를 猛練習 中에 있던바 上演 劇本의 檢閱 不通過로 因

하여 不得已 公演을 九月 下旬으로 延期하였으며 이와 同時에 計劃 中이던 同會 機關誌『劇藝術』의 記念號, 記念 講演, 記念 小展覽會 等도 九月로 延期하고 右 記念日에는 仁寺洞 一九四 泰和女子館 內의 同 會館에 自祝의 小宴을 設함에 그치리라 하며 今番에 檢閱을 通過치 못한 戲曲「소」는 作者 柳致眞 氏가 改作하여 適當한 時期를 보아 上演하기로 하였다 한다.

1868 **「映畵統制 後 西洋映畵 大減少」** 『조선중앙일보』, 1935.07.05, 석2면[138]

총독부의 영화통제 정책이 작년 九월 一일부터 실시되게 된 것은 세상이 주지하는 바이거니와 그 근본 방침은 양화를 가급적 감소시킬 정책이였던 것과 비상시의 대중적 기분과 취미가 영화제조업자의 상업책에 반영되어 작년 九월부터 금년 四월까지에 양화는 二백 四十 권 二만 六천 백 '미터'가 감소되고 동경, 경성 방면의 제작 영화는 一백 二十 권에 十二만 六천 '미터'가 증가되었는데 이 현상은 당분간 계속될 모양이라고 한다.

1869 **「檢閱機關 責任者 正式 陳謝文 通達」** 『조선중앙일보』, 1935.07.09, 조1면

中央宣傳委員會 主任 葉楚傖 氏는 上海 檢閱機關의 責任者로서 八日에 有吉 大使에게 不敬事件에 對하여 正式 陳謝文을 通達하였는데 一方 直接 責任者의 處罰問題에 對하여 中國側에서 速히 處理한다는 것을 言明하였으므로 以上으로서 日本의 要求條項을 全部 容認하게 되었다. 【上海八日發聯合】

138 「映畵統制」, 『동아일보』, 1935.07.05, 조2면; 「輸入映畵는 漸次로 減少」, 『동아일보』, 1935.07.06, 조2면

1870 「妓生에도 統制」

『매일신보』, 1935.07.10, 석2면

최근 경기도 보안과에서는 풍기 취체에 전력을 경주하고 있는 중인데 금번에는 기생들의 풍기를 엄중 취체하여 사무를 통일하기 위하여 부내 각처에 있는 조선(朝鮮), 한성(漢城), 한남(漢南), 대항(大亢), 경성(京城) 등 五 권번의 합동 문제까지 대두하게 되어 목하 소관 각서에 명령하여 기본조사를 하고 있는 중인 바에 지난번 대항권번(大亢券番) 간부들의 부정사건이 발생하여 경찰당국에서는 더욱 엄밀한 조사를 거듭하고 있는 바인바 그 사건으로 말미암아 수일 전 대항권번 기생 卄 명은 경성권번으로 넘어가게 되어 그 간부들은 종로서에다 탄원까지 하였었다고 한다.

1871 「焚詩書, 平壤署 赤書 處分」

『동아일보』, 1935.07.16, 석2면

평양서(平壤署)에서는 오래 전부터 압수하여 보관하던 신문, 잡지, 서적이 산더미 같아서 처치에 곤란하다 하여 지난 十三일 오후 一시경에 동 서 후원에서 신문 약 二백 관(貫)과 서적 약 二천 부를 불살라버렸다 한다. 서적은 대개가 적색사상에 관한 것이며 그중에는 독서자로서 얻기 어려운 일품(逸品)도 끼어 있고 아직도 남은 一만 수천 권의 서적은 차차 불사르리라 한다. **【평양】**

1872 「藝苑座 公演 禁止」

『동아일보』, 1935.07.19, 조3면

남조선지방을 순회하며 흥행 중에 있던 극단 예원좌(藝苑座) 一행 四十여 명은 지난 十六일부터 四 일간 군산(群山)에서 흥행하려고 극장까지 계약하고 지난 十六일 당지에 도착하였던 바 돌연 군산경찰서에서 흥행금지를 명령하였다는 바 그 이유는 동 一행이 대구(大邱)에서 공연시에 一막짜리 희극에 불온한 점이 있어 만一을 염려하고 금지한 것이라고 한다. 【군산】

1873 「레코드 輸入 百五十萬 枚」 『조선중앙일보』, 1935.07.19, 석2면

소화 九년 一월 十五일부터 동년 十二월 三十一일까지 전조선 각지에서 소비된 레코드의 매수(枚數)는 一백五十만 매를 돌파하였는데 수이입(輸移入)된 종류(種類)로 보면 콜럼비아가 七천一백六十一 종(種)이고 그 다음은 빅터의 六천三백八十六 종을 필두로 三十六 회사의 총수 三만 五백二十七로 경기도의 二만 二천二백五十三이 최고라는바 금후 레코드에 대한 취체는 전보다 훨씬 엄중히 할 방침이라 하며 작년 중에 압수된 종류는 七 종이라 한다.

1874 「平壤警察署에서 又復 大量의 焚書」 『조선일보』, 1935.07.20, 석7면

평양서에서는 차압한 적색(赤色), 도색(桃色)의 서적과 신문, 잡지 등의 수량이 극히 많아져서 보관에 곤란을 느끼게 되어 대동강 안에서 분서(焚書)를 하기로 되었는데 부수는 자그만치 사만 부가 된다. 그 밖에 차압한 신문도 내용의 기사가 거의 전부가 이미 해금된 것이어서 최초에는 매각할 심산도 있었으나 중지하고 삼만 부의 서적과 함께 신문 이백 관도 대동강 안에 운반하여다가 태워버리기로 되었다. 하여튼 평양서로서는 이번과 같이 많은 서적과 신문을 불사르기는 처음일 것으로 그날에는 일대 장관을 이룰 모양이다. 【平壤】

1875 「出版物 檢閱所 七 個處에 新設」

『동아일보』, 1935.08.09, 조2면

요전 의회를 통과하여 七월 十五일부터 저작권법(著作權法) 개정에 따라 조선에서도 칙령으로 동법이 실시하게 되었는데 경무국 도서과에서는 속관 二 명을 증원하는 동시에 부산(釜山), 청주(淸州), 신의주(新義州), 나진(羅津), 웅기(雄基), 여수(麗水) 등 七 개소에 검열기관을 두어 신문, 잡지, 서적 등 출판물을 검열하기로 하였다 한다.

1876 「咸興 各 書店서 赤書籍 押收」

『조선일보』, 1935.08.12, 석2면

함남도 경찰부 고등과에서는 수일 전부터 함흥부내 수 개 서적상에서 발금된 적색서적 수십 권을 압수하였다고 한다. 【함흥】

1877 「興行取締規則 單一 法令 制定」

『조선일보』, 1935.09.22, 석2면

현재에는 각 도의 취체에 일임하여 있어 그 취체 내용도 각기 다른 상태에 있는 각종 흥행의 취체규칙을 경무국에서 전조선적으로 통일하여 흥행의 취체를 쇄신, 통일하려고 그간 경무과에서 입안 중이던바 최근에 탈고하였으므로 국내의 심의가 끝나는 대로 심의실로 회부하게 될 터이라 한다. 그런데 이번에 개정, 통일되는 흥행취체규칙의 내용은 주로 영화 상설관과 극장의 취체로 영화 설명자의 시험제도, 극장 내의 위생설비, 연극의 대본(臺本), 영화의 검열 등의 취체에 관하여 상당히 광범한 세밀 규정이 제정될 터이라 한다.

1878 「營利를 目的하는 素人劇 積極 取締」 『조선중앙일보』, 1935.10.09, 석2면

최근에 조선에서도 무용(舞踊), 동화극(童話劇) 및 기타 연극 등이 성히 발달함을 따라서 각종 단체(團體)와 혹은 동호자(同好者) 간에서 그 연구, 발표를 구실로 각처에서 흥행적 공개(興行的 公開) 혹은 흥행에 유사한 행동을 하는 경향이 있으며 또한 그들은 학교에 재학 중인 전문학생을 비롯하여 중학생과 어린 학령아동(學齡兒童)을 이용해서 마음껏 영리를 취하며 흥행적 행동을 하여옴으로 따라서 학교 교육상 결코 등한히 취급할 수 없는 문제라 하여 경기도 보안과(保安課)에서는 이에 대한 취체규칙을 부영(富永) 지사의 명의로 수일 내에 발표하리라 한다.

1879 「集會禁止 當한 後엔 秘密會合을 繼續」 『조선중앙일보』, 1935.10.27, 조2면

예맹 동경지부(藝盟 東京支部)와 본부(本部)의 이론상 대립이 완화되며 지부원으로 활동하는 임화(林和), 권환(權煥) 등이 경성으로 돌아옴을 따라 '예맹'의 활동은 맹렬하게 되어 소화 六년 四월에는 조직을 단체협의회(團體協議會)로 개편하고 각 부문을 독립한 동맹체(同盟體)로 활동시키기 위하여 결국 대회를 개최코자 하였으나 드디어 집회금지를 당하였고 다시 중앙위원회까지 금지를 당하매 그들은 각 부에 책임자를 정하고 그 부 밑에 연구회를 두어 맹원의 예술적 정치적 의식의 교양을 위하여 노력하는 한편 한 달 만큼의 중앙위원회를 비밀히 개최하여 출판활동과 예술운동 전반에 토의를 거듭하여 점차로 작품생산에까지 조직적 집단적 영향을 부여하려고 하는 중이었고 연극부(演劇部), 영화부(映畵部) 등도 각각 청복극장(青服劇場), 청복(青服)키노 등을 소속 단체로 결성하여 문학부와 함께 그 세력 확대에 노력하였으며 중앙위원회에서는 전무산대중의 계몽 잡지로 『군기(群旗)』의 뒤를 이어 『집단(集團)』 등을 발행하였으나 드디어 소화 六년 八월 종로서에 검거되어 그

활동이 一시 중단되었다. 그러다가 동년 十월에 다시 불기소로 출옥하자 박영희(朴英熙) 등은 점차 중앙부와 의견을 달리하고 드디어 '캅프'로부터 탈퇴까지 선언함에 이르렀으나 정예분자는 다시 활동을 계속하여 문학부(文學部)의 기관지로 『문학건설(文學建設)』, 연극부(演劇部)의 기관지로 『연극운동(演劇運動)』, 영화부(映畵部)의 기관지로 『영화부대(映畵部隊)』, 계몽기관지로 『집단(集團)』 등을 발간하는 동시에 『캅프작가七인집』, 『캅프시인집』 등도 출판하였다 하며 소형극장(小形劇場) 극단 '메가톤' 등을 거쳐 '신건설(新建設)' 극단이 창설되매 연극공연을 통하여도 많은 선전과 활동을 하였다.

그러다가 소화 九년에 이르러 동맹 내에 일어난 '정치주의적 과오'에 대한 지적과 '창작방법' 문제 또는 맹원들의 탈퇴 등과 조직적 활동을 원활히 하기 위하여 동二월 중순에 임화(林和)의 집에서 중앙위원회를 열고 그 일체에 대한 활동방침을 세우고 재출발을 꾀하던 중이던바 드디어 六월에 전기와 같이 검거를 당한 것이다.

1880 「通信社 統制 反對」

『조선일보』, 1935.11.11, 석1면

政府 及 新聞社의 一部에서 提唱된 電通 聯合 兩社 合併에 依한 通信社 統制에 對하여는 全國 五十 有餘의 有力 新聞社와 및 日本電報通信社와 같이 日本文化 政策上 斷然 이에 反對하여 왔는데 다시 九日 午前 十一時, 右 五十 有餘社 代表는 東京市 丸之內 中央亭에 會合하여 小山松壽 氏를 座長으로 하여 東武 氏로부터 今日까지의 經過報告가 있은 後 意見交換을 하고 滿場一致로 協論하여 出席者가 各各 書名한 後 이를 望月 通信大臣에게 手傳하였다.

協議

吾等은 益益 結果를 鞏固히 하여 旣定 方針을 堅持한다.

또 右終了 後 午餐을 같이 하고 光永 電通社長의 出席을 求하였던바 同氏는 從來의 方針을 贊成하기에 어디까지든지 協力하는 同時에 이를 爲하여는 모든 困難과 싸울 覺悟가 있는 뜻을 力說하매 一同이 이를 諒解하고 午後 三時 散會하였다. 【東京電話電通】

1881 「興行 一般에 對한 統一取締令 起案」 『조선일보』, 1935.11.17, 조2면

총독부 도서과(圖書課)에서는 흥행취체령(興行取締令)의 조문을 기안 중에 있는데 이것은 전조선의 흥행을 일제히 통일하려는 것으로 그 내용을 보면 풍속취체, 위협방지, 극장 안의 위생, 건축양식(建築樣式)의 통일, 영화 연극 대본(臺本)의 검열, 새로운 영화 해설자(解說者)에 대하여 시험 면허로 하고 부정 해설자에는 그 면허장을 취소하는 제도 등을 주안으로 한 것인데 이것은 명년 이월경에 공포할 예정이라고 한다.

1882 「隨機 團束主義로 言論檢閱을 强化」 『조선일보』, 1935.11.29, 석2면

경무국에서는 경남, 전남, 평북, 함북 등의 관문에 검열진(檢閱陣)을 확충하여 외국 또는 일본 내지로부터 수입되는 신문, 잡지, 기타 도서의 검열을 재래보다 엄중히 하는 동시에 조선에 있어 조선문 신문, 잡지의 검열정책을 재래보다 엄밀히 하여 신문, 잡지의 편집 방침에도 상당한 통제와 단속을 하여 당국이 일찍부터 계획하던 조선 언론통제를 단행하게 되었다 한다.

그리하여 경무국의 의향으로는 신문, 잡지, 기타 도서의 검열강화와 통제를 한

꺼번에 어떠한 규정에 들어 맞게 한다는 것보다 그때그때의 특별한 사건, 기타의 기회를 이용하여 일정한 방침을 지시하여 희망을 제출하여 가지고 당국이 의도하는 일정한 방침을 전면적으로 수행하려는 것이라 한다.

또 이 문제와 관련된 신문지법 또는 출판법 등의 개정문제에 대하여는 전기와 같이 신문, 잡지의 통제가 진행되며 당국이 의도하는 정책에 적합하게 신문, 잡지의 체제(體制)와 편집방법 기타의 내용이 일정한 동향(動向)으로 안정을 보게 된 때에 개정을 단행할 의향이라 한다.

경무국에서는 일찍 신문, 잡지의 통제를 법령의 개정과 제정 또는 일정한 방침의 확립을 급거히 하여 매우 급거한 통제책을 강구한 바 있었으나 최근에 전기와 같이 점진주의에 의하여 검열진의 강화와 검열정책의 변경을 도모하여 일찍 기도(企圖)한 바와 같은 정책의 구체화를 도모하려는 것으로 따라서 오늘날까지 소위 민간 신문, 잡지라는 명목 하에 특수한 존재를 갖고 있는 것에 자연히 상당한 실질적 변화를 보게 될 것으로 주목될 현상이다.

1883 「檢閱網에 걸린 雜誌」

『동아일보』, 1935.11.29, 석2면

매년 조선 안으로 수이입(輸移入)되는 서적(書籍)은 해를 거듭할수록 증가를 보이고 있어서 조선의 독서층을 기쁘게 하고 있는 것이 사실이다. 그 반면에 검열당국은 검열의 눈을 뜰 사이가 없을 만치 긴장하고 있는바 그 결과 검열안에 비치어 행정처분(行政處分)을 당한 것이 잡지와 단행본을 합쳐서 작년 중의 것만이 一천二백건을 돌파하고 있다.

그중에서도 이 검열망에 걸린 것은 단행본보다 잡지류가 三 배를 점령하고 있는 것이니 종류로 보면 좌익서적이 수위를 점령하고 그 다음은 우익서적과 국체명징에 저촉된 것 등이라 한다.

1884 「映畵도 統制」 『매일신보』, 1935.11.29, 2면[139]

영화(映畵)통제에 손을 내민 내무성 경보국(內務省 警保局)에서는 미리부터 각 관계 방면에 운동을 일으켜서 설립 계획 중이었던 재단법인 대일본영화협회(大日本映畵協會)는 二十六일에 그 설립 등기수속을 마쳤음으로써 이제 완연히 설립할 기운이 농후하여 오는 十二월 一일 일비곡(日比谷) 공회당에서 성대한 발회식을 거행하기로 되었다. 그리고 동 협회 회장에는 재등실(齋藤實) 자작을 추대하고 후등 내상(後藤 內相), 송전 문상(松田 文相), 산본 전 내상(山本 前 內相), 대곡 송죽(大谷 松竹), 횡전 일활(橫田 日活) 양 사장 등을 고문으로 하고 당택(唐擇) 경보국장, 산천(山川) 사회교육국장, 성호(城戶) 송죽포전(松竹蒲田)촬영소장을 상무이사로 하고 이사로서는 내무, 철도, 문부, 육해군 등의 관계관과 영화계, 문예계의 유력자를 망라하여 영화계의 통제와 그 문화적 사명의 달성에 전력하려고 하는 것이라 한다. 【東京電話電通】

1885 「出版物 取締 關係者 協議會」 『동아일보』, 1935.12.06, 석2면

외지 출판물의 취체에 관하여서는 대체 원칙으로써 일본 내지의 취체방침에 준거하게 되었으므로 외지 당국에서는 정부의 방침을 척무성(拓務省)을 통하여 제반의 대책을 강구하여 왔었다. 이 결과는 실제 종종 통일의 결한 사태가 발생하였으므로 이 폐단을 없애기 위하여 금번에 내무성(內務省)이 주최되어 조선, 대만, 남양 등 각 외지를 가하여 六일 오전 九시 반부터 각 관계관 연락협의회를 개최하였다 한다. 이 회의 중요목적은 취체의 통일 강화와 연락의 긴밀함을 도모하는 데 있다 한다. 【동경전화전통】

139 「全日本映畵의 統制本營 成立」, 『조선일보』, 1935.11.29, 석2면.

1886 「出版物 取締는 加一層 强化」

『동아일보』, 1935.12.14, 석2면[140]

지난 六, 七 양일동안 내무성(內務省)에서 개정된 내외출판물취체협의회에 출석하였던 유생(柳生) 도서과장(圖書課長)은 작 十二일 오후 三시에 귀임하였는데 전기 회의에 경과를 들으면 이번에 출석한 관계자는 부현, 세관, 체신, 우편국 등의 관계자와 만주국, 관동주까지의 관계자 전부가 출석하였었다. 취체의 방침으로는 기 정한 방침의 운용을 좀더 원활하게 하기 위함에 있었다. 종래의 경험을 종합하면 일본 내지에서는 내외출판물도 많으려니와 관계 인원도 많아서 취체에 분립(分立)적 경향이 적지 않았다. 그러나 조선은 인원이 부족한 관계로 통일적 취체만은 확실히 잘되어 왔다고 한다. 그리하여 금후로는 내외 각지가 전보다 일층 긴밀한 연락을 취하여 가지고 출판물의 취체진을 강화하게 되었다 한다.

1887 「銀幕의 一九三五年은 音樂과 '갱'이 進出」

『조선일보』, 1936.01.08, 조2면

총독부 圖書課에서 작년 중에 검열한 영화의 총계는 일만사천육백육십팔 권으로 삼백삼십삼만 사천팔백구십오 '미터'에 달한다. 그리하여 재작년에 비하면 칠백구십일 권, 이십사만 칠천칠백구십 '미터'의 증가이다. 따라서 검열수수료도 이만 구천오백팔십 원 육십이 전에 달하여 전년보다 이천팔백삼십오 원 칠십이 전의 증가를 보이었다. 그리고 재작년에는 발성영화는 불과 사 할이던 것이 작년 중에는 팔 할 오 분여로 격증을 하여 단연 발성영화시대를 이루었다. 또 구년 구월에 활동사진영화취체규칙을 시행한 후 외국영화가 격감하여 제작국별로 보면 일본 제작 영화가 일만 이백팔십구 권에 이백이십오만 칠천사십일 '미터'로 총수의 육 할

140 「出版의 取締는 朝鮮이 統一 好績」, 『매일신보』, 1935.12.14, 5면.

칠 분에 달하고 외국계 영화는 사천삼백칠십구 권에 일백칠만 칠천팔백오십사 '미터'로 총수의 삼 할 삼 분에 해당한다. 다시 영화의 내용을 보면 재래의 '이데올로기' 영화, '에로'영화, 군사영화가 감소하고 독일과 불란서의 음악영화와 미국의 '갱' 영화가 매우 격증한 것이 주목된다.

1888 「소리판은 明朗케, 亂雜을 排擊」

『동아일보』, 1936.01.25, 석2면

작 二十三일 오후 三시 圖書課에서는 蓄音機會社 콜럼비아, 오케, 포리돌 등 九개 회사 지점의 文藝部長을 소집하고 축음기 소리판 제작에 관한 협의를 한 바 있었다. 그 내용인즉 최근에 제작되는 소리판이 너무도 低級 혹은 난잡, 침울하여 민중에게 미치는 영향이 이익되는 것보다 해를 끼치는 점이 다대하다 하여 신춘부터는 활발, 명랑한 소리판을 제작하도록 柳生 도서과장이 주의시켰다.

이에 전기 九 개 회사의 문예부장들도 허심탄회하고 민중오락기구로서 손색이 없이 하여 나가려 하나 영업정책상 여러 가지 복잡한 사정이 있어 그리 되어 왔으나 결국 문제는 민중이 이 오락 기구를 '리드'할 것이냐, 소리판 제작업자가 민중을 리드할 것이냐에 달렸으므로 금후에 일반 민중이 침울 난잡한 소리판을 배척하게 되면 자연히 제작소 방면에서도 그 시세에 응하여 새로운 소리판이 제작될 것이라고 하는 의견들을 교환하였다.

여하간 일반민중들도 최근에 유행되고 있는 소리판들이 너무도 저급이요, 침울하다 하여 물의가 높아가고 있는 때이니만치 금후 그들의 제작 행동은 주목되고 있다.

1889 **「中國人學校 教科書 押收」** 『동아일보』, 1936.02.19, 석7면

중화민국 국민당 평양지부(中華民國 國民黨 平壤支部)에서는 작추에 신축한 부내 순영리(巡營里) 중화상회(中華商會)사무소 내에 금춘 四월부터 화교소학교(華僑小學校)를 개설하고 생도 약 五十 명을 수용하기로 되어 본국으로부터 교과서를 청구하여온 바 있었는바 동 교과서의 내용에 배일(排日)적 문구가 있다 하여 평양서에서 수일 전에 四백 책의 교과서를 압수하였다 한다. 동 교과서는 『부흥상식독본(復興常識讀本)』 등으로 진남포(鎭南浦)에도 도착된 듯하다 하여 수배를 하였다 한다. 【평양】

1890 **「『中央時報』 押收」** 『조선일보』, 1936.02.28, 석2면

금 이십구일 발행하려던 주간 『중앙시보』(週刊 『中央時報』) 혁신호는 당국의 기휘에 저촉된 바 있어 압수되었으므로 기사에서는 임시호를 발행하려고 분망 중이라는데 오는 삼월 초 토요일에야 발행되리라 한다.

1891 **「號外 押收」** 『조선일보』, 1936.03.08, 석1면

今朝 汝矣島飛行場 火災事件으로 號外를 發行하였던바 當局의 忌諱에 觸하여 押收되었습니다.

1892 「『集團』 三月號 押收」

『조선일보』, 1936.03.16, 2면

시내 숭인동 삼십이번지에 있는 집단사(集團社)에서는 그동안 삼월호의 원고를 두 번이나 제출하였었으나 모두 불허가의 처분을 받아서 지금 해 사에서는 밤을 새워가며 삼월호는 준비 중인데 늦어도 삼월 금월 안으로는 발행되리라 한다.

1893 「新聞 等 檢閱코자 下關에 出張所」

『동아일보』, 1936.03.27, 조4면

경남 경찰부 고등과에 있는 도서계에서는 부산항에 수입되는 신문, 잡지, 기타 서적을 검열하는 중대한 역할을 하고 있는데 최근 정신문명의 양식인 출판물이 태산같이 연락선을 통하여 밀고 들어오므로 부산 잔교에 앉아서만 검열타 연락을 완전하게 할 수 없게 되어 하관에다 경남 경찰부 출장소를 설치하고자 총독부에 신청 중인데 오는 四월 一일부터 시행될 것이라 한다. 【부산】

1894 「金海 『嶺誌』 沒收」

『동아일보』, 1936.03.29, 조4면

경상도 유림들은 『영지(嶺誌)』를 발간키 위하여 그 사무를 김해읍 북내동(金海邑北內洞) 이현식(李鉉式) 씨 집에 두고 七 년간의 장구한 시일에 『영지』 자료를 수집하고 작년 三월에 자금 三천여 원으로 동 지 발간에 착수하여 최근 상하편으로서 완성되어 도서과에 납본하였던바 검열한 원고와 상이한 점이 있다 하여 지난 二十六일에 김해경찰에 전부 몰수되었다 한다. 【김해】

1895 「'不良'의 免疫性」 『조선일보』, 1936.04.05. 석6면

思想이 미숙한 중등학교 정도의 생도들에게 映畵를 보여주는 것은 惡영향을 주는 것 밖에 아무 것도 없다고 생각하고 한때는 全國的으로 중등학교 보도협회(中等學校 報導協會)를 조직하고 映畵 常設館에 드나드는 남녀 생도들에게 무한한 制裁와 禁止를 주더니만 최근에 이르러서는 그 교육방책이 틀렸다는 생각에서 東京府 中等學校協會에서는 映畵業者 國體와 연락을 취하고 試寫한 결과 風俗이라든지 思想 방면에 過히 지장이 없는 程度에서라면 中等學校 生徒에게도 映畵를 禁止할 필요가 없다는 새로운 방침을 세우고 여기에 對해서 무한한 勞力과 研究를 한다고 합니다.

1896 「國産 上映 强化로 朝鮮映畵 企業熱 漸騰」 『조선일보』, 1936.04.25, 조2면

영화취체규칙에 의하여 명년 일월 일일부터는 조선내에 있는 각 영화 상설관에서는 국산영화(國産映畵)라 하여 일본 내지 또는 조선내에서 제작된 것으로 상영하는 영화 중에서 그 절반은 상영하게 되었다. 이것은 작년부터 총독부에서 실시한 영화통제의 규정에 의하여 작년에는 상영하는 영화의 '필름' 미터 수의 사분지일은 국산영화를 상영하였으며 금년에는 국산영화를 삼분지일을 상영케 되었다. 그런데 다시 명년에는 절반은 국산영화를 상영하여야 된다. 그리하여 금후 영화의 상영에 있어서는 매년 점진적으로 국산영화의 상영이 많아지고 따라서 구라파, 미국 등지에서 오는 외국영화는 점차 구축될 형세에 있다.

이와 같이 영화통제의 강화에 따라 최근 조선내의 영화 제작업은 자못 활기를 띠어 작년 중에도 십여 건이 제작되었는데 금후 조선영화의 상영(上映)이 더욱 증가할 터이므로 영화 제조업자도 수지가 맞게 되므로 금년부터는 더욱 조선영화 제작열이 맹렬하여질 것으로 외국영화의 황금시대는 점차 과거로 돌아가려는 형세에 있고 조선영화도 국산영화의 이름 밑에 황금시대가 올 것으로 주목된다. 따라서 경무국에서는 영화통제의 강화상 상당히 큰 조선영화 회사의 조직에 대한 알선을 할 터이라는바 방금 민간 측에서 계획하고 있는 것도 여러 개 있어 조선 영화계는 활기를 띠게 되었다.

그런데 일본 내지에서는 영화통제를 하되 특별히 일반 오락영화 외에 文化영화를 어느 한도까지 반드시 상영시키려는 정도로 입안 중인 모양인데 조선에서는 영화의 내용을 국산과 수입영화로 가르기 때문에 금후로는 우수한 외국영화를 마음대로 보기 힘들게 되어 일반 민중으로서는 불만이 적지 않을 모양이다.

1897 「不穩文書 等 取締法案 全文」

『동아일보』, 1936.05.03, 석1면

不穩文書取締法案 全文은 如左하다.

第一條 人心을 惑亂하고 軍秩을 紊亂하며 又는 財界를 攪亂할 目的으로써 治安을 妨害할 事項을 記載한 文書, 圖書를 出版한 者 又는 이를 頒布 한 者는 三 年 以下의 懲役 又는 禁錮에 處함.

前項의 罪에 該當한 文書, 圖書에 發行責任者의 氏名 及 住所의 記載를 하지 않고 又 는 出版法 或은 新聞紙法에 依한 納本을 하지 않은 것을 出版한 者 又는 이를 頒布 한 者는 五 年 以下의 懲役, 又는 禁錮에 處함.

第二條 前條 第一項의 事項을 記載한 文書, 圖書로써 發行責任者의 氏名 及 住所의 記載를 하지 않고 或은 虛僞 記載를 하고 又는 出版法 或은 新聞紙法에 依한 納本을 하지 않은 것을 出版한 者, 又는 이를 頒布 한 者는 三 年 以下의 懲役 又는 禁錮에 處함.

第三條 通信, 其他 어떠한 方法으로써 圖書 出版 以外의 方法에 依하여 第一條 第一項의 目的으로써 治安을 妨害, 浮說한 者는 三 年 以下의 懲役 又는 禁錮에 處함.

第四條　第一 乃至 前條의 未遂罪는 이를 罰함. 但 印刷印本 引渡 前에 自首한 時는 그 刑을 免除함.

第五條　發行責任者의 氏名 及 住所 記載를 하지 않고 或은 虛僞 記載를 한 것으로 認定하는 文書, 圖書 又는 出版法 或은 新聞紙法에 依한 納本을 하지 않은 文書, 圖書에 있어서는 眞實한 記載를 하고 又는 正規의 納本을 하기 爲하여 地方長官(東京府에 있어서는 警視總監)이 그 頒布를 하기 爲하여 必要하다고 認定할 時는 印本 及 刻板을 差押할 수 있음.

前項의 規程에 依하여 頒布를 禁止 當한 文書, 圖書를 配布한 者는 三百 圓 以下의 罰金에 處함.

附規

本法은 公布日부터 이를 施行함. 【東京電話電通】

1898 「不穩文書 取締案」

『매일신보』, 1936.05.11, 1면

不穩文書取締法案에 關하여 民政黨에서도 八日 午後 一時부터 院內에 內政, 司法 兩部 聯合會를 開하고 協議한 結果 本法을 惡用하는 時는 言論自由를 拘束할 念慮가 있는 故로 本案을 通過시킨다 할지라도 根本的 大修正을 加할 必要가 있다고 함에 意見이 一致되었다. 【東京電話電通】

1899 「受難의 外國映畵」

『조선일보』, 1936.05.12, 석6면

朝鮮에서 映畵統制를 實施하고 있는 것은 이미 周知의 事實이어니와 그 映畵統制

案에 依하여 昭和 十二年度 卽 明年부터는 外國映畵와 日本映畵가 한 번 興行할 때마다 꼭 同一한 미터 數로 制限하게 되었다. 本來부터 朝鮮內에는 外國映畵가 優越한 勢力을 가져 거의 映畵 곧 外國映畵처럼 알아오던 터인데 今番 統制案의 規定으로 因하여서 外國映畵 配給者의 損害가 적지 않을 수밖에 없는 形便이다. 그래서 外國 配給業者들 間에는 일찍이부터 거기 對한 對策이 되는 中 우선 同志會를 組織해가지고 當局에 向하여 外國映畵 配給의 緩和運動을 일으키기로 되었다. 그 同志會에 參加한 會社는 아래와 같다.

파라마운트會社, 폭스映畵會社, 알케오會社, 유나이데트 아티스會社, 유니버살會社, 東和商業 映畵部, 콜롬비아映畵會社, 三映社 映畵部, 메트로映畵會社, 와나 나쇼날映畵會社.

同志會 側 意見

"이미 아시는 바와 같이 來年부터는 日本映畵와 外國映畵를 同 미터 數로 해야 할 터입니다. 朝鮮人 系統의 映畵館이나 外國人 映畵 配給業者에게는 실로 重大한 問題올시다. 來年이야 말로 저희들의 非常時입니다. 그런데 不拘코 이때껏 잠잠히 있은 것은 부끄러운 일이오나 지금 同志會라는 것을 만들어서 한 번 減少防止運動을 일으켜 볼까 합니다. 現在와 같이 外國映畵 二에 日本映畵 一의 比例가 가장 適當한 듯 생각됩니다. 同 미터 數는 아직 時機尙早라고 생각됩니다."

1900 「怪文書 法案 期於 通過 意向」

『동아일보』, 1936.05.12, 석1면

內務省이 特別議會에 提出한 重要法案은 不穩文書取締法案과 退職積立金法案의 二 法案뿐인데 豫算關係로는 治安警察의 確保를 期하는 外事, 特高, 圖書警察의 擴充에 關한 經費 約 四十五萬 圓과 警察電話 架設費 約 百四十萬 圓을 追加 第二號로 提出함을 비롯하여 地方財政 調整 交付金 二千萬 圓 等이 重要한 것이다. 退職積立金

法案은 立法化에 對하여 强硬히 反對하고 있는 全産聯도 最近에 이르러 大體 贊成의 意向을 明瞭히 한 것과 政民[141] 各派를 비롯하여 社大[142] 其他 小會派에서도 適用 範圍의 擴張 其他 法案의 徹底를 圖하려고 하고 있어 그 協贊이 期待되므로 多少의 迂餘曲折은 있어도 今 議會를 通過함은 確實하다고 한다. 그리고 不穩文書取締法案에 對하여서는 潮 內相, 湯澤 次官, 萱場 警保局長 等이 對策을 考究한 結果, 案의 內容이 아직 各派에 充分히 理解없는 것으로 認定하고 法案의 趣旨를 釋明하여 極力 議會通過를 圖할 方針인데 萬一 案의 通過가 絶望視 되는 境遇는 怪文書의 取締에 支障이 生치 않는 限에 있어 相當히 大膽한 修正도 또한 不得已하다고 하고 있는데 今後機會 있을 때마다 法案 協贊에 必死의 努力을 傾注할 方針이다. 又 町村財政補給金法案은 交付金의 增額을 期하는 旨를 明確히 할 方針으로 決定하고 있으므로 本豫算의 通過는 確實視된다. 【東京電話同盟】

1901 「不穩文書取締法案, 陸軍 通過 切望」

『동아일보』, 1936.05.14, 조1면

不穩文書取締法案의 前途는 益益 悲觀視되고 있는데 去 二月 二十六日 事件[143] 以來 今日까지 戒嚴令下에서 이미 三十四 種의 怪文書가 發見되고 있는 事實로 보아서

141 입헌정우회와 입헌민정당을 말한다. 입헌정우회는 전전(戰前)의 제국의회에서 일본 최초의 본격적인 정당정치를 수행했던 정당으로 보통 정우회라고 한다. 1900년 9월 15일에 결당된 정우회는 1939년에 '혁신파'와 '정통파'로 분열되었다가 1940년 7월 16일에 정통파가 해산, 같은 해 7월 30일에 혁신파가 해산함으로써 해당되었다. 민정당이라고 불린 입헌민정당은 1927년 6월 1일에 헌정회와 정우본당(政友本党)이 합당함으로써 성립되었다. 정우회와 함께 2대 정당제를 실현했다가 1940년 8월 15일에 해당, 정우회와 함께 대정익찬회(大政翼贊會)에 합류했다.

142 사회대중당은 1932년 7월에 전국노농대중당과 사회민중당이 합당함으로써 탄생한 무산정당이다. 1940년 7월 대정익찬회에 합류했다.

143 2・26사건 : 1936년 2월 26일에 일본 육군의 황도파계열의 청년장교들이 일으킨 쿠데타이다. 당시 천황이 그 사건을 반란으로 규정하고 강경 진압을 명령하여 쿠데타는 군부에 의해 조기 진압되었다. 2・26사건을 계기로 현역장성을 군부대신으로 삼는 '군부대신 현역무관제'가 부활되는 등 일본의 군국주의화가 촉진되었다.

戒嚴令 解除 後의 情勢는 充分히 想察되어 如斯한 情勢下에서는 肅軍의 目的 達成도 極히 困難하며 또 該 法案은 決코 一般의 憂慮할 危險을 伴하는 것이 아니라는 見解로는 陸軍 當局에서는 該 法案의 通過를 切望하고 있다. 【東京電話電通】

1902 「不穩文書取締法案 社大 反對 聲明」

『동아일보』, 1936.05.15, 조1면

十四日의 衆議院 本會議에 上程되는 不穩文書取締法案은 結局 無産階級에 大彈壓을 내릴 目的으로서 立案된 것으로서 社會大衆黨에서는 斷乎 反對하려고 十四日 午前 社大 代議士會의 決定에 基하여 如左한 聲明을 發表하고 同法 沮止에 努力하기로 되었다.

聲明書

不穩文書取締法은 軍秩을 紊亂한 怪文書를 取締하려는 軍의 要求에 媚從하여 一切의 言論을 彈壓하려는 暴案이다. 不穩文書는 社會不安의 反映으로서 그 根源을 不絶한데 突然히 言論의 彈壓에 狂奔하는 것은 도리어 더욱 民心의 不安을 激成함에 不過하다. 萬一 肅軍하기 爲하여 何等의 法規를 必要로 한다면 스스로 그 範圍의 單獨立法으로써 足할 것이라 吾人은 如斯한 暴案에 對하여는 死力을 다하여 反對한다. 【東京電話同盟】

1903 「不穩文書 取締 肅軍에 大效果」

『동아일보』, 1936.05.15, 석1면

政府가 今 議會에 提出한 不穩文書取締法案에 關한 法律案은 言論, 文書의 自由를 抑壓하는 것이라 하여 反對 氣勢가 强하고 同案의 通過는 危殆視되는데 政府當局은

如左한 見解를 가지고 있다.

一. 本法을 成立시키는 것은 肅軍의 目的을 達成하는 데 있어 絶對 必要하다. 何故오 하면 最近의 怪文書는 그것의 大部分이 軍部에 關한 것으로 이를 根絶하지 않으면 肅軍의 目的 達成에 多大한 支障을 招來한다.

二. 本法의 目的으로 하는 바는 故意로 社會 人心, 軍秩, 財界를 惑亂할 目的으로써 流布되는 所謂 怪文書를 取締함에 있으므로 一般 言論, 文書의 抑壓은 안 된다.

三. 署名한 怪文書에는 ○○ 等 堂堂히 署名하여 配布되는 것이 많고 又 署名한 것을 容認하면 代名 利用 等의 脫法行爲를 할 憂慮가 있어 本法 制定의 意味를 없게 한다. 【東京電話電通】

1904 「不穩文書取締法案 潰滅될 運命에 遭遇」 『동아일보』, 1936.05.16, 조1면[144]

言論, 文章의 自由를 抑壓하는 惡法이라고 政民 兩黨을 爲始하여 各派 一致의 猛烈한 反對를 받고 있는 問題의 不穩文書取締法案은 政府 必死의 努力도 何等 奏效치 못하고 十五日의 衆議院 委員會에서도 單純히 委員長, 理事의 互選을 行한 것뿐이므로 審議에 入치 않고 散會하였는데 情勢는 惡化하고 있는 狀態로써 잘 되더라도 案의 根本的 修正이나 그렇지 않으면 潰滅될 運命에 遭遇하려고 한다. 〈하략〉 【東京電話同盟】

144 「不穩文書取締法案 默殺 軍命에 逢着」, 『조선중앙일보』, 1936.05.16, 조1면.

1905 「怪文書 取締法案 修正 通過를 企圖」 『동아일보』, 1936.05.17, 석1면

政府는 不穩文書取締法案에 對하여 同 法案이 衆議院 各派로부터 一齊히 强烈한 反對를 受하고 現狀대로 進하면 同案의 審議 通過는 到底히 無望함에 鑑하여 目下 內務當局을 中心으로 對策을 硏究 中인데 同法 反對의 理由는 言論의 自由 壓迫이란 點에 있고 政府로서 이를 提出한 所以는 最近에 世相은 所謂 怪文書 取締를 必要로 하는 狀態에 있다고 認定하고 立案한 것으로서 軍部當局에서도 肅軍의 立場에서 그 通過를 希望하고 있는 듯하므로 이를 修正하여도 期於이 通過를 圖할 意向으로써 이 點을 衆議院의 委員會 並 各派 幹部에 充分히 說明하여 諒解를 求할 수 있다고 하고 있는데 目下 政府 側이 考慮하고 있는 修正點의 大要는 如左하다.

一. 第一條 第一項의 "人心을 惑亂하고" 並 "財界를 攪亂할 目的으로서"를 削除하여 "軍秩을 紊亂하고 治安을 妨害할 事項을 揭載한다" 云云으로 改한다.

一. 言論의 自由를 抑壓하는 것이라 하여 가장 問題로 되어 있는 第三條를 削除한다.

【東京電話同盟】

1906 「怪文書取締法案 言論拘束의 惡法」 『동아일보』, 1936.05.18, 1면

十六日의 不穩文書取締法案委員會의 秘密會 席上에서 萱場 警保局長은 本案의 內容을 說明하였는데 그 怪文書의 實例로서 例를 들면 廣田 內閣을 打倒하지 않으면 안 된다고 하는 것 等도 勿論 이 取締法에 抵觸된다라고 述하였으므로 國民同盟은 立憲政治 下에 있어서 政府의 施政을 批判하는 것은 立憲政治의 當然한 常道이므로 政府에 時局 擔當할 能力이 없다고 認定한 際에는 이의 打倒를 主張하는 것도 當然하다. 이러한 것까지 法律로써 取締한다는 것은 이야말로 空前의 惡法이라고 하고 이에 對하여는 適切한 處置를 講究하기로 決定하고 今後 同 法案委員會 又는 本會議

에서 詰問하기로 되었는데 十六日에 左와 如한 聲明을 發表하였다.

"政府는 廣田 內閣을 非難하고 또 그 倒壞를 慫慂하는 文書를 모두 不穩文書라 하고 이에 彈壓을 하기 爲하여 特殊한 立法을 要求하려고 한다. 如斯한 것은 時代를 認識치 못하고 立憲의 本旨를 誤解하여 言論自由의 法則에 關한 無理解를 暴露하는 것이다. 不穩文書取締法案은 이 誤想에서 出發한 것이므로 本案은 이 以上 審議할 必要가 없이 卽時 이를 埋葬하려고 하는 바이다."【東京電話同盟】

1907 「不穩文書取締法 原案 根本的 修正?」 『조선중앙일보』, 1936.05.19, 석1면

問題의 不穩文書取締法案은 十六日 衆議院 委員會에서 問題되어 十八日 以後 衆議院에서는 一層 論議紛糾될 모양이다. 內務省은 그 對策에 腐心 中인데 將來 治安警察은 軍 當局의 肅軍과 相竢하여 怪文書의 徹底的 撲滅을 期치 않으면 治安維持의 目的 達成은 不可能할 것이므로 右翼活動의 動向 並 政府의 肅軍에 對한 一部의 行動에 對하여 政府 則에 正確한 認識을 하게 한 後 內務省은 政府의 原案에 何等 拘泥치 않고 다시 白紙狀態에 돌아가서 怪文書의 絶滅을 目的으로 政黨과 政府는 强固한 和親協力 下에 法案을 練磨하여 非常時에 處할 國策 實現에 邁進하려는데 政府 原案의 根本的 修正은 勿論 政黨과 協力하여 改法, 立案에 着手해도 좋다는 積極的 意見을 가지고 있는 것은 特히 注目된다. 【東京電話同盟】

1908 「朝鮮의 新聞, 雜誌 取締 彈壓主義 아닌가」

『조선일보』, 1936.05.20, 석1면

衆議院의 朝鮮事業公債法 中 改正法案委員會는 十九日 午前 九時 四十分 開會 山森利一(民政), 森下國雄(民政), 松尾四郎(民政) 諸氏로부터 朝鮮 鐵道의 國防上 價直 及 使命에 關하여 寺內 陸相에게 質問한바 各其 答辯이 있고 牧山 委員長이 鮮滿 鐵道의 一元化에 對하여 質疑를 行한바 이에 對하여,

青木 政府委員 "어느 程度까지 一元化할 方針으로 連絡을 取하고 있으나 아직 具體的으로 進行되지 못하였다"고 答하고 森下 氏 다시 "朝鮮에 있어서 出版物 取締 特히 新聞, 雜誌 差押處分은 彈壓主義가 아닌가?"고 質問한 데 對하여 林 財務局長 "昭和 十年에 있어 朝鮮에서는 朝鮮 外 發行 出版物 三六〇,六九七 중 差押 件數 一,〇一七 件, 朝鮮內 發行 出版物 數 二二, 八七〇 中 差押 件數 七七 件, 總督府에서 檢閱한 出版物 數 三,五一八 中 差押 件數 四〇 件(現在 昭和 十一年度), 記事 揭載禁止 件數는 六十四 件으로 揭載禁止 件數는 漸次 減少되고 있다."

川俣淸音 氏(社大) "總督府의 方針은 統治를 批判하는 것까지 差押하지 않는가?"

今井田 政府委員 "言論의 自由는 尊重하고 있으나 統治를 正堂히 批判하는 것은 크게 歡迎할 것이라고 본다." 〈하략〉 【東京電話同盟】

1909 「不穩文書取締法案 大修正 通過」

『동아일보』, 1936.05.23, 조1면

民政黨은 二十二日 午前 十時 院內에 代議士會를 열고 不穩文書 等 取締法案에 對하여 委員會의 經過를 川崎末五郎 氏로부터 報告하고 "委員會에서는 肅軍의 目的에 合致하기 爲하여 정말 怪文書만을 取締하도록 最小限度로 取締法案을 大修正한 後 通過시키도록 바란다"라고 諒解를 求하고 이에 大하여 眞鍋勝 氏 等으로부터 意見

開陣이 있어 結局 이를 承認하고 '軍秩을 紊亂'하는 所謂 정말 怪文書만을 取締하고 且 그 關聯條項만을 남기기로 하고 他의 條項은 全部 削除한다는 立場에서 當該 委員 並 院內總務에 一任하기로 決定하였다. 【東京電話電通】

1910 「法律의 範圍 內에서, 憲法上 自由는 認定」

『동아일보』, 1936.05.23, 조1면

難航에 빠진 退職手當 並 積立金 法案 並 不穩文書 等 取締法案에 對한 衆議院의 特別委員會는 午前 九時 五十分 開會, 退職手當法案에 對한 各派의 態度를 決定하고자 審議를 뒤로 미루고 不穩文書 等 取締법안을 議題로,

中村又一 氏(民政) "憲法上의 自由權을 束縛하는 本法은 憲法 違反이 아니냐."

潮 內相 "憲法上의 自由는 法律 範圍 內에서 認定되어 있다."

中村 氏 "憲法上의 自由權은 絶對的이지 相對的으로 되어서는 안 된다."

潮 內相 "그는 意見의 相違이다."

中村 氏 "津村 前 貴族院議員의 發言內容을 文書로 配布하는 것은 本法에 該當하느냐."

大山 法務局長 "關係없다고 생각한다."

中村 氏 "그러면 本法에 該當치 않는 內容의 發言을 한 것으로써 議員 拜辭할 必要가 있느냐."

大山 局長 "津村 氏의 言辭는 治安을 破壞치 않는다는 意味이다. 津村 氏의 辭任에 對하여서는 陸軍에서 作爲한 事實은 없다."

中村 氏 "津村 氏의 言辭는 不穩치 않다고 생각한다."

大山 局長 "自己의 立場은 軍秩紊亂이란 點으로 보아 該當한다고 생각한다."

中村 氏 "院內의 發言은 憲法으로 自由를 保障하고 있다. 本 事件에 對하여 陸軍이

聲明까지 發表한 것은 遺憾이다. 司法權 獨立과 같이 憲兵 獨立을 圖하기 爲하여 制度 改正할 意圖는 없느냐."

木村 氏는 다시 質疑를 거듭하므로 一時 速記를 中止하고 法相이 懇談的으로 說明한 後,

木村 氏 "'發行의 責任者'와 出版者의 差異 如何."

岩村 刑事局長 "出版法에 所定한 바와 같다."

木村 氏는 다시 條文 字句의 解釋에 對하여 質疑를 거듭한 後,

木村 氏 "本法을 臨時法으로 期限을 附할 意思는 없느냐."

潮 內相 "本法의 趣旨는 臨時法으로 하는 것인데 期限附로 할 意思는 없다."

齋藤直吉 氏(民政) "肅軍을 하면 怪文書取締의 必要는 없어지지 않느냐? 軍 敎育에 對하여 缺陷은 없느냐."

梅津 陸軍次官 "軍 敎育에 關하여는 前般 陸相으로부터 答辯한 바와 같이 缺陷은 없다. 肅軍을 하면 怪文書取締의 必要가 없어지지 않느냐 하는 意見에 있어서는 根本的으로 贊成하나 現在의 社會情勢에 있어서는 肅軍 斷行上에도 怪文書取締는 必要하다."

齋藤 氏 "軍法會議의 刑은 一般普通裁判의 刑에 比하여 너무 輕하지 않느냐."라고 軍法會議의 管轄 裁判, 組織 等에 對하여 質問하고 그 다음,

砂田重政 氏(政友) "第一條의 構成要件은 列擧主義에 依하느냐."

岩村 刑事局長 "人心惑亂은 財界攪亂, 軍秩紊亂을 包含하나 그 兩者의 範圍는 넓다."

砂田 氏 "怪文書는 軍人 側에서 出刊한 것이 多數인데 이는 各各 다 處罰하였느냐."

梅津 次官 "軍人 손에서 發刊되었다고 認定하는 것은 取調한 後 各各 處分하고 있다."

砂田 氏 "第一條의 目的罪는 證人과 相異하여 擧證이 極히 困難하다. 目的이 있다는 認定은 人權蹂躪의 危險이 없느냐"라고 하고 他의 實例를 들어 警察 不信에 對하여 潮 內相에 肉迫,

潮 內相 "나는 微力하지만 在任 中은 이런 不祥事件이 없도록 萬全의 努力을 하겠다."

砂田 氏 "本法의 趣旨는 出版法, 軍刑法의 改正에 依하여 達成할 수 없느냐."

潮 內相 "軍事的 取締가 必要하므로 이 方法을 取한 것이다."

이때 寺內陸相이 發言을 求하여 齋藤直吉 氏의 質問에 對하여 自己는 軍人인 까닭에 刑이 輕하고 常人인 까닭에 重하다는 것은 아니다. 齋藤 君의 論旨에 同感이라 한 것이다. 軍人과 常人과의 共犯인 境遇 裁判管轄을 同一히 할 意圖는 只今 가지고 있지 아니하나 將來는 硏究하여 둔다.

蘆田均 氏(政友) "現 內閣은 言論의 自由 擁護에 對하여 如何한 생각을 가졌는가."

潮 內相 "本 法案은 現下의 情勢로 보아 不得已 實施한 것이다."

蘆田 氏 "人心惑亂, 軍秩紊亂, 財界攪亂의 怪文書가 橫行하는 原因은 言論 壓迫의 結果가 아닌가."

潮 內相 "政府를 爲하여 言論을 制肘[145]하는 일은 없다. 非合法的 壓迫은 充分히 取締한다."

蘆田 氏 "二·二六事件에 伴한 戒嚴令 施行 結果로 國內, 國際의 電信電話 檢閱을 行하고 있는가."

賴母木 遞相 "平時에 있어서는 法律에 定하고 있는 檢閱은 行하고 있다. 戒嚴令 施行 以後의 일은 言明할 수 없다."

蘆田 氏 "通信社의 大合同 方針 目的을 듣고 싶다."

賴母木 遞相 "國際聯盟 脫退時 通信 不通一로 오는 國際的 不利益을 痛感한 以來 內外通信의 統一은 急務 中의 急務라고 認定하여 促進을 圖하였던 것이다."

蘆田 氏 "怪文書의 橫行이 軍秩을 紊亂하는가. 又는 軍秩紊亂時에 怪文書가 橫行하는가, 現今의 世相으로 보아 陸相의 所見 如何."

寺內 陸相 "怪文書는 軍秩을 紊亂할 目的으로 橫行하고 있음은 事實이다."

砂田 氏 "軍秩과 軍規, 軍律과의 差異 如何."

大山 法務局長 "軍秩이라 하면 軍規, 軍律보다 조금 廣範圍로서 軍律이라 한 便이 一般人에게 알기 쉽다. 軍外의 人이 軍의 團結性을 紊亂하는 것이 軍秩紊亂으로서 軍人이 일으키는 境遇는 軍規, 軍律의 紊亂이다."

이리하여 六時 二十分 再次 休憩. 【東京電話同盟】

145 制肘(세이쮸) : '견제'를 뜻하는 일본어.

1911 「不穩文書取締法案 政友의 修正條件」 『조선중앙일보』, 1936.05.26, 1면

政友會의 代議士會는 午前 十一時 一旦 休憩로 되고 各 地方 團體마다 不穩文書取締法案에 對한 態度에 對하여 懇談하였는데 幹部의 斡旋이 奏効하여 險惡視된 黨內의 空氣는 漸次 緩和되어,

一. 第一節 第一項의 目的事項을 '軍規軍律을 紊亂할 目的으로'의 一項에 限한 것.

一. 第一節 第一項 後段을 削除하여 곧 第二項에 接續하고 無記名, 無届出 怪文書取締에 限한 것.

一. 第一節의 罰則 五 年을 三 年으로, 第二節의 罰則 三 年을 一 年으로 고칠 것.

一. 第三條 全文削除

一. 本法의 施行 期日을 一 個年에 限할 것.

으로 하되 立法技術上에 困難한 境遇에는 臨時法이 所以를 밝히도록 措置을 講한 것.

此二點을 幹部에 一任할 것을 修正條件으로 하여 討論의 歸一을 보게 되었으므로 午後 零時 二十分에 代議士會를 再開하고 곧 秘密會로 하여 右 修正事項의 承落을 求하였다. 【東京電話同盟】

1912 「不穩文書 法案을 臨時法으로 改稱」 『조선중앙일보』, 1936.05.26, 조1면

政民 兩黨의 不穩文書 等 取締法案에 對한 附帶決議는 左와 如하다.

附帶決議

一. 本法은 그 制定의 趣旨에 鑑하여 臨時立法이 될 것으로 함. 政府는 最善의 努力을 다하여 現下의 社會不安을 一掃하고 本法의 廢棄를 期하라.

一. 本法을 施行함에 際하여 政府는 그 運用을 愼重히 하여 적어도 言論의 自由人權 尊重의 趣旨에 悖함이 없기를 期하라.

또 同 法案은 附帶決議의 精神에 依하여 名稱을「不穩文書 等 臨時取締法」으로 改稱하기로 하였다. 【東京電話同盟】

1913 「社會黨 때문에 審議 遲延」

『매일신보』, 1936.05.27, 석1면

政府는 不穩文書 等 取締法案에 對한 衆議院의 審議가 社會大衆黨이 議事引延策戰 때문에 同案의 通過가 遲延되었으므로 二十五日 夕刻 臨時閣議를 開하고 同案에 對한 貴族院의 審議期間을 與하고 이의 成立을 期하기 爲하여 更히 議會의 會期를 一日 再延長하기로 決定하고 上奏御裁可를 仰한 結果 左와 如히 會期延長의 詔書가 公布되었다.

詔書

朕 五月 二十六日까지 一 日間 帝國議會 會期의 延長을 命함.

御名御璽

昭和 十一年 五月 二十五日

各 國務大臣 副署 【東京電話同盟】

1914 「不穩文書取締法 修正案 政民, 政府 意見 合致」

『매일신보』, 1936.05.27, 석1면

不穩文書取締法案은 二十四日 午後 政民 兩黨 及 政府 側도 參加한 後 修正案에 對하여 協議한 結果 左와 如히 修正案을 決定하고 臨時立法임을 明示한 附帶決議를 附하여 통과케 하기로 決定하였다.

不穩文書 等 臨時 取締法案

第一條　軍秩을 紊亂하고 財界를 攪亂하여 其他 人心을 惑亂할 目的으로써 治安을 破壞할 만한 事項을 揭載한 文書, 圖書로 發行責任者 氏各 及 住所를 記載하지 않고 或은 虛僞를 記載하고 出版法 或은 新聞紙法에 依한 納本을 하지 않은 것을 出版한 者 又 이를 頒布한 者는 三 年 以下의 懲役 又는 禁錮에 處함.

第二條　前條의 事項을 揭載한 文書, 圖書로 發行責任者 氏各 及 住所를 記載하지 않고 或은 虛僞의 記載를 하고 又는 出版法 혹은 新聞紙法의 納本을 하지 않은 것을 出版한 者 又는 頒布한 者는 二 年 以下의 懲役 又는 禁錮에 處함.

第三條　前條의 未遂는 이를 罰함. 但 印刷者가 印本 引渡 前 自首하는 時는 處罰을 免除함.

第四條　第一條 又는 第二條에 該當하는 者로 認定하는 文書, 圖書에 對하여는 眞實 記載를 하고 又는 成規의 納本을 할 때까지 地方長官(東京府는 警視總監)이 그 頒布를 差止[146]시키고 必要 있다고 認定하는 時는 其 印本 及 刻版을 差押함을 得함.

前項의 規定에 依하여 頒布를 差止한 文書, 圖書를 頒布한 者는 三百 圓 以下의 罰金에 處함.

附則

本法은 公布日부터 이를 施行함. 【東京電話同盟】

1915 「不穩文書 法案 多數로 可決」

『매일신보』, 1936.05.27, 석1면

二十五日의 衆議院 本會議는 午後 四時 十分 再開 臺灣拓植株式會社 法案 兩院 協議會의 成案에 對하여 協議會 議長 永井柳太郎 氏(民政) 登壇, 協議會의 議事 經過 及 成案 內容에 關하여 報告하여 "大體 衆議院의 院議를 貫徹하였다고 認定하고 協議

146 사시도메(差止め) : '금지'를 뜻하는 일본어.

를 了하였으므로 諒承하기 바란다"고 諒解를 求하고 採決을 起立으로 問한 結果 全員 一致 協議會案을 可決하고 同 四時 二十五分 休憩.

衆議院 本會議는 不穩文書 等 取締法委員會의 散會를 待하여 午後 五時 三十二分 再開 卽時, '一. 不穩文書 等 取締法案(政府 提出)'을 上程하고 第一議會의 繼續으로 委員長 熊谷直太 氏(政友)로부터 委員會의 經過 及 結果에 對하여 報告가 있은 후 質疑에 入하니,

田中養達 氏(第二控室)[147] "委員會의 附帶決議를 보면 本 法案 實施의 際에는 境遇에 依하여는 言論의 自由를 束縛하고 人權을 蹂躪함과 같은 일이 있을는지도 모를 일을 豫想하고 있다"고 冒頭하고 更히 軍紀, 軍律의 意義를 質하니,

寺 陸相 "事件에 關한 것은 가끔 述한 바와 같은데 裁判이 進步 中이므로 이 以上 말할 수 없다. 又 統師事項에 關한 것은 余는 答辯할 수 없다"고 一蹴하니 代하여

佐□□ 氏(社大) "本 法案이 一旦 通過 時는 警察官과 裁判官의 自由解釋에 依하여 我等은 不當不法에 壓迫, 束縛되지 않을 것인가."

潮 內相 "本 法案의 運用에 當하여는 國民에 不安을 與하지 않도록 充分 注意한다"고 簡單히 答하니 更히,

高岡大輔 氏(國同)[148] "本 法案은 政治의 明朗化에 逆行하는 것이 아닌가? 本 法案보다도 官憲의 家宅搜索, 書信의 披見을 容易케 하는 것이 先決問題가 아닌가."

潮 內相 "本案의 目的은 政治의 明朗化를 圖함에 있다"고 答하고 이에 質疑를 終한 後 第二議會의 討論에 入하니,

渡邊泰邦 氏(第二控室) "不穩文書가 橫行하는 根本 原因은 現在의 社會制度에 缺陷, 國民生活의 不安定에 있다. 此 原因을 除去하지 않으면 百法을 設置할지라도 不穩文書의 根絶은 못할 것이다. 政府는 國民生活 安定의 具體的 政策을 立하고 實施하는 것이 先決이다"고 論하고 絶對 反對를 表明하고 次에

147 제이공실(第二控室) : 교섭단체에 할당된 일본 국회의사당 내 방명(房名)이다.

148 국민동맹 : 1932년 12월 22일에 결당된 일본의 친군부정당이다. 대정익찬회에 합류하기 위해 1940년 7월 26일에 해당되었다.

勝田永吉 氏(民政) 修正案의 趣旨를 說明하고 贊成하니 代하여

田萬淸臣 氏(社大) "怪文書라는 것이 어떠한 것인가. 政府의 說明은 根據 薄弱하다. 如斯한 根據 薄弱한 것에 依하여 我等 言論의 自由를 剝奪함과 如한 本 法案에는 絶對 反對이다. 我等은 軍部에 對하여도 自由로 正當한 批判을 加하기 바란다. 그런데 五·一五事件 以來 무엇인가 보이지 않는 것이 我等을 壓迫하고 있다. 農民은 鍬를 들고 職工은 '해머'를 들고 默默히 하고 있다. 그러나 默默한 裡에 反抗은 타고 있는 것이다. 本 法案은 그 自由를 根本的으로 剝奪하는 것이다. 人心의 不安을 除去치 못하는 本 法案에 斷乎 反對이다"고 糾彈하자 이에 對하여

木村正義 氏(政友) 修正案의 趣旨를 敷衍하여 贊成論을 述하고 更히

藏原敏捷 氏(國同) "人心을 惑亂한다는 것은 法相의 答辯에 依하면 決코 狹義의 것은 아니다. 政民 兩派의 修正案은 如斯한 危險的 言辭를 남기고 있는데 이로써 安心할 수 있겠는가. 不穩文書 橫行의 原因을 除去하지 않고 아무리 取締法을 낸다 하여도 虛事이다"고 反對하고 最後로

綾川武治 氏(昭和[149]) "陸相의 決意에 信賴하여 本 法案이 肅軍에 必要하면 我等은 滿腔의 熱意로써 贊成한다"고 簡單히 述하고 採決에 入하여 起立으로 問하니 委員長 報告의 修正案을 大多數로써 可決하고 이어서 第三議會에 移하니

黑田壽男 氏(社大) "本 法案은 部外로부터 軍秩을 紊亂하는 者를 取締할 目的이라고 하나 軍秩을 紊亂하는 者는 寧히 軍 內部에 있는 軍의 統制가 弛緩한 까닭이라고 생각한다"고 述하고 勤勞階級의 立場에서 國防豫算問題에 觸하자 政友 側은 '好不好만을 明示하라, 第三議會다'고 妨害하니 富田 議長, 黑田 氏에게 注意하였으나 黑田 氏 조금도 不顧하고 議論을 繼續하니 社大 側은 "明朝까지 繼續하여라"고 騷然, 富田 議長 드디어 降壇을 命하고 採決의 結果 委員長 報告대로 可決, 午後 七時 三十分 休憩. 衆議院 本會議는 午後 十時 四十分 四次 때 開會.

富田 議長 "只今 總理大臣으로부터 會期 延期의 詔書가 傳達되었다"고 述하고 總員

149 소화회(昭和會) : 1935년 12월 23일에 결당된 일본의 친군파 정당이다. 하지만 정우회와 민정당의 압박을 받아 결국 1937년 5월 24일에 자진 해당되었다.

起立 裡에 會期延長의 詔書를 捧讀하고 二十六日 午後 一時부터 開會한다고 宣言, 同 四三十分 散會. 【東京電話電通】

1916 「不穩文書案 審議」

『매일신보』, 1936.05.27, 석1면

〈상략〉 貴族院 衆議院에서 送付된 不穩文書取締 等 法案(政府 提出, 衆議院 送付)을 追加 上程하고 潮 內相이 提案 理由 幷 衆議院에서의 修正 條項을 說明하고 卽時 質問에 對하여,

菊池武夫 男[150](公正)[151] "時局 多端한 此時 本案은 總動員 秘密保護法案과 같이 庶政 一新을 斷行하기 爲하여 立案하였다고 생각하는데 果然 그러냐? 思惟컨대 本案에 依하여 도리어 綱紀를 紊亂할 念慮는 없는가? 又 戒嚴令의 施行에 依하여 信書, 電話 等의 檢閱에 絶大한 權力을 行使하고 있는데 또 本法과 같이 銳刀와 같은 法을 必要로 하느냐? 더구나 本法은 文法 技術上으로 보아 甚히 安全한데 政府의 所信 如何?"

廣田 首相 "政府는 近來 日本의 社會 政勢에는 非常한 積極的 現象이 있는 것을 認定한다. 此 一現狀으로서 所謂 怪文書가 橫行하는 것을 治安維持上 取締하지 않으면 안 된다고 생각한다. 本法의 利用, 適用 如何는 社會에 甚大한 影響을 미칠 줄을 생각하나 現狀에 直하여 本法의 設定은 不得已하다고 생각한다. 衆議院에서 相當한 修正을 하였지만 政府는 期待하는 取締가 可能하다고 認定하고 此에 同意하였다. 此의 施行, 運用에 當하여는 一般 施政의 根本方針 卽 中庸을 保護하여야 할 것은 勿論이고 萬遺憾 없기를 期할 決心이다."

潮 內相 "如斯한 法規의 運用에 際하여는 特別한 注意로써 當하지 않으면 各 方面

---

150 男 : 남작을 뜻함.

151 공정회(公正會) : 귀족원에 존재했던 교섭단체로서 1919년 6월 5일에 조직되었다. 일본국 헌법 시행으로 귀족원이 폐지됨에 따라 1947년 5월 2일에 해산되었다.

에 甚大한 影響을 줄 憂慮가 있는 것은 十分 諒察하고 있으므로 關係當局을 訓戒하여 萬遺憾 없기를 期한다. 又 現在 橫行하고 있는 怪文書와 全部에 對하여 그 出版을 明白히 하였다고 못하는 것은 遺憾이다."

菊池 男 "官紀를 振肅한다는 答辯을 못 들은 것이야말로 重大問題이다. 政府는 修正案에 同意하고 있지만 此는 過般의 事件에 對하여 論議시키지 않는다는 眞意이냐. 그러면 庶政一新은 甚히 期待 薄弱하다."

廣田 首相 "如斯한 일에 對하여는 文武 兩方이 모두 特히 規律을 嚴히 하여 조금도 此를 紊亂하는 일이 있으면 全力을 與하여 此의 驅逐에 努力한다."

三上三次(無所屬) "余는 第一로 原案 第一條의 修正에 對하여 質問한다. '人心을 惑亂'이란 위에 '其他'의 字句를 輸入하여 마치 軍秩紊亂, 財界攪亂보다도 人心惑亂이 輕한 感을 갖게 하는 修正에 同意를 與하였다. 人心의 不安은 널리 解釋하면 軍秩紊亂, 財界攪亂도 抱合하는 것으로 도리어 그 罪가 크다. 政府가 此를 輕視한다는 것은 政府의 所謂 國體明徵의 信念에 對하여는 疑心 아니할 수 없다. 第二로 此를 臨時法으로 한 政府의 所信을 듣고 싶다."

潮 內相 "'人心의 惑亂'은 廣義로 解釋하면 '軍秩紊亂, 財界攪亂을 包含'한다. 衆議院에서는 前 二句는 人心惑亂의 顯著한 事實로서 '其他'의 字를 輸入한 것이라고 생각한다. 決코 此를 輕視한다는 것은 아니다. 又 如斯한 法을 必要로 하는 事態는 一日이라도 速히 抹消시키자는 생각에서 臨時라고 한 것으로서 萬一 期限이 到來하여서 又 本法과 같은 法令을 必要로 하면 其 時에 當하여 善處하겠다."

이것으로 質疑를 終了하고 池田政時子(研究[152])의 同義에 依하여 十八 名 特別委員에게 委託 때는 午後 十時 會期가 이제 겨우 二 時間밖에 안 남았다.

近衛 議長 "貴族院 議員 柳澤保惠 伯이 逝去하였다. 哀悼에 不堪한다. 議長의 手許에서 弔辭를 起草하여 付送하고자 생각한다"고 告하고 同 十時 三分 休憩, 十時 四十

152 연구회(研究會) : 귀족원의 정당 · 교섭단체의 하나로서 1891년 11월 4일에 발족, 1947년 5월 2일에 해산되었다. 제국의회가 창설될 때 탄생했던 정무연구회(政務研究會)를 원류로 하여 일본국 헌법 공포에 따라 귀족원이 폐지될 때까지 정계에 일대 세력을 형성했다.

三分 四次 開會.

近衛 議長 "休憩 中 二十六日까지 會期 延長의 詔書가 降下한 旨가 政府로부터 傳達되었다. 本日 殘餘의 日程을 延期하고 이것으로 散會한다"고 宣言, 四十四分 散會. 二六六日은 午後 一時 半로부터 本會議 開會할 豫定. 【東京電話同盟】

1917 「不穩文書取締法, 實施 準備에 着手」 『매일신보』, 1936.05.28, 조2면

言論彈壓이라고 하여 衆議院의 全般的 反對를 받아 자칫하면 埋葬될 뻔한 不穩文書 等 取締法案도 現下의 非常時局에 處하는 臨時立法인 趣旨를 明白히 하고 大修正을 한 後 겨우 二十六日 兩院을 通過하여 艱辛히 成立하게 되었는데 內務省 情報局에서는 陸軍 及 司法當局과 密接한 連絡下에 此의 實施準備에 着手하여 問題가 되기 쉬운 本法의 運用에 遺憾 없기를 期하는 一方 本法 修正에 依한 取締上의 缺陷에 對하여도 現行 法令의 運用에 依하여 此를 滿足하고저 愼重 打合을 行하기로 되었다. 그러나 本法 施行의 期日은 公布日부터라고 定하여 있지만 法의 內容 趣旨를 全國 警察官에 周知 徹底시키고 其他 諸般의 準備를 整頓하는데 多少의 時日을 要하므로 來月 中旬 地方長官會議 及 警察部長會議를 召集하여 그 席上, 此의 運用에 對하여 十分 訓示 及 指示를 與한 後 戒嚴令 撤廢의 關係 等을 考慮하여 此를 公布 實施할 豫定이다. 그리고 不穩文書를 取締하기 爲하여 本年度 追加 豫算의 經費 九萬五千 圓을 計上하여 承認되었으므로 此에 依하여 七月一日부터 全國 各 郡, 各 府縣에 不穩文書 專任 警部 及 警部補를 增置하고 緊密한 取締를 斷行하기로 되었다. 【東京電話電通】

1918 「罷業煽動的 記事로『프랑세스』紙 押收」 『조선일보』, 1936.06.09, 석1면

사랑그로 內相은 七日 極右翼新聞『솔리다리테 프랑세스』紙의 差押을 命하였다. 右는 同紙가 總罷業에 際하여 連日 煽動的記事를 掲載한 때문이다. 【巴里七日發同盟】

1919 「不穩文書取締法 卽日 實施」 『동아일보』, 1936.06.16, 석1면

政府는 特別議會를 通過한 不穩文書臨時取締法을 十五日 官報로써 公布하고 卽日 實施하였다. 【東京電話】

1920 「「와스레쟈, 이야요」[153] 레코드 發禁 方針」 『매일신보』, 1936.06.30, 조7면

최근 기기묘묘한 유행가가 유행되어 거리의 청년은 물론이고 뜻도 모르는 어린 아이들까지 한 번만 들으면 곡조와 가사를 외워 유창히 노래를 부르고 있어 듣는 사람으로 하여금 하도 어이가 없어 잠시 발을 멈추는 일이 있는데 최근에 유행되고 있는 「와스레쟈 이야요」라는 유행가의 레코드가 내지에서 발매금지가 되었으므로 조선에서도 이에 추종하여 압수할 방침이라 한다.

---

153 와스레쟈 이야요(忘れちゃいやョ, 잊어버리면 싫어요) : 대중가수 와타나베 하마코(渡辺はま子)가 1936년에 레코딩한 노래이다. 발매 3개월 후 일본 내무성에서 "마치 창부의 교태를 눈앞에서 보여주는 것 같은 가창. 에로를 만끽하게 한다"는 이유로 무대의 상연금지와 발매금지 처분을 받았다.

1921 「風敎上 不美의 '레코드' 發禁」

『동아일보』, 1936.07.05, 조2면

말초신경을 자극하고 최근에 경이적 판매 숫자를 보이고 있던 유행가 레코드는 풍기상 재미없을 뿐 아니라 심전개발(心田開發)과 같은 운동이 횡행하고 있는 요즈음 이와 같은 재미없는 노래가 항간에 유행하고 있는 것은 민심에 다대한 영향이 있으리라고 본 경무국에서는 단연 이와 같은 레코드에 취체를 하기로 하고 그에 대한 제一 취체 수단으로 유행가 一 종에 자발적 발매금지의 경고를 발하였고 이제 또 九 종의 레코드에 발매금지 처분을 하게 되어 오는 六일 각 도에 산재한 전기 레코드 처분을 단행하여 금후 이와 같은 레코드에는 단호한 태도를 가질 방침이라 한다.

1922 「外國映畵業者들 統制 緩和를 陳情」

『조선중앙일보』, 1936.07.14, 석2면

국산영화(國産映畵)를 장려하고 영화통제를 실시할 목적으로 외국영화의 국내 수입을 점차적으로 제한하려는 소화 十년에 제정한 영화취체규칙(映畵取締規則)에 의하면 외국영화(外國映畵)의 상영을 소화 十년 말까지는 총상영 영화의 四분의 三까지, 소화 十一년 중은 三분의 二까지, 소화 十二년 이후부터도 二분의 一까지만 허가한다고 하였는데 이같이 점차적으로 외국영화의 수입을 제한하는 결과 직접 경영상 대타격을 받는 외국영화 배급자(外國映畵 配給者)들은 결속하여 영화조합(映畵組合)에 대하여 이상 규정 실시를 완화해 달라고 진정을 지난 十일에 제출하였으나 하등의 원만한 해답을 얻지 못하고 또다시 당국에 이상 진정을 불원간에 하리라고 하는바 그 추이가 자못 주목된다고 한다.

1923 「'同化'에 支障된다고 朝鮮映畵 上映禁止」

『조선중앙일보』, 1936.07.20, 석2면

三十만 명 가까운 조선인이 산재한 경판신(京阪神)[154] 지방에는 최근 조선인 '토키' 영화가 진출하여 일반 조선인 영화팬에 적지 않은 환영을 받고 있는 터이다.

즉 경성영화제작소 제작의 「장화홍련전(薔花紅蓮傳)」이 최근 천왕사, 신세계(天王寺, 新世界), 파크극장에 봉절되어 조선 사람들의 열렬한 환영을 받자 이 영화는 조선사람의 밀집지대인 각처에서 순차로 상영하였고 다시 「홍길동전(洪吉童傳)」을 역시 지난 十五日부터 전기 장소에서 상영하여 二 주일 연속 상영을 하려던 터인데 돌연 대판부 경찰부 보안과(大阪府 保安課)에서 이번 一 주일만 상영을 하라 하나 그 후는 一체 상영을 하지 못한다고 금지명령이 내려왔다.

그 이유로는 조선영화 상영은 그 관객이 전부 조선인이므로서 치안, 위생상(治安, 衛生上) 재미스럽지 못하고 둘째는 당국에서 체류 조선인을 일반 의복 풍속상 일본 내지화(日本 內地化)를 시키고 있는 이때에 조선영화, 조선말로 된 '토키' 상연은 이른바 동화운동(同化運動)에 지장이 있으므로서이라 한다.

이에 대하여 보안과 당국자는 말하되 영화 그것이 좋지 않은 것이 아니라 특고과 내선계에서 조선인 일본 내지 동화운동에 지장이 있다고 말하므로써 금지함에 지나지 않은 것인데 금후에는 대판부 하에는 一체 조선영화의 상영을 금지할 방침이라 한다. 【大阪支局發】

---

154 게이한신(京阪神) : 교토(京都), 오사카(大阪), 고베(神戸)의 줄임말.

1924 「怪! 大阪警察當局 朝鮮映畵 上映禁止」 『동아일보』, 1936.07.24, 조2면[155]

총독부 도서과(圖書課)와 내무서에서 무사통과한 조선영화를 一 개 지방관청인 대판부 특고과(特高課)와 위생과에서 상영을 금지한 사실이 있었다. 지난 十五일 대판 빡크극장에서 상영 중이던 조선영화인 「홍길동전(洪吉童傳)」을 상영하던 중 대판부 특고과와 위생과에서 돌연 상영을 금지하였다. 그리하여 이와 같은 의외의 처치를 받은 삼영사(三映社) 대판지사장 대전장태랑(大田庄太郎)은 十六일에 대판부를 방문하고 내무성에서 통과한 영화를 상영금지한 이유를 물었던바 동 부에서는 그 이유는 다름이 아니라 일본과 조선의 동화운동에 지장이 있는 것과 또는 대중의 조선인이 집합함으로써 여러 가지 불결한 점이 있다는 것이 특고과와 위생과의 이유이라 한다. 그리하여 이 문제는 단순히 一 영화를 상영금지한 데서 그칠 것이 아니라 내무성에서 허가한 영화를 一 개 지방관청인 대판부에서 상영금지를 한 것은 행정당국이 통제되어 있지 않은 것을 여실히 증명하고 있는 것이며 또 한 걸음 나가서 생각해보면 이것은 조선문화의 진보 발전에 대하여 막대한 영향이 있으리라고도 보겠다. 그리하여 조선영화의 제조원이 되어 있는 경성촬영소(京城撮影所)의 분도주차랑(分島周次郎), 조선영화주식회사(朝鮮映畵株式會社)의 이기세(李基世), 동화상사 영사부(東和商事 映寫部) 경성지사(京城支社) 고인문(高仁文), 오케영화사 윤종덕(尹鍾德), 고려영화주식회사(高麗映畵株式會社) 이창용(李創用), 대도영화 지사장(大都映畵 支社長) 원전실생(園田實生), 조선흥행주식회사(朝鮮興行株式會社) 영화배급소 정은규(鄭殷圭) 제씨가 二十三일 오후 五시 부민회관에 집합하여 이 문제에 대한 의견을 교환한 후 다음과 같은 결의를 하였다. 첫째로 정은규(鄭殷圭), 고인문(高仁文), 분도주차랑(分島周次郎) 三 씨를 대표위원으로 선거하여 二十五일 총독부 도서과에 이 문제에 대한 진정을 하는 동시에 목하 도서과에 내무성에서 허가한 영화를 상영 금지시킨 대판부의 의견을 공문서로 듣기로 한 후 만일에 이것이 「홍길동전」 一 개 영화에 대한 것이 아니고 조선영화 전반에 대한 문제이라면 다시 내

155 「朝鮮映畵 上映 禁止로 映畵業者 等 奮起」, 『조선중앙일보』, 1936.07.24, 조2면.

무성과 대판부에까지 진정을 가기로 결의하였다 한다.

1925 「朝鮮映畵 禁止에 對하여」

『동이일보』, 1936.07.25, 조3면

一

大阪警察當局에서는 朝鮮映畵의 上映을 禁止하였다. 그 禁止 當한 映畵는 「洪吉童傳」이었었는데 그것은 朝鮮總督府와 內務省에 依하여 許可된 것이다. 이와 같이 上部 官廳에서 許可한 것을 地方 官廳이 禁止한다는 것은 매우 우스운 일이라고 하지 아니할 수 없다. 더군다나 그들이 禁止의 理由로써 들어 말하는 것은 語不成說의 것이니 우리는 여기서 그것을 反復할 必要까지도 認定하지 않는 바이다. 大阪警察當局이 터무니 없는 理由로써 朝鮮映畵의 上映을 禁止하였다는 것은 일이 작은 듯하지만은 그 波及되는 影響이 不少할 것을 우리는 생각하지 아니할 수 없는 것이다. 그것은 單純히 業者의 利害로만 볼 것이 아니고 朝鮮文化 發展上으로 보아서도 重大한 關係가 있다는 것을 생각하지 아니할 수 없는 것이다.

二

映畵, 卽 活動寫眞은 一千八百九十三年에 美國 뉴욕에서 發明되어서 不過 四十 年 동안에 全世界를 風靡하게 된 것이고, 一千九百二十六年 八月에 發聲映畵의 出現으로 因하여 또 새 機軸을 짓게 된 것이다. 그리하여 一千九百二十九年에 와서는 世界의 映畵界는 거의 토키時代로 一變하게 된 것이다. 靜物인 寫眞에다가 活動을 加한 것이 벌써 一大 發展이었었고, 또 거기다가 聲音까지를 加하게 되어서 映畵는 百퍼센트의 效果를 나타내게 된 것이니 이것은 참으로 科學文明의 惠澤을 尖端的으로 具現한 것이라고 하지 아니 할 수 없는 것이다. 그는 娛樂的으로 또 教育的으로 莫大한 意義를 가지게 된 것이고, 따라서 大衆의 生活과 떠날 수 없는 緊密한 關係를 가지게 된 것이다.

三

그러므로 各國에서는 이 文化的 商品의 製作에 對하여는 特別한 關心을 가지게 된 것이니 日本서도 처음에는 四分一, 三分一의 國産映畵를 프로그램에 加한 것을 映畵館에 對하여 强調하였었고 將來에는 二分一은 반드시 國産映畵를 加한 것을 要求하게 되리라는 것은 單純히 經濟的 利益만을 眼中에 둔 것은 아니었던 것이다. 歐米 各國의 映畵에 對抗하여 固有의 映畵를 發展시키자는 文化的 意圖가 그 안에 많이 包含되었던 것이다. 그러한 意味에 있어서 본다면 朝鮮의 映畵도 그 製作 及 上映에 關하여 保護되지 아니하면 아니될 것이다. 朝鮮 사람의 心情에 適合하고 따라서 朝鮮文化의 成長을 助成하는 것이 될 것이기 때문이다. 그런데 朝鮮映畵를 朝鮮內에 局限하게 한다는 것은 그 發展을 沮止하는 것이니 될 수 있는 대로 販路를 擴張하게 하여 그 需要의 길을 넓힌다는 것은 매우 緊切한 일이라고 할 것이다.

四

그런데 大阪府에서 그와 같이 朝鮮映畵를 禁止하였다는 것은 理由 없는 일이라고 하지 아니할 수 없다. 만일 그 禁止가 그 特種의 映畵에 對하여 特別한 事情으로 行하여진 것이라고 하면 그는 그 當時 當事者의 一時的 失策이라고 할 수 있는 것이니 그에 對하여는 그 過去를 責할 뿐이겠지마는 그렇지 않고 一般的 理由로서의 禁止를 行한 것이라고 하면 그는 到底히 그 正當性을 認定할 수 없는 것이니 우리는 大阪警察當局의 深切한 反省을 要求하는 同時에 이와 같은 일이 다시 反復되지 않도록 關係當局에 있어서 特別히 考慮하는 때 있기를 바라는 바이다.

1926 「問題된 朝鮮映畵, 大阪에서 解禁 回答」

『동아일보』, 1936.07.26, 조2면

총독부 도서과(圖書課)와 내무성에서 무사통과한 조선영화 「홍길동전(洪吉童傳)」을 一 개 지방관청인 대판부 특고과(特高課)와 위생과에서 괴상한 이유로 상영금지를 하였음에 대하여 이 일의 경제적, 문화적 영향이 중대한 것을 느낀 조선영화 제작자와 배급자들이 지난 二十三일 오후 五시에 부민관에 모여 이외 대책을 결의한 바 있었다 함은 기보한 바와 같거니와 그동안 총독부에 공문서를 발송하여 그 진상과 의견을 물은 일도 있었는데 작 二十五일의 대판 전화에 의하면 이번 조선영화 상영금지는 단순히 대판부 특고과에서 한 임시적인 처결로써 이후 조선영화의 일본 내지 배급과 상영에는 아무 지장이 없다는 것이 명백히 되었다 한다.

1927 「不穩文書取締法, 朝鮮과 臺灣에도 施行」 『동아일보』, 1936.08.05, 조1면[156]

政府는 現下의 時局에 鑑하여 肅軍의 徹底 其他의 必要로 不穩文書臨時取締法을 制定, 實施하였는데 外地에도 이것을 實施하여 그 目的을 貫徹할 必要가 있으므로 四日의 閣議에서 如左히 取締法을 各 外地에 實施하기로 決定하였다.

一. 朝鮮에 不穩文書臨時取締法(制令案).

一. 臺灣에 不穩文書臨時取締法(律令案).

一. 不穩文書臨時取締法을 樺太[157]에 施行하는 件.

一. 關東州 及 南滿洲 鐵道 附屬地에 不穩文書臨時取締法.

一. 樺太 施行 法律 特令 中 改正 件. 【東京電話同盟】

156 「不穩文書取締法 各 外地에도 施行」, 『매일신보』, 1936.08.05, 조2면 ; 「不穩文書取締法 各 外地에도 施行」, 『조선중앙일보』, 1936.08.05, 석1면.

157 가라후토(樺太) : 사할린 섬에 대한 일본식 명칭이다. 러일전쟁 이후 포츠머스조약에 의해 사할린 섬이 북위 50도선을 경계로 남북으로 분할되었는데, 일본 제국은 사할린의 남부를 점령했다. 樺太라고 하면 보통 일본 제국의 행정구역에 편입된 '南樺太 및 그 부속도서'를 말한다. 南樺太는 1942년에 '외지'에서 '내지'로 편입되었다가 2차대전 이후 소비에트연방에 귀속되었다.

1928 「低級 레코드 激增」 『동아일보』, 1936.08.05, 석2면

최근 중국 또는 일본 내지에서 조선에 수입 또는 이입되는 레코드는 날로 그 수량이 격증되고 따라 그중에는 치안과 풍속을 교란하는 그야말로 듣기에도 구역이 나는 저급품이 격증되고 있다고 한다. 최근 총독부 경무국 조사에 의하면 지난 一월 一일부터 六월 말까지 조선에 수입된 축음기 레코드는 一萬 五千三百四 종류의 五十八萬 四千七百五 매이었다. 그중에 경무국의 검열로 치안을 방해할 염려가 있는 것이라 하여 행정처분에 부친 것이 八 종, 풍속을 교란할 염려가 있다 하여 행정처분에 부친 것이 十六 종 모두 二十四 종이었다. 이번에도 발매를 보류한 것이 二건, 연주를 금지한 것이 一 건이다.

1929 「不穩文書取締法, 明日부터 朝鮮에 實施」 『동아일보』, 1936.08.08, 조2면[158]

불온문서취체령(不穩文書取締令)이 지난 의회(議會)를 통과하고 지난 六월 十五일부터 공포, 실시되었는데 조선서도 동법을 실시 준비하고 있는 중 동법을 내용으로 한 조선불온문서임시취체령(朝鮮不穩文書臨時取締令)을 제령(制令)으로 실시하기로 되어 명 八일부터 공포, 실시하기로 되었다. 동법은 소위 괴문서(怪文書)를 취체(取締)하고 주로 우익(右翼) 방면의 탄압이 목적이었으나 동법의 적용이 광범위인 만치 재계 교란(財界攪亂) 등 기타 각종 괴문서의 출판(出版) 내지 횡행(橫行)을 금압, 배제(禁壓, 排除)하기로 되었다 한다.

158 「不穩文書取締令, 朝鮮에서도 制令 第十三號로」, 『매일신보』, 1936.08.08, 석1면.

1930 「朝鮮不穩文書臨時取締法」

『동아일보』, 1936.08.09, 조1면[159]

不穩文書의 取締에 關하여는 不穩文書臨時取締法에 依한다.

但 同法 中 出版物 又는 新聞紙法에 依한 納本을 하지 않는 것으로 된 것은 出版規則, 新聞紙規則 又는 光武 十一年 法律 第一號의 新聞紙法에 依한 納本을 하지 않고 又는 隆熙 三年 法律 第六號 出版法에 依한 許可를 받지 않은 것으로 함.

隆熙 三年 法律 第六號 出版法 又는 光武 十一年 法律 第一號 新聞紙法에 正條 있는 行爲로써 그 罰이 前項의 規定에 依하여 定한 不穩文書臨時取締法의 罰보다 重한 것에는 前項의 規定에 不拘히고 同法을 適用함.

附則

本令은 公布日부터 施行함.

1931 「怪文書取締法」

『동아일보』, 1936.08.09, 조3면

불온문서임시취체법은 작보와 같이 조선에도 금 八일에 발포되었는데 제령으로써 즉일 시행하기로 하였다.

第一條　軍秩을 紊亂하고 財界를 攪亂하고 其他 人心을 惑亂하는 目的으로써 治安을 妨害할 事項을 揭載한 文書, 圖書로써 發行의 責任者 氏名 及 住所의 記載를 하지 않고 或은 虛僞의 記載를 하고 又는 出版法 或은 新聞紙法에 依한 納本을 하지 않은 것을 出版한 者 又는 이것을 頒布한 者는 三 年 以下의 懲役 又는 禁錮에 處함.

第二條　前條의 事項을 揭載한 文書, 圖書로써 發行한 責任者의 氏名 及 住所를 記載하지 않고 或은 虛僞의 記載를 하고 又는 出版法 又는 新聞紙法에 依한 納本을

159 「不穩文書取締法, 八月부터 朝鮮에 實施」, 『조선중앙일보』, 1936.08.09, 석2면; 「今日부터 實施되는 不穩文書取締令」, 『매일신보』, 1936.08.09, 석1면.

하지 않은 것을 出版한 者 又는 이것을 頒布한 者는 二 年 以下의 懲役 又는 禁錮에 處함.

第三條 前二條의 未遂罪는 罰함. 但 印刷者가 印本 引渡 前에 自首한 時는 其 刑을 免除함.

第四條 第一條 又는 第二條에 該當한다고 認定하는 文書, 圖書에 對하여는 眞實한 記載를 하고 又는 成規의 納本을 하기까지 地方長官이 그 頒布를 中止시킬 必要가 있다고 認定하는 時는 其 印本 及 刻板을 中止시킬 수 있음. 前項의 規定에 依하여 頒布를 中止시킨 文書, 圖書를 頒布하는 者는 百 圓 以上의 罰金에 處함.

田中 警務局長 談

"금일 제령(制令) 第十三호로서 조선불온문서임시취체령(朝鮮不穩文書臨時取締令)이 공포되고 즉일 시행하기로 되었다. 본령은 일본 내지 현행의 불온문서임시취체법을 그 내용으로 한 것인데 일본 내지 현행의 불온문서임시취체법은 제六十九회 제국의회(議會)의 정부안(政府案)으로 제안하여 가결하여 일본 내지에서는 이미 六월 十五일 공포 시행하기로 되었다. 근래 소위 괴문서(所謂 怪文書)라는 것의 횡행은 특히 심하고 그 때문에 현저히 사회인심의 불안을 양성하여 치안상에 중대한 지장을 생하고 있으므로 그의 적절한 취체를 하여서 그 철저 방알[160]을 꾀하고 그 절멸을 기하는 것은 가장 긴요하고 본법의 제령 시행된 소이(所以)도 여기에 있어 소위 괴문서(怪文書)의 횡행을 일본 내지뿐 아니라 조선에서도 그런 일이 적지 않으므로 조선도 똑같은 취체법규(取締法規)를 제정하고 취체하는 것이 긴요한 것이다. 여기에 일본 내지 불온문서임시취체법을 내용으로 한 조선불온문서취체령을 제정, 시행한 것이다. 그 취체 대상과 그 제령 취급방법에 대하여는 일본 내지의 불온문서임시취체법과 전연 동일하고 본령 시행에 의하여 음험한 수단 목적을 위한 소위 괴문서의 출판 내지 횡행을 배제하여 인심의 불안을 제거하고 치안을 확보하려 하는 것이다."

160 방알(防遏) : 무엇을 하지 못하게 막음.

1932 「忠州 水害 罹災民 同情 素人劇 禁止」

『조선중앙일보』, 1936.08.25, 조3면

『동아(東亞)』, 『조선(朝鮮)』, 『매신(每申)』, 본보 四 지국 주최로 충주 수해이재민(忠州 水害 罹災民)을 동정하자는 의미에서 소인극(素人劇)을 二十二일 밤 八시에 개최코자 만반 준비를 다하여 오던 중 돌연 경찰서의 금지명령이 있어 중지케 되었다 한다. 【忠州】

1933 「『東亞日報』 發行停止에 對하여, 田中 警務局長 談」

『매일신보』, 1936.08.29, 석1면[161]

"『東亞日報』는 今回 發行停止 處分에 附하였다. 先日 伯林에 開會된 世界 '올림픽' 大會의 '마라톤' 競技에 我朝鮮 出身 孫基禎 君이 優勝의 月桂冠을 獲得한 것은 我日本 全體의 名譽로서 內鮮 共히 크게 祝賀할 일이요, 且 內鮮融和의 資가 되는 것으로서 이것을 逆用하여 少毫라도 民族的 對立의 空氣를 誘致하는 일이 있어서는 안 된다. 然而 事實은 新聞紙 等의 記事로서 자칫하면 對立的 感情을 刺戟하는 筆致에 出하는 者가 있는 것은 一般으로 遺憾으로 하던 바이다.

그런데 『東亞日報』에서는 從來 屢屢 當局의 注意가 있음에도 不拘하고 八月 廿五日의 紙上에 孫基禎 君의 寫眞을 揭載하였는데 其 寫眞에 明瞭하게 顯치 않으면 안 될 日章旗의 '마크'가 故意로 抹消된 形跡이 있었으므로 卽時 差押處分에 附하여 其 實情을 取調하였던바 右는 八月 二十三日附 『大阪朝日新聞』에 揭載된 孫基禎 君의 寫眞을 揭載함에 際하여 日章旗가 新聞紙上에 出現됨을 忌避하여 故意로 技術을 用하여 此를 抹消한 것임이 判明됨에 至하였으므로 드디어 그 新聞紙에 對하여 發行停止 處分을

161 「『東亞日報』 停刊 理由, 警察局長 談으로 發表」, 『조선일보』, 1936.08.30, 석1면.

하기로 된 것이다. 말할 것도 없이 此와 如한 非國民的 態度에 對하여는 將來도 嚴重한 取締를 加할 方針인데 一般에서도 잘못이 없도록 注意하기를 바란다."

1934 「『아히생활』 原稿押收」 『조선일보』, 1936.09.06, 석5면

『아히생활』 九月號는 原稿가 全部 押收되어 方今 同社에서 九十月 合倂號를 發行코자 準備中이다.

1935 「高等課長까지 來仁」 『조선일보』, 1936.10.09, 석2면

함남(咸南) 경찰부원 수 명이 지난 육일 밤 인천으로 와서 방금 비밀리에 활동 중이라 함은 기보한 바와 같거니와 지난 칠일 도산정(桃山町) 이승엽(李承燁)(三二), 김요한(金要漢)(二八), 동 부인 이 모(李 某)(二四) 등을 인치하는 동시에 각종 서적 등을 압수하고 엄중 조사 중인데 칠일 저녁에는 함남(咸南) 경찰부 북촌(北村) 고등과장과 시원(市原) 경부가 급히 인천에 출동하여 밤 늦도록 서장실에서 밀의를 계속하는 일방 각 방면으로 조사 중인데 탐문한 바에 의하면 함흥(咸興)을 중심으로 한 적색의 비밀결사에 관련된 듯하다 하며 사건은 얼마 전 함남경찰부에서 단서를 잡게 된 것이 발단으로 검거망이 인천까지 뻗치게 된 것이라는데 검거의 방면은 어디까지 미치고 있을지 가장 주목된다고 한다. 【仁川】

1936 金午星, 藝術批評 統制와 文化의 擁護 (一)

『조선일보』, 1936.12.25, 석5면

數日 前의 外電에 依하면 獨逸의 나치스 政府는 藝術批評에 대한 新法令을 發表하였다 한다. 아직 電文만으로는 그 法令의 詳細한 內用은 알 수 없으나 그 主旨만은 藝術批評의 自由를 極히 制限하여 '나치스的 思慮와 心情을 所有한 特定의 人士에 限하여 藝術批評을 許可한다'는 것이다. 이 法令의 發表에 대한 꾀벨스 宣傳相의 理由 聲明에 의하면 '批評家는 藝術에 對한 謙虛한 婢僕이요, 絶對로 틀림이 없는 裁判官이 될 수 없다'는 것, '藝術의 報道에는 教養과 知能과 高尙한 動機와를 必要로 한다'는 것, '藝術記者의 任務는 社會를 教育하며 藝術을 바르게 感想케 하는 것'이니 그러므로 藝術批評은 批評家들의 主觀에 放任할 수 없는 '將來의 創造的 藝術에 對하여는 唯一한 藝術의 빠토롱이요, 擁護者인 國家에 依한 批評만이 容許된다'는 것이다. 그러면 그들이 말하는 이른바 '創造的 藝術'이란 어떠한 것일까? 나치스는 일찍이 반나치스적 藝術의 存在를 拒否하였다. 只今 獨逸 國內에서는 나치스 政權을 擁護하며 그들에게 婢僕과 같이 奉仕하는 藝術만이 存立될 수 있는 것이니 그 이른바 '創造的 藝術'이란 이러한 나치스적 藝術을 意味한 것임에 틀림이 없을 것이다. 이번의 新法令은 나치스적 藝術을 大衆에게 强制로서 享受, 感想시키기 위하여 거기에 對한 一切의 批判을 禁止하려는 것이니 '獨逸國民은 나치스에 投票할 權利만은 附與되어 있으나 反對할 權利는 附與되어 있지 않다'고 聲明한 그들은 이제 와서는 그런 政策을 獨逸民族의 精神生活에까지 强制하려는 것이니 獨逸國民은 나치스 藝術을 享受하며 感想할 義務는 있으나 그것을 批判할 權利는 가질 수 없다는 것이 이 新法令의 骨子일 것이다. 일찍이 世界的 大學者인 아인슈타인을 爲始하여 有數한 大學教授, 科學者, 藝術家 들을 迫害 或은 放逐하였으며 全人類에게 끼쳐진 貴重한 精神文化的 遺産인 수많은 書籍을 거리낌 없이 火焰 속에 집어던진 나치스라 이번 藝術批判의 禁止를 爲한 法令을 發表함에 際하여도 아무런 주저가 없었을 것이며 오히려 그들로서는 當然한 順序라고 思惟하고 있을 것이다.

1937 金午星, 藝術批評 統制와 文化의 擁護 (二)

『조선일보』, 1936.12.27, 석5면

現代文化는 單히 獨逸에서뿐 아니라 伊太利 같은 나라에서도 直接 或은 間接으로 阻止되며 있는 것이다. 그들은 한결같이 모든 文化形態의 國家에의 奴隷的 奉仕를 强要하고 있으며 反國粹的인 文化는 그 存立을 拒否하고 있는 것이다. 그러므로 여기에서 文化를 擁護하자는 絶叫가 國際的으로 高調되고 있음은 또한 注目할 事實로서 우리의 最大의 觀心을 要하는 바라 할 것이다. 近代의 獨逸은 精神文化의 나라이었다. 오랫동안 非文明 狀態에 있는 北蠻民族인 獨逸은 近代에 와서 突然 文明國으로서 精神文化의 나라로서 登場하게 되었다. 獨逸民族은 때로는 비스맥, 힛들러와 같은 蠻勇者를 輩出시킴에 不拘하고 世界의 어느 民族보다도 思索에 根氣가 있고 探求와 創造에 熱情이 있다. 그들은 鐵壁 같은 現象을 뚫고 그 背後에 있는 本質의 世界를 더욱 잡으려는 根氣를 所有하고 있으며 現實을 超克하여 보다 理想의 未來를 創造하려는 熱情을 所有하고 있다. 칸트와 헤겔 등의 思索的 根氣를 생각해보라! 그리고 꾀테나 니체 같은 사람들의 創造 熱情을 보라! 獨逸人에서 아니고는 찾아볼 수 없는 文化的인 根氣와 熱情이 있는 것이다. 近代의 文化가 獨逸民族의 思索的 根氣와 創造的 熱情에서 그 基礎가 構築된 바와 같이 우리는 今後 새로운 文化의 創建에 있어도 그들에게 期待하는 바가 크지 않을 수 없는 것이다. 그런데 이러한 精神文化의 나라, 近代文化의 構築點인 獨逸이 지금 나치스에 의하여 荒蕪地와 같이 거칠어지고 있다. 나치스는 그들의 祖先이 構築한 文化的 遺産을 拒否 또는 破壞하고 있으며 獨逸人의 天賦的인 思索과 創作의 才能을 束縛하고 있는 것이다. 겔만族은 이 나치스 때문에 다시 옛날의 退步狀態에 復歸할 것인가? 더욱이 獨逸의 文化的 遺産을 拒否하며 破壞하는 것은 間接으로는 世界文化를 拒否하며 破壞하는 行爲이며 獨逸人의 思索과 創作의 自由를 掠奪하는 것은 人類의 明日의 새로운 文化의 創建을 沮止하는 行動일 것이니 全世界의 良心的 文化人이 한가지로 그들을 憎惡하며 痛嘆하고 있음이 極히 正當한 事勢가 아닐 것이냐! 歷史는 逆轉할 리는 없다. 人類의 文化를 決코 그들 때문에 破壞되지는 않을 것이다. 그러나 그들은 方今 人間의 世界史的 發展에 沮害를 가하고 있으며 새로운 文化의 創建을 妨害하고 있는 것이니 우리는 그들의 行爲를 默視할 수는 없는 것이다. 나치스의 文化에 對한 抑壓은 새로운 文化的 成長을 沮害하려는 前哨戰이다. 各國의 文化는 이러한 行爲 때문에 絶對의 危機에 瀕하여 있다. 이제 우리가 이러한 危機로부터 現代文化를 擁護하려면 모든 興奮을 鎭定하여 冷情하게 그들의 全體를 探査할 必要가 있을 것이다. 그러면 나치스의 이른바 藝術批評의 統制란 과연 어떠한 結果를 우리에게 보여줄 것인가?

1938 「制限받는 西洋映畵」

『조선일보』, 1937.01.08, 석2면

시네마 활동사진이라면 오늘의 도시 생활자들이 눈과 귀를 통하여 얻는 대중적 오락기관으로 내지는 교양의 향상을 위하여 없지 못할 것으로 되어 있는 것인데 그 영화는 종래 대개가 미국과 구라파에서 수입되는 것들이고 일부 일본 내지에서 들어오는 것이 없지 않았으나 구미 각국의 그것에 비하여 여러 가지 점으로 빈약한 것이 사실이어서 일반의 취미는 구미의 영화를 더 많이 즐겨왔는데 총독부 경무국에서는 연전에 영화취체규칙을 제정하고 국산(國産)영화 장려라는 특수한 입장에서 상영 영화의 수량상 통제를 하였다. 즉 소화 십년에는 구미의 양화(洋畵)를 사분지 삼으로 하고 동 십일년에는 삼분의 이로 하고 다시 소화 십이년부터는 이분의 일로 하기로 결정하여 금년부터는 어떤 영화관에서든지 상영 영화에 대하여 서양영화는 그 절반으로 하여야 한다는 것이다. 그 결과 금년부터는 일반의 영화 취미도 이 통제에 쫓지 않으면 안 되게 된 것인데 이에 대하여 서양영화 배급업자와 양화만 전문으로 하여오든 영화관에서는 양화상영을 절반으로 한다면 관객이 줄어지며 영화관 경영상 영향이 없지 않으리라고 그 규정에 대하여 다소 어느 시기까지도 완화하여 주기를 바란다고 경무국에 진정한 바가 있었다. 경무국 도서과에서는 기왕 결정된 방침은 변경할 수 없으나 업자들의 진정에 대하여서는 그 사정을 충분히 들어 볼 필요는 있다 하여 일간 영화업자들을 다시 불러 그 진정 내용의 설명을 듣게 될 모양이다.

1939 「映畵國策의 强化 統制法規를 立案」

『조선일보』, 1937.02.04, 석6면

多難한 最近의 國際政勢에 비추어서 映畵藝術이 大衆의 意識에 影響하는바 힘이 큼을 알게 된 政府에서는 이것의 國民指導의 公利에 着眼하고 있었으나 新內閣의 成立과 아울러 映畵國策을 確立하는 同時에 이 事案의 保護, 助成은 勿論 製作과 企劃에 對하여도 現在와 같이 檢閱을 嚴重히 하는 데만 그치지 않고 나아가서 指導까지 하리라 한다. 그리하여 여기 따른 여러 가지 法規를 統制하여 '映畵法'이란 새 法規를 立案하려는 意向을 가지고 있다.

1940 「映畵, 演劇 等 興行場取締規則 大改正」

『조선일보』, 1937.02.13, 석2면

현재까지 경기도 내의 영화, 연극 등 각종 흥행은 대정 십일년 사월에 제정된 도령(道令)에 의하여 그 취체를 받아오던 터인데 이 도령이 실시된 지 벌써 십오 년이나 지나게 되어 영화는 물론 각종 흥행물의 발달은 실로 괄목할 바가 있어 현재의 흥행물을 십오 년 전에 제정한 규칙으로 취체해 나갈 수가 없어 이번 경기도 보안과에서는 그 취체규칙을 전반적으로 개정하기로 결정하고 방금 현상에 적응한 도령을 초안 중인데 이번 제정되는 신규칙은 사장(四章) 오십여 조문으로서 극단취체, 변사면허제도 폐지, 극장의 환기장치, 끽연실 설치, 넓은 좌석의 설비 등등 참신한 것이 많은데 도지사의 결재를 거쳐 오는 사월부터 실시되리라고 한다.

1941 「朝鮮興行取締規則」 『조선일보』, 1937.02.17, 석2면

홍행장의 관중 안전 제일을 목표로 총독부 경무국에서는 종래 각 도에서 도령(道令)으로 취체하여 오던 흥행취체를 전조선적으로 통일하기로 하여 일찍이 조선흥행취체규칙(朝鮮興行取締規則)을 초안 중이던바 이번 안동현(安東縣) 극장 화재 참사를 보고 일층 촉진, 노력하여 늦어도 사월경에는 공포, 시행케 하고자 그 준비에 분망 중이다.

1942 「時急한 興行取締令」 『조선일보』, 1937.02.19, 조2면

일전 안동현(安東縣) 극장 화재 참변으로 각 흥행기관에 적지 아니한 충동을 주고 있음으로 경무국에서는 일찍이 입안 중이던 흥행 취체령의 성안을 촉진하고 있는데 취체령이 시행하게 되기까지에는 상당한 시일을 요하게 될 터임으로 우선 각 도지사에게 흥행 취체에 만전을 기하도록 통첩을 발할 터이다.

1943 「簡單한 變裝으로 萬事 OK!」 『조선일보』, 1937.02.25, 석4면

京城의 興行系에서 한 가지 델리케이트한 現像이 나타나고 있다. 몇 해 前부터 社會的으로 物議를 일으키던 保導聯盟으로 말미암아 學生들의 劇場 出入은 嚴禁되어 있거니와 過去에 劇場 收入의 折半이 學生 주머니 속에서 나오던 것을 이로 말미암아 困難한 形便에 빠지지나 않을까 하고 戰戰兢兢하는 劇場街의 杞憂는 解消되고 保導聯盟의 當初 豫想을 깨뜨리고 있다.

이에 있어서 學生들의 出入을 禁하기 爲하여 各 學校 先生들이 動員되어서 劇場

을 巡視하는데 여기에 學生側으로서는 妙한 '두더쥐' 戰術을 利用하여 非合法的으로 映畵를 享樂하고 있다.

大概 日本 內地人 學生만 다니는 學校의 先生들은 南部 常設館을 監視하여서 學校 生徒들의 出入을 禁하고 있으며 私立學校 先生들은 北部 鐘路方面의 常設館을 돌아다니는데 學生 側에서는 이것을 利用하여 朝鮮人 學生은 南部 常設館으로 가고 日本 內地人 學生들은 北部의 朝鮮 常設館으로 와서 各其 先生의 눈을 피할 簡單한 服裝을 하면 그만이다. 얼굴을 알지 못하고 學生服을 입지 않았으니 손을 대일 道理가 없으며 學生들도 자기 學校 先生이 올 理 萬無하다는 確信을 가졌기 때문에 아주 쉽사리 出入하여도 좋게 되었다.

이러한 '두더지' 戰術은 保導事業을 좀먹는 무서운 非合法戰術의 하나로서 劇場街에서도 學生이라는 表示가 없는 사람에게 入場 拒絶을 할 수 없을 뿐 아니라 장사하는 사람이 오는 손님을 그냥 치근치근이 쫓을 必要도 없으므로 차라리 프로 排定에 있어서도 이러한 것을 念頭에 두지 않을 수 없게 되었다.

1944 「水原高農校事件, 最高 三 年役 求刑」

『조선일보』, 1937.04.07, 석7면

수원고등농림학교(水原高農學校)사건의 피고 이용필(李容侐) 외 다섯 명에 대한 치안유지법 위반(治安維持法 違反) 및 출판법 위반(出版法 違反) 등의 죄명에 관한 공소공판은 오일 오후 한시부터 대구복심법원(大邱復審法院) 제삼호 법정에서 미전(米田) 재판장 주심, 이등(伊藤) 검사장 관여 밑에 개정하고 재판장의 심리가 끝난 다음에 입회 검사로부터 다음과 같이 일심대로 최고 징역 삼 년, 최하 징역 이 년의 구형이 있었는데 변호사 윤원옥(尹元玉), 함승호(咸升鎬), 김완섭(金完燮) 제씨의 변론이 끝난 다음에 재판장으로부터 폐정을 선언하니 오후 다섯시였다.

被告 李容侐 懲役 三 年, 崔弘基 同, 金光泰 同, 金潤綱 同 二 年 六 月, 劉載煥 同, 金

鎭壽 同 二 年. 【大邱】

1945 「新時代의 滿洲 國策, 映畵法을 設定하여 國家統制」

『매일신보』, 1937.04.08, 석8면

滿洲國에서는 今年 三月 建國 五週年을 機하여 文化施設의 擴大强化를 計劃하고 그 첫 着手로 '映畵國策'의 實踐化에 邁進하고 있는데 이 事業에 直接 關係하는 滿洲國協和會 映畵主任 山內 氏 等이 方今 東京에서 具體的 運動을 하고 있다 한다. 歷史는 기나 遲遲한 發展을 하는 둥 마는 둥 하고 있는 朝鮮에 比하여 隣接한 滿洲國 映畵界의 飛躍的 發展은 極히 注目되고 있다.

그 具體的 計劃에 內容을 들어보면 一. 資本金 百萬 圓으로 國家 機關 '國際映畵協會'를 設立하고 一. 四月 二十日 滿洲國 勅令에 依해서 '映畵法'을 設定하고 委員을 決定 一. '스튜디오'를 新京에 設立한다는 것 等으로 健全한 建國精神을 '모토'로 하여 國策映畵를 製作하여 配給을 行할 터인데 '스튜디오'는 分散的인 建築을 避하고 한 '빌딩' 안에 一切의 施設을 設備한 綜合的 組織을 만들 터이라고 한다. '스테이지'는 數十 個를 만들어 언제든지 撮影을 可能케 하는 同時 '스타'의 養成도 '스타시스템'을 避하고 단지 演技員을 養成하는 데 그치리라고 한다.

現在 滿洲에는 上海에서 製作된 支那映畵가 大部分이고 其他는 '아메리카'映畵인데 支那映畵는 三民主義, '아메리카'映畵는 自由主義 乃至 娛樂 本位의 것으로 健全한 滿洲國 精神과는 조금도 合致하지 않으므로 이번에는 法律로서 全滿洲의 映畵製作, 配給, 輸出, 外國映畵 等의 輸入 一切를 統制할 計劃이라고 한다.

1946 「檢閱에 잘 걸리는 루빗치의 작품」

『조선일보』, 1937.05.05, 석6면

日本에 流入되는 映畵 가운데서 檢閱의 問題를 잘 일으키기는 에른스트 루빗치[162]의 作品이다. 그러므로 映畵檢閱當局의 要視察 人物의 名簿에는 루빗치가 붉은 線으로 아주 굉장히 그려 놓고 注意와 警戒의 的이 되어 있을 것이다.

映畵의 歷史가 있는 以來 루빗치처럼 檢閱官을 울리고 苦生시킨 사람은 없을 것이다. 루비치의 作品으로 이곳에서 上映禁止를 當하고 돌아간 것을 들면 不知其數다. 그러므로 지금도 業者들은 루빗치의 作品에 限하여 그 內容보다도 爲先 作者인 루빗치의 이름과 함께 檢閱關係를 먼저 생각하게 되는 것이다. 그가 取하는 題材는 언제든지 王宮이나 그렇지 않으면 强列한 에로티시즘이다. 出世作이라고 할 수 있는 「카르멘」에서는 主演한 폴라 네그리가 겨드랑이 밑의 털을 그냥 드러내고 있었으니 이로 하여금 네그리가 出世한 것도 우스운 일이다. 그 다음 「山고양이 루시카」가 그러하였고 「寵姬 스므룽」이 그러하였으며 그의 大作 중의 하나인 「팻숀」에서는 佛蘭西革命에 取題한 것으로서 폴라 네그리가 扮裝한 마담 뒤바리에의 목이 끊어져서 그냥 群衆 속에 던져지는 것이 라스트 신이다. 「레셉숀」은 안 보렌이 刑場에 끌려 나간다. 이 두 개의 大作을 지금의 情勢로는 到底히 流入될 수 없는 作品들이다. 이와 같은 題目으로 만들어진 도로레스 덜리오 主演의 「마담 주리에」와 노마 달마취 主演의 그것이 모두 再昨年 橫濱 稅關에서 그냥 쫓겨가고 말았다. 「레셉숀」과 같은 題材의 作品 「헨리 八世의 私生活」도 이와 같이 上陸도 해보지 못하고 쫓겨 갔다.

「러브 파레드」는 지금은 當當히 上映되고 있으나 流入 當時에는 一 年間이나 檢

162 에른스트 루비치(Ernst Lubitsch, 1892~1947) : 프리츠 랑, 프레데릭 무르나우와 함께 독일 초기 영화사에 큰 업적을 남긴 영화감독 겸 배우이다. 1922년 나치정권을 피해 미국으로 이주하여 1920년대 헐리우드 전성기를 구가했다. 독일에서의 대표작으로는 「마담 뒤바리」(1919), 「인형」(1919), 「굴 공주」(1919), 「안나 볼레인」(1920), 「파라오의 연인들」 등이 있다. 할리우드로 건너간 뒤에는 「결혼철학」(1924), 「러브 퍼레이드」(1929), 「몬테 카를로」(1930), 「미소 짓는 중위」(1931), 「사느냐 죽느냐」(1942) 등을 통해 로맨틱 코미디의 대가로 자리매김했다.

閱 保留가 되었다가 結局 맥도날드의 '寢室의 場面'이 커트를 當하고 許可가 되었다. 이 映畵의 第一 生命이라고 할 수 있는 드림 러브가 없어지기는 했으나 어떻게 쫓겨가지는 않았다.

루빗치가 第一 要視察 格이라면 檢閱 五人男으로 이름있는 알렉산더 골다,[163] 게베 파프스트,[164] V・토르얀스키,[165] 라오스 비로, 쪼셉 폰 스탄벅[166]은 모두 다 要注意 人物의 級으로 필름의 悲劇을 만들어 내는 사람들이다. 이 가운데 세 사람이 런던필름의 現役이라는 것을 생각할 때 「헨리 八世」가 禁止되고 베르그너의 「카테리나 女性」이 上陸되지 못하였으며 「똔 판」이 滿身瘡으로 커트를 當한 것이 無理가 아니다.

1947 「佛蘭西政府에서도 映畵統制案 發表」

『조선일보』, 1937.05.21, 석6면

佛蘭西 産業組合 機關紙에 最近 佛蘭西 全 映畵事業의 國家統制案이 發表되어서 映畵事業界에 一大 센세이션을 일으키고 있다. 그 統制案의 內容을 살펴보면 政府의 손에 依하여 年賦의 方法으로 全 撮影所 及 라보라토리를 買收하고 生필름의 製

163 알렉산더 코르더(Alexander Korda, 1893~1956) : 영화감독으로 영국에서 런던필름을 창립하였다. 「헨리 8세의 사생활」(1933)의 성공을 계기로 세계적인 명성을 얻었다. 그 외에도 「돈 환」(1934), 「묘사된 인생」(1936), 「유령 서쪽으로 가다」(1935), 「갑옷 없는 기사」(1936) 등을 감독, 제작했다. 제2차 세계대전 중 런던필름을 해산하고 도미(渡美)하였다가 전후에 다시 영국으로 돌아와 런던필름을 재건, 영국영화의 전성기를 구축하였다.

164 게오르그 빌헬름 파브스트(George Willhelm Pabst, 1885~1967) : 「보물」(1923)로 데뷔하여 1920년대 독일영화를 이끌었다. 대표작으로는 「기쁨 없는 거리」(1925) 등이 있다.

165 빅토르 투르얀스키(Victor Tourjansky, 1891~1976) : 영화감독 겸 배우, 시나리오작가이다. 1917년 러시아혁명 이후 프랑스, 독일, 이탈리아, 미국 등지에서 활동했다. 「미셸 스트로고프」(1926), 「다크 아이즈」(1935), 「사랑의 세상」(1935), 「공포」(1936) 등을 감독했다.

166 조셉 폰 스턴버그(Josef von Sternberg : 1894~1969) : 19세 때 도미(渡美), 1924년 「구원을 바라는 사람들」(1925)을 제작한 후 찰리 채플린의 추천을 받고 이름이 알려졌다. 주요 작품으로는 「암흑가」(1929), 「탄식의 천사」(1930), 「모로코」(1930), 「아메리카의 비극」(1931) 등이 있다.

造所를 建設하며 製作活動은 政府로부터의 補助金을 받아서 全部 國家에 統制되는 것으로서 個人的 製作은 製作 着手 以前에 그 臺本을 檢閱하여 이것을 取締하도록 되어 있다. 이 臺本의 檢閱이 終了되어서 政府로부터 許可가 내리지 않으면 製作者는 如何한 스튜디오도 使用할 수 없는 것이다.

1948 「洋畵 統制의 前提로 檢閱 手數料를 引上」 『조선일보』, 1937.05.21, 석6면

映畵統制의 물결이 全世界를 씻기고 있는 때 얼마 전 內務省에서는 '活動寫眞필름檢閱規則'의 一部 改定을 行하고 즉시 이것을 施行키로 하여 각 映畵會社에 通達하였다. 今回의 規則改定의 骨子는 外畵의 檢閱 手數料 增徵과 邦畵 手數料 免除 範圍의 擴大에 있으므로 全 映畵界에 커다란 反響을 일으키고 있다. 外畵의 手數料 增徵에 對하여 "人情 風俗 習慣을 달리하고 있을 뿐 아니라 用語가 外國語이며 나아가서는 難解의 劇用語를 使用한 까닭에 檢閱에 困難이 莫甚하다"는 理由를 發表하였다.

여기 對하여 外國映畵 配給業者 間에서는 昨年 末 以來 洋畵專門舘에 있어서 日本映畵의 統制 上映, 外國映畵의 流入 制限 等의 所聞으로 말미암아 恐怖 中에 있던 만큼 이번 手數料 引上을 가지고 "外國映畵의 流入 制限을 目標로 한 政府의 映畵統制가 實現되는 것이다" 하여 外國映畵의 配給이 困難할 것을 느끼고 있다.

한편 邦畵에 있어서는 事實上 手數料 減下를 가져왔으며 모든 條件이 有利하게 展開되므로 이 規則의 改定을 業者 間에 多大한 讚迎을 받고 있다.

더욱 從來의 檢閱 手數料라는 것은 內外 映畵를 通하여 一 미터에 一 錢 平均이었으나 洋畵에 限해서는 五割의 增徵으로 一 錢 五 厘로 引上하였다. 또한 邦畵로서 文化, 敎育, 學術記錄 等 映畵는 手數料를 免除하기로 되었다. 이로 말미암아 極度로 不利한 處地에서 허우적거리던 外畵는 더욱 더 苦境에 빠지고 말았다.

1949 「內容 不穩한 出版物과 淫猥한 歌謠 取締」 『매일신보』, 1937.05.29, 석2면

최근 출판물(出版物)의 증가, 가요(歌謠) 축음기 '레코드' 또는 여러 가지 광고술(廣告術)의 발달에 따라 광고 선전문 등이 격증하고 있으므로 경무국에서는 국체명징과 심전개발을 하여 국민정신의 실질 강건을 필요로 하는 이때이므로 특별히 차등 출판물이 격증하는 일면에 불온문서도 유포되는 경향이 있으므로 이는 불온문서 임시취체령(不穩文書臨時取締令)을 적용할 바이며 또는 퇴폐하여 가고 있는 세기말적(世紀末的) 음외한 노래와 또는 이를 음록(音錄)한 '레코드' 등의 취체에 만전을 기하고자 각 도 고등경찰과(高等警察課)에 국원을 파견하여 이 취체에 관한 지도, 강습을 시키기로 되었다 한다.

1950 「社告」 『동아일보』, 1937.06.03, 석1면

曩者 本報에서 日章旗 마크 抹消 事件을 惹起하여 當局의 忌諱에 觸하게 된 것은 實로 恐縮不堪하는 바이다. 이제 當局으로부터 發行停止 解除의 寬大한 處分을 받아 今後부터 一層 謹愼하여 更히 如斯한 不祥事를 惹起치 않도록 注意할 것은 勿論이어니와 紙面을 刷新하고 大日本帝國의 言論機關으로서 公正한 使命을 다하여서 朝鮮統治의 翼贊을 期하려 하오니 讀者 諸位께서는 特히 照亮하시와 倍前 愛護하여 주시기를 바라나이다.

東亞日報社

1951 「檢閱受難史, 모면할 날이 없는 '필름'의 悲劇」

『매일신보』, 1937.06.09, 석8면

'필름'이란 '커트'를 當할 宿命을 타고난 것은 아니다. 그러나 우리는 또한 形容色色으로 '커트'를 當한 '필름'을 보아야 할 運命을 타고난 것이다. '필름'의 運命悲劇은 곧 映畵 '팬'들의 悲劇이니 無聲映畵時代의 할 일 없어 쫓겨간 '필름'은 그만두고라도 '토키' 以後 禁止의 厄을 免치 못한 '필름'의 數爻만도 數十 篇으로 算한다.

'메트로' 作品은 現代的이랄까 가다가 煽情的인 것이 많아 禁止를 잘 當한다. 最近의 禁止된 「戰艦 파운테號」는 '크라크 께블', '촬스 로톤', '프란쵸 로톤' 及 監督 '푸랭크 로이드'의 更生의 傑作이라고 하느니만치 아까운 作品이다. 再昨年의 橫濱 稅關서 쫓겨간 巨物로 「怪僧 라스푸친」이 있다. '바리모아' 三姉妹의 熱演으로 얼마 前 作故한 '리차드 보레스랍스키' 監督의 것인데 作品으로는 그리 잘된 것은 아니나 '센세이셔널'한 것이었으니 만치 亦是 아까운 作品 中의 하나이다. 其外에 '찐 하로'의 出世作 「赤手의 女子」, 「노마 샤라」와 '크라크 께블'의 「스트렌지 인란드」가 있다. 이것은 '로버트 레오나드' 監督, '유진 오닐'의 戱曲에 依한 것으로 優生學의 立場에서 結婚을 論한 것이다.

'파라마운트'에서는 '윌리암 포엘'의 「레데이 맨」이 拒否된 뒤부터는 檢閱에 危險한 것은 輸入을 避하고 있고 '윌리암 웰만'의 「大統領 失踪」, '푸랭크 탓돌'의 「皇帝와 말」, 「헥트」, '아서'의 「富者를 搾取해라」 等은 輸入을 斷念했다고 한다. 「大統領 失踪」은 政治家와 '갱'의 陰謀, 「皇帝와 말」은 例의 依하여 脫線劇, 「富者를 搾取하라」는 左翼學生을 미끼로 富豪를 威脅하는 '갱'의 이야기라고 한다.

'유나이티드'의 「헨리 八세」와 輸入을 斷念한 「카테리나 女王」은 아까운 大作이다. '와너'는 '다릴 자낙크'의 在職 當時 「假面의 米國」, 「새벽의 耕地」, 「地獄의 市長」, 「집 없는 少年群」, 「飢餓의 아메리카」 等 失業, 小作 問題, 法律에 對한 抗議, 不良少年의 問題를 取扱한 大作들이 禁止 或은 절반式 '커트'를 當하였다. '유니버살'의 「캅텐 어브 까드」 이것은 '토키' 初期의 作品으로 佛蘭西革命에서 取材한 秀作이였으나 輸入된 채 倉庫 속에서 썩어버리고 말았다.

RKO의 「메리 女王」은 지금까지 問題 中에 있으나 만일 封切이 許可된다면 「男子의 敵」 以上의 名作이라고 稱讚 받을 것이요, '캐더린 헵번'의 最高의 演技에 接할 것이라고 한다. 같은 '존 포드'의 作品으로 '아일랜드'의 獨立運動을 그린 巨篇 「北斗七星」이 있다. RKO로서는 이 두 編의 '포드' 作品들을 發表치 못한 것이 痛恨事일 것이다.

歐洲 映畵가 '아메리카' 映畵에 比하여 檢閱의 災難에 만나지 않은 理由는 危險치 않은 것으로만 골라서 사오는 까닭이다. '쏘비에트' 映畵는 一切로 輸入 못하고 있다. 이것은 '필름'의 運命 悲劇이 아니라 檢閱圈 外에 있는 政治問題인 것이다.

1952 「惡性 流行物의 全盛, 社會敎化上 大問題」 『동아일보』, 1937.06.09, 조2면

조선에도 축음기(蓄音機)와 활동사진(活動寫眞) 등이 수입된 것이 이미 역사가 오랜만인 만치 벌써 일부 도시(都市)의 애호가(愛好家)의 전유물이 아니고 전조선 농촌에까지 흥행(興行) 혹은 유행(流行)되어 점점 대중화(大衆化)하고 있다. 또한 그만치 일반 대중과 사회에 미치는 영향은 자못 큰데 그것이 대중오락(大衆娛樂)으로서 가치도 크거니와 반면에는 가정(家庭)에는 물론 일반 사회교화(社會敎化)에 좋지 못한 해독을 끼치는 바도 적지 않아서 이 대중오락의 보급과 동시에 그의 질적 향상 문제는 오늘 조선에 있어서 당면한 중대한 한 사회 문제로 되어 있는데 총독부 당국으로서는 앞으로 그 취체를 더욱 강화할 방침이라 한다. 이제 축음기와 활동사진의 흥행 현상을 보면 다음과 같다.

영화(映畵)는 전조선에 八十[167] 개소의 상설흥행장(常設興行場)(그중 완전한 극장은

167 원래는 十八이나 문맥상 八十의 오기로 보임.

약 五十 개소)이 있고 작년 중의 관람자(觀覽者) 총수는 九백六十만 인으로서 아직 一천만 명에는 달하지 못하나 소화 九년도의 七백五十만 명에 비하면 매년 백만 명씩 증가되어 간다.

그리고 검열(檢閱)을 받은 영화수는 작년 중에 一만 四천三백九十二 卷으로 三백 二十七만 五천十五 미터이고 그중에서 풍속(風俗), 공안(公安), 보건(保健) 상 좋지 못하다 하여 '커트'된 것이 一만 四천여 미터이며 그 외 전기 동일한 이유로 전연 불허가(不許可)된 것이 二十여 본(本)인데 상영(上映)된 총 연수는 약 五천만 미터를 넘는다. 그리고 이 같이 많은 영화는 약 八할이 발성영화(發聲映畵, 토키)인데 三 년 전에 겨우 二할 五분에 불과하는 것이 지금은 '토키' 전성시대로 되었다.

이상 영화도 모두 일본 내지 혹은 외국 작품뿐인데 조선에서 제작되는 것은 일 년간에 겨우 五백 권 내외로서 조선영화 제작계는 영성하기 짝이 없는 동시에 전도는 유망하다고 할 수 있다 한다.

1953 「興行取締規則 適用範圍 擴大」

『동아일보』, 1937.06.11, 조2면

조선에서의 흥행취체규칙은 전조선 각 도의 구구한 취체를 통제하여 점차 경무국 원안의 작성을 보기에 이르렀는데 동 안은 영화, 연극, 기타 흥행장의 안전을 주안으로 한 것으로서 차제에 一보 전진하여 공공영조물,[168] 데파트 등에서의 흥행 혹은 야구, 럭비, 권투, 기타 스포츠 방면에도 조선의 특수한 사정을 고려하여 적용할 수 있는 규정도 포함하여야 할 것이라는 논(論)이 대두하여 동 원안의 심의실 회부 전에 근근 경무, 학무 당국 간에 협의를 행하고 재검토하기로 되었다.

168 公共營造物 : 공공시설물.

1954 「나치스 映畵統制로 外國映畵는 激減」

『동아일보』, 1937.06.15, 조7면

獨逸의 昨年度 映畵製作數는 一千五百七 本, 延長하면 二百五十萬 피트나 된다. 三五年에 比하면 一 割 六 分의 增加를 보이나 그 大部分이 나치스 道德에 맞은 風俗 喜劇이거나 歷史의 것이거나 或은 國策宣傳映畵 等 純全한 나치스의 것이다.

外國의 映畵「桑港」,「춤추는 米國 艦隊」,「라모나」等 大體로 그리 好評을 받지 못하고 世界的 人氣 스타도 獨逸人에게는 알려지지 않는 사람이 많다. 例를 들면 RKO의 '프레드 아스테아', '진자 로재스' 또는 '채프린'도 그리 問題되지 않은 映畵는 輸入禁止를 當하고 있다. 再昨年은 外國映畵가 上映 映畵 全體의 一 割 七 分이였었는데 昨年에는 九 分에 不過하였다는 것이다.

1955 「民衆娛樂 向上 爲한 四 道 聯合 檢閱當局 會議」

『매일신보』, 1937.06.17, 조3면

근래 대중오락(大衆娛樂)의 유一한 인기를 모으고 있는 '레코드'를 비롯하여 기타 저속(低俗)한 도서(圖書)의 출판에 따라 풍기상(風紀上) 재미없는 일이 비일비재한 현상에 비추어 이번 총독부 도서과에서는 각 도별(各 道別)로 출판경찰사무연구회(出版警察事務硏究會)를 개최하기로 되었다 한다. 그리하여 오는 二十二일과 二十三일의 양일간 경기(京畿), 충남북(忠南北), 강원(江原)의 四 도가 합동을 하여 각각 검열(檢閱) 사무에 관계하는 이 三十 명이 모여 연구회를 겸하여 여러 가지 중요한 협의를 행하기로 되었다 한다. 물론 총독부 도서과에서 주관을 하는 만큼 도서과로부터 여기에 참석하여 서로 협의를 하겠지만 특히 각 도에서 출판되고 있는 도서, 잡지의 최근에 있어서의 경향(傾向)의 여하와 이 검열에 대한 구체적 대책 혹은 불량한 '레코드'라든지 또는 기타 다른 불량한 인쇄물이 미치는 영향과 그 취체의 적극화(積極化) 등 상당히 중요한 문제를 많이 토의하여 四 도의 도서검열진을 강화하며 어디까지든지 검열 진용의 강화와 함께 불량한 '팸플릿', 저속한 출판물들을 엄격히 통제할 모양이라고 한다.

총독부에서는 종래 영화(映畵)와 '레코드'에 대하여는 다만 보안(保安)경찰상으로 보아서 검열(檢閱)을 하는 정도에 그치었는데 금후에는 한걸음 나아가서 우수한 교화(敎化)영화와 '레코드' 등은 적극적으로 이것을 인정(認定) 또는 추천(推薦)하게 되었다. 이에 관하여 학무국(學務局)에서는 영화와 '레코드' 인정 규정(認定 規程)을 제정 중이었는데 성안(成案)을 얻었으므로 수일 중에 부령(府令)으로 공포 실시하겠다 한다. 인정 신청(申請)은 영화는 五十 전, '레코드'는 廿 전의 수수료(手數料)를 바치면 은 총독부 내 관계자로는 조직된 교화영화'레코드'위원회(敎化映畵'레코드'委員會)의 검정을 받아서 총독부 명의로 '인정'되는 '추천'의 증서를 교부할 터이라 한다.

1956 「出版檢閱 事務協議會」

『동아일보』, 1937.06.25, 조3면

警務局 圖書課에는 出版檢閱 事務의 連絡 徹底를 圖키 爲하여 明 二十五日부터 二日間 總督府 會議室에서 京畿, 江原, 忠北 四 道 警察部 係官과 警務局 圖書課와의 協議會를 開催, 繼續하여 左의 日程으로 各道 警察部와 協議會를 開키로 되어 警務局 圖書課로부터 各其 係官이 出席할 터이다.

二十九, 三十 兩日 光州에서 (全南北), 七月 六,七 兩日 釜山에서 (慶南北), 十三, 十四 兩日 咸興에서 (咸南北), 二十, 二十一 兩日 平壤에서 (平南北, 黃海).

1957 「出版物 檢閱 關係會議 開催」

『동아일보』, 1937.06.26, 조1면

警務局 圖書課에서는 第一線 警察部와의 出版物 檢閱事務의 圓滑한 運用을 圖하기 爲하여 二十五日 午前 九時부터 總督府 第二會議室에서 京畿, 忠南北, 江原 四 道의 警察部 關係官과의 協議會를 開催, 過般 警察部長會議에서 特히 論議된 皇室 關係記事의 取締, 出版警察의 機能 擴充을 爲始, 各種 刊行物의 取締 等을 中心으로 相互意見 交換, 事務 協議를 하였다. 그런데 會議는 明 二十六日도 開催, 繼續 來月 下旬까지 各 地方마다 各其 同樣의 協議會를 開催할 터이다.

1958 「出版警察 硏究連絡會議 開會」

『매일신보』, 1937.06.26, 석1면

本府 警務局에서는 全國을 四 班으로 分하여 出版警察 硏究聯絡會를 하게 되어 中央班에는 京幾, 忠南北, 江原 四 道의 係官이 集合하여 古川 本府 圖書課長이 統制官이 되어 가지고 二十五, 六 兩日間 本府 第二會議室에서 開催하였다. 會議 第一日은 午前 九時부터 開催, 本府 側으로부터 古川 圖書, 下村 保安, 伊藤 警務 三 課長 外에 西村 通譯官, 福江 理事官, 岡, 兼田, 廣瀨 等 各 主任屬이 出席하여 出版警察의 連絡協議 事項에 對하여 各其 打合을 하였다. 그리고 第二日은 午前 八時부터 開會하게 되었는데 各道로부터의 出席者는 三十 名에 達하였다.

1959 「中央舞臺 公演의 『故鄕』 上演 不能」

『조선일보』, 1937.07.06, 석6면

中央舞臺의 二回 公演에 李箕永 氏 原作의 『故鄕』을 上演하기로 되었다 함은 이

미 報道한 바와 같거니와 公演期日을 하루 남겨 놓고 지난 七月 二日에 脚本이 不許可되었다. 『故鄕』은 이미 裝置 準備를 全部 마치고 演技 練習이 끝났던 次이라 同 舞臺에서는 應急對策으로 宋影 氏의 「愛妻記」와 蔡萬植 氏의 「예수나 안 믿었으면」의 두 脚本을 다시 檢閱 넣는 同時에 公演期日을 七月 七, 八, 九 三日間으로 延期하여 다시 準備를 바삐 하고 있다.

1960 「功利性 偏重하다가 失敗한 獨逸映畵」 『조선일보』, 1937.08.03, 석6면

獨逸映畵는 나치스의 유태계 藝術家의 追放으로 말미암아 過去의 높은 藝術的 水準으로부터 安價의 宣傳用으로 轉落되어서 世界 映畵市場을 席捲하던 在來의 二千萬 마르크의 輸出高에서 四百萬 마르크로 떨어지는 同時 그 나라 映畵藝術의 前途가 念慮되고 있다. 거기에 또한 强力的인 統制를 行하여 映畵人의 손과 발을 붙잡아 매어두었는데 그것이 점점 좋지 못한 結果를 가져오므로 政府에서도 焦燥를 마지않고 있다. 그리하여 過去의 나치스 宣傳用 映畵에서 이것의 藝術性을 高調시키기로 되었다. 그것의 첫 試驗으로 製作된 것이 즉 國家賞과 政府賞을 받게 된 에밀 야닝스 主演의 「支配者」다. 이것은 크릅푸 鐵工場의 工場長인 一 資本家가 舊來의 無意味한 부르주아 生活을 淸算하고 大衆과 함께 共同生活을 한다는 事實的 테마를 가지고 만든 것인데 나치스적인 國家社會主義에 根據를 두고 여기에 藝術性을 加味시킨 것이다. 이 映畵는 英國政府에서도 表彰한 일이 있는데 나치스 映畵로서는 드물게 보는 藝術作品이다. 야닝스는 이 映畵로 말미암아 나치스償을 받고 映畵人으로서는 破格의 厚待를 받으며 있다. 이로써 獨逸映畵의 統制失敗를 淸算하여지리라고는 볼 수 없으나 今後 獨逸映畵의 進路에 큰 問題를 일으킬 것이다.

1961 「映畵館, 劇場 等 娛樂場 取締規則을 草案」 『동아일보』, 1937.08.11, 조2면

경기도 경찰부 보안과(京畿道 警察部 保安課)에서는 금년 四월부터 영화관(映畵館), 극장(劇場) 이밖에 일반 오락기관의 취체규칙을 전반적으로 개정할 필요를 느끼고 주로 건축방침, 위생시설, 방화시설, 관객에 대한 서비스 등에 관해서 규정할 터인데 이미 초안이 완료되어 가는 중이다. 그런데 관객에 대한 서비스 중에도 관람료가 자못 중요성을 띠고 있는데 이에 심한 일례를 들으면 다음과 같다.

남촌(南村)에 있는 명치좌(明治座)와 약초극장(若草劇場) 등의 우수한 설비를 가진 곳에도 없는 부당한 제도를 북촌 더구나 조선인을 주요 상대하는 동양극장(東洋劇場)과 단성사(團成社)의 소위 특별요금(特別料金)이라는 것이 그것이다. 입구에 부친 관람료규정에는 계상과 계하와 그리고 대인, 소인의 구별만 있을 뿐인데 일단 관람권을 사가지고 들어가서 맨 앞에 앉으면 구경하고 있는 도중에 특별요금이라고 二十 전을 더 달라는 것이다. 이런 것을 모르고 들어간 사람은 기분이 상할 뿐 아니라 마침 준비했던 돈이 없으면 뒤로 물러가게 되는데 이때는 벌써 만원이 되어 할 수 없이 끝까지 서지 않으면 아니되게 된다.

이런 것이 단성사(團成社)에는 맨 앞에 一열뿐이나 동양극장의 二층은 三분 一 가량이나 특별요금석이라는 부당한 정도도 너무 심한 바라 하여 보안과에서 앞으로 조사하여 적당한 처치를 강구하여 이런 제도는 단연 철폐시킬 터이라 하며 취체규칙을 개정하는 기회에 남촌의 二류극장의 하족료(下足料)도 아울러 여러 가지 점을 조사하여 엄중 취체를 기할 방침이라 한다. 이밖에 앞으로 단행할 여러 가지 상세한 조사내용은 일반 관람대중의 이익을 위하여 주목되는 바이다.

1962 「擴聲器 絶對 嚴禁」

『동아일보』, 1937.08.12, 조2면

거리의 소음가(騷音家)에 철봉. 장안에서도 가장 번화한 본정통(本町通) 一대와 명치정(明治町) 一대에는 가가호호에서 현대 문명의 총아인 라디오가 자지러지고 축음기가 확성기를 대고 떠들어서 지나는 행인들로 하여금 때로는 유쾌하고 유익한 인상을 주기도 하나 대개는 통쾌하고도 음란한 충동을 주어 본정통과 명치정을 지나는 사람들의 품평이 자자하였다.

이러한 사실에 대하여 소관 본정서에서는 일찍 그의 선후 대책을 강구하여 오던 중 이른바 드디어 十일을 기하여 소관 내 각 상점과 바, 카페, 다방(茶房) 등에 금후에는 오전 十시까지만 라디오와 축음기 등을 사용한 일이되 이상 제한 시간 내일지라도 절대 좋은 소리건 나쁜 소리건 불문하고 확성기 등을 이용하여 거리에 소음(騷音)이 나오지 않도록 하라는 명령을 내리었다 한다.

1963 「필름 價格 暴騰」

『동아일보』, 1937.09.09, 조6면

北支事變 特別稅 公布에 依하여 生필름의 二 割 價格 引上으로 映畵界에 큰 影響을 끼치게 되어 各 撮影所도 필름 緊縮令을 實施하고 節約에 關하여 各部가 特히 注意를 하고 있는 中이다. 또 臨時 經濟統制가 된다고 하면 映畵界는 더 以上의 覺悟를 必要로 할 것이므로 各 映畵會社의 製作 本數 프린트 數의 制限은 勿論이요, 興行法도 當然히 改革을 要할 것이다. 이러한 問題를 앞에 두고 日活, 松竹, 新興, 大都 各社는 尺數의 協定을 맺을 方針으로 各社가 다 春秋 二期의 特別 作品을 除한 以外의 作品은 全部 七千 피트 內外로 決定하고 더 긴 作品을 禁止하기로 決定하였다 한다.

1964 「洋畵 十社 歎願」
『동아일보』, 1937.09.09, 조6면

大藏省이 立案한 不急品, 不必要品의 輸入制限 中에는 各 外國映畵 會社의 代表者를 招請하여 '스톡'의 自發的 減少, 映畵 輸入 制限을 하게 內示하였는데 이에 對하여 洋畵 十社 聯盟 首腦部에서는 緊急會議를 開催한 結果 (一)外國映畵는 只今은 벌써 國民娛樂의 要素가 되어 不必要品으로 볼 수가 없는데 어떠한가. (二)外國映畵가 日本에서 一 年間 얻는 總收入은 五百萬인데 그 半分은 宣傳費, 營業費로서 日本에서 消費되고 外國에 送金된 것은 二百五十萬 圓에 不過하다. (三)爲替 管理方針에 依하여 外國會社의 本國 送金額은 自發的으로 制限하고 日本 國內의 銀行에 積立하여 爲替 管理 圓價 是正을 實行하고 있다. (四)外畵 輸入 制限이 되면 日本支社는 縮小 或은 解散하는 수밖에 없으므로 多數한 사람에게 生活의 威脅을 주는 等 見地에서 大藏省에 歎願의 形式으로 陳情을 하게 되었다는 것이다.

1965 「國民精神 解弛시키는 凡百 惡性 出版禁制」
『매일신보』, 1937.09.12, 조3면

경무국에서 출판물을 통제하여 출판물에 실질강건(實質剛健) 정신을 강조하여 불량 출판물과 기사는 단연히 싣지 않게 되었다 함은 기보한 바와 같다. 그런데 경무국의 말을 들으면 그 구체적 취체방법으로서는 내선 출판물은 막론하고 연파(軟派) 기사 즉 자칫하면 풍기취체에 걸릴 만한 것은 일체 엄중히 취체하여 게재시키지 않는 일방, 시국에 관한 것과 국민정신 작흥에 관한 것을 중심으로 장려할 터이라는데 이에 대하여 출판업자와도 경무국에서 간담을 하여 불량 출판물의 취체를 엄중히 할터이라 한다. 또 잡지 중에는 명의인이 출판에는 관여치 않고 위임 경영을 하는 것이 상당히 많은데 이것은 사실은 일종의 권리 매매가 되므로 위법이 된다. 그럼으로 이러한 것을 용서없이 단연 허가취소를 할 터이라 한다. 더욱 출판

취체에 있어 문제되는 것은 각 학교, 관청 등에서 발행하는 출판물의 취체라는 데 이것은 관청이나 학교에서 출판하는 것이라 하여 비교적 관대한 검열을 하여 온 관계로 최근 제한 외(制限 外)의 기사를 함부로 쓰는 것이 매우 많아졌으므로 금후 관청이나 학교의 출판물에도 일반의 것과 마찬가지로 엄중한 단속을 할 방침이라 한다.

전기 출판물의 취체와 그 정화(淨化) 방책에 대하여 본부 고천(古川) 도서과장은 다음과 같이 말하였다. "근래 정기간행 출판물이 매우 격증하였는데 대개 연파 잡지가 많아 풍기상 재미없는 기사를 쓰고 있어 오늘날 긴장한 비상시국에 해를 끼칠뿐 아니라 원래 국민정신의 작흥에 재미없다. 그러므로 이러한 불량기사를 일소하여 실질강건한 기사를 장려하여야겠다. 또 출판물의 명의인이 사실은 출판을 하지 않고 위임 경영이라는 형식으로 그 권리를 매매하는 자가 많으므로 이것은 단연 처분할 작정이다. 일방 출판물 취체에는 만전을 기하기 위하여 인쇄업자와도 간담하여 협력을 구할 터이다. 또 관청이나 학교에서 발행하는 잡지 등에도 제한 외의 괴상한 기사를 쓰는 것이 격증하였으므로 이에 대하여도 엄중히 단속할 터이다."

1966 「慶北道 各 學校 出版物을 取締」

『동아일보』, 1937.09.15, 조4면

경상북도에서는 최근에 전시체제에 추종하여 도내 학생의 시국 인식을 명확케 하는 동시 그들의 망동을 방지하기 위하여 최근 각 군면에 학교 내 출판물 조사를 통첩하였는데 이는 각 학교 내에서 출판하는 교우회지, 작문집, 기타의 출판물을 통제하는 한편 좋지 못한 내용의 것은 철저적으로 취체하기 위한 것이라 한다. 【대구】

1967 「人氣가 너무 좋아서 統制될 뉴스映畵」

『조선일보』, 1937.09.21, 석6면

事變과 함께 一躍 時代의 寵兒가 된 뉴스映畵 劇場은 東京이나 大阪 같은 大都會는 勿論이고 地方 小都市에서도 雨後의 竹筍같이 자꾸만 誕生하여서 벌써 五十 館을 突破하고 있는데 뉴스映畵의 流行에 따라 이것의 製作統制로 實施될 氣運이 濃厚하다. 즉, 뉴스映畵라는 것은 그 이름이 가리키는 바와 같이 一刻이라도 빨리 이것을 上映하는데 그 價値가 있는 것이고 다른 娛樂映畵와 같이 一定한 配給系統을 順次로 흘러 내려와서는 뉴스로서의 價値가 없는 때문에 프린트의 數를 많이 하지 아니하면 안 되나 생필름의 가격이 漸漸 높아가고 또 그 供給이 자꾸만 圓滑하기 어려운 憂慮가 있는 現在, 프린트만 자꾸 만들 수는 없고 그렇다고 적은 프린트로서는 配給이 되지 않는다. 그래서 製作業者가 製作戰線을 統一하고 製作費의 節減을 行하는 一方 配給, 上映 兩者에서도 無用한 競爭을 피하고 共同戰線에 의해서 映寫料의 分擔輕減을 行하는 것이 急務라고 해서 뉴스映畵製作統制案은 文化映畵强制上映法과 함께 當然히 制定될 것이라고 보여진다고 한다.

1968 「九月 中旬부터 年末까지 海外映畵 輸入 不許可」

『동아일보』, 1937.09.25, 조6면

저번에 大藏省에서는 爲替管理法을 適用하여 外國映畵의 輸入 制限을 實施하고 九月 四日 以後로 輸入하는 映畵는 一切 許可를 要한다고 各 外國映畵業者에서 通知하였었다. 다시 二十日 外國映畵 主要 會社로 組織된 十 會社의 幹事를 招來하고 아래와 같은 趣旨를 傳達하였다. "現下의 國情에 비추어 보아 뉴스映畵를 除한 一切 外國映畵는 本年에는 輸入을 許可치 않는다."

現在 파라마운트, 메트로 以下 十數 社에는 벌써 輸入濟가 되어 있는 外國映畵가

大概 五十 本 以上 在庫하여 있으므로 年內 上映에는 별 支障이 없을 것이나 例月 正月에 上映할 封切 大作은 不可避하게 되었다. 明春 以後는 事變의 推移에 따라 政府의 方針이 發表될 것이나 從來와 같이 自由스런 輸入은 到底히 할 수가 없을 것이고 外國映畵가 杜絶될 것은 免치 못할 것이다.

1969 「不穩文書와 雜誌 發見코 押收」

『동아일보』, 1937.10.05, 조2면

지나사변 발발 후 경성부내에는 상해 혹은 남경, 북경 등지에서 각종의 불온문서와 불령선인이 잠입 잠행하는 흔적이 있어 경기도 경찰부를 위시하여 시내 각 서가 맹활동을 계속 중이라 함은 누보하였거니와 三일 오후 八시 三十분 경기도 경찰부에서는 부내 모처에서 상해로부터 들어온 불온잡지도 또 발견하고 즉시 부내 각 서와 서점, 우편국소에 동 잡지의 발견 즉시 압수하라는 통지를 하는 동시에 더욱 맹렬한 활동을 계속 중이라 한다.

1970 「各國 映畵取締 一覽表」

『동아일보』, 1937.10.13, 조5면[169]

伊太利

一. 主管

情報宣傳部 內 映畵局

二. 檢閱

169 「世界 各國의 映畵 取締 一覽表 (一)」, 『조선일보』, 1937.10.23, 석6면.

(1) 國內 上映 映畵……第一委員會 及 訴願에 依한 再檢閱委員會의 檢閱을 받을 것을 要함.

(2) 輸出映畵……同上

三. 備考

第一委員會는 內務省 官吏 一名, 組合統制省 官吏 一名, 陸軍省 代表 一名, 파씨스타黨 代表 一名, 파씨스타大學生團 代表 一名으로 構成되고 司會者는 情報宣傳部 官吏. 訴願에 依한 再檢閱委員會는 內務省 官吏 一名, 組合統制省 官吏 一名, 陸軍省 高級 將校 一名, 파씨스타黨 代表 一名, 파씨스타大學生團 代表 一名으로 構成. 司會者는 情報宣傳部長 또는 同 映畵局長. 그 외에 右 委員會는 脚本의 審査도 委任함.

獨逸

一. 主管

宣傳省 內 映畵局

二. 檢閱

(1) 國內 上映 映畵……上記 主管局에서 檢閱을 施行함.

(2) 輸出 映畵……同上

三. 備考

映畵事業에 對한 政府의 指導 統制 方法은 積極的이요, 映畵局의 監督을 받고 映畵製作에 必要한 金融을 管理하며 特別銀行까지 設立하고 있다.

佛蘭西

一. 主管

文部省

二. 檢閱

(1) 國內 映畵……필름檢查委員會의 檢閱을 要함.

(2) 輸出 映畵……필름檢閱係에서 輸出用 特別查證을 받을 것을 要함.

三. 備考

필름檢閱委員會(文部省 美術部 內에 設置)는 內閣 二 名, 內務省 三 名, 文部省 三名, 外務省 一名, 海軍省 一 名, 司法省 一 名, 陸軍省 一 名, 航空省 一 名의 代表者 外에 文部大臣의 選定한 十 名의 委員으로 構成되어 있다.

露聯邦

一. 主管

蘇聯人民委員會議 附屬의 映畵寫眞管理局

二. 檢閱

(1) 輸入 映畵……教育人民委員部 檢閱官이 嚴重한 檢閱을 行함.

(2) 輸出 映畵……徹頭徹尾 國家 監督 下에서 製作되어 檢閱의 要가 없는 것이지만 映畵寫眞管理局 輸出部에서 한 번 檢閱을 行한다.

三. 備考

(1) 蘇聯에서는 民間映畵製作所가 없고 映畵의 製作 及 利用은 全然 國家機關의 손에서 行함.

(2) 國家에서 製作한 映畵의 太半은 國內에서의 建設事業, 學術事業, 其他 各種의 成功을 國民에게 알리는 것이다.

(3) 輸入 映畵는 映畵寫眞管理局이 輸入하고 教育人民委員部 檢閱官이 嚴重한 檢閱을 한 後 特別한 것만을 一般 公開 映畵館에서 映寫하지마는 公開 輸入 映畵는 極히 적다.

(4) 映畵의 輸出은 映畵寫眞管理局 輸出部에서 在外蘇聯通商代表部와 聯絡을 取하여 가지고 하게 된다.

米國

一. 主管

各 州 當局이 取締 權限을 가지게 된다.

二. 檢閱

(1) 州內 上映 映畵……左의 各 州는 映畵가 그 州 內에 들어올 때는 上映 前에 州 檢閱局의 檢閱을 받아야 한다. (紐育, 버지니아, 펜실바니아, 오하이오, 메리랜드, 칸사스, 프로리다, 마사추센쓰)

(2) 輸出 映畵……檢閱制度가 없다. 上映 各 省 外에는 各 都市에서 警察法規에 따라 檢閱한다.

英國

一. 主管

文部省(?)

二. 檢閱

(1) 國內 上映 映畵……英國필름檢閱局이 있다.

(2) 輸出 映畵……檢閱制度 없다.

1971 「文化映畵를 奬勵하고 興行時間을 短縮」 『동아일보』, 1937.10.17, 조5면

東京에서는 洋畵의 輸入禁止는 映畵界에 大衝動을 주어서 各 映畵館에서도 프로그램 編成에 相當한 苦心을 하고 있는데 內務省 保安局에서는 이 機會에 優良 映畵를 奬勵하기 爲하여 懸案의 '映畵興行規則'(內務省令)을 制定하고 無統制의 映畵 興行界에 또 衝動을 주게 되었다. 新法規의 中心은 短時間興行制의 制定으로 從來 各 府縣의 興行規則은 여러 가지여서 地方에 따라서는 一 興行에 三四本式하므로 時間이 五六 時間 걸리는 일이 있다. 이러한 多重 上映에 應하기 爲하여 各 映畵會社에서는 濫作 競爭을 하게 되어 그런 弊를 改正하려는 制定이라 한다. 興行時間을 顯著하게 短縮하여 一 本 乃至 二 本을 上映하게 하는 同時에 文化映畵와 뉴스映畵를 强制로

上映하게 하여서 映畵界의 駄作을 排擊하고 優秀한 映畵 製作에 精力을 쓰게 하며 觀劇人에게 健全 優良한 娛樂을 提供하고 兼하여 長時間 興行에 依한 保健 衛生의 弊害를 除去하려는 時代的 新制度를 確立하려는 것이라 한다. 警保局에서는 制定하기 前에 斯界의 代表者를 招致하여 意見을 듣기로 한다는 것이다.

1972 「同盟 뉴스映畵 權利 讓渡를 中止」

『조선일보』, 1937.11.20, 석6면

支那事變 勃發과 同時에 뉴스映畵 製作을 始作한 元 JO[170] 特殊映畵部는 新設된 同盟通信[171] 映畵部에 參加하기로 되어서 樺山丑二 氏는 同盟 事業局 參事로 就任하고 專務理事를 古野 事業局長이 映畵部長을 兼任하게 되었다. 同盟 映畵部의 事業內容을 살펴보면 同盟 뉴스의 製作과 文化映畵, 記錄映畵 製作, 宣傳用 映畵 等을 製作하기로 되어서 가까운 將來에 財團法人化 되리라 한다. 더욱 同盟 뉴스映畵는 地方新聞의 加盟에 依하여 各社 뉴스의 實質 製作을 맡아서 하던 것을 中止하고 中央 大新聞에 提供 統制할 方針을 立案 中이라는데 만약 이렇게 된다면 從來의 地方新聞, 뉴스映畵는 장차 어떠한 形式으로 나타날지 注目되고 있다.

---

170 J.O. 스튜디오 : 일본 교토에서 1933년에 설립된 영화회사이다. 1937년에 흡수합병된 후 토호영화주식회사(東宝映畵株式會社)가 탄생했다.

171 동맹통신사(同盟通信社) : 일본신문연합사를 토대로 1936년 1월에 발족했다. 같은 해 6월에는 일본전보통신사의 통신부문을 흡수했고, 1937년 7월부터 뉴스영화 제작에 착수했다. 패전 직후 연합군최고사령부(GHQ)에 의해 일반보도부문은 '공동통신사(共同通信社)'로, 경제보도부문은 '시사통신사(時事通信社)'로 분리되었다.

1973 「出版物 統制」

『동아일보』, 1937.11.21, 조7면

지나사변의 전면적 악화는 장기전을 예상시키므로 경북도 정보위원회에서는 조직의 확대, 강화를 도모하여 이에 소요되는 경비를 명년도 도 예산에 편성키로 되었다. 확충안의 내용은 방금 기안 중인데 지방과에 속관 일 명, 고원 일 명을 증원하여 현재의 정보위원회의 사무를 전관시키는 외에 군부의 신문반 의례에 따라 신문계를 신설하고 일반 언론기관에게 도정의 정확한 보도와 시국에 관한 뉴스를 통제하여 제공하도록 하리라고 한다. 【大邱】

1974 「國際平和擁護聯盟에서 「西班牙의 土地」 上映禁止」

『동아일보』, 1937.11.27, 조5면

『武器여! 그러면』의 著者로 알려진 어네스트 헤밍그웨 氏가 스페인 內亂에 從軍中에 쓴 르포르타주를 基礎로 요즈음 米國에서 「스페인의 土地」라고 한 映畵가 作成되었는데 英國의 國際平和擁護聯盟에서는 十月 二十三日 런던大會에서 이 「스페인의 土地」를 上映할 豫定이었던바 突然 上映禁止의 命令이 나서 關係者를 唐慌하게 하였다고 한다. 映畵는 永年 不在地主의 壓迫에 못 이긴 스페인 農民이 耕作權 確立을 爲하여 政府軍에 加擔하여 鬪爭하는 스토리를 主旨로 한 것이라고 한다.

1975 「雪洲, 路子 主演의 「小花」 上映禁止」

『동아일보』, 1937.12.08, 조5면

佛國 리크스映畵會社 製作인 모리스 데꼬브라 原作 「요시하라」, 改題 「小花」의

內容은 日本을 侮辱하고 있다는 點으로 日本政府는 駐佛大使를 通하여 리크스會社에 嚴重 抗議하여 同會社도 그 非를 認定하고 全面的으로 그 內容을 고쳐 歐米映畵팬 間에 衝動을 일으킨바 이제 同映畵의 主役인 早川雪洲와 田中路子는 巴里에서 사랑의 보금자리를 꾸미고 있다 하므로 日本映畵팬 間에도 異常한 人氣를 끌고 있는 때마침 問題의 「小花」가 三映社의 손을 通하여 輸入되어 目下 內務省 警保局 檢閱係에서 檢閱에 붙인바 日本의 國情을 無視한 點이 적지 않고 日本 車夫인 雪洲가 賭博 生活을 繼續하고 있는 場面 등은 日本의 生活에 誤解를 주며 同映畵의 背景으로 되어 있는 遊廓이 때때로 接客室과 混同되었으며 遊廓 全體의 描寫도 자못 露骨로 善良한 觀客의 顰蹙을 사서 到底히 一般에게는 公開할 수 없다는 것으로 檢閱當局의 衆議가 一決하여 近近 上映禁止 處分을 斷行하기로 되었다.

1976 「馬山署가 活動, 不穩文書 取締」

『동아일보』, 1937.12.14, 조7면

지난 九일 마산경찰서 고등계에서는 아연 긴장미를 띠고 계원들을 총동원하여 구마산 방면으로 출동시켜 모 서점을 위시하여 상남동, 오동동, 만정, 표정, 성호동(上南洞, 午東洞, 萬町, 俵町, 城湖洞) 기타에 산재하는 과거 사상운동의 관계자와 및 색채가 좀 다른 인물들의 가택을 모조리 검색하였으므로 일반은 시국 관련의 무슨 사건이나 발생하였나 하여 별별 추측을 내리고 있다 함은 기보한 바와 같거니와 탐문한 바에 의하면 도 경찰부 고등과의 지시에 의하여 관내에서 숨겨둔 불온문서 등속을 일제히 단속코자 하는 것뿐으로서 별로 다른 사건이라고는 없다 하며 당일 가택을 총수색한 결과 은닉해 두었던 각종 좌익서적과 팸플릿, 기타 통신물을 다수히 압수하였을 뿐이라 한다. 【馬山】

1977 「「小花」 禁止를 契機로 徹底的 警告 發送」

『동아일보』, 1937.12.21, 조5면

映畵「吉原」, 改名「小花」는 紛糾에 紛糾를 거듭한 結果 드디어 近日 手續을 하여 正式 上映禁止를 行하게 된 것은 旣報한 바와 같거니와 今後 이런 紛糾를 再次 反覆하지 않도록 內務省과 外務省에서는 繼續하여 對策을 講究하고 있던바 日本을 描寫한 映畵의 大部分이 侮日的인 것은 歐米 各國의 映畵製作者가 日本을 理解하지 못함에 依한 結果로써 此際 外務省에서는 各 機關을 動員하여 歐米映畵界에 日本을 理解시키기 爲한 宣傳을 行함과 同時에 內務省에서는 日本支社를 通하여 歐米 各社에 將來에는 이런 種類의 映畵를 製作하지 않도록 警告를 發하기로 되었다 한다. 右에 對하여 田島 事務官은 "「吉原」의 內容을 고치는 것은 좋으나 이번은 侮日的인 데는 재미없다. 上司의 決裁를 거쳐 上映禁止를 할 作定이다. 그리고 將來 이런 것을 製作하지 않도록 此際 徹底的으로 警告를 外國 本社 側에도 할 作定이다"라고 말한다. 이것은 歐米 各國 諸 映畵會社에 相當한 波紋을 일으키게 될 것이다.

1978 「洋畵界의 不安을 一掃코 輸入統制法 緩和?」

『동아일보』, 1938.01.20, 조5면

問題 中의 洋畵 輸入 不許可에 對하여는 洋畵 各社는 關係當局에 向하여 緩和해주기를 陳情하여 그 動向이 注目되어 있는데 當局으로서도 洋畵 輸入을 全然 禁止할 意向은 없는 듯하다. 그렇다 하여 自由輸入을 復活시키리라고 생각할 수 없고 結局 制限附로 輸入許可를 行하리라고 觀測되어 있다. 그 方法으로서는 獨逸의 쿼터시스템을 參考로 하여 一 年間에 百 本의 洋畵에 限하여 輸入을 許可하고 更히 百本을 四期로 分하여 一期마다 二十五 本의 洋畵를 公開시키게 될 것이 아닌가 하고 觀測되어 있다 한다.

1979 「軟派 娛樂은 民心을 解弛케 하는 非常時 國民의 敵」

『매일신보』, 1938.01.26, 조3면

작년 七월 일지사변(日支事變)이 발발되자 총후의 지킴을 굳게 하고 긴장된 생활을 가지게 하기 위하여 一반적으로 영화, 연극 혹은 레코드 등 대중오락과 친한 것의 연파적(軟派的)인 것은 一체로 취체를 강화해왔으며 특히 레코드에 있어서는 시국(時局)을 이용하여 오히려 치안과 풍속을 방해한, 괴란시킨 것은 적극적으로 발매금지 혹은 차압의 행정처분(行政處分)을 내려 왔었다.

그래서 앞으로도 장기적인 국민의 각오를 촉진시키는 의미로 계속적으로 이 방면에 유의해서 레코드 혹은 출판물에 대하여 검열 수준을 높이어 엄격하게 취체를 하기로 된바 최근 경기도 검열과 조사에 의하여 행정처분 받은 것을 보더라도 얼마나 많다는 것을 알 수가 있다.

즉 작년 사변 이래 작년 말까지에 행정처분을 당한 레코드 수도 八백三十四 매의 다수로 이 중에는 치안(治安)을 방해한 것이 다섯 종류요, 풍속을 괴란시킨 것이 七 종, 도합 十二 종류에 대하여 八백三十四 매가 행정처분을 당하였다는 것이다.

그리고 二十五일에는 포리돌회사의 레코드 「전장(戰場)에 밤이 오면」이라는 묘사극(描寫劇)을 취입한 것이 발매금지 처분을 당하였다.

1980 「레코드의 新 取締方針」

『조선일보』, 1938.01.27, 석6면

內務省 檢閱課에서는 國民精神 總動員의 主旨로부터 모든 不健康한 것을 取締하게 되어 레코드界 方面에서도 洪水와 같이 續出하는 레코드의 試聽에 熱中하고 있는데 目下 禁止가 된 것으로는,

時局盤

一. 凱旋을 取扱한 것.

一. 戰死를 哀傷的으로 노래한 것.

一. 懶弱한 感情을 불어넣은 것.

流行歌

一. 淫靡에 기울인 것.

一. 술, 담배, 其他를 主題로 해서 데카당에 기울인 것.

一. 旅行脚[172] 中 市井의 徒의 작은 義理, 人情을 中心으로 한 것 等이다.

1981 「非常時局 恒久化 對應 言論出版 强力統制」

『조선일보』, 1938.01.28, 석2면

비상시국(非常時局)은 마침내 항구화(恒久化)함에 따라 총독부(總督府)에서는 이에 만일의 유감이 없이 대처하고자 지난 십구일부터 일간 각 도 고등경찰과장회의를 개최하고 현하 비상시국에 적응 대비할 고등경찰, 외사경찰진의 강화, 특히 전 조선 언론기관의 통제 강화를 난상 협의하여 비밀리에 이미 구체안을 세워 가지고 그 실행 준비에 분망 중이던바 다시 제이단의 방법으로 각 도별로 세목적 협의회를 열고 신문, 통신, 기타 출판물의 통제 강화에 대한 신진용을 수립하기로 되었다. 그리하여 제일차로 이십칠일부터 삼 일간 함경남도청 회의실에서 이에 관한 함경남북도 연합회의를 개최하기로 되었는데 총독부에서는 고천 도서과장(古川 圖書課長)이 안배 속(安倍 屬)과 죽환 속(竹丸 屬)을 대동하고 이십육일 밤에 출발하여 그 회의를 총괄하기로 되었다. 이 회의는 이와 같이 두 도씩 합하여 가지고 금후 계속하여 각 도 전부에 개최할 터인데 회의가 자못 중요성을 가진 만치 모두 다 도서과장

172 여행각(旅行脚) : 의미를 확인할 수 없음.

혹은 기타 간부가 참석하여 총괄하기로 되었다. 험악한 시국의 반영에 의하여 이와 같이 출판경찰의 강화, 특히 신문, 통신의 취체진이 강화되는 것은 관계 방면으로 하여금 중대한 관심을 갖게 하는 것이다.

1982 「戰爭 遂行에 不利한 言論은 容認 不能」 『매일신보』, 1938.01.30, 석1면

二十九日의 衆議院 豫算總會는 午前 十時 五十二分 開會

原夫次郎 氏(民政)

一. 國際 收支에 關한 數字를 秘密會를 開하여 說明할 것.

一. 言論取締 方針을 緩和하여 國民精神總動員의 主旨에 副하도록 努力할 것.

一. 日本精神 發揚을 爲하여 神道□ 設置, 其他에 對하여 努力할 것.

末次 內相

一. 될 수 있는 대로 努力할 터이나 戰爭 遂行에 不利한 事項에 對하여는 言論의 不自由는 어찌할 수 없다고 생각한다.

一. 日本精神 發揚을 爲하여 一層 神道의 精神을 尊重하는 點에 對하여는 努力할 터이다.

杉山 陸相, 賀屋 藏相, 吉野 商相으로부터 모두 所管 事項에 對하여 "言論取締를 不得已 할 수밖에 없다"고 述하고 〈하략〉 【東京電話】

1983 「內容만 健實하면 洋書 輸入 許可說」 『조선일보』, 1938.02.02, 석6면

洋書 輸入 問題는 獨佛의 쿼터시스템을 參考로 해서 一 個年 百 本을 限度로 하고

所謂 '條件附 輸入制'가 實施되리라고 보고 있었는데 該案의 正式 決定을 보지 못한 現在에 있어서는 어떠한가? '期限附 輸入 不許可'인 채로 오늘날까지 이르기는 하였으나 當局으로서도 日本支社와 洋畵配給社의 經濟狀態를 考慮해서 그것들이 存續해 나갈 程度로 新作品의 輸入은 許可하겠는데 但 이러한 境遇에 있어서의 檢閱方針은 極히 嚴重히 해서 日本의 現下 國情에 어떠한 意味로서든지 有益한 文化的 內容을 가진 것에 限定되어 있다. 그래서 이러한 審査에 패스되어 「戰友」, 「北京의 暴風雨」, 「졸라」, 「征服」 等이 最近 着荷되어 있으므로 當今도 內容 健實한 大作은 相當히 觀賞할 수 있는 情勢가 到來하리라고 한다.

十二年度 內務省 필름 檢閱은 二十八日로서 마감을 했는데 本年은 뉴스映畵의 檢閱 申請이 激增한 때문에 總件數는 實로 四萬 千餘 件이 되고 이것을 除한 外의 興行映畵는 約 三萬 件으로서 大正 十四年에 統一 檢閱을 實施한 以來 最高 記錄인 十一年度의 二萬 五千八 件에 比해서 一萬 千 件의 增加가 된 만큼 映畵界 空前의 大盛況이었다.

1984 「레코드 三 種 押收」 『조선일보』, 1938.02.06, 조4면

大田警察署에서는 지난 四日附로 '레코드' 三 種에 대하여 販賣禁止 命令을 내렸다는바 그 종류는 「可愛한 水兵」, 「내가 만약 바다에서 싸운다면」, 「電話日記」 等 三 種類이라고 한다. 【大田】

1985 「西北 三 道 關係者 會同, 出版警察 打合會」 『매일신보』, 1938.02.17, 석1면

警務局에서는 十八, 十九 兩日間 平南警察部에서 平北, 平南, 黃海 三 道의 出版警

察 事務 打合會를 開催하게 되었는데 三 道의 檢閱 主任官들이 會同하고 古川 本府 圖書課長 一統裁로 開催하게 되었다 한다 하였으므로 其 後任은 會計檢查院 第二部長 岡今朝雄 氏로 內定하였는바 親任式은 十六日 午後 一時 半 擧行될 터이다.

1986 「京大圖書館도 檢索 左翼書籍 押收」

『조선일보』, 1938.02.20, 조2면

경도부 특고과(京都府 特高課)에서는 이미 반전, 공산주의, 풍기괴란 등에 관계있는 서적중 삭제 혹은 발매금지 처분을 당한 이천여 종의 도서가 아직도 가두 각 서점과 각 도서관(圖書館)에 상당히 남아 있으므로 이의 일소를 기하고자 지난 십사일부터 부하 전 경찰서 특고계를 총동원시켜서 각 서적점, 관공사립 도서관을 일제 검색한 결과 발금도서 약 천여 권을 압수하였다는데 그중 경도제대(京都帝大) 도서관에서만 삼백여 권을 압수하였다고 한다. 【大阪】

1987 「延專, 梨專圖書館 搜查, 赤色書籍 多數 押收」

『동아일보』, 1938.02.26, 석2면

二十四일 오후 二시부터 서대문서 고등계에서 아연 긴장하여 형사대를 몰아 신촌(新村)에 있는 연희전문학교(延專)와 이화전문학교(梨專)의 양대 도서관을 습격하여 적색(赤色)도서와 수百 권의 불온사상의 서적을 압수하는 동시에 연전생 임종배(林鐘培)(假名) 등 二 명을 데려다가 엄중 취조 중이다. 사건의 내용을 엄비에 붙이므로 자세한 것은 알 수 없으나 들은 바에 의하면 연전생을 중심으로 모종의 불온사상 연구의 조직이나 있지 않은가 하는 혐의라는데 앞으로 사건이 어떻게 전개될지 크게 주목된다. 더욱 이번 사건을 계기로 비상시하에 있는 국내 사상취체를 엄중히 하는 경찰당국에서는 종래 다소 관대한 취체를 하여 오던 도서관 내에 있는 학구적 적색출판물과 불온출판물까지 전부 일소시킬 모양으로 철저한 감시를 할 방침인 듯하다.

1988 「超非常時 餘沫은 드디어 象牙塔으로」

『조선일보』, 1938.02.27, 조2면

연희전문, 이화전문 학교 도서관 검색이 있은 뒤를 이어 이십육일 아침 다시 시내 각 경찰서에서 시내 사립중등학교, 전문학교 등 이십여 개 학교의 도서관, 교내 문고 등을 일제히 검색하고 소위 불온용의(不穩容疑)의 서적의 명칭 하에 사상관계 서적 중 좌익(左翼的)인 것이라고 지칭될 정도의 것으로 다수 경찰에서 가져갔다. 경찰에서 가져갔다는 것은 아직은 대출(貸出) 혹은 잠깐 조사키 위하여 빌려간다는 정도로 가져갔는데 이것이 종래에 없던 일이라 그 정도와 방침에 대하여 학교 당국자들로서는 크게 당황하고 있다. 시국이 전과는 대단히 달라져서 종래 문제되지 않던 서적이 의회(議會)에서도 자주 문제되어 자유주의적(自由主義的) 경향을 가진 서적에 대해서도 문제된 것이 없지 않음은 세상이 다 아는 일이어서 누구나 서적에 대하여 종전과는 얼마큼 다른 관념을 가지기도 하나 이와 같이 다수 학교를 돌연 수색하여 다수 서적을 가져간 데 대해서 당국은 과연 어떤 방침으로 어떤 처단을 할는지 궁금히 여기고 있다. 즉 아직은 경찰에서 잠깐 빌려간다는 형식이라고는 하나 결국은 대부분 몰수 당하는 것이 아니냐 하는 염려를 가지고 있는데 현 학교도서관 등에서 가지고 있는 도서로는 물론 서점에서 공공연히 팔고 있는 것들로 개중에 발매금지된 것이 있다면 일단 시장에 나온 뒤에 발매금지 맞은 것을 그대로 남겨두었을 정도이라고 할 것이다. 그런데 이번 경찰에서 가져갔다는 서적 중에서 '맑쓰', '엥겔쓰' 등 적색서적도 적지 않으나 그중에는 그리 위험 사상을 그

려낸 정도의 것이라고 할 수 없는 것조차 적지 않다고 한다. 이는 물론 보는 사람의 견해 여하라고 하겠으나 경찰이 가지고 있는 견해의 범위라는 것은 어느 정도의 것이라고 말하기도 어려운 것이어서 더구나 염려가 크다. 경찰에서 가져간 서적 중에는 현재 시중에서 팔리고 있는 것도 있는데 현재 법규에 의하여 자유로이 출판되고 있는 서적을 만일 경찰이 그대로 몰수라도 한대서는 그 취체에 중대한 착오가 생기는 것이라 할 것이겠고 또 좌익서적이라고 해도 학문의 연구라는 입장에서 볼 때에는 아무리 '불온용의'가 있는 서적이라고 해도 그 취급 여하에 있는 것인데 그것을 불온용의 혹은 불온서적이라고 몰수한다면 더구나 문제인 것이다. 만일 도서의 압수를 한다면 조선에서만 할 것도 아니고 또 조선에서 한다면, 경성에서만 할 것이 아니고 총독부 당국으로서의 일정한 방침 밑에 어느 한계 안에서 하되 학교당국자와도 어느 정도까지 협의를 하여 당국의 방침을 수행함에도 유감됨이 없이 함이 옳지 않을까 하여 금후 경찰의 취급이 과연 어떤 정도로 발전될 것이며 감독당국으로서는 또 어떤 태도를 취할 것인가에 대하여 각 방면의 관심이 극히 크다.

1989 「左翼書籍에 押收 旋風!」

『조선일보』, 1938.02.27, 석2면

일지사변을 계기로 하여 국제 관계가 날로 복잡미묘하여 감을 따라 총후국민은 장기 항전의 일대 각오가 필요하게 되었으므로 정부에서는 국민정신총동원을 강조하는 제일 큰 방책으로 국민정신의 통일을 도모하게 되어 내지에서는 지난번 인민전선파(人民戰線派)의 일대 검거를 보는 동시에 좌익적 출판물 소탕 방침(掃蕩 方針)을 세우고 그 활동은 이미 도서관에까지 뻗쳐 경도제대 도서관에서는 수백 권의 좌익서적의 압수 처분을 보았다. 좌익 출판물의 소탕 선풍은 바다를 건너 조선에도 불기 시작하여 경기도 경찰부 지시에 따라 경성 시내 각 경찰서 고등계에서는 수일 내로 아연 긴장한 활동을 시작하여 시내 각 도서관과 각 학교 도서실의 일제 검색을 하고 다수의 좌익서적을 압수하였다. 즉 얼마 전 본정서 고등계에서는 관내 각 서점에서 수백 권의 좌익 불온서적을 압수하였고 이어 서대문서 고등계에서도 연전(延專), 이전(梨專) 도서관을 검색하고 수십 권의 좌익서적을 압수하였다.

종로서 고등계에서는 이십육일 아침 여덟시를 기하여 관내에 있는 중등 정도 이상 학교 스물 한 학교 도서실을 일제 검색하고 발금서적 여덟 권과 좌익 불온서적 수십 권을 압수하였다. 동대문서 고등계에서도 이날 아침 보성전문 도서관에서 이백여 권의 좌익서적을 압수하였고 경성제대, 총독부, 경성부립의 각 도서관도 각 소관 경찰서에서 조사할 모양이다. 이 선풍은 점차 확대되여 개인 장서가에까지 미칠 것으로 예측되어 사태의 진전은 극히 주목되는 바이다.

이에 대하여 경무국 보안과(保安課) 삼호 사무관(森浩 事務官)은 다음과 같이 말한다. "이번 적색서적(赤色書籍)을 압수하기 위하여 학교 도서관을 수사한 것은 경무국에서 지휘하여야 하는 일은 아니다. 시국인 관계로 경찰부에서 자발적으로 하는 것이다. 학교, 도서관만 할는지 또는 일반 각 도서관을 전반적으로 할는지 또는 다수 장서(多數藏書)가 있는 개인의 서재까지 할는지 그것은 경찰부에서 자발적으로 하는 일이므로 경무국으로서는 아직 알 수 없다. 아마 시국 관계로 하는 것이 아닌가 생각된다. 적색서적을 가지고 있는 사람에게 처벌 문제는 없을 것이다. 그러나 발매금지를 당한 적색서적을 가지고 있는 사람이면 이것은 별 문제이다."

1990 「鐘路署 學生係에서 左翼書 千餘 卷 押收」 『매일신보』, 1938.02.27, 석2면

二十六日 오전 八시경 부내 종로서 학생계(學生係)에서는 관하 사립남녀중등학교 十九 교로 달려가서 도서관(圖書館)과 도서실(圖書室)의 도서목록을 조사한 후 좌익서적 천여 권을 압수하였는데 이것은 내지에서 인민전선(人民戰線)의 총검거를

보게 된 후 그의 충동을 받게 되어 장래 사회인이 될 어린 학생들의 사상을 선도한다는 데 있어 그러한 좌익문고를 학교에 비치하는 것은 좋지 못한 영향을 주는 것이라 하여 전부 압수하게 된 것인데 앞으로도 그런 종류 서적은 일절 보관치 못하게 할 방침이라고 한다.

1991 「「나는 幸福이어요」 押收, 레코드 取締 强化」

『동아일보』, 1938.02.27, 조2면

만근 조선에도 축음기(蓄音器)와 레코드가 수입된 이후 보급, 선전은 비상하고 따라서 일반 대중 측에 미치는 효과(效果)와 영향은 큰 바 있다. 그런데 작금 시국관계로 필요적절한 것은 더욱 장려하고 일반 치안(治安)을 방해하며 풍속(風俗)을 괴란시키는 것에 대하여는 검열당국으로부터 압수(押收) 혹은 발매중지(發賣中止) 또는 가두금지(街頭禁止) 등 각종 처분을 하여서 레코드 취체의 강화를 꾀하고 있다. 이제 취체 상황을 보면 금년 一월 一일부터 총독부 경무국 도서과(圖書課)에서 압수 혹은 금지 처분을 한 것이 二十一 매(枚)에 달하여 그중 十 매(枚)는 치안방해의 혐의로 인한 것이요, 十一 매는 풍속괴란의 혐의로 처분을 받은 것이며 그중 조선문으로 된 것은 「전장(戰場)에 밤이 오면」, 「電話日記」 등 二 매가 있을 뿐이요, 그 외 대부분은 일본 내지문으로 된 것인데 금 二十六일에도 「나는 幸福이어요」라는 것이 또 처분을 받았다. 그리고 이 중에는 지나(支那)의 레코드로서 처분을 받은 것도 二 매가 있다 하며 다시 작년 七월 지나사변 발생 이래 처분한 것이 작년 十二월까지에 二十七 매로 총합하면 四十七 매의 다수에 달하고 앞으로도 일반 레코드의 정화(淨化)를 위하여 그 취체를 더욱 강화할 터이며 내용이 좋은 것은 더욱 조장시켜 가리라고 한다.

1992 「今曉, 市內 各署 動員 圖書館 等 一齊 搜索」

『동아일보』, 1938.02.27, 석2면

장기항전(長期抗戰)에 들어간 시국은 그 중대성이 일층 심대하여져 정부에서는 국민정신총동원(國民精神總動員), 사상통일(思想統一)에 힘을 들이는 일방 불온사상의 뿌리를 빼고자 일본 내지에 있어서 인민전선파(人民戰線派)의 제一, 二차 검거를 단행, 불원 제三차 검거에 착수하리라 전문되며 피검자의 집필(執筆) 출판물을 막는 등 불온사상의 발호 방지에 주의를 게을리 하지 않고 있었으나 조선에 있어서는 요시찰 인물에 대한 특별 감시 정도에 지나지 않던바 지원병제도, 교학 쇄신 등 중요제도를 실시를 앞두고 경기도 경찰당국은 아연 긴장하여 국민정신에 반하는 일체에 단연 검색의 촉수를 폄에 이르렀다. 즉 경기도 경찰당국에서는 서대문서로 하여금 수일 전 연전(延專), 이전(梨專)의 도서관을 검색케 하고 二十六일 새벽에 이르러서는 부내 각 경찰서를 동원시켜 일제히 관내 서점(書店)을 수색하여 적색 불온서적 다수를 압수하는 일방 요시찰 인물 수 명을 검거하여 방금 엄조 중이다.

동대문서에서는 오전 五시를 기하여 고등, 외사 양계 형사의 비상소집을 구한 후 도변(渡邊) 고등 겸 외사 주임의 지휘로 형사대를 五 대로 나누어 관내를 一제 검색하였는바 별다른 소득없이 오전 七시 三十분경 돌아왔다는데 오후 二시까지 제二차의 검색을 행하리라고 한다. 동 서 관내는 학교가 모여 있느니 만큼 특히 교원들의 서재(書齋)와 동향에 착안하고 검색을 계속하고 있던바 오전 九시경에는 안암정(安岩町) 보성전문(普成專門) 도서관에 출동하여 동 도서관의 서적을 일일이 조사하여 불온서적 二百여 권을 압수하였다 한다.

종로서에서는 이날 아침 일찍 정상(井上) 고등계 주임의 지휘 하에 계원이 관내에서 점수 十호를 검색, 적색 계통의 서적은 물론 인민전선파 인물의 집필에 의한 서적 등 百여 권을 압수하였을 뿐 요시찰인물의 검색에까지는 손을 대지 아니한 모양이다.

본정서에서는 얼마 전에 독단적으로 관내의 七十여 서점에서 六千여 권의 불온서적을 압수하여 오는 동시에 앞으로 이러한 종류의 서적을 못팔도록 경성서적조합(京城書籍組合)에 엄명하여 예비적 경계를 게을리 하지 아니하였는바 卄六일 오전 五시에도 고등계 형사대의 비상소집으로 증근(曾根) 고등계 주임의 지휘로 관내를 일제 검색하였던바 별다른 소득을 얻지 못하였다 한다.

1993 「延專學生 等 無事히 釋放」

『동아일보』, 1938.02.27, 석2면

二十四일 서대문서 고등계에서 연희전문학교와 이화전문학교의 양 도서관에서 다수 불온서적을 압수하여 오는 동시에 연전생 二 명을 소환하여다가 취조 중이라 함은 작보한 바와 같거니와 그 후 동 서에서는 一시 비상한 긴장을 하여 신중한 취조를 계속중이더니 二十五일 전기 검속하였던 학생 양명을 석방하였다.

1994 「龍山署에서 出動 赤色書籍 押收」

『동아일보』, 1938.03.01, 조2면[173]

부내 용산경찰서에서는 관내 각 서점과 각 학교의 도서실을 일일이 검색하여 시국에 맞지 않는 불온한 서적이 있지 않은가 하고 조사하여 본바 모 중등학교 도서실에서 사회주의서적 七 권을 발견하고 이것을 압수하여 왔다는데 이에 따른 다른 문제는 없으리라고 한다.

173 「府內 某 中學校에서 左翼書籍 押收」, 『매일신보』, 1938.03.01, 2면.

1995 「赤色書籍 入手徑路와 利用過程을 追窮」

『조선일보』, 1938.03.03, 석2면

지난 이십칠일 이래 부내 서대문경찰서 고등계에서는 경기도 경찰부의 지시를 받아 관내에 있는 연전(延專), 이전(梨專) 도서관을 임검하여 좌익서적이라고 인정되는 서적을 가져 오고 또 관내에 있는 중등학교의 문고까지 일제히 검색하여 내용이 불온한 서적을 다 가져 갔다 함은 이미 보도한 바이거니와 그 서에서는 좌익서적을 압수하는 한편에 그 서적의 기증자와 및 사들인 경로와 그 서적의 이용과정을 자세히 조사하던 중 부내 모 학교에서 압수한 서적 중에는 발매금지 처분을 받아서 좀처럼 살 수 없는 책이 많았으므로 그 서적의 입수경로와 및 이용과정을 추궁하고자 일일 오후 부내 모 고등보통학교 교원 모 씨 외 이삼 명을 데려다가 그대로 유치하고 취조를 진행 중인데 취조 결과에 따라서는 취조 범위가 일층 확대될지도 알 수 없다고 한다.

1996 「'장 루노아르' 名作「큰 幻影」檢閱 保留」

『조선일보』, 1938.03.04, 석5면[174]

먼저「狙擊 받은 사나이」가 却下되고 繼續해서「小花」도 上映禁止된 三映社에서는 陽春의 巨篇으로 提供할 豫定이었던「큰 幻影」이 또 檢閱 保留가 되었다.

國家總動員法案이 上程되어 戰時體制下에 第二次的 展開를 보이는 時局은 더욱 多難해 보이는 데 따라 映畵檢閱에 對해서도 非常時局을 濃厚히 하므로 國情에 反하는 것은 연달아 削除가 되고 題名의 變更까지 命하게 되므로 한 번 通檢한 大同商事의「塹壕」도 再檢閱에서 却下될 狀態이며 장 루노아르의 傑作으로 最高藝術映畵

174「非常時局 下에 封鎖된 外國 名作들」,『동아일보』, 1938.03.08, 조5면.

賞을 獲得한 이 「큰 幻影」도 內容이 世界大戰 當時 獨逸軍의 捕虜가 된 聯合軍 側의 兵士가 脫走한다고 하는 것이 時局에 들어맞지 않아서 마침내 檢閱 保留가 된 것이라고 한다. 그리고 同 映畵는 伊太利에서도 上映禁止가 된 것이므로 內務省에서는 檢閱 方針을 强化하기로 한 것이라고 한다.

1997 「米國의 條件 提示로 洋畵 輸入에 曙光」 『동아일보』, 1938.03.08, 조5면

長期 應戰體制下에서의 國民 忍苦의 한 例로서 '外國映畵禁制'에 對하여 一般 洋畵 팬들에게 기쁜 曙光이 다시 비치게 되었다. 現在 輸入映畵는 먼저 實施된 爲替管理 까닭에 거의 없어지게 되었다. 이 까닭에 今年度 下半期 以後에 가서는 外國映畵라는 것은 찾아볼 수가 없게 되어 있는데 이에 對하여 米國의 映畵製作業者 間에는 最近 그 輸入制限 緩和運動이 드디어 猛烈하게 되어 特히 米國 映畵業界의 統率者로 前 大藏大臣 위열 페이스 氏를 代表者로 한 페어스 오게니세순에서는 뉴욕의 日本駐在 外務當局에 對하여 一. 現下 日本의 國情에 副合한 映畵를 製作한다 一. 日本支社가 日本에서 얻은 純益金은 長期의 送金 停止에도 應한다라는 條件을 提示하여 輸入 割當 許可를 希望해 왔으므로 駐在當局에서도 映畵의 企圖한바 日本文化 交換의 使命에 鑑하여 이 讓步에 酬應하여 制限法을 改正하고 될 수 있는 대로 빨리 割當制 許可의 方法을 取할 뜻을 言明하였다고 傳한다. 이 外交的 折衝이 順調로 進涉되어 간다면 '外國映畵는 볼 수 없다'는 失望에 對한 팬들의 歎息도 近近 解消하게 될 것이다.

1998 「「文豪 솔라」도 封切 禁止」 『동아일보』, 1938.03.10, 조5면

輸入 不許可의 洋畵 饑饉에 際하여 이미 屈指의 大作으로서 多大한 期待를 가지고 있던 와나社의 映畵「文豪 솔라」(原名 에밀 솔라의 생애)가 公開 不能의 運命에 逢着하여 애드럽게도 米國으로 返還되고 말았다. 同映畵는 名監督 윌리암 디다레의 아래에서 「科學者의 길」과 「大地」 等에 壯快한 演技를 보인 性格俳優 폴 무니가 에밀 솔라로 扮裝하여 有名한 드레피스事件을 中心으로 文豪의 奇異한 半生을 描寫한 것만으로도 現下의 日本 國情에 相容할 수 없는 點이 있어 昨秋에 橫賓 到着 以來 關係者들의 入荷□勵도 效果를 얻지 못하고 드디어 斷念하게 된 것인데 이것은 三七年度 뉴욕 全批評家 選出의 베스트 원으로 推薦되어 폴 무니도 이에 依하여 男優演技賞을 獲得한 傑作인 만큼 同畵의 輸入禁止는 洋畵팬들에게 多大한 失望을 주게 될 것이다.

1999 「言論機關의 取締는 現行法規론 不充分」 『매일신보』, 1938.03.10, 조2면

九日의 衆議院 國際總動員會는 午後 一時 四十分 再開

羽田武嗣郎 氏(政友) "本法의 言論機關의 統制 條項을 設한 것은 輿論의 健全한 發達을 沮害하는 것이어서 國際總動員의 目的 達成을 爲하여 支障이 있다고 생각되는데 如何한가"고 末次 內相 間에 問答을 거듭한 後,

〈중략〉

羽田武嗣郎 氏 "言論의 統制는 必要하나 權力으로써 强制하는 것은 어떠할까 생각한다. 要컨대 차라리 努力에 依하여 時艱 克服에 邁進하는 것이 穩當한 일이 아닌가 하고 생각되는데 今次 事變에서 協力에 違反한 新聞이 있는가."

末次 內相 "있다."

羽田 氏 "非國家的 新聞紙 名을 調査한 後 말하기 바란다. 新聞은 現行法에 依하면 安寧秩序를 害하는 境遇는 取締한다고 規定하고 있는데 本法에 있어서는 特히 '國家總動員의 必要있는 時는'이라고 規定하고 있다. 別個로 取締를 할 必要가 있었던 것인가."

富田 警保局長 "있었다."

羽田 氏 "安寧秩序만 가지고 取締할 수 없었던 일이 從來 있었던가."

富田 警保局長 "가끔 있었다."

羽田 氏 "그러한 時는 어느 條項으로 取締하고 있었는가."

末次 內相 "從來는 新聞紙法 二十三條의 安寧秩序의 條項으로 取締하고 軍事外交에 對하여는 新聞紙法 第二十七條에 依하여 取締하고 있었다."

植原悅二郎 氏(政友) "新聞紙法 第二十三條, 二十七條 以外의 取締 事項이라는 것은 如何한 것인가 明示하기 바란다. 取締하기에 不適當하면 現行 新聞紙法을 改正하는 것이 좋지 않은가. 何故로 本法 중에 包含되는가."

青木 政府委員 "新聞紙法 二十三條와 二十七條의 禁止 事項에 抵觸되지 않는 時는 國家總動員에 影響이 있을지라도 現行法으로는 取締할 수 없는 境遇가 있다. 그러한 時에 本法이 必要한 것이다. 또 本法은 戰時의 規定이므로 平時의 規定인 新聞紙法을 改正한다는 것은 어떨까 한다."

末次 內相, 富田 警保局長 "從來는 不得已 新聞紙法 二十三條에 依하여 取締하고 있었는데 本法을 制定하고 '總動員上 必要한 時는'이라는 條項에 照하여 取締하는 便이 效果가 있지 않은가라고 생각한다. 또 平時의 規定인 新聞紙法의 改正에 對하여는 考慮하고 있다."

牧野良三 氏(政友) "軍의 秘密에 關하여는 從來 軍機保護法에 依하여 이를 取締하고 있다. 또 新聞紙法 第二十三條에 依하여 安寧秩序에 害있는 것을 取締하여 온 것은 富田 警保局長의 言明한 바와 같다. 그러면 何故로 屋上加屋함과 같은 本法을 設하는가."

杉山 陸相 "第二十三條의 規定만으로는 遺憾의 點이 있는 까닭이다."

牧野 氏 "그러면 新聞紙法을 改正하여 于先 現行法의 不備를 補正하는 것이 先決問題가 아닌가. 議論이 多한 本法에 包含하는 것보다도 于先 急을 要하는 新聞紙法 第二十三條에 考慮를 加하여 今 議會에 提案하는 것이 如何한가."

末次 內相 "新聞紙法의 改正은 硏究 中이다."

羽田 氏 "新聞紙法 第二十三條를 改正하면 本法의 第二十條는 削除하여도 좋다고 생각되는데 如何하냐"고 質한 後 午後 五時 五十三分 再次 休憩하였다.

三次 開會

衆議院 國家總動員法案 委員會는 午後 七時 十二分 三次 開會하고,

西尾末廣 氏(社大) "內相은 貴族院에서 自由主義는 共產主義의 溫床이라고 答辯하였는데 如斯한 言辭는 誤解를 招할 憂慮가 있다. 此點을 明確히 하라."

末次 內相 "余의 所謂 自由主義는 自己의 利益을 第一로 하고 國家의 利益을 第二로 하는 것을 指한 것이어서 現在의 政友, 民政, 社大 各 黨은 立憲主義인 것에 틀림이 없다. 다만 日本의 自由主義가 卽時 立憲主義이라고 할 수는 없을 것이라고 생각한다."

西尾 氏 "資本主義가 高度로 發達됨을 따라 勞資의 爭議가 頻發하고 共產主義가 跋扈하게 되는 것이다. 그러므로 資本主義야 말로 共產主義의 溫床이라고 생각하는데 如何."

內相 "結果로 보면 或은 그러할는지도 모른다."

다시 西尾 氏와 內相 間에 國體明徵과 防共協定의 精神에 對하여 回答이 있었고 其他 各 委員으로부터 質問이 있은 뒤 同 九時 二十五分 散會하였다. 【東京電話】

2000 「族譜, 文集은 續續 退勢, 新文藝書籍 斷然 進出」

『조선일보』, 1938.03.11, 조2면

본사 출판부에서 방금 제일회 배본을 하고 있는 『현대조선문학전집(現代朝鮮文學全集)』이 비상한 인기를 끌고 있거니와 근래 조선 출판계는 빈약하기는 하면서도 점차로 새 방면으로 발전하고 있어 문화조선의 발전상태를 여실히 말하고 있다. 총독부 도서과의 말을 듣건대 조선문의 출판물로 도서과에 출판검열 관문을 거쳐서 출판된 것 대략 매년에 일 할 가량씩 증가를 보아 재작년에는 이천일백 건 가량되는 것이 작년 중은 이천오백 건에 달하여 이 할에 가까운 건수가 증가하여 종래보다는 상당한 정도의 비약을 본 셈인데 이것을 출판 종목으로 본다면 그중 약 삼 할이 아직도 족보와 문집(族譜와 文集) 등이고 그 여가 월간잡지, 문예서적, 종교, 산업 방면의 출판물인데 그중에 수량으로 많기는 역시 잡지 등 정기간행물로 십오륙 종류가 되어 이 할 이상 내지 삼 할에 달하고 문예서적이 이 할, 그 여가 종교, 산업 관계 서적으로 되어 있다. 이런 분류를 본다면 조선문 출판계가 빈약하다는 것은 다시 말할 수 없으나 그러나 그만큼 많은 분량을 점령하던 족보출판도 근자에 점차로 줄어가고 또 일방 종전에 문예출판물이라면 소위 구소설책이 대부분이던 것이 근년에는 그 자취가 거의 없어져 가면서 신문예서적이 단연 신세력을 가지고 연연 증가하는 것이 특히 주목된다고 하며 또 새로이 증가하고 있던 부문으로 산업과 종교 서적의 출판이 주목을 끌고 있다. 출판의 신세력 부문이라고 볼 수 있는 문예서적도 아직은 그 수효로서는 이렇다고 장담할 정도는 아니라고 해도 새로운 경향으로서는 근래에 조선에서도 우리 문장과 우리 작품에 대한 일반의 주목도 커가거니와 우리 작가들의 활동도 괄목할 것이 있어 독자층이 확실히 연연 증가하고 있기 때문에 그만큼 문예방면 출판물이 새로 늘어가고 있는 것으로 판정되고 있는데 앞으로도 이 방면의 출판이 훨씬 우수하여질 경향을 보이고 있는 것은 우리의 문화향상을 위하여 크게 반가운 일의 하나로 되어 있다.

2001 「「大地」, 朝鮮에선 演劇 上演禁止」

『동아일보』, 1938.04.07, 조2면

지나사변 발발 이래 지나(支那)에 대한 인식과 나아가서는 지나인(支那人)의 신비로운(?) 성격 이해가 각 방면으로부터 요망되고 있는 중 일찍 미국 선교 부인으로 지나에 오랫동안 가 있는 '펄 벅' 여사의 소설 『대지(大地)』는 무고한 지나 농민이 군벌(軍閥)에게 짓밟히고 있는 비참한 정황을 여실히 그린 걸작이라 하여 방금 일본 내지와 조선에 있어서 '베스트셀러'의 최고봉에 올랐고 이의 영화도 이미 조선 각처에 상영되었고 일본 내지에서는 송죽(松竹), 동보(東寶)에서 연극화하여 상연 결과 각 방면으로부터 격찬을 받았거니와 이 연극이 조선에서는 '너무도 비참한 농민의 생활은 일반 교화에 미치는 영향이 좋지 못하다'는 이유로 상연이 금지 당하게 되었다.

즉 작년 신극운동의 기치를 들고 발랄히 나선 낭만좌(浪漫座)에서는 송죽(松竹)의 시천원지조(市川猿之助) 一파가 상연한 금자양문(金子洋文) 씨의 각본을 상연코자 저간 경기도 보안과에 각본을 제출하여 검열을 바랐던바 전기와 같은 이유로 검열의 '좁은 문'에 걸리고 말았는데 이외에도 방금 「대지」 공연을 준비 중인 동양극장(東洋劇場)의 각본도 검열을 통과할는지가 의문시된다.

전기 양 극단에서 「대지」를 상연하려는 이유는 미국과 일본 내지보다 지리적으로 지나에 가깝고 또 지나 농민의 생활에 대하여 좀 더 자세히 알고 있는 만큼 미국이나 일본 내지의 배우들 보다도 좀 더 자연스럽고 예술적으로 연출할 수 있다는 예술적 욕망에서 나왔던 만큼 연극애호가들은 크게 유감으로 여기고 있다.

2002 「檢閱 難關 中의 三大 名畵」

『조선일보』, 1938.04.10, 조4면

양화 수입(洋畵 輸入)에 대한 제한(制限)이 차차로 농후(濃厚)해지는 것이 최근의 사실이 이를 증명하고 있거니와 일반 영화팬이 하루가 三秋 같이 기다려지는 세계적 명화(世界的 名畵)가 지금 검열(檢閱)의 가위에 걸려 그 운명(運命)이 자못 위태하여진 작품 셋이 있다.

얼마 전 국제영화(國際映畵) 콩쿠르에서 '뭇솔리니' 수상상(首相賞)을 받은 「偉大한 幻影」이 상영금지(上映禁止) 당한 것은 이미 보도(報道)하였거니와 그 전에는 미국영화(米國映畵)로 一九三七년도 최고작품상(最高作品賞)을 받은 「에밀 졸라」가 유명한 독불(獨佛)의 군사적 기밀관계(軍事的 機密關係)인 '드레퓨스'사건(事件)을 취급(取扱)한 관계로 수입(輸入)되어가지고도 세관(稅關)을 통과하지 못했으며 「요시와라(吉原)」라는 '타이틀'로서 불란서에서 제작된 「피에르 리샤르 윌름」과 조천설주(早川雪洲), 전중로자(田中路子) 등이 주연한 작품에 일본(日本)의 체면(體面)을 오손(汚損)하였다는 관계로 다분히 내용을 개작(改作)하고 '타이틀'도 「소화(小花)」라고 하였으나 결국 상영(上映)이 불가능(不可能)하게 되었다.

그런데 지금 문제(問題)의 영화로 이와 동일(同一)한 비운(悲運)에 빠지지 않을까 하여 주목되는 작품은 다음의 세 가지 영화다. 그런데 이상(異常)하게도 이 세 작품은 모두가 제작한 영화회사가 다 제각각 다름에도 불구하고 주연(主演)한 '히로'는 오늘의 어느 나라 남녀 영화(男女 映畵)팬을 물론하고 절대(絶大)의 인기(人氣)를 독점(獨占)하고 있는 '샤알 보아예'[175]라는 것이다. 전세계를 통하여는 수억(數億)의 팬을 가졌을 것이요, 일본 내지(日本 內地)나 조선(朝鮮)만 치더라도 수십만(數十萬)이 될 것이나 이 영화들이 상영금지 되는 날이면 이 거창(巨創)한 '보아예' 팬에 주는 충격(衝擊)이 적지 않을 것이다.

1. 「트라비치」 이것은 '와너'회사에서 「금남의 집」을 감독한 '쟉크 드빨'의 희곡(戱曲)을 '아나톨 리트빽그' 감독을 '불란서'에서 초청(招請)하여 완성한 작품으로 망명 로서아 귀족(亡命 露西亞 貴族)을 제재(題材)로 한 것인데 구로서아 제정(舊露西亞 帝政)에 대한 풍자(諷刺)가 문제되는 모양이다. 이 작품의 주연배우(主演俳優)로는 '샤알 보아예'와 '클로데트 콜베르'의 명'콤비'다.

175 샤를르 보와이에(Charles Boyer, 1899~1978) : 프랑스 영화배우.

2. 「정복(征服)」(原名 콩퀘스트) 이 작품은 '메트로'에서 제작한 것인바 감독은 '클라렌스 브라운'이다. 이 작품은 '나폴레옹'이 '폴랜드'(波蘭)를 정복한 후 사실을 취급하여 당시 갖은 굴욕(屈辱)을 참고 지내던 '와레스카' 백작부인(伯爵夫人)이 '나폴레옹'을 농락(弄絡)(?)하려는 연연(姸姸)한 '로맨스'를 주제로 한 것이다. 배역(配役)에는 '샤알 보아예'가 '나폴레옹'으로, '그레타 가르보'가 '와레스카' 부인으로 분장한 이 양대 명우(兩大 名優)의 역사적 열렬(歷史的 熱烈)한 연기(演技)를 보여주고 있다.

3. 「마이에링그」(紅燈의 그늘)[176] 이 작품은 벌써부터 선전(宣傳)되어 왔고 일반 영화팬을 하루가 三秋 같이 기다려지는 작품이다. 감독은 「트바리치」를 감독한 '리트바그'요, 주연은 '샤알 보아예'와 '다니엘 다류' 역사적 명'콤비'로 이 작품은 작년에도 미국에 있어서 구주영화(歐洲映畵)의 제일위(第一位)를 차지한 왕후(王侯) '루돌프'와 백작 영양(伯爵 令孃) '벳스라'와의 세계 최대(世界 最大)의 비련(悲戀)으로 유명한 작품이다. 이 작품만은 어찌 되면 상영(上映)이 허가(許可)되지 않을까 하나 이 역미지수(未知數)에 속하고 있다.

2003 「『每申』만 續刊케 되고 다섯 新聞은 廢刊」

『매일신보』, 1938.05.05, 記念號 其十二 1면

李 記者 "그 當時의 新聞으로는 어떤 것이 몇 개나 있었습니까?"

卞 氏 "『時事新聞』, 『大韓新聞』, 『皇城新聞』, 『帝國新聞』, 『大韓每日申報』, 『大韓民報』 大概 그렇지요. 이것이 隆熙 二, 三年 韓末의 事情입니다. 그리고 없어지기도 모두 한 데 없어졌지요."

李 記者 "그때 新聞의 印刷는 어떻게 하였습니까?"

176 「Mayerling」(1936). 19세기의 오스트리아 황태자 루돌프가 연인과 동반자살했던 실화를 아나톨 리트박(Anatole Litvak)감독이 영화로 제작.

卞氏 "그때 『大韓每日申報』가 第一 많이 팔리기는 一萬 六千 장인데 그것을 발로 밟는 機械로 덜커덕 덜커덕 機械를 몇 臺式 늘여 놓고 밟았습니다. 팔리기는 一萬 六千 장이지만 아마 讀者는 十만을 넘었겠지요. 政府 大官들도 뒤로는 몰래 슬슬 몰면서 읽었으니까요. 그때가 신문이 한창 때지요."

柳部長 "國債補償 問題가 그때 크지 않았습니까?"

卞氏 "梁起鐸이가 잡혀간 것도 國債補償 問題이지요. 너무 장황하니 簡單하게 합시다. 그 後 哈爾賓에서 安重根 事件이 생겼을 때 各 社가 伊藤公 葬事에 會葬을 갔으나 『大韓每日申報』에서만은 안 갔지요. 大韓協會의 鄭雲復이도 그때 갔었는데 가보니까 大勢가 곧 合邦이 되겠으므로 政客들과 함께 어우러져서 돌아와서 圓覺寺(지금 救世軍 자리)에서 國民大會 演說을 開催했지요. 그때부터 鄭雲復이 態度가 變해서 合邦宣言이 있을 때까지 不知火旅館에 숨어 있었지요. 그랬다가 나와 같이 『每日申報』에 다시 들어갔지요. 요새 알아두어 생각하면 참 遺憾된 點이 한둘이 아닙니다."

柳部長 "當時 國債가 全部 얼마나 되던가요?"

卞氏 "全部 三百萬 圓이었습니다."

柳部長 "얼마나 貯蓄을 하였던가요?"

卞氏 "合邦 當時 十三萬 圓의 貯蓄金이 있었지요."

柳部長 "이번에 『每日新報』가 獨立한 데 대해서는……"

卞氏 "아참, 그거 말이요. 日前에 新聞을 보려니까 瞥眼間 數十 年 감겼던 눈이 번쩍 뜨입디다 그려. 『每日新報』가 獨立을 하고 百萬 圓 株式會社가 되고 崔麟 君이 社長이 되고 했다니 內容은 하여간에 모양만이라도 잘 되었소. 참 稀罕한 일이요."

2004 「支那의 不穩文書 各地에 流布 頻頻」

『동아일보』, 1938.05.06, 조2면

지나(支那)에서 출판되는 불온한 출판물(出版物)이 상품과 같이 혹은 기타 교묘한 방법으로 밀입되어 평양 각 학교에 배부되는 사실이 종종 있으므로 평남도 경찰부(平南道 警察部)에서는 이후부터 이 불온출판물(不穩出版物)의 반입을 일층 엄중 경계할 것을 도내 각 경찰서(警察署)에 통첩을 발하였다는데 주로 평양의 각 학교에 도달하는 출판물로는 금년 三월초에 출판된 民族○○당 기관지(民族○○黨 機關誌)와 『전도(前途)』라는 것이 그 대부분이라 한다. 【平壤】

2005 「西洋映畵 禁輸 緩和」

『동아일보』, 1938.05.23, 석2면

외국영화 금수 이래 외국의 영화는 전연 구경할 수 없이 되어 영화'팬'들은 무엇보다도 궁금히 여기고 있던바 이즈음 대장성 방면으로부터 들리는 소식에 의하면 그들에게는 무엇보다도 반가운 소식이 전하여 온다.

얼마전 대장성에서는 아메리카 관계의 영화 八 사 연맹의 수뇌부와 간담을 한 결과 매년 약 二百 본의 영화를 수입키로 하였다는바 당국에서는 종래 본수 기준의 제한 통제를 행하여 왔던 것을 종차로는 그 불합리한 점을 깨닫고 금액 기준으로 통제키로 하여 연액 二百萬 원을 한도로 수입 대금과 이익금은 만 三 년간 일본에 거치할 것을 조건으로 수입을 허가키로 하였다는데 동경에 있는 각 지사에서는 아메리카 본사에 시간을 천연치 않고 그 사실을 보고하고 회답오기를 기다리고 있는 다는데 피차간에 조건이 성취될지는 아메리카 영화 약 百五十 본은 매년 수입될 수 있어 이 여파는 조선에도 파급될 터이라고 한다.

2006 「外國映畵 輸入 緩和, 七月부터 實施할 모양」

『동아일보』, 1938.06.09, 조2면

대장성에서 외국품 수입 방지(外國品 輸入 防止)의 一조로서 작추 외국영화의 수입을 금지, 최근 각 영화업자들은 二, 三 년 전의 것을 끄집어내어 양화(洋畵)팬의 환영을 겨우 끌어 온 상태이다. 아메리카영화협회 일본지부에서는 아메리카 四대 산업의 하나인 영화를 전연 금지시켜 수입하지 않는 것은 아메리카의 대일 감정으로 보더라도 좋지 않으므로 지난 五월 말 대장성 위체국(爲替局)에 대하여 "수입금지된 작년 二월 이강 현재까지의 미불 권리금 二百萬 원을 지불함과 동시에 十二월까지의 사이의 프린트 원가 三萬 불, 권리금 百萬원의 수입을 허하여 달라. 단 이에 요하는 三百十一萬 원은 三 개년간 정금은행(正金銀行) 샌프란시스코 지점에 무이자로 예금함"이라는 조건으로 신규 수입허가를 원하였다. 대장성에서도 이 요구는 그럴 것이라 하여 관계성 협의의 결과 요즈음에 이르러 영화협회(映畵協會) 측의 조건과 같이 수입허가 방침의 결정을 보게 되었다. 그리하여 六월 중에서 정식 허가령을 발하여 七월 초부터 팬들의 이 대망하는 신미국영화가 수입될 터다. 대장성(大藏省)에서는 요즈음 수입영화의 종류에 엄중 조건을 부하여 비상시에 적합한 소설, 뉴스산업, 문화영화에 한할 의향이다. 【東京電話同盟】

2007 「『朝鮮小學生新聞』 不良出版物로 廢止」

『동아일보』, 1938.06.11, 조2면

부내 남대문통(南大門通) 五정목 조선소학생신문사(朝鮮小學生新聞社) 영업국장 이승민(李承敏)은 동 사 소년 집금원(集金員) 十여 명의 보증금(保證金)을 편취하였다는 혐의로 수일 전부터 종로서(鐘路署)에서 불구속 취조를 받고 있는 중인바 이 『조선소학생신문』은 부내 신길정(新吉町) 一二七번지 관야거구(館野巨龜) 명의로 발행하고 있으나 이번 이 일이 발생되어 당국에서 조사한 결과 명의인과는 전연 별개의 이승민(李承敏)이 실제 발행하고 있음이 판명되어 총독부 경무국(警務局)에서는 불량출판물의 탈법행위(脫法行爲)로 판명, 지난 八일부로 동『조선소학생신문』의 발행금지를 명하였다 한다.

2008 「不穩雜誌 發刊한 兩名을 送局」

『조선일보』, 1938.07.02, 석2면

부내 예지정(禮智町) 팔십팔번지에서『상공계(商工界)』라는 월간잡지를 발간하던 최웅진(崔雄鎭)(二三), 이종필(李鐘弼)(二五) 두 명은 작년 팔월 즉 지나사변이 발발한 지 얼마 안 되어서부터 그 둘이 발간하는 잡지 속에다가 시국에 관한 조건과 좌익문서를 삽입하여 반포한 것이 경기도 경찰부에 적발되어 경찰부에서는 금년 삼월 십칠일부터 검거에 착수하여 그간 오십여 명을 검거, 취조 중이었었는데 그간 취조를 마치고 일일 전기 두 명만을 경성지방법원 검사국으로 송국하여 왔다. 두 명은 치안유지법 위반죄로 곧 장기(長埼) 사상검사의 취조를 받고 있는데 그들의 원주소는 다음과 같다.

京畿道 振威郡 平澤面 通伏里 崔雄鎭(二三), 同郡 同面 平澤里 李鐘弼(二五).

2009 「貞操 輕視의 小說, 情死, 同性愛의 禮讚은 不可」

『동아일보』, 1938.09.14, 조2면

전시하의 국민정신을 작흥하고자 잡지(雜誌)의 전면적 혁신에 노력하고 있는 내무성 도서과(圖書課)에서는 수일 전 동경(東京) 시내의 종합(綜合), 부인(婦人), 대중오락(大衆娛樂) 잡지사 대표 三十 명을 동 성 회의실에 소집하고 잡지의 연애소설(戀愛小說)을 중심으로 검열당국이 사회 교풍 등의 견지에서 재미롭지 못하다고 생각하는 제 점을 지시하여 잡지사 측과 간담을 행한 바 있었는데 검열당국이 지시한 사항은 사변 하의 잡지 쇄신에 손을 대인 검열당국의 근본 방침으로 보아 금후 일반 잡지의 내용이 一신할 것으로 주목된다.

더욱이 이에 관하여서는 총독부 당국에서도 점차 추수할 것으로 여러 가지로 방법을 고구 중이라 하는바 금번 내무성 검열당국이 지시한 주요 사항은 다음과 같다. 첫째, 아직 젊은 여자가 다수의 남자와 관계하는 정조 경시의 연애소설, 간통 등을 흥미 본위로 취한 것은 좋지 못하다. 둘째, 여성끼리 혹은 남성과 정사(情死)한 것, 동성애를 선정적으로 또는 찬미 구가한 것은 재미없다. 셋째, 방종주의(放縱主義)를 예찬한 독물(讀物)은 좋지 못하고, 넷째, 소설 중에 여학생들의 용어(用語)로써 군(君)이니 무어니 하는 말은 쓰지 말도록 주의할 것.

2010 「軟派 '레코드', 性藥 廣告도 取締」 『동아일보』, 1938.09.14, 조2면

신문, 잡지를 비롯하여 각종 도서출판물(圖書出版物)의 취체에 대하여는 종래 과격한 사상 방면의 것만을 주로 취체하여 왔으나 일반 출판물에의 영향은 이런 사상 방면의 것에만 한정되지 않고 각종 연약(軟弱)한 내용의 것의 일반 국민생활에 미치는 영향이 자못 크므로 경무당국에서는 앞으로 각종 연약한 출판물의 취체를 일단 강화하는 동시에 연약한 출판물만 아니라 활동사진, '레코드' 등도 엄중히 취체하고 나아가서는 각종 성약(性藥) 광고 등에 나타나는 저열하고도 말초적인 문구 등을 사용하는 것을 일체 금지하기로 되었다 한다.

2011 「河合榮治郞 氏의 著書 中 四書 發賣禁止」 『동아일보』, 1938.10.06, 조2면

내무성에서는 동대(東大) 경제학부 교수 하합영치랑(河合榮治郞) 씨의 저서 중 다음의 四 서(書)에 대하여 안녕질서를 문란케 한다고 인정하고 출판법 제十九조에 의하여 五일 오전 十시 내무성의 명령으로 발매금지 처분에 부치고 경시청 기타 각 지방관청에 통첩을 발하고 상점에서 몰수하였다.

一. 『社會政策 原理』

一. 『파씨즘 批判』

一. 『時局과 自由主義』

一. 『第二學生生活』

이에 대하여 하합 교수는 다음과 같이 말하였다.

"나의 책이 시국에 유해하다고는 생각지 않는다. 따라서 가령 발금되었더라도 나의 의도가 나쁜 것은 없다. 나의 학설이 오류라고도 생각지 않는다. 이에 대하여 나는 일보도 양보하고자는 않고 나의 진퇴문제에 대하여는 교수회의 결과에 따를 뿐이고 나 개인으로서는 말할 수 없다." 【東京電話同盟】

2012 「文化 糧食에 背馳되는 不正出版物 斷然 整理」

『동아일보』, 1938.10.09, 조2면

신문, 잡지를 비롯하여 일반 도서출판물(圖書出版物)이 일상 사회를 주는 이익이 크고 문화상의 영향이 또한 중대하거니와 그 반면에 여러 가지 각도로 해독을 끼치는 점이 없지 않은바 그중에서도 소위 불량한 '팸플릿' 종류의 악질 신문, 잡지가 간간히 횡행하여 일반에 물심(物心) 양방으로 손실을 주고 정상한 언론의 권위까지를 손상시키는 예가 없지 않다. 현재 조선내에도 각종 신문, 잡지가 있어서 대개가

정상한 편집 내용을 가지고 또 정당한 판매 정책 밑에서 발행되어 가는 터이나 역시 악질의 '팸플릿' 종류의 것이 수十 종이나 있으므로 이것의 존재는 첫째로 작금 시국 관계로 각종 기관을 통제하고 또 지 기근(紙 飢饉)에 의한 용지 절약(用紙 節約) 방침에 배치되는 것이며 둘째로는 그 팸플릿 종류의 신문, 잡지는 그 출판물을 판매한다는 것보다 광고(廣告) 수입 등에 주력하여 때로는 반협박적으로 금전을 강요하는 터이니 이 폐해를 제거하여야 할 것, 셋째로 편집 내용이 언론기관으로서의 하등의 의의가 없음은 물론 모두가 저열한 것인 것, 넷째로 이런 악질의 것 때문에 도리어 권위있는 언론기관과 각종 정상한 출판물에까지 좋지 못한 영향을 미치게 하는 등등 여러 가지 좋지 못한 점이 많으므로 금번 총독부 경무국 도서과(圖書課)에서는 이 '팸플릿' 종류의 신문, 잡지 출판물 등을 단연 정리할 방침을 새우고 우선 그 분포(分布) 상황, 편집 내용, 영업 내용 등을 조사하기로 하였다.

2013 「映畵팬에 喜消息」 『동아일보』, 1938.10.24, 석2면

미국영화는 위체관리법(爲替管理法)에 의하여 작년 여름부터 거의 수입금지의 난관을 만나 미국영화협회 일본지부에서 여러 차례 우리 대장 당국에 융화해 달라는 것을 진정하고 있던바 이즈음 겨우 절충이 되어 일본 측에 매우 유리한 조건 밑에 약간의 영화를 수입제한부로 허가하기로 정식 결정, 작년 九월 이래 횡빈(橫濱) 세관에 억류되어 있는 약 二十 개를 위시하여 연내에는 대소 섞어서 약 百 개의 양화가 속속 수입되기로 되었다. 【東京電話同盟】

2014 「洋畵 輸入 第一次로「試驗飛行士」檢閱」

『조선일보』, 1938.10.25, 조4면

일지사변으로 말미암아 일시 洋畵 輸入 문제가 암초 위에 걸려 일반 영화팬과 문화인의 기우가 한둘이 아니었던바 지난 이십일 오후부터 橫濱 稅關 검열실에서 제일착으로 메트로 작품으로 '클라크 게블'과 '미나 로이' 주연한 「試驗飛行士」의 검열이 있었다.

그리고 그 다음으로는 '바바라 스턴윅' 주연의 「스테라 타라쓰」와 '폭스'사의 「시카고」, 파라마운트의 「海賊」 등이 검열을 통과하는 대로 수입 허가키로 되었다 한다.

2015 「文化統制 問題」

『동아일보』, 1938.12.11, 조1면

一

從來 取締의 對象이었던 文化 部門에 對하여 當局은 統制의 손을 펴기 爲하여 法規와 行政機構의 整備를 準備 中에 있다 한다. 昨年度 議會에서 電力統制法, 國家總動員法 等을 筆頭로 八十餘 個의 法令이 大部分 國家統制를 그 內容으로 하였고 特히 物資의 配給, 消費, 生産, 輸出入 等 여러 角度에서의 統制와 人的 資源의 生産 配給 等의 點에서 規定을 보게 되어 戰時態勢의 遂行上 法的 整備가 되었다. 그러나 文化 方面에서는 總動員法에 新聞統制라는 條項이 있고 其他 廣汎한 文藝의 分野에는 消極的인 取締만을 繼續해 오는 現狀이다. 그런데 이제 또다시 當局에서는 演劇, 映畵, 레코드, 音樂 等 大衆生活과 密接한 關係가 있는 藝術 方面에 있어서도 統制 指導를 通하여 取締에서 助獎[177]에로 方針을 옮기리라 한다. 國家의 全活動 部門이 이제

177 조장(助獎) : 이 기사 안에서 '助長'과 구별하여 썼으나 의도적인 것인지 오식인지 불확실하다. 의미는 '돕고 장려한다'는 뜻인데 용례를 찾기 어렵다.

統制라는 큰 바퀴에 실려 움직여가는 오늘 이 統制行政은 새로운 意味를 주는 것이 아니나 元來 政治가 統制라는 時代 傾向을 띠게 되므로 自然 힘을 第一位로 믿어서 調整의 圓滑을 가지지 못하여 자칫하면 도리어 强力한 取締의 結果를 生하게 되는 일이 적지 않다.

二

統制가 指導 助奬을 內包한 것이라 하면 스스로 街頭에 進出하여 從來 民間企業者의 손에서 營爲되고 特殊 趣味있는 人士에게서 保持되던 이 藝術 分野에 對하여 方向 助長을 期하는 一便, 이 文化의 惠澤을 입지 못하는 多數의 民衆에게 이 機會均等의 要求를 滿足시켜 주고 따라서 一般에게 藝術 敎養의 普及을 期할 것이다. 利益 追求를 除去하게 되는 날에는 經營者의 負擔을 過重할 것이므로 適當한 保障을 해주면서 이 藝術의 大衆化에 積極的 協力케 할 것이고 特殊 有閑階級이나 有産人에게만 娛樂用으로 消日거리가 되는 感이 있던 現代의 演藝 方面을 門戶 開放하고 또 그 內容을 一般 生活感情에 卽케 하여 與人樂樂할 수 있게 하는 것이 統制의 本意요, 文化行政의 擔當區域이다. 그리고 他面 이와 別個로 所謂 素人들로 된 新藝術家의 養成과 및 그들로서 組織된 團體를 指導 助長하며 都市에만 偏重된 오늘의 文化施設에 竝行하여 農山漁村에도 그들의 生活과 符合되는 平易하고도 趣味있는 藝術的 要求에 滿足시킬 施設이 있어야 한다. 巡回 移動劇場, 라디오 普及, 愛劇組合의 結成, 巡回文庫의 一般化 等으로 藝術人과 民衆과 當局이 一環으로 된 藝術의 民衆化 運動이 進軍되어야 할 것이다. 이것이 곧 藝術統制의 코스요, 藝術行政의 運動化에의 目標일 것이다.

三

朝鮮은 過去 여러 가지 方面에 藝術的 偉大性을 發揮한 바 있었으나 그 保存과 傳後가 近世에 와서 藝術 賤視의 風潮로 말미암아 若干의 遺産을 남긴 채 散逸되고 말았다는 것은 遺憾스러움이 이에 더할 바 없다. 文化라는 것은 私有인 同時에 私有物이 아닌 人類 共同의 生活感情의 向上과 滿足을 爲하여 公有될 것이다. 이리하여 成長 發達된 文藝는 人類 永遠의 幸福을 爲하여 享有되어야 할 것이니 朝鮮文化의 衰

微는 곧 世界 人類의 損失이 아니랄 수 없다. 뿐만 아니라 近代 各種의 文化運動이 일어나서 各其 社會福利의 增進을 爲하여 努力하다가 經營難, 人材難 等으로 '時不利兮'를 부르고 退却하고 말아 實로 寂寞한 感을 준다. 既存 營利的 部門에 機會 均等을 企圖하고 一般 民間의 藝術的 教養을 目的하는 文化行政은 모름지기 이 文化運動에 對하여도 積極的으로 扶腋 助奬이 있어야 할 것이니 이는 곧 文化國家의 目的을 達成케 하는 重要한 國策運動임을 當局者는 알아야 한다. 文化, 藝術이 世人共享을 理想으로 할진대 朝鮮의 傳來 文藝를 助長, 闡明하는 것이 當然히 이 行政과 運動의 中心이 되어야 할 것이니 이리하여서만 輪奐의 美를 겨누는 文化 完成의 實을 거두게 될 것이다.

2016 「'赤色硏究會'의 嫌疑로 延專 三教授 等 送局」

『동아일보』, 1938.12.17, 석2면

지난 二월 廿七일 부내 서대문서(西大門署) 고등계에서는 아연 긴장하여 부내 대현정(大峴町)에 있는 연희전문학교(延禧專門) 도서관을 수색하고, 다수 좌익(左翼) 급 불온서적을 압수하는 동시에 동교 백남운(白南雲) 교수를 소환 취조 중 기보한 바와 같이 사건의 전모가 명확하다 하여 지난 十五일 오전 十시에 백남운(白南雲), 이순탁(李順鐸), 노동규(盧東奎)의 三 교수를 치안유지법 위반 등 죄명 하에 五百여 장이나 되는 의견서와 두 '트럭'의 불온서적 급 다수 증거물과 함께 경성지방법원 검사국에 신체 구속으로 송국하고 기외 학생 등 十수 명은 불구속으로 송국하였다 한다.

2017 「米國 政府서도 映畵統制 實施」

『조선일보』, 1939.01.12, 조4면

영화통제(映畵統制)라는 말은 최근 각국 정부의 정책 중의 하나로 이미 이태리, 영국에서 이를 실시하고 있거니와 이번은 미국에서도 영화통제를 실시하기로 되었다 한다. 미국에는 각 영화회사의 연합단체로 MPPDA[178]가 있어서 영화의 자주적 통제를 행해 왔는데 최근과 같이 세계 각국이 미국영화 수입을 제한하며 미국 자체가 신시장(新市場)의 개척, 진출 혹은 국책영화 제작 등 여러 가지 문제가 빈발함에 따라 미국 정부는 본격적으로 통제 강화가 필요하기 때문에 정부의 영화통제 지도기관으로 할리우드에 연방영화산업국(聯邦映畵產業局)을 개설하기로 되어 준비위원회를 조직하였다. 이 위원회는 외국에 있는 아메리카영화의 불필요한 '트러블'을 회피하기 위한 지도 혹은 정부와 영화 제작업자와의 밀접한 연락을 위하여 활동하게 되리라고 한다.

2018 「朝鮮映畵를 全面的으로 統制」

『조선일보』, 1939.03.15, 석2면

때는 바야흐로 사상전(思想戰) 시대로 되어 있는데 영화는 신문과 '라디오'와 함께 현대의 사상선전의 삼대 방편으로 되어 있어 특히 영화가 '토키'로 된 뒤로부터는 영화관은 사상전의 '토치카'라고까지 하여 그 대중에 미치는 영향이 비상히 큼에 비추어 총독부에서는 이번 내지의 영화법(映畵法)에 따라 조선영화령(朝鮮映畵令)을 발표하여 종래 활동사진'필름'검열취체규칙과 영화취체규칙으로써 소극적으로 영화를 취체하였던 것을 적극적으로 우량영화의 제작 배급과 상영의 방책을 강

178 미국영화제작배급자협회(Motion Picture Producers and Distributors of America) : 1922년에 미국의 주요 영화스튜디오들이 설립한 단체이다. 1930년부터 1968년까지 영화등급시스템(헤이스 코드)을 관할했다. 1945년에 미국영화협회(Motion Picture Association of America)로 개편되었다.

구하게 되었다. 즉 조선의 영화는 지금까지 그 제작과 배급에 이르기까지 전면 자유상태에 방임되어 있어 자못 취체규칙으로써 제작된 영화에 대하여 다소의 삭제를 하던 것이나 금후 이 조선영화령에 의하여 '시나리오'의 검열제 영화제작과 배급의 허가제가 규정되어 조선영화가 국책적으로 통제되기로 된 것이다. 이 조선영화령에 대한 경비 일만삼천 원도 드디어 총독부 추가예산으로 통과되었는데 이 법령은 제령(制令)으로 근근 발포될 것이다. 그 내용은 대개 내지와 같을 터이나 조선의 특수사정으로 미현상(未現像) 수이출과 '시나리오' 검열에 있어서 내지보다 다르게 제한될 터이라고 한다.

2019 「頹廢 氣分 挑發하는 不良레코드 檢索」 『동아일보』, 1939.04.03, 석4면

요즈음 어느 상점 어느 가정을 물론하고 축음기가 놓여 있는 곳에는 어려운 시국하의 긴장한 생활면을 문란시키는 극히 퇴폐적((頹廢的)인 음곡과 가장 향락적인 감상에 흐르는 가사(歌詞)를 취입한 '레코드'의 소리가 자녀를 기르는 가정에서는 물론 거리거리 각 점포에서 흘러나와서 一반의 긴장을 요할 심정을 가냘픈 낭만적(浪漫的) 경지에로 달음치게 하는 경향이 심한 데 감하여 이러한 퇴폐적인 경향을 一소시키는 근본 대책으로 경남도 경찰부에서는 지난 二월 하순부터 三월 상순까지에 긍하여 도내 五十二 개소의 축음기 판매업자에 대하여 一제 취체를 엄중이 하여 불량레코드 발매금지 二十八 매, 가두연주금지 百四十二 매 등을 처분하였는데 금후도 불량레코드는 발견되는 대로 엄중 단속하리라고 한다. 【釜山】

2020 「童心 世界에서 俗惡을 隔離하라!」

『조선일보』, 1939.04.09, 석2면

일반 부형들의 적지 않은 관심을 갖게 하는 아동 영화관람에 대하여 총독부 경무국에서는 오래 전부터 적당한 방침을 세워 가지고 동심에 영향을 받지 않도록 하고자 연구 중이던바 이번에 내지에서 영화법(映畵法)이 공포되어 오는 시월 일일부터 실시하기로 결정되었으므로 조선서도 속히 제령(制令)으로써 조선영화령을 공포하는 동시에 총독부령으로 그 시행규칙을 제정하여 오는 시월 중순부터 실시하고자 방금 경무국 도서과(圖書課)에서 그 준비에 분망 중이다.

이제 그 내용의 대개를 듣건대 연애영화를 비롯하여 아동교육에 그다지 좋은 영향을 주지 못한 각종 영화는 십사 세 이하의 아동에게는 보이지 못하도록 그 '필름'을 지정하는 동시에 아동에게 유익한 영화를 많이 상영할 영화관을 또한 지정하여 불량영화의 관람을 금지하고 그 대신 좋은 영화를 많이 보도록 하려는 것이다. 이렇게 되면 수입을 제한한 이래 각 영화관에서 상영을 경쟁하던 외국영화는 필경 아동과 인연을 끊게 될 모양이다.

一. 아동영화는 건전하고 명랑한 것으로 연애영화, 가정 파탄, 골육상쟁 등 속악하고 저급하여 아동 교화에 악영향을 주는 것은 제한함.

一. 제한한 영화도 부분적 개작을 하면 관람제한을 해제함.

一. 제한된 영화는 부형 동반으로 보더라도 십사 세 이하의 아동의 관람은 금지함.

그러므로 외국영화 중에는 문화영화, '뉴스'를 제외한 소위 劇영화의 태반이 연애를 '테마'로 한 것이므로 이런 것은 대개 제한을 받을 것이다.

古川 圖書課長 談

"아동에게 불량영화 관람을 금지하는 동시에 아동의 연령을 법적으로 제한하는 것은 아동교양상 필요한 것이므로 조선도 오는 시월경부터 실시하려고 방금 준비 중이다. 근본 법의 내용은 대개 내지의 그것과 같으며 시행규칙은 다소 다를 것이다. 아동에게 유익할 영화는 '필름'과 영화관을 지정하려고 한다. 장래는 아동영화관이 특설될 시기도 올 것이다."

2021 「書籍出版配給會社 出現」 『조선일보』, 1939.05.07, 석2면

내지에서 발행하는 잡지, 기타 서적을 조선에서 판매할 때에 소위 외지 정가라는 명목으로 오 분씩을 더 받던 것은 여러 번 문제를 거듭하여 오던바 이것이 동기가 되어 가지고 일백만 원 자본금의 서적출판배급회사(書籍出版配給會社)가 오는 유월 경성에 생겨나기로 되었다. 종래 동경, 기타 내지 각처에서 발행하는 각종 도서가 조선으로 들어오던 하관(下關)이나 혹은 부산(釜山)에서 다시 검열을 받게 되는데 이 검열에는 조선의 특수사정을 참작하는 관계상 발행지에서 검열에 무사히 통과된 것이라도 삭제 혹은 차압을 당하는 경우가 많아서 총독부 도서과와 서적업자로서 검열상 고통이 많고 또 소위 외지 정가라는 것이 있어서 내지서적을 비싼 시세로 들이게 되므로 검열 외 합리화와 정가의 저렴을 도모하기 위하여 내지 출판협회 서적상조합 관계자와 조선내 이 방면 관계자의 출자와 총독부 경무국의 지도의 힘으로 이 회사가 설립되는 것이다. 그리고 이 회사는 동경에 출장소를 설치하여 가지고 조선에 필요한 서적이 신간되는 경우에는 총독부와 연락을 취하여 예비검열을 한 후 서적이 일상 지장이 없도록 할 터이며 또 내지에서 출판하는 서적으로서 조선에 필요한 것은 그 배급을 이 회사에서 대행할 터이므로 소위 외지 정가라는 것이 없어질 것은 물론 그 이상 염가로 구입할 수도 있게 될 것이므로 조선내 중소 서적상들에게는 상당한 타격이 있을 것으로 관측된다. 그리하여 현재 일부 서적상 방면에서는 극력 반대를 하고 있으나 여러 가지 정세로 보아 이들의 반대도 자연 수그러지게 될 모양이다.

2022 「十月로 迫到한 映畵法」 『조선일보』, 1939.05.27, 조4면

지난 제칠십사 의회를 통과하여 조선내에서도 오는 시월 일일부터 실시하게 된

영화법(映畵法)에 관하여 내지와 타협할 조목이 있어 그간 동경(東京)에 출장 중이던 고천 도서과장(古川 圖書課長)은 이십오일 귀경하자 영화 정책에 대하여 다음과 같이 말하였다.

"영화법은 종래의 소극적인 검열과 나쁜 영향을 겁내어서 영화를 멀리해 온 사람이 많음을 참작해서 이제부터는 이들로 하여금 전진해서 영화제작 배급을 적극적으로 하도록 지도 후원하며 우수한 영화를 자진해서 제작하도록 하자는 방침 하에서 입법한 것이지 맹목적인 통제나 억압은 결코 아니다. 영화법은 조선서도 내지와 같이 오는 시월 일일부터 실시할 예정으로 특별히 따로 조선영화 제작을 위한 새 회사를 창립할 계획은 없다. 더구나 현재와 같이 빈약한 자본과 조직으로 된 많은 영화 제작회사로서는 불과 백도 넘지 못하는 전조선의 상설관을 상대로 한댔자 도저히 수지가 맞지 않으므로 현재의 조직을 통제하고 좀더 강화해서 비록 수효는 적더라도 강력적인 조직을 가지고 우수한 작품을 만들어 내지에도 꾸준히 수출할 생각이다. 이것은 외국영화가 부족되는 지금에 있어서 우선 관객에게 편리할 것이므로 적극적인 영화정책을 금번 영화법 제정을 기회로 성안시키고 싶다. 상설관의 흥행방법이나 기타 세목에 있어서는 경성과 같은 도회와 지방 등지는 다르니까 금후도 연구의 여지가 많지만 우선 상설관이 부족하니까 증가시킬 작정이다. 금월 중으로 총독부 심의실에서 심의가 끝나는 대로 곧 법제국에 회부할 터이다."

2023 「文部省에서 圖書 推薦」

『조선일보』, 1939.06.05, 석4면

事變下에 있음에도 불구하고 每年 一萬五千餘의 圖書 出版을 보이고 있는데 그 中에서 가장 非常時 國民으로서 읽어서 精神的 糧食이 될 만한 良書만 골라 읽히기로 하고 文部省에서는 從來의 圖書推薦制度를 徹底히 改正하여 '一般圖書', '兒童圖書'의 二部로 나누어 各各 거기에 適當한 推薦委員會를 設置하고 이로부터 積極的

으로 圖書 指導를 할 작정이라 한다. 그래서 지난 五月 二十九日에 省內 會議室에서 大學, 圖書館, 各 研究所 等의 專門家를 網羅해서 一般部 二十五 名, 兒童部 十六 名의 委員을 設定해서 委囑會議를 열었다. 今後부터 每月 一回 以上씩 兩 委員會를 開催하고 推薦圖書는 官報, 週報를 비롯하여 新聞이나 '라디오'를 通해서 그의 梗概와 推薦 理由를 詳細히 發表하여 時局 下의 讀者들에게 便宜을 주도록 努力할 터이라 한다. 그리고 推薦 方針은 時局과 國策의 線上에 오르도록 主力하고 所謂 事變物 같은 것도 良書로 속속 推薦하여 從來에 文部省 推薦書는 재미없다던 批評을 一掃할 方針이라 한다.

2024 「學生藝術座 東京 公演 中止」

『조선일보』, 1939.06.08, 조4면

조선의 향토예술(鄕土藝術)의 소개와 창작극(創作劇) 상연을 표방하고 칠 년 동안이란 오랜 사이를 꾸준하게 신극운동에 힘써 오던 동경학생예술좌(東京 學生藝術座)는 이번 유월 십사, 십오, 십육 사흘 동안 축지소극장(築地小劇場)에서 칠주년 기념 공연을 하기로 하고 준비 중이더니 돌연 경시청(警視廳)으로부터 중지명령이 내리었다고 한다. 이유는 일본 내지에서는 조선말 연극은 금후로 허락치 않게 되었기 때문이라고 한다.

2025 「金 密輸를 積極 防遏코 不正出版物을 團束」

『동아일보』, 1939.06.10, 조2면

금 九일부터 총독부에서 세관장 회의(稅關長 會議)가 개최되어 총독의 훈시와 관계국의 지시사항은 별항과 같거니와 이 회의에서 지시 강조한 것 중의 중요한 몇 가지는 첫째로 밀수출입(密輸出入)의 단속을 엄중히 할 것을 지시한 것이다. 밀수출입 중에서도 금(金)의 밀수출입을 방알하는 데 주력하는데 근래 만주국 내에서 금 시세가 급격히 앙등하는 데 따라서 금의 밀수출이 성행하는 터이니 이 금 외국 도피(國外 逃避)를 적극적으로 방지하자는 것이다. 그리고 경제입법(經濟立法)에 위반하는 자를 극력 적발할 것이요, 더구나 조선은 중간지대에 있으므로 부정도서출판물 출입 등을 엄중히 감시 취체하기에 각 세관은 특별 유의할 것을 지시하였다 한다.

2026 「兒童의 入場 制限! 問題의 映畵法 第十七條」

『조선일보』, 1939.06.25, 조4면

금년 시월 일일부터 실시될 영화법(映畵法) 제십칠조에 있는 아동의 극장 입장 제한 문제는 일반적으로 아동으로 하여금 전혀 극장에는 조금도 얼씬 못하게 하는 것이나 아닌가 하여 벌써부터 사회 각 방면의 여론을 사고 있다.

영화법이 아직 실시되지 않은 지금에 이럴 적에야 만약 실시가 되면은 큰일이라 하며 벌써부터 영화업자나 상설관 측에서는 대단히 우려 중이며 하루바삐 당국으로부터 여기에 대한 구체적 지시가 있기만 바라고 있다는데 이제 문부성(文部省) 당국의 의향을 대략 알아보면 영화법 제십칠조란 아동의 영화 관람을 전혀 금지하는 것은 아니고 악영향을 주는 것을 보이지 말자는 것으로서 영화법에 의해서 추천된 영화나 인정받은 문화영화는 십사 세 미만의 아동이 극장에 들어가 관람하여도 관계없다는 것이다. 그리고 영화법 실시 이전에 (구월 삼십일까지에) 검열 통과한 영화는 물론 아무가 보아도 관계없다 한다. 그러나 영화법에는 다만 십사 세 미만이라고만 했으므로 갓난애를 데리고는 금후로 어머니나 아버지가 극장 출입을 못하게 되지 않을까 하고 일반인은 벌써부터 근심을 하고 있다. 그러나 이것은 공연한 일반의 억측이고 문부성으로서도 어린 애기의 보건(保健)상으로 보아서 금지하면 하였지 절대로 다른 이유로써 금지를 하거나 그렇지는 않으리라 한다.

2027 「移入許可制와 配給統制, 難産의 朝鮮 '映畵令'」

『조선일보』, 1939.07.23, 조4면

드디어 오는 시월 일일부터 전국적으로 실시하게 된 영화법(映畵法)과 관련하여서 조선내에서 제정되는 '영화령(映畵令)'의 총독부 안을 휴대하고 도동 중인 정수(井手) 도서과 사무관은 방금 내무(內務), 문부 양성 각 관계관 사이에 영화령 세목에 대하여 침착한 타협을 계속하고 있다는데 '영화령' 중의 가장 중요한 점은 내지로부터의 이입허가제도와 배급통제와의 두 가지로서 이입허가는 작품의 내용이 가져오는 일반 대중에게 미치는 그 영향을 고려해서 총독부의 검열이 시작되기 전에 미리 이것을 검토하자는 것으로서 반드시 이입제한을 하자는 것이 아님은 물론이려니와 또한 배급통제는 그 이상으로서는 곧 총독부로부터는 실시하고자 하는 의향을 가지고 있지만 사실 이것을 실제 문제로서 실천하려 할 때에는 여러 가지 난관이 앞서므로 여간 곤란하지 않다 한다. 또한 이상과 같은 피하기[179] 위하여 '통제회사(統制會社)'와 같은 것을 만든다손 치더라도 우선 무엇보다도 상당한 자본이 있어야 되겠으므로 이 점은 앞으로 약간 연구의 여지가 있을 것 같다 한다. 하여튼 이번의 '영화령'만은 조선의 특수사정을 충분히 고려하여서 조금도 누락이 없도록 철저히 제정해 갈 방침으로서 내지의 '영화법'에 준거하여 갈 것은 말할 것도 없다 한다. 동경에서의 현지안이 끝나는 즉시로 가급적 급히 법제국으로 회부하도록 되어 있다 한다.

---

179 원문에 '피하다'의 목적어가 빠져 있음.

2028 「軍歌, 流行歌 等의 改作을 嚴重 取締」

『동아일보』, 1939.07.26, 석2면

전시하에 유행되는 유행가의 건전한 대중성을 생각하며 「애국행진곡」, 「로영의 노래」 등의 군가 기타 유행가를 야비하게 개작하여 유행가를 만들어 청소년, 학교생도, 아동은 물론 요리집, 음식점 등에서까지 노래하는 것은 심히 유감으로 생각한 경무국 보안과에서는 그것을 엄중히 취체하기로 되어 二十五일에 군가, 속요, 유행가 등의 개작의 취체 방침을 각 도 경찰부에 통첩하였다.

2029 「映畵法의 細則要項」

『조선일보』, 1939.08.13, 조4면

영화기업계에 일대 전환기를 가져올 '영화법(映畵法)'의 세칙(細則)은 드디어 내무(內務), 문부(文部) 양성의 협의도 끝나고 전부를 육십여 항목에 관한 시행안(施行案)도 이미 결정되었으므로 내주 안으로 내무성(內務省)으로부터 그 요항(要項)이 발표되리라 한다.

그런데 동 세칙 발표는 '영화법' 실시안의 내시(內示)일 것이므로 영화업자의 간담적 시달(示達)은 대일본영화협회(大日本映畵協會) 간사회(幹事會)로서 여기에 충당하고 내용의 대의를 표시한 다음 다시 오는 구월 십일경에 도(道), 부(府), 현(縣)의 보안과장(保安課長)회의를 소집하여 그 석상에서 동 영화법을 어떻게 운용할까 하는 토의를 충분히 한 연후에 시월 일일부터의 실시를 앞두고 하리라는바 이 '영화법'의 주지는 금후로 동 사업의 계승, 양도 혹은 새로이 이 영화기업에 관계하려는 당자에게는 상당히 엄중한 심사를 한 후 그 질적 개혁을 실천하자는 것이라 한다. 그러나 현재 영화제작(製作), 배급소(配給所)의 각 부문에 관계를 가지고 있는 사람들을 압박하고자 하는 것이 목적이 아니므로 이 점만은 얼마든지 안심하여도 좋으리라 한다. 【東京發同盟】

2030 「原料統制下의 興行街, 映畵館의 休憩音樂 廢止(?)」

『조선일보』, 1939.08.27, 조4면

영화와 '레코드'는 공통된 문화적 사명과 선전을 제일주의로 하는 관계상 양자는 알지 못하는 사이에 서로 접근하여 각 '레코드'회사의 영화상설관 휴게시간 연주용 '레코드' 제공을 비롯하여 영화주제가(主題歌) 혹은 영화 '스타'들의 '레코드' 취입 등 사에까지 진전되어 있는 것은 사실인바 이번에 이 휴식시간 연주용 '레코드'의 제공이 폐지되게 되었다. 이것은 영화관이 제공받은 '레코드'의 곡목을 '프로그램'에다 인쇄하는 동시에 휴게시간에 연주하여 영화 관객에게 실물을 소개하는 말하자면 '타이업' 선전이어서 '레코드'회사는 영화관에다 임시 빌려주는 형식을 취해 왔으나 상당히 오랫동안 사용하므로 사실상 기증과 같은 결과가 되어온 것인바 최근 원료통제로 인하여 무료 제공은 곤란하게 되었으므로 우선 '컬럼비아' 회사가 솔선하여 각 영화 회사와 또는 상설관에다 이후로는 일체 '레코드'를 제공할 수 없다는 통고를 띠었으므로 이어서 다른 회사도 여기에 따를 것은 물론이어서 영화관 측에서 방금 여기에 대한 대책을 고려 중이라 한다. 【東京發同盟】

2031 「試驗에 落第하면 스타도 그만!」

『조선일보』, 1939.09.02, 조4면

구월 초순경에 발표하려던 영화법시행세칙(施行細則)은 이번 정변으로 인해서 연기될 모양인데 '영화법' 중 배우, 감독, 카메라맨 등의 등록제(登錄制)는 시월 일일 이후 즉 영화법 실시 이후 육 개월 동안 유예기간 중에 각각 개인의 명의로서 등록신청(登錄 申請)을 하여 '대일본영화협회(大日本映畵協會)' 내에 설치되는 등록인정관(登錄認定官)의 심사(審査)에 합격된 자만이 오는 소화 십오년 삼월 일일부터 비로소 각각 자격을 얻게 된 것으로서 배우의 등록제는 어디까지든지 개인 본위로 해서

원서(願書)를 접수하는 것으로 신청소(申請所)는 소속 회사의 기명을 필요로 하지 않는 까닭에 일반 배우 아닌 사람으로서도 심사에 합격만 될 것 같으면 훌륭히 배우로서 등록되는 것은 물론, 이 같은 허가제로 인해서 종래와 같이 일반모집 혹은 '데파트걸', '여급', '기생' 등속으로부터 껑충 뛰어 단번에 스타가 되기는 불가능은 아니지만 좀 곤란할 것이라 한다.

또한 임시 영화 출연자는 단지 간단한 계출(届出)만 하면 허가될 것으로서 음악가(音樂家), 만담가(漫談家) 외 기타의 연예가들의 임시 출연은 조금도 장애가 없을 것이나 벌써 오래 전부터 문제되어 오던 바와 같이 이미 다른 직업으로 방향을 전환한 스타의 등록도 법문에는 인정되어 있지만 그러나 그보다도 인정관(認定官)의 개인적 자격의 인정 여하에 의해서 급제 혹은 낙제가 좌우될 터이므로 혹은 기성 스타 중에서도 등록 신청이 각하되는 경우가 있을지도 모른다 한다. 【東京發同盟】

2032 「映畵法 實施 第一報, 事前檢閱을 斷行」 『조선일보』, 1939.09.13, 조4면

내무성(內務省)에서는 오는 시월 일일부터 시행될 '영화법(映畵法)' 실시를 기하여 영화사열관(映畵査閱官) 사 명과 기사(技師) 일 명을 증원하여 극영화(劇映畵) 각본에 대하여 '事前檢閱'을 개시하리라는데 이번에 기본 검열은 법규(法規)에 의하면 시월 일일 이후에 제작되는 극영화는 촬영 개시하기 전 열흘 이내에 제작자(製作者), 원작자(原作者), 각색자(脚色者), 주연(主演) 등의 요항을 명기하여 검열을 받게 되는 것으로서 검열의 방법은 각본의 검열을 담당했던 검열관이 그 영화를 맡게 되는 것으로서 제작자와 감독과 및 주연 등이 결정되지 않은 '사전검열 신청'은 일체로 수리하지 않게 된 점이 주목된다. 또한 신임된 기사는 영화에 관한 기계, 전기, 조명 관계 등의 기술 방면과 동시에 영화에 관한 보건, 위생 등의 제 문제를 취급하리라 한다. 【東京發同盟】

2033 「映畵令 來月 公布」

『조선일보』, 1939.09.19, 조2면

조선의 영화(映畵)를 전면적으로 통제하여 영화예술의 진보를 장려할 조선영화령(映畵令)은 방금 법제국(法制局)에서 심의 중으로서 오는 시월 하순경에 발표한 후 곧 시행규칙을 제정(이미 원안 작성은 끝났다)하여 십일월 일일부터는 그 실시를 보게 되었다. 이 조선영화령은 지난 사월에 발표된 내지의 영화법과 그 내용은 거의 같으나 그 시행규칙은 조선의 특수사정을 다소 가미하여 시행하기로 되었는데 그 내용의 대개를 보면 영화제작소의 설립, 영화 제작, 영화 배급에 대한 것이 지금까지는 아무런 제한이 없었으나 법령이 실시된 후에는 전부 허가제로 되는 동시에 영화제작에 종사하는 배우, 감독, 기타 주요한 종업원은 전부 등록제로 하여 당국에서 적임자가 아니라고 인정하는 경우에는 단연 종업을 금지하는 것으로서 이것도 일종의 허가제가 되는 것이다. 업자들이 자유로 저술 혹은 선택하여 가지고 촬영하여 오던 영화각본과 대본(臺本)도 촬영 전에 미리 계출제로 하는 제도로 하여 총독부 당국에서 필요한 경우에는 각본 혹은 대본의 내용 변경을 명령할 수 있도록 하는데 이것은 허가제는 아니다. 이 밖에 총독부에서 필요하다고 인정하는 영화가 있는 때에는 영화제작업자에게 반강제적으로 제작을 명령하는 동시에 우수한 문화영화는 총독부에서 표창할 뿐 아니라 이것을 각 상설관에 추장한다.

이상은 대개 영화제작에 관한 여러 가지 강력적 제한을 가하는 것으로서 이것은 교육, 사상, 풍속, 문화, 기타 각 방면에 가장 유익하고 우수한 영화를 제작하도록 하여 조선영화예술계의 진보를 도모하려는 것이다. 또 영화 배급과 상영 방면에 관한 제한으로 보면 종래는 영화의 흥행시간과 영화관람자의 연령에 대하여 하등의 법적 제한이 없었으나 영화령이 발표된 후에는 상설관의 상영 시간을 제한하는 동시에 영화에 따라서 관람자의 연령도 또한 제한한다. 이것은 물론 사회교화상 청소년에게는 필요치 않은 영화는 관람시키지 않는 것이다. 그리고 또 총독부에서 필요하다고 인정하는 영화는 상설관에 대하여 강제 상영을 명령할 수가 있게 되며 외국영화도 종래는 오 할까지 상영을 허락하여 왔으나 그 검열의 수준을 올리는 관계상 오 할 이하로 그 상영의 회수 또는 '필름'의 권수를 축소하게 될 모양이다. 조선영화령 실시 후의 영화제작업자와 영화상영업자에게 닥쳐 올 제한은 대개 이상과 같은데 이 중에 영화제작소와 종래 허가를 받아가지고 상영 중인 영화 등에 대하여는 법령실시 후 일 개년 동안 그 존속을 인정한다.

이에 대하여 총독부 고천 도서과장(古川 圖書課長)은 다음과 같이 말한다. "조선영화령은 방금 법제국에서 심의 중인데 당초 예정한 시월 일일부터 실시하기는 다소 곤란할 듯하다. 영화의 본령은 내지의 그것과 같은 것으로서 극히 간단한 것이다. 그 시행규칙도 역시 내지의 그것과 대동소이하나 이에는 조선의 특수사정이 다소 가미하여 있다. 새로 실시될 영화령의 내용은 내지와 같이 영화의 제작, 배급, 영화 흥행, 외국영화 수입 등 여러 가지에 다각적으로 제한을 하게 될 터이나 이것은 조선의 영화예술을 향상, 진보시키기 위하여 실시되는 것이므로 자못 적지 않은 기대를 갖게 되는 것이다."

2034 「드디어 十月 一日로 迫頭한 映畵法」 『조선일보』, 1939.09.19, 조4면

영화법(映畵法)의 '실시칙령(實施勅令)'과 '시행세칙(施行細則)'은 드디어 최근 이삼 일 중으로 공포되어 예정과 같이 오는 시월 일일부터 실시되기로 되었는바 이 법령과 같이 동시에 실시될 조항을 그중 몇 가지 소개하면,

一. 劇映畵 脚本의 事前檢閱.

一. 撮影所 內에 있어서 十六 歲의 少年少女들의 深夜業 禁止(但 午前 十時부터 午後 六時까지).

一. 兒童에게 보여서는 안 될 映畵의 認定.

一. 十四 歲 未滿 兒童의 映畵館 入場 制限.

一. 國民敎育上 有益한 特定映畵(文化映畵)의 認定.

등으로서 이외의 조항으로는,

一. 制作, 配給 事業의 許可制度(一 個年).

一. 文化映畵의 指定 上映(六 個月 乃至 一 年半).

一. 俳優, 監督, 撮影技師의 登錄 制度(六 個月).

등으로서 상당한 유예기간이 있으며 이외에 영사제도(映寫制度)의 개정, 즉 기사(技士)시험의 통일은 지방장관(地方長官)과의 연락의 필요상 다소의 유예기간이 인정되었고 '외국영화위원회(外國映畵委員會)', '등록위원회(登錄委員會)'의 설치도 이제부터 위원을 전형하여 위촉할 터이므로 영화 법령의 조항 전부가 완전히 영화사업에 적용되게 될 것은 금후 약 이 개년의 시일을 요하게 될 것이라고 추측된다. 【東京發同盟】

2035 「映畵令에 依한 登錄 手續期限 迫頭」 『조선일보』, 1939.09.30, 조4면

오는 시월 일일을 기하여 조선에도 일제히 영화령(映畵令)이 실시된다! 여기에 대하여 방금 총독부 당국은 어떠한 준비 공작을 하고 있나?

얼마 전부터 총독부 당국에서는 현재 조선내에서 활약하고 있는 '영화감독'과 '영화배우'들의 등록(登錄)에 대하여 그 동안 협의를 거듭한 결과 마침 저번에 창립을 본 조선영화인협회(朝鮮映畵人協會)에 그 신청 수속을 의뢰하여 왔으므로 협회 측에서도 벌써 대부분의 수속을 받아서 당국에 보냈으나 신청 마감날을 앞으로 하루밖에 남기지 않고 아직껏 정식 수속을 밟지 않은 사람이 있어서 당국 측은 대단한 곤란에 빠져 있다 한다. 이에 대하여 영화인협회 이사회에서는 긴급회의를 열고 거처불명이나 기타 개인적 사정으로 협회 측과 긴밀한 연락을 취할 수 없는 경우에라도 본인이 솔선하여 시급히 등록 신청을 하는 때에는 환영을 할 것으로서 만약 마감 기일까지 수속을 마치지 않는 경우에는 이후부터 조선 안에 있어서는 영화예술 행동을 스스로 중지하는 것으로 간주하고 당국 측에도 이 같이 보고하기로 결정하였다 한다.

2036 「演劇人 檢擧事件」 『조선일보』, 1939.10.14, 석2면

삼 개월여 전부터 종로경찰서에서 검거, 취조하던 동경학생예술좌(東京學生藝術座) 좌원에 대한 불온연극운동 혐의사건은 요즈음 취조에 일단락을 보아 불원 송국을 볼 모양인데 아직까지 동 서에 유치된 사람은 전 동 좌원인 주영섭(朱永涉), 마완영(馬完英), 전 동 좌 책임자 박동근(朴東根)과 전 극연좌(劇研座) 좌원 이서향(李曙鄉) 네 명이다. 그리고 그동안 같이 유치되었던 예술좌원 윤묵(尹默), 이해랑(李海浪), 김동혁(金東爀), 임호권(林虎權) 네 명은 십삼일 석방되었고 이들과 함께 검거, 인치되었던 극작가 유치진(柳致眞) 씨는 이달 삼일 석방되었다.

2037 「朝鮮의 發聲映畵에서 朝鮮말 廢止를 討議」 『매일신보』, 1939.11.17, 석2면

영화법(映畵法) 실시를 앞두고 군사사상 보급을 목적으로 명 十七일 오후 三시부터 반도호텔에서 군보도부(軍報道部)가 중심이 되어 재성(在城) 민간영화 제작자, 배급업자, 흥행자 외에 신문 관계자들이 한자리에 모여 '국방과 영화' 좌담회를 개최하리라는데 동 좌담회에서는 영화법 실시에 대한 일반의 반향을 청취함과 동시 조선발성영화에 있어 조선말 폐지문제가 주로 토의될 것이라고 한다. 그리고 애국일(愛國日)에는 영화관을 휴관할 필요가 없으며 방공훈련 때 개관하는 것은 방공훈련을 피할 목적으로 영화 구경을 가는 것은 그릇된 생각이나 그때에는 역시 영화관 내에서도 민중훈련이 필요한 것이 되어 개관을 하는 것이니 그 점을 흥행업자나 일반 관중은 좀 더 철저히 인식하여 주시기 바란다는 것이다.

2038 「愛國日 上映映畵를 道에서 監視」

『동아일보』, 1939.12.02, 조2면

경기도에서는 과반 애국일의 유행 기준을 발표하였는데 그 처음 날에 당하는 작 一일 오후 一시부터 일야(日野) 사회과장 이하 관계관 十五 명이 명치좌, 약초극장, 황금좌(明治座, 若草劇場, 黃金座) 등 부내 각 영화관을 순회, 흥행 기준과 업주 상태를 감시하였다.

2039 「言論의 統制를 强化」

『만선일보』, 1939.12.09, 조1면

陸軍情報部로부터 關東軍 情報班에 加入한 長谷川宇一 少佐는 八日 午前 十一時 四十二分 新京着 列車로 加藤 報道班長 等의 出迎을 받으며 來京하였는데, 着任에 際하여 左와 如히 感想을 陳述하였다.

"滿洲國은 全혀 처음이므로 이곳 國情과 報道關係에 對하여도 傳聞한 程度 外에 알지 못한다. 또 내가 如何한 職務를 擔當할까는 着任後 決定되는 것이므로 여기에서 意見 陳述은 避하려고 한다. 다만 報道에 對하여서의 漠然한 나의 感想이라 하면, 第一에 宣傳과 防諜을 二元的으로 생각하는 것은 좀 어떨까 생각한다. 宣傳이 잘 進行되면 自然 防諜도 効果가 훨씬 나타날 것인데 이 兩者는 二元的으로 取扱할 것이 아닌가 한다. 第二에 言論의 統制는 積極的으로 하지 않으면 안 된다. 滿洲國과 같은 創業期에서 發展期에 向하고 있는 國情下에서 이미 言論의 統制도 하나의

方向이 定하여 있는 고로 發展期에 卽應하여 積極的으로 國策의 線을 깊이 理解한 言論은 이를 助長시켜 充分히 批判의 自由를 許하는 것이 좋지 않을까 생각한다."

2040 「出版警察 事務의 萬全 圖謀코자 懇談會」

『매일신보』, 1939.12.13, 조3면

경무국 도서과(警務局 圖書課)에서는 시국 아래 출판경찰 사무(出版警察 事務)의 만전을 꾀하고자 다음 일정대로 오전 중에는 각 도 검열사무 담당자, 오후에는 일간 신문사 편집책임자를 제각기 청하여 고천(古川) 도서과장 임석 아래 간담회를 열기로 되었다. 十二日(平壤) 平南北, 黃海, 十三日(京城) 京畿, 忠北, 江原, 咸南北.

2041 「躍進하는 出版 朝鮮, 戰爭文學이여! 많이 나오라」

『매일신보』, 1939.12.22, 조3면

사변 아래 벌써 새해를 보내는 동안 조선의 출판계(出版界)는 활발한 걸음걸이와 씩씩한 보조로 걸어오고 있다는 것을 '말하는 수첩'은 보고하고 있으니 이 얼마나 유쾌한 사실인가?

'물자절약'이란 큰 회오리바람 속에 휩싸인 종이[紙類]의 탄식은 지물포 영감님과 양서(洋書)를 팔고 있는 서사(書肆)의 어여쁜 색시 얼굴에 내천 자를 그리게 하지만 조선의 출판계는 '흥아건설'의 한목을 본다는 듯 금년으로 접어 들어 지난 十一월까지에 二천五백六十 건의 출판허가를 내었다. 그럼으로 한 가지 출판허가에 얼마나 많은 책을 출판했는지 그 부수는 책 장사들의 수첩에 적혀 있으려니와 물론 그 수효에 있어서는 엄청난 만큼 몇 천만 부를 초과하였으리라.

금년 十一월까지의 열한 달 동안에만 그렇게 많은 출판이 총독부로부터 허가된 것에 비하여 작년에는 二천五十四 건이 허가되었으니 금년에는 상당히 많이 출판 허가가 늘었지만 그와 반대로 치안방해(治安妨害)란 빨간 딱지가 붙은 채 불허가(不許可)된 것은 작년에 三十八 건이던 것이 금년에는 十二 건으로 뚝 떨어져 출판물의 내용이 국민정신총동원의 체재를 갖추고 있다는 듯 국책에 따라 내용이 향상된 것을 증명하고 있다.

이 같이 출판물의 내용이 항상 진보되는 사실은 자못 '출판 조선'의 전도를 위하여 명랑한 일인데 이 중에 문학과 예술의 그윽한 향기를 품은 것이 四백三十六 건(작년에는 二백七十六 건), 잡지 종류는 八백五十二 건(작년보다 一백五十七 건 감소), 기타는 일반출판물 종류인데 또 한 가지 이 중에 머리를 들고 나선 것은 시국관계(時局關係)의 출판물이라고 하며 그중에 작년까지도 자취를 볼 수 없던 전쟁문학(戰爭文學)의 서류가 많아졌다는 것이다.

이와 동시에 "각설 이때"니 혹은 "슬하에 일점 혈육이 없어" 하는 따위의 구소설은 점점 줄어들고 그 대신 새 시대의 호흡을 하는 새로운 경향(傾向)을 보이는 것이 많이 늘었다고 하니 이것도 시국 하의 좋은 현상이라 아니할 수 없다.

그리고 또 한편으로 저속(低俗)한 책을 밀어 제치고 산업, 경제 혹은 교육 방면의 출판물이 느는 것과 망건 냄새 나는 유묵, 문집(遺墨, 文集), 족보(族譜) 같은 것이 차츰 차츰 줄어드는 것이 실제이어서 종이 절약으로도 좋은 일이라고 검열당국은 말하고 있으며 一반의 독서열은 하늘 끝까지 닿을 듯 내지로부터 들어오는 잡지 종류도 한 달에 一천五백八十 중에 二十六만 부가 평균 들어오던 것이 최근에는 三十만 부를 육박하고 있다는 것인데 이상과 같은 '출판 조선'의 검열책임자인 총독부 경무국 고천(古川) 도서과장은 '종이 절약'에 대하여 다음과 같이 특히 이야기한다.

"내지에서는 전체적으로 종이 절약을 하고 있으나 조선에서는 건전한 문화 건설과 내용 충실하고 전시적인 색채를 띤 출판물이라면 다소의 무리를 하더라도 '종이 절약'의 예외(例外)를 만들 작정이다. 그 만큼 출판물을 통하여 조선의 문화 수준을 높이는 것과 또는 총후의 지킴을 더욱 뚜렷이 하는 데에 눈을 통하여 서책을 통하여 하는 것은 가장 좋은 방법인 만큼 '좋은 출판물' 또는 '전쟁문학' 같은 훌륭한 것이 좀더 활발하게 머리를 들고 나서기를 새해를 맞으며 고대한다."

2042 「出版文化의 助長」

『매일신보』, 1939.12.24, 조2면

一

統計에 依하면 今年 一月부터 十一月까지 本府 圖書課를 通하여 許可된 出版物 件數가 二千五百六十餘 件이나 되어 昨年 同期까지의 二千五十餘 件에 比하여 五百餘 件의 增加를 보여주었고 特히 注目할 것은 昨年에 治安妨害로 不許可된 出版物이 三十八 件이나 되었었는데 今年에 들어서는 이것이 十二 件으로 제한되어져서 出版物의 內容이 漸次로 健全한 國民精神總動員의 體裁를 갖추어 온 것을 보여주고 있는 것이다. 더구나 昨年까지도 보이지 않던 戰爭文學書가 今年에 들어 顯著하게 눈에 띄는 것은 半島의 銃後文學이 國策에 順應하여 얼마나 積極性을 띠고 있는가를 보여주는 것으로 우리의 意를 强하게 하는 기쁜 現象이다.

二

以上은 時局의 色彩를 띤 出版物 이야기이거니와 이외에 半島文化의 向上을 보여주는 것으로 從來 出版界의 王座를 占하고 있던 低俗 猥雜한 小說 等 雜書와 時代錯誤의 遺物인 族譜 等의 激減이다.

半島에 近代的인 新文學이 流入된 지 於焉 三十餘 年을 지낸 온 昨今까지도 大衆의 趣味讀物은 依然히 支那小說의 飜案인 所謂 '古代小說'이 아니면 低俗한 雜書여서 半島文人의 著作으로된 新文學 作品은 거의 不顧되어 있는 形態에 있고 더구나 지나친 崇祖觀念으로 固定된 文集과 族譜의 刊行이 盛行되어 半島의 出版文化는 依然한 低調를 繼續하고 있었다. 그러던 것이 今年에 들어서부터 半島人의 著作이 뒤를 이어 出版되어 모두 相當한 出版部數를 보여주고 있다. 이 같은 新文學書의 出版

을 目的하는 出版書肆도 꽤 많이 出現하게 되었다. 더구나 族譜類의 刊行이 어떤 理由로서임인지 놀라웁게 減少되어 이 같은 新文學書의 出版 盛行, 族譜類의 消滅은 今年에 들어 顯著히 半島 出版文化의 成長을 보여주고 있는 것이다. 低調에 徘徊하던 出版文化는 이리하여 漸次 躍進의 途程에 들어서게 된 것이다.

三

말할 것도 없어 出版界의 隆興과 消沈은 그 社會文化의 消長을 말하는 것이어서 半島 出版界의 盛況은 卽 半島文化의 發展을 意味하는 것이다. 昨今에 들어 俄然히 活況을 띠어온 半島의 出版界는 將來에도 더욱 發展되어 나갈 素地를 가지고 있거니와 모처럼 새로운 軌道에 오른 半島의 出版界를 爲하여 憂慮할 것은 用紙의 饑饉이다. 用紙 饑饉은 日本 全國의 出版界 共通의 受難이어서 時局下에 어찌할 수 없는 일이거니와 그리하여 內地의 出版界는 昨今에 들어 漸次 統制를 받아가는 것이다. 그러나 朝鮮에 있어서는 그 事情이 特殊한 것을 考慮하여 주어야 할 것이다. 近來에 이르러 出版物은 戰爭의 武器와 다름이 없이 重要한 役割을 하고 있다. 銃後의 國民精神을 더욱 昂揚시키고 興亞의 大理想을 一般에게 徹底히 시킴에 文章報國의 힘이 큰 때문이다. 兵站基地로서의 半島의 地位는 날이 갈수록 漸次로 重要性을 加하여 오고 있는 이때이니만치 이때에 當하여 銃後國民으로서의 結束는 勿論, 나아가 그 任務를 다하게 하는 데 있어서 今後의 半島 出版界의 任務는 實로 重大한 바가 있다. 國民精神總動員運動의 線에 沿한 出版物의 增加와 이제부터 나타날 戰爭文學書와 그 外 여러 가지 健全한 民衆讀物의 出現을 爲하여 當局은 用紙 節約에만 拘泥할 것이 아니라 차라리 可能한 限度 안에서의 出版物의 隆盛을 助長하기를 바란다. 이리하여 싹 터오는 半島 出版文化를 擁護하고 成長시키는 것은 또한 國策에 應하는 所以임을 强調하는 바이다.

2043 「映畵 立法」

『조선일보』, 1939.12.25, 석1면

一

映畵가 人間의 娛樂, 情報를 刺戟하여 大衆生活에 直接으로 至大한 關係를 가지고 있는 것은 贅言不俟하는 바이다. 뿐만 아니라 文化 啓發과 政策 宣傳, 其他 社會情勢의 縮刷版으로서 映畵의 任務가 큰 바가 있는 것도 世人이 周知하는 바이다. 그래서 今日의 映畵는 絶對로 前日의 活動寫眞으로 娛樂的 아니었던 意味에서 野卑하고 低級의 娛樂的 存在가 아니요, 社會文化의 一部面으로 絶大한 價値를 가지고 있게 되었다. 그러므로 이것의 統制와 指導와 誘掖과 助成은 爲政者의 關心을 깊게 하는 바가 있는 것이 되었다.

二

映畵는 實로 大衆敎育으로 보아서, 大衆文化의 向上과 發展으로 보아서, 大衆에게 事象을 認識케 하고 宣傳하는 것으로 보아서, 大衆의 思想 善導로 보아서, 大衆生活의 淨化와 改善으로 보아서, 기타 모든 人間 生活의 反映으로 보아서, 絶對의 價値와 獨占한 地位를 가지고 있다. 그러므로 이것의 製作, 配給, 映寫, 興行은 勿論 脚本, 俳優의 優劣 같은 點까지라도 放任主義로 내버려 둘 수가 없는 것이다. 卽 換言하면 適宜한 統制와 指導와 誘掖과 助成이 없어서는 안 될 것이다.

三

元來 朝鮮에서의 映畵는 그 歷史가 길지 못하여 最初에 西洋의 製品을 輸入하여 映寫하는데 不過하였다. 그러나 輸入映畵는 남의 文化를 接觸하는 데에 功効가 있었을지는 모르나 朝鮮의 文化 그 自體를 表現하여 朝鮮의 感情과 生活을 善導하는 데에는 缺點이 많은 것이었다. 近年에 와서 비로소 斯界의 人士가 努力에 努力을 한 結果로 若干의 作品도 製作되고 또 一, 二의 스튜디오도 成立을 보게 되었으나 그러나 그 內容의 貧弱性은 到底히 先進 諸地의 그것과 同一로 論할 바가 되지 못하는 것이다. 이것은 勿論 脚本, 俳優 等 藝術上 水準의 優劣도 있거니와 製作, 配給, 映寫 等 技術上 또는 經濟上 諸 關係에 基因되는 바가 적지 않다고 보아서 大差가 없을 것이

다. 그러므로 이 모든 難關을 排除하고 映畵藝術의 發達과 向上을 圖하는 것은 또한 極히 緊要한 일이다.

四

以上과 같은 諸 觀點으로 보아서인지 오래 前부터 映畵 立法을 考究 中이던 總督府 警務當局에서 最近 成案을 얻어서 朝鮮映畵令을 二, 三일 中에 公布하게 되었다고 한다. 只今 이 映畵令의 內容을 알 수가 없으므로 詳細한 點을 擧論치 않거니와 仄聞하건대 그 內容은 內地에서 施行 中인 映畵法과 거의 同一한 것이나 그러나 朝鮮의 事情을 斟酌 加味한 것이라고 한다. 實로 이 朝鮮映畵令은 朝鮮에서 最初의 藝術文化의 立法으로 期待되는 바가 크거니와 運用에 妙를 다하여 한갓 統制와 監督에만 用力하지 말고 助長과 發達에 큰 寄與가 있기를 企待하는 바이다. 그리하여야 社會의 文化生活과 水準이 向上, 發達될 것을 믿는다.

2044 「朝鮮의 思想不穩者 相對로 豫防拘禁制度를 實施」

『동아일보』, 1940.01.05, 석2면

소화 十五년도 예산이 十四년도보다 一億 八千二百萬 원의 증가로 신규사업 개요를 四일에 총독부에서 발표하였는데 사회시설 등 방면과 평화산업적 시설 방면에는 두드러진 예산이 보이지 아니하고 대개는 시국관계 특히 사변처리를 목적한 생산력 확충(生産力 擴充)에 주력을 둔 것이 드러나고 일편 국내 치안확보와 재정, 경제정책의 수행 확충을 위하여서의 방침도 드러났는데 일반의 주목을 모으는 것은 예방구금제도(豫防拘禁制度)비로 二十萬 원의 신규사업비의 통과된 것이다.

당국의 설명을 들으면 병참기지 조선의 치안을 확보키 위하여 사상범(思想犯)의 예방구금을 목적한 것으로 원래 三十萬원을 청구한 것이 二十萬 원의 인정을 보게 되었다. 이 예방구금에는 그 제도의 발동상 제령(制令)이 있어야 하므로 조선예방구금령(朝鮮豫防拘禁令)을 현재 입안 중으로 근근 발표 실시를 보게 되었고 내지에서는 이 예산을 제출하여서 삭제를 보았다. 따라서 조선의 특수성을 가미하여 실시되는 것인데 이 점에는 내지에 앞서서 실시를 보았고 보호관찰(保護觀察)제도로써 소기의 목적을 달치 못할 적에는 예방구금을 하게 되었는데 감옥을 거쳐 나온 소위 전과자(前科者)에만 한할 것인지 또는 일반 사상 불온한 자에까지 미칠지는 아직 법령의 발포를 보지 않고는 내용을 확지키는 어렵다.

이 二十萬 원의 예산은 구금제도 실시기관의 기구 확충에 사용할 것인데 인원의 증원 등에 쓸 터이다. 구금(拘禁)은 원래 형사피고인(刑事被告人)이나 수형자(受刑者)를 일정한 기간 특별한 장소에 수금하여 유치하는 것으로 감옥법(監獄法)에 보면 징역(懲役)에 처한 자는 징역감, 금고(禁錮)에 처한 자는 금고감, 구류(拘留)에 처한 자는 구류장, 형사피고인과 사형 언도를 받은 자는 구치감(拘置監)에 구금되는 것으로 예방구금인 이상이 정규적 구금을 말하는 것이다.

2045 「躍進하는 戰爭文學」

『조선일보』, 1940.01.07, 조2면

한 나라의 출판 경기는 그 나라의 문화 수준의 바로미터라고 하여 문화 진도(進度)를 재는 데 대단 중요시한다. 좋은 출판물이 많이 나오는 것은 그 사회가 향상하는 한 증거이다. 신문은 물론 좋은 서적, 잡지가 많이 간행되면 그 사회의 사람들에게 그만치 '정신의 양식'을 풍부하게 제공하는 것이 된다. 먹지 않으면 살 수 없는 것과 마찬가지로 정신에도 양식이 필요해 가고 있는 것이 우리 사회의 현상인 것은 참으로 반가운 일이다. 그만치 출판물은 많아지고 검열 사무는 바르고 엄밀해진다.

이곳은 백악(白堊)의 빌딩 오층 지붕 아래 좁다란 방 입구에는 도서과 분실(圖書課分室)이라는 종이에 쓴 대용 간판이 붙어 있다. 총독부 도서과 조선문출판물 검열계(朝鮮文出版物 檢閱係)라는 것이 정식 이름일 것이다. 신문을 제한 일반 출판물 즉 단행본을 비롯하여 잡지, 구소설, 족보 등 책이라는 책은 모조리 그 원고가 이 관문을 통과치 않으면 활판이 되어 책으로 햇빛을 볼 수 없는 책의 '산모 겸 산파'라고 할 만한 곳이다. 출판 경기는 모조리 이곳에 반영된다.

작년 일 년 동안에 허가된 건수는 이천팔백 건을 돌파하는 풍성한 경기이다. 치안방해라는 붉은 도장을 찍어 불허가 처분이 된 건수도 재작년의 삼분지 일인 십이건으로 격감하였다. 부문별로 보면 아직도 제일 많은 것은 잡지류의 팔백오십이 건이나 전해보다는 일백오십칠 건이 줄어들어 한 달 하고는 그만두는 '하루살이 잡지'가 많이 정리되었다. 그 대신 훨씬 늘은 것은 단행본으로는 문화, 예술에 관한 것으로 사백삼십육 건, 전해보다 일백십 건이 늘었는데 전쟁을 반영하여 전쟁문학이 양으로나 질로 훨씬 많아진 것이 주목거리이고 경제, 산업, 교육 각 방면으로 시국적 색채를 띤 것이 많아지고 대신 족보(族譜), 유묵 문집(遺墨 文集) 등 전통적 출판물이 줄고 더욱 "각설 이때에…"서 시작하는 구소설(舊小說)은 거의 멸종되다시피 하였다니 시국의 영향은 예민하게 작용한다.

또 한 가지 내지에서 들어오는 잡지도 매달 일천오백팔십 종에 이십육만 부 전후이던 것이 삼십만 부를 돌파한다고 하니 독서열(讀書熱)을 반영하는 좋은 소식이다. 출판문화는 독서열을 북돋우고 독서열은 출판문화에 박차를 가하는 데에도 '뻗어가는 힘'이 엿보이는 것은 마음 든든한 일이다.

2046 問題 中의 豫防拘禁制度, 思想犯 前科者에 限定

『동아일보』, 1940.01.08, 석2면

신년도 총독부 예산(豫算)에 법무국(法務局) 관계의 신규 예산(新規 豫算)으로 二十萬 원을 계상하고 새로 예방구금제도(豫防拘禁制度)를 창설하는 동시에 동 제도의 운용을 위하여 총독부 제령(制令)으로써 예방구금령(豫防拘禁令)을 제정한다 함은 기보한 바와 같다. 그런데 이 예방구금제도는 아직 내지에 없는 것으로써 금번에 사법성(司法省)에서 소요예산을 요구하였으나 예산 사정에서 삭감되었고 조선은 여러 가지 사정으로 특수성이 있다 하여 조선에서만 솔선하여 실시하게 되었다. 그래서 이 예방구금제도의 내용이 과연 어떠한가? 즉 앞으로 제정되는 예방구금령의 적용범위가 어떨는지 일반의 충동이 자못 큰데 작일 동경으로부터 귀임한 대야 정무총감(大野 政務總監)의 언명에 의하면 대체로 치안유지법(治維法)의 위반자인 사상 전과자(前科者)에만 적용할 것이 판명되었다. 이 예방구금제도가 아니라도 사상범의 전과자에 대하여는 보호관찰(保護觀察)에 붙여서 감독, 지도하여 오는 중이나 이것으로서는 도저히 개전(改悛)하는 희망이 없고 또는 전향(轉向)의 태도가 분명치 않아서 전연 어떻게 할 수 없는 불온한 자를 상대로 예방구금령을 적용하여 갈 것이라 한다. 그리고 그 적용에 대한 상세한 내용은 새로운 제령이 발표되지 않으면 아직 알 수 없으나 금번 동 제도의 목표는 불온사상범을 이 사회로부터 격리시켜서 사상의 정의를 도모하는 동시에 일방으로 그 본인을 개전시키는 데 있다 한다.

2047 「四處 朝鮮語放送 廢止」

『만선일보』, 1940.01.10, 석2면

세기(世紀)의 총아(寵兒)! '라디오'의 육성은 전파(電波)를 타고서 대륙의 창공을 치고 국책선전과 문화보급, 문맹계급에 대한 상의하달, 나아가 전시(戰時)에 있어서는 비상경계의 속보는 물론 민심 안정(民心 安定)의 중대 역할을 하는 등 또 한편으론 적국에 대한 선전전(宣傳戰)의 강력한 무기로서 그 위력을 발휘하고 있음은 다시 말할 것도 없거니와 전기와 같은 중요 사명을 띠고 있음에도 불구하고 전전당국(電電當局)에서는 단지 영업상 견지로부터 세상(世相)의 추이(推移)와 '프로' 운용상 곤란, 효과 미약을 이유로 신경, 봉천, 안동, 목단강 등 四 개 방송국의 조선어 방송(朝鮮語 放送)을 폐지할 것을 고집하여 작년 七월경부터 방송참여회의 석상(放送參與會議 席上)에서 '조선어 방송 폐지의 건'을 상정, 이를 가결하고 八월 一일을 기하여 단호 폐지키로 되었던바 감독 관청인 교통부 우정총국 전정과(交通部 郵政總局 電政課)의 결재를 얻지 못하고 겸하여 홍보처(弘報處), 협화회(協和會), 문화기관(文化機關) 등 각 방면의 열의있는 반대로 실현을 보지 못하고 이래 재만 一백 四十만 동포에 선전수단관으로서 활약하던 중 경진(庚辰) 새해를 맞이하는 一월 五일을 기하여 드디어 전만 五개 방송국 중 연길방송국(延吉放送局)을 제한 전기 四개 방송국의 조선어 방송을 폐지하고 (일요일을 제한 오후 五시 卄분부터 六시까지의 조선어 시간) 그 대신의 당분간 '레코드'를 걸어 폐지 반대성의 '카무플라주'하고 있던 것인바 이 문제를 가지고 전전 당국을 방문하니 삼산(杉山) 방송과장(放送課長)은 다음과 같이 그의 고충을 말하였다.

전기와 같이 재만 一백 四十만 동포의 육성(肉聲)으로서의 유一한 문화기관이고 보도기관이며 오락기관인 조선어 방송이 폐지된 데 대하여 기자는 전전 본사로 삼산 방송과장을 방문하고 조선어 방송 폐지의 이유를 물으니, "첫째 二十三만 청취자 중 三천에 불과하는 조선인 측을 상대로 더구나 一천 五백의 청취자를 획득하고 있는 연길방송국을 제외한 四개 방송국의 청취자가 총계 一천 五백 명을 상대로 한 '프로'의 편성은 운용상 극히 곤란하다. 둘째로는 조선어 방송 시간의 실제 효과는 극히 미약하여 '라디오 세트'를 가지고 듣는 인사는 반드시 일본어 방송을 이해할 것임에 조선어 방송의 효과는 인정치 않는 것. 셋째로는 현하 교육제도와 보조를 같이하는 의미에서 조선인도 다 같이 일본어 방송을 듣자! 라는 견지 하에 금번 四개 방송국에서 조선어 방송을 폐지한 것이다. 그러나 그 대신에 연길방송국의 조선어 방송 시간을 확충 강화하고, 만선교환방송(滿鮮交換放送)을 부활(復活)시켜 재만 一백 四十만 조선인의 문화 향상을 도모하려 한다."

전기 연길방송국을 제외한 전만 四 개 방송국의 조선어 방송 폐지에 대하여 그의 감독 관청인 교통부 우정총국 전정과 방송고(交通部 郵政總局 電政課 放送股)에서는 다음과 같이 말한다.

"조선어 방송 폐지 문제는 작년도부터 대두되어 있던 것인바 금번에 이르러서는 홍보처(弘報處) 기타 각 기관과 타협한 후 폐지키로 한 것이다. 조선인 측으로서는 물론 섭섭한 처사이겠으나 그 대신에 연길방송국을 강화하는 동시에, 때마다 특수 '프로'를 작성하여 조선인의 계몽운동에 기하도록 최선의 노력을 다할 작정이다."

2048 「'映畵令' 細則, 公布는 二月 十一日頃」 『조선일보』, 1940.01.20, 조4면

상당히 난산 중에 있던 '조선영화령(朝鮮映畵令)'은 드디어 오는 시월에 정식으로 발령하게 되었다 함은 이미 보도한 바와 같거니와, 여기에 따르는 시행세칙(施行細則)은 그 후 총독부 도서과(圖書課)에서 수차례 걸치어 여러 가지로 검토를 계속하여 오던바, 드디어 최근에 이르러 회의는 일단락을 짓게 되었으므로 오는 이월 십일일 기원절(紀元節)을 전후해서 시행될 듯하다. 이번 '시행세칙'은 오랫동안을 두고 조선의 특수사정에 적응해서 영화의 각 부문에 걸치어 신중히 검토된 것인 만큼 장래 조선영화계에 일대 진전의 길을 개척할 것이라 하여 지금부터 각 방면으로부터 주목을 끌고 있다.

2049 「藝術部分의 統制를 强化」 『동아일보』, 1940.01.22, 2면

영화의 통제지도를 목적한 조선영화령은 전번 발포되어 二월 상순경부터 실시하기로 되었거니와 경무국에서는 다시 한 걸음 나서서 연극에까지 통제하기로 되었다. 우선 연극단체의 공인(公認)제도를 실시하여 그 단체를 통제하고 그 각 배우

(俳優)를 등록제로 하며 동시에 배우가 되는 데는 당국의 공인이 있어야 되는 제도를 채용하며 내용에 대하여도 통제할 터인데 우수한 연극에는 상을 주어 장려하고 각본(脚本)의 검열 등보다도 일정한 내용의 상연을 조건으로 하는 등 이외에 당국과 민간으로서 망라된 연극위원회(演劇委員會)를 설치하여 이 연극의 발전과 지도를 도모하기로 되었다.

이 통제는 일본 내지에서 이미 준비 중으로 조선에서도 사실은 먼저부터 진행 중이던 만큼 중앙당국의 방침을 참작하여 가을쯤에는 이 통제령이 나오기로 되어 목하 도서과에서는 준비 중에 있는데 이리하여 영화와 연극의 지도, 통제를 一원화 시키기로 되었다. 그리고 현재 소수의 흥행극단을 상대로 하지마는 앞으로는 극단을 지도하여 더 조장시키는 동시에 신설도 알선할 터이라고 한다.

도서과 정수(井手) 사무관은 말하되 "사실은 내지에서 지금 준비 중에 있지마는 우리가 먼저부터 실시하려고 했던 것이 이렇게 되고 보니 중앙측과 연락하여 내외지를 통하는 연극통제를 해야 되게 되었다. 영화의 통제만으로는 一편적이 될 염려가 있으므로 연극도 통일한 주지 아래 지도, 조장시켜 가려고 한다. 문화통제의 의미도 있지마는 국가의 문화정책상 반드시 조만간 있어야 할 것으로 예상되던 것이다."

2050 「映畵令 實施를 앞두고 '映畵委員會' 設置」 『조선일보』, 1940.01.24, 조4면

총독부 도서과를 중심으로 연구, 입안 중이던 영화령(映畵令)과 시행세칙(施行細則)은 드디어 오는 이월 십일일 전후해서 공포될 모양인데 난산을 거듭한 영화령의 운용은 이 앞으로도 상당히 난관이 있을 것이 예상되므로 이에 총독부 도서과가 주처가 되어 '영화위원회(映畵委員會)'를 설치할 작정으로 방금 그 '멤버'를 선발하는 중이라는바 이 위원회에는 총독부로부터 도서과장을 비롯하여 다섯 내지 여섯 명, 군부(軍部)로부터 두 명, 정동(精動)[180]으로부터 한 명, 교육계로부터는 성대

(城大)를 비롯하여 여학교, 중학교, 소학교의 각 대표로서 네 명, 업계로부터는 영화배급조합(映畵配給組合), 흥행협회(興行協會), 영화인협회(映畵人協會)의 각 대표 세 명, 그 외에 언론계 대표자 등과 민간 각계를 망라하여 약 이십 명 내외로서 구성할 모양인데 늦어도 이월 상순에는 성립될 것으로서 이 영화위원회는 총독부의 영화행정에 대한 유일의 자문기관으로서 '영화령' 공포 후에 관민일체의 유력한 추진력이 될 것이라 하여 벌써부터 각 방면의 주목을 끌고 있다.

2051 「銀幕에 나타난 昨年 記錄」

『동아일보』, 1940.02.04, 조2면

조선의 민중생활과 밀접한 관계를 가지고 있는 영화는 어떻게 발전하고 어떻게 관상(觀賞)되고 있는지 경무국 조사에 의한 소화 十四년 중의 영화검열 상황을 보면 검열 총건수 三千六百四十 건(전년에 비해 七十一 건 증가), 권수로는 一萬 二千三百一十六 권(전년에 비해 三百四十一 권 증가)에 달하고 미터로 보면 전 기러기가 실로 二百七十三萬 四千四百八十二 미터(전년에 비해 十萬 九千六百四十五 미터 증가)라는 대팽창을 보이고 있다. 이것을 극물(劇物)과 실사물로 구분해 보면

	劇物	實寫物
件數	1,574	2,066
卷數	9,687	2,629
米數[181]	2,218,017	516,465

이와 같이 극물이 단연 많은 점은 당연한데 이것을 일본영화와 외국영화로 나누어 보면 위체 관리(爲替 管理)와 자발적 제한 등으로 외국영화는 급격하게 줄어 단연

180 국민정신총동원조선연맹(國民精神總動員朝鮮聯盟)
181 미수(米數) : 미터수를 뜻함.

일본영화가 두각을 나타나게 되고 특히 일본 현대영화가 증가된 것을 알 수 있다.

日本映畵

時代物	二,五六 卷	六一六,六六七 미터
	(前年 比 三一一 增)	
現代物	四,二五二	九七三,八一八
	(前年 比 七□九 增)	
純外國映畵	二,六五八	六二七,五三二
	(前年 比 三八八 減)	

그리고 극이 아닌 것은 뉴스, 문화영화 그 밖에 실사물이 비교적 증가하고 있다. 즉

日本映畵	二,三二八 卷	四五二,四○七 미터
外國映畵	三○一	六四,○五八

이와 같이 일본영화의 실사물은 전년에 비하여 百二十三 권, 四萬 三千百四十七 미터의 증가를 보이고 조선의 영화계는 일본영화를 중심으로 하여 민중의 생활 속에서 발전하고 있는 것을 말하고 있다.

그리고 제작 경쟁을 보면 송죽(松竹)이 단연 우세인 것을 알 수 있다.

	時代物	現代物
松竹	523 卷	1,015 卷
	161천 미터	220천 미터
日活	420	474
	100	114
東寶	235	780
	61	192
大都	410	297
	87	66
新興	397	376
	66	93

其他	601	1,310
	141	254
計	2,586 卷	4,252 卷
	616천 미터	972천 미터[182]

2052 「學生讀書事件은 今朝에 二 名을 送局」 『동아일보』, 1940.02.17, 석2면

좌익서적의 독서회(讀書會) 혐의로 작년 十一월 중순 이래 부내 종로서(鍾路署) 고등계에서 검거, 취조 중이던 학생사건은 四 개월만에 일단락을 지었으므로 부내 모 전문학교 재학생인 사건 관계 四 명 중 김약필(金約必)(이하 전부 가명), 손순태(孫順太) 二 명은 신체구속으로, 지상호(池相湖), 김덕원(金德元)은 불구속으로 금 十六일 아침 서류와 함께 경성지방법원 검사국으로 송치되었다. 건명은 치안유지법 위반(治安維持法 違反)으로 단순히 독서회 혐의에 그치는 모양이라 한다.

2053 「全滿 出版業者 糾合, 出版協會 設立運動」 『만선일보』, 1940.02.20, 석2면

만주국의 출판사업(出版事業)이 정치(政治), 경제(經濟), 산업(産業), 문화(文化) 각 부문의 급속한 진전에 반하여 국책 수행의 중요 추진적 임무를 부과되어 있는 현상에 감하여 만주홍보협회(弘報協會)에서는 사업의 건전 발달을 촉진키 위하여 전만출판업자를 一환한 만주출판협회(滿洲出版協會)를 설립, 업자의 융화와 협력을 도모하기로 되어, 오는 卄일 오후 三시부터 홍보협회 회의실에서 제一회 준비타합회를 개최하기로 되었다. 그리고 출판협회는 강덕 四년 十一월 신경을 주로 하여

182 현대물 미터수의 실제합계는 939,000 미터이다.

설립되었는데 그 후 구체적 진전을 보지 못하고 홍보협회의 기구를 정비하여 홍보사업의 전면적 통제를 실시할 정세로 된 금일 다시 결성하기로 된 것인데 홍보협회, 만주국통신사(滿洲國通信社), 만주사정안내소(滿洲事情案內所), 만주제국교육회(滿洲帝國敎育會), 만주행정학회(滿洲行政學會), 만주신문사(滿洲新聞社), 만주문화협회(滿洲文化協會), 만주도서회사(滿洲圖書會社), 대학서방(大學書房), 대동인서관(大同印書館), 암송당(巖松堂), 문화회(文化會)의 대표자가 참집하여 회칙 작성, 사업 범위의 결정, 총회 개최의 준비에 관하여 간담을 하기로 되었다.

2054 「『朝鮮語辭典』(一部 完成) 出版許可를 申請 中」

『만선일보』, 1940.03.13, 석2면

조선의 문화층은 물론 一반 사회로부터 절대한 기대와 촉망을 받아가며 조선어학회(朝鮮語學會)의 손에 의하여 편찬 중이던 『조선어사전』이 요즘에 이르러 비로소 十六만 마디의 어휘와 삽화(揷畵) 三천여 매라는 방대한 카드로 드디어 수정과 보족이 끝났다. 그리하여 이미 일부는 정서까지 맞추게 되었으므로 수일 전에 우선 이 정서된 것만 출판허가원을 제출하였는데, 원고 총 매수는 二천三백六十五 매로 일곱 책에 나누어져 있으며 '가'부로부터 '기피'까지인데 이것은 예정 총 매수의 六분지一이라고 한다. 【京城發】

2055 「「授業料」 檢閱料 免除」

『조선일보』, 1940.04.16, 조4면

고영(高映)의 「수업료」는 드디어 오는 십팔일에 시내 대륙극장(大陸劇場)에서 일반 공개시사회를 하게 되었는바 총독부 검열당국으로부터는 자진해서 검열수수료를 면제하기로 되었다 한다. 추천영화로서 이 같이 검열수수료를 면제한 것은 이번 「수업료」가 처음이라고 하여 제작 관계자들은 득의양양.

2056 「映畵令 施行細則」

『조선일보』, 1940.04.21, 조4면

영화령(映畵令) 시행세칙 공포는 그 후 총독부 관계당국에서 준비 중에 있던바 이미 그 대략 내용이 결정되었으므로 오래지 않아 개최될 각 도 경찰부장회의에 있어서 그 세칙안을 설명하고 각 도에 있어서의 실제 운용에 관하여 협의를 한 후 신중히 연구를 하여 오는 유월 초순 정수(井手) 사무관이 동경으로 건너가 중앙당국과 최후적 타협을 해서 근본 방침을 결정하게 되었으므로 공포는 아무래도 칠월경이 되리라 한다. 총독부 당국에서는 여기에 대하여 일반업자의 의견이나 희망도 참고하기 위해서 근일 내로 공포를 앞두고서 좌담회를 열리라 한다.

2057 「具體化되는 演劇法案」

『조선일보』, 1940.05.01, 조4면

문부성(文部省)의 연극, 영화, 음악을 개선하는 임원회의 연극부회에서는 금년에 들어서면서부터 일주일에 한 번씩 매 금요일에 회를 개최하여 여러 가지 개선할 점을 지적하고 협의하고 있었는데 동시에 연극법 제정에 관해서 될 수 있으면 동 법안을 오는 칠십오회에 제출할 기세로 본격적 준비를 개시하였다.

벌써 연극부회에서는 (一) 흥행자와 극단의 허가제도 (一) 연기자, 연출자 등의 등록제도 (一) 강제상연, 지정상연 (一) 고전연극의 시정(是正) (一) 연극의 영화적 보존 등을 제출하려고 협의하고 있는데 동 법안과는 다른 '국립극장'과 국립적인 연기, 연출자의 양성기관 설치 등에 대하여서도 협의 중이라 한다.

2058 「文部省의 兒童映畵 統制」

『조선일보』, 1940.05.25, 조4면

문부성(文部省)에서는 최근에 영화제작회의를 열고 그 석상에서 아동영화 제작의 적극화를 결정하고서 근일 중으로 아동영화의 우수한 각본을 현상모집하는 일방 문부성 제작부(製作部)가 허락되는 한도 안에서 최대의 경비를 들여 가지고 좋은 아동 작품을 만들기로 되었다.

이 같이 적극적으로 제일선에 나서서 아동영화를 제작하기로 가결한 외에 지금까지 각 방면으로 수없이 제작되어 나온 아동영화를 중촌(中村) 사무관, 파다야(波多野), 관야(關野) 등 두 촉탁을 책임자로 내세워 가지고 매주일 목요일에 동 성 영화실에서 심사 감상회를 열기로 되었다.

이것에 의해서 좋은 아동영화라고 결정한 것에는 '아동영화'라고 인정하고서 '라디오'와 그 외의 여러 가지 방법으로서 일반 가정에 널리 알리는 동시에 아동 자신이 스스로 자유스러운 마음으로 감상할 수 있도록 권유하는 것인바 여기에 대하여 '중촌' 사무관은 다음과 같이 소신을 밝혔다 한다.

"좋은 아동영화는 그렇게 흔치 않은 것으로서 얼마나 종래의 아동의 영화교육이 등한히 생각되어 왔는지 이번에 새삼스럽게 통절히 느꼈다. 이후부터는 문부성에서도 여기에 적극적으로 진출하여 이미 태도가 결정되었으므로 다만 처음의 계획대로 착착 이것을 구체화해 나갈 뿐이다."

2059 「그 後의 映畵令」

『조선일보』, 1940.06.06, 조4면

내지의 영화법(映畵法) 실시와 동시에 내지 영화인들이 이미 제각각 그들의 부문에 따라서 등록 신청(登錄 申請)을 마치고 있는 것을 보고 조선의 영화인들도 '조선영화인협회(朝鮮映畵人協會)'를 통해서 최근 내지로 등록 신청을 알선하는 사람이 많아졌다 한다. 그러나 조선인은 영화령(映畵令)에 의해서 이미 조선 안에서도 넉넉히 등록해도 무방하게 되어 있으므로 일부러 다시 협회를 거치어 이 같은 까다로운 수속을 밟지 않아도 좋다 한다.

사실 '영화령'이란 것은 내지의 영화법에다 처음부터 끝까지 근본적인 근거를 둔 것으로서 조선 안에서만 정식으로 등록을 한 사람일 것 같으면 앞으로 얼마든지 자유로 내지 영화계에도 진출할 수 있는 것이라 한다. 그러니까 이제 다시 내지 등록을 한다 할 것 같으면 이중등록이 되니까 수속상 중복이 되는 것이라 한다.

영화인협회에서도 적극적으로 널리 이러한 내용을 일반 영화인에게 알리기 위하여 곧 기회를 보아서 임시총회라도 열고 사실 내용을 상세히 보고하려고 방금 준비 중에 있다는바 내지 영화계에서 일단 등록된 조선 영화인도 역시 마찬가지로 조선에 돌아와 일을 시작하더라도 다시 등록을 신청할 필요가 없으니까 이러한 관계를 이해하고 되도록 이중수속을 밟지 않기를 바란다 한다.

2060 「映畵令 施行細則」

『조선일보』, 1940.06.09, 조4면

조선에서는 비로소 처음이라 할 수 있는 문화령으로 내지 영화법(映畵法)과 그 목적과 취지를 같이 하여 드디어 지난 일월 사일에 전조선적으로 공포를 보게 된 영화령은 그 후에 직접 혹은 간접으로 각 영화제작회사에 미치는 바 또 이익되는 바 적지 않아 이것에 하나의 반응 같이 영화인협회(映畵人協會)란 새로운 단체가 생겨난 것도 사실이다.

그런데 전기 영화령의 시행세칙(施行細則)은 이것이 미치는바 영향이란 자못 일반 업계뿐만 아니라 각 방면으로 심대한 점이 있으므로 그 후 총독부 관계당국에서는 신중히 회의를 거듭하고 있었던바 이미 그 시행안도 되어서 방금 도서과(圖書課) 정수(井手) 사무관이 이것을 휴대하고 내지 관계당국에 양해를 얻고 있는 중인바 늦어도 이 달 중순에는 동 사무관이 돌아오게 될 모양으로 마침내 오는 칠월 일일부터 시행하게 되었다.

이 시행세칙은 주로 내지를 기본으로 하고 있으나 양화 제한, 조선영화의 조성 등 조선의 특수사정을 참작하고 있으며 여기에 따르는 배급문제도 논의되고 있어서 크게 주목을 끌고 있다.

2061 「檢閱手數料 免除 映畵」

『조선일보』, 1940.06.29, 조4면

금년 일월 이후로 지금에 이르기까지 총독부 영화검열실에서 영화검열 수수료로 면제된 것은 극영화가 겨우 세 개뿐으로서 그 외에 문화영화와 관청영화까지 가입시킬 것 같으면 한 달에 평균 삼십 본 이상에 달한다. 여기에 극영화로서는 (一) 「수업료(授業料)」……(高映 作品), (二) 「지원병(志願兵)」……(東亞興業 作品), (三) 「해군폭격대(海軍爆擊隊)」……(東寶 作品) 이상과 같으며 기타 문화영화 중의 중요한 것으로서는 (一) 「뻗어가는 조선」(新興), (二) 「大亞細亞의 建設」(滿映), (三) 「新大陸」(同盟 映畵部), (四) 「水鳥의 生活」(理硏 作品) 대략 이상과 같은 것을 들 수가 있다.

2062 「映畵法의 根本精神」

『조선일보』, 1940.06.29, 조4면

영화법(映畵法)에 의한 제작 배급 사업의 정식허가는 오는 시월 일일까지 일반업자들에게 시달될 터이나 내무성(內務省)에서는 방금 업자의 허가신청서 등의 첨부된 서류와 당국이 수집한 여러 가지 재료에 의해서 전심으로 조사, 연구 중인데 만약 이것이 허락만 될 것 같으면 동시에 제작본 수에 대한 제한도 자연히 따르게 될 것으로서 관계당국에서는 방금 여기에 필요한 조사도 하고 있는 것이 사실인바 최근만 하더라도 동경 일활(日活)에서 일어난 촬영소장 변동 문제는 회사의 내부적 사정이 설혹 다른 곳에 있다손치더라도 때마침 「역사(歷史)」의 흥행성적이 좋지 않은 데 관련된 것 같이 일반으로부터는 그렇게 인정받고 있으므로 자연히 거기 따라 일활회사가 종래의 우수영화 제작태도를 포기하고 다만 영리주의로서 나아가는 것 같이 알게 되었던바, 여기에 내무당국으로서는 크게 자극을 받아 제작, 배급 사업의 허가 방침에 관해서도 극영화는 물론 문화영화에 있어서도 업자가 영화법의 정신을 무시하고 그뿐만 아니라 국가와 협력하지 않고 자기의 사업뿐만의 이익을 생각하는 업자에게 대하여는 상당히 중대한 압력을 가할 필요가 있지 않느냐는 의견까지 나왔다 한다.

그래서 오는 시월 일일의 제작 배급 두 방면의 허가를 기다리어 영화계에는 상당히 현상 혁신이 일어나지 않을까 관측된다는데 물론 이의 여파가 조선에도 미칠 것은 말할 것도 없으리라 한다.

2063 「文化性, 教育性을 加味, 映畵檢閱을 強化」

『동아일보』, 1940.07.10, 석2면[183]

내무성 영화검열계(映畵檢閱係)에서는 작년 一월 영화법(映畵法) 실시 이래 질적 향상을 꾀할 목표에 검열의 강화, 영화 제작, 상영(上映) 수의 제한 등 지도, 연구에 노력하고 있는데 최근의 영화계의 경향에는 다만 시국에 영합하고서 내용(內容)이 없는 것, 변함없이 그전대로 스타의 나열(羅列)만을 일삼는 것이 태반이고 하등의 지도성(指導性)이 없는 것이므로 이번에 검열방침이 적극적 강화를 단행하기로 되어 영화검열이라는 것은 따로 시나리오, 각본(脚本)의 검열에 힘을 주고 지도성, 오락성, 문화성, 교육성 등을 각각 적극적으로 가미(加味)시키고 이 등의 어느 것이든지 갖추지 못한 시나리오는 단연 제작을 허가하지 않는다는 강경태도(強硬態度)로 나온다 한다. 【東京電話同盟】

2064 「映畵令 施行細則, 八月 一日에 公布」

『조선일보』, 1940.07.11, 조4면

조선 최초의 문화령으로서 영화령은 이것은 이미 금년 일월 사일에 제정된 것인바 이 시행에 관한 세칙(細則)의 공포는 그 후 총독부 경무국 도서과를 중심으로 입안하여 가지고 내지 관계당국과 절충 중이던바 요즘에 이르러 일단락을 고하게 되었으므로 도서과 정수(井水) 사무관의 귀성과 동시에 만전을 기한 후 관계 각 방면과 준비, 타협을 하고 있더니 드디어 오는 팔월 팔일에는 공포하기로 되었다.

183 「脚本檢閱을 強化」, 『매일신보』, 1940.07.09, 조3면.

2065 「헌冊商을 檢索」

『동아일보』, 1940.07.14, 석2면

본정서(本町署) 고등계에서는 十二일부터 형사대를 총동원하여 관내에 있는 각 고본상(古本商)을 일제 검색하여 시국에 맞지 않는 책과 적색서적을 압수하였다.

본정 一정목 문광당(文光堂) 고본상에서 책 아홉 권과 본정 三정목 광문당(廣文堂) 서점에서 열세 권을 압수한 것을 비롯하여 十여 군데 고본상에서 七十여 권의 책을 압수하여 왔는데 압수된 책 중에는 '꼴키'의 『문학론(文學論)』, 말광엄태랑(末廣嚴太郎) 박사의 『법창한화(法窓閑話)』를 비롯하여 『근세경제사(近世經濟史)』, 『자본주의 발달사(資本主義 發達史)』, 『푸로레타리아 문학전집』 등으로 본정서 고등계에서는 앞으로도 계속하여 반국가적이며 비시국적 서적을 모조리 압수할 방침이라 한다.

2066 「劇映畫의 製作 制限, 統制는 文化映畫에도 波及」

『조선일보』, 1940.07.14, 조4면

내무성(內務省)에서는 방금 극영화의 제작 제한을 단행하려고 각 방면으로부터 수집되는 재료를 기초로 해서

(1) 제작 제한을 실시한 결과 질(質)의 향상을 보존하지 못하고 도리어 제작비만 절감하는 일만 생기지 않을까?

(2) 방화(邦畫)의 수량 또는 척수의 감소에 의해서 외국영화의 상영 증가 또는 '어트랙션'의 유행을 가져 오게 되지 않을까?

(3) 우수한 문화영화를 장려함으로써 이러한 문제를 해결할 수 있을까?

이상과 같이 여러 가지 각도에서 신중히 심의를 거듭하고 있는바 그 결과로서 제작 제한을 실행하게 될 것 같으면 저급한 작품만을 발표하는 것이나 또는 그야말로 허명무실의 문화영화업자에 대하여서는 문부성과도 협력하여서 상당히 제

재를 가하게 될 모양으로서 이 문제가 영화계에 끼칠 영향은 상당히 중대한 것이 있다 하여 크게 주목을 끌고 있다.

2067 「府內 各 書店 一齊 檢索」

『조선일보』, 1940.07.15, 석2면

십이일을 기하여 부내 각 경찰서 고등계에서는 관내의 책사를 일제 검색하여 붉은 서적을 압수하였다. 그중 종로서의 것은 약 일천오백 권으로 그중에는 한물 꺾인 좌익 출판물이 적지 않게 많고 특이한 것으로는 수년 전까지 중등학교 교과서에 뽑혀 있던 덕부로화(德富蘆花)의 『자연과 인생』 구판, 『월남 이상재(月南 李商在)』 등이 있다. 또 본정서 관내의 것도 칠십여 권에 달하였다.

2068 李創用,[184] 映畵令과 統制

『매일신보』, 1940.07.17, 조2면

지난 七十四 議會에서 成立을 본 映畵法은 朝鮮에 있어서도 今年 一月 四日 朝鮮映畵令이라 하여 總督 制令 第一號로 公布되었지만, 이 映畵令의 成立은 內地와 한가지로 朝鮮의 文化政策史上 무엇보다도 劃期的인 意義를 띤 것이라고 할 것이다.

勿論 映畵가 單純히 國民娛樂으로서뿐 아니라 教化라든가, 宣傳이라든가, 報道等의 方面에 있어서도 相當한 機能을 發揮하는 것이며 特히 思想, 感情의 새로운 表現機關으로서 言語, 繪畵, 文字 等에 冠絶[185]한 新時代의 國民文化로 登場하였다는

184 이창용(1906~1961) : 영화 촬영기사이자 영화 제작자. '조선키네마사'의 촬영기사 조수를 시작으로 일본을 오가며 영화의 기획, 촬영, 제작, 배급 업무를 익혔다. 1937년 오덕섭(吳德燮)의 후원을 기반으로 이기세(李基世)와 함께 '고려영화협회(高麗映畵協會)'를 창립했다. 일제 말에 '조선영화인협회(朝鮮映畵人協會)'의 평의원 등으로도 활동했다.

것, 그러므로 이것을 一元的으로 强化시켜 內政이나 外交의 第一線에까지 前進시킬 必要를 느꼈기 때문에 國家가 이와 같은 法令을 制定한 것이라고 보겠다.

그런데 大體 法令이라는 것은 極히 消極的인 꼭 必要한 것만을 拘束함으로써 그 意義를 삼는 것인바 文化現狀 같은 領域에는 拘束없이 自由로운 進就的 活動에 맡길 것이라고 하는 것이 于今까지의 通念이었다. 그렇지만 今日과 같은 社會 情勢의 複雜한 發展 가운데서 이 法律의 任務란 于今까지의 消極的인 最小限度의 埒內에 그치지 않고 積極的으로 文化의 調節에 나설 것을 要하게 되었다고 하면 지나친 過激이라 할 것인가.

다시 말하자면 今日과 같이 社會機構가 複雜化하고 機械化, 緊迫化한 時代에는 어차피 이를 圓滑히 運轉하려 하는 한 技術로서 法律이 必要하게 되는 것이며 그와 한 가지로 朝鮮의 映畵界 같은 現狀에 있어서도 벌써 一二의 企業 或은 藝術的 天才가 나타났다 하여도 별 神通된 數가 있을 수 없을 것으로 오히려 國家의 힘에 依한 統制는 時代의 許文인 것이라고 함이 至當한 말이겠고 또한 거기에 映畵法令의 精神이 있으리라고 생각한다.

그러면 이와 같이 必然的 招來라고도 할 만한 이번 映畵法令의 精神을 實現할 主體가 무엇인가. 무엇보다도 吾人은 經濟關係로서의 今日 朝鮮映畵의 企業形態를 念頭에 두지 않으면 안 된다. 모든 點에 放浪的인 經營의 清算, 그 속에서 또한 人才的인 貧困에 對한 對策 等이 朝鮮映畵의 唯一한 發展策으로 絶叫되어 왔고 今次도 또한 이 問題를 提示하여 생각하지 않을 수 없다.

勿論 法令이라 함은 社會, 經濟 關係의 實質을 形式的으로 規定하는 데 지나지 못하겠지만 只今 朝鮮에 있어서의 文化政策으로서 映畵의 問題를 생각할 때 이 現狀의 企業形態를 그대로 默過하고 여기에 法律的인 取締를 硏究하기 前에 가장 根本的으로 생각하여야 할 것은 이 經營, 經濟의 問題이다.

卽 現在의 企業形態가 合理的이 못되는 以上 筆者는 多幸히 十有餘 年來의 體驗을

185 관절(冠絶) : 뛰어나고 우수함.

通하여 느끼고 있는 私案을 槪念으로나마 다음과 같이 들어보기로 한다. 卽 이 映畫企業을 當局의 保護, 管理下에 두면서도 가장 最大限度의 自由를 認定받을 수 있는 特殊會社의 設立인 것이다.

이와 같은 案은 內地 業界에 있어서도 今次의 法令 實施를 契機로 相當히 論議되고 있는 듯하나, 적어도 現在의 映畫界에 있어서 뜻있는 經濟人이면 從來의 放埒[186]한 自由主義 經濟의 末路를 痛感하고 새로운 合理的 統制主義 經濟의 進展을 時代의 注文으로서 즐거이 應諾하리라고 믿는다. 다만 위에도 指摘한 대로 今日의 朝鮮映畫界가 아직 全體로 經營化되지 못한 形便에 處하여서는 多少의 摩擦도 생각하지 않는 바는 아니지만 그것은 特殊會社案에 依하여 强制 出資를 求할 것이다.

이렇게 當局은 그 創立을 斡旋하고 保護, 助成하는 代身 이 特殊會社를 通하여 國策을 實行하기 爲한 管理權을 가질 것이다. 實際로 映畫의 偉力에 對하여는 前項에서도 말한 대로 進步的인 近代 文化人의 앞에 蛇足을 要할 바가 아니매 眞實로 朝鮮映畫의 前進을 爲하려고 함에는 무엇보다도 이러한 精神을 討究하지 않으면 안 되리라고 생각한다. (筆者는 高麗映畫社長)

2069 「出版物 一齊 檢索」

『조선일보』, 1940.07.18, 조3면

목포경찰서 고등계에서는 민심의 선도와 치안을 확보하여 현하 장기전에 대한 철저한 정심을 확립케 하여 반전적 좌익사상을 박멸할 정책으로 목포 시내에 출판물 전부를 지난 십이일 오후 한시에 다음 같이 취체를 하였었는데 성적이 양호하였다 한다.

일. 신문지, 출판물, '레코드'에 대한 취체.

186 방날(放埒) : 제멋대로 놀아나거나 주색에 빠지다.

이. 행정처분을 필요로 하는 간행물, 기타 석탑물, 간판, 액서,[187] 석비까지 철저 조사하였다 한다. 【木浦】

2070 「强化되는 外畵 輸入 統制」

『조선일보』, 1940.07.19, 석3면

영화의 놀라운 전력에 착안한 교전 각국에서는 구라파전쟁을 기회로 하여 상대편을 되도록 깎아 내리고 자기 나라의 실력을 되도록 승인국의 국민을 상대로 선전하려는 기미가 농후하여 벌써 남미(南美) 각국과 같은 곳에서는 반독영화(反獨映畵) 문제로 해서 항의니 상영금지니 하고 국제적인 파문을 일으키고 있거니와 최근에 다시는 그 방법도 상당히 교묘하게 되어진 느낌이 없지 않다. 즉 종래에는 제작회사를 통해서 다른 보통영화나 다름없이 다른 나라의 흥행업자에게 다른 영화나 꼭 같은 정도의 값을 받고 팔아 넘겨 왔었으나 이렇게 해서는 말썽 많은 이런 종류의 영화를 비싼 값 주고 사갈 흥행업자가 있을 리 없으므로 요즘에 와서는 독일과 및 영, 불, 미(英, 佛, 米) 등 각 교전국에서는 이 같은 수속을 밟지 않고 슬쩍 외국에 있는 자기 나라 대사관, 공사관들을 통하여서 이 같은 선전영화를 무료로 또는 헐값으로 외국 흥행업자 손에 빌려주어서 되도록 널리 상영시켜서 선전의 목적을 이루어 보려는 경향이 농후해진다고 한다. 그래서 내무성에서는 이런 경향을 그대로 내버려 둔다는 것은 국민으로 하여금 외국인을 불필요한 선전에 그릇 넘어가게 할 위험성이 있을 뿐만 아니라 외국영화 수입통제라는 영화통제의 근본정신에 비추어 보더라도 어긋나는 점이 적지 않다는 의미에서 금후 주일 각국 대・공사관에서 흘러나오는 선전영화에 대하여서는 외국의 위체관리법에 의하여 정당한 수속을 밟고서 수입이 된 이외의 것은 단호 검열 신청에 응하여 주지 않기로 방

187 액서(額書): 현판에 쓰는 큰 글씨.

침을 결정하였다. 내무성에서 검열을 받아주지 않는다면 검열 없는 영화는 흥행할 수가 없게 되니까 설혹 외국 공관에서 공으로 또는 헐가로 사들였댔자 아무 소용이 없게 되는 것이다. 이렇게 해서 내무성에서는 외국 공관을 거쳐서 나오는 노골적인 선전영화를 사실상으로 막아버리는 동시에 도내 흥행업자에게 금후 이 종류의 영화는 사들여도 소용이 없다는 것을 참고 삼아 주의를 환기하고 있는 것이다.

2071 「受難의 反獨映畵 南米에서 上映禁止」

『만선일보』, 1940.07.21, 3면

남미(南米) 시장을 싸고 영, 미, 불, 독(英, 米, 佛, 獨) 등 각국 영화업자들은 맹렬한 시장 쟁탈전을 전개하고 있다. 미국 영화업자들은 돈 잘 들어오고 만만한 영화시장으로서는 남미(南美) 만한 곳이 없다고들 마음 놓고 지내왔었으나 구주대전이 시작되면서부터 남미, 미국을 목표로 독일영화가 놀랄 만한 기세로 진출하게 되어 이 때문에 맹렬한 시장 쟁탈을 전개하게 되었다 한다. 그중에서도 특히 이야기거리가 된 것은 반독(反獨)영화에 대한 항의사건이다. 반독영화로서 가장 말썽을 일으킨 것은 와너사(社)의 「나치 스파이의 告白」과 아렉산더 골더 푸로[188]의 「날개 가진 獅子」인데, 이것은 명백히 독일을 중상하려는 반독영화라고 독일 정부로부터 강경한 항의가 제출되어 마침내 '알젤탄' 정부에서는 독일 측의 항의에 견디지 못하여 이 두 영화의 상영을 중지하기로 하였고, 그 대신 독일에서 제작한 「지그푸리드 요새 건설」, 「풀렌드 진격」은 독일 측의 선전을 위주한 영화라는 의미에서 상영중지를 명하여 영화 상영에 있어서도 우리나라는 엄정 중립을 지킨다는 뜻을 명확케 하였다.

188 Alexander Korda Film Productions.

2072 「卑俗한 레코드業者 率先 自肅」

『동아일보』, 1940.07.30, 조2면

거리에 범람하는 비속한 레코드를 일소하여 건전한 국민음악을 보급시키고자 일찍 관민 一체로 협력하여 오던 문부성에서는 廿七일 오후부터 성내(省內) 회의실에서 이동(伊東－빅터), 무등(武藤－日蓄)[189] 등 각 레코드회사의 취체역 등을 소집하여 시국하 '레코드' 자숙간담회(自肅懇談會)를 개최한 결과 금후에는 일찍 '레코드 추천제도'의 호성적에 비추어 업자 허가 신체제하 국민문화운동 촉진에 자발적 협력을 요망하였다.

그리고 내년도부터 드디어 강화되는 레코드 축음기 자료 입수단과 아울러 야비한 레코드 제조를 자숙함과 동시에 판매업자에게는 점두에 추천 레코드 상자를 설치시켜 가두에 보내는 애련가(愛戀歌) 등 저속한 유행가의 범람을 방지키로 되었다.

2073 「映畵關係 俳優, 監督 等 一部 兼業 認定 方針」

『조선일보』, 1940.08.01, 석2면

영화를 건전한 대중오락으로 하고 한걸음 나아가 건전한 국민정신을 함양하고 국민의 지능을 계발하는 훌륭한 문화기관으로 향상시키려는 처음의 문화입법(文化立法)인 영화령(映畵令)은 드디어 명 일일부터 조선에 실시되는데 이 법령이 흥행계에 던지는 파문의 이모저모를 찾아보면, 외국영화는 한 달의 총상영회 연장의 절반이 하루 제한되고, '어트랙션'을 넣어서 한 번에 세 시간 이상은 흥행할 수 없고 어트랙션도 한 달에 열 번 이상은 안 된다. 외국영화 검열료도 한 미터 일 전을 일 전 오 리로 올리고, 문화영화(文化映畵)도 한 프로에 이백오십 미터 이상은 상영하

189 이토 카무로(伊東秃)는 빅터사의, 무토 요이치(武藤與市)는 일축(일본콜롬비아축음기주식회사)의 사장이었다.

여야 되는데 이것은 경성, 부산, 평양, 대구는 십일월 일일부터, 기타는 명년 일월 일일부터 실시된다. 지금 제작자는 조선 안에 여덟 명, 배급업자는 사십팔 명이 있는데 명년 칠월까지는 그대로 영업을 할 수 있으나 그 후는 허가를 맡아야 되고 열네 명의 감독, 육십 명의 배우, 구 명의 카메라맨도 명년 이월부터는 전부 등록(登錄)을 하여야 되는데 내지에서는 겸업은 용서하지 않으나 조선은 특수사정을 생각하여 어느 정도까지 겸업을 인정할 방침이다. 내지는 영화관 하나에 삼만 육천 명이라는 분포 상태이나 조선은 이십만 명이므로 훨씬 증설할 필요가 있고 오전 중 흥행금지, 비싼 요금 금지 등 숙청 방법도 고려 중이다.

2074 「재즈音樂 禁止」

『동아일보』, 1940.08.04, 석2면

동경에서 댄스홀을 폐쇄한 데 계속하여 이번에는 재즈음악도 단연 금지하기로 되었다. 내무성 도서과에서는 신생활운동으로부터 자발적인 유행가를 구축하기 위하여 레코드 음악의 재검토를 해본 결과 먼저 재즈에 철퇴를 내리기로 하고 가까운 장래에 업자를 내무성에 초치하여 간담적으로 사전의 양해를 구하기로 하였다. 그래서 이것이 실현되면 유행가수들의 전직자도 많이 볼 것이며 가사와 가곡도 엄중히 제한하여 완전한 가정오락으로서의 레코드를 제작하게 되리라 한다.【東京電話同盟】

2075 「檢閱生活 卅 年」

『조선일보』, 1940.08.07, 조2면

전쟁소설 『보리와 병정』을 번역하여 새로이 조선에서의 수십만의 독자를 얻어 한글 명번역의 대기염을 토한 조선총독부 통역관 서촌진태랑(西村眞太郎) 씨는 지난 오일부 발령으로 삼십여 년이란 오랫동안의 관계 생활을 청산하게 되었다.

씨는 조선말뿐만 아니라 한글에도 조예가 깊으며 특히 조선문화에 대한 연구가 많은 분으로서 지금까지 삼십여 년이란 오랜 세월을 오로지 조선문 출판물과 신문을 검열해 왔고 조선문화의 발전, 향상을 위해서도 많은 공헌이 있었던 분이다. 퇴관한 후로는 자택에서 정양하며 계속해서 한글연구에 정진하리라 한다.

2076 **「廢刊辭」** 『조선일보』, 1940.08.11, 석1면

一

『朝鮮日報』는 新聞統制의 國策과 總督府 當局의 統制 方針에 順應하여 今日로서 廢刊한다. 呼라! 물건은 本과 末이 있고 일은 始와 終이 있다. 有가 있으면 無가 있고 生이 있으면 死가 있는 것은 一定不變의 原則이다. 本報는 末과 終이 왔다. 今日로써 本報는 無와 死의 幕이 내리었다. 이 瞬間에 일어나는 一切의 感懷는 主觀과 客觀의 價値判斷에 맡기거니와 뚜렷한 事實은 이 『朝鮮日報』가 영영 朝鮮社會에서 없어진 것이다.

二

回顧하건대 이 『朝鮮日報』는 二十 年 前 自由主義가 世界에 彌滿하였을 때에 朝鮮統治의 當局에서 民意暢達과 民論尊重의 見地에서 發行을 許可한 것이다. 그래서 創刊된 爾來로 當局의 意圖하는 바에 비추어서 本報는 그 報筆의 使命에 充實하려고 힘을 써왔던 것이다. 그러나 春風과 秋雨, 歲月을 거듭하는 동안 或은 經營難에 빠져서 命脈을 僅僅히 保存하는 危境에 瀕한 것이 한두 번이 아니요, 或은 時代의 思潮에 翻弄되어 存廢의 難關에 逢着한 것이 한두 번이 아니요, 或은 內患과 外難으로 苦境에 陷入한 것도 또한 한두 번이 아니었다. 그래서 本報가 걸어온 길은 荊棘의 덤불이었고 쌓아 놓은 것은 苦難의 城이었다. 그러다가 只今으로부터 八 年 前에 本

報는 비로소 革新의 一大 振興期를 만나게 된 것이다.

三

革新 卽時로 本報는 '正義擁護, 文化建設, 産業發展, 不偏不黨'의 四大綱領을 내세워 社會, 民衆에 외치고 報道의 天職을 다하여 왔다. 그래서 社會와 民衆의 支持, 聲援은 날이 지나고 달이 갈수록 增大하여졌던 것이다. 勿論 其間에 處하여 言論이 不自由한 것도 있었고 經營의 苦難도 있었고 外力의 迫害도 없지 아니하였다. 그러나 그러면 그럴수록 社會의 支援은 더욱 두터웠고 民衆의 贊助는 더욱 强大하여져서 社勢는 强化되고 筆運은 彰達되었다. 이곳에서 이런 自畵自讚을 提說할 必要가 없으나 革新 當時에 微弱하기 짝이 없던 것이 今日 內容과 外觀에 있어 斷然 朝鮮新聞界에 王座를 占한 것은 實로 이 絶大한 社會, 民衆의 支持하는 證左이다. 이와 같은 情勢에도 不拘하고 本報를 廢刊하는 것은 一般 社會에 對하여 極히 未安하고 恐縮하는 바이다.

四

支那事變 勃發 爾來 本報는 報道報國의 使命과 任務에 充實하려고 努力하였고 더욱이 東亞 新秩序 建設의 偉業을 成就하는 데 萬一이라도 協力하고자 夙夜奮勵한 것은 社會 一般이 周知하는 事實이다. 昨年 九月에 勃發한 歐洲大戰과 獨伊의 大勝을 契機로 하여서 世界 情勢는 큰 轉換을 보게 되고 國內 情勢가 또한 이의 對應하여서 新體制가 建設되려고 하는 이때에 新聞統制가 國策으로 遂行되는 以上 우리는 이에 順應하는 以外에 다른 私情을 云謂할 바가 아니니다. 本報의 廢刊도 이 點에 根據가 있다. 끝으로 本報를 愛讀 支持하여 준 社會, 大衆에 感謝와 未安의 말씀 以外에 다른 말이 없는 것을 深諒하여 주기 바란다.

2077 「二十 年의 歷史 남기고 本報 今 十日로써 廢刊」

『조선일보』, 1940.08.11, 석1면

方今 世界는 正히 大變改의 時機에 際會했습니다. 歐洲에서는 獨伊를 中心한 全體主義 國家와 英國을 覇者로 하는 民主主義 國家群과의 一大 爭覇戰이 開始되었고, 東洋에서는 帝國을 盟主로 한 新東亞 新秩序 建設運動이 着着 進行됩니다. 我『朝鮮日報』는 過去 二十 年間 朝鮮民衆의 代辯者로서 民衆의 意思를 反映하고 朝鮮統治의 批判者가 되어 朝鮮文化 發展에 微小하나마 貢獻한 바가 있다 생각합니다. 더욱 支那事變 勃發 以後는 一層 國家의 重大 時期임을 自覺하고 民衆으로 하여금 國家政策에 順應할 것을 力說하여 新東亞秩序 建設에 적지 않은 貢獻이 있었을 것으로 自認하는 바이외다. 그러나 最近 情勢는 吾『朝鮮日報』는 新聞統制의 國策에 依하여 今 十日로써 廢刊을 하게 되었습니다. 吾『朝鮮日報』의 廢刊이 朝鮮文化上, 經濟上 重大한 影響이 있는 줄은 알지오만 國策上 不得已한 事情이오니 이 點은 滿天下 讀者 諸位의 高諒을 바랄 뿐이외다. 滿 二十 年間 江湖 諸氏로부터 받은 無限한 愛護와 同情에 報答하기 위하여 簡單히 謝意를 表합니다. 끝으로 本社 發行의『朝光』,『女性』,『少年』 等은 從來와 같이 朝光社에서 繼續 發行할 터이오며 本社에서 主催, 或은 後援하던 事業으로 朝光社에서 引繼 받을 것은 될수록 繼續하려 하오니 버리지 마시고 愛護를 바라나이다.

昭和 十五年 八月 十日

朝鮮日報社

2078 「社告」

『동아일보』, 1940.08.11, 1면

本報는 總督府 當局의 新聞紙 統制 方針에 順應하여 本號로써 最終號를 삼고 廢刊

하게 되었으며 株式會社 東亞日報社는 今日 本社 會議室에서 開催된 臨時株主總會의 決議에 依하여 解散하게 되었습니다. 過去 二十 年 동안에 本報와 및 本社를 爲하여 한결같이 鞭撻 愛護하여 주신 滿天下 讀者 諸位께 끝없는 感謝의 뜻을 表하오며 여러분의 끝끝내 隆盛하신 幸福과 健康을 빌어 마지아니하나이다.

八月 十日

東亞日報社

東亞日報社 支分局 一同

2079 「廢刊辭, 當局의 統制 方針에 順應하여」 『동아일보』, 1940.08.11, 4면

一

本報는 자못 突然한 것 같으나 今 八月 十日로써 所與의 報道 使命에 바쳐 오던 그 生涯를 마치게 되었으니 오늘의 本紙 第六千八百十九號는 滿天下 讀者 諸位에게 보내는 마지막 紙面이다.

回顧하면 第一次 齋藤 總督 時代의 文化政治의 一端으로 半島 民衆에서 許與된 言論機關의 하나로서 大正 九年 四月 一日 本紙가 花洞一隅의 醜陋한 社屋에서 呱呱의 聲을 發한 以來 實로 春風秋雨 二十 年 這間에 社會 各般의 進運과 함께 微力하나마 本報가 新聞 本來의 機能을 發揮하여 朝鮮文化運動의 一翼的 任務를 다하여 왔음은 적이 讀者 諸位의 腦裏에도 새로운 줄 믿는 바이다. 그러나 이제 當局의 言論統制에 對한 大方針에 順應하매 本報는 뒤를 보아 恨이 됨이 없고 또 앞을 보아 未練됨이 없는 오늘을 맞이하게 되었으니 諸位도 이 點에는 깊이 惠諒하는 바 있을 줄 믿는다.

二

무릇 報道機關으로서의 新聞의 使命이 決코 새로운 뉴스의 提供에만 그치지 않고 一步 나아가서 變轉하는 時流에 處하여 能히 儼然한 批判的 態度와 不動의 指導的 立

場을 堅持함에 있음은 周知의 事實이다. 그러나 이 같은 意義는 特히 過去 朝鮮에 있어서 더욱 廣汎하였음을 볼 수 있으니 그것은 極度로 뒤진 이 땅의 文化的 水準에서 歸結되는 必然的 事實이었다. 이에 吾人은 다시금 本社 主催 及 後援의 傍系的 諸般 事業과 行事에까지 想到치 않을 수 없으니 그 中에는 이미 적으나마 結實된 것도 있고 또 아직 開花, 成育 中의 것도 있다. 그러나 한 번 뿌려진 씨인지라 오늘 以後에도 싹 밑엔 또 새싹이 트고 꽃 위엔 또 새 꽃이 필 것을 믿어 疑心치 않는 바이다.

三

俗談에 일러 十年이면 江山도 변한다 하거니 二十年의 歲月은 果然 幾多의 刮目할 變遷을 보이고 있다. 더욱 第二次 歐洲大戰의 勃發로 말미암아 國際政勢의 明日은 遽然 逆睹[190]키 難한 바 있으니 이때 지난날을 反省하면 吾人은 온갖 誠意과 努力의 未及에 오직 自愧하여 마지않을 뿐이다. 그러나 또 그럼에도 不拘하고 이날 이때껏 한결같이 連綿된 讀者 諸位의 深切한 鞭撻과 愛護에 對해서는 衷心의 謝意를 表하는 同時에 그 마음 그 뜻에는 새로운 感激의 念을 禁할 수 없는 바이다. 끝으로 二十年間 本報를 위하여 有形無形 온갖 指導, 援助를 不惜하신 社會 各般 여러분의 健康을 心祝하며 簡單한 廢刊의 辭를 마치려 한다.

2080 「言論界의 一新 時期」

『매일신보』, 1940.08.11, 석1면

諺文新聞의 統制에 際하여 三橋 警務局長은 아래와 같은 談話를 發表하였다.

"本府는 時局의 趨勢에 鑑하여 言論의 指導, 物資의 節減, 其他 各般의 國策的 見地로부터 言論機關 統制의 緊要함을 認定하고 愼重 考究한 結果, 먼저 諺文新聞의 統制를 斷行하기로 決定하여 舊臘 以來 朝鮮日報社와 懇談 協會하였던바 同社는 잘 時局의 大勢를 諒解하고 自進하여 國策에 順應하려는 態度로 나와 一切의 社情을 抛擲하

190 역도(逆睹) : 앞일을 미리 내다봄.

고 『東亞日報』와 同時 廢刊을 希望하고 諾意를 表하였다. 이어서 東亞日報社에 對하여 折衝을 거듭했으나 同社 幹部 中에 當局의 眞意를 誤解한 者가 있어서 協議가 進陟되지 못하여 其後 多少의 迂餘曲折이 있었으나 今回 마침내 釋然히 當局의 方針을 諒得하고 自發的으로 廢刊하기로 된 것은 統治上 實로 同慶에 不堪하는 바이다.

玆에 半島 言論界에 一新 時期를 劃한 諺文新聞의 統制를 봄에 當하여 兩社 幹部와 關係者의 國策에 順應한 理解있는 態度와 兩社 永年에 亘한 言論報國 功績에 對하여 깊이 敬意를 表하는 同時에 當局은 特히 兩社 社員과 從業員의 處遇에 關하여 可能한 限의 善意의 考慮를 하기로 되었다. 惟컨대 現下 急轉하고 있는 國際情勢에 對處하여 毅然히 興亞의 聖業을 完遂하고자 이제 我國은 高度國防國家의 建設에 擧國邁進하고 있으며 半島에 負荷된 使命은 더욱 加重되었고 言論機關도 其 全能을 發揮하여도 오히려 不足한 感이 없지 않다. 今回 統制의 結果로써 唯一한 諺文新聞이 된 『每日新報』는 모름지기 其 責務가 實로 重且大함을 自覺하여 秋毫도 獨占的 地位에서 安逸을 貪치 말고 더욱 機構를 擴充하고 紙面을 刷新하여 統治의 徹底, 民心의 作興에 힘써 內鮮一體, 官民協力의 紐帶로써 其 重要 使命의 遂行에 全幅의 努力을 傾注하기 바란다. 冀컨대 半島 民衆 各位도 今次 統制의 眞精神을 잘 諒得하여 時局下 半島의 全面的 躍進의 新紀元이 되도록 協力하기를 切望한다.

그리고 한便 東亞日報社 內에 經濟統制令 違反, 脫稅, 背任 等의 不正事件이 있어 世上에서는 今次의 統制問題와 關聯이 있는 것과 같이 誤解하는 者도 있으나 本件은 專혀 司直의 取調로 糾明될 性質의 것이어서 전혀 別問題이다."

2081 「『朝鮮』, 『東亞』 兩紙의 廢刊」

『매일신보』, 1940.08.11, 조2면

一

同業 『朝鮮日報』와 『東亞日報』의 兩紙는 今 十一日로써 國策에 順應하여 自進 廢

刊했다. 帝國이 言論機關 統制의 必要를 느끼고 이에 着手한 지는 벌써 四, 五 年 前부터이었다. 通信機關에 있어서 同盟通信 하나를 남기고 그 餘의 諸種 通信機關을 解消시킨 것도 國策上 不得已한 措置였으며 內地에 있어서는 一縣一紙主義, 朝鮮에 있어서는 朝鮮 獨自의 情勢에 鑑照하여 國文新聞의 一道一紙를 目標로 一部 地方新聞의 廢合을 斷行한 實例도 國策上 不得已한 措置였다. 오직 諺文新聞의 統制에 있어서는 新聞에 若干 事情을 달리하는 바가 있다 하여 當局에서도 時日을 두고 推移를 靜觀하는 態度로 왔으나 爾來 內外의 趨勢는 言論의 統一的 指導와 物資 節約의 必要를 갈수록 添加하는 情勢를 激成하여 言論統制, 國論歸一의 急을 告함이 있는 故로 이에 本府當局도 할 수 없이 그 劃期的의 統制를 決意한 것으로 推察한다. 本府當局은 兩社에 對하여 懇談의 形式을 取하여 趣旨를 協議하였다. 그 結果 多少의 迂餘曲折은 있었으나 結局 兩社가 다 國策의 精神과 當局의 方針을 諒解하고 自發的으로 廢刊하기에 至한 것은 同樂의 情誼을 떼고 말하면 國策 遂行上 同慶에 不堪하는 바다.

二

同顧하건대 『朝鮮』, 『東亞』의 兩紙는 大正 九年 春, 거의 時日을 같이 하여 創刊된 것으로서 帝國이 當時의 所謂 武斷政治를 清算하고 倂合 十年間에 向上된 民度에 照應하여 文化政治를 實施함에 際하여 그 當時의 朝鮮統治上 民意暢達을 爲하여 民間諺文紙의 必要를 認하고 兩紙의 發刊을 一時에 許可한 것이었다. 爾來 二十一 年 동안에 兩紙 共히 多少의 波瀾은 있었으나 大體로 보면 比較的 順調로운 發展을 遂하면서 朝鮮의 文化向上, 教育普及 及 民意暢達에 盡力하여 國家社會를 爲하여 貢獻함이 많았다. 今日 兩紙의 自進 廢刊은 如斯히 半島統治의 前段階에 있어서의 國策의 所産으로 誕生하여 그 段階에 處하여 다할 任務를 마치고 新階段으로 移行하는 轉換期에 際하여 다시 新段階의 國策에 順應하기 爲하여 兩社가 理解있는 態度에 出한 것이나 本社는 多年에 亘한 同業者로서의 情意를 禁치 못해 하는 同時에 兩紙 永年에 亘한 功績에 對해서도 甚深한 敬意를 表하여 마지 아니하는 바이다.

三

이제 돌이키어 半島 言論界를 살피건대 兩紙의 國策 順應을 爲한 廢刊에 依하여 諺文紙로는 本紙 하나만이 남게 되었다. 半島 二千三百萬을 相對로 한 言論報國의 重任을 單獨으로 맞게 된 本紙는 今日에 當하여 더욱이 그 責任의 重大함을 느끼고 스스로 恐懼함을 禁치 못해하는 同時에 機構를 擴充하며 紙面을 刷新하여 國策의 遂行과 統治의 徹底와 民心의 作興에 努力하여서 當局의 恃托에 報應하여 半島 二千三百萬의 期待에 副하기를 期하는 바이거니와 다시 現下 急轉하고 있는 國際情勢와 高度國防國家의 建設을 目標로 하여 新體制의 編成에 全力을 다하고 있는 國內情勢와를 照合[191]하여 考察하건대 帝國의 兵站基地로서의 我半島, 皇化基地로서의 我半島의 負荷한 使命은 益益 重大함을 느끼는 同時에 이에 附隨하는 言論機關의 使命亦是 平日의 百倍, 千倍함을 切實히 느끼지 아니할 수 없다. 이에 本紙는 "戰爭의 目的 達成을 爲해서는 指導者와 一般 國民과의 間에 秋毫라도 間隙과 無理解가 있어서는 안 된다. 指導者와 一般國民과의 二者가 完全한 一體가 되어야만 비로소 所期의 目的을 達한다. 新聞은 이 二者 間에 介在하여 相互의 理解를 實現할 重大 役割을 가졌다. 戰時에는 特히 仲介的役割의 重要性이 莫大한 바가 있다. 新聞은 國民의 奴僕이라는 覺悟를 가지지 않아서는 안 된다"라는 괴벨스의 忠告를 想起하여 內鮮一體, 官民協力의 紐帶로서의 重要 使命의 遂行에 全幅의 努力을 傾注할 것을 自誓하는 同時에 官民 各位의 倍前한 指導鞭撻을 바라는 바이다.

2082 「『朝鮮』, 『東亞』의 兩紙 明日부터 廢刊」

『매일신보』, 1940.08.11, 석1면

總督府에서는 時局의 趨勢에 鑑하여 言論의 統一的 指導, 物資의 節減 其他 各般의 國策的 見地에서 言論機關 統制의 緊要함을 느끼고 愼重 考究한 結果, 먼저 諺文新聞의 統制를 斷行하기로 되어 舊臘 以來 朝鮮日報社, 東亞日報社와 懇談 協議한 結

191 조합(照合) : 둘 이상의 것을 서로 맞추어 봄.

果 兩社가 모두 國策에 順應 協力하게 되어 八月 十一日부터 自發的으로 廢刊을 하기로 되었다. 創刊 以來 二十年 間 多大한 言論報國의 功績을 남긴 同業 兩 新聞社는 이에 其 歷史的 使命을 마치고 마침내 廢刊을 하게 되었다.

2083 「市民의 健全生活 目標, 享樂部門 强制統制」 『만선일보』, 1940.08.23, 7면

국민생활의 쇄신, 소위 신체제의 확립에 노력하고 있는 수경(首警)에서는 국도 환락가의 숙정공작(肅正工作)에서 시작하여 점차 그 손을 뻗쳐서 신생활의 전면적 혁신을 도모하기로 되었다.

즉 지금까지의 불건전한 사치와 향락을 버리게 하여 건강, 명랑한 신생활에로 유도하기로 되었다. 그래서 전촌(田村) 부총감 이하 관계관은 향락 부문과 불건전한 오락의 재검토에 여념이 없는데, 근근 각 업자와 자리를 같이 하고 최후적 방침을 간담할 예정이다. 그 방침으로서는

一. 享樂的 飮食 遊興의 時間的 制限 : 特殊 飮食店, 普通 飮食店 一律로 營業時間을 一時間 短縮하며(月下 中央通署 管內만 實施) 다시 單純히 享樂을 目標하는 營業과 '貸座數'를 漸減한다.

二. 娛樂의 制限 : 映畵館의 에로 액션이며 高額 料金의 制限 및 營業 時間의 劃一化.

三. 特殊飮食店의 카페, 바는 勿論 一般飮食店의 新設, 擴張 及 讓渡를 嚴禁.

四. 接客業者의 自肅 : 豪奢를 統制하여 女給, 藝妓, 酌婦 等의 服裝, 髮飾을 制限, 衣服의 新調도 避하게 하며 女給과 藝妓의 衣服은 銘仙[192]으로 統一하여 華麗하고 칙칙한 것을 絶滅한다.

五. 飮食代, 遊興費 制限 : 酒肴, 料理, 酒, 비루, 사이다 等 飮食物의 公定價格을 決定, 花代도 全面的으로 統一하여 各其 公正價格表를 接客業者 各自에 揭示시키는 外

192 메이센(銘仙) : 꼬지 않은 실로 거칠게 짠 비단.

에 어느 程度의 遊興費 最高標準을 定하여 多額의 消費를 抑制시킨다.

六. 交通機關問題 : 自動車의 나돌아 다니는 것을 嚴禁하여 各地에 駐車場을 設置하고 가솔린이 떨어져 歸庫하는 경우는 車庫까지의 客만을 來車시키는 外에 一日貸切料를 統一한다.

그리고 댄스홀의 폐쇄에 대하여는 업자 측에서는 벌써 자숙에 보조를 맞추고 있는 터이므로 당국의 명령만 있으면 폐쇄할 모양이다.

2084 「洋畵 上映 絶對禁止」

『매일신보』, 1940.08.30, 조3면

앞서 외화수출방지책(外畵輸出防止策)으로 경기도에서는 흥행업자에 대하여 '양화 상영금지'를 권유하여 오던 중인데 二十九일 경성흥행협회(京城興行協會)에서는 총회를 개최하고 현재의 정세와 및 장내의 사정에 대하여 여러 가지의 협의를 한 결과 다음과 같은 의견에 一치되어 양화 상영금지를 결의하였다.

一. 극영화, 문화영화를 불문하고 양화 상영을 금지할 것.

一. 十一월 一일 이후부터 이를 실시함.

一. 소할서(所轄署)로부터 흥행허가에 대하여 양화를 동시 상영할 시는 이를 허가하지 않음.

一. 봉절 또는 재상영을 불문하고 상영치 못함.

一. 부민관에서도 양화의 상영은 못함.

등으로서 三十일 협회 역원이 도청과 각 소할 경찰서에 이상의 결의문을 제시(提示)할 터인데 감독 관청에서는 앞서 업자에게 제시한 바도 있고 하여 이 결의는 당국으로서도 기꺼이 용인할 것으로 보이는바 어쨌든 十一월부터는 양화라고는 경성 안에서 자취를 감추게 되며 '시네마'계의 한 이변(異變)을 일으키어 전국적으로 양화 취체의 앞장을 서게 되었다.

2085 「出版文化 新體制」

『매일신보』, 1940.09.08, 조1면

政府는 新體制運動에 卽應하여 出版, 雜誌業者 統制次 內閣 情報部를 中心으로 業者와의 사이에 具體案의 研究를 進行하여 이미 旣成團體인 出版協會, 雜誌協議를 解散시키고 出版, 雜誌業者를 網羅한 綜合的 新組織으로서 日本出版文化協會(假稱)를 設立하기로 되었으므로 伊藤 內閣 情報部長을 委員長으로 한 左記 委員으로써 出版文化新體制準備會를 設置하고 오는 十一日 午前 十時 內閣 情報部에서 第一回 總會를 열기로 되었다. 【東京電話】

2086 「出版界의 新體制」

『매일신보』, 1940.09.12, 조1면

國民의 思想文化에 重要한 指導性을 가진 雜誌, 書籍 等 出版界의 新體制에 對하여는 內閣 情報部 指導 下 伊藤 內閣 情報部長을 委員長으로 하여 三十 名의 業界 代表, 關係官廳 代表의 準備委員을 들어 準備 中이던바 十一日 午前 十時부터 內閣 情報部에서 第一回 出版文化新體制協議會를 開催하고 伊藤 委員長으로부터 日本出版文化協會 設立 趣意書를 朗讀하여 滿場一致로 이를 可決하고 다시 各 委員으로부터 協會의 갈 行할 方向에 對하여 一. 出版界는 이를 機會로 社會的 機能을 一層 發揮할 바이다. 二. 出版事業은 公共性을 重點으로서 革新할 것. 三. 出版界는 營利를 바라지 말고 純粹한 文化的 感情에 基할 것. 四. 國家 目的에 向하여 至急 再編成할 必要가 있다는 等의 贊成 意見이 나왔고 正午 散會했는데 繼續하여 十二日도 協議會를 열고 新協會 成立에의 具體案을 審議한다. 【東京電話】

2087 「洋畵 上映禁止」 『매일신보』, 1940.09.17, 석4면

국가가 총동원하여 국난극복(國難克服)에 매진하려는 총후국민의 의기는 또 한 번 새로운 바가 있어 각 유흥장(各 遊興場), 향락가(享樂街), 오락가(娛樂街)에서도 솔선하여 초비상시국책(超非常時國策)에 순응하여 나날이 자숙의 기분이 농후하여 가고 있는 것은 참으로 기쁜 현상인데 이 자숙의 파문(波紋)은 마침내 대중오락시설(大衆娛樂施設)인 영화가(映畵街)에까지 이르게 되어 평양흥행조합(平壤興行組合)에서는 마침내 오는 十월 一일부터 서양영화(西洋映畵)의 상영을 금지하고 국산영화만을 상영하되 풍기문란의 방지와 다시 一보를 전진하여 '우리 동양인은 동양 특유의 문화와 풍속을'이라는, 즉 대중오락기관인 영화를 통하여 동양 고래의 풍속문화와 민풍개선 등 특히 일본정신 발양(日本精神 發揚)에 전력을 다하기로 되었다. 이러한 일은 평양에서 전일본(全日本)을 통하여 처음으로 실시되는 일로 평양 흥행계에 一대 쾌보라고 하지 않을 수가 없는 바이다. 【平壤】

2088 「洋畵 上映禁止」 『만선일보』, 1940.09.25, 8면

일반 총후국민은 국책에 순응하여 서양 영화를 보고 즐길 때가 아니라고 하여 평양경찰서에서는 수일 전 당시 영화상설관 주인들을 소집하여 놓고, 금후부터는 양화 상영을 금지하라고 하였다. 그러나 이미 상영을 계약한 것은 금월 내로 상영하게 하고 내 十월 一일부터는 절대로 상영금지를 단행하기로 결정하였다. 【平壤支局發】

2089 「中等用 教科書 統制」

『매일신보』, 1940.11.12, 조3면

중학교와 고등여학교 또는 실업학교에서 쓰는 교과서는 각 학과를 통하여 그 종류가 허다하게 많아서 내지에서는 七천 종, 조선에서만도 二천백여 종에 달하고 있어 교과서의 범람시대(氾濫時代)를 이루고 있다. 더욱이 이러한 교과서의 내용은 어느 것이나 문부성에서 제정한 교수 요목(教授 要目)에 준하였고 문부성과 총독부의 검정을 받았기 때문에 그 내용에 있어서도 대차가 없다.

그럼에도 불구하고 토지에 따라, 학교에 따라 같은 종류요, 같은 정도의 학교이면서도 교과서는 전연 다른 책을 사용하는 관계로 교육적으로도 폐해가 많으며 또한 현하 시국의 물자절약으로 보더라도 유감된 점이 많으므로 총독부에서는 중등학교 교과서에 적당한 통제를 하기로 하였다.

이에 대하여 지난 四월부터 현재 사용하고 있는 교과서 전체를 검토한 결과 명년 四월 신학기부터 새로운 교과서를 지정하기로 되어 각 학과별로 세 가지, 혹은 다섯 가지를 택하도록 하였고 一백 二十五 종을 지정하여 명춘 四月부터 쓰도록 총독부로부터 각 도를 거쳐 각 학교에 통첩을 발하였다.

그럼으로 명년도부터는 다시 교과서의 통일을 위해서 더욱 더 통제를 하여 四백 종 이하로 훨신 적게 하여 교과서와 교학 쇄신에 신체제를 갖추게 할 터이며 따라서 새로 나오는 책으로 좋은 것이 있을 때는 적당히 채택하리라고 한다.

2090 「中等 教科書 統制」

『매일신보』, 1940.12.05, 조3면

중학교 교과서를 통제하여 교수 내용을 통일시키고 교과서 선택에 공연한 머리를 썩히는 폐단을 없이 하고자 문부성(文部省) 방침에 의해서 총독부 학무국에서도 교과서 통제에 착수하였다 함은 기보한 바와 같다.

즉 현재 조선뿐 아니라 내지 전국 각 중등학교에서 쓰는 교과서는 그 가지수가 一천 수백여 가지에 달하여 같은 내용이면서도 출판회사만이 다른 탓으로 형식과 내용에 따라서 달라져서 물자 절약에도 배반되므로 이번에 이것을 훨씬 줄이기로 그 같이 통제에 착수한 것이다.

그래서 앞으로는 一천여 종류를 四백二十四 종으로 제한할 터인데 총독부 학무국 편집과(編輯課)로 내지에 있는 六十여 책사로부터 "우리집 책이 좋지 않습니까?" 하고 수천 권의 책을 보내어 오고 있으므로 도전(島田) 편집과장 이하 이 정리에 눈코 뜰 사이가 없다.

이번 정리, 통제로 내년 二월까지는 가지수를 작정해서 일정한 교과서를 지정한 다음 내년 봄 새 학기부터 새 책 새 내용에 의하여 교수과목을 통일하리라고 한다.

2091 「出版用紙에 傳票制」

『매일신보』, 1941.06.22, 조3면

상공성(商工省)에서는 '펄프' 부족으로 인하여 이미 신문용지공급제한규칙, 양지(洋紙)배급통제규칙 등을 시행하여 신문지와 양지 그리고 휴지 등의 배급을 통제하여 왔었는데 더욱 화지(和紙), 판지(板紙)에 대하여서도 배급통제를 실시키로 되어 목하 구체안을 작성 중인데 그 내용은 화지와 판지의 제조업자는 상공대신의 지정한 단체(원매상조합 혹은 공판회사) 이외에 제품을 팔지 못하도록 하는 것이다. 그리고 상공성에서는 종이의 절약을 도모키 위하여 전면적으로 소비를 규정할 필요가 있다고 하여 먼저 출판용지에 대하여서는 七월 一일부터 일본문화협회로 하여금 출판용지의 전표제에 의한 소비를 규정하기로 되었다. 【東京電話】

2092 「出版物 統制에 拍車」 『매일신보』, 1941.07.26, 석2면

잡지와 서적 출판물의 질적 향상을 도모하여 국민정신문화의 앙양을 꾀하고자 정보국(情報局)에서는 금년 一월에 전국 출판업자를 한 덩어리로 한 일본출판문화협회(日本出版文化協會)를 설립하고 五월에는 전국 도매업자를 망라한 일본출판배급주식회사(日本出版配給株式會社)를 만들어 여러 가지로 질적 향상과 배급망의 완비를 꾀하여 왔는데 요즘 상공성(商工省)에서는 정보국과 협력하여 이의 하부조직으로서 서적잡지소매업조합(書籍雜誌小賣業組合)을 결성하고 상하 일관한 배급기구를 정비하기로 되어 二十四일부로 각 지방장관에게 교섭을 보내었다. 이 상업조합은 각 도, 부, 현을 일 단위로 하여 각 부, 현에 하나씩 두는 것을[193] 조합원은 고본상(古本商)을 제한, 서적잡지 소매업자들로써 가령 상점을 갖고 있지 않더라도 또는 운동구점, 악기점 등에서 부업으로써 서적을 팔고 있는 사람이라도 전부 이 조합에 가입하기로 되었다. 이를 각 지방의 소매조합 위에는 다시 전국연합회를 두고 출판문화협회, 출판배급회사 등 세 가지가 긴밀히 연락을 취하게 하여 완전한 통제를 할 터로써 이보다 앞서 우선 각 지방의 여러 가지 사정을 참작한 수량의 타합을 한 뒤에 이들 각 지방조합에 일반소매상에 배급하기로 되었다. 그리고 우선 잡지의 배급, 판매 통제를 하고 순차로 일반서적의 통제를 할 터인데 금후는 현재 영업하고 있는 소매업자 이외에 서적 소매업을 하려는 사람에게는 담배가게나 목간집과 같이 허가제로 하기로 되어 통제의 완벽을 기하고 있다. 【東京電話】

193 '원칙으로 한다' 정도의 서술어가 빠졌음.

2093 「中等 教科書를 統制」

『매일신보』, 1941.09.23, 조2면

중등 교과서는 종전부터 一 과목 五 종으로 한정되어 있는데 더욱 그 사이에 선택 채용을 둘러싸고서 업자 간에 격심한 경쟁이 계속되고 있으므로 금후 더욱 통제를 강화할 것이 요망되어 十九일 오후 두시부터 교순사(交詢社)에서 열려진 문부성, 정보국, 문협(文協), 중등 교과서 출판업자의 합동회의의 결과 새로이 중등 교과서 출판주식회사를 금년 十二월까지 설립하기로 의견이 일치되었다. 신출발을 하는 중등 출판은 단순한 형식적인 것이 아니며 편집, 발행의 전면에 대하여 문부성의 지도를 받기로 되었으며 따라서 그 편찬은 관민의 권위자를 망라한 소위원회를 자주 열어 가지고 명실이 모두 전국 중등학교 생도의 혈육으로 된 교과서를 만들자는 것이다. 그러나 급격한 합동은 사업의 운행에 지장을 초래할 염려도 있어서 명실이 모두 일원화할 목표를 소화 二十년도 사용 교과서의 공급기에 두며 그때까지에 점차 정리를 진행할 방침이다. 【東京電話】

2094 「外國 가는 郵便檢閱」

『매일신보』, 1941.10.07, 석2면

외국첩보망(外國諜報網)의 암약에 대하여 단호한 방어책을 세우고 국책에 배반하는 첩보, 모략(謀略), 선전 등의 활동을 철저히 막아버리는 동시에 국방상 감추고 비밀히 해야 할 여러 가지 사항이지만 부주의로 다른 나라에 새어 나가는 수가 흔히 있는 고로 이러한 것을 취체하고자 정부에서는 우편물의 임전체제를 확립, 헌법 제八조에 기하여 칙령(勅令)으로서 '임시우편취체령'을 제정하고 이에 따르는 체신성령(遞信省令) 및 체신성 고시(告示)와 아울러 지난 四일을 기하여 공포하였다. 칙령은 즉일로 시행하나 체신성령 및 고시는 이를 일반에게 충분히 인식케 하기 위하여 오는 二十일부터 실시하게 되는데 여기에는 하등의 조선의 특수한 사정을 가미하지 않고 그대로 총독부령만 새로이 작성하여 공포하리라고 한다. 그러므로 언문으로 쓴 편지라 하더라도 아무런 제한을 받는 것은 아니다. 그러나 이번 '임시우편취체령'을 반드시 외국우편물만 적용하는 것이 아니라 우리나라 안에서 서로 주고 받는 내국우편(內國郵便)도 여러 가지 제한이 생겼는데 그중에도 편지글 보내는 사람의 주소, 씨명을 분명히 적어야 한다는 것은 누구나 주의해야 할 일이다. 지금까지는 흔히 "경성에서 아무개로부터"라든가 경부선 차중에 서서 "알 듯한 동무로부터"라든가 하는 투고로써 보내는 편지가 있었으나 이제부터는 그러한 것은 절대로 못하게 되었다. 그리고 또 만주국, 중화민국으로 보내는 우편물을 제하고는 그 밖에 다른 나라로 부치는 것이라면 어느 것이나 모두 미리 절수[194]를 붙이지 말고 우편국 창구로 가지고 가서 편지 사연을 검열 받아야 하기로 되었다.

2095 「防空書籍의 出版」

『매일신보』, 1941.11.03, 2면

공습에 대비하여 먼저번에 정보국(情報局)에서는 『방공독본』을 발표한 일이 있는데 최근 일반의 방공에 대한 관심이 높아 가고 있음을 이용하여 이 『방공독본』에 임의로 해석을 붙인 출판물이 횡행하고 있어 독자에게 그릇된 방공사상을 넣어줄 염려가 있으므로 당국에서는 이러한 출판물을 엄금하여 그와 같이 시국을 이용하는 무책임한 방공독본류를 일소하기로 되었다. 만약 꼭 출판하고 싶어 한다면 미리 '방위사령부'와 연락을 한 연후에 허가를 맡을 필요가 있다. 【東京電話】

194 절수(切手) : 우표.

2096 「日本向 郵便物 檢閱」

『매일신보』, 1941.11.04, 1면

米國 稅關當局은 一日 夕刻 突然 帝國 總領事館에 對하여 商船에 積載한 日本向 郵便物 六十 톤을 開封檢閱을 行한다고 申請해 왔었다. 總領事館은 右 郵便物에 關하여는 미리 諒解를 求하고 適當한 措置를 取하고 있음에도 不拘하고 갑자기 右 諒解를 無視하고 이와 같은 措置에 나간 것인데 我方은 米 當局의 要求에 應하였으나 알 수 없는 態度에 對하여는 자못 不滿을 보이고 있다. 【桑港二日發同盟】

2097 「首相, 言論機關의 協力 要望」

『매일신보』, 1941.11.11, 석1면

東條 首相의 內閣과 宮內省 擔當記者團 招待會는 十日 正午 首相 官邸에 열리어 政府 側에서는 首相 以下 岸 商相, 橋田 文相, 嶋田 海相, 岩村 法相, 星野 書記官長, 谷 情報局 總裁, 鈴木 企劃院 總裁, 森山 法制局長官, 奧村 情報局 次長, 記者團 側으로부터 七十餘 名이 出席하여 午餐을 같이 하고 懇談 後 一時 지나 散會했는데 席上에서 東條 首相은 現下 重大時局下의 國民輿論 指導의 重要性을 强調하고 言論機關의 一層의 協力을 要望하였다. 【東京電話】

2098 「俳優들 藝名 禁止」

『매일신보』, 1941.12.06, 조2면

전시하에 있어서 건전한 오락과 문화의 향상을 목표로 금년 봄에 영화법을 실시한 내무성에서는 영화계의 '예명(藝名)' 사용을 금지케 하기로 되어 이즈음 각 촬영소장을 위시하여 영화계 관계 방면에 그 뜻을 통달하였다. 이리하여 종내의 등원부족(藤原釜足) 같은 경박한 인기 정책의 예명이 일소될 터로서 일반에 인기가 높은 대하내전차랑(大河內傳次郞)은 대부용(大部勇), 판동처삼랑(阪東妻三郞)은 전촌전길(田村傳吉), 입강다가꼬(入江たか子)는 전촌영자(田村英子), 소삼용(小杉勇)은 소삼조차랑(小杉助次郞), 고봉삼지자(高峰三枝子)는 영목삼지자(鈴木三枝子)라고 모두 부르게 되었다. 그리하여 다시 연극법이 실시된 경우에는 오래인 전통의 지배 속에 있던 연극계에도 이 예명을 금지키로 될 터로서 이리하여 영화나 연극계의 사람들도 문화인으로서 다시 더 한층 진지한 활약을 하여주기를 당국에서는 기대하고 있다.

【東京電話】

2099 「新聞統制 勅令案」

『매일신보』, 1941.12.11, 조1면

十日의 第二十一回 國家總動員審議會에서 可決 答申된 新聞統制勅令案의 全文은 다음과 같다.

諮問案 第七十五號 新聞事業에 關한 勅令案 要綱

第一　本要綱에서 新聞事業이라고 稱하는 것은 時事에 關한 事項을 揭載하는 新聞紙의 發行을 目的으로 한 事業으로서 命令으로써 定하는 것을 말함.

第二　新聞事業을 開始하려는 때에는 命令의 定한 바에 依하여 主務大臣의 許可를 받을 것. 新聞事業을 委託, 共同經營, 讓渡, 廢止 또는 休止하려 할 때에도 같음. 新聞事業을 行하는 法人이 目的 變更 合併 또는 解散의 決議는 主務大臣의 認可를 要하지 않으면 그 效力을 發生치 못함.

第三　主務大臣이 新聞事業 整備를 爲하여 必要 있다고 認定할 때에는 命令의 定한 바에 依하여 新聞事業主에 對하여 그 事業의 讓渡 或은 讓受 또는 會社의 合併을 命할 수 있음. 前項의 境遇에 있어서의 讓渡 또는 合併의 條件은 當事者 間의 協議에 依할 것. 協議가 進陟치 않고 또는 協議를 할 수 없게 되는 때에는 主務大臣이 이를 査定할 것. 前項의 協議는 主務大臣의 認可를 맡지 않으면 其 效力을 發生치 못함.

第四 　左의 各號의 一에 該當한 때 主務大臣은 그 新聞事業主에 對하여 警告를 하고 이를 고치지 않은 때에는 그 事業의 廢止 又는 休止를 命할 수 있음.

一. 第三의 規定에 依한 命令을 違反하였을 때.

二. 第五의 規定에 依한 團體의 轉換 又는 統制 規定에 違反하였을 때.

三. 當該 事務의 運營에 있어서 國策 遂行에 重大한 支障을 일으킬 憂慮가 있을 때.

第五 　主務大臣은 命令의 定한 바에 依하여 第七의 規定에 該當하는 것에 對하여 新聞事業의 綜合的 統制運動을 圖하고 또 이에 關한 國策의 立案과 遂行에 協力함을 目的으로한 團體의 設立을 命令할 수 있음.

第六 　第五의 規定에 依한 團體는 그 目的을 達成키 爲하여 左에 揭載한 事業을 行할 것.

一. 新聞紙 編輯 其他 新聞事業의 運營에 關한 統制 指導.

二. 新聞事業의 整備에 關한 指導 助成.

三. 新聞 共同販賣 其他 新聞事業에 關한 共同 經營機關의 指導 助成.

四. 新聞記者의 登錄과 新聞從業者의 厚生施設과 養成訓練의 實施.

五. 新聞用紙 其他 資材의 配給 調整.

六. 新聞事業의 向上에 關하여 必要한 調査와 硏究.

七. 其他 團體의 目的을 達成함에 必要한 事業.

第七 　第五의 規定에 依한 團體의 會員인 資格을 가진 者는 左에 揭載한 者로서 主務大臣이 指定하기로 함.

一. 新聞事業主.

二. 新聞事業主에 對하여 報道事項을 供給함을 目的으로 한 事業 其他 新聞事業에 關係 있는 事業의 事業主.

第八 　重要産業團體令 第八條 第二項 乃至 第三十六條와 第五十三條 第二項 乃至 第五十六條의 規定은 第五의 規定에 依한 團體에 이것을 準用할 것.

第九 　本 制度는 必要에 應하여 各號에 準하여 各 外地에도 이것을 實施할 것.

【東京電話】

2100 「言論, 集會, 結社 等 臨時取締法 內容」 『매일신보』, 1941.12.15, 석2면

政府는 今後 長期에 걸칠 戰爭 遂行의 途上 安寧秩序의 萬全을 期하기 爲하여 來臨時議會에 內務省으로부터 言論, 出版, 集會, 結社 臨時取締法案을 提出하기로 되어 十二日의 閣議에 있어 決定한 法案의 要綱은 다음과 같다.

第一　　本法은 戰時에 際하여 言論, 出版, 集會, 結社 등의 取締를 適當히 하여서 安寧秩序를 保持하기를 目的으로 함.

第二　　政事에 關하여 結社를 組織하려 할 時에는 行政官廳의 許可를 얻게 할 것.

第三　　政事에 關하여 集會를 開催하려 할 時에는 行政官廳의 許可를 받게 할 것. 但 法令으로써 組織된 議會의 議員 候補者 詮衡會 及 選擧 演說會 及 公衆을 會同치 않는 集會는 屆出만으로 足함.

第四　　公事에 關한 結社 또는 集會所에서 政事에 關하지 않은 것이라고 하더라도 必要한 境遇에는 命令으로써 前 二項의 結社 또는 集會 同樣 許可 또는 屆出을 要하는 것으로 할 수 있음. (命令에는 思想에 關한 結社 또는 集會를 規定함)

第五　　屋外에 있어서 公衆을 會同하여 大衆運動을 하려는 사람은 行政官廳의 許可를 받게 할 것.

第六　　法令으로써 組織된 議會의 議員, 議事 準備를 爲한 結社 及 集會에 對하여는 第二 또는 第三의 許可 또는 屆出을 要치 않음.

第七　　新聞紙法에 依한 出版物을 發行하려는 사람은 行政官廳의 許可를 받게 할 것.

第八　　行政官廳이 必要가 있다고 認定할 時에는 第二 乃至 第五의 許可를 取消하고 또는 第三 或은 第四에 依하여 屆出한 集會의 禁止를 命할 수 있음.

第九　　出版物의 販賣 及 頒布의 禁止가 있는 境遇에 있어서 行政官廳이 必要 있다고 認定할 時에는 當該 題號의 出版物의 以後의 發行을 停止하고 또는 同一人 或은 同一社의 發行에 關한 他 出版物의 發行을 停止할 수 있음.

第十　　第七 또는 第九의 停止命令에 違反하여 販賣 또는 頒布할 目的으로써

印刷한 出版物은 行政官廳에 있어서 이것을 差押할 수 있음.

第十一　略

第十二　時局에 關하여 造言飛語를 한 사람 또는 人心을 惑亂시킬 事項을 流布한 사람에 對하여 處罰을 規定하였음.

第十三　本法 施行의 際에 現存한 結社에 對하여는 그 存續에 對하여 許可를 받게 할 것.

第十四　本法 施行의 際에 現在 新聞紙法에 依하여 出版物을 發行하는 것은 第七의 許可를 받을 것으로 看做함. 【東京電話】

2101 「言論等臨時取締法」

『매일신보』, 1941.12.18, 석1면

衆議院의 言論, 出版, 集會, 結社 等 臨時取締法案委員會는 十七日 午前 十時 十八分 開會하고 卽時 討論에 들어가 手代木隆吉(翼同), 北昤吉(東方)[195], 平野力三(興同) 各氏의 贊成 演說에 있고 採決에 들어가 全員一致하여 政府 原案대로 可決하고 同 二十分 散會하였다. 【東京電話】

2102 「出版許可制 强化」

『매일신보』, 1941.12.22, 2면

'펄프' 절약상으로나 국민정신의 건전성으로나 좋지 못한 서적을 없애라는 소리가 높아가고 있는데 드디어 대동아전쟁의 추진과 함께 지금까지의 상업주의를

195 동방회(東方會) : 1936년 5월에 결당된 일본의 국가주의정당. 1944년 3월에 해당되었다.

이판에 단호히 없애버리고 굳센 국민사상에 이바지할 만한 서적 또는 과학기술서를 출판케 하고자 '출판문화협회'에서는 이번에 지금까지의 출판허가제를 일층 강화하기로 되었다. 즉 제三기(一月~三月)의 용지 배당을 결정하였는데 이에 의하면 종래의 허가제를 확대하여 지금까지의 자유 六 할, 허가 四 할을 거꾸로 하고 六 할까지의 사용량에 대하여 허가를 요하기로 되었다. 장차는 전부를 허가제로 할 방침이며 동시에 기술서, 문화과학서 등의 명저 재판에 중심을 둘 방침이라고 한다. 【東京電話】

2103 「日刊新聞 三 紙 廢刊」

『매일신보』, 1942.02.28, 조1면

朝鮮의 新聞統制는 一道一紙 方針에 基하여 昭和 十五年 八月 中央의 諺文紙『朝鮮日報』,『東亞日報』의 廢刊을 爲始하여 爾來 昨年 六月까지로 地方新聞의 統合을 마치고 다시 中央國語紙인『朝鮮新聞』,『朝鮮日日新聞』,『朝鮮每日新聞』三 紙를 今 二十八日附로 廢刊하기로되어 이로써 新聞統制는 順調裡에 大體 完了되었다. 三橋 警務局長은 談話를 發表하여 廢刊되는 各紙의 朝鮮 統合上에 남긴 不朽의 功績을 讚揚하고 殘存 各紙가 敢然 國策에 殉하여 廢刊된 僚紙의 活躍을 繼承하여 一層 報道報國에 邁進할 것을 强調하였다. 談話 內容은 다음과 같다.

"朝鮮에 있어서의 新聞統制는 지난 昭和 十五年부터 着手하여 爾來 一道一紙의 方針에 基해서 各般의 事情을 考慮하면서 이를 實施해온 터인데 新聞用 資材의 配給統制에 伴하여 新聞의 統合도 또한 强化되게 되어 地方新聞은 大體 昨年 六月로써 그 體制를 整齊하고 남은 中央의 統制도 드디어 今般 實現을 보기로 되었다. 卽 京畿道에서는『京城日報』,『每日新報』,『朝鮮商工新聞』의 三 紙를 남기고『朝鮮新聞』,『朝鮮日日新聞』,『朝鮮每日新聞』의 三 紙는 모두 二月 卄八日 限 廢刊되기로 되어 이로써 朝鮮에 있어서의 日刊新聞의 統制는 玆에 大體 完了을 본 셈이다. 그리고 今

日까지 統制에 依하여 廢刊된 多數한 新聞은 地方紙이고 中央紙임을 不問하고 모두 長久한 歷史를 가지고 朝鮮文化上에 寄與한 바가 甚大한 터인데 이에 廢刊에 當하여 모두 여러 가지 困難한 事情도 있었을 것으로 推察되나 各社가 全혀 滅私奉公 大乘的 見地로부터 欣然 國策에 順應하게 된 結果 今回 자못 圓滿히 統制의 完了를 보았음은 참으로 同慶하여 마지않는 바이다.

이에 새로이 永年에 亘하여 朝鮮言論界에 있어 輿論의 啓發, 宣傳에 或은 民衆의 指導에 盡悴하고 朝鮮統制上 不朽의 功績을 남긴 各社에 對하여 深甚한 敬意를 表하는 바이다. 또 한便 統制의 結果 殘存한 各 新聞은 敢然 國策에 殉하여 廢刊한 僚紙의 活躍까지 繼承하여 今後 다시 名實 共히 國策紙됨의 使命과 責任을 自覺하고 더욱 報道報國에 專念하여서 新聞統制에 의한 所期의 目的 達成에 寄與하기를 切望하는 바이다."

2104 「教科書 發行 統制」

『매일신보』, 1942.03.14, 조2면

종래 중등학교 교과서를 발행하는 것은 업자들의 자유였으므로 교재(教材)의 선택 등 여러 가지가 통일되지 못하였다. 그 때문에 교육상 재미롭지 못한 일이 많았으므로 문부성(文部省)에서는 전국 백五十 개소의 교과서 발행업자를 통합하여 중등학교 교과서 주식회사를 설립하고 철저히 통제하기로 되었다. 이 회사는 자본금 八백만 원인데 중등교육이 전면적으로 개정되는 데 따라 교과서도 일원적으로 발행하기로 되는 것이다. 사업으로는 새 학기부터 전면적으로 개혁된 이과(理科) 수학의 새 교수요목에 즉응한 새 교과서의 편찬 발행, 대동아 건설의 진전에 따른 새로운 지리와 지도의 편찬이며 소화 十九년 이후 국민학교 교육에 접속하는 새 중등교과서의 편찬 등에 착수하는데 사업의 일체에 대하여는 문부성의 지도, 감독 아래 두고 문부성에서 의도하는 교육목적에 협력하는 것으로 가격도 종래의 것보담 一, 二 할 싸지고 새 회사의 인사도 사장을 산본경치(山本慶治) 씨를 중심으로 하여 조직하고 함부로 발행하는 대로 내버려 두었던 중등 교과서의 일원적 정리, 종합을 실험할 것으로 주목되고 있다. 【東京電話】

2105 「健全 活潑한 言論 展開」

『매일신보』, 1942.11.12, 석1면

十日 總督府 定例 局長會議를 通하여 大東亞戰爭이 長期戰化한다고 해서 緩慢하게 생각 말고 二三 年間에 敵을 粉碎하는 短期擊滅의 鐵石 같은 決意로 生產 擴充에 邁進하라고 半島 官民을 叱咤한 小磯 總督은 十一日 午前 十一時 總督 應接室에서 出入記者團과 會見하고 國內 總力戰의 最大 武器인 新聞의 論調는 積極 進取의 態度로 活潑할 것, 總力 結果上 內鮮同胞는 一層 道義에 立脚하여 融和의 實을 擧揚할 것, 食糧 問題에 對하여서는 需給 推算의 具體的 數字를 들고 絶對量이 不足한 實相을 充分히 認識하고 供出과 消費 節約에 對하여 當局의 需給 計劃에 順應하여 農村은 勿論 一般 消費者는 最大의 協力을 하여 困難을 克服하면서 餘裕綽綽하고 明朗 闊達한 氣分으로 征戰 完遂를 期할 旨의 確乎한 信念을 吐露하여 多大한 感銘을 주고 記者團의 質問에 對하여 다음과 같이 簡明 直截한 答辯을 하였다.

新聞界에 對한 要望

"總督府의 發表 또는 總督이 말한 바를 그대로 報道하는 것도 勿論 必要하나 各 新聞은 獨自의 立場에서 總督 施政의 方向을 認識하고 그 土臺 위에 서서 內地와 朝鮮의 向上 發展에 寄與하는 言論을 活潑하게 展開하여 戰爭하는 國民의 木鐸이 되기를 要望하여 마지 않는다. 新聞의 論調가 萎靡 低迷한 것은 戰時 總力 結果上 一大 支障이 되는 것으로서 報道의 任에 있는 新聞記者 諸君의 發奮을 促求하는 바이다. 國體의 本義에 透徹하고 道義 朝鮮 確立을 爲한 積極的 言論이야 말로 戰時 言論指導의 目標임을 新聞界는 물론 指導階級에 있는 官民이 모두 잘 認識하여 주기를 바라는 바이다." 〈하략〉

2106 「敵性 宣傳을 一掃, 言論傾向도 健實」

『매일신보』, 1942.11.23, 2면

佐藤 情報部長 "當地 宣傳에 對하여 말해보자. 開戰 前에도 陸軍, 海軍, 外務와 通信社가 따로따로 對外宣傳機關을 가졌었다. 勿論 이 四 者 間에는 相互에 連絡關係는 있었지만 아직 單一性이 없었다. 그래서 開戰과 同時에 이 四 機關을 統合하여 對外宣傳을 一本으로 하자고 해서 四者의 合同事務所를 開設하고 資金과 人材를 統一하였다. 其實 當初는 그 成功을 多少 疑心했었지만 合同事務所의 사람들은 一切의 杞憂를 排하고 各自 大東亞戰爭이라는 現實에 直面하여 잘 協力하였다. 假令 內地의 各 新聞社로부터 徵用되어 온 諸氏 等은 그 本職을 살리고 對外表現力을 살려서 實로 일을 잘해주었다. 當時 내가 한 일은 于先 佛印[196] 側의 宣傳局長을 불러서 英米系의 惡性 뉴스가 아직도 跋扈하였던 때였으므로 嚴重히 言論機關 統制를 要請하였고 다시 十日에는 佛印 側의 新聞記者를 招待하여 協力을 求하였다. 只今도 完全히 이 傾向이 抹殺되었다고는 할 수 없으나 當時는 英國보다 米國의 氣分을 損傷시키는 것을 佛印 側은 極度로 두려워 하였고 當時 이를 公言하기를 꺼렸다. 假令 十二月 十日의 各紙는 皇軍의 괌島 攻擊의 뉴스는 揭載했지만, 이와 同時에 뉴욕發의 臺灣, 東京, 神戶, 大阪 等이 米國에 依하여 爆擊되었다는 米國製 테마 뉴스도 실려 있었다."

內山 公使 "確實히 當時 佛印紙는 我方의 뉴스를 될 수 있는 限 안 내려 했다. 너무 내고 보면 佛國의 權威가 失墜한다고 생각했던 모양이다. 이것을 次次 고쳐 가는 것이 我等의 任務였다. 幸히 我方의 指導가 훌륭하여 新聞 態度도 좋아졌다. 最初는 日本 일은 一切 안 썼다. 그 뒤는 若干 썼다. 다음 이곳에서 註文해서 쓰지 않게 되면 敵性紙로 認定된다 해서 佛印의 新聞도 去年 只今과는 굉장히 달라졌다."

思想戰의 策源地

佐藤 情報部長 "이러한 困難한 時間에 際하여 如何間 合同事務所를 開設했는데 約

196 프랑스령 인도차이나.

五十名에 가까운 宣傳戰의 精銳가 實로 크나큰 活動을 開始했다. 그 活動 部面에 있어서는 이제는 新聞工作, 삐라에 依한 街頭宣傳, 揭示板에 依한 宣傳, 地圖에 依한 宣傳, 各種 宣傳文書의 配布, 라디오, 사이곤에 依한 宣傳放送, 사이곤 쇼론 地區만으로도 六校의 日本語學校 創設, 各種 展覽會, 劇映畵, 뉴스映畵의 配給 等 大綱을 擧하여 끄치나, 要컨대 廣汎 多岐한 것으로 이 中에는 一項目을 가지고 보아도 我等 自身이 '相當히 많이 하였군' 하고 놀랄 지경이다. 그러나 이것은 割愛하고 合同事務所의 活動에 關한 秘話 같은 것을 이야기하여 보자. 이 合同事務所의 일은 但只 佛印 內에 그치지 않고 大東亞戰에 있어서의 思想戰의 一大 策源地로서 假令 라디오 사이곤 放送局에서는 佛印向 佛語 放送 外에 大東亞 各地向 英語, 福建語, 馬來語, 和蘭語 等으로 當時 作戰 中 이를 南方 各地에 向하여 放送하고 라디오 放送宣傳을 一手로 引受한 感이 있었다. 이것은 나중에 알았었는데 그 效果는 相當한 것이며 더욱 蘭印戰爭 때에는 一大 偉力을 發揮하였다. 이 때문에 蘭印[197]의 內部는 大混亂을 일으켜 某 參謀는 合同事務所의 蘭印作戰에 對한 有效 適切한 協力 貢獻을 賞讚하였다."

紙彈에 新機軸

佐藤 情報部長 "其他 合同事務所의 宣傳事業으로는 라디오 放送 以外에 싱가폴 陷落 前 當地에서 對싱가폴用 宣傳삐라를 作成하였었다. 去 一月 某日 當地 ○○에서 英語, 馬來語, 支那語로 傳單을 만들고 이를 陷落 直前의 싱가폴 上空에서 撒布해서 軍에게 協力하였다. 그리고 佛印 內의 宣傳은 宣傳의 領域이 但只 사이곤이나 하노이 같은 中心地만이 아니고 하이폰, 順化(유에), 프노펜, 에시 邊境地에 이르기까지 各地 相應의 言語에 依한 我方의 뉴스와 寫眞 等을 通하여 어떤 山間僻地의 原住民이라도 日本은 왜 싸우고 있는가, 하와이 海戰, 싱가폴 陷落, 또는 南太平洋 海戰이 어떠했었다는 것쯤은 次次 알려졌다."

內山 公使 "何如間 所謂 紙彈戰爭에 佛印 더욱이 사이곤이 新機軸을 보인 것은 衆目 一致되는 바다."

197 네덜란드령 동인도

事態의 直視 希望

佐藤 情報部長"開戰 一周年에 際하여 最後로 公使의 感想 如何."

內山 公使"于先 當地에 있어서의 過去 一 年의 業績을 總決算하면 이 過去 一 年의 努力은 軍人, 官吏, 國民 三位一體로 完全한 總力戰을 하여 왔다. 다음으로 今後 우리가 해야 할 것을 一言하면 우리는 어디까지나 日本的으로 團結하고 必要한 때에는 斷乎 正當히 前進하는 곳에 歸結한다. 最後로 佛印에 對하여 一言 하고 싶다. 日本은 去年 今日까지는 米英과 싸우지 않았었다. 그러나 現在는 彼等과 싸우고 있다. 그리고 佛印은 去年은 所謂 ABCD 國家群에 包圍되어 日本은 當地에서 進退 二 途밖에 없었으나 今日은 香港, 馬來, 자와, 보르네오 等等으로 我皇軍 占領地域에게 包圍되어 버렸다. 佛印은 이 情勢의 一大 變化를 充分히 把握하여 日本과 二人三脚으로 日本과 運命을 함께 할 覺悟를 가져 주기 바란다."

2107 「出版事業의 整備」

『매일신보』, 1942.12.19, 조1면

一

新聞의 法制 廢合에 뒤이어 一般出版事業도 統制하기로 되었다. 政府에서는 國家의 文化發展과 國民의 知識啓蒙, 思想宣傳 等에 重大한 使命을 가진 一般出版事業을 統制하기로 되어 지난 十七日 國家總動員審議會 第二十四回 總會를 열고 國家總動員法 第十六條의 三과 第十八條에 依하여 出版事業에 關한 勅令案 要綱을 諮問하였던바 政府 原案대로 可決 答申을 얻었으므로 卽日 情報局을 通하여 그 要綱을 發表한 바 있었다.

二

이 勅令案의 要點을 들어보면 첫째로 出版法案을 開始하려 할 때 또는 出版事業主가 그 委託을 委託하려 할 때, 共同 經營이나 또는 讓渡하려 할 때는 行政官廳의 許

可를 받을 것, 둘째로 主務大臣이 出版事業을 整備하기 爲하여 必要하다고 認定하는 境遇에는 出版事業主에게 對하여 事業의 讓渡 또는 讓受 會社의 合併을 命할 수 있게 된 것, 셋째로 事業主가 命令에 服從치 않거나 또는 統制 規定을 違反하거나 그 出版事業의 運營이 國策 遂行에 重大한 支障을 일으키고 또는 일으킬 念慮가 있는 때는 主務大臣은 該當 出版事業主에게 그 事業의 廢止 又는 休止를 命할 수 있게 된 것, 넷째로 主務大臣은 出版規格 其他 出版事業의 運營에 關한 統制 指導, 出版事業 整備에 關한 指導 助成, 出版物 用紙 其他 資材 配給의 調整, 出版物 配給機關의 統制 指導 等을 目的으로 하는 團體를 設立하도록 出版事業主에게 命令하게 된 것 等이다. 첫째 項目과 둘째 項目은 從來 出版事業이 自由로 開始할 수 있을 뿐더러 委託, 讓受, 讓渡할 수 있던 것을 許可制로 고치는 同時에 必要한 때는 合併도 命令할 수 있게 하여 積極的으로 出版事業을 整理 强化하려 한 것이요, 셋째 項目과 넷째 項目은 出版事業主로 하여금 出版事業의 統合的 統制 運營을 꾀하고 出版事業에 關한 國策에 協力케 하려는 것으로 이 統制를 强力하게 하기 爲하여 統制 規定과 又는 命令에 服從치 않는 者는 事業의 禁止 又는 休止를 命할 수 있게 한 것이다.

三

出版事業의 盛衰는 그 國家文化의 隆替를 尺度할 수 있다고 말할 만큼 出版事業의 使命은 重且大한 것이다. 따라서 어느 國家이고 이 出版事業만은 國家의 安寧秩序를 紊亂케 않는 限 比較的 自由롭게 할 수 있게 하여 國民으로 하여금 온갖 方面의 書籍을 될 수 있는 대로 손쉽게, 廉하게 購讀할 수 있도록 하여 왔다. 이리하여 出版事業은 自由主義가 旺盛하여짐에 따라 加速度的으로 發展되어 世界文化 向上에 많은 貢獻을 하여 왔거니와 그 反面에 있어서는 業者 間에 쓸데없는 競爭을 하며 또는 別로히 價値도 없는 書籍 出版을 함부로 하여 社會에 많은 害毒을 끼쳐 왔다. 國家主義가 旺盛하여지고 또 온 國民이 全力을 다하여 征戰 完遂에 邁進하게 됨에 따라 그間 出版界도 많은 自肅을 하여 온 것은 事實이나 아직도 自由主義 時代의 殘滓가 그대로 남아서 無統制狀態임은 否認할 수 없다. 따라서 今番 總動員法에 依하여 徹底히 統制 整備를 꾀하게 된 것인즉 業者는 政府의 意圖와 出版事業의 使命이 重大한

데 鑑하여 加一層 出版報國의 覺悟를 굳게 하여야 할 것이다.

2108 「敵性 레코드 一掃」

『매일신보』, 1943.03.31, 석2면

二천 五백만의 남녀노유가 우렁차게 소리를 맞추어 다함께 노래를 부릅시다 하고 '국민개창'(國民皆唱)운동에 힘찬 발을 내어 디딘 국민총력조선연맹에서는 다시 한 걸음 더 나아가서 세계에 비길 바 없는 우리 국체와 아름답고도 고상한 우리나라의 습관, 감성 등을 폐퇴시켜서 철저히 싸워 이기겠다는 국민의 사기를 쇠퇴케 하는 미영 적국 음악을 단호히 없애어 버리기 위하여 반도 내의 각 회사, 영화관, 카페, 다방(茶房) 등은 물론이고 일반 애국반원의 가정에 있는 그와 같은 적성(敵性) 레코드를 철저히 회수키로 되었다. 그 방법은 각 애국반장이 먼저 그 반 안에 있는 적성 레코드를 조사한 다음 반원들로부터 자발적으로 공출시킬 터인데 만일 공출하지 않는 것은 칼로 그 레코드판을 좌우로 그려서 흠을 내인 다음 다시 사용치 못하게 한다. 또 공출한 레코드는 근처의 레코드 특약점에 가지고 가면 十 인치(吋) 판은 한 장에 十 전, 十二 인치 판은 동 十五 전에 사기로 되었다.

2109 「敵性 레코드 一掃運動」

『매일신보』, 1943.04.09, 조4면

國民總力 黃海道聯盟에서는 米英 等 敵性 레코드를 一掃하기로 되어 道內 各 下部聯盟 愛國班을 通하여 아래와 같은 要項에 依하여 이를 回收하리라 한다.

一. 回收方法

(가) 愛國班長으로 하여 各 班員의 所持한 敵性 레코드를 豫前 調査시킬 事.

(나) 愛國班長으로 하여 各 班員의 供出한 레코드를 取纒[198]시키던가 또는 班員 各自로 하여 自發的 供出하게 하도록 慫慂시킬 事.

(다) 班長 또는 班員은 레코드 特約店에 敵性 레코드를 持參하면 特約店에서 左의 費用으로 買上할 事.

1. 十 인치 一 枚에 對하여 十 錢

2. 十二 인치 一 枚에 對하여 十五 錢

備考. 資材 不足한 至今에 資源 回收의 意味로서 中古品 레코드도 아울러 供出을 徹底시키도록 할 事.

二. 周知方法

레코드 特約店 店頭에 回收와 買上의 看板을 揭示 시키며 또 聯盟에서도 左記에 依하여 適宜 措置할 事

(가) 回覽板의 利用.

(나) 百貨店 及 商店 等 其他의 飾窓[199]에 敵性 레코드를 積上하는 等 周知 徹底시키게 함.

(다) 映畵舘 等에서 場內放送으로써 周知시키며 劇場, 其他 集合場所에서의 場內放送 資料를 一 部 送付하여 有效히 利用할 事.

(라) 其他 適當한 方法(敵愾心을 昂揚할 意味를 倂하여) 다음으로 回收實績의 參考가 됨으로 一掃運動 終結 後 이를 報告할 事. 【海州】

2110 「敵性 音盤을 一掃」

『매일신보』, 1943.04.20, 조4면

國民總力 延白郡聯盟에서는 東亞에 大敵 米英을 殘滅하고 大東亞 建設을 促進하

198 도리마토메루(取り纒める) : 하나로 정리하다.
199 가자리마도(飾り窓) : 상품을 진열하기 위한 창.

고 있는 이때 銃後國民의 生活 裏面에 間或 潛在하고 있는 敵性 레코드나 其他 聲樂까지라도 抹殺시키리라고 純眞스러운 日本的 音樂과 健國的인 歌謠를 한껏 高唱하여 士氣를 鼓舞시키고 一般 國民들에게도 愛國精神을 宣揚시키기 爲하여 管下 各 邑面을 通하여서 愛國班 全 部落에 無漏飛檄을 날리어 敵性 레코드 一掃運動에 邁進하는 一方 國民皆唱에 愛國譜를 多數 購入, 提唱하라고 勸奬하고 있다. 【延白】

2111 「出版事業令 施行規則 公布」

『매일신보』, 1943.05.30, 조1면

決戰下 出版新體制 確立을 期하는 國家總動員法에 基한 出版事業令(勅令)은 內地에서는 去 二月 十八日, 朝鮮에서는 三月 一日 公布 實施되었는데, 同令 施行規則이 二十九日 總督府令으로 公布되어서 三月 一日에 遡及 實施된다. 同 法規 全文은 다음과 같다.

第一條　出版事業令(이하 令이라 稱함) 第二條 規定에 依하여 同條 出版物로부터 除外된 것을 指定한 것은 다음과 같다.

一. 新聞事業令 施行法規 第一條에 揭한 新聞紙.

二. 明治 四十三年 統監府令 第二〇號 出版法規에 準用하기로 定한 出版法 第九條 規定의 適用을 받는 出版物.

三. 隆熙 三年 法律 第六號 出版法 第十條 規定의 適用을 받는 出版物.

第二條　令 第三條 規定에 依하여 出版事業 開始의 許可를 받으려 하는 者(團體에 있어서는 그 代表者)는 다음의 條件을 갖춘 者이기를 要함. 但 朝鮮總督이 指定하는 者는 此限에 不在함.

一. 帝國臣民으로서 成年者일 것.

二. 禁治產者 又는 準禁治產者가 아닐 것.

三. 禁錮 以上의 處刑을 받아 그 刑의 執行을 마쳤든가 또는 執行을 받지 않게 된

後 二年을 經過하지 못한 者가 아닐 것.

四. 出版業者에 關하여 罰金 處刑을 받은 後 二年을 經過하지 못한 者가 아닐 것.

第三條　令 第三條에 出版事業을 開始하려는 者라 稱한 것은 出版事業主가 아닌 者로서 出版事業主의 出版事業에 관하여 그 委託을 받아 出版事業主와 共同經營을 한다든가 또는 그를 讓渡하여 받으려는 者 及 出版事業主가 아닌 會社로서 合併에 依하여 出版事業을 繼承하려는 者를 包含함.

第四條　令 第三條 規定에 依한 出版業 開始 許可는 朝鮮總督에게 그를 申請할 것. 前項의 申請을 하려는 者는 다음의 事項을 記載한 許可申請書에 副本 一通을 添附하여 朝鮮總督에게 提出할 것.

一. 發行하려는 出版物에 對하여 定期刊行物과 其他 出版物別 及 定期刊行物에 관하여서는 題號를 달리 하는 것마다 그 題號 及 發行人 及 編輯人의 氏名.

二. 事業 開始의 時期.

三. 앞으로 三 個月間의 出版 企劃 及 定期刊行物에 관하여서는 掲載事項의 種類, 時事에 關한 事項, 掲載의 有無, 發行時期, 主要한 販賣 頒布 區域 及 讀者의 種類

四. 發行所 及 印刷所.

五. 第三條에 掲한 事由가 있을 境遇에는 其 事由.

六. 出版物 用紙의 앞으로 一 年間 所要 豫定 數量.

前項의 許可 申請書 及 副本에는 團體에 있어서는 定款, 寄附行爲, 社員 名簿, 株主名簿, 其他 이에 準하는 書類, 事業의 起業 豫定書 及 收支 槪算書를, 個人에 있어서는 履歷書를 添附할 것.

第五條　出版事業主가 아닌 者가 相續에 依하여 出版事業을 繼承하였을 때에는 令 第三條의 許可를 받은 자로 看做하고 但 第二條에 限한 條件을 갖추지 못한 者에 對하여서는 此限에 不在함.

相續에 依한 出版事業의 繼承을 하는 境遇에는 相續人은 相續있었음을 記載한 報告書에 그 事實을 證明하는 書面을 添附하여 相續의 事實을 안 날부터 二 個月 內로 그를 朝鮮總督에게 提出할 것.

第六條　會社 合倂에 依한 出版事業의 繼承을 하는 境遇 또는 出版事業에 關하여 委託, 共同經營의 開始 或은 讓渡를 하는 境遇에는 合倂 後 存續하는 會社 又는 受託者, 共同經營者 或은 讓受人은 그 뜻을 記載한 報告書에 그 事實을 證明하는 書面을 添附하여 그 事由가 生한 날부터 一 個月 內로 朝鮮總督에게 그를 提出할 것. 但 다음 各號의 一에 該當할 境遇에는 此限에 不在함.

一. 令 第四條 規定에 依한 命令으로 因하여 會社의 合倂 又는 事業의 讓渡 或은 讓受하였을 때.

二. 當該 出版事業에 關하여 令 第三條 規定에 依한 許可를 받아야 할 때

第七條　出版事業主가 그 出版事業의 全部 又는 一部의 廢止 又는 休止를 하려 할 때에는 그 事由 及 廢止의 時期 又는 休止時間을 갖추어 朝鮮總督에게 그 뜻을 報告할 것. 但 令 第五條 規定에 依한 命令으로 因하여 事業의 廢止 又는 休止를 하려할 때에는 此限에 不在함.

第八條　朝鮮總督令 第四條 第一項 規定에 依하여 出版事業의 讓渡 又는 讓受를 命할 때에는 다음의 事項을 記載한 命令書를 當該 事業主에게 送達할 것.

一. 讓渡의 當事者 名稱 又는 氏名 及 住所.

二. 讓渡 又는 讓渡하여 받을 事業의 範圍.

三. 讓渡 又는 讓受할 期限.

四. 其他 必要로 認定하는 事項.

第九條　朝鮮總督令 第四條 第一項 規定에 依하여 會社의 合倂을 命할 때에는 다음의 事項을 記載한 命令書를 當該 事業主에게 送達할 것.

一. 合倂 當事者의 名稱 及 住所.

二. 合倂 方法.

三. 合倂 期限.

四. 其他 必要로 認定하는 事項.

第十條　令 第四條 第一項 規定에 依하여 事業의 讓渡 或은 讓受 又는 合倂의 命令을 받은 者는 그 條件에 대하여 協議를 마쳤을 때에는 當事者가 連署하여 認可

申請書에 副本 三通 及 當該 契約書의 謄本 二 通을 添附하여 朝鮮總督에게 그를 提出할 것.

第十一條 令 第四條 第二項 規定에 依하여 裁定을 받으려 하는 者는 申請書에 相對方의 員數에 一을 加한 數의 副本을 添附하여 朝鮮總督에게 그를 提出할 것. 朝鮮總督이 前項의 申請書를 受理하였을 때에는 副本을 申請者의 相對方에 送付하여 그 指定한 期限 內로 答辯書를 提出시킬 것.

前項의 期間 內에 答辯書를 提出하지 않을 때에는 朝鮮總督은 申請書만에 依하여 裁定을 할 수 있음.

朝鮮總督이 裁定을 하였을 때에는 裁定書에 理由를 添附하여 그를 當事者에게 送付할 것.

第十二條 本令에 依하여 朝鮮總督에게 提出할 書類는 當該 事業의 主要한 事務所를 管轄하는 道知事를 經由할 것.

附則

本令은 公布日부터 이를 施行함.

2112 「出版物에 戰時體制」

『매일신보』, 1943.05.30, 석2면

미영 격멸의 사상선전전(思想宣傳戰)의 중요성에 비추어 정부에서는 작년 二월 총동원법(總動員法)에 의하여 신문사업령(新聞事業令)을 공포하여 신문의 획기적 통제를 단행하여 '싸우는 신문'의 체제를 갖추었거니와 신문과 같이 사상선전전의 첨병인 서적, 잡지, 기타 출판물도 통제하기로 되어 총동원법(總動員法)에 의한 출판사업령(出版事業令)을 내지에서는 지난 二월 十八일 조선에서는 三월 一일에 공포하고 총독부에서는 二十九일 동 령 시행규칙을 부령(府令)으로 공포하여 三월 一일에 소급(遡及)하여 실시하였다. '싸우는 출판물'을 만들도록 출판업자를 힘있게 통

제 지도하려는 이번 령은,

一. 일간신문 이외의 신문, 서적, 잡지 전부와 공익단체의 기관지에까지 적용되는데 서간, 통신, 보고, 사측 광고, 활동사진관의 '프로그램' 사진 출판만은 내지인이나 조선인을 물론하고 제외된다.

一. 출판사업을 새로 시작하는 데는 조선총독의 허가를 맡아야 되는데 위탁을 받거나 공동경영 양도 합병도 허가가 필요하다. 그리고 허가를 받는 필요조건은 성년자로서 금치산(禁治産) 또는 준금치산(準禁治産)이 아닌 것, 금고(禁錮) 이상의 형벌이나 출판사업에 관하여 벌금형을 받고 二 년이 지난 사람이다.

一. 조선총독은 필요한 때에는 출판업자에 대하여 사업의 양도, 양수, 합병, 폐지, 휴지를 명령할 수 있다.

一. 내지는 이 법령의 주무 관청이 一 년 동안 쓰는 종이량의 五백 '파운드' 이상이면 주무대신, 그 이하의 적은 것이면 지방장관의 두 가지로 되어 있으나 조선은 전부 조선총독으로 되어 있다.

一. 내지에서는 이 법령에 의하여 통제단체로서 일본출판회(日本出版會)를 신설하였는데 조선에서는 통제단체에 관한 규정이 적용되지 않으므로 임의 단체(任意團體)를 만들고자 연구 중이다.

2113 「內外檢閱協議會」 『매일신보』, 1943.07.23, 석1면

內外地 檢閱事務協議會는 二十二日 午前 九時 半부터 總督府 第四會議室에서 森本府 圖書課長 統裁로 滿洲國, 關東州, 內務省, 警視廳과 및 福岡, 山口 各縣 特高課의 檢閱官과 本府 圖書課 德田 事務官, 兼田 理事官 以下 各 關係官 二十餘 名이 參席하고 開催되었다. 먼저 國民儀禮와 森 圖書課長의 人事가 있은 다음 苛烈 悽慘의 度를 加하고 있는 決戰下에 對處하여 一億 必勝의 信念을 强調하고 皇國 理想의 宣布를

꾀하는 同時에 仇敵 米英의 思想謀略을 斷乎 排除하는 '종이 彈丸'인 新聞, 出版物과 및 映畫檢閱에 關하여 內外地와 滿洲國 側이 가장 緊密 迅速한 連絡과 綜合的인 事務 調整을 꾀하기 爲한 重要 當面課題를 俎上에 올려놓고 眞摯하고도 忌憚없는 意見을 披瀝하여 具體的 協議를 마치고 同 午後 五時頃에 第一日의 日程은 끝났다. 會議는 二十三日까지 二日間에 걸쳐 續行될 터인데 이것으로써 決戰下 檢閱必勝態勢는 한層 鞏固하여질 것이 期待되는 바이다.

同 會議의 鮮外 參加者는 다음과 같다.

內務省 警保局 檢閱課 檢閱官 大石芳 外 三 名, 警視廳 檢閱課 第二係長 警部 星崎三郎, 山口縣 特高課 檢閱係長 上里護, 福岡縣 特高課 檢閱係長 谷口直人, 關東州廳 警察部 特高課長 古野利秋, 滿洲國 總務廳 弘報處 事務官 阿倍得太郎

2114 「言論 暢達과 그 對策」

『매일신보』, 1944.09.11, 1면

一

小磯 內閣은 組閣 當初부터 言論에 確固한 政策을 세울 것을 言明하였고 機會 있을 때마다 言論의 暢達, 明朗化를 聲明하였거니와 이번 第八十五議會에서도 緖方 情報局 總裁는 某 議員의 質問에 答하여 言論의 暢達에 對한 根本的 對策을 考究 中이라고 말하였다. 最近 新聞, 雜誌의 論調가 低調 單純하고 講演, 演說에도 참으로 肺腑를 찌를 만한 愛國의 眞理를 들을 수 없다는 世評을 들어온다. 戰時에는 戰時에 適合한 言論이 있다. 戰爭을 沮害하는 言論은 許치 않는다. 또 우리는 이미 米英을 擊하라고 하옵신 大詔를 奉戴하였으므로 우리들 臣子된 者는 오직 大詔의 命하옵신 바에 따라서 모든 것을 奉獻하여 싸워나갈 一途가 있을 따름이다. 옛날 自由主義 時代의 言論이라든가 他國의 例를 標準으로 하는 批評이라면 조금도 傾聽할 必要가 없다. 그러나 오늘날 思想戰의 武器요, 紙製의 彈丸으로서의 言論을 살펴볼 때

에는 言論이 充分히 彈丸化하지 않은 것만은 事實이다. 이런 意味에서 본다면 今日의 言論界는 確實히 沈滯 不振한 狀態에 놓여 있다. 따라서 言論機關이 그 機能을 完全히 다하지 못하고 있다고 하여도 過言이 아니다.

二

그러면 言論機關의 論調가 萎縮된 原因이 어디 있는가 하면 첫째는 言論人이 지금까지 너무나 職業的 心理에 支配되었다는 것을 率直히 認定하지 않을 수 없다. 言論人 自身이 먼저 當局의 檢閱에 藉口하여 責任을 回避하고 無事安全主義로 지내온 느낌이 없지 않다. 戰時下 言論報道의 使命이 重大하다는 것을 自覺하여 創意와 硏究로써 國內의 文化를 向上하고 人의 和를 促進하며 士氣를 鼓舞하는 同時에 大東亞建設을 爲한 指導理念에 世界性과 國際性을 附與할 만한 見識과 自信이 없었다. 따라서 言論人 自身에게 確乎한 信念이 없고 信念이 없는 言論은 國民을 感動시킬 만한 힘과 熱이 不足하였다. 言論人으로서는 먼저 그 言論에 生命과 魂을 넣어 言論을 위한 言論, 批判을 爲한 批判이 되지 않도록 留意해야 할 것이다. 大詔에 拜하여 받드는 大御心을 奉體하여 米英 擊滅을 向하여 筆鋒을 휘두를 때에 거기에는 何等 言論의 不自由, 言論의 壓迫이 있을 리 없다는 것을 確信하고 그 使命을 다하여야 할 것이다.

三

다음 言論界의 萎縮不振한 理由의 하나로 當局의 言論指導에도 適切, 妥當性이 不足하였다는 것을 들지 않을 수 없다. 言論의 暢達, 明朗化는 但只 抽象的인 觀念論으로만 그쳐서는 안 된다. 相當한 科學性, 眞實性을 附與하지 않으면 一種의 口頭禪으로 그칠 念慮가 있다. 具體的으로 말하면 戰力 增强을 高調할 때에 米國이 가지고 있는 物量의 豊富한 例만 들어 國民을 激動케 한다면 도리어 恐怖心을 助長하여 逆效果를 지어낼지도 모른다. 戰力은 距離의 二乘에 比例하여 低下한다는 鐵則을 들어 米國은 그 補給路가 長大하게 되는 弱點이 있다는 것과 우리나라의 戰略 態勢에 關해서도 그것이 軍機에 抵觸하지 않는 限, 어느 程度의 眞實性을 明示하여 攻勢 轉移의 絶好한 機會가 가까워 오고 있다는 것을 國民에게 알려야만 비로소 言論은 眞

實性이 있는 言論이 되고 士氣는 揚揚되며 國民은 希望을 가지고 戰力 增强에 全力을 다할 수 있다. 勿論 政府에서는 從來와 같은 言論取締 態度를 一擲하여 特히 言論을 尊重하고 政府의 施策에 對한 批判도 率直히 듣겠다고 言明하였으며 總督府 當局에서도 言論의 暢達, 士氣의 昂揚을 期하는 見地에서 言論機關이 積極的인 建設的 意見을 吐露하여 그 機能을 다할 것을 希望하고 있으므로 決戰下 言論 指導는 今後 그 □을 得하여 言論의 國家的 機能이 充分히 發揮될 것이다. 要컨대 言論의 暢達, 明朗化를 爲하여는 當局과 民間言論人이 서로 協力해서 言論報道의 참다운 國家的 生命을 確立하도록 努力하지 않으면 안 되리라고 믿는다.

2115 「言論政策의 刷新」

『매일신보』, 1944.10.08, 1면

一

六日 閣議에서 決定된 '決戰輿論指導要綱'이 正式으로 發表되었다. 이로써 小磯內閣이 成立된 以來 重要 政策의 하나로 累次 그 刷新을 强調해오던 言論政策의 性格과 方向이 明白히 決定 闡明된 셈이다. 四 項目으로 된 이 要綱의 要點을 一言으로 들면 國家로서는 當面한 모든 事實을 國民에게 率直하게 알려서 國民의 忠誠心에 呼訴하고 國民은 그 끓어오르는 愛國의 至情을 言論에 反映해서 戰意의 昂揚과 氣分의 明朗化를 圖하자는 것이다. 內閣에서 決定된 이 要綱의 各 項目이 그대로 朝鮮에도 適用될는지 알 수 없으나 朝鮮도 적어도 이 要綱이 目的하는 根本的 精神과 方針에 準하여 言論政策을 推進시킬 것만은 틀림없을 것 같다. 그것은 阿部 總督이 着任以來 그 言論政策에 있어서 大體로 中央의 그것과 同一한 方向과 方針을 쓸 것을 鮮內 各 言論機關에 指示해온 經緯를 보더라도 疑心할 餘地가 없다.

二

그러면 過去 朝鮮의 言論政策은 어떠하였던가? 甚하게 말한다면 너무 지나치게

愼重하지나 않았는가 하는 感을 갖게 하는 點이 없지도 않다. 勿論 우리들은 朝鮮의 特殊事情을 모르는 바 아니며 더욱이 戰時下에 있어서 輕佻 또는 過激한 言論을 크게 삼가야 할 것도 모르는 바 아니다. 戰時下일수록 愼重하게, 堅實하게 民衆을 指導, 誘掖하는 것이 必要하다. 그러나 또한 너무 지나치게 愼重하면 言論이 潑剌한 기운을 잃어 民衆을 鼓舞 激動한다든지 奮起시키는 힘이 적은 缺點이 있는 것을 잊어서는 안 된다. 그러므로 愼重을 期하여야 할 것은 勿論이지만 이와 同時에 潑剌한 鼓舞性을 잃지 않도록 하여야 한다. 그러나 그 責任을 當局의 言論 指導에만 돌려보내는 것은 不當하다. 그 責任은 言論機關을 擔當한 사람 自身이 더 많이 져야 할 것이다. 從來의 言論人은 너무도 無氣力하였다. 當局의 氣色만 엿보기에 汲汲한다든가 甚至於 阿諛, 迎合에까지 떨어져서 敢然히 當局을 鞭韃하는 氣魄이 적었던 것은 숨길 수 없는 事實이다.

三

이러한 結果는 報道宣傳에 위로 當局의 號令과 指示가 곧 國民의 歡呼와 敵愾心을 喚起하고 아래로 國民의 憂慮와 忠言이 곧 當局의 參考가 되어야 하는 報道宣傳 本來의 使命을 減殺케 함이 적지 않았다. 決戰下 國民의 總力을 急速, 鞏固히 集結해야 할 今日에 있어서 報道宣傳이 이러한 狀態에 있어서 可할 理가 萬無하다. 政府의 決戰輿論指導要綱의 決定도 이러한 點에 着眼한 것이려니와 이 實施의 必要는 朝鮮에 더욱 急하지 않은가 한다. 官은 그 言論의 그 動機가 民의 純忠에서 우러나온 것이라면 形式만에 拘碍해서 이것을 問題 삼는 것과 같은 일이 없도록 하여야 할 것이며, 民은 그것이 國家를 爲한 일이라면 果敢한 建設的 批評으로 하여야 할 것이다. 그러나 여기에 注意할 것은 言論의 暢達은 어디까지나 勝利를 爲한 總力의 集結이라는 限界가 있다는 一事다. 이 儼然한 限界를 突破하여 放恣의 域에까지 逸脫하면 收拾할 수 없는 摩擦과 混亂을 招來하여 矯角殺牛의 嘆을 보게 될 것을 잊어서는 안 된다.

2116 「出版機關을 統制」

『매일신보』, 1944.12.23, 2면

대동아전쟁이 최대 사상전의 하나니 만치 결전하 출판정책의 중요성은 자못 큰 바가 있다. 그러나 전국이 최후의 단계에 돌입한 이때를 당하여 현재와 같은 체제로는 도저히 출판물의 참다운 사명을 충분히 발휘할 수 없으므로 총독부의 지도, 알선 밑에 재단법인 조선출판회(朝鮮出版會)를 조직하고자 설립위원회에서는 방금 준비를 갖추고 있다. 동 출판회의 특징은 출판물(일간신문을 제외한다)의 발행, 배급, 판매 등을 비롯하여 전 출판문화 부문의 활동을 일원적으로 통제하여 전의앙양, 전력증강에 직접 기여하는 데 있으므로 금후 각 발행업자, 서점, 신문점(일간신문만을 취급하는 상점은 제외)은 전부 동 회에 입회하여 회원의 자격을 획득할 필요가 있다. 따라서 동 회 창립사무소에서는 근근 회원될 유자격자를 조사하기 위하여 '업적신고서'의 수리를 할 예정이므로 관계자는 오는 三十일까지 조선총독부 관방정보과(官房情報課) 내에 있는 조선출판회 창립사무소로 이를 '가끼도매'[200]로 우송하기를 요망하고 있다. 설립위원의 씨명은 다음과 같다.

委員長 阿部達一(情報課長), 委員 村上正二(同 事務官), 津田剛, 石田耕造(雜誌 代表), 辻武次, 瑞原聖(書鋪 代表), 內藤定一郎(小賣店 代表), 小林啓二(印刷業 代表), 鈴木多三郎(日配支店長), 高狛賀虎天, 金本東進(新聞 代表), 寺本喜一(總力聯盟 代表), 辛島驍(文人報國會 理事 代表), 金田亨(學□經驗者 代表).

2117 「言論報國會 結成」

『매일신보』, 1945.02.17, 2면

대동아 정책 완수를 위하여 사상전의 투사로서 큰 사명을 지고 나서는 언론 지

200 가키도메(書留) : 가키도메유빈(書留郵便)의 줄임말. 뜻은 등기(우편).

도층의 임무는 오늘처럼 더 큰 것이 없다. 조국(肇國)의 대이상을 드높이고 대동아 건설에 몸을 바치기에 언론의 힘을 한데 뭉쳐 사상전의 승리를 꾀하고자 재성 유지 五十여 명이 '조선언론보국회(朝鮮言論報國會)' 결성 발기인이 되어 十五일 오후 세시부터 태평통 체신회관에서 발기 준비 회합을 열었다. 이 발기인회는 橫溝光暉, 鎌田澤一郎, 鈴木武雄, 金村八峰, 津田剛, 中保與作, 松村紘一, 石田耕造, 丹羽清次郎, 鄭寅翼 씨 등 二十여 명이 모여 먼저 국민의례를 한 후 요꼬미소(橫溝光暉) 씨를 좌장으로 추대한 다음 정인익(鄭寅翼) 씨로부터 발기인을 대표하여 전시하 언론인들의 분기와 그 사명의 중대성을 설명하고 오늘의 이 같은 조선언론보국회를 발기하게 된 취지를 말하는 인사가 있었다.

계속하여 이시다(石田耕造) 씨로부터 발기인회를 열기까지의 경과 보고가 있고 나서 규약 설명이 있었다. 이어서 가마다(鎌田澤一郎) 씨와 나까야스(中保與作) 씨로부터 규약과 사업에 관한 추후 연구를 진행할 것에 대한 의견이 있었다.

그리고 위원회와 발기총회 개최에 관한 것을 일단 준비위원을 정하여 위임할 것을 결정한 후 네시 반경 산회하였는데 이 자리에서 선정된 준비위원은 다음 제씨로 결정하였다.

中保與作, 津田剛, 高田信一郎, 石田耕造, 金村八峰, 安興晟煥, 朴仁德, 鈴木武雄, 鎌田澤一郎, 鵜飼信成, 道祖士剛, 鄭寅翼.